Fischer TaschenBibliothek

›Diese Dinge geschehen nicht einfach so‹ erzählt die Geschichte einer Familie zwischen den Kontinenten – elektrisierend, berauschend, kraftvoll und schön. Mit großer Eleganz gleitet der Roman durch Raum und Zeit und folgt den verschlungenen, sich aufeinander zu bewegenden Pfaden einer Familie zwischen London, Accra und New York.

Vier Kinder versammeln sich im Haus der Mutter in Ghana. Hierhin war sie aus ihrem gescheiterten amerikanischen Traum zurückgekehrt. Ihr Mann war ein angesehener Chirurg in Boston, die Kinder auf guten Schulen. Bis man ihm einen Kunstfehler zur Last legte und alles zerbrach, vor allem der Zusammenhalt der Familie. Über Weltstädte und Kontinente zerstreut, suchte jeder seinen Weg und hütete sein eigenes Geheimnis: gebrochene Herzen, Lügen, Verbrechen aus Liebe. Jeder lebte seinen Schmerz, in dem Glauben, dass der Verlust nie wieder gutzumachen sei. Nun ist der Vater plötzlich tot. Das Wiedersehen nach so vielen Jahren eröffnet ihnen einen glücklichen Neubeginn.

Taiye Selasi ist Schriftstellerin und Fotografin. Sie erfand den Begriff »Afropolitan«. »Afropolitan« bezeichnet eine neue Generation von Weltbürgern mit afrikanischen Wurzeln. Toni Morrison, die Selasi während ihres Studiums in Oxfod kennenlernte, inspirierte sie zum Schreiben. Ihre erste Erzählung ›The Sex Lives of African Girls‹ erschien in der Literaturzeitschrift »Granta«. ›Diese Dinge geschehen nicht einfach so‹ ist ihr erster Roman. Selasi ist in London geboren und wuchs in Massachusetts auf. Ihre Eltern, beide Ärzte und Bürgerrechtler, stammen aus Ghana.

Adelheid Zöfel lebt und übersetzt in Freiburg im Breisgau. Zu den von ihr übersetzten Autoren gehören u. a. Marisha Pessl, Chuck Klosterman, David Gilmour, Janice Deaner und Louise Erdrich.

Weitere Informationen, auch zu E-Book-Ausgaben, finden Sie bei www.fischerverlage.de

Taiye Selasi

DIESE
DINGE
GESCHEHEN
NICHT ROMAN
EINFACH
SO

Aus dem Englischen von
Adelheid Zöfel

FISCHER TaschenBibliothek

2. Auflage: September 2015

Erschienen bei FISCHER Taschenbuch
Frankfurt am Main, Oktober 2014

Die Originalausgabe erschien unter dem Titel
»GHANA MUST GO« bei Penguin, New York
Copyright©Taiye Selasi, 2013
Für die deutsche Ausgabe:
© 2013 S. Fischer Verlag GmbH, Frankfurt am Main
Umschlaggestaltung: buxdesign, München
Umschlagillustration: Ruth Botzenhardt
Satz: Fotosatz Amann, Memmingen
Druck und Bindung: CPI books GmbH, Leck
Printed in Germany
ISBN 978-3-596-52040-4

für Juliette Coker Tuakli, M. D.

Nicht Sonnenblumen, nicht
Rosen, nein, Felsen in gemustertem
Sand wachsen hier. Und blühen.

ROBERT HAYDEN, *Näherungen*

ein Wort vergaß sich zu erinnern
was zu vergessen war
und immer wieder
ließ es die Wahrheit heraus

RENÉE C. NEBLETT, *Schnappschüsse*

Stammbaum

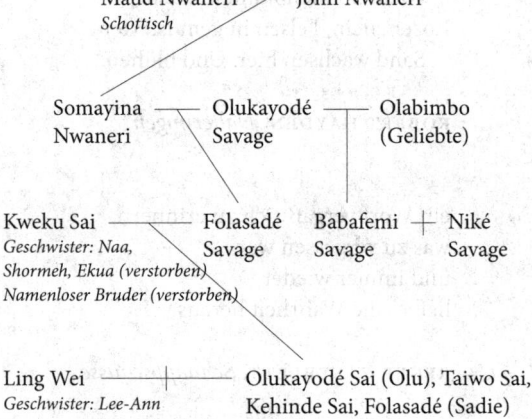

Maud Nwaneri —— John Nwaneri
Schottisch

Somayina —— Olukayodé —— Olabimbo
Nwaneri   Savage   (Geliebte)

Kweku Sai —————— Folasadé   Babafemi + Niké
Geschwister: Naa,   Savage   Savage   Savage
Shormeh, Ekua (verstorben)
Namenloser Bruder (verstorben)

Ling Wei ————+——— Olukayodé Sai (Olu), Taiwo Sai,
Geschwister: Lee-Ann   Kehinde Sai, Folasadé (Sadie)

I
ABSCHIED

Eins

Kweku stirbt barfuß, an einem Sonntag vor Sonnenaufgang, seine Hausschuhe kauern an der Tür zum
Schlafzimmer, wie Hunde. Jetzt steht er auf der
Schwelle zwischen Glasveranda und Garten und
überlegt, ob er zurück soll, um die Pantoffeln zu
holen. Er holt sie nicht. Seine zweite Frau, Ama,
schläft dort im Schlafzimmer, die Lippen leicht geöffnet, mit gerunzelter Stirn, ihre heißen Wangen auf
der Suche nach einer kühlen Stelle auf dem Kopfkissen, Kweku will sie nicht wecken.

Er hätte es auch gar nicht geschafft, selbst wenn
er's versucht hätte.

Sie schläft wie eine Cocoyam. Ein Ding ohne Sin-
nesorgane. Sie schläft wie seine Mutter, abgeschnitten von der Welt. Das Haus könnte von Nigerianern
in Flipflops leergeräumt werden – sie könnten in ver-
rosteten russischen Armeepanzern direkt bis vor die
Tür rollen, ohne Rücksicht auf Verluste, so wie sie
das jetzt auf Victoria Island in Lagos machen (jeden-

13

falls hört er das von seinen Freunden, Rohöl-Könige und Cowboys, die nach Greater Lagos vertrieben wurden, diese seltsame Sorte Afrikaner: furchtlos und reich). Ama würde sanft und selig weiter schnarchen, die musikalische Untermalung eines Traums vom Tanz der Zuckerfee und von Tschaikowski.

Sie schläft wie ein Kind.

Er denkt den Gedanken trotzdem, nimmt ihn mit vom Schlafzimmer zur Glasveranda; ein demonstrativer Akt der Vorsicht. Eine Show für ihn selbst. Das macht er schon lange, eigentlich seit er von seinem Dorf weg ist, kleine Freilichtspiele für ein Ein-Mann-Publikum. Oder für zwei Personen. Für ihn und seinen Kameramann, den stummen-unsichtbaren Kameramann, der damals, vor vielen Jahrzehnten, gemeinsam mit ihm abgehauen ist, heimlich, in der Dunkelheit, noch vor Anbruch der Dämmerung, der Ozean ganz in der Nähe. Dieser Kameramann, der ihm seither immer und überallhin folgt. Und schweigend sein Leben filmt. Oder: das Leben des Mannes, der er sein möchte und der er nicht mehr werden wird.

Diese Szene nun, eine Schlafzimmerszene: der einfühlsame Ehemann.

Der keinen Mucks von sich gibt, als er aus dem Bett schlüpft, der geräuschlos die Decke zur Seite schlägt, einen Fuß nach dem anderen auf den Fußboden setzt und sich die größte Mühe gibt, seine nicht-weckbare Ehefrau ja nicht zu wecken. Ja nicht zu schnell aufstehen, weil sich sonst die Matratze bewegt. Ganz leise durchs Zimmer schleichen, lautlos die Tür schließen. Dann genauso lautlos den Flur entlang, durch die Tür zum Innenhof, wo sie ihn garantiert nicht mehr hören kann. Trotzdem immer noch auf Zehenspitzen. Den kurzen, geheizten Verbindungsgang vom Schlaftrakt zum Wohntrakt, wo er einen Moment stehen bleibt, um sein Haus zu bewundern.

Es ist eine geniale Komposition, diese einstöckige Anlage, nicht besonders originell, sondern funktional und vor allem elegant durchgeplant. Ein schlichter Hof in der Mitte, mit einer Tür auf jeder Seite, zum Wohntrakt, zum Esstrakt, zum großen Schlafzimmer, zu den Gästezimmern. Er hat den Entwurf in einer Krankenhauscafeteria auf eine Serviette gekritzelt, im dritten Jahr seiner Facharztausbildung, mit einunddreißig. Mit achtundvierzig kaufte er das Grundstück von einem Patienten aus Neapel, einem reichen Immobilienmakler mit Verbindungen zur Mafia und mit Diabetes Typ II, der nach Accra gezogen war, weil die Stadt ihn an Neapel in den fünfziger Jahren erinnert, wie er behauptet (der Reichtum so nah beim Elend, die frische Seeluft so nah beim Abwasser, am Strand stinkreiche Leute neben stinkarmen). Mit neunundvierzig fand er einen Zimmermann, der bereit war, den Auftrag anzunehmen – der einzige Ghanaer, der sich nicht weigerte, ein Haus mit einem Loch in der Mitte zu bauen. Dieser Zimmermann war siebzig, mit grünem Star und Sixpack. Er arbeitete einwandfrei und immer allein, und nach zwei Jahren war er fertig.

Mit einundfünfzig brachte Kweku seine Sachen her, fand es aber zu ruhig.

Mit dreiundfünfzig heiratete er zum zweiten Mal.

Elegant geplant.

Nun bleibt er an einer Seite des Quadrats stehen, zwischen den Türen. Hier ist die Struktur deutlich zu erkennen, er kann den Entwurf *sehen*, und er betrachtet ihn, so wie der Maler ein Gemälde betrachtet oder die Mutter das Neugeborene. Voller Verwirrung und Ehrfurcht, dass dieses Ding, das irgendwo im Kopf oder im Körper konzipiert wurde, es nach draußen in die Welt geschafft hat und jetzt ein Eigenleben hat. Etwas perplex. Wie ist es hierhergekommen, von *in* ihm zu *vor* ihm? (Klar, er weiß, durch die richtige Verwendung des entsprechenden Werkzeugs; das gilt für den Maler, die Mutter, den Amateur-Architekten – aber trotzdem ist es ein Wunder, wenn man es so vor sich sieht.)

Sein Haus.

Sein schönes, funktionales, elegantes Haus, das ihm als Ganzes erschienen ist, als Gesamtkonzept, in einem einzigen Augenblick, wie eine befruchtete

Eizelle, die unerklärlich aus der Dunkelheit heraus-
geschleudert wird und einen vollständigen geneti-
schen Code enthält. Ein logisches System. Die vier
Quadranten: eine Verbeugung vor der Symmetrie,
vor seiner Ausbildung, vor Millimeterpapier, vor
dem Kompass, ewige Reise, ewige Rückkehr und so
weiter, ein grauer Innenhof, nicht grün, glänzender
Stein, Schieferplatten, Beton, sozusagen eine Wider-
legung der Tropen, der Heimat. Das heißt, die Heimat neu gedacht, alle Linien klar und gerade, nichts
üppig, weich oder grün. In einem einzigen Augenblick. Alles da. Hier und jetzt. Jahrzehnte später in
einer Straße in Old Adabraka, einer verfallenden
Vorstadt aus Kolonialvillen, weißer Stuck, streunende Hunde. Das Haus ist das Schönste, was er je geschaffen hat –

außer Taiwo, denkt er plötzlich. Der Gedanke ein
Schock. Woraufhin Taiwo selbst vor ihm erscheint –
die Wimpern ein schwarzes Dickicht, die Wangenknochen gemeißelter Fels und Edelsteine als Augen,
ihre rosaroten Lippen, die gleiche Farbe wie das
Innere eines Muschelhorns, unmöglich schön, ein
unmögliches Mädchen – und seine »Einfühlsamer
Ehemann«-Szene stört. Dann löst sie sich in Rauch
auf. Das Haus ist das Schönste, was er je *allein* geschaffen hat, korrigiert er sich.

Dann geht er den Verbindungsgang zum Wohntrakt weiter, durch die Tür ins Wohnzimmer, durch das Esszimmer, zur Glasveranda und zur Schwelle.

Wo er stehen bleibt.

Zwei

Später am Morgen, als es angefangen hat zu schneien und der Mann aufgehört hat zu sterben und ein Hund den Tod gerochen hat, wird Olu ohne große Eile das Krankenhaus verlassen, sein Blackberry ausschalten, den Kaffee abstellen und zu weinen anfangen. Er wird keine Ahnung haben, wie der Tag in Ghana angefangen hat, er wird Meilen und Ozeane und Zeitzonen weit entfernt sein (und noch andere Arten von Entfernungen, die schwerer zu überwinden sind, wie gebrochene Herzen und Wut und versteinerter Schmerz und all die Fragen, die zu lange ungefragt oder unbeantwortet blieben, und Generationen von Vater-Sohn-Schweigen und Scham), während er Sojamilch in den Kaffee rührt, in einer Krankenhauscafeteria, mit verschwommenem Blick, unausgeschlafen, hier und nicht da. Aber er wird es sich vorstellen – sein Vater, dort, tot in einem Garten, ein Mann, gesund, siebenundfünfzig, in bemerkenswert guter Verfassung, kleiner-runder Bizeps unter der Haut seiner Oberarme, kleiner-runder Bauch unter seinem Unterhemd, einem Fruit of the Loom-Feinripp-Unterhemd, sehr weiß auf dunkelbraun, dazu diese lächerlichen MC Hammer-Hosen, die er, Olu, hasst und die Kweku liebt – und obwohl er es versucht (er ist Arzt, er weiß Bescheid, er kann es nicht ausstehen, wenn seine Patienten ihn fragen »Was ist, wenn Sie sich irren?«), wird er den Gedanken nicht los.

Dass die Ärzte sich irren.

Dass solche Dinge nicht »manchmal passieren«.

Dass dort etwas *passiert* ist.

Kein Arzt mit seiner Erfahrung und erst recht kein so außergewöhnlich guter Arzt – und man kann sagen, was man will, aber der Mann war erstklassig in seinem Beruf, selbst seine Widersacher geben das zu, ein »Künstler am Skalpell«, ein Chirurg, der seinesgleichen sucht, ein ghanaischer Carson und so weiter – kein Arzt dieses Kalibers hätte sämtliche Anzeichen eines sich so langsam aufbauenden Herzinfarkts übersehen können. Typische Koronarthrombose. Null Problem. Schnell handeln. Und er hätte genug Zeit gehabt, eine halbe Stunde, und das scheint eher untertrieben, nach allem, was Mom erzählt, dreißig Minuten, um zu handeln, um zur »Ausbildung zurückzukehren«, wie Dr. Soto sagen würde, Olus Lieblings-Oberarzt, sein Xicano-Hausheiliger. Symptome durchgehen, Diagnose erstellen, aufstehen, ins Haus gehen, die Frau aufwecken, und falls die Frau nicht Auto fahren kann – wovon auszugehen ist, sie kann nicht lesen –, selbst ans Steuer setzen und sich in Sicherheit bringen. Und Pantoffeln anziehen, Herrgott nochmal.

Aber er tat nichts dergleichen. Ging nichts durch, erstellte nichts. Durchquerte nur eine Glasveranda, fiel ins Gras. Ohne ersichtlichen Grund – oder aus undurchschaubaren Gründen, die Olu nicht ahnen kann und die er, zur Unwissenheit verdammt, nicht verzeihen kann – blieb sein Vater liegen, Kweku Sai, die Große Hoffnung der Ga, der verlorene Sohn, das verlorene Wunderkind, lag einfach da in seinen Schlafsachen und tat gar nichts, bis die erbarmungslose Sonne aufging, weniger ein Aufgang als ein Aufstand, Tod dem fahlen Grau durch das goldene Schwert, während drinnen die Ehefrau die Augen aufschlug und die Pantoffeln in der Tür stehen sah. Und weil sie das seltsam fand, ging sie ihn suchen und fand ihn. Tot.

Ein außergewöhnlicher Chirurg.

Und ein gewöhnlicher Herzinfarkt.

Durchschnittlich hat man vierzig Minuten zwischen Beginn der Attacke und Tod. Also selbst *wenn* es stimmt, dass solche Dinge »manchmal« passieren, das heißt, wenn es stimmt, dass gesunde Herzen sich »manchmal« verkrampfen, einfach so, aus heiterem Himmel, wie ein Wadenkrampf, besteht immer noch die Frage der Zeit. Die ganzen Minuten dazwischen.

Zwischen dem ersten Stich und dem letzten Atemzug. Speziell diese Momente faszinieren Olu, er ist besessen von ihnen, schon sein ganzes Leben, in der Jugend als Sportler, dann später als Arzt. Die Momente, die das Ergebnis bestimmen.

Die stillen Momente.

Dieses zerrissene Schweigen zwischen Auslöser und Handlung, wenn sich das Denken nur auf das konzentriert, was der Augenblick fordert, und die ganze Welt sich verlangsamt, als wollte sie sehen, was passiert. Wenn der eine handelt und der andere nicht. Die Momente, nach denen es *zu spät* ist. Nicht das Ende selbst – diese wenigen, verzweifelten und schrillen Sekunden, die dem endgültigen Signalton vorausgehen oder dem langgezogenen Piepsen der Nulllinie –, sondern die Stille davor, die Unterbrechung des Geschehens, die Pause. Diese Pause gibt es immer, das weiß Olu, ausnahmslos. Die Sekunden, gleich nachdem die Pistole losgegangen ist und der Läufer unten bleibt oder zu früh hochkommt. Oder nachdem das Schussopfer spürt, wie die Kugel seine Haut zerreißt, und mit der Hand nach der Wunde tastet oder nicht. Die Welt steht still. Ob der Läufer gewinnt und ob der Patient durchkommt, hat letzten Endes weniger damit zu tun, wie er die Linie überquert, als vielmehr damit, was er in den Augenblicken kurz davor getan hat. Kweku hat nichts getan, und Olu weiß nicht, warum.

21

Wie konnte sein Vater nicht merken, was los war? Und wenn er es merkte, wie konnte er dann dort liegenbleiben, um zu sterben? Nein. Irgendetwas musste *passiert* sein, was ihm die Orientierung nahm, ein überwältigendes Gefühl, eine geistige Verwirrung. Olu weiß nicht, was es war. Er weiß nur so viel: ein aktiver Mann, unter sechzig, keine Krankheiten bekannt, aufgewachsen mit Frischwasserfisch, läuft jeden Tag fünf Meilen, vögelt eine attraktive Dorfidiotin – man kann sagen, was man will, aber diese neue Ehefrau ist keine Krankenschwester. Es ist sinnlos, Vorwürfe zu erheben, aber es hätte vielleicht Hoffnung gegeben, die richtige Herzdruckmassage / wenn sie aufgewacht wäre – aber so ein Mann stirbt nicht in einem Garten an einem Herzstillstand.

Etwas muss ihn zum Stillstand gebracht haben.

Drei

Tautropfen auf Gras.

Tautropfen auf Grashalmen, wie Diamanten, großzügig verstreut aus der Tasche eines Elementargeistes, der zufällig vorbeikam und mit leichten, geschmeidigen Schritten durch Kweku Sais Garten ging, kurz bevor Kweku selbst dort erschien. Der ganze Garten glitzert, blinzelt und kichert, wie Schulmädchen, die verlegen verstummen, wenn der

Liebste sich nähert. Glitzernder Mangobaum, Herrscher, strotzend im Zentrum, mit den kräftigen, leuchtend grünen Blättern und den leuchtend gelben Früchten; glitzernder Brunnen, jetzt voller Risse und umgeben von Unkraut, das Weiß blüht, aber die Statue steht noch da, die »Mutter von Zwillingen«, *iya-ibeji*, ein Geschenk für seine Exfrau Folasadé, jetzt verlassen im Brunnen, mit ihren handgemeißelten Zwillingen; glitzernde Blumen, die Folasadé an ihren Blüten, ihren Gesichtern erkennen konnte, die englischen Namen, die lateinischen Namen, eine Million verschiedener Rosatöne; leuchtender Himmel, das weiche Grau des Südens ohne Sonnenlicht, glitzernde Wolken an den Rändern.

Glitzernder Garten.

Glitzernd nass.

Kweku bleibt auf der Schwelle stehen und starrt hinaus, atemlos, eine Schulter an die halb offene Schiebetür gelehnt. Er denkt vor sich hin, ein Stechen in der Brust, dass die Welt manchmal zu schön ist. Dass sie einfach kein *Gewicht* hat, dass man sie unmöglich akzeptieren kann. Der Tau auf dem Gras und das Licht auf dem Tau und die Färbung dieses Lichts – das ist nichts für einen Arzt wie ihn, der weiß, dass solche Dinge selten eine Nacht überleben. Der weiß, dass sie zwar da sind, aber nie lange, für die Welt, wie er sie kennt, diesen grausamen und sinnlosen und quälenden Ort. Der weiß, dass sie entweder zerbrochen werden oder wegbrechen, sich befreien von dem, was Verlust bedeutet. Und dass die Neugeborenen-Intensivstation, N.I.C.U., es richtig gemacht hat.

In der N.I.C.U. empfiehlt man, keinen Namen zu geben, wie er in seinem dritten Ausbildungsjahr in der Pädiatrie lernen sollte, in diesem herzzerbrechenden Winter 1975, als seine Mutter gerade gestorben und sein erster Sohn gerade geboren war. Wenn ein unglückliches Neugeborenes aller Voraussicht nach das Wochenende nicht überstehen würde, riet man den Eltern davon ab, ihm einen Namen zu geben, und schrieb »Baby« samt Nachnamen auf das Schild am Brutkasten (»Baby A«, »Baby B« und so weiter, bei Mehrfachgeburten). Viele seiner Jahrgangskollegen fanden diese Praxis befremdlich – als würde man sich zu früh geschlagen geben. Das waren vor allem die Amerikaner, mit ihren weißen Zähnen und der Kuhmilch, für die Kindersterblichkeit etwas Unvorstellbares ist. Oder besser gesagt, vorstellbar in der Summe, als eine Zahl, eine Statistik, das heißt, x % der in Ghana geborenen Kinder sterben vor der zweiten Woche. Vorstellbar im Plural, aber inakzeptabel im Singular. Das *eine* grau-blaue Baby.

Das verstorbene Baby Nachname.

Für die Afrikaner hingegen (und die Inder und die Westinder und für den einen Flüchtling aus Lett-

24

land, dem es in Baltimore gefiel) war ein totes Neugeborenes nicht nur vorstellbar, sondern auch nicht weiter erwähnenswert, vor allem, wenn unvermeidlich, das heißt, erklärbar. So war das Leben. Ihnen erschien es nur logisch, keinen Namen zu geben, ja, sogar gut, ein Mittel, um Distanz zur Existenz und damit auch zum Tod zu schaffen. Etwas, was man sich typischerweise in Amerika ausdachte, während man sich in Riga oder in Accra gar keine Gedanken darüber machte. Die Sterilisierung menschlicher Emotion. Die Reduzierung aller Schmerzen auf das Niveau von Hallmark-Karten-Kummer. Von den vielen Gesichtern des Leids wird, als helfe eine fleißige OP-Schwester, alle Hässlichkeit abgewaschen.

Gesichter, die Kweku Sai kannte.

Ihm, der jeden Schmerz an seinem Gesicht erkennen konnte, war die Logik vertraut, aus einer wärmeren Dritten Welt, wo der Junge seine Mutter, blutverschmiert von den Wehen (von fruchtlosen Wehen), in der Dämmerung bis ans Ufer eines Ozeans begleitet und sieht, wie sie die kleine Leiche, in Palmblätter gewickelt, sozusagen ein unglücklicher Moses, in den Schaum der Wellen legt und dann weggeht. Er wird sie niemals darüber sprechen hören, nie, kein einziges Mal – und er lernt, dass »Verlust« nur ein Konstrukt ist. Nur ein Gedanke. Den man ausformuliert oder auch nicht. Mit Worten. Das heißt, etwas, dessen Existenz man gar nicht bis ins Denken vordringen lässt, kann man nicht verlieren, und man kann nie sagen, man habe es verloren.

Schon damals, mit vierundzwanzig, als junger Vater und immer noch Kind, ein neuerdings mutterloses Kind, wusste Kweku das alles.

Jetzt starrt er auf das Glitzern, er wird zum Stillstand gebracht von der Schönheit, und er weiß, was er vor so vielen Wintern wusste. Wenn man vor etwas steht, was fragil und perfekt ist, in einer Welt, die hässlich und erdrückend und grausam ist, dann lautet die korrekte Verhaltensregel: Gib ihm keinen Namen. Tu so, als existierte es nicht.

Aber das funktioniert nicht.

Er spürt einen zweiten Stich, jetzt, weil es die Perfektion gibt, weil die Perfektion hartnäckig gegenwärtig ist, gerade in den verletzlichsten Dingen, selbst wenn er sich noch so weigert – eine bewundernswerte, logische Weigerung –, sich in seinem Herzen, in seinem Denken darauf einzulassen. Und weil seine Logik so trostlos ist. Gleichgültig, an *welchem* Faden er zieht, um den elenden Knoten zu lösen: (a) wie vergeblich es ist, etwas zu sehen, angesichts der Vergänglichkeit des Schönen, vor allem des Schönen in der Zerbrechlichkeit, und das an einem Ort wie diesem, wo eine Mutter, noch blutig, ihr Neugeborenes begraben muss, sich danach abwäscht und nach Hause geht, um Süßkartoffeln zu

Brei zu stampfen; (b) wie beharrlich das Schöne ist, ausgerechnet in der Zerbrechlichkeit!, in einem Tautropfen vor Tagesanbruch – ein Ding, das enden wird, und zwar schon bald, in einem Garten, in Ghana, im üppigen Ghana, im weichen Ghana, im grünen Ghana, wo zerbrechliche Dinge sterben.

Er sieht das alles so deutlich, dass er die Augen schließt. Sein Kopf beginnt zu pulsieren. Er öffnet die Augen. Er will sich bewegen, kann aber nicht. Er klebt dort fest, überwältigt. Das letzte Mal, dass er sich so gefühlt hat, war bei Sadie.

Vier

Wieder Winter, 1989.
Die Entbindungsstation im Brigham Hospital.

Fola, aufgestützt im Krankenhausbett, noch blutig von den Wehen, klammert sich an seinen Arm.

Die Zwillinge, neun Jahre alt, schlafen tief und fest im Wartezimmer, auf diesen scheußlichen blauen Stühlen mit der gelben Schaumgummipolsterung, ineinander geschoben, wie sie das immer machen, ein lustiges japanisches Holzpuzzle: Taiwos Kopf auf Kehindes Schulter und Kehindes Wange auf Taiwos Kopf, ein Mädchen und ein Junge mit den gleichen Bernsteinaugen, die Funken aus den sonst so sanften Kindergesichtern schleudern.

Olu, der Apfelscheiben isst, schon mit vierzehn Jahren auf Gesundheit bedacht, und der *Alles zerfällt* liest; einziges Anzeichen seiner wachsenden Unruhe das mechanische Auf- und Ab-Wippen seines Oberschenkels.

Und das Neugeborene, noch ohne Namen, das in seinem Brutkasten um sein Leben kämpft. Und verliert.

Baby Sai.

In dem widerlichen Kreißsaal.

»Was ist mit Idowu? Wo wird sie hingebracht?«

Sie umklammerte seinen nackten Arm. Er trug noch seinen Operationskittel, sonst nichts, die Arme nicht bedeckt. Er war gerade beim Vernähen, als bei ihr die Wehen einsetzten (zu früh). Ein Freund am Brigham hatte ihn (über die Sprechanlage) angepiepst, er war durch den Schnee gerannt, vom Beth Israel hierher, die wirbelnden Flocken hatten seinen Blick verschleiert und die Wörter, zwei Wörter, sein Denken. *Zu früh.*

»Es war zu früh.«

»NEIN.«

Kein menschliches Geräusch. Ein Tier. Ein grollendes Knurren, aus dem eben leer gewordenen Bauch. Ein Schlachtruf. Aber wer war der Gegner? Er. Der Geburtshelfer. Die Zeit. Der Bauch selbst. »Folasadé«, murmelte er.

»Kweku, nein«, knurrte Fola mit zusammengebissenen Zähnen, und ihre Fingernägel gruben sich in seine Haut. Bis es blutete. »Kweku, nein.« Jetzt begann sie zu weinen.

»Bitte«, flüsterte er. Erschlagen. »Nicht weinen.«

Sie schüttelte den Kopf, weinend, immer noch seinen Arm durchbohrend (ohne auf seine anderen durchbohrbaren Teile zu achten). »Kweku, nein.« Als würde sie im Kopf seinen Namen ändern, von Kweku, einfach nur Kweku, zu Kweku-nein.

Er drückte die Lippen sanft auf ihren Kopf, stolz gekrönt von dem wunderschönen Afro, Folas Haar, der durch den Schweiß auf die Hälfte reduziert war. Eine Wolke winziger Spiralen, jede an der nächsten klebend, solidarisch, nach Indian Hemp riechend. »Wir haben drei gesunde Kinder«, sagte er leise zu ihr. »Wir können uns glücklich preisen.«

»Kweku-nein, Kweku-nein, Kweku-*nein*.«

Der letzte Ruf war schrill, fast Wut, Anklage. Er hatte Fola noch nie so aufgelöst erlebt. Die anderen beiden Schwangerschaften waren problemlos verlaufen, medizinisch gesprochen, die Entbindung wie ein Uhrwerk, wie im Lehrvideo. Die erste in Baltimore, als sie noch Kinder waren, die zweite hier in Boston, ein Kaiserschnitt, die Zwillinge. Und nun das. Zehn Jahre später, ein absoluter Zufall, ein Unfall, diese dritte Schwangerschaft (obwohl alle absolute Zufälle gewesen waren, in gewisser Weise). Bei dieser war

Fola von Anfang an anders gewesen. Sie bestand darauf, sofort das Geschlecht zu erfahren. Dann bestand sie darauf, dass er niemandem etwas erzählte, nicht einmal den Kindern, weder (a) dass sie schwanger war, noch (b) was es war. Beides wurde aber offensichtlich an einem Sommerabend, als sie mit vier Eimern rosaroter Farbe nach Hause kam. Sie wählte den Namen ohne ihn, für »das Kind, das nach Zwillingen kommt«. Das überraschte ihn nicht besonders. Sie legte plötzlich Wert auf ihr Yoruba-Erbe, nachdem sie eine *iya-ibeji* geworden war, Mutter von Zwillingen. Er mochte den Namen nicht, der Klang gefiel ihm nicht, *Idowu,* und was der Name bedeutete, gefiel ihm noch weniger. Irgendetwas von Konflikt und Schmerz. Andererseits war er froh, dass sie nicht etwas noch Dramatischeres ausgesucht hatte, wie *Yemanja,* so wie sie sich die ganze Zeit aufführte. Schreine bauend.

Und nun das. Zehn Wochen zu früh. Man konnte nichts tun.

»Du musst etwas tun. *Irgendetwas.*«

Er schaute zur Krankenschwester.

Eine Trinkerin, würde er schätzen, nach dem Bauch und der Rosazea zu urteilen. Irisch, nach dem Süd-Bostoner »a« zu urteilen. Aber keine Spur von der Bigotterie, die oft damit einhergeht, und sanfte Augen, grau-blau, leuchtend. Diese Frau schaffte es, die Stirn zu runzeln und gleichzeitig zu lächeln. Mitfühlend. Während Fola Blut aus seinem Arm kratzte. »Wo ist sie hingebracht worden?«, fragte er, obwohl er es wusste.

Die Schwester lächelte stirnrunzelnd. »Auf die N.I.C.U.«

Er ging in den Warteraum.

Olu blickte hoch.

Er setzte sich neben Olu, legte eine Hand auf sein Knie. Olu legte Achebe weg und schaute auf sein Knie, als würde er jetzt erst merken, dass es wippte. »Pass auf deinen Bruder und deine Schwester auf. Ich bin gleich wieder da.«

»Wohin gehst du?«

»Ich will nach dem Baby sehen.«

»Kann ich mit?«

Kweku warf einen Blick auf die Zwillinge.

Ein lustiges japanisches Holzpuzzle. Sie schliefen wie seine Mutter. Olu betrachtete die beiden ebenfalls. Dann warf er Kweku einen flehenden Blick zu.

»Gut. Komm mit.«

Sie gingen schweigend den Krankenhausflur entlang. Vor ihnen sein Kameramann, rückwärts gehend. In dieser Szene: Ein hochangesehener Arzt geht mit energischen Schritten den Gang hinunter, um seine unrettbare Tochter zu retten. Ein Western. Wäre gut, wenn er eine Waffe hätte. Einen kleinen sechsschüssigen Revolver, Silber. Zwei. Etwas mit

31

mehr Glanz als ein Hopkins-Arzt. Ein klarerer Gegenspieler wäre auch gut. Oder ein Gegenspieler, der weniger anspruchsvoll ist als die Grundregeln der medizinischen Wissenschaft. Als die Statistik.

Jetzt, Olu: »Und?«

Ende der Szene.

»Nichts.« Kweku lachte leise. »Nur müde, mehr nicht.« Er tätschelte seinem Sohn den Kopf. Oder, genauer gesagt, die Stirn seines Sohnes, weil der Kopf nicht mehr da war, wo er sich in seiner Erinnerung befand. Kweku musterte Olu aufmerksam, überrascht von seiner Größe (und von anderen Dingern, die er gesehen, aber noch nicht richtig registriert hatte: der breite Latissimus dorsu, der große Rückenmuskel, das kantige Kinn, die Yoruba-Nase, Folas Nase, breit und gerade, die straffe Haut, die gleiche Farbe wie seine und glatt wie ein Babypopo, noch jetzt in der Pubertät). Er war nicht hübsch wie Kehinde – der wie ein Mädchen aussah: ein unmögliches, unmöglich schönes Mädchen –, aber er war im Laufe eines einzigen Wochenendes, so schien es ihm, ein wirklich sehr gut aussehender junger Mann geworden. Er drückte Olus Schulter, um ihn zu beruhigen. »Mir geht's gut.«

Olu machte ein ernstes Gesicht, angespannt. »Ich meine das Baby. Was ist es? Welches Geschlecht?«

»Ach so. Richtig.« Kweku lächelte. »Es war ein Mädchen«, dann: »Es ist ein Mädchen«. Aber zu spät.

Olu hatte die Zeit gehört (»war«) und musterte ihn misstrauisch.

»Was ist mit dem Baby?«, fragte er, seine Stimme angespannt.

»Der Fluch ihres Geschlechts. Ungeduld.« Kweku blinzelte. »Sie konnte nicht warten.«

»Kann man sie retten?«

»Unwahrscheinlich.«

»Kannst du's?«

Kweku lachte jetzt laut, ein unerwartetes Geräusch in der Stille. Er tätschelte Olus Kopf, diesmal erwischte er die Haare. Dass sein ältester Sohn seine Fähigkeiten als Arzt so hoch schätzte, erstaunte ihn immer wieder und freute ihn. Versöhnte ihn. Sein anderer Sohn interessierte sich überhaupt nicht dafür, was er tat, obwohl sie alle von seiner Arbeit lebten. Kweku nahm das nicht persönlich. Wenigstens dachte er das. Wenigstens ließ er es sich nicht anmerken, wenn der Kameramann dabei war. Er war ein intelligenter Vater, zu rational, um ein Lieblingskind zu haben. Und ein richtiger Mann, der über solchen kleinlichen Unsicherheiten steht. Und ein hochangesehener Arzt, einer der besten auf seinem Gebiet, *verdammt nochmal!*, ob es nun Kehinde interessierte oder nicht. Außerdem. Der Junge war nicht zu beeindrucken. Ewig gleichgültig. Alle seine Lehrer sagten das, Jahr für Jahr. Außerordentliche Begabung, beispielhaftes Verhalten, aber die Schule interessiert ihn nicht. Was tun? *Kehinde interessiert gar nichts*, sagte ihnen Kweku. *Außer Taiwo*. Immer außer Taiwo.

»Nein«, antwortete er Olu, und sein Lachen blieb, als Lächeln. Olus Augen ruhten seitlich auf seinem Gesicht. Dann entfernten sie sich. Sie gingen weiter den Gang entlang, schweigend. Plötzlich blickte Olu hoch.

»Doch, du kannst es.«

Als Kweku viele Jahre später an diesen Augenblick denkt, kann er den Ausdruck auf dem Gesicht des Vierzehnjährigen vor sich sehen. Olu schien – innerhalb von Sekundenbruchteilen – wieder ein kleines Kind zu werden, voller Vertrauen. Der Junge verwandelte sich, sein Gesicht weit offen, seine Augen so frei von Zweifel, dass Kweku den Blick senkte. Dass sein ältester Sohn seine Fähigkeiten als Arzt so hoch schätzte, brach ihm das Herz (ein zweites Mal. Das erste Mal hatte er es nicht gespürt). Er schüttelte schwach den Kopf und blickte auf seine Hände. Seine Finger, immer noch starr von dem schnellen Lauf durch den Schnee. Er taumelte am Abgrund, aber er wusste nicht, an welchem; irgendeine seltsame Kraft baute sich immer mehr auf, in ihm und gegen ihn. »Sie hat nicht das Herz dafür …«, begann er, unterbrach sich aber dann. Sie waren jetzt an der Glastür zum Säuglingssaal.

Kweku spähte hinein.

Da war es.

Auf der linken Seite.

Zweieinhalb Pfund, kaum atmend, kaum ein Leben.

Überall Pflaster, aus denen Schläuche kamen. Es sah aus wie E.T. auf dem Weg nach Hause.

Olu presste die Hände an das Plexiglasfenster. »Welches Baby ist es?«, fragte er und legte die Hände schützend um die Augen. Kweku lachte leise. Olu sagte nicht *sie*. Nur *es, das Baby*. Ein kleiner Arzt im Entstehen. Er zeigte auf den Brutkasten, auf das handgeschriebene Schild. »Das da«, sagte er. »Baby Sai.«

Es war nur eine Kleinigkeit, wirklich, ein minimaler Ausrutscher (»Sai«), dass er seinen Nachnamen laut aussprach, als er ans Glas klopfte, aber er war ja schon am Abgrund entlanggetaumelt, als es passierte und er, während er auf den Brutkasten deutete, seinen eigenen Namen aussprach. Beides zusammen – der Klang seines Namens, ein lauter Atemhauch im Raum, und der Anblick des Neugeborenen, das um den Atem kämpft – bewirkte, wie eine explosive Verbindung, dass »Baby Sai« irgendwie sein Baby wurde. Es gehörte ihm.

Sie gehörte ihm.

Und sie war perfekt.

Und sie war *winzig*.

Und sie war dabei zu sterben. Und er fühlte es, fühlte dieses Sterben, mitten in seinem Inneren, mit wachsender Wucht, eine ungebremste Panik, die seine Lunge ergriff und seine Brusthöhle mit einem Summen erfüllte: kribbelnd, zäh, beißend und stechend. Er hörte sich selbst flüstern: »Da ist sie« oder so etwas Ähnliches, aber weil sich sein Kehlkopf zusammenzog, erkannte er seine Stimme nicht.

So wenig wie Olu, der aufblickte. Erschrocken.

»Dad«, flüsterte er. Gequält. »Nicht weinen.«

Aber Kweku konnte nichts dagegen tun. Er merkte es gar nicht richtig. Die Tränen kamen so schnell, flossen so leise. *Sie gehörte ihm, war seine.* Dieses kostbare Ding da, mit Zehennägeln wie Tautropfen, ihre zehn winzigen Finger zusammengerollt vor Hoffnung, kleine Fäuste der Entschlossenheit, und ihre blütenblattdünne Haut, wie eine Blume, die Fola an ihrem Gesicht erkennen konnte. Schon jetzt Folas Liebling. Und Fola: wartend, hoffnungsvoll, aufgestützt im Bett, schwitzend, blutverschmiert. Auch seine.

Du musst etwas tun.

Er musste etwas tun. Schnell wischte er sich übers Gesicht, mit der Rückseite seines Arms. Das Salz brannte in der Wunde. Er drückte Olus Schulter. Um sich selbst zu beruhigen.

»Dann komm mit.«

Die nächsten sechsundneunzig Stunden blieb er

im Personalraum des Krankenhauses, schloss Freundschaft mit den verschlafenen Assistenzärzten, die ebenfalls dort schliefen, konsultierte Kollegen, recherchierte Behandlungsformen, las wie besessen, schlief kaum, bis sein Gegenspieler besiegt war. Bis das Neugeborene einen Namen bekam. Und nicht *Idowu*, nicht diesen Namen, der so zäh war wie Ziegenfleisch, den Fola für das leidgeprüfte Kind ausgesucht hatte, das direkt nach den Zwillingen geboren worden war. Er entschied sich für *Sadé*, als sie das Mädchen endlich, endlich nach Hause brachten – mit der Begründung, dass zwei Folas zu verwirrend wären. Seine erste Wahl war *Ekua*, wie seine Schwester, »geboren am Mittwoch«, aber Fola hatte schon vor Jahren die Oberhoheit auf dem Gebiet der Namensgebung übernommen (erster Vorname: nigerianisch; Mittelname: ghanaisch; dritter Name: Savage; Nachname: Sai). Sadé nannte sich *Sadie*, als sie in die Junior High kam, mit der Begründung, dass ihre Mitschüler Sadé sowieso wie *Sadie* aussprachen. Aber eine Krankenschwester wählte als Erste *Folasadé*, unbeabsichtigt, in dieser letzten Nacht im Brigham.

Noch ein Zufall.

Er war nach Mitternacht allein im Säuglingsraum mit dem Baby, immer noch im selben Operationskittel, von der Blinddarm-OP im Beth Israel vor ein paar Tagen, und ihm war vollkommen klar, dass

Eltern, die an der Plexiglasscheibe vorbeikamen, ihn für einen Obdachlosen halten könnten. Was ja auch passte. Die blutunterlaufenen Augen, die verfilzten Haare, der halb wahnsinnige Blick eines Besessenen. Er sah aus wie ein Irrer, ein Irrer im Arztkittel, der pleitegegangen ist, weil er unbedingt gewinnen wollte, trotz verschwindend geringer Chance. (Er konnte nicht ahnen, dass er eines Tages tatsächlich so werden würde: ein Verrückter, besessen, unrasiert, pleite, ausgelaugt.) Der Raum war dunkel, bis auf die Beleuchtung in den Brutkästen. Auf einem Stuhl wiegte er das Mädchen in seinem Schoß. Das Mädchen schlief schon länger als eine Stunde, aber er schaukelte weiter, zu erschöpft, um aufzustehen. Der Stuhl war zu klein, einer dieser winzigen Schaukelstühle aus Plastik, die Krankenhäuser in ihre Säuglingszimmer stellen, als wären sie für die Neugeborenen gedacht.

Die irisch aussehende Krankenschwester mit dem Bauch und der Rosazea erschien in der Tür mit ihrem Klemmbrett und blieb stehen. »Sie schon wieder.« Sie lehnte sich an den Türrahmen. Lächelte stirnrunzelnd.

»Ja, ich schon wieder.«

»Nein, nein, bitte, bleiben Sie sitzen.«

Sie betrat den Raum, ohne die Neondeckenbeleuchtung anzuknipsen. Netterweise ersparte sie ihnen beiden den plötzlichen Überfall durch das grelle Licht. Leise machte sie ihre Runde, kritzelte Notizen auf ihr Klemmbrett. Als sie zu dem kleinen Schaukelstuhl kam, schaute sie nach unten und musste lachen.

Die Hand des Kindes, mit den fünf unendlich kleinen Fingern, hing an Kwekus Daumen, als wollten sie das Leben festhalten.

»Sie müssen die Kleine wirklich sehr lieben«, sagte sie mit ihrem Bostoner Akzent. »Sie sind öfter hier als ich, ich schwör's.«

Kweki lachte ganz leise, um das Baby nicht aufzuwecken. »Stimmt«, sagte er nur. »Es stimmt.«

Es klang fast wie »Ich will«, und er musste an Baltimore denken, an seinen Hochzeitstag, eine Fola, jung, strahlend in ihrem Umstandskleid, in einer dämmrigen Kapelle mit niedriger Decke, rotem Teppich und Holzvertäfelung, er dachte an die erste Nacht nach der Hochzeit, Ginger Ale, Sektgläser aus Plastik. Woraufhin zwei andere Wörter wie kleine Bläschen zur Oberfläche seines Denkens aufstiegen. Und platzten. *Zu früh.* Hatten sie zu früh geheiratet? Waren sie zu früh Eltern geworden? Wenn ja – was hatte es zu bedeuten? Dass es keine »wahre Liebe« war?

Die Krankenschwester, immer noch in Boston, machte die Lampe im Brutkasten aus. Kweku, noch in Baltimore, schloss die Augen, schaukelte vor und zurück. »Aber ich liebe sie wirklich sehr.« Die Schwester hörte es nicht. Sie überprüfte das Schild am Brutkasten. Baby Sai. Kein Vorname.

»Wie heißt sie?«, fragte die Schwester ihn, den Stift gezückt.

»Folasadé«, murmelte Kweku, zu müde, um nachzudenken.

»Sehr hübsch. Wie schreibt man das?«

Ohne die Augen zu öffnen. »F-o-l-a-s-a-d-e.«

Er begriff gar nicht, was die Schwester eigentlich gefragt hatte – bis zu der Verwirrung bei der Entlassung. »Keine Idowu Sai.« Eine andere Schwester jetzt, die gereizt ihren Kaugummi schmatzte, knallte die Akte auf die Theke und deutete darauf. Acryl-Fingernägel. Kweku nahm die Akte, um nachzusehen, was da stand. *Vorname: Folasade. Nachname: Sai.* Die Schwester lächelte herablassend, fabrizierte eine Kaugummiblase, ließ sie platzen.

»Fola-say-dee Sai. Ist das Ihr Kind? Fola-say-dee?«

Fünf

Das letzte Mal, dass er sich so gefühlt hat, war bei »Say-dee«. Dieses Gefühl einer Offenbarung, die gleiche beunruhigende Erkenntnis, dass er etwas falsch verstanden hat, dass etwas, das er schon unzählige Male angeschaut und als unbedeutend, vernachlässigbar abgetan hat, in Wirklichkeit schön ist und schon immer schön war. Wieso ist ihm das bisher entgangen? Das gerade-erst-geborene Baby, das gerade-erst-atmende Neugeborene, die Fäuste geballt voller Hoffnung, kein bizarrer Anblick, auch kein Alien, was er früher bei Neugeborenen immer gedacht hat (auch bei Olu, Taiwo und Kehinde), sondern wundervoll, jede Mühe wert. Gleichzeitig Bestürzung. Eine plötzliche Enge in der Brust, auf der linken Seite, wo er das Sterben und andere wachsende Kräfte spürt. Nicht: War-blind, doch-jetzt-kann-ich-sehen, Chor der Engel, Halleluja. Eher: Aber-wohin-führt-das-alles, eine durchdringende, eine schrille Frustration.

Oder was *er* für »Frustration« hält.

Er hat einmal gelesen, dass Frustration nur ein anderer Name für Selbstmitleid ist.

Wie immer man es nennen will.

Das letzte Mal, dass er sich so gefühlt hat, war bei Sadie: Frustration / Mitleid, dass die Welt zu schön ist und gleichzeitig schöner, als er weiß, als er es je *bemerkt* hat. Es ist ihm entgangen, und vielleicht entgeht ihm noch mehr, aber das wird er vielleicht nie erfahren, vielleicht ist es zu spät, es *kann* zu spät sein – es ist ihm entgangen, dass es so etwas überhaupt *gibt,* so ein Zu-Spät, dass die Zeit abläuft und dass es vielleicht letztendlich gar keine Rolle spielt, was er bemerkt hat und was nicht, denn wie kann es wichtig sein, wenn alles verschwindet?

Oder eine Art Gedankenspirale, die in diese Richtung geht und sich bei dieser letzten Verteidigung zu Wort meldet – das heißt, wie kann ihm vorgeworfen werden, was er versäumt hat, wenn ohnehin alles in Bedeutungslosigkeit gehüllt ist, wenn alles stirbt? Er plädiert auf nicht schuldig (*Ich habe nicht gewusst, was schön ist; ich hätte für alles gekämpft, wenn ich es gesehen hätte, wenn ich es gewusst hätte!*). Aber vor wem er – in der Glasveranda genau wie im Säuglingsraum – eigentlich plädiert, bleibt weitgehend unklar. Und noch etwas. Etwas Neues jetzt. Weder Rechthaberei noch Blindheit noch blinde Empörung noch Mitleid.

Akzeptanz.

Des Todes.

Denn er weiß, auf seltsame Art, als die Spirale bei *wenn alles stirbt* anhält, dass er kurz davor ist.

Er weiß – während er dasteht, in seinem Unterhemd und seiner MC Hammer-Hose, die Schulter an die halboffene Schiebetür gelehnt, während er tiefer in den Traum gleitet, in die Erinnerung und in andere Gefühle dieser Art (Bedauern, Reue, Ärger, Umwertung) –, dass er stirbt.

Er weiß es.

Aber er merkt es nicht.

Es ist ein Wissen, keine Erkenntnis. Unauffällig zwischen seinen anderen Gedanken. Nicht einmal ein »Gedanke«. Ein Geräusch, das durch das Wasser auf ihn zukommt, nicht schnell. Eine Gestalt, die sich ganz in der Ferne bildet, aus negativem Raum. Eine Blase, die eben erst den Abstieg ins Bewusstsein antritt. Immer noch zehn, fünfzehn Minuten von der Wahrnehmung entfernt, hinter dem Zeitplan, alle Fakten werden wieder in aufrechte Position gebracht, die Flugbegleiter bereiten die Kabine für die Landung vor. Eine Frau. Die Stimme einer Frau. Die Liebe einer Frau. Die Liebe zu ihr und ihre Liebe. Eine Frau, zwei Frauen. Die Mutter und Geliebte, wo alles beginnt und endet, wie er es schon immer vermutet hat. (Mehr dazu gleich.)

Im Moment steht er an der Schwelle, fasziniert vom Garten.

Wie in aller Welt konnte ihm das entgangen sein?

Sechs

Fast sechs Jahre hat er das hier angeschaut – jeden Morgen, von seiner Glasveranda aus, dieser Veranda mit den deckenhohen Fenstern und dem Dach aus Architekturglas, er hält immer inne, während er Kaffee und Milo Malzschokolade trinkt, den Mocha des armen Mannes, lässt den *Graphic* sinken, saugt bei dem Anblick gedankenabwesend an den Zähnen, denkt, er hätte doch auf dem Pool und den Kieselsteinen beharren sollen, weil er sieht, dass das Liebesgras Wasser braucht, genau da liegt nämlich das Problem mit der Begrünung, hoffentlich ist der verdammte Zimmermann, Mr Lamptey, jetzt endlich zufrieden – in all den Jahren hat er es kein einziges Mal gesehen.

Seinen Garten.

Er konnte es nicht.

Er wollte keinen Garten. Das hatte er mehr als deutlich gesagt. Nichts Üppiges, Weiches oder Grünes. Alle Linien klar usw. (Im Grunde wollte er die Dinge, die er mit Gärten in Verbindung bringt, wie Fola oder die Engländer, nicht auf seinem Grundstück, nicht in seinem Blickfeld.) Er wollte Kieselsteine, weiße Kieselsteine, einen Teppich aus Weiß, wie frischer Schnee, einen rechteckigen Pool. Die Sonne sollte strahlend glitzernd von den weißen Steinen und dem Wasser reflektiert werden, die sengende Hitze in Schach gehalten von einem Überdach aus Beton. Das ist es, was er in der Cafeteria des Beth Israel skizziert hat, während er billigen, lauwarmen Kaffee trank, nach Desinfektionsmittel und Tod stinkend. Ein chlorblaues Viereck an einem Strand aus hellem Weiß. Steril, rechtwinklig, elementar.

Ein geordneter Anblick.

Und das Leben, das dazu gehörte. Jeden Morgen

aufstehen, in seiner kleinen Sonnenveranda Platz nehmen mit der Zeitung und einem Croissant, frischen, teuren Kaffee trinken, serviert von einem Butler namens Kofi, den er mit britischem Akzent anweisen würde (nicht ganz nachvollziehbar): »Danke, das wäre alles.« Seine Kinder friedlich im Schlafzimmer-Trakt schlafend (jetzt der Gästezimmertrakt), während der Koch im Speisetrakt das Frühstück zubereitet. Und Fola. Mit Abstand der beste Teil des Bildes. In ihrem blauen Bikini schwimmt sie ihre letzte Morgenbahn, ihr Afro voller Tropfen, lauter glitzernde Juwelen, so steigt sie aus dem Wasser wie Aphrodite aus dem Schaum der Brandung (eher unwahrscheinlich, Fola konnte es nicht ausstehen, wenn ihre Haare nass wurden) und winkt.

Strichmännchen auf einer Serviette.

Sie: lächelnd, tropfend, winkend.

Er: lächelnd, Kaffee trinkend, zurückwinkend.

Stattdessen hat er sich angewöhnt, jeden Morgen hier mit seiner Zeitung und seinem Frühstück zu sitzen (Mocha des armen Mannes, vier fette Dreiecke getoastetes Kakaobrot), auf allen Seiten bedrängt von den deckenhohen Fenstern und von der Vision eines Zimmermanns und Mystikers.

Dieser verdammte Kerl.

Mr Lamptey.

Der Zimmermann. Jetzt der Gärtner. Immer noch

ein Rätsel. Der das Haus in zwei Jahren gebaut hat, einwandfrei und allein, der bei der Arbeit Haschisch raucht, sich in der Mittagspause seine Blunts stopft und bei jeder Verletzung des Holzes Klagegesänge anstimmt, der zur Arbeit in Swami-Kleidung erscheint (safrangelb, barfuß, einen Werkzeuggürtel um die Hüfte geschlungen) und eigentlich nicht wie ein weiser Mann aussieht, sondern eher wie ein alt gewordener Stripper, mit seinem Hammer und Meißel und den nackten gemeißelten Beinen. Eine uralte Seele im Körper eines jüngeren Mannes, mit den Augen eines kleinen Kindes in seinem Altmänner-gesicht, gut siebzig Jahre alt, mit seinem grünen Star und dem Sixpack. Er sabotierte die Glasveranda und verweigerte Kweku seinen Ausblick. Aber er verstand die *Vision*: einfache einstöckige Anlage. Der einzige Zimmermann in Accra, der bereit war, so etwas zu bauen.

Die anderen, die sogenannten »Luxus-Architek-ten-Bauunternehmen«, hatten alle ihre eigenen Vor-stellungen (alle *die gleiche* Idee), wie ein Haus aus-sehen soll: nämlich so kitschig und protzig, wie es die finanziellen Mittel zuließen, ohne jeden Bezug zu irgendeinem afrikanischen Architekturkonzept. Kwe-ku versuchte, sein Anliegen so höflich wie möglich zu erklären, in einem überklimatisierten Büro nach dem anderen: (a) dass sein Haus, so wie er es sich vorstellte, keineswegs »wie ein Fremdkörper« wirken würde, wie die Bauherren meinten (»wir sind hier nicht in den Staaten«); (b) dass Accra schon immer eine Vorliebe für eine kühne modernistische Architektur hatte, man brauchte sich nur den genial futuristischen Black Star Square anzuschauen; (c) dass eine Anlage um einen Innenhof herum in der Tat eine klassische ghanaische Baustruktur war, die genau zur Umgebung passte, was man von ihren Vorzeigehäusern nicht behaupten konnte. Ihre Häuser waren im Grunde nichts als Lagerhallen – kein »Zuhause« –, Hallen, in denen man seine Einkäufe unterbringen konnte: geschmacklose Gemälde, Veloursofas, Plastikblumen, pfundweise Kitsch, Perserteppiche, Samtvorhänge, Kronleuchter, Bärenfellteppiche, alles in den Tropen total unangebracht. Und billig. Gleichgültig, wie aufwändig sie bauten, mit dreistöckigen Vorhallen und Säulen und Swimmingpools – die Häuser wirkten immer billig.

Worauf die Unternehmer, so höflich sie konnten, erwiderten, es sei ihm jederzeit freigestellt, das Büro zu verlassen und nie wiederzukommen. Nach der siebten Begegnung dieser Art steckte Kweku seinen kleinen Entwurf (auf der inzwischen dreizehnjährigen Serviette) in die Tasche über seinem Herzen und verließ ohne übertriebene Eile das Büro, ging die Treppe hinunter, durch den Eingang, hinaus auf die High Street.

In die strahlend glitzernde Sonne.

Die schwüle Luft begrüßte ihn als Rückkehrer mit warmen, offenen Armen. Er blieb ein paar Augenblicke stehen, gab sich der Umarmung hin. Dann winkte er einem Taxi, das ihn nach Jamestown bringen sollte. Jamestown war der älteste Teil von Accra und bei weitem der geruchintensivste. Ein stinkender Slum am Meeresufer, Hütten aus Blech und Pappe, im Schatten des ehemaligen Präsidentenpalastes – wo sich Kweku, dem Gestank von getrocknetem Schweiß und totem Fisch trotzend, in seinem eingerosteten Ga nach einem Zimmermann erkundigte.

* * *

»Ein Zimmermann?«, fragte jemand und zischte die Frage dem Nächsten zu.

»Ein Zimmermann …«, murmelte der andere und deutete die Gasse hinunter.

»Ein Zimmermann?«, sagte der, auf den gedeutet worden war, und lachte laut. Dann rief er: »Der Zimmermann!«

Eine alte Frau erschien.

»Der alte Mann«, sagte sie, an den wenigen Zähnen saugend, die ihr noch geblieben waren. Eine Welle von stummen Jas erhob sich und schwappte über den Slum. »*Ja*. Der alte Mann, der beim Meer schläft.« »*Ja*. Der alte Mann, der in dem Baum schläft.« Wieder saugte sie an ihren Zähnen und fügte dann ungehalten noch etwas hinzu. »Der alte Mann«, sagte sie. »Holt den kleinen Jungen.«

Ein Mädchen erschien.

Sie hatte hinter der Frau gestanden, die so breit war, dass sie das Mädchen vollständig verdeckt hatte, samt den knubbeligen Zöpfen und Knien. Jetzt rannte die Kleine gehorsam los, noch ehe Kweku die naheliegenden Fragen stellen konnte, zum Beispiel, ob ein »alter Mann« die Antwort war oder warum er in einem Baum schlief oder was ein »kleiner Junge« damit zu tun hatte. Er nahm an, dass er das schon noch erfahren würde.

Er lehnte sich an das Taxi, wischte sich das Gesicht, kreuzte die Füße. Es war zu heiß, um im Wagen zu warten, ohne Klimaanlage. Der Fahrer saß zufrieden da und aß frisch geräucherten Fisch, den Stolz von Jamestown, das Radio laut gestellt, Joy FM, es lief der Hit »Death for Life«, Reggie Rockstone, von dem jeder in Accra schwärmte.

Keine sechzig Sekunden später kam das Mädchen zurückgerannt, das schmale Handgelenk eines Jungen umklammernd, der aussah, als wäre er ihr Bruder. Der Junge strahlte, erfüllt von dieser unbezähmbaren Fröhlichkeit, die Kweku nur von Kindern kannte, die in Äquatornähe lebten, in Armut: ein Instinkt, über die Welt zu lachen, so wie sie diese vorfanden, Dinge zu finden, über die sie lachen

49

konnten, zu wissen, wo sie suchen mussten. Begeisterung über nichts und über alles, eine Freude, die unauslöschlich war, unerklärlich angesichts der gegebenen Umstände.

Vergnügen *an* den Umständen.

Er hatte diese Fröhlichkeit im Dorf gesehen, bei seinen Geschwistern, jedenfalls bei seiner jüngsten Schwester, mit elf gestorben, an unheilbarer TB. Damals war er noch jünger gewesen und hatte die Fröhlichkeit für Blödheit gehalten, für die positive Grundstimmung der Jüngsten. Eine Art Blindheit gegenüber der Realität. Um so oft so glücklich zu sein, in diesem Dorf, in den fünfziger Jahren, musste man schon blind oder taub sein, hatte er gedacht, doch er hatte sich geirrt. Seine Schwester sah so viel wie er, das begriff er in der Nacht, als sie starb, nachdem der einzige Dorfarzt (ein Sargschreiner) vorbeigekommen und wieder gegangen war, weil er getan hatte, was er konnte, vor dem Abendessen. Seine Mutter war zu einem Fetisch-Priester gegangen, mit einem weißen Zicklein (fairer Handel, klein für klein), und hatte die vier älteren Kinder zusammen draußen vor der Hütte zurückgelassen, die zwei Jüngsten drinnen. Ekua, seine Schwester, lag hustend auf der Seite, auf einer Bastmatte, ein Bündel aus Gliedmaßen, so knochig und dünn, wie ein winziger Scheiterhaufen aus Zweigen, und sie lachte »Was machst du da?«.

Er kniete neben ihr, berührte ihren Nacken und fragte sich, wie dieses ganze Blut plötzlich aufhören konnte zu fließen, angeblich schon bald, wie es einfach seinen heißen Fluss einstellen würde. Das erschien ihm schlimmer als unplausibel. Ein grausamer Scherz, eine Lüge. »Du stirbst nicht«, sagte er, während er ihren Puls fühlte, mit seinen Fingern, mit der Lunge, ein Pulsieren im Bauch. Ekua war seine Verbündete, nur dreizehn Monate jünger, an einem Mittwoch geboren, genau wie er, mit dem gleichen ruhelosen Geist. Und ein Funkeln in ihren Augen und eine Lücke zwischen den Zähnen (die er bei Fola wiederfinden sollte, fünf Jahre später). »Du stirbst *nicht*.« Jetzt mit Überzeugung, denn er glaubte an das große Mysterium, dass das Blut einfach weiter gepumpt wurde, daran glaubte er mehr als an die zum Scheitern verurteilten Gebete der Dorfbewohner draußen oder an das Schlachten von Zicklein oder an die Prognosen von Quacksalbern. Er berührte Ekuas Gesicht und flüsterte: »Du stirbst nicht.«

Sie flüsterte zurück, lächelnd, die Augen glitzernd: »Doch.«

Und sie starb, mit einem Lächeln auf dem ausgemergelten Gesicht, ihre Hand in der ihres Bruders, seine andere Hand auf ihrem Nacken, mit großen lachenden Augen, die größer und kälter wurden, während er sie anstarrte und sah, dass sie durch diese Augen *gesehen* hatte. Und dass sie den Tod auslachte.

(Später, in Amerika, sah er diese Augen wieder, vor allem in der Notaufnahme, wo Elfjährige sterben, die ruhigen Augen eines Kindes, das in Not gelebt hat und in Not stirbt und das dies weiß; ein Kind, das beides akzeptiert und sich gleichzeitig irgendwie darüber hinweggesetzt hat. Nicht durch eine gute Ausbildung, was seine Art von Widerstand war. Nicht durch Blindheit, wie er es bis dahin bei seiner Schwester gedacht hatte. Nein, sie hatte die Welt mit genau der gleichen Achtlosigkeit betrachtet, die die Welt ihr entgegenbrachte – ihr und auch ihm, allen bettelarmen Kindern. Die gleiche Missachtung.) Ihre Augen lachten immer noch. Missachteten alles: Tuberkulose, Armut, Quacksalber, den frühen Tod. Schauten auf eine Welt, die ihr keine Beachtung schenkte, mit einem Blick, der sagte, dass sie ihrerseits die Welt ebenfalls als irrelevant betrachtete. Ekua hatte alles gesehen, was er sah – die Erniedrigungen durch die Armut, die scheinbare Bedeutungslosigkeit ihrer Existenz für und in der Welt, die quälende Kleinheit einer Existenz, die nicht weiter reichte als der Strand, den man an einem halben Tag entlanggehen konnte – ohne sich selbst dabei als erniedrigt, bedeutungslos oder klein anzusehen.

Diese Art von Fröhlichkeit.

Sie brach Kweku das Herz.

Es war das dritte Mal, dass ihm das Herz brach,

der sauberste Bruch, obwohl Kweku das nicht wissen konnte. Das Mädchen kam, das Handgelenk ihres Bruders umklammernd, der mit den Augen lächelte, eine kleine Lücke zwischen den Zähnen. Man verstand nicht ganz, warum sie ihn festhielt, als würde er sonst weglaufen – er wirkte so entzückt und gern bereit mitzukommen. Aber so war's. Kweku sah die beiden und dachte an seine Schwester, an ihre großen, lachenden Augen. Spürte eine Enge in der Brust. Keine Trauer. So wie das Opfer einer Verbrennung dritten Grades, einer sehr kleinen, nichts von der darunter liegenden Infektion spürt. Aus dem gleichen Grund: massive Beschädigung der Nerven. Verlust der Empfindung. Der Schorf, eine schwarze Zementschicht über diesem Teil seiner Vergangenheit.

Er konnte alles sehen, die Bilder liefen stumm in seinem Kopf ab: Dorfarzt, ältere Geschwister, meckerndes Zicklein, Abendsonne. Aber die Bilder waren wie Szenen aus einem Film mit einem längst verstorbenen Kinderstar, in körnigem Schwarz-Weiß gedreht, bevor sein Kameramann geboren wurde. Sie riefen kein Gefühl hervor. Oder jedenfalls keines, das er identifizieren konnte. Nur ein plötzlicher Anfall von Atemnot, den er auf die Hitze schob. Nicht auf Schmerz und Leid. Er spürte keinen »Schmerz«, wenn er sich an seine Kindheit erinnerte, was selten genug vorkam, auch damals, mit neunundvierzig, nachdem er zurückgekehrt war. Er näherte sich –

zum Zentrum, zum Ausgangspunkt (identische Punkte) – Jamestown, eine Stunde von zu Hause entfernt. Spürte es aber gar nicht. In seinem Kopf bewegte er sich immer noch »vorwärts«, kam »weiter«, sein ganzes Leben eine gerade Linie, die vom Anfang ausging.

Wenn ihm also irgendeine Erinnerung kam, ihn einholte, sich von hinter ihm nach vorn drängte, sich aufbauschte, wie Tumbleweed im Wind, dann fühlte er nur Distanz, unüberwindbare Distanz, zutiefst tröstliche Distanz, verbunden mit Ruhe. Eine Ruhe, die verstand, wie das war mit Verlust, dem Abschied auf dieser Welt, wie was wem widerfuhr, in welchen Mengen. Niemals Schmerz. Er rechnete nie alles zusammen – Verlust der Schwester, später der Mutter, abwesender Vater, Geißel des Kolonialismus, geboren in Armut und so weiter –, er klagte auch nicht, dass er ein trauriges Leben gehabt habe, ein unfaires, er schüttelte nicht die Faust gegen den Himmel und fragte warum. Niemals Wut. Er dachte einfach darüber nach, wo er herkam, was er durchgestanden hatte, seine sogenannte »Geschichte«, und kam zu dem Schluss, dass man das alles ruhig vergessen konnte. Er sah keine Notwendigkeit, sich zu erinnern, als wären die Einzelheiten nennenswert, als würde irgendjemand vergessen, was alles passiert war, wenn er es vergaß. Es würde einem anderen passieren, einer Million und einem anderen, die gleichen sinnlosen

Verluste, die gleichen tränenlosen Schmerzen. Das war einer der Vorteile, wenn man arm in den Tropen aufwuchs.

Niemand brauchte je die Details.

Es gab einen elementaren Handlungsstrang, den jeder kannte, dazu die wenigen maßgeschneiderten Abschlüsse, die ab und zu jemand auswählen konnte. Elementar: summende Großmütter und polyzentrisches Tanzen und Getränke aus Baumsaft und das Patriarchat. Maßgeschneidert: Junge schafft den Absprung, gut in Naturwissenschaften oder beim Fußball, stirbt jung, wird Priester, Kindersoldat oder Ähnliches. Nichts Bemerkenswertes und deshalb nichts Erinnernswertes.

Nichts Erinnernswertes und deshalb nichts Betrauernswertes.

Nur die Enge in der Brust, die er wegzulachen versuchte, als er die Augen im Gesicht dieses Jungen sah. Der Junge fing auch an zu lachen, leise, begeistert, ohne zu ahnen, dass so ein Lachen einem erwachsenen Mann das Herz brechen konnte.

»Sa, geht's Ihnen gut?«, fragte er. Seine Schwester zog an seiner Hand. Der Junge wollte aufhören zu lächeln, schaffte es aber nicht. Er hörte auf, aufhören zu wollen.

»Mir geht es gut.« Kweku lächelte, richtete sich auf, räusperte sich. Er schaute zu der alten Frau, die den Blick finster erwiderte, gelangweilt. Er schaute das Mädchen an, das sich die Stirn abwischte. Er schaute den kleinen Jungen an, der hoffnungsvoll zurücklächelte. Und seufzte. Konnte nun sehen, wohin diese ganze Unternehmung führen würde. Fragte: »Und du – wie heißt du?«, obwohl er es schon wusste.

Kofi, der Hausboy, den er auf die Serviette gezeichnet hatte.

»Kofi, Sa«, antwortete der Junge und streckte ihm seine freie Hand hin.

Die Frau saugte wieder an ihren Zähnen. Der Austausch von Höflichkeiten machte sie ungeduldig. »Bring ihn zum Zimmermann«, sagte sie und watschelte davon.

Mr Lamptey.

Der Yogi.

Der »am Ozean schlief«, wie angekündigt. Ein Baumhaus, gut vier Meter hoch. Hier servierte er Tee, ein bitteres Gebräu aus Moringa, geerntet beim Harmattan, sagte er. Zündete sich einen Joint an. »Das ist sehr alt!«, protestierte Kweku und griff schützend nach der Serviette, die Mr Lamptey aufmerksam, aber ziemlich dicht vor dem Joint studierte. »Ich auch«, gab Mr Lamptey zurück, ohne die Serviette anders zu halten. »Das heißt nicht, dass ich demnächst in Rauch aufgehe.«

Kofi lachte. Kweku nicht. Mr Lamptey gab ihm die Skizze zurück. Eine leichte, salzige Brise wehte herein. Sie saßen auf dem Boden, auf geflochtenen Bastmatten, die einzige Sitzmöglichkeit in dem großen, hüttenartigen Raum, der ohne jede Verzierung phänomenal schön gestaltet war. Statt Wänden Lattenfensterläden, die Bodenbretter seidig geschmirgelt. Kweku trank kleine Schlucke Tee, bewunderte stumm die Kunstfertigkeit. Dann strich er mit der Hand über den Fußboden neben seiner Matte. Glatt. Das war der Grund, weshalb er wollte, dass ein Ghanaer sein Traumhaus baute. Auf der ganzen Welt konnten die Ghanaer am besten mit Holz umgehen (wenn sie es versuchten).

Als er hochblickte, musterte Mr Lamptey ihn lächelnd und fragte: »Wann haben Sie das gebaut?«

»Es ist noch nicht gebaut worden.«

Mr Lamptey lachte leise in sich hinein. »Doch, doch«, sagte er bestimmt. Kweku dachte, er würde weiterreden. Er schwieg. Er zog an seinem Joint.

»Was meinen Sie mit ›gebaut‹? Sie haben so ein Haus in Ghana gesehen?«

»Nein«, sagte Mr Lamptey. »Aber *Sie* haben eins gesehen, stimmt's?«

»Wo denn?« Kweku lachte ebenfalls. Er konnte dieser Logik nicht folgen. Aber die Antwort kam auf ihn zugeschwebt: – *innerhalb eines Augenblicks, alles da*. Mr Lamptey tippte sich zweimal an die Stirn,

57

dann zeigte er auf Kweku. Kweku fühlte sich unwohl und setzte sich anders hin. »Wenn Sie meinen, ›wo ich es entworfen habe‹ – ich habe es beim Studium entworfen.«

»Beim Studium?«

»Ja. Beim Medizinstudium.«

»Aber warum, wieso?«

»Warum ich ein Haus entworfen habe?«

»Warum Sie Medizin studiert haben.«

»Um Arzt zu werden.« Kweku lachte.

Mr Lamptey lachte lauter. »Aber warum, wieso?«

Kweku hörte auf zu lachen. »Warum was?«

»Warum wollten Sie Arzt werden? Sie sind ein Künstler.«

»Sie sind sehr freundlich.«

»Ich bin sehr alt.« Der Mann blinzelte. Er hielt Kwekus Serviette hoch. »Und das hier? Diese vielen Zimmer? Die sind für all Ihre Kinder?«

»Nein.«

»Für Patienten?«

»Nur für mich.«

»Hmmm.« Mr Lamptey drehte die Serviette um, als suchte er nach einer besseren Antwort.

Kweku sagte schnell, defensiv: »Mehr gibt's nicht.«

»Nur Sie.« Noch ein Zug am Joint. Mr Lamptey zeigte auf Kofi. »Und er.« Er hielt die Serviette hoch. »Und das da. ›Mehr nicht‹.«

Kweku stand auf. »Ich verstehe nicht, worauf Sie

hinaus wollen …« Mr Lamptey atmete eine kringelige kleine Rauchwolke aus. Sagte nichts. »… Aber ich suche einen Bauherrn, keinen Buddha.«

»Und haben Sie einen gefunden?«

Kweku zögerte. Sagte nichts. Er hatte keinen gefunden.

Das war seine achte Begegnung dieser Art und kein Ende in Sicht. Seit über einem Jahr stand das Grundstück leer. Er schaute den Zimmermann an, den »alten Mann«, diesen Mr Lamptey, überkreuzte Beine, Swami-Kleidung, den trainierten Sixpack eingezogen, der grüne Star bläulich schimmernd, wie das Innere einer Kerzenflamme. Er sah aus wie eine bizarre Art afrikanischer Gandhi. Mit indischem Hanf. Gewaltfrei. Verblüffend. Triumphierend. Kweku wischte sich übers Gesicht, holte Luft, als wollte er etwas sagen. Aber da registrierte er zum ersten Mal seit seiner Ankunft das »Schschsch« der Wellen. Also sagte er nichts. Stand nur da, fühlte sich blöd, weil er dastand, sein Kopf ein paar Zentimeter unter dem Strohdach.

Er betrachtete das Strohmuster, das ihm entfernt bekannt vorkam (aber die Erinnerung war zu schwer, um ihn von hinten zu überholen; eine runde Hütte in Kokrobité, keine Stunde von diesem Baumhaus entfernt, das Dach ebenfalls aus Stroh, viel, viel höher als dieses hier, entworfen von einem Exzentriker, der sich gar nicht so stark von Mr Lamptey unterschied, abwesender Vater, keuchende Schwester: schwere Erinnerung, zu langsam).

Eine zweite Brise, die nach einem Feuer aus Zweigen roch.

Jemand verbrannte irgendetwas, irgendwo.

Plötzlich wurde Kweku müde. »Wenn Sie es bauen können, dann gehört das Projekt auf jeden Fall Ihnen.«

Mr Lamptey sagte schlicht: »Ich kann, und ich will.«

Und er baute es, innerhalb von zwei Jahren. Jeden Morgen um vier traf er ein, keine Minute früher oder später, während der Himmel noch dunkel war, machte auf dem leeren Grundstück den Gruß an die Sonne, ungefähr sechzig Minuten, bis Sonnenaufgang.

Kweku hatte Angst, dass sein Material gestohlen werden konnte, nach Vereinbarung, wenn er einen Wachmann einstellte, und von Straßengangs, wenn er keinen einstellte (und die Materialien waren teuer, importierter Marmor, Schieferplatten; es war nicht billig, in wild wucherndem Gras Ordnung herzustellen) – also schlief er die ganze Zeit in einem Zelt, in dem Zelt, das Olu vergessen hatte, während der dünne Kofi Wache hielt, mit dem streunenden Hund, den sie adoptiert hatten. Ungefähr um Viertel nach fünf wurden sie von einem Riesenlärm geweckt. Ein

Hammer, der Nägel bearbeitete, eine Handsäge, die sich durch Bretter fraß, und zwar schneller, als man das einem Siebzigjährigen zutraute, und auch eleganter, als er selbst das je mit einem Sägeblatt geschafft hatte. Nach gut sechs Monaten fing er an, Mr Lamptey zu beschatten. Einmal in der Woche, eine Stunde lang. Dazu trank er Kaffee und hielt sich im Hintergrund. Mr Lamptey, der sang, aber nie redete, während er zimmerte, war damit einverstanden, dass Kweku ihm zuschaute, lehnte aber jede Hilfe ab. Deshalb lungerte Kweku nur aufmerksam herum, mit seiner Thermosflasche, mit seiner Brille, er half nicht, sondern schaute nur zu, mit wachsender Eifersucht und Ehrfurcht, er versuchte alles zu lernen, was er lernen konnte von der *Mühelosigkeit* mit halb geschlossenen Augen, mit der dieser Mann seine Inzisionen vornahm. »Sie hätten Chirurg werden sollen«, sagte er zu ihm.

Mr Lamptey saugte an seinen Zähnen, spuckte aus, antwortete kryptisch, wobei er die Sägearbeiten nicht einmal unterbrach, um an seinem Joint zu ziehen. »Ich hätte das werden sollen, was mir bestimmt war. Ich hätte das werden sollen, was ich bin.« Und weiter ging's. Aber er baute das Haus perfekt, das heißt, genau nach Anweisung, ein Vorgang, den Kweku in Ghana noch nie erlebt hatte. Noch nie hatte er für irgendeine Aufgabe (oder für irgendeine ästhetische Aufgabe) einen Ghanaer eingestellt, ohne dass dieser seine Anweisungen irgendwie umdeutete. »Meine Hemden nicht stärken, bitte«, und derjenige, der sie wusch, stärkte sie trotzdem und beharrte noch uneinsichtig: »Es ist besser so.« Oder »die Türen weiß streichen«, und Kofi strich sie blau. »Sa, das ist schön, oh, sehr schön«, mit dem unermüdlichen Lächeln. Mr Lamptey nahm keine Veränderungen vor, legte nie Widerspruch ein, machte keine Vorschläge, kürzte nichts ab.

Bis zur letzten Arbeitswoche.

Das Problem war der Garten, auch wenn es weniger als tausend Quadratmeter waren, die gestaltet werden konnten. Der größte Teil des Grundstücks war für das Haus geräumt worden, es blieb nur ein kleines Stück Dschungel vor der Glasveranda.

Mr Lamptey betrachtete die Striche. »Hmm. Was für Bäume sind das?«

»Ist doch egal«, brummelte Kweku angesichts der Größe des restlichen Grundstücks. Der Pool musste kleiner ausfallen, als er ihn im Krankenhaus gezeichnet hatte, aber es waren ja auch vier Schwimmer weniger, die ihn benutzten. Also okay. Man musste nur den Mangobaum fällen. Oder ihn ausgraben. Der Baum in der Mitte ragte grün ins Blickfeld.

Mr Lamptey lachte lauthals. So was werde er nicht tun. Hatte der Mango ihnen etwas angetan, ihnen in irgendeiner Weise Schaden zugefügt? Ihn zu töten wäre so, wie wenn man seiner Großmutter die Kehle durchschneidet.

»Ein bisschen übertrieben«, sagte Kweku.

»Ich werde diesen Baum nicht verletzen.«

»Jesus Christus, Sie sind Zimmermann. Sie *arbeiten* mit verletzten Bäumen …«

»Jesus war ein Zimmermann …«

»Das hat nichts damit zu tun.«

»Sie haben Jesus ins Spiel gebracht …«

»Verdammte Scheiße, Mann, das reicht! Das *reicht*!«

Mr Lamptey starrte Kweku an, erstaunt über seinen Wutanfall. Kweku erwiderte den Blick, ebenfalls überrascht. Aber fest entschlossen, seinen Willen durchzusetzen. Dachte er jedenfalls. (In Wirklichkeit spürte er, wie ihm seine Vision entglitt. Keine Kinder, die friedlich schliefen, keine Fola, die glitzernd schwamm, und wenn der Mango blieb, kein Strand aus blendendem Weiß.) Der Baum musste weg. »Ich suche mir einfach jemand anderen.«

»Das werden Sie nicht tun.« Mr Lamptey setzte sich hin und schwieg.

Mit überkreuzten Beinen und wie ein Swami gekleidet, saß er am Fuß des Mango, drei Tage, zwei Nächte. Er rauchte Gras, hielt Wache, erhob sich vor Anbruch der Dämmerung, um Yoga zu machen, ansonsten reglos, selbstzufrieden, und Kofi schmuggelte Kokosnüsse zu ihm, damit er etwas trinken konnte. Er aß nicht während seines Sitzstreiks, außer den Mangos, die neben ihm auf den Boden fielen, perfekt reif, und das weiche feuchte weiße Fleisch der jungen harten grünen Kokosnüsse.

Löffelte das gelierte Fleisch mit Genuss.

»Sie können nicht ewig da sitzen«, zischte Kweku durch die Zähne, als er sich am zweiten Tag des Protests vor Mr Lamptey aufbaute. Mr Lamptey paffte seinen Joint, schloss die Augen, schwieg. Kweku saugte an den Zähnen und stürmte davon. Am dritten Tag drohte er, die Polizei zu rufen, um den Zimmermann von seinem Grundstück entfernen zu lassen, wegen unerlaubten Betretens. Aber als er den Mann anschaute – zweiundsiebzig jetzt, halb nackt, um den Hals eine Kette aus roter Schnur mit einer Glocke dran –, konnte er seine Drohung nicht wahr machen. Er stellte sich vor, wie sein Kameramann die Szene filmte: ghanaischer Sadhu, abtransportiert von bewaffneten, bestochenen Beamten, während der gefasste Grundbesitzer vom Eingang seines Zeltes lächelnd zuschaut. »Das ist doch idiotisch«, sagte er schließlich und öffnete den Reißverschluss des Eingangs. Plötzlich vermisste er das Geräusch von Hammer und Säge. (Der Haupttrakt war seit Monaten bewohnbar, aber er bevorzugte Olus Zelt, das Oberlicht aus Plastik.) »Sie sind fast fertig, Mann. Wir sollten das, was wir angefangen haben, zu Ende bringen.«

»Mit dem Baum«, sagte Mr Lamptey.

»Also los.«

Mr Lamptey fand einen Stock, zeichnete etwas in den Sand.

Seine Vision des Blicks von der Glasveranda.

Ein Garten.

Zu üppig, weich und grün, nichts ordentlich oder steril, gezacktes Liebesgras und Fächerpalmen, so groß wie ein Kind, und überall palmenartige Bananenstauden, wie Palmen ohne Stamm, und Hibiskus an Büschen und Prachtlilien und diese nicht zu bändigenden magentafarbenen Blüten (Kweku kann sich beim besten Willen den Namen nicht merken) an den Kletterpflanzen, die das Tor überwucherten. Ein Tumult aus Farbe. Ein Aufstand in *Grün*. »Und hier ein Brunnen«, schloss Mr Lamptey.

»Wozu das denn?«

Eine lange, verwirrende Antwort über die Gestaltung eines heiligen Ortes, über die Notwendigkeit von Wasser, von angemessenen Anteilen, blau, grün. Kweku stimmte all dem nicht zu. Er rieb sich die Stirn, seufzte. »*Bah*. Ich kann das nicht unterhalten.«

»Ich kann, und ich will.«

»Sie sind Zimmermann, nicht Gärtner.«

»Ich bin Künstler. Wie Sie …«

»Ist schon gut. Legen Sie Ihren Garten an …«

»*Ihren* Garten.«

»Wie auch immer.«

Mr Lamptey wartete darauf, dass Kweku weiterredete. Kweku schaute weg. Kickte einen Stein. Einen weißen Kiesel. Als er aufblickte, sah er, dass Mr Lamptey, etwas überheblich, zu der halbfertigen Glasveranda ging. Kweku fand, sie sollten die großen Fenster einsparen (die Kosten der Klimaanlage reduzieren, wozu überhaupt – ohne Pool). Er holte den Entwurf hervor und schaute ihn an, verzagt.

Strichfiguren auf Serviette.

Eine: winkend, tropfnass.

Und die andere: Sitzt jeden Montag in dieser kleinen Glasveranda, überfliegt den *Graphic*, bis etwas ihn ablenkt und er aufblickt, immer schockiert, ein Menschenwesen in seinem Garten stehen zu sehen, weil er immer vergisst, dass Montag ist, Mulchen-Montag, und schon verschüttet er den Kaffee. Dann ihr Tanz: Der Mann schaut zu ihm und erwartet eine Bestätigung, während er an seinen Hosenbeinen zupft, die trotzige Verzögerung, bis er aufgibt und hochschaut, seufzt, sich ein Lächeln abringt. Ein kleines Winken mit der Serviette, Begrüßung und Eingeständnis der Niederlage.

Da steht, in seinen Swami-Kleidern und mit Gartenhandschuhen, steht Mr Lamptey.

Lächelt, stutzt die Hecken, erwidert das Winken.

Sieben

Aber als er jetzt auf den Mangobaum blickt, der trächtig, blühend mitten im Garten steht, das buschige Haupt hoch erhoben, da kann er sich nicht vorstellen, dass er weg sein könnte, nie im Leben – obwohl er vor Jahren vermutlich das Gleiche über sich selbst gesagt hätte. Doch dann, als er Sadie in der schützenden Rundung seiner Fingerspitzen hielt und als ihr ganzes Wesen bebte, vor lauter Anstrengung, einfach nur zu *sein*, da hatte er sich als unersetzbar empfunden, als festen Bestandteil der Landschaft. Wesentlich für das Bild. Das Zentrum, irgendwie. Er hätte sich nicht vorstellen können, im Leben nicht, von dem Leben, für dessen Rettung er kämpfte, abgeschnitten zu sein. Die Landschaft ohne ihn. Ein anderer Ausblick. Er, an den Wurzeln herausgezogen und ersetzt durch ein Loch.

Trotzdem denkt er jetzt daran, und es erschreckt ihn, so wie vorher, als Taiwo sich stumm auflöste, draußen vor der Tür des Haupttrakts. Es ist ein Stich, eindeutig schmerzlicher, so dass er zusammenzuckt, sich krümmt, mit der einen Hand den Plastiktürrahmen umklammert, um sich irgendwie abzustützen. Er schüttelt den Kopf, um den Gedanken loszuwerden, doch der schaukelt zwar vor und zurück, purzelt aber nicht herunter, fällt nicht. Also sucht er einen

67

anderen Gedanken, um ihn zu vertreiben. Einen langweiligeren, der schwerer wiegt als seine Abwesenheit. Er denkt:

Was zum Teufel hast du eigentlich hier draußen verloren, warum starrst du auf einen Garten?

Es klappt. Der Bann ist gebrochen. Das Stechen lässt nach. Er richtet sich wieder auf. Kurzatmig. »Nimm dich zusammen«, murmelt er laut, halb hustend, halb lachend, damit sein Kameramann weiß, dass er das alles ebenfalls absurd findet; dass er nicht übergeschnappt ist, sondern nur in Gedanken verloren, die Menschen verlieren sich schließlich immer wieder in ihren Gedanken. Ein bisschen Sauerstoff genügt, ein kleiner Spaziergang zwischen den Blumen. Frieden schließen mit dem Mango, an den Rosen riechen, solche Sachen. Er schiebt die Tür vollends auf.

Er überquert die Schwelle, geht in den Garten und japst nach Luft.

Tautropfen auf dem Gras.

An seinen Fußsohlen –

plötzlich, nass, unerwartet, so schockierend, dass sie weh tun. Erst jetzt merkt er, dass er keine Pantoffeln anhat, spürt die Kühle stechend unter seinen bloßen Füßen. Wie lang ist es her, dass er barfuß nach draußen gegangen ist, dass er barfuß *irgendwohin* gegangen ist, dass er Nässe unter den Füßen gespürt hat? Kann sich nicht erinnern. (Vor Jahrzehnten, in der Dunkelheit vor Tagesanbruch, am Ozean, über ihm der Mond. Lange her.) Er macht einen kleinen Sprung rückwärts, als würde er von heißen Kohlen herunter hüpfen, jetzt ganz wach. Denkt: Wo sind die Pantoffeln?

Acht

Noch viele Jahre wird Taiwo, wenn sie an ihren Vater denkt, ihn so vor sich sehen, im Garten, die Füße im Gras und Tau an seinen Füßen, und sie wird sich fragen: *Wo waren seine Pantoffeln?* Es ist die unwichtigste all der Fragen, die nicht gestellt und nicht beantwortet wurden, der unwichtigste Störfaktor in diesem Bild – der Mann niedergestreckt, vergiftet von einer Analphabetin (Olus heimliche Überzeugung), oder einfach nur tot, in der Tradition von Menschen, die einfach nur sterben (Mom), oder bestraft von Gott für seine verschiedenen Sünden (Sadie), oder erschöpft von diesen Sünden (Kehinde) –, aber Taiwo wird fragen: *Wo waren seine Pantoffeln?* Wenn sie an ihren Vater denkt, wenn sie zulässt, dass der Gedanke sich bildet, oder wenn er sich verkleidet einschleicht, durch einen Riss in der Mauer, die sie und Kehinde in jenen einsamen ersten Nächten in Nigeria errichtet haben.

69

Am Anfang war es ein Spiel, wie alles dort ein Spiel wurde zwischen den beiden, um irgendwie bei Verstand zu bleiben. Nie durften sie »Vater« oder »Dad« sagen, sie mussten zahlen, wenn es ihnen herausrutschte, eine Strafe, die der andere Zwilling bestimmte (meistens: in die Küche schleichen und Milchkekse klauen, Dreierpackungen, in Plastik gepackt, ideal, um sie für später zu bunkern).

So legten sie den Grundstein.

Als Nächstes schrieben sie die Geschichten neu.

Es war ein Spiel, das sie hauptsächlich abends spielten, in dem stickigen zweiten Zimmer mit dem Deckenventilator und zwei knarzenden Betten – der einzige Raum im Haus ohne funktionierende Klimaanlage. Taiwo fing an, erzählte eine Geschichte aus Boston, zum Beispiel, als er sie alle mitten in der Nacht aufweckte und sagte, sie sollten ihre Schneeanzüge anziehen, und wie er sie dann in den Volvo packte und mit ihnen zum Lars Andersen Park fuhr.

Das war um zwei Uhr morgens, der Schnee war gerade gefallen, alles weiß, und irgendwo bellte ein Hund. Dad holte fünf Plastikschlitten aus dem Kofferraum des Autos, während sie mit großen Augen glotzten und Mom an den Zähnen saugte. »Kweku, nein«, zischte sie leise, weil sie jetzt erst kapierte, was los war, und sie schlug die Finger aneinander, in ihren wollenden Fäustlingen. »Wir werden verhaftet.«

Sadie war noch nicht auf der Welt.

Der Schnee frisch und perfekt.

Der Park dunkel und leer.

Die Sterne zwinkerten zustimmend.

Sie wurden nicht verhaftet. Sie fuhren Schlitten bis in die Morgendämmerung, auch Mom, flüsternd, lachend, außer sich vor Freude, lustig, übermütig, mit aschfahler Haut, ein ungewohnter Anblick: eine afrikanische Familie, die allein im Schnee spielt.

Aber so wie sie die Geschichte jetzt erzählte, war der Vater nicht mehr dabei. Es war Moms Plan, die nächtliche Schlittenfahrt, es waren vier Schlitten, nicht fünf. Dann erzählte Kehinde eine Geschichte. Und so weiter und so fort, Geschichten vom Schnee, bis sie beide einschliefen. Bis der Mann gelöscht war – aus ihren Geschichten und dadurch aus ihrer Kindheit (die nur in Geschichten existierte, das wusste Taiwo, weiß sie immer noch). Nicht tot. Nie tot. Sie wünschten sich nie, ihr Vater wäre tot, sie taten nie so, als wäre er tot. Nur getilgt, abgetrennt. Existenz verweigert, gegenwärtig nur in Abwesenheit und Schweigen. Reduziert auf eine Idee. Nicht mehr als ein Gedanke. Und ein Gedanke, der an und für sich eine Zusammenstellung von Wörtern war, das heißt, von Wörtern, die sie nicht verwendeten – also, ein Gedanke, den sie nicht dachten.

Die Zeit verging, und diese Mauer wurde höher.

Die Zeit verging, und diese Mauer wurde schwach.

Bis eines Tages, ohne jede Vorwarnung, der Gedanke kommt: *Wo waren seine Pantoffeln?* Und eine Woche später schon wieder. Der Riss in der Mauer. Es war der Punkt, den sie aus ihren Geschichten zu löschen vergaßen, der krankheitsübertragende Moskito im Evakuierungsflieger. Kein Moment, auch keine Erinnerung, kein erinnertes Detail in einer Anekdote, sondern ein Detail in *jeder* Anekdote, allgegenwärtig, das Fundament. Also entging es ihnen, sie löschten es nicht, ließen es dort, wo es war und wo es blieb, präsent, verborgen, fachte es die Vergangenheit an.

Die Pantoffeln.

Abgetragene Latschen, braun, verschlissen bis zu den Sohlen. Wie Ledertiere mit Trennungsangst, treu, seine Hunde. Und seine Religion, das, woran er glaubte, der Urgrund seiner moralischen Grundsätze: ein Gemisch aus kosmopolitischem Asketentum, Ritual, klare Linien. *Die Pantoffeln*. So einfach, so leise auf Holz, bringen Sauberkeit, Frieden und Ruhe zum Volk Gottes, überall auf der Welt, zu jeder Klasse und jeder Kultur, erschwinglich für alle, ein einzigartiger Schutz gegen die Gefahren im Haus, zum Beispiel Splitter und Bakterien und Schäden im Holz, das heißt, von Hand abgeschliffene Dielen aus

Eichenholz, fünfzig Dollar pro Quadratfuß. Wenn er andere Leute besuchte, registrierte er zuerst und vor allem, ob die Familie Pantoffeln »praktizierte«, alle übrigen Urteile machte er davon abhängig. Und wenn irgendjemand zu Besuch kam – Gott bewahre, Taiwos »Freundinnen«, diese wuselnden Horden schriller Klassenkameradinnen, die in ihren Zwillingsbruder verliebt waren –, dann stand er wachsam an der Haustür. »Kommt doch rein!«, rief er und zeigte mit großer Geste auf den Korb, den er neben die Tür gestellt hatte.

Wie ein Behälter mit Schlittschuhen, die man ausleihen kann.

Jede Art von Pantoffeln. Dicke Pantoffeln aus gesteppter Baumwolle aus edlen Hotels, mit gepolsterten Einlagen und beigen Gummisohlen, glänzende Polyester-Pantoffeln, in Chinatown en gros gekauft, neonblau und grelles Pink, mit gestickten Drachen über den Zehen, steife eisgraue, wie Feuerstein aussehende Flipflops vom Flughafen in Ghana (wo auch die verrückten MC Hammer-Hosen herkamen, mit *gye nyame*-Druck). Kehindes verlegene Fans entschieden sich fast immer für die Drachen, schauten einander aufmunternd an, während sie ihre Keds auszogen, und schworen sich schweigend Solidarität, während sie tapfer in diese seltsame neue Welt marschierten, in der es nach Ingwer und Öl roch.

»Oh, Gott, Taiwo, dein Dad ist ja so *süß*!«, kicherte dann eins der Mädchen und erreichte bei dem Wort *süß* ihr alleroberstes Tonregister.

»Oh, Gott, Taylor, du bist ja so *affektiert*«, äffte sie die Freundin nach, und dann erschien Kehinde hinter ihr. Tauchte auf aus dem Nichts, wie nur er das konnte, lautlos, ohne Geräusch, so betrat er das Foyer in marokkanischen *Babouches*.

»Hallo«, begrüßte er die Freundinnen. Klang schüchtern, sprach leise. Nicht wirklich schüchtern, das wusste Taiwo. Nicht wirklich interessiert.

Hi war bei ihnen ein dreisilbiges Wort. *Hi-i-i.* Sobald sie Kehinde sahen, senkten sie den Blick und erröteten. Taiwo beobachtete das in Westin-Hotel-Pantoffeln. Vier blonde Pferdeschwänze verneigten sich ehrfürchtig vor den *Babouches* ihres Bruders. Eifersucht und Verwirrung verhedderten sich zu einem Knoten. Wenn die Mädchen aufblickten, war Kehinde weg.

Ninja-Pantoffeln.

Eine Religion oder ein Fetisch, eine Art Podophilie – so kam es jedenfalls Taiwo auf einmal vor, als sie in der achten Klasse im Kurs für alte Sprachen dieses Wort entdeckte. Noch besser: *Auto-Podophilie.* Sie schrieb es säuberlich in ihr Heft, schraffierte die O's mit dem Bleistift, während jemand fragte: »Was ist denn dann ein Pädophiler?«

Das nervöse Lachen des Lehrers klang weit weg in

74

Taiwos Kopf, das Schraffieren der O's erschien ihr wichtiger. Sie dachte an die Füße ihres Vaters und an die übertriebene Aufmerksamkeit, die er ihnen zuteil werden ließ. Die Salzabriebe und das Pfefferminzöl und das Vitamin E vor dem Schlafengehen. *Liebe zu Füßen.* Aber später fällt es ihr wieder ein, dieses Lachen und die dazugehörige Nervosität, das angespannte Gesicht des Lehrers, die Luft im Klassenzimmer, das Gekicher. Jede Bewegung, Klang und Bild, jeder Bruchteil dieses Moments, glasklar. Exakt die Art von Moment, bei dem man nie weiß, was er eigentlich ist.

Ein Ende.

Ein Warnschuss.

Eine Grenzmarkierung. Zwischen »so wie es war« und »als alles anders wurde«. Ein Augenblick, in dem man nichts bemerkt, an den man sich aber bis in jede Einzelheit *erinnert*. Das ist das Entscheidende. Der Unterschied zwischen Taiwos Leben mit zwölf, bevor alles anders wurde, und dem Leben, das dann kam, ist folgender: das Nicht-Merken. Nicht merken müssen, nicht wissen, wie man merkt. Dass sie nie aufpasste. Nicht eigentlich unschuldig – sie hat sich nie als unschuldig betrachtet, nicht so unschuldig, wie Kehinde das war: frei von Misstrauen, von Urteilen – sondern *insular*, zufrieden mit der Welt in ihrem Kopf, ein ganzes Leben, das aus ihren Träumen entsteht, aus ihren eigenen Gedanken.

Sie dachte gerade da an die Fußliebe ihres Vaters, an seine Liebe zu den *eigenen* Füßen, als jemand sie nach Pädophilen fragte, und, halb darauf hörend, schrieb sie das Wort hin. Ein Mensch, der Kinder liebt. Der seine eigenen Kinder liebt.

Pädophil.

Auto-pädophil.

Auto-podophil.

Und dann. Das vertraute Kribbeln im Bauch, die Schmetterlinge, die sie spürte, wenn sie wusste, dass sie recht hatte. Aufregung und Trost und Befriedigung, vermischt mit einem Hauch von etwas, das schwerer war, finsterer: Erleichterung. Die Erleichterung, zu wissen, dass sie es richtig verstanden hatte, verbunden mit der Angst, was passieren würde, wenn sie sich eines Tages irrte. Das ist es, woran sie sich seitdem am deutlichsten erinnert, und worüber sie am grausamsten lacht: ihre Selbstzufriedenheit an dem Tag. Dass sie korrekt geantwortet hatte, so wie sie es bei einem Rechtschreibwettbewerb getan hätte, korrekt geantwortet auf die Frage: Wer war ihr Vater?

Jemand, der seine eigenen Füße liebte und der seine eigenen Kinder liebte.

Sie verstand das griechische *phil* falsch, die Konnotation von »Liebe«. Und ihren Vater verstand sie ebenfalls falsch, denn er würde seine Kinder im Stich lassen, und er hasste seine Füße, wie sie in jener Nacht herausfand. Oder besser gesagt am Morgen.

Vier Uhr morgens, das Haus still, reglos. Taiwo starrte an die Decke, die Hände auf ihren Rippen. Sie litt an »mittlerer Schlaflosigkeit«, noch nicht diagnostiziert. Stand auf und ging in die Küche.

Im Allgemeinen ging sie, wenn sie nicht schlafen konnte, leise zu Kehinde hinüber, durch die kleine Falltür hinten in ihrem begehbaren Wandschrank. Dort stand sie schweigend am Fuß seines Bettes, schaute auf sein Gesicht hinunter, aquarelliert vom Mondlicht, und staunte darüber, wie *ernst* er aussah, wenn er schlief, er konnte nur ernst aussehen, nur die Stirn runzeln, wenn er tief schlief. Wenn er wach war, sah er aus wie Kehinde. Wie sie, aber mit einem Geheimnis, und die goldbraunen Augen verbargen ein Lächeln von seinen Lippen. Sie lächelte dann über sein ernstes Gesicht, bis er, ohne aufzuwachen, ihr Lächeln erwiderte, mit geschlossenen Augen, ein Lächeln im Schlaf. Nur dieses eine. Ein kleines Lächeln, fünfzehn Sekunden, nicht länger, die Augenlider immer noch unruhig von seinen Technicolor-Träumen. Dann warf sie ihm eine Kusshand zu und kehrte durch den Schrank in ihr Bett zurück, wo sie dann immer sofort einschlief.

Stattdessen ging sie nun über die Hintertreppe hinunter in die Küche, einer von mehreren geheimen Gängen, die dieses Haus zusammenbanden. Es war das Haus im Kolonialstil, das sie hasste, in Brookline, das der Mann stolz nach Sadies Geburt gekauft hatte (und obwohl Mom eigentlich ein Townhouse wollte, im South End, vor der Gentrifizierung; besseres Preis-Leistungs-Verhältnis, hatte sie gesagt, und sie hatte recht gehabt). Es war sehr schön. Roter Backstein mit schwarzen Fensterläden, weißen Fensterrahmen, Giebeldach. Und hinten ein Garten. Aber wenn Taiwo es mit den gigantischen Tudor-Villen der Nachbarn verglich, fand sie es mickrig. Anämisch, irgendwie. (Später lachte sie über sich, am ersten Abend in Lagos, als sie mit dem Auto an Häusern vorbeikamen, die Brookline runtergekommen aussehen ließen.)

Sie ging in die Küche und öffnete einen Schrank.

Dann noch einen.

Dann öffnete sie den ersten noch einmal.

Olu hatte gerade an der Milton Academy angefangen als Vorbereitung für das College und bestand darauf, das zu essen, was *Prep School*-Schüler aßen. Die Schränke waren deshalb gefüllt mit Sachen, die mysteriöse Namen hatten, zum Beispiel mit Mi-Del Organic Lemon Snaps. Taiwo machte alle Schränke wieder zu. Öffnete den Kühlschrank.

Dort stand noch eine Capri Sonne hinter dem Apple & Eve Apfelsaft. Taiwo steckte den Strohhalm hinein, trank den Saft in einem Rutsch. Dann warf sie den Behälter weg. Sie schaute aus dem Fenster und schlug sich die Hand vor den Mund, um nicht laut loszuschreien.

Da stand, unheimlich im Mondlicht, die Statue der Mutter mit den handgemeißelten Steinzwillingen und schaute sie an. Die Statue wirkte wie ein Kind zwischen den hohen Silhouetten der Tannenbäume, ein Alien-Kind, gut einen Meter groß, blassgrau schimmernd. Taiwo hasste dieses Ding. Alle hassten dieses Ding. Selbst Mom hasste es insgeheim. An Weihnachten hatte sie es ausgepackt und gesagt: »Wie wunderschön, Kweku! Vielen Dank!«, und es nach dem Essen draußen in den Schnee gestellt.

Taiwo kicherte leise, während ihr Herz laut hämmerte. Sie beschloss, alle Schlösser an den Türen zu überprüfen. Für den Fall, dass ein kleines Alien-Kind durch Brookline wanderte, auf der Suche nach Lemon Snaps. Die Hintertür war verriegelt. Auf Zehenspitzen tippelte sie durchs Esszimmer, in dem nie jemand aß, zu dem kalten, leeren Vorraum, um die Haustür zu kontrollieren. Fast hätte sie die zusammengesunkene Gestalt im Wohnzimmer nicht bemerkt, weil dort nie jemand saß (höchstens wichtige Gäste in Pantoffeln), links vom Vorraum, hinter dem grandiosen maurischen Türbogen. Das Zimmer mit den zwei Sofa-Garnituren und dem roten turkmenischen Teppich.

Fast.

Sie schlich durch die Dunkelheit zum Türbogen, drehte den Kopf einen Zentimeter nach links, und da war er.

Auf dem Sofa, zusammengesunken. Die Füße auf einer Fußbank, der Kopf nach vorn gekippt, bleiern, seine Lippen schlaff herunterhängend. Er hatte immer noch den blauen OP-Kittel an, mit ein paar roten Spritzern, als hätte er die Operation abgeschlossen und wäre dann direkt ins Auto gestiegen. Sein weißer Mantel lag auf dem Fußboden, offenbar hatte er ihn einfach fallen lassen. Seine Pantoffeln waren von den Füßen gerutscht und auf dem Teppich gelandet. Hell schien das Mondlicht durch das Fenster hinter ihm, auf die Schnapsflasche, die er noch umklammerte.

Taiwo blieb wie erstarrt im Vorraum stehen. Ihr Herz fing wieder an zu hämmern. Sie schaute zur Treppe und überlegte, ob sie losrennen sollte. Sie wusste, dass sie Ärger kriegen würde, wenn er aufwachte und sie entdeckte. Nicht, weil sie hier herumschlich, statt zu schlafen, sondern weil sie ihn in diesem Zustand gesehen hatte. Auf dem Sofa kollabiert, der Mund offen hängend, sein Mantel auf dem Fußboden, sein Kopf auf die Brust gesunken. So hatte sie ihren Vater noch nie gesehen, so – *schlaff*. Ohne Spannung. Sonst war er immer rigide, aufrecht, absolut straff. Jetzt sah er aus wie eine Marionette, die vom Puppenspieler liegen gelassen wurde, ein Bündel aus Holzgliedmaßen und Fäden. Sie wusste, er wäre sehr wütend, wenn er herausfände, dass er so gesehen worden war. Sie wusste, sie sollte die Treppe hinaufschleichen – schnell hinaufrennen.

Konnte es aber nicht. Oder wollte es nicht. Sie wollte ihn stören. Sie wollte ihn wiederbeleben. Machen, dass er aufwachte, sich richtig hinsetzte. Also ging sie zu ihm und stellte sich vor ihn hin, als wäre er Kehinde, trat an den Rand der Fußbank, vor seine Füße, doch dann zuckte sie zurück und schlug sich wieder die Hand vor den Mund, um nicht laut zu schreien – vor Schreck angesichts der unzähligen Schrunden an seinen Fußsohlen.

Wieso sie diese Flecken noch nie gesehen hatte, konnte sie sich nicht erklären, kann sie sich immer noch nicht erklären. Wie war es möglich, dass sie immer nur die eine Seite seiner Füße gesehen hatte, die glatte. Die Sohlen waren völlig anders. Wund, schwielig, rau, an manchen Stellen war die Haut schwarz, an den Zehen geschwollen. Als wäre er buchstäblich barfuß über brennend heißen Sand gegangen (tatsächlich war er in seiner Jugend die meiste Zeit ohne Schuhe herumgelaufen). Taiwo presste die Lippen aufeinander, um ihren Ekel zu unterdrücken. Aber was sie dann fühlte, hatte keine Form, machte kein Geräusch:

eine seltsame Leere, eine Schwerelosigkeit, als würde sie schweben, als hätte sie einen Moment lang aufgehört zu existieren. Es war eine neue, seltsame Traurigkeit, halb Schmerz, halb Mitleid, eine Helium-Traurigkeit, luftlos, unerträglich. In der Zukunft, als Erwachsene, wenn sie die gleiche Luftlosigkeit spürt, wenn sie spürt, wie ihr ganzes Sein aus ihr herausströmt wie Atemluft, dann wird sie sich danach sehnen, zu berühren und berührt zu werden, Kontakt zu schaffen (was sie dann auch tut, mit allen möglichen Konsequenzen). Diese Sehnsucht war, wie die meisten Dinge, unschuldig, als sie entstand, als sie sich in ihren Händen und in ihrem flatternden Herzen einnistet: der Impuls, seine Füße zu berühren, sie zu küssen, um alles gutzumachen und ihren Vater wiederherzustellen. Aber sie wusste nicht, wie. Sie hatte keine Antwort. Sie kannte diesen Vater nicht. Sie kniete nieder. Begann zu weinen.

Sie hatte Angst, aus Gründen, die sie nicht erklären konnte, es war ein Gefühl jenseits der Vernunft, aber trotzdem glasklar: dass gleich etwas fürchterlich schiefgehen würde, wenn es nicht schon schiefgegangen war. Dass sich etwas verändert hatte. Das lag hauptsächlich an ihrer unerklärlich scharfen Intuition (verbunden mit mittlerer Schlaflosigkeit, damals, mit zwölf, noch nicht diagnostiziert). Aber die Intuition kam ohne Gedanken, ein Gefühl komplett ohne Sprache. Eine Öffnung.

Etwas hatte sich irgendwo geöffnet.

Die Tatsache, dass ihr Vater hier zusammengesunken im Mondlicht saß, zeigte, dass etwas möglich war, was sie nicht geahnt hatte, dass er verletzlich war. Und wenn *er* verletzlich war – ihr fester, robuster Vater –, dann galt das auch für sie, für sie alle. Und was noch schlimmer war: Sie wussten es vielleicht gar nicht. Er hatte die Sohlen seiner Füße vor ihr verborgen, ihr ganzes Leben, zwölf Jahre lang. Womöglich verbarg er ja noch etwas ganz anderes (jeder konnte etwas verbergen). Und dass er versucht hatte, es zu verbergen, ja, dass er überhaupt etwas zu verbergen hatte, bedeutete letztlich, dass ihr Vater sich schämte. Und das war unerträglich.

Sie legte den Kopf auf den Hocker bei seinen Füßen. Flüsterte: »Daddy.« Berührte ihn leicht. Er schnarchte weiter. »Wach auf«, beharrte sie. »Wach *auf*!« Aber er wachte nicht auf. Sie bemerkte die Pantoffeln, neben ihren Knien auf dem Teppich.

So vorsichtig, wie sie konnte, und so leise wie möglich, schob sie den ersten Pantoffel auf den einen Fuß, wo er baumelte wie ein Schuh an einem Schuhspanner. Dann den zweiten. Wenigstens waren so die Flecken nicht mehr sichtbar.

»Nein«, sagte er, kaum hörbar.

Taiwo schoss hoch, in Panik, weg vom Fenster und vom Mondlicht in die Tiefe der Dunkelheit, wo sie, im Schutz des Schattens und mit geschlossenen Augen auf das große Geschimpfe wartete. Es kam nicht. Ihr Vater gab noch ein Geräusch von sich, ein feuchtes Tiefschlafgeräusch, murmelte wieder ein »Nein«, leise, dann Stille. Dann Schnarchen. Taiwo öffnete die Augen und ging ängstlich ein kleines bisschen näher zu ihm. Er saß jetzt aufrecht und redete im Schlaf.

»Es war zu spät«, sagte er so klar und deutlich, als wüsste er, dass sie vor ihm stand und auf sein ernstes Gesicht starrte. Aber er lächelte nicht im Schlaf, wie Kehinde es an diesem Punkt getan hätte. Sein Kopf kippte wieder nach vorne.

Sie rannte zur Treppe.

All die Jahre danach, wenn Taiwo an ihren Vater denkt, wenn der Gedanke heimlich durch den Riss in der Mauer schlüpft – und das Bild von ihm, tot im Garten, mitkommt, die Sohlen, purpurviolett, nackt, für jeden sichtbar –, dann wird sie sich ohne jede Hoffnung fragen: »Wo waren seine Pantoffeln?«, und genau wie damals mit zwölf wird sie anfangen zu weinen.

Neun

Wo sind seine Pantoffeln?

Im Schlafzimmer.

Er überlegt.

Seine zweite Frau, Ama, schläft in dem Zimmer, die pflaumenbraunen Lippen leicht geöffnet, wodurch das üppig rosarote Innere sichtbar wird. Er möchte sie nicht wecken. Was für eine erstaunliche

Veränderung. Abgesehen von seinen Solo-Auftritten für sich und den Kameramann, hat er diesen neuen, echten Wunsch, sich an seine Frau anzupassen. Es ist so, als wäre er ein anderer (freundlicherer) Mann in dieser Ehe, die nach Meinung dieser anderen Frau nicht seine zweite, sondern seine dritte ist. Diese andere Frau lügt natürlich, und sie beide wissen es; sie waren nie kurz davor zu heiraten (obwohl sie im selben Haus gelebt hat wie er. Er hat sich damals verzweifelt nach Wärme gesehnt, nach dem Gewicht eines Körpers, nach dem Duft von Parfüm, sogar von billigem Jean Naté. Die Sache war geplatzt, als sie ihr Versprechen, die Wohnung zu verlassen, nicht gehalten hat, an dem Morgen im Mai. Sie sollte gehen, damit sie Olu nicht begegnete, der endlich an seinem Geburtstag zu ihm kam und der sofort wieder abreiste, als er June sah). Bei Ama, die er heiratete, eine schlichte Dorfzeremonie, der die Mitglieder ihrer Großfamilie ungläubig und mit offenem Mund zuschauten, ist er auf eine Art zärtlich, wie er es bei Fola nie war. Nicht, dass er bei Fola grob und gefühllos gewesen wäre. Aber dies hier ist anders.

Zum Beispiel. Wenn er laut wird und Ama zusammenzuckt, hört er auf zu schreien. Ohne Übergang. Wie ein Lichtschalter. Sie zuckt zusammen, er hört auf. Oder wenn sie an seinem Arbeitszimmer vorbeigeht und hustet, blickt er auf. Gleichgültig, was er tut, was er liest. Ama hustet, er hört auf. Seine Kinder haben das auch immer versucht, vor seinem Arbeitszimmer, sie wollten ihn testen, wollten seine Hingabe an die Arbeit gegen seine Hingabe an die Kinder abwägen. Da hatte er sein Sextett bereits in diesem großen Haus in Brookline untergebracht, das ein richtiger Palast war, auch wenn die Tür seines Arbeitszimmers, ein Original, nicht richtig schloss. Die Kinder lungerten dann draußen auf dem Flur vor der halb offenen Tür herum, kicherten leise, flüsterten laut, um seine Aufmerksamkeit auf sich zu lenken, und dann spähten sie ins Zimmer, weil sie sehen wollten, ob er von seiner Fachzeitschriften-Lektüre aufblickte. Was er natürlich nicht tat, weil er sie erziehen wollte. Es war ein Experiment mit logischen Schwächen. Er hätte es ihnen gesagt, wenn sie ihn gefragt hätten. Seine Hingabe an den Beruf verschaffte ihnen ein Dach über dem Kopf. Das war nicht vergleichbar, kein Wettbewerb, kein Entweder / Oder, nicht Job gegen Familie. Das war nur diese fadenscheinige amerikanische Logik, dramatisch – »mit dem Job verheiratet«. Wie bitte? Die Stunden, die er arbeitete, waren *Ausdruck* seiner Zuneigung, direkt proportional zu seiner Verpflichtung, dafür zu sorgen, dass es ihnen gutging, dass sie eine gute Ausbildung bekamen, dass sie gute Reisen machen konnten, dass sie bei anderen Erwachsenen gut angesehen waren. Gut ernährt. Was er, als Kind, sich gewünscht hatte und was er nicht gewesen war.

Wenn Ama hörbar herumlungert – und auch sie testet ihn, das weiß Kweku –, markiert er den Satz und lässt das Buch sinken. Er macht eine Geste, dass sie hereinkommen soll, und fragt sie, ob alles in Ordnung ist. Sie sagt immer ja. Es geht ihr immer gut. Und wenn sie mit dem Land Cruiser unterwegs sind und Ama auch nur ein klein wenig fröstelt, sagt er zu Kofi, der jetzt fährt, er soll die Klimaanlage abstellen (obwohl er selbst die feuchte, schwüle Luft nicht aushalten kann, noch nie aushalten konnte, auch nicht im Dorf; da haben sie sich immer über ihn lustig gemacht, haben ihn *obroni* genannt, allerdings auch aus anderen Gründen). Und wenn er CNN sieht und sie ins Wohnzimmer kommt, in plüschigen, pinkfarbenen Pantoffeln, die pinkfarbenen Schaumgummi-Lockenwickler in den Haaren, stellt er sofort um auf das betäubende Gewaber der Nollywood-Filme, die er hasst und die sie liebt.

Und so weiter: Geht in die Kirche (obwohl er das Getue nicht leiden kann), kauft parfümierte Fa-Seife (obwohl er den Geruch nicht leiden kann), sagt Kofi, er soll den Eintopf genau nach ihren Anweisungen zubereiten (obwohl er die scharfen Gewürze nicht leiden kann und ihm beim Essen die Tränen kommen). Er möchte, dass sie zufrieden ist. Er möchte das, weil sie zufrieden sein kann. Sie ist eine Frau, die man zufriedenstellen kann.

Sie ist anders als alle Frauen, die er sonst kennt.

Oder anders als alle Frauen, die er geliebt hat.

Er weiß gar nicht, ob er die Frauen je richtig kannte oder ob er sie überhaupt kennen konnte. Ob ein Mann eine Frau im Endeffekt wirklich kennen kann. Zum Beispiel die Frauen, die er geliebt hat. Die keine Ahnung hatten, was Zufriedenheit bedeutet. Die, wenn sie bekommen hatten, was sie wollten, fast augenblicklich *mehr* wollten. Nicht aus Gier. Niemals gierig. Er würde seine Mutter nie als gierig bezeichnen. Genauso wenig wie Fola und seine Töchter (jedenfalls nicht Taiwo, jedenfalls nicht damals. Falls Sadie sich als verwöhnt herausstellte, lag es daran, dass ihre Eltern erschöpft waren, zu müde, um nein zu sagen, als Sadie sprechen lernte). Sie waren Macherinnen und Denkerinnen, Liebende und Suchende und Gebende, aber vor allem Träumerinnen, was besonders gefährlich war.

Sie waren Träumerinnen.

Sehr gefährliche Frauen.

Frauen, die mit großen Träumerinnen-Augen die Welt betrachteten und die Welt nicht so sahen, wie sie war, nämlich »grausam, sinnlos« usw., sondern schlimmer, sie sahen die Welt so, wie sie sein könnte oder noch werden könnte.

So unersättliche Frauen.

Unbefriedigbare Frauen.

Die vor allem das wollten, was man nicht haben konnte. Nicht, was *sie* nicht haben konnten – so etwas gab es nicht für solche Frauen –, sondern etwas, was überhaupt nicht zu haben war. Und das Furchtbarste: Frauen, die ihn anschauten und ihn als das sahen, was er werden könnte. Schöner, als er selbst glaubt, je sein zu können.

Ama hat dieses Problem nicht.

Oder er hat dieses Problem nicht mit Ama.

Erstens ist sie nicht so klug wie die anderen. Was nicht heißen soll, dass sie dumm ist. Ganz im Gegenteil. Er weiß, dass die Leute reden, dass die Leute das Mädchen als »einfach« bezeichnen, und er weiß, es ist ein Klischee, Chirurg lebt mit Krankenschwester in wilder Ehe. Aber er weiß jetzt auch, dass seine Frau ein Genie ist, aber ein völlig anderes Genie, als es ihre Vorgängerinnen waren. Sie hat ihre eigene Genialität, eine Art animalische Genialität, die unbeirrbare Entschlossenheit eines Tieres, genau das zu bekommen, was es will. Zu bekommen, was es *braucht*, ohne die Umgebung zu stören. Ohne den Dschungel einzureißen. Ohne sich selbst Schaden zuzufügen. Er hätte das nie für eine Form von Genialität gehalten, wenn er nicht die Gabe dieser klügeren Frauen, sich selbst zu geißeln, ständig an sich zu zweifeln, kennengelernt hätte.

Ama tut sich selbst nicht weh. Sie kommt gar nicht auf die Idee. Sich selbst in Frage zu stellen. Von ihrer Seele eine kleine Leidens-Zahlung für alle weltlichen Lüste einzufordern, obwohl die Welt diese Zahlung gar nicht verlangt. Ama ist keine *Denkerin*. Sie *denkt* nicht unaufhörlich – was könnte besser sein, was ist als Nächstes dran, was hat sie falsch gemacht, wer hat ihr eventuell Unrecht getan, was denkt oder fühlt *er*, sagt es aber nicht –, und deshalb stoßen ihre Gedanken nicht unaufhörlich mit seinen zusammen, was alle möglichen Reibereien und Feuerstürme und Explosionen verursachen würde, aus Versehen, Kollisionen da und dort im Haus. Ihre Gedanken sind keine gefährlichen Substanzen. Die Gedanken der Träumerinnen waren Landminen, freie Radikale. Ihre Gespräche beim Frühstück können in einen Krieg übergehen. Ama ist keine Kämpferin. Sie kommt ohne Waffen zum Frühstück und geht abends unbekleidet und unbewaffnet ins Bett. Sie hat kein persönliches Interesse daran, ihn zu ändern. Ihr natürlicher Zustand ist Zufriedenheit, nicht Neugier. Und deshalb ist sie, *zweitens*, nicht unglücklich.

Das war eine absolute Offenbarung.

Mit einer Frau zusammenzuwohnen, die glücklich ist, die durchgehend glücklich ist? In ihrer Grundverfassung – glücklich? Und die mit *ihm* glücklich ist, nicht als ein großes Ereignis und auch nicht als Reaktion, als Antwort auf etwas, was *er* getan hat und nun immer wieder tun muss, damit sie glücklich bleibt, die Kurbel drehen muss, ständig die Spieluhr aufziehen, *tanz, Äffchen, tanz.* Eine Frau, die er glücklich macht, die er glücklich gemacht hat und die wunderbarerweise glücklich *geblieben* ist? Die die *Gabe* hat, glücklich zu bleiben, mit ihm, über einen längeren Zeitraum hinweg?

Niemals.

Er hat gar nicht gewusst, dass das menschenmöglich oder frauenmöglich war, bis er mit dreiundfünfzig sein Zelt zusammenpackte und in den Haupttrakt flüchtete. Und weil es ihm dort zu ruhig war, dachte er eines Tages an seine Krankenschwester, an die Wölbung ihres Hinterns und das Glockenspiel ihres Lachens und dass sie komisch kicherte und verlegen wurde, wenn er in die Nähe kam. Und da fragte er sie, ob sie vielleicht Lust hätte, mit ihm essen zu gehen?

Das ist (glaubt er) der Grund, warum er Ama liebt.

Weil sie sagte: »Danke, ja, gern, bitte«, und das Gleiche antwortete sie, als er sie bat, ihn zu heiraten (sie sagt immer ja). Weil sie loyal ist und einfach und anschmiegsam und jung. Weil ihre Gedanken nicht beim Frühstück explodieren. Er glaubt, er liebt Ama wegen der Symmetrie zwischen ihnen, zwischen seiner Fähigkeit zu versorgen und ihrer Begabung für Freude. Weil er jede Symmetrie elegant findet und *diese* Symmetrie hier wunderbar ruhig, eine elegante Art von Ruhe, hier und da, überall im Haus. Er glaubt, er liebt Ama – auch wenn er früher glaubte, er liebe sie nicht, sie sei ihm wichtig und er sei dankbar dafür, »liebe sie aber nicht richtig«. Und am Anfang, ehe er ihre Genialität erkannte, liebte er sie tatsächlich nicht – doch jetzt weiß er etwas über Frauen. Er versteht inzwischen sein Grundverhältnis zu Frauen, den entscheidenden Punkt dabei: Es ist der Wunsch, endlich zu genügen. Zu wissen, dass er ausreicht, ein für alle Mal, jetzt und für immer.

Das ist (glaubt er) der Grund, warum er Ama liebt.

Er irrt sich.

Der eigentliche Grund ist: Wenn sie nachts schläft, mit einem feinen Schweißfilm über der vollen pflaumenbraunen Oberlippe, ihr Atem süß und unüberhörbar neben ihm, hat sie eine frappierende Ähnlichkeit mit Taiwo. Mit Taiwo, als sie noch keine fünf Jahre alt war, als er noch in der Facharztausbildung war und nach dem Bereitschaftsdienst heimwärts taumelte, zu müde, um zu schlafen, zu schläfrig, um aufrecht zu stehen, zu aufgedreht, um still zu sitzen – und so unruhige Beine.

Er wanderte dann in der kleinen Wohnung auf und ab (mehr konnte er sich von seinem Assistenzarztgehalt nicht leisten, als diese dunkle, kleinere Hälfte eines Doppelhauses für zwei Familien in der Huntington Avenue, wo das Ghetto begann: unter der Überführung, die Boston von Brookline trennte, den Reichtum von der Not), in seinem OP-Kittel, im Dunkeln. Den Flur entlang durch die Küche zum ersten Zimmer, dem Zimmer der Jungen, mit dem wackeligen kleinen Etagenbett, Kehindes Zeichnungen an der Wand. Zu der winzigen Schrankkammer mit dem Fenster, von dem aus man alle möglichen kleineren Drogengeschäfte beobachten konnte. Zum Badezimmer, wo er sich das Gesicht wusch.

Ein Handtuch darauf drückte.

Es festhielt.

Aber schließlich ins Wohnzimmer und zu Taiwo, die auf der Schlafcouch lag, weil sie kein eigenes Zimmer hatte, obwohl er ihr so gern eins gegeben hätte, seiner ersten Tochter, ein absolutes Rätsel, trotz ihrer Ähnlichkeit mit ihrem Bruder. Ein Mädchenkind. Etwas Neues. Kostbarer irgendwie.

Mit einem dünnen Schweißfilm über der Oberlippe, von der Hitze in der Miniwohnung.

Den er abwischte, mit dem Gedanken: *Das ist das Mindeste, was ich für sie tun kann.*

Für ein Mädchen ohne Zimmer und mit rosaroten Muschelschalenlippen.

Und wo er dann aufrecht sitzend einschlief, neben ihr.

In Wirklichkeit liebt er Ama, weil sie, wenn sie schläft, aussieht wie Taiwo, als sie noch keine fünf war und schwitzend auf der Couch schlief. Und weil Ama, wenn sie schnarcht, genau wie seine Mutter klingt, als *er* noch keine fünf war und schwitzend auf dem Fußboden schlief. In derselben strohgedeckten Hütte, in der seine Schwester lächelnd sterben würde, auf einer Matte, neben den Matten seiner Geschwister, die um das eine Holzbett herum lagen, in dem seine Mutter süß und laut schnarchte und wild träumte, während ihr Sohn auf die Orte lauschte, zu denen sie sich begab. Sie ging in die Oper und zu Jazz-Riffs und zu Trommlern und zu Kriegsgesängen, zu den fünfziger Jahren, so wie sie in fernen Ländern klangen, jenseits des Strandes, sie träumte laut von Orten aus dem Radio, die er noch nie gesehen hatte und die sie niemals sehen würde. Und dieser Anblick und dieses Geräusch, diese beiden Sinneseindrücke – das Bild seiner Tochter, (a) ein völlig modernes Bild und ein Produkt von *dort*, von Nordamerika, Schnee, Kuh-Produkt, Gedanken an die Zukunft; das Bild seiner Mutter, (b) ein uraltes Bild, ein Produkt von *hier*, Hütte, Hitze, Bast, Westafrika, die ewige Vergangenheit – würden sich sonst nie berühren, ohne Ama.

Eine Brücke.

Loyal und einfach und anschmiegsam, die junge Ama, die aus Kokrobité kam und immer noch nach Salz roch (und nach Palmenöl, nach Pink Oil, verdunsteten Nelken), um neben ihm in einer Vorstadt von Accra zu schlafen. Ama, deren Schweiß und deren Schnarchen, wenn sie schläft, viele Meilen überbrücken, Trauer, Atlantik, Himmel, deren weicher Körper eine Brücke ist, auf der er zwischen den Welten hin und her geht. Genau die Brücke, die er gesucht hat, einunddreißig Jahre lang.

Er dachte, als er wegging, er wüsste, wie man eine Brücke baut – indem man triumphierend mit einem Abschluss und einem Sohn im Arm nach Hause zurückkommt, wenn man das in Amerika geborene Baby vor der ghanaischen Großmutter niederlegt, wie einen Kranz vor einem heiligen Schrein, und lächelnd sagt: »Ich habe dir doch versprochen, dass ich zurückkomme.« Und natürlich mit einem kleinen Jungen, einem glücklicheren Moses. Vater und Arzt. Wie versprochen. Ein Erfolg. Diesen Augenblick stellt er sich in Pennsylvania dauernd vor. Wie sein Kameramann das filmen würde, auf ihr Gesicht schwenkend. Geigen. Tränen in Mutters Augen. Verwunderung, Freude, Erstaunen. Die Geschwister, ehrfürchtig. Der Jubel. Trommeln. Tanz, Gelächter und ein großes Festessen. Fisch grillen, eine Ziege schlachten, kleine Funken eines lodernden Feuers, die vor Freude himmelwärts sprühen, in den pechschwarzen Himmel voller Sterne, und das Meer rauscht zufrieden. Das Wiedersehen: eine Brücke. Ihr Glück: der Eckstein.

So hatte er es geplant.

Aber so ist es nicht passiert.

Als er zurückkam, war sie fort.

Zehn

Der herzzerbrechende Winter, 1975.

Eine mickrige Zweizimmerwohnung.

Eine Ein-Jahres-Ehefrau.

Die an dem Tisch in der »Küche« saß, das heißt, in der Ecke, wo an der Wand ein Herd und eine Spüle standen, daneben die Badewanne. Er kam in einem Mantel herein. Er hasste diesen speziellen Mantel. Ein dickes, tristes, beigefarbenes Monster aus dem Goodwill-Laden in der Innenstadt. Sie hatte darauf bestanden, dass er ihn kaufte, und verlangte jetzt von ihm, dass er ihn auch anzog. Der Mantel war das wärmste Kleidungsstück, das er besaß, aber er sah arm darin aus.

Er betrat die Wohnung und sah arm aus. Sie sah phantastisch aus. Sie sah für ihn immer phantastisch aus, auch wenn sie wütend war. Sie trug Hüfthosen mit Schlag und einen Wickelpullover, beides ebenfalls von Goodwill. Dazu einen Schal in den Haaren.

Nicht irgendeinen Schal, registrierte er, als er genauer hinschaute. Ein buntes *aso-oke*, ein nigerianisches Tuch. Die Nigerianer waren mit ihren *Head-wraps* wesentlich künstlerischer als die Ghanaer. »Extravaganter, demonstrativer«, sagten die Ghanaer gern spöttisch. Aber in diesem Moment nun sah er etwas anderes: Sie insistierten beharrlicher auf Schönheit. Immer und in allen Dingen wurde auf Stil gepocht. Selbst hier in dieser Bruchbude, in Second-hand-Klamotten, an einem Tisch neben einer Badewanne sitzend, bestand Fola auf Stil. Hatte dieses goldgesprenkelte Tuch gefunden, zweifellos teuer, von ihrem Vater, um es um ihren Afro zu wickeln, passend zu ihrem Namen. »Reichtum verleiht mir die Krone.« *Folasadé*. Sie sah phantastisch aus.

Er kam in die Wohnung und erstarrte in der Tür.

Ihre Hände lagen gefaltet auf der roten Plastik-tischdecke, wie man sie für ein Picknick kauft und dann wegwirft. Die hatten sie heimlich und etwas beschämt von seinem Einführungs-Grillabend mit nach Hause genommen. Fola fand, dass diese Tisch-decke den Raum ein bisschen belebte. Blumen waren auch da. Klar. Alles sah aus wie immer. Das Bett war gemacht. Das Baby schlief. Und atmete, wie er rasch überprüfte.

Weil irgendetwas nicht stimmte.

Er blieb in der Tür stehen und wusste, dass etwas nicht stimmte.

Er sah den Brief nicht, der auf dem Tisch lag. Nur Fola, die den Kopf drehte, ihr Hals starr vor Angst. Sie sagte nichts. Er rührte sich nicht. Sein Kameramann kam durchs Fenster geklettert. Szene: Junger Mann erhält eine schreckliche Nachricht. Er stellte seine Tasche ab. Um beide Hände frei zu haben. Um alles mit ihnen tun zu können, je nach dem, was sie zu sagen hatte.

Sie sagte: »Deine Mutter ist krank, Liebling.« Sie hielt den Brief hoch. »Dein Cousin hat unsere Adresse vom College bekommen und geschrieben.«

Zu viele Wörter für ihn, er konnte sie nicht alle gleichzeitig verarbeiten. *Mutter. Krank. Cousin. Adresse, Geschrieben.* Welcher seiner Cousins konnte überhaupt schreiben? Diese gemeine, bestechende Frage wurde als erste ans Ufer gespült. »Meine Cousins sind Analphabeten! Sie haben keine Ahnung«, schimpfte er los, ohne zu wissen, warum er schrie und warum er Fola anschrie. »Das ist gelogen!«

Sie schaute ihn nur an, mit diesem Gesichtsausdruck: die Brauen zerknittert, ihr Mund nach unten verzogen, ein umgekehrtes Lächeln. War es erst gestern, dass ihm auffiel, wie sie auch bei Olu immer so ein Gesicht machte, wenn er weinte, um sich zu beklagen? Die Brauen zerknittert, den Kopf leicht zur Seite geneigt. »*Okunrin mi*«, sagte sie dann. Mein Sohn. »Ich weiß, ich weiß, ich weiß. Es tut weh.« Sie wusste es wirklich. Konnte den Schmerz anderer

Leute buchstäblich spüren, echte Empathie, etwas, was er nicht für möglich gehalten hatte, als sie sich kennenlernten. Er stellte endlose Fragen. Wo im Körper spürte sie den Schmerz? Wie konnte sie wissen, dass es sein Schmerz war und nicht ihrer? (In der Brust, auf der linken Seite, ein rein körperlicher Schmerz, der anderswoher kam, jetzt vertraut, echte Empathie.) Dieses Gesicht.

»Liebling«, sagte sie sanft.

»Es ist gelogen«, wiederholte er. Aber leise. Und war jetzt froh, dass er die Hände frei hatte. Er fasste nach seinem schwindeligen Kopf, drückte die Handschuhe gegen die Stirn, ein vergeblicher Versuch, sein Gehirn zusammenzuhalten. »Sie war noch nie in ihrem Leben krank. Was sagen sie?« Er ging zu ihr.

Sie gab ihm den Brief, legte ihre Hand auf seine freie Hand. Es war das billige Air Mail-Papier, das kein Mensch mehr verwendete. Dünne, pastellblaue Seiten, die zu Umschlägen wurden, wenn man sie faltete.

Lauter Großbuchstaben, schräg aufwärts.

Krakelige schwarze Schrift.

In dem Brief stand nicht, dass seine Mutter krank sei. Da stand, dass sie im Sterben lag und in einem Monat tot sein würde. Gestern war der Brief zwei Wochen alt gewesen. Kweku ließ ihn auf den Tisch sinken. Seine Hände begannen zu zittern (andere Teile von ihm ebenfalls). Fola sprang auf und schlang die Arme um seine Schultern. Zum ersten Mal, seit er den beigefarbenen Mantel gekauft hatte, fand er ihn gut. Weil er so dick war, schuf er eine Distanz zwischen ihrer Brust und seinem Zittern, zwischen seiner Frau und seiner Schwäche, seinen bebenden Gliedmaßen. (Und sein Kameramann, der am anderen Ende des Raums beim Fenster stand, konnte den zerbrechenden Helden nicht filmen, wegen des tristen schützenden Mantels.)

»Wir gehen nach Ghana«, sagte sie.

»Mit welchem Geld?«, murmelte er. »Wir haben nicht das Geld dafür.«

»Wir bitten darum …«

»Nein.« Verzweifelt redete er weiter: »Sie überreagieren doch nur … es ist eine Infektion, nicht Krebs … sie ist noch keine fünfzig. Bis Silvester geht es ihr bestimmt schon besser, und bis Silvester habe ich genug Geld zusammen …«

»Wir bitten darum, Kweku. Wir müssen.«

Sie taten es.

Das heißt: *Sie* tat es. An dem Tag gab sie ihr letztes Geld für ein Ticket nach Lagos aus, um einen Dreckskerl zu besuchen, ihren jüngeren Halbbruder Femi, dessen Mutter, diese miese Prostituierte, das Geld ihres toten Liebhabers genommen hatte und damit abgehauen war.

* * *

Dann Ghana und der Geruch, ein Widerspruch: zerbrochener Tontopf. Der Geruch von Trockenheit, Nässe, beides gleichzeitig, die feuchte Erde und der trockene Staub. Der Flughafen. Körper, die drängeln, zerren, schreien, betteln, anfassen, atmen. Er hatte die Körper vergessen. Die Nähe der Körper. In Amerika waren die Körper weiter entfernt. Ihre Wärme. Sich durch die rempelnde Menge zwängen, durch die warmen Körper, Folas Arm umklammernd, während Fola das Baby umklammerte, sein Geschwader zum Taxistand führen. »Deine Handtasche«, rief er Fola über die Schulter zu. »Du musst aufpassen! Wir sind in Ghana.«

»Ach, ja?«

Aber als er sich umschaute, lachte sie. »Mein Freund, ich komme aus Lagos. Vergiss dein kleines Ghana.« Sie zwinkerte ihm zu. »Ich kann das. Wir können das.«

Und dann zu Hause.

Sie fuhren mit einem klapprigen Taxi ins Dorf, einer typischen rot-gelben Blechkiste, die schwarzen Qualm ausstieß und mühsam über die dunkelrote Sandpiste hoppelte. Keiner sagte ein Wort, sogar Olu schwieg, als wüsste er Bescheid in seinem Babyherzen. So hatte Kweku sich seine triumphale Rückkehr nicht vorgestellt, politische Hysterie im Radio, keine Geigenklänge à la John Williams, aber dieser Fahrer war der Einzige am Stand, der erstens seinen Preis akzeptierte und zweitens den Weg zu seinem Dorf kannte.

Eine Stunde außerhalb der Stadt: der Ozean.

Unangekündigt, ohne Fanfare.

Von der Stadt hatten sie die damals noch unge-teerte Straße gemeistert, bis zu der Kreuzung, von der sie abbiegen mussten, den trockenen, kahlen Hügel hinauf in Richtung Kokrobité. Der Hügel brachte sie hinunter zur Küste, die man wegen der Grasaufschüttungen links entlang der Straße nicht sehen konnte. Dann, plötzlich, eine Lichtung: von Kühen abgefressenes Gras, niedrig, dahinter Sand, Meer, Himmel, endlos. Die dramatische Enthül-lung. Etwas, das schon die ganze Zeit dagewesen war, weniger überraschend als erschreckend, die Weite und wie sich dadurch alles veränderte. Die Luft.

Es war sieben Uhr morgens, das wusste er, ohne auf die Uhr zu sehen, weil die Männer da saßen und ihre Netze von der vergangenen Nacht einholten, mindestens elf, in einer vertikalen Linie am Ende eines Seils, das weit hinaus ins Meer reichte. *Hau ruck!* Vorwärts, rückwärts, ein perfekt eingeübter Gleichtakt, alle zogen im Rhythmus, wie Ruderer auf Sand, in verwaschenen bunten T-Shirts (ganz ähn-lich wie die T-Shirts, die man bei Goodwill kaufen konnte). Und die Palmen beugten sich mit ihnen. Ihre Wedel flatterten im Wind.

Er musste irgendein Geräusch gemacht haben, während er aus dem Fenster starrte, denn Fola legte ganz zart ihre Hand auf seine. So machte sie das immer. Nie nahm Fola seine Hand, »hielt« sie nie, sondern legte sie nur leicht auf seine: ein Angebot. Zu halten oder gehalten zu werden. Er nahm ihre Hand gedankenabwesend, ohne den Blick vom Fenster zu wenden. Das ging nicht, er klebte fest, war wie gelähmt von der Aussicht – und dann bildeten sich die ersten Tränen, locker, wie Kumuluswolken. Sie verschleierten seinen Blick, noch zu unreif, um zu fließen. Sie dienten dazu, die Umrisse zu verwischen, ein Filter, der Strand, der grau leuchtete, in himmlisch verschwommenem Licht, wie eine Szene aus einer dieser Seifenopern, die alle Krankenschwestern sich immer anschauten – unwiderstehlich, fesselnd, man brauchte nur die Grundhandlung zu kennen. (Und er kannte sich aus. Kannte den elementaren Handlungsstrang. Tanzen, Baumsaft, Großmütter.) Er starrte wie die Krankenschwestern, durch nichtfließende Tränen.

Wieso hatte er diesen Anblick gehasst? Diesen Strand, die Rücken dieser Fischer, die braun glänzten, ihre langen Holzboote, auf deren splitterndem Holz seitlich in kräftigen Farben biblische Dinge standen: »Black Star Jesus«, »Jah herrscht«, »Christus, der Menschenfischer«, dreifarbig, im Rot, Gelb, Grün der Nationalflagge und im nationalen Geist des *Open-Source-Ethos*, dieser Vermischung von Anglikanisch, Rastafari, Ghanaisch. Was gab es da zu hassen? Da war nur Offenheit. So weit er sehen konnte. Eine fröhliche Offenheit. Unschuld. Ein unschuldiger Strand auf dem Weg nach Kokrobité, sieben Uhr morgens, November 1975. Ein kleines Land, das fröhlich, ohne es zu merken, einer Revolution entgegenschlingerte. Ein kleines Taxi, das, die Revolution ignorierend, dem Schmerz entgegenschlingerte.

Und dann sie.

Keine Brücke, deren Glück der Eckstein wäre.

Keine Jubelgesänge, kein Getrommel, keine Ziegen und kein Fisch.

Fola wartete mit seinen Schwestern Shormeh und Naa, deren Augen erfüllt waren von altem Hass und neuem Schmerz. Eine aufgeregte Menschenmenge versammelte sich, als sie aus dem Taxi stiegen, und nun standen die Leute herum und schauten zu, wie er die Hütte betrat. Niemand brauchte Details (unwiderstehlich, fesselnd). Sein Kameramann war mit dabei und folgte ihm nicht.

Er duckte sich, als er eintrat, vergaß fast, wie groß er war. Oder wie groß sie war, diese kleine Hütte, das Zuhause seiner Kindheit. Er trug seinen Sohn, halb schlafend, sechs Monate alt damals, brachte den in Amerika geborenen Jungen zu ihr.

Nur *ein* Bett.

Sie lag auf dem Rücken, die Arme seitlich, die Matten auf dem Fußboden, dieselben Matten, die er noch kannte. Dunkel, und so kühl mit der Kuppel, dem kleinen Fenster. Es war eine gut durchgeplante Hütte, auch wenn sie noch so klein war. Gerundete Lehmwände, massives Strohdach, das an der höchsten Stelle fünf Meter hoch war, eine dreieckige Konstruktion. Sein Vater hatte diese Hütte gebaut. Ein Künstler, hatten sie ihm gesagt, ein Fante, ein Wanderer, ein »Genie«, wie er. (Er war ins Gefängnis gekommen, nachdem er einen betrunkenen englischen Sergeanten geschlagen hatte, der seine Frau belästigte. Eingesperrt und dann öffentlich ausgepeitscht. Dort bei dem Baum im Zentrum der »Siedlung«, dieses Kreises aus Hütten. Um die Mittagszeit, ausgezogen bis auf die Unterhose. »Er ist weg«, sagten die Dorfbewohner einfach. Danach. Er packte seine Sachen, ging, verschwand. Andere, die jetzt tot waren, behaupteten, er sei in den Ozean gegangen, in einem strahlend weißen *bubu* bis zur Taille, dann bis zum Kopf, ohne stehen zu bleiben. Weiter, vorwärts, abwärts, in den Ozean hinein. Wie Jesus. Mit Gewichten. Unter dem Mond. In die Dunkelheit.)

Sein Bruder blickte erstaunt auf, als er hereinkam,

sagte aber nichts. »Lass mich allein«, sagte er zu seinem Bruder, und sein Bruder ging.

Sie hätte schlafen können, so wie sie dalag. Er hatte Familien das sagen hören und hatte bisher immer darüber gelacht. »Wir haben gedacht, sie ruht sich aus«, sagten die Leute über die geliebte alte Großmutter, die Tage nach ihrem Tod ins Krankenhaus gebracht wurde, bereits verwesend. *Idioten*, hatte er jedes Mal gedacht. Jetzt verstand er die Verwechslung. Sie sah aus, als würde sie schlafen. Gab aber keinen Laut von sich. Träumte nicht laut von all den Orten, an denen sie nie gewesen war.

Sie war tot, in dem Dorf, dem einzigen Ort, an dem sie je gewesen war.

Sein Herz brach, an einer Stelle. Der erste Bruch. Er spürte ihn nicht. Olu gluckste leise, das einzige Geräusch im Raum. Kweku schaute Olu an – plötzlich fiel ihm wieder ein, dass er ihn im Arm hielt. Olu fixierte ehrfürchtig den Schmetterling auf der Zehe der Toten.

Schwarz und blau (Ritterfalter), hatte sich gerade erst niedergelassen, ein fast neongrelles Türkis, schwarze Markierungen, weiße Punkte. Der Schmetterling schwebte nun um den Fuß seiner Mutter herum, eine träge Runde, dann hob er ab, flatterte unbekümmert hinauf in die dreieckige Wölbung und zu dem kleinen Fenster hinaus. Fort.

»Das ist deine Großmutter.« Kweku korrigierte die Zeit: »*War.*« Olu schaute seinen Vater an, erkannte seine Stimme nicht. Und Kweku zu seiner Mutter: »Ich hab es dir versprochen«, begann er. »Ich habe dir versprochen, dass ich zurückkomme …«, doch den Rest brachte er nicht über die Lippen.

Da setzte er sich auf den Fußboden, auf eine Bastmatte. In der Hitze und in dem Geruch, dem Geruch des neuen Todes. Er rieb Olu den Rücken, bis der kleine Junge einschlief (fünfzehn Minuten, mehr nicht, so ein braves Kind). Dann saßen sie im Halbdunkel, wer weiß, wie lange, vielleicht Stunden. Während das Sonnenlicht auf der Wand sich verändert, wandert.

Er dachte nicht, was er gedacht hatte, dass er denken würde. Dass er nicht hätte fortgehen sollen. Ohne sich zu verabschieden. Dass er nicht hätte sagen sollen, was er sagte, als er sie das letzte Mal sah – als sie diesen schrecklichen Streit hatten, darüber, ob er das Stipendium annehmen soll oder bleiben, und als sie sagte, er werde *hier* gebraucht, nicht in »Pennsy-wasweißich«. Er hätte nicht sagen sollen, was er sagte.

Dass sie »eifersüchtig« sei, neidisch.

Selbstverständlich war sie eifersüchtig. Sie war achtunddreißig. Sie war nie aus Ghana herausgekommen. Ihre jüngste Tochter war tot. Ihr genialer Ehemann war mit dem Mondlicht in den Fluten verschwunden (oder hatte sie im Stich gelassen, höchstwahrscheinlich aus Scham, weil er ihr nicht gegenübertreten konnte). Und jetzt wollte ihr Sohn – ihr genialer Sohn, sechzehn, ohne Schuhe –, mit amerikanischen Missionaren zu der Alma Mater des Präsidenten verschwinden (Motto: »Wenn euch nun der Sohn frei macht, so seid ihr recht frei.« In der Tat. Und wenn der Sohn ein Stipendium bekommt?) In ihrem Mutterherzen wusste sie es.

Dass er *nicht* »gehen und wiederkommen« würde, dass es nichts gab, wohin er zurückkehren konnte, dass er lernen würde – wie sie es sich gewünscht hatte, selbst ein begabtes Kind, mit sieben aus der Schule genommen, um Feuerholz und Wasser zu holen – und dass er dann fortgehen würde. Wie sie es sich gewünscht hatte.

Es musste nicht ausgesprochen werden.

Diese Gedanken kamen später. (Und viele Jahre lang – immer, wenn er versuchte, den feuchten Geruch des neuen Todes loszuwerden, ihn nicht mehr zu riechen.) Was er dachte, während er dasaß, war Folgendes: Wie anders sie ist, diese Ruhe. So still war es nie in dieser Hütte gewesen, als er aufwuchs. Und dass es ihm damals gut gefallen hätte, wenn er die Möglichkeit gehabt hätte, einfach nur dazu*sitzen*, so wie jetzt, allein und stumm. Und dass sie das bestimmt genauso empfunden hatte. Deshalb hatte sie alle immer gezwungen, so früh aufzustehen und die Hütte zu verlassen, alle miteinander, fünf Uhr morgens, *raus!* Nicht etwa wegen »Morgenstund …« oder »Wer rastet …« oder was die Missionare damals den ghanaischen Müttern sonst noch als Leitsätze für ihren Nachwuchs eintrichterten. Sie tat es, damit sie einen Moment lang dort auf dem Rücken liegen konnte, in Ruhe und allein, auf dem Rücken, die Arme seitlich. Nur das Schilf betrachten, das hoch über ihr zum Mittelpunkt strebte. Eine kluge Bauweise. Wenn man auf dem Rücken lag, wirkte der Raum riesig. Ein kluger Liebhaber, der hoffte und betete, dass er eines Tages die Witwe zu seiner Frau machen würde – die mit dem kleinen schwarzen Transistorradio, das sie überallhin mitnahm, wie ein Haustier. Er hatte seine Lehmhütte so entworfen, dass ein Mädchen in seinem Bett nach oben blicken konnte und Ferne, Weite, Höhe spürte. Sie schickte die Kinder weg, damit sie das konnte: die Ferne spüren. Einfach nur daliegen. Fünf Minuten, zehn, maximal. Bald würden sie wieder zurück sein vom Brunnen, von der Morgenwäsche, sechs Kinder (später fünf), zwei Jungen, vier dünne Mädchen. Bald würde die Hütte erfüllt sein von ihren Bewegungen, dann so voller Feuchtigkeit, dass sie alle nach draußen gingen.

Jetzt, um fünf Uhr morgens, konnte sie so liegen, reglos, in der Stille, während die Wellen in der Nähe ein Geräusch machten, das eigentlich noch gar kein Geräusch war. Vielleicht bewunderte sie das Genie ihres durchgebrannten Ehemanns? Einen Augenblick lang versöhnt mit dem Schicksal, mit den Karten, die ihr zugeteilt worden waren? Eine Frau, geboren 1941 an der Goldküste, als die ganze Welt Krieg führte. Aber nicht hier. Hier am Rand der Welt, an den ausgefransten Rändern. Hier, wo die Zeit stillstand, stampfte sie Süßkartoffeln zu Brei und holte Feuerholz und Wasser. Und blickte sehnsüchtig den Booten nach, die vom Strand abstießen. Der größte Wunsch: weg, nur weg.

Schließlich, Fola, von draußen vor der Hütte.

»Liebling.« Sehr sanft. »Bist du da drin?«

Er war nicht da drin. Er war nirgends, er war verschollen, er war außer sich. »Ich bin hier.«

»Und das Baby …?«

»Das Baby schläft.«

Aber er wusste, was sie meinte, dass es irgendwie nicht richtig war, ein neues Leben so lang in der Gegenwart des Todes zu lassen. Er nahm das Baby und reichte es seiner Mutter, die sich zu ihm hereinbeugte, den Kopf zur Seite geneigt.

»Nur noch kurz.« Als wäre er im Bad.

Er blieb dort bis Mitternacht, die Tränen unreif.

Elf

Seine zweite Frau, Ama, schläft in diesem Schlafzimmer, so wie er sie am meisten liebt: träumend,
eine Brücke aus Fleisch und Blut. Also wird er seine
Pantoffeln nicht holen. Er wird Kaffee kochen. Es
kann noch nicht vier Uhr morgens sein – was hat ihn
geweckt? – er weiß es nicht mehr – was für ein Tag ist
heute? Sonntag. Kofi hat seinen freien Tag. Keine
Nägel werden mehr eingeschlagen. Nur das Schweigen und die Stille. Alleinsein und Ruhe. Er denkt:
Eigentlich gefällt es ihm, dieses seltsame Gefühl von
Atempause. Der Morgen schwebt zwischen Dunkelheit und Tagesanbruch, und er schwebt mit ihm,
ziellos im Grau. Zu spät, um wieder einzuschlafen,
zu früh, um den Tag zu beginnen. Einen Augenblick
Pause. Kaffee wäre gut, denkt er.

Und will in die Küche gehen, aber da sieht er es,
undeutlich nur, aus dem Augenwinkel. Man kann
nicht sagen, was aus ihm geworden wäre, hätte er es
nicht gesehen, sich nicht daran erinnert, nicht daran
gedacht: ihr Gesicht. Wäre er von der Glasveranda
durch die Tür ins Esszimmer gegangen, durch das
Esszimmer in die Küche, um sich einen Mocha mit
Toast zu machen. Höchstwahrscheinlich hätte er die
Enge in der Brust und die Atemnot bemerkt und
sofort gewusst: *los!* Hätte das Heparin im Medizin-

schrank gesucht – ohne Hast, hochkonzentriert –, wäre dann zum Telefon gegangen. Hätte seinen Freund Benson angerufen – auch ein Ghanaer vom Hopkins Hospital, der jetzt in Accra eine edle Privatklinik leitet (und der ihn erst gestern angerufen und eine komische Nachricht hinterlassen hat, etwas in der Art, dass er Fola hier in Ghana gesehen habe, was nicht stimmen kann). Hätte Benson erreicht und sich mit ihm in der Klinik verabredet. Hätte seine Turnschuhe angezogen, die an der Tür auf das Joggen warteten. Hätte, während er die Schnürsenkel band, versucht sich zu erinnern, wann er die ersten Stiche in der Brust gespürt hatte (zu schön manchmal). Hätte auf die Uhr geschaut. Dreißig Minuten. Null Problem. Wäre selbst in die Klinik gefahren, ohne Ama, die nicht fahren kann. Und so weiter.

Hätte es gemerkt.

Und Bescheid gewusst.

Und wäre gegangen.

Aber er sieht dieses Ding, undeutlich, leuchtend türkis und schwarz.

Lässt sich auf einer leuchtend rosaroten Blüte nieder. Da fällt ihm der Name ein, als er das Gesicht der Blume sieht.

»Bougainvillea«, hört er Fola sagen.

»Klingt wie eine Krankheit. Der Patient wird vorgestellt mit Bougainvillea.«

»Sei still.« Sie saugte an ihren Zähnen.

Aber als er sie anschaute, lachte sie. An der Spüle stehend, die Hände umgeben von Blüten, klein, herrlich, magenta. »Unglaublich schön«, sagte er.

»Ja, sind sie.«

»Nein. Du.«

Sie lachte wieder, wurde verlegen. »Sei still«, aber dieses Mal leise. Ein Lächeln erschien. Im Gegenlicht der Sonne, die hinter ihr durchs Fenster schien. Er hätte sie gern an sich gedrückt. Sah sie stattdessen nur an.

Warum habe ich dich verlassen?, denkt er, ohne Vorwarnung, und der stechende Schmerz lässt ihn von der Schwelle zum Rasen taumeln. Wieder protestieren seine nackten Sohlen – die seit Jahren nichts anderes kennen als das Leder der Pantoffeln, Baumwollsocken, Duschkabine. Die Kälte, die Nässe, die spitzen Grashalme. Er registriert das alles, versucht, den Gedanken wegzudenken, zu atmen. Aber die Wörter geben nicht nach, so wenig wie die Atemnot verschwindet. Nur das *Warum habe ich dich verlassen?*, ein Song, auf *repeat* (wobei die Brücke in der Ferne noch nicht zu hören ist: zu früh), während er jetzt zusammenbricht, keuchend, vom Schmerz in die Knie gezwungen. »Ich weiß es nicht«, sagt er laut und zu niemandem, aber er lügt. Er schließt die Augen. In der Dunkelheit sieht er ihr Gesicht. Die

Stirn gerunzelt. Ihr Mund nach unten verzogen. Die Stimme einer Frau. *Ich weiß, ich weiß, ich weiß.*

Also ist es so weit, stimmt's? Hier, barfuß und atemlos, allein in seinem Garten, keine Kraft mehr, um zu rufen? Nicht, dass es etwas ändern würde. Er ist hier im Garten, sie ist dort im Schlafzimmer, abgeschnitten von der Welt. Der Houseboy ist bei seiner Schwester in Jamestown. Der Zimmermann-Gärtner-Mystiker kommt morgen. Wer würde ihn rufen hören? Streunende Hunde. Die Bettler. Und was würde er rufen? Dass es endgültig zerbrochen ist? Nein. Er weiß, dass es kein Zurück mehr gibt.

Das letzte Mal, dass er sich so gefühlt hat, war bei Kehinde.

Zwölf

Wieder ein Krankenhaus, 1993.

Spätnachmittag, Frühherbst.

Die Vorhalle.

Fola hat jetzt ein Stück die Straße hinunter einen gutgehenden Laden, nachdem sie letztes Jahr von dem Verkaufsstand beim Brigham weggegangen ist. Die geborene Unternehmerin, eine typische Nigerianerin. Sie hatte schon ihr eigenes kleines Geschäft, als sie noch zur Schule ging, hatte Blumen an einer Ecke verkauft, ehe sie die Zulassung für einen Stand

114

in der Lobby des Krankenhauses erhielt: Nelken, Schleierkraut. Als er mit der Ausbildung fertig war und alle nach Boston zogen, begann sie wieder von vorn, auf dem Gehweg: mit dem Snack-Wagen (Falafel) in der beißenden Kälte, dann die Lobby des Brigham, jetzt ein selbständiger Laden.

Sadie, fast vier Jahre alt, in weißen Strumpfhosen und rosa Schläppchen, macht *demi pliés* in ihrem Kurs bei Paulette.

Olu, letztes Highschool-Jahr und ein sicherer Kandidat für Yale, bemüht sich hartnäckig, seinen eigenen Cross-country-Rekord zu brechen.

Taiwo, dreizehn, am Steinway im Arbeitszimmer, bemüht sich hartnäckig, Rachmaninoffs *Prélude cis-Moll* zu spielen, während Shoshanna, ihre Lehrerin, eine ehemalige israelische Soldatin, über den Rhythmus des Metronoms hinweg ihre Anweisungen bellt: »Schneller! *Da!* Schnell!«

Und Kehinde in seinem Kunstkurs – Fola hatte darauf bestanden, dass er den Kurs am Museum of Fine Arts besucht, trotz der astronomischen Kosten, drei kurze Stationen mit der Green Line, ein Stück die Huntington Avenue hoch. Wo Kweku ihn nach der Arbeit abholen sollte.

Nur dass Kweku gar nicht zur Arbeit ging.

Er verabschiedete sich mit einem »Tschüs!« wie jeden Morgen, in seinem OP-Kittel und dem weißen

Mantel, Viertel nach sieben, während Olu auf die Fahrgemeinschaft wartete und die Zwillinge in der Essecke ihre Haferflocken löffelten und Fola Sadies Haare flocht und Sadie Lucky Charms aß und das Radio laut lief. »Tschüs!«, antworteten sie im Chor. Drei tiefe Altstimmen, ein Bass, Sadies Sopran- »*Tschüüüüüüs!*« mit einer Sekunde Verspätung. Kweku erwischte gerade noch die sich schließende Haustür – wie jemand, der zu spät dran ist und in einen Zug springt, den er beinah verpasst hätte.

Er stieg in den Volvo und fuhr rückwärts die Einfahrt hinunter. Schob die Kassette hinein, die schon im Kassettenspieler wartete. »Kind of Blue«. Langsam fuhr er die Straße hinunter und hörte dabei Miles Davis. Das gelb-orangene Laub, ein Genuss für die Augen. Gold in Mengen. Im Rückspiegel sein palastartiges Backsteinhaus. Das prachtvollste Ding, das er je besessen hat, demnächst zum Verkauf freigegeben.

Er fuhr um den Jamaica Pond herum.

Er fuhr unter der Überführung durch.

Er fuhr zu ihrem alten Haus in der Huntington Avenue, drosselte das Tempo, um es anzuschauen. Das alte Haus erwiderte seinen Blick. Ein Fenster zersplittert, fehlende Backsteine, auf der Treppe Müll. Es sah aus wie ein Gesicht mit fehlenden Zähnen und nur einem Auge. Mr Charlie, der frühere

Besitzer, hätte sich im Grab umgedreht. Wie hatte er auf jede Einzelheit geachtet! Kweku mochte ihn sehr. Ein schwarzer Amerikaner, aus den Südstaaten, mit dem entsprechenden Akzent, und er humpelte. Über ein Jahr, bevor sie dort einzogen, hatte er seine Frau Pearl verloren, aber ihr Mantel hing noch immer an einem Haken im Flur. Er hatte ihnen bei der Miete 25% Ermäßigung gegeben, weil Fola sich im Frühjahr um Pearls verwaiste Blumenkästen kümmerte und weil er, Kweku, ihm kostenlos medizinische Ratschläge gab und weil sie »gute, ehrliche Leute« waren.

Kweku begrüßte ihn immer mit dem ghanaischen *Ey Chalé!*, worauf Mr Charlie jedes Mal antwortete: »Erzählen Sie mir die Geschichte doch noch mal.« (Die Geschichte: In den vierziger Jahren nannte man die Briten, die überall in Ghana verstreut waren, einfach Charlie, alle miteinander, ein generisch passender Name für weiße Männer. Ghanaische Jungen ahmten das *Hey Charlie!* als Begrüßung nach, und mit der Zeit wurde *Chalé* daraus, oder jedenfalls hatte Kweku es so gehört.) Aber der Mann konnte noch so sehr darauf beharren, dass seine Mieter ihn mit dem Vornamen anredeten – sie schafften es einfach nicht, weil er und Fola viel zu gefangen waren in den afrikanischen gerontokratischen Traditionen. Mr Charlie wollte aber auf keinen Fall mit »Sir« oder »Mr Dyson« angeredet werden. (»Mr Dyson war

mein Daddy, der Bastard, möge er in Frieden ruhen.«)
Daher: »Mr Charlie«.

Mr Chalé.

Hatte einen Bus gefahren. Bereitete jeden Sonntag nach der Kirche ein Brunch für seine Söhne zu und verteilte sie dann auf verschiedene Reparatur-Projekte im Haus: Türen neu einhängen, Backsteine ersetzen, Holzleisten restaurieren, Fensterrahmen streichen. Als er starb (Diabetes), erbten die Söhne das Haus. Der Ältere sagte, leider betrage die Ermäßigung jetzt null Prozent, mit sofortiger Wirkung, angesichts der Kosten für die Bestattung nächste Woche, zu der »Quaker« gemeinsam mit »Foola« und den Kindern selbstverständlich eingeladen seien. Der Jüngere – der Gutaussehende, Liebling des verstorbenen Vaters, ein Charmeur und Drogendealer, wovon sein Vater allerdings nichts geahnt hatte – nahm Kweku bei besagter Bestattung, einer bescheidenen Bestattung, beiseite, um ihm mit sanfter, fast begütigender Bassstimme leise mitzuteilen, dass doch angesichts ihrer jeweiligen Arbeitsgebiete – seriöse Arbeit, gar nicht so verschieden, seine und Kwekus, schließlich verkauften sie beide etwas, wodurch die Menschen sich »besser fühlten« –, dass also angesichts dieser Tatsache eine neuerliche Ermäßigung der Miete durchaus im Bereich des Möglichen wäre, falls Kweku eine entsprechende Menge an Opiaten zugänglich machen könne.

Jetzt war das Haus ruiniert. *Eine Ruine*, dachte Kweku, wie ein Tempel am Straßenrand, geborstene Säulen, jede Menge Müll. Aber keine bleibende Erinnerung an das Streben der Gläubigen, sondern eher ein Hinweis auf die Nutzlosigkeit allen Strebens. Ein Gesicht mit fehlenden Zähnen, zwischen ähnlichen Gesichtern. Ein verfallendes Monument für Charlies Lebenswerk: Geliebter, Ehemann, Vater, Busfahrer, dann Hausbesitzer, dann Witwer, dann nur noch Statistik (Diabetiker, schwarz, ausgezeichnet durch seine Brunchs).

Wie haben wir da gelebt, dachte Kweku. *Alle sechs?* Und im hinteren Teil, wo sogar das Sonnenlicht irgendwie schmutzig aussah? Er wusste es nicht mehr. Ein Auto hupte. Er drehte sich um. Er blockierte den Verkehr. Also warf er noch einen kurzen Blick auf das Haus, das zu ihm zu sagen schien: *Geh*. Er wollte nicht dahin gehen, wo er hinging, vorwärts, aber er konnte die Bewegung nicht aufhalten, konnte nicht hier bleiben und auch nicht zurückgehen. Er nickte dem Haus zu und fädelte sich wieder in den Verkehr ein. Im Rückspiegel fehlende Backsteine. (Er sah das Haus nie wieder.)

Er fuhr zur Kanzlei Kleinman & Kleinman und parkte ein kleines Stück vom Eingang entfernt. Es war ein freistehendes Gebäude mit einem riesigen Vorderfenster, der Sims vollgestellt mit wuchernden Pflanzen. Die Sekretärin, eine Frau über sechzig, saß mit dem Blick zu diesem Fenster und schaute immer wieder müde durch die Farnwedel hindurch und hinaus auf die Straße. Und tippte dabei weiter. Sie tippte ohne Pause. Hörte nie auf zu tippen. Ihre geschwollenen Finger waren wie wild gewordene Roboter.

Kweku wusste, dass sie, wenn er vor dem Fenster parkte, immer durch die Blätter spähte und seinen Wagen erkannte. Das gab ihr gerade genug Vorsprung, um diesen mitleidigen Blick aufzusetzen, sobald er durch die Tür kam. Er hasste diesen Blick. Nicht das ernste Lächeln des Mitgefühls, auch nicht die gerunzelte Stirn der Empathie, sondern die zusammengekniffenen Augen des Mitleids. Als könnte sie dadurch, dass sie die Augen zusammenkniff, ihn weniger jämmerlich machen, die Konturen verwischen, die Einzelheiten seines Gesichts und seines Schicksals verschwimmen lassen. Während sie besorgt auf der Unterlippe kaute – und dabei immer weiter tippte. Also doch nicht so furchtbar besorgt.

Das Regentropfen-Geplätscher der Finger auf den Tasten.

Er ging den Gehweg entlang und betrat das Gebäude. Eine Glocke bimmelte leise, als er die Tür öffnete. »Ich bin's wieder«, sagte er, als sie hochblickte und die Augen zusammenkniff.

»Sie sind's wieder«, sagte sie mit ihrem lippenkauenden Lächeln. »Marty erwartet Sie schon.«

Kweku versuchte ruhig zu atmen. Marty kam nie früh ins Büro, er ließ die Leute gern warten. Wenn er Kweku erwartete, verhieß das nichts Gutes. Der Kameramann erschien und begann, seine Einstellung vorzubereiten. Szene: Angesehener Arzt erhält eine schreckliche Nachricht. »Ja, gut, also dann.«

»Sehr gut.«

»Ich kann einfach …?«

»Ja, gehen Sie einfach rein.«

»Natürlich.« Kurzes Zögern. »Vielen Dank.«

Immer weiter tippend. »Viel Glück.«

Marty hielt sich nicht mit mitleidigen Blicken auf. »Hör gut zu, Bruder. Wir haben einen guten Kampf gekämpft.« Ein abgetakelter Hippie, der in Massachusetts Anwalt wurde, ein Anwalt, an den sich auch Anwälte wenden, einsneunzig, massive Schultern, massiver Bauch, massive Haarpracht. Hatte sich in den Bus gesetzt und war von Humboldt County, Kalifornien, nach Harvard gefahren, um dort Jura zu studieren, als die Glut der Hippiebewegung sich von flammendem Orange in Aschgrau verwandelte. Und so weiter. Ein waschechter Anwalt. Legte die Füße auf den Tisch. Verschränkte die Hände hinter dem Kopf, hinter seinen dichten Silberlocken. »Du hast Hunderte … Tausende von Dollar ausgegeben … um dich zu wehren. Sie geben nicht nach, Mann. Und dich frisst es auf, bei lebendigem Leib.«

Kweku lachte traurig. Nicht die Personen, sie, die Familie, sondern ein *Es*, namenlos, gesichtslos. Das Monster.

Die Maschine.

So hatte er das Krankenhaus genannt, als er am Johns Hopkins Hospital anfing, weil er so beeindruckt davon war, wie gut das alles funktionierte. Wie es glänzte und funkelte, wie sauber und gut durchorganisiert alles war, wie chromfunkelnd, wie maschinenartig. Er war begeistert. Er fand es toll, seine Sachen morgens zu bügeln, auf einem Handtuch auf dem Tisch neben Badewanne, Herd und Spüle, seinen weißen Kittel, den kurzen Kittel, wie die Studenten ihn trugen. Fand es toll, die Höhle des Löwen zu betreten, die Augen groß vor Staunen.

Er trat aus dem Aufzug und blieb kurz stehen, um den Maschinengeräuschen zu lauschen: ticken, piepsen, summen, psst. Um die Maschinengerüche einzuatmen: ätzend, desinfizierend, metallisch. Und um Maschinengedanken zu denken: säubern, schneiden, finden, zupfen, nähen, schnipp. Er kam sich vor wie ein Astronaut, der Astronautenweiß trägt und vor kurzem und wider Erwarten auf einem fremden Raumschiff gelandet ist. Der die Sprache inzwischen fließend beherrscht, aber den die Einheimischen noch nicht richtig kennen. Und später wie jemand, der zu der fremden Rasse konvertiert ist.

Später in Boston, als er die Ausbildung abgeschlossen hatte und richtiger Arzt war, und zwar ein angesehener Arzt, da ging er durch die weißen, chromblitzenden Flure des Beth Israel und fühlte sich als Teil der Maschine und dadurch stärker. Er hätte es nie gewagt, dieses Gefühl seinen Kollegen zu beschreiben, weil sie seinen Stolz auf das Krankenhaus als mangelnden Stolz auf sich selbst gedeutet hätten: dass er sich immer noch als etwas Besonderes fühlte, ja, sogar überlegen, einfach dadurch, weil er hier war. Weil er Teil der Maschinerie war, einer so starken Maschine. Alles unter Kontrolle. Das Nettoergebnis der Umgebung – die audiovisuellen Eindrücke, die blitzende Sauberkeit des Operationssaals, die quietschenden Schuhe der Krankenschwestern – lag genau darin zu vermitteln, dass man hier alles unter Kontrolle hatte: die menschliche Schwäche, menschliche Emotionen, alle dazugehörigen Formen von menschlichem Chaos, Schmutz, Krankheit, Komplikationen. Das war der Grund, dachte er, warum man so riesige Kirchen baute und die Investmentbanken so monumental. Man wollte die Gläubigen blenden, einschüchtern. Und damit verbunden war eine entsprechende Arroganz. Die Maschine war Herr der Lage. Und deshalb war auch er Herr der Lage, weil er dazugehörte.

Dann wandte sich die Maschine gegen ihn, griff an, verschluckte ihn, zermalmte ihn, spuckte ihn wieder aus, schwemmte ihn durch ein Abflussrohr.

»Es war eine rechtswidrige Kündigung«, sagte er ohne große Empfindung, das tausendste Mal.

Und Marty zum tausend-und-ersten Mal: »Das wissen wir.« Und bildete mit den Fingern ein Zelt auf dem Hügel seines Bauches. »Wir können es nur nicht beweisen.« Ein tiefer Seufzer. »Was ich, weiß Gott, unbedingt möchte. Was ich, weiß Gott, schon die ganze Zeit versuche. Du bist ein unglaublich guter Arzt, ein unglaublich guter Mensch.« Er tippte mit dem Fuß gegen einen riesigen Stapel Unterlagen. »Hast du eigentlich schon welche von diesen Charaktergutachten gelesen?«

»Nein, hab ich nicht.«

»Du kannst überall praktizieren.«

»Ich bin rechtswidrig entlassen worden. Ich sollte dort praktizieren …« Kweku hörte sich selbst und verstummte. Er klang wie ein Teenager, ein junges Mädchen, deren Freund gerade mit ihr Schluss gemacht hat und die trotzdem zurück will in seine Arme.

Marty räusperte sich. »Hör zu. Sie haben scharfes Geschütz aufgefahren. Scheiße. Du warst da. Es stand zu viel auf dem Spiel. Die Cabots haben so viel Macht, da mussten sie etwas unternehmen, also haben sie dich gehen lassen, stimmt's? Aber du hast dich gewehrt. Nur konnten sie leider nicht einfach sagen: ›Ja, okay, wir haben Mist gebaut, wir haben dich vor den Bus geworfen.‹ Obwohl sie genau das getan haben. ›Weil du schwarz bist. Stimmt's?‹ Dann kommt als Nächstes: Ist das Beth Israel rassistisch? Und weil wir hier in Boston sind, bedeutet diese Frage … bummmmm!« Ein Geräusch und eine Geste, die eine Explosion andeuten. »Die ganzen Krankenhäuser sind miteinander verbunden. Es wird sehr schwierig sein, hier eine Arbeit zu finden. Aber wir leben in einem verdammt großen Land. Zieh mit den Kindern nach Kalifornien …« Und so redete er weiter, aber vage, halbherzig. Auswendig gelernt.

Er hatte das alles schon so oft gesagt. Kweku hatte das alles schon so oft gehört. Kweku hatte das, was er als Antwort sagen würde, alles schon so oft gesagt. Sie waren wie ein zerstrittenes Paar, das auf die Scheidung zusteuert und, zu müde, um sich neue Vorwürfe auszudenken, trotzdem weiter streitet und die gleichen alten Sätze wiederholt, aus Angst, dass selbst ein kurzer Augenblick des Schweigens bedeuten würde, dass man sich geschlagen gibt.

Marty verstummte.

Kweku fühlte nichts. Keine Panik, wie er es eigentlich erwartet hätte, angesichts der Summe, die er ausgegeben hatte. Nur Benommenheit, fast schon angenehm. Er schaute sich im Büro um. Einer der besten Anwälte in ganz Boston, und der Raum sah so beschissen aus. Ein düsteres Büro mit niedriger Decke, mit Teppichboden und billigen Plastikjalousien, hinter einer überbewerteten Einkaufszeile. Kweku starrte zu dem Fenster hinter Marty, das genau dem Fenster vorne entsprach. Keine Pflanzen. Goldene, gigantische Basketball-Trophäen und Briefbeschwerer, Steine, in der Mitte aufgebrochen, so dass im Inneren rötlichviolette Kristalle sichtbar wurden. Verkrusteter Amethyst – Folas Geburtsstein –, der das Licht brach.

Kweku schaute an den Edelsteinen vorbei, zu den Bäumen.

Der Blick von Martys Büro ging auf den Parkplatz hinter der Einkaufszeile. Der Platz grenzte an ein deplatziert wirkendes kleines Wäldchen aus immergrünen Bäumen (beziehungsweise an das, was noch übrig war. Eigentlich war es gar kein Wäldchen, sondern eine Gruppe Überlebender, fünf Tannen, die von der Kettensäge verschont worden waren). Auf diese Bäume starrte Kweku. Die überhaupt nicht zur Umgebung passten. Die früher Teil eines richtigen Waldes gewesen sein mussten, grün und nicht so farblos grau, ein Teil ihres Waldes, vor dem Beton, v. d. B., ihre heimatliche Landschaft. »Die Bäume sind die Ureinwohner Amerikas.« Er merkte erst gar nicht, dass er das laut gesagt hatte. Seine Augen streiften

Marty, der ihn besorgt musterte, so wie man einen Verrückten mustert, der endgültig durchgedreht ist.

»Die Bäume sind die Ureinwohner Amerikas?«, wiederholte Marty. »Ist das ein Code?«

»Dieses Land ist ihr Land.« Kweku zeigte mit dem Finger. »Da, hinter dir – ach, schon gut.«

Er verstummte.

Marty wechselte seine Position, nahm die Füße vom Schreibtisch, streckte die Arme aus, strich sich über die Haare, schlug mit der Hand auf eine Akte. »Also, was willste machen, Mann? Ich mache alles, was du sagst. Ich meine – immerhin bin ich derjenige, dem du diese Hundert … Tausende … von Dollars bezahlt hast.« Ein trockenes Lachen. »Aber wenn du meine professionelle Meinung hören willst – das ist das Ende der Fahnenstange.«

Kweku wollte keine professionelle Meinung hören. Er wollte sein Land zurück, seinen Wald, sein Grün. Wortlos erhob er sich und verließ das Büro. Ging ins Vorzimmer, an der Sekretärin vorbei, dem Geplätscher der Tasten.

»Dr. Sai!«, rief sie ihm hinterher. »Ihre Rechnung …« Aber Marty bremste sie, an den Türrahmen seines Büros gelehnt. »Lass ihn gehen.«

Kweku ging immer weiter. Aus dem Gebäude (leises Gebimmel), den Gehweg entlang, zu dem Volvo, den er im Schatten geparkt hatte. *Lass ihn gehen, lass ihn gehen, lass ihn gehen, lass ihn gehen.* Das war

127

alles, wofür diese ganzen Weißen gut waren: ihn gehen zu lassen.

* * *

»Ich fürchte, wir müssen Sie gehen lassen.«

Schweigen, am ganzen Tisch.

So lang.

Ein ovaler Tisch mit kompakten-runden Sesseln, die aussahen, als würden sie sich um die eigene Achse drehen, wie bei einem Tassenkarussell auf dem Jahrmarkt. Mit einer Halbkreis-Armlehne und Lederpolsterung, rot, mit Messingbeschlägen, und die Krankenhaus-Treuhänder. Ein Raum im Krankenhaus, den er noch nie betreten hatte, in den oberen Stockwerken, wo sich die Büros befanden, aber der Raum erschien ihm sofort bekannt, von unzähligen Bewerbungsgesprächen: Stipendium, Medizinstudium, Facharztausbildung, Hypothek, Darlehen.

Ein Raum, in dem Gericht gehalten wurde.

Mit der entsprechenden Standardausstattung: poliertes Holz, Perserteppich, ungelesene Bücher mit rotem Rücken, so viele wie möglich, eine Maximalzahl dunkelroter Bücher, die keiner las, schwere Vorhänge, durch die helles, hoffnungsloses Licht sickert, Farbwirbel, festliche Farben, Pflaumenblau, Senfgelb, Weinrot. Und weiße Gesichter. Die Alibifrau. Eine Asiatin.

Sie sprach.

»Nach Überprüfung sämtlicher Fakten betreffend die Blinddarmoperation von Mrs Cabot und die Klage, die von den Cabots gegen Sie deshalb geführt wird, ist dieses Gremium zu dem Schluss gekommen, dass Sie, obwohl Sie ein herausragender Chirurg sind, versagt haben …«

Aber Kweku konnte sie nicht hören.

Er konnte nur Fola hören – eine Dreiundzwanzigjährige, die das Schreiben, dass sie zum Jurastudium zugelassen worden war, gerahmt an die Wand hängte und die einen Platz an der University of Georgetown bekommen hatte und Olu *in utero* trug – er hörte Fola sagen: »Ein Traum reicht für uns beide.« Sie folgte ihm nach Baltimore und verschob ihr Jurastudium und brachte das gemeinsame Baby zur Welt, ohne einen Penny in der Tasche, verkaufte Blumen auf dem Gehweg und duschte in der Küche, damit einer von ihnen beiden seinen Traum verwirklichen konnte. Genau zwanzig Jahre lagen zwischen damals und diesem Augenblick jetzt, alles aufgebaut auf dem Fundament eines Traums »ein Chirurg, der seinesgleichen sucht«, ein ghanaischer Carson und so weiter, der Sohn, begabt in Naturwissenschaften, der es schaffen kann – und er hat es geschafft. Er hatte die Sache durchgezogen, mit dem ganzen Drum und Dran: Auszeichnungen, Klavierstunden, riesiges Backsteinhaus, astronomische Gebühren für die Prep

School, die fürs beste College vorbereitet, und jeden Morgen ruft er: »*Tschüs!*«, um Viertel nach sieben, in seinem OP-Kittel und dem weißen Mantel. Er hatte seine Seite der Vereinbarung erfüllt: sein Erfolg als Gegengabe für ihr Opfer. Zwei Wörter, die sie nie laut aussprachen. Niemals das Wort »Erfolg«, denn was war der Maßstab (US-Dollar? Gerahmte Diplome?), und wie viel war genug? Niemals das Wort »Opfer«, denn es klang immer feindselig, wenn sie es aussprach, und absurd, wenn er es versuchte, als hätte er nicht die geringste Ahnung. Alles war gebaut auf dem Sand dieser Vereinbarung, aber sie wagten es nie, das Thema anzuschneiden, nachdem Fola ihren Satz gesprochen hatte: »Ein Traum reicht.« Wenn sie sich stritten, dann stritten sie sich drum herum, über Windeln oder das Geschirr oder ein Abendessen mit Kollegen (für ihn Teil des Jobs, Zeitverschwendung für sie). Aber sie wussten es beide. Oder er wusste es jedenfalls: dass ihr Opfer endlos war. Und weil das Opfer kein Ende nahm, musste das auch für den Erfolg gelten.

Er würde es durchziehen – wenn er es irgendwie schaffte, und dafür betete er. Fast beschämt gestand er sich ein, dass er sich am allermeisten wünschte, der pan-nigerianischen Prinzessin würdig zu sein. So hatten sie Fola immer genannt an der Lincoln University, diese gebildete junge Frau, die dem Krieg von 1967 entkommen war, mit ihren Schlaghosen und der Lücke zwischen den Schneidezähnen, so viel klüger und sexyer als alle anderen, sogar als er, eine Prinzessin unter Proleten. Er wollte sie nicht dadurch überzeugen, dass er Erfolg hatte, sondern dadurch, dass er ein Erfolg *war*. Damit er Fola verdiente, damit es sich für sie lohnte, musste er erfolgreich bleiben.

Deshalb konnte er die Wörter, die dann folgten, buchstäblich nicht begreifen – falls es überhaupt noch Wörter gab nach »Sie haben versagt«.

Dann elf Monate vor Gericht der Versuch, zu beweisen, dass genau das nicht stimmte. Zu beweisen, dass er *nicht* versagt hatte, dass er grundlos gefeuert worden war. Denn so war es. Sie hatte zu lang gewartet, um ins Krankenhaus zu gehen, wo man zu lang gebraucht hatte, um zu entscheiden, wie man vorgehen sollte. Eine siebenundsiebzigjährige Raucherin, mit einem geplatzten Blinddarm und einer Blutvergiftung, seit Tagen. Keine Chance. Jane »Ginny« Cabot – Schirmherrin wissenschaftlicher Forschung, Mitglied der gehobenen Gesellschaft, Ehefrau, Mutter, Großmutter, Alkoholikerin und Freundin – würde noch vor dem nächsten Morgen sterben, ob in einem Bett im Beth Israel oder in ihrem Bett in Beacon Hill. Da gab es keinen Zweifel. Der einzige Grund, weshalb Kweku die Operation überhaupt

131

versuchte, war, dass die Cabots den Präsidenten des Krankenhauses angerufen hatten, einen Freund der Familie, um ihm sehr höflich mitzuteilen, dass angesichts ihrer Spenden ein allerletzter Rettungsversuch durch eine Operation doch wohl nicht zu viel verlangt sei, oder? Es war nicht zu viel verlangt. Und sie wollten den allerbesten Operateur. Der Präsident erwischte Kweku, als dieser gerade nach Hause gehen wollte.

Die Cabots musterten Kweku eingehend, dann schauten sie wieder den Präsidenten an. »Können wir kurz unter vier Augen …«, sagten sie, wieder sehr höflich, und gingen hinaus auf den Flur. Kip Cabot, schwerhörig, sprach zu laut für die Akustik. »Aber er ist ein …«

»Ein erstklassiger Chirurg. Der beste, den wir haben.«

Der Hausarzt der Cabots, arrogant, ein Allgemeinmediziner (Gehaltsempfänger, ein gekaufter Arzt, braungebrannt, graumelierte Haare) blieb bei Kweku im Büro, während Kip draußen auf dem Flur weiterredete. »Und wo haben Sie Ihre ›Ausbildung‹ gemacht?« Anführungszeichengebärde.

»Im Dschungel. Bei den wilden Tieren«, antwortete Kweku, ebenfalls höflich. »Gelehrt haben dort Schimpansen. Großartige Lehrmeister. Wer hätte das gedacht?«

In dem Moment kamen die Beratungsteilnehmer

zurück, alle mit unnatürlich geröteten Gesichtern, in verschiedenen Nuancen von Pink – aber fest entschlossen. Egal, was er sonst noch war, Kweku war auf jeden Fall fähig zu operieren. Jemand klopfte ihm auf die Schulter. Kweku wandte sich an Kip. »Nach meiner professionellen Meinung, Sir, ist es zu spät für den Eingriff. Aber je länger ich hier stehe, desto nutzloser werde ich.«

Die Cabots wollten seine professionelle Meinung nicht hören.

Sie wollten, dass er sich für die Operation vorbereitete.

Stunden, eine blutige Angelegenheit, dieser Versuch, das Leben der Frau zu retten. Der Präsident als Beobachter auf der Galerie oben (entschuldigte sich sehr betreten: »Ich habe den Cabots mein Wort gegeben«), aber eine meisterhafte Operation, wie immer. Sein Bestes. Säubern, schneiden, finden, zupfen, nähen, schnipp. Sich das Blut vom Gesicht wischen. Bis eine erschöpfte Krankenschwester es verkündete – Eintritt des Todes drei Uhr morgens –, und dann ging er, verließ das Gebäude, stieg in sein Auto, seufzte tief.

Er weiß bis heute nicht, wie er es geschafft hat, nach Hause zu fahren. Das Nächste, woran er sich erinnert, ist, dass er auf der Couch im Wohnzimmer aufwacht, angezogen, ausgerechnet dort, mit der

Johnnie Walker Gold-Flasche, die Pantoffeln irgendwie an seinen Zehen baumelnd, der unerklärliche
Geruch von Kiwi-Erdbeere in der Luft und das Gefühl, dass sich irgendwo irgendetwas verändert hatte.

Dann elf Monate so tun, dass das nicht stimmte.

Dass nichts sich verändert hatte.

Jeden Morgen aufstehen, aus dem Haus gehen
(OP-Kittel, Mantel, Aktentasche), wie der Protago-
nist aus Singapur in diesem Film, den er nie gesehen
hat, über den er aber immer redete, als hätte er ihn
gesehen, weil er alle Kritiken gelesen hatte und es bei
Chirurgen Mode war, asiatische Filme zu sehen. Den
Besprechungen zufolge wird der Mann von seiner
Bank gefeuert, aber weil er sich schämt, sagt er seiner
Familie nichts, sondern tut so, als würde er immer
noch zur Arbeit gehen: steht morgens auf, zieht sich
an und sitzt dann in kleinen Parks in der Gegend,
um Jobanzeigen zu studieren.

Genau so.

Nur ohne Parks.

Er ging, fuhr zu Kleinman & Kleinman, um den
neuesten Stand zu erfahren, Langzeitparkplatz, dann
zu Fuß über die Brücke zur Juristischen Fakultät von
Harvard. Dort zeigte er seinen eindeutig falschen
Ausweis vor – den er Martys schwarzem Jahrgangskollegen und Tennispartner Aaron Falls zu verdan-
ken hatte –, hielt ihn dem eindeutig unterbezahlten

Sicherheitsmann der juristischen Bibliothek unter die Nase, einem Latino, dessen Aussprache jeden Tag denselben Witz produzierte: »Guten Morgen, Mr Fallsch.«

Bis zwei Uhr im Magazin, um Präzedenzfälle zu recherchieren: widerrechtliche Entlassung, Diskriminierung, Kunstfehler. Mittagspause. Dann weiter mit der Lektüre, bis zum Abend, wenn er zu Fuß nach Boston zurückging, der Fluss flüssiges Gold in der Abenddämmerung.

* * *

Jetzt ließ auch Marty ihn gehen.

Er ließ den Motor an.

Aber er konnte nirgends hin.

Er musste lachen. Er konnte nirgends hin! Er lachte lauter. Er konnte nicht einmal *so tun*, als ginge er irgendwohin. Er hatte absolut kein Geld mehr. Er war erledigt. Er war im Delirium. Er fuhr ein paar Minuten, ehe er merkte, dass er fuhr. Er fuhr so, als wären diese Hände nicht seine, als wäre dieser Fuß nicht seiner, zum Krankenhaus.

»Können wir kurz sprechen?«

Ein kurzes Gespräch mit Dr. Yuki, Dr. Michiko »Michelle« Yuki, die sich auf die Lippe gebissen hatte, während sie ihn mit zusammengekniffenen Augen über ihre Tasse hinweg musterte. »Dieses

Gremium glaubt«, sie das Sprachrohr, ein winziger Mund, monotone Sprechweise, obwohl die Wörter so lang waren. Ehemalige Turnerin. Nur gut einsfünfzig groß, mit einem asymmetrisch geschnittenen Pagenkopf und dem vierteiligen Boxset von Harvard: BA, MD, PhD, MBA. Er war schon einmal zu einem Dinner bei ihr zu Hause gewesen, in Cambridge. Sie war mit einem Anwalt verheiratet, ebenfalls ein Jahrgangskollege von Marty. Anlass für dieses Abendessen war, dass sie zur Vizepräsidentin befördert worden war. Im Foyer standen Pantoffeln, das war ihm aufgefallen. Ein wunderschönes Haus. Der Ehemann war eine Monstrosität, nichts als Schimpfwörter und Gepolter, sturzbetrunken, ehe die Hors d'Oeuvres einmal die Runde gemacht hatten. Aber der Raum war sehr elegant, lauter Holz und verschlungene Orchideen, dünne Kalligraphie-Schriftrollen, die kaskadenförmig an der Wand hingen. Überall kleine Lackschalen.

Ein kurzes Gespräch mit Dr. Yuki.

Nur ein Wort. Oder eine Frage. Eine einzige. Die wollte er schon die ganze Zeit stellen. Er wollte es ihr direkt ins Gesicht sagen (oder in die Hälfte ihres Gesichts, weil gut fünfzig Prozent hinter dem glänzenden Halbvorhang ihres asymmetrischen Pagenkopfs verschwanden). Einfach: Wie schlief sie nachts? Dr. Yuki, die Chirurgin. Nicht die Verwaltungsfrau. Sondern die Ärztin, die niemandem Schaden zufügt.

Denn die andere, die Aspirantin, die Kostümträge-
rin? Klar, schon okay. Die Managerin Yuki dachte an
ihren Nettoprofit, an die Anteilseigner. Eine der
reichsten Bostoner Familien, die zu den wichtigsten
Geldgebern des Krankenhauses gehörte – da »stand
zu viel auf dem Spiel«, wie Marty es ausdrückte, um
nichts zu unternehmen. Die Familie hatte verlangt,
dass jemand die Verantwortung übernahm. »So etwas
passiert manchmal« war nicht genug. Also beschloss
man übers Wochenende in einem Hinterzimmer –
einem Raum, in dem Gericht gehalten wurde, allerdings mit Cocktails –, dass der Operateur gefeuert
werden musste. Würde das reichen? Würde das die
Cabots besänftigen? Ja, vielen Dank, gut so, bitte.
Schon okay, Managerin Yuki.

Aber Doktor Yuki?

Sie wusste Bescheid.

Sie wusste, wie das ging. Sich für die Operation
vorbereiten, »Skalpell« sagen, mit scharfem, sterilem
Stahl den Bauch aufschneiden. *Sie* wusste, wie stolz
er war, sich dieser Angst zu stellen, wie er sich darauf
freute – nicht nur er, sondern die gesamte stolzerfüll-
te Sippe. Sie wusste, dass der Eingriff einwandfrei
durchgeführt worden war. Das alles wusste sie,
Dr. Yuki, aber mit ihren Worten wollte sie erreichen,
dass ein guter Chirurg gefeuert wurde, um eine ein-
flussreiche Familie zu besänftigen. Sie sagte, er habe
versagt »bei der Einschätzung der Risiken«.

Obwohl kein Arzt (außer einem) mit ihrer Bewertung übereinstimmte. Obwohl ihr Chef, der Präsident des Krankenhauses, die Operation persönlich verfolgt hatte, was das Ganze nur noch schlimmer machte und was *fast* dazu geführt hätte, dass sie den Rechtsstreit verloren – was auch passiert wäre, wenn der Richter nicht Ginnys Cousin gewesen wäre.

Fast.

Letzten Endes spielte es keine Rolle. Die Maschine war in Gang gesetzt worden. Sie fraß alle Briefe, alle Petitionen, alle Einsprüche, alle Kollegen, die für ihn eintraten und sagten, dass er getan habe, was er konnte, dass sie selbst es nicht hätten besser machen können. Vergebens. Es gab Zweifel. Dr. Putnam »Putty« Gardener – der getreue Hausarzt der Cabots, verwitwet, genau wie Kip ein Mitglied der Delta Kappa Epsilon Fraternity, Bostoner Brahmane, Rassist, Golfspieler – Dr. Gardener beharrte darauf, dass der Chirurg versagt habe, weil er (a) die Risiken nicht richtig eingeschätzt habe und (b) sie nicht entsprechend mitgeteilt habe.

Und damit war die Sache erledigt.

Jetzt wollte der Operateur ein kurzes Gespräch mit der Vizepräsidentin des Krankenhauses führen, um sie direkt und persönlich zu fragen, ob sie nachts gut schlafen könne. Und deshalb suchte er sich einen Parkplatz (ein Stück entfernt, aus Gewohnheit), durchquerte ganz normal die Lobby, ruhig und gelassen, der jamaikanische Sicherheitswachmann Ernie lächelte freundlich, als er hereinkam – Ernie freute sich immer, wenn er den Arzt sah (einer), der seinen Vornamen kannte, der »Guten Morgen, Mr Ernie« sagte, jeden Morgen, wenn er kam, und jeden Abend, wenn er nach Hause ging, sagte: »Viele Grüße an die Kinder«, statt im Blindflug an ihm vorbeizurauschen, ohne ihn zu begrüßen, ohne ihn zu sehen, als wäre der Wachmann ein Gegenstand, Teil der Lobby –, dann fuhr er mit dem Aufzug nach oben, halb lachend, hinauf zu den Büros, blieb einen Moment stehen, um der extremen Stille zu lauschen, dann weiter, den Flur entlang, in seinem OP-Kittel und seinem weißen Mantel, und er klopfte einmal kurz, bevor er ins Zimmer stürmte.

* * *

Als sie ihn später durch die Lobby schleiften, seine Augen blutunterlaufen vom Brüllen, ein Irrer in OP-Kittel, da hatte er den Kurs am Museum of Fine Arts komplett vergessen. Samt Kehinde, drei U-Bahn-stationen entfernt.

Und fast kamen ihm die Tränen, als er jetzt das Kind in der Lobby sah. Dreißig Minuten hatte der Junge auf seinen Vater gewartet, bis er dann zu dem Schluss kam, dass sein Vater bestimmt durch eine Operation aufgehalten worden war. Also ging er zu

Fuß ins Krankenhaus, um stattdessen dort zu warten. Bis zu dem Augenblick hätte Kweku Geld darauf gewettet, dass sein jüngster Sohn nicht wusste, wo er arbeitete – dass er weder den Namen des Krankenhauses kannte, eines von mehreren hier in der Gegend, noch die Lage der Eingangshalle –, aber hier war er, Kehinde. Ruhig betrat er das Krankenhaus, als gerade zwei Männer einen Irren durch die Lobby schleiften.

»Hände weg! Lassen Sie mich los!«, schrie dieser die Wachleute an.

Und Ernie, an seine Kollegen gewandt: »Er ist Arzt hier! Aufhören!«

Und Dr. Yuki zu Ernie: »Er ist *nicht* mehr Arzt hier, entschuldigen Sie! Er wurde entlassen! Letztes Jahr!«

Gerade, als Kehinde auftauchte.

Einfach so. Aus dem Nichts. Wie nur er das konnte, erschien er ohne einen Laut, mit einer ledernen Kunstmappe unter dem Arm.

Die Wachleute, die weiß waren, schauten Dr. Yuki an, die rosarot war und deren kleine Hände und Lippen vor sprachloser Wut zitterten. Sie nickte ihnen zu, einmal, eine Hongkonger Mobstress nickte ihren Schergen zu, strich dann ihren Rock glatt und wollte gehen, als ihr Blick auf Kehinde fiel. Sie schob den

Haarvorhang beiseite, um in seine Augen zu sehen, blinzelte, als würde sie von einer gefährlichen Lichtquelle angezogen. Zuckte zusammen. Kehinde musterte sie seinerseits, konnte fühlen, was Dr. Yuki fühlte, die Unfruchtbarkeit, so traurig für sie. Er kaute bekümmert auf der Unterlippe. Dr. Yuki sah sein Mitleid, und er fühlte, wie sich ihr Bauch mit Scham füllte.

Sie machte kehrt, auf ihren *Kitten-Heel*-Absätzen, und klack-klack-klackte davon.

Die Wachleute betrachteten Ernie mit echtem Bedauern und schubsten Kweku, ohne jedes Bedauern, hinaus auf den Gehweg. Irgendwie stolperte Kehinde – zu verdutzt, um etwas zu sagen – als Nächster durch die Drehtür, verwundert, dass sich die Welt noch drehte.

Spätnachmittag.

Orangerote Sonne.

Eine Weile rührten sie sich beide nicht. Kweku schnappte nach Luft, die Hände auf die Knie gestützt, starrte er auf seine Fingerknöchel, und Kehinde neben ihm, die Mappe an sich gedrückt wie ein Schwimmfloß, mit großen, stummen Augen. Genau in dem Moment fuhr ein Krankenwagen vor, aggressive rote Lichter und aggressive rote Töne, und wie es sich gehörte, sprang die Maschine an, als wäre nichts passiert (nichts Wichtiges). Sanitäter quollen hinten aus dem Krankenwagen, Assistenzärzte aus der Notaufnahme, in Massen, selbst Ernie hatte seine Funktion: Er musste Besucher vertreiben, damit die Trage (schreiende Frau, Kopf des Sohnes schon sichtbar) durchkam. Vom Rand des Gehwegs, wo er nun stand, konnte Kweku sehen, wie Dr. Yuki mit versteinerter Miene beim Aufzug stand, als die Trage hinter ihr vorbeirollte, entweder taub oder gleichgültig gegenüber der Wolke aus Chaos, die hinter ihrem Rücken vorbeiwehte. Trat ein, fuhr hoch.

Aus Gewohnheit fasste er, ohne hinzuschauen, Kehinde am Ellbogen. Er tat dies oft – berührte seine Familie, wenn Chaos herrschte, einfach um sie zu spüren, um die körperliche Wärme zu fühlen, um sie so nah wie möglich bei sich zu haben, näher kam er körperlicher Zuwendung nie –, aber jetzt erschien ihm die Geste absurd. Er trug seinen OP-Kittel, war unrasiert, feuchte Augen, ihm war »letztes Jahr gekündigt« worden, und nun hatte man ihn gewaltsam entfernt. Wie sollte er da Kehinde trösten, der so gefasst wirkte, das blitzsaubere Hemd ordentlich in die Hose gesteckt, gebügelt, und wie immer teilnahmslos? Grotesk. Er ließ ihn los.

So vieles wünschte sich Kweku in diesem Moment: dass er mehr Zeit mit Kehinde verbracht und gelernt hätte, sein Gesicht zu lesen, dass der Junge gesehen hätte, wie *er* vor dem Krankenhaus aktiv wurde, wie er Leben rettete und den Helden spielte, mitten im

Chaos, er wünschte sich, dass er den Kunstkurs verboten hätte (oder noch besser, dass er ihn sich hätte leisten können) und dass er ein bisschen näher geparkt hätte, um nicht dieses Spießrutenlaufen überstehen zu müssen. Er wollte unbedingt etwas Geniales sagen, etwas Weises, Umfassendes. Ein Brennen hinter den Ohren. Aber ihm fiel nichts Passenderes ein als: »Tut mir leid, dass du das gesehen hast.«

»Sehen ist subjektiv. Das haben wir in unserem Kurs gelernt.«

Kehinde schaute Kweku an, den Kopf leicht zur Seite geneigt, die Stirn gerunzelt. Ein umgedrehtes Lächeln.

Sie stiegen ins Auto.

»Kind of Blue«.

Er stellte die Musik aus.

Fuhr um den See herum. Die Sonne ging schon unter. Er fuhr, ohne hinzuschauen, ohne hinschauen zu müssen, aus dem Gedächtnis. Sehen statt schauen. Er fuhr auswendig nach Hause. Stumm. Vorbei an der kleinen Schule, die jetzt am Abend verlassen und leer war und die, gesehen statt angeschaut, irgendwie einsam wirkte. Vorbei an den grandiosen Villen – waren sie schon immer so riesig? Sein eigenes Haus schien im Vergleich plötzlich ziemlich bescheiden. Vorbei an den unzähligen Bäumen – waren es schon immer so viele? Wie Damen, die am

Straßenrand warteten. Um das dritte von vier Rondells herum (der Stolz von Brookline, überflüssiger Kreisverkehr). Vorbei an einem joggenden Mann mit Hund. Vorbei an dem Punkt, von dem es kein Zurück mehr gab. Punkt ohne Widerkehr.

Das Laub in der Straße loderte im Sonnenuntergang. Er bog in die Einfahrt und machte den Motor aus. Obwohl er den Gedanken nicht *dachte*, wusste er, dass er Fola jetzt nicht gegenübertreten konnte (Wissen, nicht Erkenntnis), dass er den Anblick nicht ertragen konnte. Eine Sekunde lang Folas Gesicht in Kehindes Gesicht zu sehen, hatte genügt. Sein Versagen auf Kehindes Gesicht zu sehen war mehr, als er ertragen konnte.

Das Licht über der Garage ging an. Alle Lichter im Haus brannten. Sie blieben beide reglos sitzen, Kweku und Kehinde, ohne zu vereinbaren, dass sie sich nicht bewegen wollten. Sie saßen da, wie Männer das gern tun: nebeneinander, den Blick nach vorn gerichtet, stumm und geduldig. So warteten sie darauf, dass ihnen etwas einfiel. »Möchtest du mein Bild sehen?«, fragte Kehinde nach einer Weile. Kweku drehte sich zu ihm, verlegen. Er war gar nicht auf die Idee gekommen, ihn zu bitten.

»Danke. Ja, gern, bitte.«

Kehinde nickte. »Sekunde.« Er öffnete den Reißverschluss seiner Mappe und holte das Bild heraus.

Selbst in der schlechten Beleuchtung war es atemberaubend schön. Nicht, dass Kweku eine Ahnung davon hatte, wie man ein Kunstwerk beurteilte. Aber man brauchte kein Experte zu sein, um die Leistung zu erkennen, die Intelligenz der Darstellung, die Einfachheit der Form. Ein Junge und eine Frau, von hinten gesehen, Hand in Hand. Kweku deutete auf die Frau. »Wer ist das?« Obwohl er es wusste.

»Das ist Mom«, antwortete Kehinde.

»Und das musst du sein.«

»Nein, das …«

»Olu?«

»Ähm, nein.«

»Aber es ist ein Junge, stimmt's?«

»Das bist du.«

»Das bin ich?« Kweku lachte. Ein überfallartiges Geräusch in der Stille.

»…« Zeit gewinnend, verzögernd.

Immer noch lachend. »Aber warum bin ich so *klein*?«

»Weil Mom sagt, sie muss immer die Größere sein.«

Kweku lachte jetzt so heftig, dass ihm die Tränen kamen. »Genial.«

Ein kurzes Lächeln. Fünfzehn Sekunden, nicht länger. »Gefällt es dir?«

»Ich finde es ganz toll. Absolut genial.« Er schnappte nach Luft. »Sie sagt das wirklich, stimmt's?«

»Ja, und immer mit einem ›stimmt's‹ am Schluss. ›Ich muss immer die Größere sein, *stimmt's*?‹«

Kweku lachte noch heftiger, die Tränen liefen ihm übers Gesicht. »Stimmt.«

Kehinde kicherte verlegen und schaute zum Haus. »Eigentlich war das Bild für Mom. Aber du kannst es haben, wenn du willst.«

»Ich würde mich sehr freuen. Sie hat nichts dagegen?«

»Mom? Nein. Sie hat massenhaft Bilder.«

»Gut.« Er war derjenige, der nicht wusste, dass sie einem kleinen Basquiat das Leben geschenkt hatten, nicht sie. Sie war die Mutter. Er war der Ernährer. Er hörte auf zu lachen. »Ich w-w-würde mich freuen.« Seine Stimme brach (andere Teile von ihm ebenfalls). »Wie … wie nehme ich es?«

»Ich rolle es zusammen. So.«

»Warte. Musst du es nicht erst noch signieren?«

»Nur berühmte Maler signieren ihre Bilder.«

»Nur dumme Maler warten, bis sie berühmt sind. Hast du einen Stift?«

Kehinde grinste so breit, dass er gar nicht sprechen konnte. Er fasste in seinen Rucksack. Kweku bremste ihn. »Nimm den hier.« Er holte den Silberstift aus seiner unbenutzten kleinen Operationskitteltasche (ein Examensgeschenk von Fola, für Rezepte, graviert). Kehinde nahm den Stift und drehte ihn zwischen den Fingern.

»Echt schön. Wo hast du den her?«

»Von deiner Mutter. Natürlich.«

Kehinde nickte lächelnd. Wieder ein Blick zum Haus. Er legte das Bild auf das Armaturenbrett und überlegte, wo er unterschreiben sollte. Kweku beobachtete Kehinde und staunte, wie er sich veränderte, wie er sich entspannte, als seine Hand das Papier berührte, wie sich seine Schultern lockerten und er lässig ausatmete, ganz bequem. Bei ihm war das auch so, wenn ein Körper auf einem Tisch lag und er das Silbermesser in der Hand hielt statt dem Silberstift. Wie konnte ihm das bisher entgangen sein?

Wie oft schon hatte er abends Fola anvertraut, dass er diesen schmalen, hübschen Jungen einfach nicht »kapierte«; anders als Olu, durch den er so an sich selbst erinnert wurde, war Kehinde für ihn ein schwarzes Loch. Fola antwortete immer vage, irgendetwas vom undurchschaubaren Wesen des zweitgeborenen Zwillings, oder sie erzählte wieder einmal mit großem patriotischem Stolz den Yoruba-Mythos von den *ibeji*.

Der Mythos:

Ibeji (Zwillinge) sind zwei Hälften eines Geistes, eines Geistes, der zu groß ist, um in einen Körper zu passen – und sie sind Schwellenwesen, halb menschlich, halb göttlich, die entsprechend verehrt, ja, angebetet werden müssen. Speziell der zweite Zwilling – der Wechselbalg und Schwindler, weniger fasziniert

147

von weltlichen Dingen als der erste Zwilling – kommt sehr zögernd auf die Welt und bleibt nur mit großer Mühe, weil er immer Heimweh nach den spirituellen Reichen hat. Am Abend vor ihrer Geburt als physische Körper sagt dieser skeptische zweite Zwilling zum ersten: »Geh du raus und sieh nach, ob die Welt gut ist. Wenn sie gut ist, bleib dort. Wenn sie nicht gut ist, komm zurück.« Der erste Zwilling Taiyewo (von dem Yoruba-Ausdruck »to aiye wo«, »die Welt sehen und schmecken«, abgekürzt zu Taiye oder Taiwo) verlässt gehorsam den Schoß, um sich auf Forschungsmission zu begeben, und die Welt gefällt ihm so gut, dass er bleibt. Wenn Kehinde (von dem Yoruba-Ausdruck »kehin de«, »als Nächster ankommen«) merkt, dass seine andere Hälfte nicht zurückkommt, macht er sich gemächlich daran, es seinem Taiyewo gleichzutun, und lässt sich dazu herab, menschliche Gestalt anzunehmen. Die Yoruba betrachten deshalb Kehinde als den Älteren: als Zweiter geboren, aber dafür weiser, also »älter«.

Und so war es.

Kehinde war nicht weniger, weniger kontaktfreudig, weniger sozial, in Taiwos Schatten, selbst ein Schatten. Nein – er war etwas anderes. Von anderswoher. Aus einer anderen Welt, wie Ekua. Empathisch wie Fola. Und obwohl er es nicht richtig einordnen konnte, sah Kweku jetzt voll Ehrfurcht: Er war wie sein Vater (und wie schon *dessen* Vater).

Kehinde signierte das Bild säuberlich unten rechts in der Ecke. Kweku legte ihm kurz die Hand auf die Schulter. »Na, so was, Mr Sai – vielen Dank.«

»Gern geschehen, Dr. Sai.« Kehindes Lächeln verschwand schnell wieder. Das Wort »Doktor« schwebte zwischen ihnen im Auto wie ein fremder Geruch. Hunde begannen ein hässliches Kläff-Konzert. Kehinde schaute etwas länger zum Haus. In Taiwos Zimmer ging das Licht aus. Dann wieder an, wieder aus. Wie ein Signal. Wieder an. Kehinde wandte sich Kweku zu, verwandelte sich wieder zu einem schwarzen Loch. »Dein Stift.«

»Deiner.«

»Aber er ist …«

»Behalte ihn.«

»Bist du sicher?«

»Ich würde mich geehrt fühlen, wenn du ihn nimmst.«

»Danke, Dad.« Wieder ein fremder Geruch.

Kweku berührte Kehindes Gesicht, strich sanft mit dem Finger über die Stelle zwischen seinen Brauen, so wie er es oft bei Fola machte, um ihr Falte dort wegzureiben, obwohl das nie richtig funktionierte. Jetzt auch nicht. »Es ist bestimmt Zeit fürs Abendessen.« War es aber noch nicht. Noch eine halbe Stunde. »Deine Mutter will garantiert alles über deinen Kurs hören. Geh schon mal rein.«

»Kommst du nicht mit?«

»Gleich.«

Kehinde nickte, ohne zu lächeln. »Dein Bild«, sagte er.

Er rollte es ordentlich zusammen und überreichte es Kweku. Der Kameramann filmte: Der intelligente Vater wird dumm. Kweku nahm das Bild entgegen, so wie man es macht, wenn man sagen will: *Ich werde es immer in Ehren halten*, aber die Worte nicht findet. Die Worte, die er fand, lauteten: »Könntest du vielleicht lieber nicht erwähnen, dass …«

»Keine Sorge. Versprochen. Ich sage nichts.«

Und dann Stille.

»Okay«, sagte Kweku.

»Okay«, sagte Kehinde. Er wartete noch einen Moment, dann stieg er aus.

»Ich habe dich sehr lieb«, sagte Kweku, aber schon bei »Ich« fiel die Tür zu.

Kehinde hörte nichts und ging ins Haus.

Er wartete kurz, dann fuhr er rückwärts aus der Einfahrt. Er hörte nicht auf zu fahren bis Baltimore, sieben Stunden, die I-95 vor ihm wie ein dunkler Ozean, flach. Er fuhr, ohne zu sehen, unter dem Mond, in die Dunkelheit. Er nahm ein Zimmer in einem Hotel beim Hopkins Hospital, eines, an das er sich erinnerte. Als er schließlich zu Hause anrief, schluchzte sie untröstlich, war aber klar verständlich. »Kehinde will mir nicht sagen, was passiert ist, er sagt, das hat er versprochen. Du machst mir Angst. Was ist passiert? Wo bist du? Was ist los?«

Er sagte ganz simpel, dass es ihm leidtue und dass er weggehe. Wenn sie das Haus verkaufe, müsste das Geld für einen Neustart reichen. Dass er sie vermutlich nie verdient habe, nie richtig. Dass er sie alle ruiniert habe, weil er es schaffen wollte, obwohl er keine Chance hatte.

»Obwohl du keine Chance hattest. Was soll das heißen – keine Chance? Hast du gespielt? Bist du in *Lebens*gefahr? Wo bist du?«

(Er war nirgends.) Er sagte, es sei so am besten. Und noch einmal, dass es ihm leidtue. Dass sie besser dran sei ohne ihn. »Ich lasse dich gehen.«

»Was soll das heißen?«

Alles Liebe für die Kinder.

»Wann kommst du nach Hause?«, fragte sie weinend.

Er kam nicht.

Dreizehn

Sechzehn Jahre später steht er nach vorn gekrümmt da, die Hände auf den Knien, die nackten Füße im Gras, halb keuchend, halb lachend über das, was passiert ist und wie es passiert ist: Das gebrochene Herz, vor dem er weggelaufen ist, hat ihn eingeholt.

Endlich.

Als er wegging, dachte er selbstverständlich, dass er zu dem Leben, das er kannte, zurückkehren würde, zu seiner Familie, zu seinem Zuhause – vielleicht *schneller*, als er es tat, in ein paar Tagen, nicht in ein paar Wochen –, aber er kam nie auf die Idee, dass sie weg sein könnten. Dass sie sich in Luft aufgelöst haben könnten. Durfte man Fola deswegen Vorwürfe machen? War *sie* diejenige, die überreagierte, indem sie alles zusammenpackte und in ihrer Verzweiflung einfach dichtmachte? Allein in diesem Haus, mit den geheimen Türen und Treppen, mit der Zugluft und den Schatten, mit Originaltüren, die nicht richtig schlossen, und mit vier Kindern, einem ernsten Jungen, zwei Schwellenwesen und dem Baby – ohne ihn? Verlassen. Allein. Nicht »hilflos«. Niemals hilflos. Sie war noch nie hilflos gewesen, auch nicht als Kind, verwöhnt in Victoria Island, vor dem Krieg. Sie war eine geborene Kämpferin, eine Egba, die sich nichts gefallen ließ (oder jedenfalls eine halbe Egba, weil die Igbo-Mutter bei der Geburt starb), sie war mit Dingen konfrontiert gewesen, die wesentlich schlimmer waren als ein Haufen Schulden, die sie gar nicht verursacht hatte, schlimmer als die Einsamkeit, als das Alleinsein, als die Verzweiflung. Aber nicht schlimmer als verlassen zu werden, würde sie entgegnen. Nicht schlimmer als Betrug, Enttäuschung. Vertrauen zu schenken und dann im Stich gelassen zu werden.

Dass es nie wieder in Ordnung gebracht werden konnte, lag das an ihr? Das behauptete er jedenfalls, obwohl er vermutlich wusste, dass es nicht stimmte. Oder besser gesagt, obwohl er wusste, dass er *verloren* hatte. Oder hatte er »recht«, so wie man recht hat, wenn einem Unrecht zugefügt wird von einer Person, der man Unrecht getan hat? Wenn man unfähig ist zu glauben, dass man überhaupt recht haben *könnte*? War sie diejenige, die ihn im Stich ließ, nachdem sie selbst im Stich gelassen worden war? Die, nachdem sie schon zweimal ein Leben zurückgelassen hatte, einfach das Gleiche noch einmal tat? Oder lag es an ihm, weil er nichts gepackt hatte und in seiner Verzweiflung einfach weggefahren war, zu erschöpft, um alles zu erklären, zu erschöpft, um auch nur zu denken, um an andere Krankenhäuser zu denken, an einen neuen Anfang, an die Möglichkeit, in einem anderen Bundesstaat einen Job zu finden, vernünftig zu sein, verantwortungsbewusst zu sein, ein Vater zu sein, Vergebung zu finden?

So war's. Ausschlaggebend war dieser kurze Moment: warten, schauen, einen Augenblick lang (einen), dann die Einfahrt hinunter, im Rückwärtsgang. Was wäre passiert, wenn Fola ans Fenster gekommen wäre und den Volvo gesehen hätte? Wenn Kehinde ein winziges Geräusch von sich gegeben hätte, als er ins Haus ging? Wenn *er selbst* es sich noch einmal anders überlegt hätte, wenn er irgendwie wieder zur

Vernunft gekommen wäre oder überhaupt eine Sekunde nachgedacht hätte? Wenn er ausgestiegen, ins Haus gegangen wäre? In seinem OP-Kittel, gebückt und gebrochen, aber im Haus, im Vorraum, den Flur entlang, in die Küche, in der es nach Ingwer und Öl roch? Stattdessen lastet die Frage jeden Morgen bei Sonnenaufgang auf ihm, begrüßt ihn, wie ein warmer, schwerer Körper, sobald er die Augen aufschlägt: *Was wäre wenn?* Er weiß es nicht. Er denkt jetzt daran und kann es gar nicht begreifen. Dass er sie verloren hat. Dass er sie verlassen hat. Dass sie ihn verlassen hat.

Und wie.

Tage: dumpf, kaum schlafen, kaum denken, die Angst, daheim anzurufen, zu groß, Reis essen, Schande trinken, wieder beim Goodwill am Broadway, um einen Anzug für einen Termin am Hopkins Hospital zu kaufen (keine Stellen frei), Johnnie Walker, »Kind of Blue«. Wochen: verschwimmen. Sechs, acht Wochen, dann zehn. Bis er eines Tages um Mitternacht einfach zurück nach Hause fährt. Es fängt gerade an zu schneien, so wie es in Boston immer anfängt, harmlos, träge, leicht, ein Blizzard am Abend, aber zuerst nur ein sanfter Wirbel, blasse Flocken, die in der rosaroten Winterdämmerung flattern. Furcht in den Fingerspitzen, ein Zucken im Magen, aber fest davon überzeugt, dass er sein Verhalten begründen kann, er wird alles gestehen, alles erklären, seine Kinder um Verzeihung bitten, ihr Vertrauen zurückgewinnen, Fola wieder auf seine Seite bringen. Stattdessen kommt er um sieben Uhr morgens an, ein ZU VERKAUFEN-Schild vor dem Haus, und die Statue hinter dem Haus, die er, ohne lang zu überlegen, mitnimmt, bevor er zum Blumenladen rast (verrammelt), dann zur Schule (Kinder abgemeldet). In Panik und inzwischen verschwitzt rast er zur Milton Academy, sucht verzweifelt den Direktor, um nach seinem Sohn zu fragen, und irgendwie trifft er zufällig auf Olu, er trägt diesen Mantel, diesen beigefarbenen Mantel und einen L. L. Bean-Rucksack auf dem Rücken. Bevor einer von ihnen ein Wort herausbringt, klingelt es schrill, ein Stahlmesser, das einen sauberen Schnitt zwischen Vater und Sohn setzt, beide verlegen und verloren in dem plötzlichen Gewimmel, lauter Schüler, die nach draußen strömen, um den Schnee zu bejubeln. Olu spricht klinisch distanziert, beschreibt eine Patientin. »Sie weint jeden Morgen. Sie denkt, ich merke es nicht. Sie sagt, du bist einfach abgehauen und hast uns verlassen, ohne einen Cent auf der Bank. Die Zwillinge sind in Lagos. Das Baby ist noch hier.«

»Wo ist deine Mutter?«

»Sie will dich nicht sehen.«

»Schau mich an, wenn du mit mir redest.«

»Ich will dich auch nicht sehen.« Olu senkt den Blick, zerrt an den Gurten seines Rucksacks. Scharrt

155

auf dem Boden. Wieder klingelt es. »Ich muss los.«
Geht weg.

So löste sich alles auf.

Wie Dinge von Klippen stürzen. Wie Irene, sein erster Herzstillstand, der erste Patient, den er verlor, bei Sonnenuntergang lachend eingeliefert, tot vor der Morgendämmerung. Das irrsinnige Tempo des Todes. (Oder war es umgekehrt? Das irrsinnige Tempo des Lebens?) Er ist Arzt, er hätte es wissen müssen, der Körper verfällt, nichts bleibt für immer, das Leben nicht, warum sollte dann eine Liebe bleiben, er weiß, was Verlust bedeutet und was wem widerfährt, in welchem Ausmaß, »Veränderung ist die einzige Konstante« und so weiter. Trotzdem – wer hätte das gedacht? Dass sie fliehen würde und sich weigern, ihn zu sehen, dass sie ein Wiedersehen mit den Kindern verhindern und ihm nicht sagen würde, wo sie waren, als er sie endlich telefonisch erreichte. Aus Wochen wurden Monate, Sommer, Herbst – ohne Vergebung. Eine Existenz, die sich auflöst. Unwiderruflich.

Offen, geschlossen.

Wie hätte er es wissen können? Dass ein Leben, das sie über Jahre hinweg gemeinsam aufgebaut hatten, innerhalb von ein paar Wochen auseinanderbrach? Ein ganzes Leben, eine ganze Welt, *eine ganze Welt*, von ihnen geschaffen. Mahlzeiten, Geschirr,

Windeln, Grundbucheinträge, Prüfungen, unausgesprochene Abmachungen, Ansage auf dem Anrufbeantworter: »Hier ist der Anschluss der Familie Sai, wir sind im Moment leider nicht da.« Piep. Und wir werden nie wieder da sein. »Bitte hinterlassen Sie eine Nachricht.« Bis nichts mehr übrig war, nur die Statue der Mutter im Kofferraum des Volvo und das Gemälde, zweimal Kunst. Öl auf Leinwand. Kehinde Sai, 1993. Vom Künstler signiert. *Die Größere.*

Er lacht.

Er macht einen Schritt vorwärts, stolpert, fällt. Er landet auf dem Bauch, sein Gesicht im Tau. *Warum habe ich dich verlassen?* Die Brücke in einer Schleife, wie bei diesem lauwarmen R & B, den Taiwo immer gehört hat, wenn sie schmollte. (Um ein gebrochenes Herz zu heilen, taugte nur Coltrane auf Vinyl. Coltrane hätte sie geheilt. Er hätte es ihr gesagt, wenn sie ihn gefragt hätte.) Aber es ist zu früh, um zu sterben. Also hebt er den Kopf. *Nicht heute,* denkt er, lachend. Spöttisch, kurzatmig. Er hat Coltrane, er hat Heparin. Er hat keinen Grund zur Sorge. Jeden Tag joggen. Ama jede Nacht. Nie geraucht. Sein Herz ist stark. Aber es ist nicht stark, und er weiß es. An vier Stellen ist es gebrochen. Nur Risse am Anfang, seit Jahren unbehandelt. Seine Mutter in Kokrobité, Olu in Boston, Kofi in Jamestown, Folosadé in – überall. Diese Frau, überall in ihm, tief im Bindegewebe, in den Muskeln, den Zellen, in der Substanz, im Blut. Er stirbt an gebrochenem Herzen. Da kann er doch nur lachen! Oder es jedenfalls versuchen. Vor Schmerzen krallt er sich ins Gras, rollt auf die Seite, bekommt keine Luft, blickt sich um. Ist da etwas, woran er sich hochziehen kann? Die Bougainvillea, der Schmetterling, der Mango.

Und da – da ist sie.

Endlich.

Im Brunnen.

Was für ein alberner Ort. Aber andererseits nicht weiter überraschend bei einer Träumerin. Oder bei zweien. Sie stehen (schweben) im Brunnen, mit weißen Blüten in den Haaren, in funkelnde Spitze gehüllt, weiße *bubas*, mit Diamanten besetzt, Gold, Schnee auf den Schultern und Lücken zwischen den Zähnen, beide, die eine mit dem Radio, die andere mit der Kamera. Er sieht das alles und muss lachen. Gehört die seinem unsichtbaren Kameramann? Wie hat sie ihm die entrissen? Lachend ringt er nach Luft. Sie lacht jetzt auch. Das Radio spielt leise. *Sentimental Mood*, in der Tat.

Sie legt die Kamera weg, die sofort in Rauch aufgeht.

»Ich liebe dich«, sagt er.

»Ich weiß, ich weiß, ich weiß.«

»Es tut weh«, sagt er.

Seine Mutter sagt: »Ruh dich aus.«

Fola sagt: »Ja.«

Also bleibt er im Gras liegen. »Liebesgras« heißt es, ausgerechnet, du blöder Mann.

Er denkt nicht, was er dachte, dass er denken würde. Dass er sich nicht verabschiedet hat oder dass alles so schnell vorbeigeht. Er denkt auch nicht, er hätte Olu die Treppe hinab jagen sollen, als er kam, oder er hätte miterleben sollen, wie Sadie aufwuchs, oder er hätte nie wegfahren sollen. Er denkt, dass er sich geirrt hat, als er dachte, dass man das alles ruhig vergessen kann. Was nicht heißt, dass man *ihn* nicht vergessen wird – man wird ihn vergessen, er ist schon vergessen. Der Irrtum war, zu glauben, die Details seien unbedeutend. Das, worauf es letztlich hinausläuft. Es gibt ein Detail, bei dem es sich unbedingt lohnt, sich daran zu erinnern.

Dass er sie gefunden hat.

Folasadé Savage, auf der Flucht vor einem Krieg. Kweku Sai, der vor einem Frieden flieht, welcher den Tod bringen kann. Zwei Boote, die auf dem Meer herumirren und in Pennsylvania (»Pennsy-was weiß-ich«) ans Ufer getrieben werden, ausgerechnet. Halb tot vor Kälte, lebendig, verliebt. Waisenkinder, Flüchtlinge, frei schwebend in der Weltgeschichte, beide aus Ländern, die im achtzehnten Jahrhundert das letzte Mal groß gewesen sind – aber voller Stolz (tapfer, hoffnungsvoll), erfüllt und ohne einen Cent.

Verzweifelt auf der Suche nach einem Zuhause und nach Abenteuern. Beides werden sie finden. Beieinander werden sie beides finden, weil sie beides *für*einander sind. Die Abende, an denen sie sich mit warmem Schweppes in billigen Sektgläsern zuprosten oder sich im Mondschein in der Badewanne lieben oder lachen, bis ihnen die Tränen kommen. Dass er gefunden hat, was er nie zu suchen gewagt hätte. Während es doch genügt hätte, einfach nur den Fluchtweg zu finden, da anzufangen, wo er anfing, und dorthin zu gelangen, wohin er gelangt war – Vater und Arzt und was er sonst noch alles war, was er zu sein *gewagt* hatte. Zu entkommen hätte genügt. »Frei« zu sein, für alle, die schwülstige Streichermusik wollen, »menschlich« zu sein – mehr als nur »Staatsbürger«, mehr als nur »arm«. Letztlich war das alles, wonach er strebte: eine menschliche Geschichte. Die Möglichkeit, Kweku zu sein, jenseits von Armut. Er wollte irgendwie seine eigene kleine Geschichte aus den größeren Geschichten herauslösen, den Geschichten von Vaterland, Armut und Krieg, die sämtliche Geschichten der Menschen in seiner Umgebung verschlungen hatten, um diese Menschen dann als gesichtslose, namenlose Dorfbewohner wieder auszuspucken, als mickrige Rädchen im Getriebe. Die Möglichkeit, sich zu lösen und zu fliehen, auf dem winzigen Boot, der S. S. Sai, vor sich als Ziel die enorme Weite – und die Kleinheit – eines

Lebens ohne Not. Die minimalen Triumphe und Niederlagen des Ichs (Beruf, Familie) und nicht die des Staates (zermürbende Arbeit, Bürgerkrieg) – *ja, das hätte vollkommen genügt*, denkt Kweku. Geboren im Staub, tot im Gras. Fortschritt. Ferne Ufer erreicht.

Dass hinter »frei« noch »geliebt« lag, in ihrem Lachen, dass in ihrer Berührung, in der weichen Fülle ihres Afro »Zuhause« lag – er kann es kaum fassen. Er hätte nie gewagt, davon zu träumen, weil er glaubte, solche Ziele seien für ihn utopisch, wie überhaupt für sie alle, die schuhlos herumliefen, die im Tod lächelten und die in ihren Träumen sangen und nie wichtig waren. Dass er sie gefunden, sie geliebt hat und dass diese Liebe sich viermal in neues Leben verwandelte – das ist wichtig, wenn auch nur für ihn. Das verleiht der Geschichte ihre Bedeutung. Dass das Mädchen den Jungen traf. Und ihn liebte.

Auch wenn er sie am Schluss verloren hat.

Also erhebt er sich langsam, er will sie im Brunnen küssen, sie nicht nur mit den Augen festhalten oder von ihr gehalten werden, sondern sie in den Armen halten. Jedenfalls versucht er aufzustehen. Er schafft es bis zu einer Art Liegestütze, dann versagen seine Herzklappen.

Und dann der Tod.

Er liegt da, mit dem Gesicht nach unten, ein Lächeln auf den Lippen. Jetzt lässt sich der Schmetterling nieder, hat genug getrunken. Ein spektakulärer Kontrast, das Türkis vor dem Pink der Blumen. Aber Schönheit, Kontrast, Abschied sind dem Schmetterling gleichgültig – er flattert durch den Garten, schwebt über Kwekus Fuß. Schlägt mit den Flügeln gegen seine Fußsohlen, als wollte er sie streicheln. Auf, zu. Der Hund wittert neuen Tod und bellt, was wiederum den Schmetterling erschreckt. Noch einmal schlägt er mit den Flügeln, fliegt davon.

Schweigen

II
AUFRUHR

Eins

Fola erwacht an dem Sonntag bei Sonnenaufgang, atemlos, verschwitzt, ein Traum vom Ertrinken, von einem Rauschen wie Meereswellen. Dunkel, die Vorhänge geschlossen, stickige Luft, das feuchte Bett ein Ozean. Noch im Halbschlaf, die Augen blind, fährt sie schreiend hoch. Aber ihr »Kweku!« bleibt tonlos, zwei Blasen im Wasser, und das Wasser rinnt jetzt, da ihre Lippen leicht geöffnet sind, ihre Kehle hinunter, wo es in ihrem Inneren mehr Wasser findet, in ihrem Bauch, und dann weiter hinunter, zu den Schenkeln, triefend vor Nässe – das früher mal weiße Satin-Nachthemd, nass von innen und von außen, eine zweite Haut, jetzt braun vom Schweiß – und aus dem Wasser wird eine Flut, die Flut wechselt die Richtung, fließt in der Mitte aufwärts, Schenkel, Bauch, Herz, immer höher, und bricht dann durch ihre Brust.

Sie schluchzt so laut, dass sie vollends aufwacht. Sie öffnet die Augen, und das Wasser fließt heraus.

Ein hemmungsloses Weinen, und dann schwillt die Flut plötzlich wieder ab und hinterlässt nicht die geringste Spur des Traums (so wie Wellen die Schrift im Sand auslöschen, wenn sie ohne Warnung kommen und verwischen, was Kinder und Liebende geschrieben haben). Nur die Angst bleibt, undeutlich, losgelöst von der dazugehörigen Geschichte, sie bleibt wie der feine, glitzernde Schaum auf feuchtem Sand; und das Rauschen: ein lautes Getöse in der schwülen Dunkelheit, die kaputte Klimaanlage macht genauso viel Lärm wie eine, die funktioniert.

Glitzernder Schaum und Rauschen.

Sie richtet sich auf, desorientiert, unfähig, etwas zu sehen, wegen der geschlossenen senffarbenen Vorhänge, also sitzt sie einfach nur verwirrt da, ohne zu begreifen, was gerade passiert ist und warum sie geweint hat oder warum sie einfach aufgehört hat. Die üblichen Fragen: Wie spät ist es? Wo ist sie? *In Ghana*, antwortet etwas, der Bülbül da draußen, und die sogenannten »Pfeffervögel« stimmen verwirrt ein in das Spektakel, eine Ode darauf, dass man kaputte Dinge vergessen soll. Also nicht mehr Nacht, sondern Pfeffervögel, ein Morgen in Ghana, wohin sie gezogen ist. Oder geflohen ist.

Wieder.

Ohne Fanfaren oder Plan, so wie Herden sich bewegen oder Soldaten, dem Instinkt folgend, ohne Gepäck, Aufbruch beim ersten Morgenlicht:

fand den Brief an einem Montag, morgens, in Boston, als sie in der Küche die Post sortierte (Kaffee, WBUR »ein Radiosender, unterstützt und finanziert von seinen Hörern«), Rechnungen für Schulgebühren, Nebenkosten. Ein Umschlag fiel auf den Boden. Oder besser gesagt: schwebte zu Boden. Pastellblau, dünn, eine Feder, die leise zwischen den dicken Montags-Katalogen herausglitt. Ein echter Brief. Und da lag er dann. Im weißen Licht des Winters, dieses billige Luftpostpapier, das kein Mensch mehr verwendete.

Sie machte ihn auf. Las ihn. Zweimal. Legte ihn auf die Arbeitsplatte. Ließ ihn dort liegen und ging in den Blumenladen. Kam in der Dunkelheit zurück in die Leere, nahm ihn wieder in die Hand. Las noch einmal, dass Sena Wosornu, Ersatzvater, gestorben sei. Dass er tot war und ihr, »Miss« Folasadé Savage, in West Airport, Accra, ein Haus mit drei Schlafzimmern hinterlassen hatte. Sie stand, gelähmt, in ihrem Mantel am Tisch in der Küche, in der Stille. Weiche silberschwarze Dunkelheit, die Kacheln eisig im Mondlicht. Montagabend. Flug am Freitag, JFK nach Kotoka. Non-stop. Ohne Fanfaren. Packte einfach alles zusammen und ging.

Jetzt späht sie mit zusammengekniffenen Augen in die Dunkelheit und betrachtet das Schlafzimmer, völlig unbekannt, nach sechs Wochen, immer noch.

Unbekannte Formen, Schatten. Und der leere Platz hier neben ihr, völlig unbekannt, nach sechzehn Jahren, immer noch.

Sie tastet ihr Nachthemd ab und erschrickt, weil es so feucht ist. Sie zieht den durchnässten Satin von ihrer Haut weg. Sie berührt ihren Bauch, so wie sie das immer tut, wenn dies passiert: wenn die Angst irgendwo schwebt und noch nicht ihr Gesicht zeigt, wenn etwas nicht stimmt, wenn sie noch nicht weiß, was los ist und mit welchem ihrer Sprösslinge, die von dort gekommen sind. Und der Bauch antwortet, immer (vielleicht eher der »Schoß«, aber das Wort klingt schon immer absurd in ihren Ohren, *Schoß*. Ein *Schoß*. Etwas Höhlenartiges, Mysteriöses, ein Kellergewölbe. Ein Wort mit einem Schatten, einem Luftzug. Sie berührt ihren Bauch an vier verschiedenen Stellen, die Quadranten ihres Torso zwischen Hüfte und Brust: zuerst oben rechts (Olu), unter ihrer rechten Brust, dann unten rechts (Taiwo), wo sie die kleine Narbe hat, dann unten links (Kehinde), neben Taiwo, dann oben links (Sadie), das Baby, ihr Herz. An jeder der vier Stellen hält sie kurz inne, um das Gefühl unter ihrer Handfläche auszuloten, Bewegung oder Ruhe. Und das spürt sie:

Olu – alles ruhig. Die Traurigkeit, wie immer, so sanft und beharrlich wie das Surren eines Ventilators. Taiwo – die Spannung. Ein leichtes Ziehen. Aber kein Gefühl von Gefahr, kein Grund zur Unruhe. Kehinde – die Abwesenheit, die hallende Abwesenheit, die dadurch erträglich wird, dass *wenn*, dann wüsste sie es (so wie sie es wusste, als es passierte, wie sie es gleich in dem Augenblick wusste, als sie hellblaue Hydrangea an der Theke im Laden schnitt und plötzlich eine Art Attacke spürte, unten links – sie rief: »Kehinde!«, das Messer glitt zur Seite und schnitt ihr in die Hand. Blut tropfte auf die Theke, auf die Stiele und die Blüten, auf das Telefon, sie wählte, wusste schon, welche Nummer, dann die Mailbox »Das ist Kehin –«, Anklopfsignal, ein Klicken, panisches Schluchzen: »Mom, ich bin's, Taiwo, es ist etwas passiert.« »Ja, ich weiß.« Sie wusste es, genau wie Taiwo, in dem Moment, als es geschah, als die Klinge durch die Haut schnitt, durch das erste Handgelenk. Jetzt, ein Jahr später – nein, mehr, fast zwei Jahre später – ist sie sich sicher, obwohl sie ihn weder gesehen noch von ihm gehört hat. Sie weiß es. Dass sie es wissen würde.) Als Letzte Sadie – flatternd, Schmetterlinge, etwas Neues, diese Ruhelosigkeit, die Suche nach etwas, was sie nicht findet.

Alles gut.

Traurigkeit, Spannung, Abwesenheit, Angst – aber *okay alles gut*, so wie sie die vier auf die Welt gebracht hat, lebendig, wenn auch nicht unbedingt in bester Verfassung, Fische im Wasser, in dem Zustand, in dem sie sie geboren hat (atmend und kämpfend), und das genügt. Vielleicht nicht für andere, denkt Fola, für Mütter, die beten, dass ihre Nachkömmlinge ein großes Vermögen machen und berühmt werden, ewige Liebe und ewiges Glück finden (bessere Mütter höchstwahrscheinlich, klein, strahlend lächelnd, ehrgeizig, Minivan-Mütter), aber es reicht für sie, die zuschlagen, töten und sterben würde für jedes ihrer Kinder, die aber auch weiß, dass die Bereitschaft zu sterben ihre Grenzen hat.

Dass der Tod indifferent ist.

Nicht *sie* ist indifferent (auch wenn sie so wirkt), sondern ihr uralter Gegner, ihr Feind, der gemeinsame Feind aller Mütter – wenn dem Kind etwas passiert, der Tod –, er ist es, der sie besiegen wird, das weiß sie.

Aber nicht heute.

Die Angst lässt nach. Der Lärm bleibt. Das Schniefen und Rauschen der kaputten Klimaanlage. Die Hitze wird aggressiv, als fühlte sie sich vernachlässigt. Bettlaken und Nachthemd werden auf einmal kalt.

Fola steht auf, stößt sich dabei das Knie, verflucht leise das Haus, die nicht funktionierende Klimaanlage. Der Wachmann, Mr Ghartey, hätte sie längst reparieren müssen, oder er hätte seinen Cousin, den Elektriker, rufen sollen, damit der sie repariert, oder er hätte den weißen Mann rufen sollen, der sie eingebaut hat, damit dieser sie repariert – seine Planung bleibt weitgehend unklar. »Er kommt gleich«, lautet die Antwort jedes Mal, wenn sie ihn fragt. »Ich sag's ihm – er kommt.« Schon seit Wochen: heiße Luft. Aber das Verhältnis ist noch neu, zwischen ihr und ihrem Personal, und sie weiß, dass sie langsam machen muss, sich vorsichtig annähern. Sie ist eine Frau, erstens, unverheiratet, noch schlimmer, Nigerianerin, das Allerschlimmste, und helle Haut. Sehr verdächtig in Ghana – sie könnte fast genauso gut eine gesuchte Terroristin sein. Das Personal hat sie zusammen mit dem Haus geerbt und zusammen mit den Holzmöbeln aus den siebziger Jahren, die mit orangerotem Wollstoff gepolstert sind. Die Bediensteten schleichen auf Zehenspitzen um Fola herum und kaschieren nur sehr mangelhaft ihren Schock. Dass sie allein hierher gezogen ist. Um *Blumen* zu verkaufen.

Und noch schlimmer: dass sie an diesem Morgen vom Flughafen hier angekommen ist, in einem weißen Leinenkleid und mit Sandalen, und dass sie, als sie aus dem Taxi stieg, »*How are you?*« sagte, unbegreiflich, mit britischem »a« und amerikanischem »r«. Und die Krönung: dass nach ihr kein Mann aus dem Taxi stieg.

Dass sie ihnen die Hand gab und ihren Blick suchte.

Dass sie ihre Koffer (drei? nicht mehr? war das schon alles? ein ganzes Leben in Amerika?) neben dem Taxi stehen ließ und direkt zu der Mauer ging, um ihr Gesicht in die Kletterpflanzen zu stecken und zu rufen: »Bougainvillea!« Erst recht unbegreiflich.

Dass sie morgens alle mit dem gleichen seltsamen »*How are you?*« begrüßt und sich so komisch bei ihnen dafür bedankt, dass sie ihre Arbeit machen. »Vielen *Dank*«, sagt sie zum Houseboy, wenn er ihre Kleider wäscht. »Vielen *Dank*«, zum Koch, wenn er ihr das Essen serviert. »Vielen *Dank*«, zum Pförtner, wenn er das Tor für sie öffnet, und dann noch einmal, wenn er es wieder schließt.

Dass sie raucht.

Dass sie Shorts trägt.

Dass sie in diesen Shorts und mit einem Sonnenhut im Garten herumwandert, in der einen Hand eine Zigarette, in der anderen die Heckenschere, dass sie hier etwas abschneidet und da etwas abschneidet und ihre Beute anschließend in die Küche schleppt, wo sie dann an der Theke steht und nicht etwa Süßkartoffeln stampft oder Bohnen puhlt, sondern *Blumen* arrangiert. Es amüsiert Fola schon immer, dass die Afrikaner überhaupt nichts für Blumen übrighaben, das typische Desinteresse von Menschen, die etwas im Überfluss besitzen (oder von Menschen, die psychisch geschädigt sind – die chronischen Selbsthasser, die, auch wenn es genügend Beweise gibt, es einfach nicht akzeptieren wollen, dass etwas, das zu ihrer Heimat gehört und dort im Überfluss, im Übermaß vorhanden ist, ohne große Mühe – dass so etwas einen Wert haben kann). Die Bediensteten beobachten sie, wie Forscher eine neue Spezies beobachten, eine Mischform, pflanzenfressend, vermutlich harmlos, möglicherweise aber auch nicht. Mit verschlossener Miene geben sie ihr zu essen, waschen für sie, kontrollieren ihre Kleidung, wenn sie denken, dass sie es nicht merkt, flüstern miteinander, schauen ihr beim Essen zu. Sie hat ihnen noch nicht gesagt, dass sie früher in Ghana gelebt hat, dass sie die Sprache spricht und alles versteht, was sie leise auf Twi sagen: über ihre Blumen, ihre geblümten Nachthemden, ihre schrecklichen Essgewohnheiten – dass sie zum Beispiel Unkraut herausreißt und es isst. (Zitronengras.) Twi hat sie von ihrem Dad gelernt, der die wichtigsten Sprachen Nigerias beherrschte, außerdem noch Französisch, Suaheli, Arabisch und eben auch ein paar Brocken Twi. »Man muss immer die Regionalsprache lernen. Den Einheimischen darf man sich nie ausliefern«, sagte er immer wieder, eine fast zu Ende gerauchte Zigarre zwischen den Lippen, der Welt ein Lachen schenkend –

oben links.

Da ist es.

Die Bewegung, nach der sie getastet hat.

Oben links, in der Nähe von Sadie, aber dichter beim Herzen, kein Ziehen, keine Enge, auch nicht das Klopfen der Angst, sondern ein Echo, eine Leere, ein Leerwerden. Ein bekanntes Gefühl. Nicht das, wonach sie getastet hat und wovor sie sich gefürchtet hat (etwas, das ankündigt, dass dem Kind etwas passiert ist), sondern ein Gefühl, an das sie sich erinnert, unverkennbar, aus früheren Jahrzehnten, eine Erinnerung, von der sie nicht wusste, dass sie noch in ihr ist.

Sie setzt sich gedankenverloren hin, gibt ihr Vorhaben auf, was immer es war – vielleicht Mr Ghartey ermahnen oder seitlich gegen das Gerät an der Wand schlagen oder das Bett frisch beziehen, etwas trinken, nach dem Albtraum. Und sie denkt: Seltsam, dass sie zum Tod ihres Vaters zurückgeführt wird, an den sie so selten denkt, es ist so, wie man Träume erzählt, unscharf, verwässert, nicht das Ereignis, sondern die Emotion, eine Trauer, die verblasst ist, vertrocknet, zusammengerollt, die ihre Farbe verloren hat. Was *geschehen* ist, sieht sie deutlich vor sich, auch jetzt, sonnenklar, Lagos, Juli 1966, die kurze Kette der Ereignisse.

Erstens: keuchend aufwachen, kalt, dreizehn Jahre alt, alle ihre Beatles-Poster mit Reißnägeln an der Wand befestigt, erschrocken in der Dunkelheit sitzen, mit diesem Hohlraum in der Brust, ein Gefühl, das sie nicht kennt (die gleiche seltsame Leere wie jetzt). Zweitens: von ihrem Zimmer den Flur entlanggehen, zum Zimmer ihres Vaters, ohne daran zu denken, dass er ja in den Norden gefahren ist, um nach seinen Schwiegereltern zu sehen, ihren »Großeltern«, den Nwaneris, die sie nie kennengelernt hat und nie kennenlernen wird. Niemand hat es gesagt. Er auch nicht, ihr gütiger, breitschultriger Vater mit den wolligen Haaren, der jeden Abend weinte, weil er seine Braut verloren hat, er kniete vor seinem Bett nieder, unter ihrem Porträt, Somayina Nwaneri, hell, mit goldenen Augen. Ein Geist.

Siebenundzwanzig.

Gute Geisterfee.

War bei der Geburt verblutet.

Eine Fremde für Fola, nicht mehr als ein Gesicht, mit so unglaublich heller Haut, dass sie auf dem Porträt aussah, als wäre sie ohne Blut geboren, aus Eis geschnitten. Aber so hübsch! Stoff für eine Legende, eine lokale Berühmtheit in Kaduna, der Igbo-Vater, ebenso berühmt für seinen Posten im Norden wie dafür, dass er auf dem Gelände der Mission eine Rose gepflückt und diese Frau geheiratet hat. Maud, eine Schottin, goldbraunes Haar. Und der ganze Rest: Schande, totgeborene Babys, eine Fehlgeburt nach der anderen, Kopfschütteln, Tratsch, da seht ihr's, *die Schottin kann dem Igbo-Mann kein Kind schenken,* dann die eine weißhäutige Tochter, die magische Mulattin. Kleine Prinzessin von Kaduna. Tochter eines Kolonialbeamten. Bekam ein Stipendium, um nach dem Krieg in London eine Ausbildung als

Krankenpflegerin zu machen. Wo sie sofort Kayo Savage kennenlernte und ihn auf der Stelle heiratete, Folas Vater, Anwalt, früher Royal Air Force. Dann bei der Geburt gestorben usw. Niemand sagte es. Niemand erwähnte, dass die Großeltern nie kamen, um sie zu besuchen, Rt. Hon. John und Ann Nwaneri, dass sie nie anriefen, nie ein Geschenk schickten, aber Fola konnte sich denken, warum: Sie gaben ihr die Schuld daran, dass ihre einzige Tochter so früh gestorben war, so wie sie selbst die beiden später wegen *seines* Todes hassen würde.

Aber noch nicht.

Erstens: um Mitternacht aufwachen, mit einem Hohlraum in der Brust. Zweitens: den Flur entlangschleichen, zum Schlafzimmer ihres Vaters, leer. Drittens: in sein Bett klettern, noch erwärmt von seinem Geruch (Rum, Seife, Russisch Leder), das Gesicht mit seiner dicken Kente-Decke zudecken und daliegen, das Gesicht nach oben, mit offenen Augen, reglos. Still wie eine Leiche, in Baumwolle gehüllt und schwitzend, weil die Klimaanlage nicht an ist, ihr Vater nicht da, weil er am Morgen nach Kaduna gefahren war, nachdem er von Freunden erfahren hatte, dass die Igbos im Norden wieder angegriffen wurden.

»*Schon wieder?*«, hatte sie geseufzt, schlechtgelaunt, laut ihr Frühstück schlürfend (*Gari*, Zuckerwasser, Eis). Sie wusste schon, dass er gehen würde, merkte es daran, dass er dieses Frühstück für sie gemacht hatte, »ein Buschmädchen-Frühstück«, wie er es spöttisch nannte, Maniokpulver in Eiswasser, ihr Lieblingsessen. Wenn dieser Großvater so reich war, wie es immer hieß, mit seinem Mercury Cyclone CJ und dem terrassierten Holzhaus im Ranch-Stil, warum musste ihr Vater dann immer »nach ihm sehen«, fragte sie ihn und kaute knirschend das Eis, aber sie wusste es ja. Er musste gehen, immer, um die Großeltern zu besänftigen, um sich reinzuwaschen, um die Nwaneris um Vergebung zu bitten für den Tod von Somayina (der, technisch gesehen, nicht seine Schuld war, sondern ihre, die Schuld der kleinen Fola, oder höchstens noch die Schuld des Arztes oder die des Schoßes).

»Sie stecken immer in Schwierigkeiten, diese Igbo. *Na wow o.*«

»Deine Mutter war eine Igbo.«

»Zur Hälfte.«

»Das reicht.« Aber als sie aufblickte, sah sie, dass er lachte und sie auf den Kopf küssen wollte, bevor er ging. »Ich bin vor Sonntag zurück. Ich hab dich lieb.«

»Mo n mo.«

Auf Yoruba gab es keine entsprechende Formulierung für »Ich hab dich lieb« oder »Ich liebe dich«. »Wenn man jemanden liebt, dann zeigt man es ihm«, sagte ihr Vater oft. Aber auf Englisch verwendete er

179

sie, und Fola erwiderte dann auf Yoruba: »Ich weiß.«
Mo n mo.

Zur Tür hinaus.

Einfach so.

Stand auf, stellte seine Kaffeetasse weg, küsste sie einmal auf die Stirn, legte die Hand auf jeden ihrer Afro-Puffs, ging zur Tür hinaus. Weg. Wollige Haare und ein Anzug aus Wollstoff und kräftige Schultern, so wippte, wippte, wippte er außer Sichtweite. Die Schwingtür ging auf, schloss sich.

Drittens: vierzehn Stunden später in seinem Bett zwischen den Laken liegen, unter die Kente-Decke schlüpfen, hinein in die Dunkelheit, in die Abwesenheit, Geruch und Hitze, ein unbewegter, stummer Ozean. Und dort bleiben. In der Stille, stocksteif, nicht bewegen, wissen.

Dass etwas weggenommen worden war.

Dass etwas, das in der Welt gewesen war, diese gerade eben verlassen hatte, so endgültig und einfach, wie Menschen ein Zimmer verlassen oder wie der Staub eines verblühten Löwenzahns im Wind davonschwebt, lautlos, und zurück bleibt dieser leere Raum, diese offene Stelle. Die unfassbare, unerträgliche, grenzenlose Offenheit, die jetzt überall um sie herum erscheint, über ihr, unter ihr, ein klaffendes Loch, in ihr. Oder ein Mund: fremd, feucht, hohl und hungrig. Unersättlich.

Die Einzelheiten kamen später – so wie Einzelheiten kommen, so wie man die Einzelheiten eines Todes, außer dem eigenen, wissen kann, wie es war, wie lang oder beruhigend, kalt oder grauenvoll, einsam – aber das Entscheidende geschah dort im Schlafzimmer. Der Verlust. Später, wenn sie dann allein ist, wird sie darüber nachdenken, über die unheimliche Ähnlichkeit zwischen jenem und diesem Moment – allein in der Dunkelheit, in der brütenden Hitze, in einem Zimmer, das nicht ihres ist, in einem Bett, das viel zu groß ist. Spiegel-Enden. Das Ende des Lebens, so wie sie es kannte, Mitternacht in Lagos, ohne zu ahnen, was passiert war (es wäre ihr gar nicht in den Sinn gekommen, dass es das Böse gab, dass der Tod indifferent war), aber trotzdem wusste sie irgendwie Bescheid. Dies war das Ereignis für sie, der Verlust in seiner greifbaren Form, die Stunden, in denen sie die Grenze zwischen Wissen und Erkenntnis überquerte, hin zu »Verlust« im abstrakten Sinn, zu Traurigkeit. Sechs, sieben Stunden, in denen alles offen war, bis es sich langsam zu Einsamkeit verhärtete.

Die Einzelheiten kamen später – eine Wagenladung Soldaten, Hausas, zugedröhnt mit billigem Heroin und mit Hass, hatten sie alle getötet, die Villa in Brand gesteckt, sämtliche Ausgänge mit Steinen verbarrikadiert –, aber in ihrem Kopf verfestigten sich diese Einzelheiten niemals zu Bildern. Deshalb glaubte sie es nie so ganz, nie wirklich, konnte es nicht *sehen*, sie ließ nie einen klaren Eindruck entstehen, wodurch es konkret geworden wäre und die Wörter Kraft bekommen hätten (Rauchgeruch, brennendes Holz) und die Leichen ein Gesicht. Die Wörter blieben nur ein Knochengerüst. Sie waren niemand, die »Soldaten«. Sie waren Schattenwesen, keine Menschen. Die »Nwaneris« blieben, was sie schon immer gewesen waren: ein Porträt an der Wand, ein Name. Eine blasse Gruppe von Personen, nicht einmal richtige Figuren, sondern Kategorien: Zivilist, Soldat, Hausa, Igbo, Täter, Opfer. Zu vage, um wahr zu sein.

Und nicht er.

Er war es, er war zweifellos dort (obwohl man es nie bestätigen konnte, sein Körper war zu Asche verbrannt; im REM-Schlaf träumend, sein »Fola!« zwei Blasen), als die blindwütigen Anti-Ibo-Pogrome den Krieg auslösten. Aber sie konnte ihn einfach nicht sehen, nicht ihren Vater, so wie sie ihn kannte, wie sie ihn gesehen hatte, als sie am Tisch saß und er aus ihrem Blickfeld wippte, wippte. Es war jemand anderes, den sie in der Nacht getötet hatten, diese »Soldaten«, die sie nicht sehen konnte, dieses »Opfer«, das sie nicht kannten, anonym wie alle Opfer.

Die Gleichgültigkeit des Ganzen.

Das war das Problem und sollte auch immer das Problem bleiben, es war das Hindernis, über das, wie sie manchmal denkt, ihr ganzes Dasein stolperte – dass er so unspezifisch wurde (und dadurch auch sie). Bis zu dem Moment war ihr Leben so echt gewesen, eine bunte Geschichte mit einer reichen Gruppe von Charakteren – sie: die mutterlose Prinzessin eines vertikalen Palastes, ihres vierstöckigen Apartments in Victoria Island; die anderen: temperamentvolle, glamouröse Freunde ihres Vaters, Personal; er: der verwitwete König im Schloss. Wäre er einen Tod gestorben, der ihrem Leben, so wie sie es kannte, entsprochen hätte – bei einem Autounfall, zum Beispiel, in seinem geliebten Deux Chevaux, oder an Leberkrebs, Lungenkrebs, weil er zum Schluss Caos rauchte und Rum hinunterkippte –, dann wäre sie mit dem Verlust fertiggeworden. Sie hätte getrauert. Hätte als Waise in einem vierstöckigen Apartment gelebt, eine Waise, die mit dreizehn Jahren schon beide Eltern verloren hat, aber sie hätte etwas verloren, das sie kannte (tragisch). Stattdessen war sie etwas anderes geworden: ein Teil der Geschichte.

Generisch.

Sie spürte die Veränderung sofort, merkte sie an dem Tonfall, in dem die Leute redeten, wenn sie hörten, dass ihr Vater von Soldaten umgebracht worden war, an der Art, wie sie nickten, als wollten sie sagen, ja, *logisch, der Beginn des nigerianischen Bürgerkriegs, ja, klar*. Egal, dass die Hausas es auf Igbos abgesehen hatten und dass ihr Vater ein Yoruba war und ihre Großmutter Schottin und das Hauspersonal Fulani, manche sogar Inder. Zehn Tote, nur einer ein Igbo, nebensächliche Details, unwichtig. Sie spürte es in Amerika, als sie nach Pennsylvania kam (nachdem sie vorher von dem freundlichen Sena Wosornu nach Ghana gebracht worden war), dass ihre Mitstudenten und Professoren – weiß oder schwarz, das spielte keine Rolle – irgendwie glaubten, was da passiert war, sei natürlich, irgendwie tragisch – grauenvoll, aber natürlich. Sie hatte aufgehört, Folasadé Somayina Savage zu sein, und war stattdessen ein Mitglied einer generischen Kriegsnation geworden. Ohne spezifische Kennzeichen. Ohne den Geruch von Rum, ohne die Beatles-Poster oder eine Kente-Decke auf einem breiten Bett, ohne Porträts. Einfach nur irgendeine kriegsgeschundene Nation, hoffnungslos und unmenschlich wie jede Nation im Krieg irgendwo, wie alle Kriegsnationen überall. »Das tut mir leid«, sagten die anderen und nickten bedächtig, so wie man sagt *Das tut mir leid*, wenn alte Menschen sterben, »das ist wirklich schlimm« (aber dann auch wieder nicht *so* schlimm, eher *so ist das eben* auf dieser Welt), in ihren Augen keine Spur von Überraschung. Wurden nicht ständig breitschultrige Väter mit wolligen Haaren, Väter von Leuten, die aus heißen, Krieg führenden Ländern stammten, getötet?

Wie war das passiert?

Sie sehnte sich nicht nach Lagos, nach dem Luxus, dem Glamour, dem Gefühl, wohlhabend zu sein – sie sehnte sich nach dem Gefühl für sich selbst, als sie sich einfach der Sinnlosigkeit der Geschichte ergeben konnte, nach der Beschränktheit und Naivität ihres früheren Ichs. Danach hörte sie einfach auf, sich mit Einzelheiten abzugeben; der Gedanke, dass die Existenz ihre Form aus den spezifischen Umständen bezieht, interessierte sie nicht mehr. Ob dieses oder jenes Haus, dieser oder jener Pass, ob Baltimore oder Lagos oder Boston oder Accra, ob teure Kleider oder geerbte Sachen, ob Floristin oder Anwältin, ob Leben oder Tod – das alles spielte letzten Endes keine Rolle. Wenn man ohne Identität sterben konnte, ohne jeden Kontext, dann konnte man auch ohne jeden Kontext leben.

Das ist es, was sie denkt, während sie hier sitzt, nass, leer, ein Schiff, das gerade Schiffbruch erlitten hat, an einem dunklen Ufer. Sie denkt, dass die Details sich unterscheiden, während die Leere unveränderlich ist, ohne Ende, die Abwesenheit genauso gegenwärtig und absolut. Er ist jetzt fort, ihr Vater, ist schon so lange fort, dass das Fort-Sein seine Existenz vollständig ersetzt hat. Das ist nicht allmählich geschehen, sondern plötzlich, in seinem Schlafzimmer. Er wurde weggenommen, und sie ist geblieben, und damit war die Sache erledigt.

Damit ist die Sache erledigt.

Ein Pfeffervogel, frecher als seine zänkischen

Spielgefährten, klopft an die Glasscheibe auf der anderen Seite des Vorhangs. »Kukuu, kukuu, kukuu«, ruft er, und Fola wird kurz daran erinnert, was sie gesagt hat, als sie aufwachte. Was war es noch mal? Sie weiß es nicht mehr. Ein Albtraum. Es war nichts. »*Kuu*-ku«, beharrt der Bülbül, aber die Klimaanlage stört.

»Tat-tat-tat-tat-tat.« Ein Todesrasseln. Es verstummt, und im Schlafzimmer wird es still.

Fola wartet eine Minute, dann muss sie darüber lachen, dass sie wartet. Worauf wartet sie? *Da ist nichts*, denkt sie. Er ist fort, sie bleibt, Sache erledigt, tat-tat-tat. Sie dreht sich um und schläft weiter.

* * *

Aber sie schläft nicht tief.

Das Telefon klingelt.

Zuerst denkt sie: *Nein, ich träume noch.* Ignoriert das Klingeln. Aber dann fragt sie sich, wie sie denken kann, wenn sie träumt. Also öffnet sie ein Auge. Hört das Klingeln. Geht dran. »Hallo?«, murmelt sie.

»Fola«, antwortet er.

Ein Mann. Aber wessen Nummer ist das? Nicht seine. Nicht Olu. Nicht Kehinde. Die Stimme ist zu tief. »Wer ist da?«

»Ich bin's. Benson«, sagt er.

»Oh, hallo, Benson. Wie spät ist es?«, fragt sie und blickt sich nach einer Uhr um.

»Entschuldige, dass ich so früh anrufe …«

Keine Uhr. »Wie spät ist es?«, wiederholt sie.

»Es ist nur – du hast mir letzten Donnerstag diese Nummer gegeben …«

Ein Mann, der Zeit gewinnen will.

Als sie das begreift, setzt sie sich sofort besorgt auf. »Was ist los?« Es folgt ein sehr kurzes Schweigen. »Es tut mir sehr leid«, beginnt er, und sie geht schnell die vier Quadranten durch, lebendig, wenn auch nicht unbedingt in bester Verfassung, Fische im Wasser, es geht ihnen gut. Sie weiß, dass er weint, aber sie weiß nicht, warum sie es weiß. Sie hört nichts. Instinktiv tröstet sie ihn. »Du musst nicht weinen. Den Kindern geht es gut.«

Was er für eine Frage hält. »Ja«, sagt er rasch. »Bestimmt geht es allen gut.« Ein Hüsteln, ein leises Schniefen. Und dann wieder nichts.

»Benson?«

»Ich weiß nicht, wie ich es sagen soll. Es tut mir leid.«

Jetzt weiß sie, was, und sie weiß, wer, und sie schweigt.

»Fola?«

Wie konnte ihr das nur entgehen? Nicht das Kind. »Wo bist du?«, fragt sie.

»Beim Haus«, antwortet Benson. »Seine Frau –«, dann unterbricht er sich. »Es tut mir so leid.«

Nicht der Vater. Das Rauschen kommt zurück,

ohne Vorwarnung, und es wird lauter, steigt auf, die Flut von der Mitte. »Bitte nicht«, stöhnt Fola.

»… sie hat mich zu Hause angerufen, und ich sofort hin, aber das Herz hatte – er – es war zu spät.«

Benson redet weiter mit seiner sonoren Stimme, er klingt genau wie Luther Vandross. Zwischen den verschiedenen unzusammenhängenden Dingen, die Fola jetzt denkt, taucht auch die Erinnerung daran auf, wie sie Benson im Hopkins kennengelernt hat. Dreiundzwanzig Jahre alt, in der Krankenhauslobby, mit dem schlafenden Olu in ihrer *wrappa*. Benson in seinem OP-Kittel, seine Haut gebrannte Umbra, der größere der gutaussehenden Ghanaer.

Der andere.

»Kuku!«, ruft der Bülbül.

»Bitte«, flüstert Fola. »Jetzt noch nicht, bitte, nein, Kweku-*nein*.«

Zwei

Olu verlässt, nicht besonders eilig, das Krankenhaus, stellt seinen Kaffee ab, legt sein Blackberry weg, fängt an zu weinen. Fünf kurze Schluchzer, Paukenschläge – *dein-Va-ter-ist-tot* –, dann wischt er sich das Gesicht ab, schließt die Augen. Schneeflocken fallen, landen auf seiner Nase und auf seinem Mund. Es ist ein Uhr nachts, null Grad.

»Entschuldigung.«

Er öffnet die Augen und sieht vor sich eine ältere Frau, keine einsfünfzig, Pelzmantel. Sie ist gerade durch den Behindertenausgang gekommen und neben Olu auf dem Gehweg stehengeblieben. In der eigenartigen Stille, die zum Vorprogramm eines nächtlichen Unwetters gehört, stehen sie nebeneinander und sehen zu, wie der Schnee erst durch die schwarze Dunkelheit und dann durch das helle Krankenhausschild wirbelt.

Sie deutet auf die Lobby mit der Glastür hinter ihnen, dann fasst sie ihn an, zwinkert ihm zu und sagt ganz schnell: »Ich weiß, ich hätte bei den Kindern bleiben sollen. Na ja. Bei den *Kindern*. Lieber Gott. Vierzig Jahre ist er alt, unser Jüngster. *Mein* Jüngster. Zwei Jungen. Brett und Junior. Bruce Junior, wie mein Mann. Er hat schon immer eine Begabung für gutes Timing, mein Bruce. 12:21 nachts, am einundzwanzigsten Dezember, also wieder 12:21, Todeszeitpunkt. Erstklassig, stimmt's? Jawohl, Sir. Ich finde es so toll, wenn es nachts anfängt zu schneien. Es geht nur leider immer so schnell vorbei. Wen haben Sie verloren?«

»… Arzt«, sagt er, seine Stimme verweigert das *Ich bin*. »Ich bin Arzt.«

»Das sehe ich an Ihrer Kleidung«, sagt sie. »Aber ich hatte das Gefühl, dass Sie nicht hier stehen, weil Sie um einen Patienten trauern.« Nach einer kurzen

Pause fängt sie an zu lachen, und er lacht auch. Atemwolken. Sie holt eine in ein Taschentuch gewickelte Cohiba Esplendido hervor. Ein kleines silbernes Feuerzeug. Es sprüht Funken, die Flamme geht aus. Olu legt schützend die Hand um das Feuerzeug, mit zitternden Fingern. »Ihre Hand zittert«, sagt die Frau.

»Ist ja auch ziemlich kalt.« Er sagt immer so alberne Sachen, wenn er nervös ist. Sätze ohne Subjekt.

»Und dann in diesem ...« sie fasst ihn an, »... in diesem Baumwollpyjama? Sie wissen doch, wir stehen hier draußen in einem Blizzard, mein Lieber. Jawohl, Sir. Sieht noch nicht schlimm aus, aber das ist am Anfang immer so – warten Sie nur, bis die Sonne aufgeht. Nicht hier. Warten Sie nicht hier. Sie holen sich den Tod – ach, du liebe Güte. Hab ich das wirklich gesagt? So was sagt man nicht in dieser Umgebung. Hier, nehmen Sie.«

»Nein. Ich bin ...«

»Arzt. Das sagten Sie bereits.«

»Ich ...«

»Nehmen Sie. Ich habe meinem Bruce versprochen, dass ich sie für ihn rauche, falls er stirbt, *wenn* er stirbt – so wie er's gemacht hat, als unsere Kinder geboren wurden, unsere zwei Jungen. Eine Dreier-Packung. Aber ich bin alt.« Sie lacht wieder, nimmt einen tiefen Zug mit geschlossenen Augen, dann steckt sie ihm die Zigarre – »*So* ist's brav« – in den Mund. Wie eine Krankenschwester das Thermometer. Er beugt sich hinunter. Als sein Gesicht dicht vor ihr ist, berührt sie seine Wange. »Sie weinen.« Eine Feststellung. Sie fasst ihn am Kinn und trocknet ihm mit ihrem Taschentuch das Gesicht. »Fertig.« Sanft tätschelt sie seine Wange, lächelt und sagt dann noch, bevor sie geht: »Bei der Kälte kommen mir auch immer die Tränen.«

Olu geht rauchend die Huntington Avenue entlang. Die Straßenlaternen träufeln Gold in die hellen Pfützen. Der Schnee nimmt zu, während Olu heimwärts strebt, nach vorne gebeugt, mit klappernden Zähnen und nackten Armen. Ohne Mantel. Samstägliche Nachtschwärmer kommen vorbei, stolpern und rufen. Die wenigen Autos fahren langsam, keine Bodenhaftung, Angst. Keiner scheint zu merken, dass da jemand die Straße entlanggeht. Bloße Arme, blauer OP-Kittel. Und der Paukenschlag.

Ling schläft mit dem Rücken zur Tür. Er bleibt im Türrahmen stehen und betrachtet sie. Das schräge Licht zerteilt ihren Körper in zwei Teile. Ihre Haare auf dem Kissen ein kleiner Ölteppich. Glatt, schwarz. Das Schlafzimmer ist weiß, ganz weiß, alles weiß. Ling findet es übertrieben, ein kleines Störmanöver würde nichts schaden. Sie hat ihr rotes T-Shirt auf dem Boden liegenlassen, ein Wink. Er hebt es auf, ganz leise, blickt sich um. Dann geht er zu dem Eames-Stuhl (weiß), drückt das T-Shirt an sich, wie ein Kind seine Schmusedecke oder einen Bären, wegen des Geruchs. Chanel No 5, Jergens-Lotion (Kirsche-Mandel). Er will ihren Namen sagen, will ihn hören. Sagt: »L …« Aber stattdessen hört er Fola, ihre Stimme ist ausdruckslos und weit weg, miese Verbindung. »Dein Vater ist tot« und die paar Dinge, die sie sonst noch gesagt hat, die Pause danach, die Stille zwischen gehört und verstanden, vor dem Schmerz.

Er hat ihr alle Fragen gestellt und alle Einzelheiten erfahren – »mit dem Gesicht nach unten«, »im Gras«. »Benson hat ihn gefunden«, »genau so«, »anscheinend ist er nach draußen gegangen und gestürzt und konnte nicht aufstehen«, »um sechs Uhr morgens« –, aber sie hatte keine Antworten. Sie weinte. Er legte den Milchschäumer weg, tropfte Sojamilch auf den Tisch. Schaute sich im Mitarbeiter-Aufenthaltsraum um, der um diese Zeit sehr voll war. Assistenzärzte aus der Notaufnahme, zugekokst, mit Red Bull und Kaffee abgefüllt, die Augen trübe und blutunterlaufen vor Angst und Erschöpfung. Ein paar Tage vor Weihnachten, frühe Morgenstunden, Sonntagmorgen, die Probleme des Samstags wurden bei ihnen an der Tür abgeladen: erbitterte Kneipenschlägereien, Selbstmordversuche, Unfälle vor dem Schneesturm, Unterkühlung bei den Obdachlosen.

Er wollte nicht nach Hause. (Das ist es, was ihm jetzt fehlt, bei seinem zweiten Jahr in der Orthopädie: dass man durch seine Schicht braust, high durch Energy drinks und Tatendrang. Die Orthopädie bedeutet dagegen Intensität nach Termin: gestürzte Opas, gestürzte Footballspieler, verfahrenstechnisch, gut bezahlt. Er hat sich für diese Spezialisierung aus eben diesen Gründen entschieden, die Eingriffe, das Körperliche, die Präzision. Heimweh nach dem Sportplatz. Aber er vermisst die Hektik der Notaufnahme, die Verzweiflung, die Chancen und die lauernde Gegenwart des Todes.)

Fola: »Bist du noch da?«

»Ja.«

»Könntest du bitte deine Geschwister anrufen? Ihnen sagen, dass …«

»Ja.«

»Das macht dir nichts aus? Ist alles okay?«

»Ja.«

»Ich muss mich jetzt erst mal kurz ausruhen. Das war ein langer Vormittag. Ich hab dich lieb, mein Schatz, das weißt du.«

»Ja, ich weiß es.«

Er sitzt in seinem OP-Kittel und mit dem roten T-Shirt in der Dunkelheit. Das Mondlicht lässt auf dem Fußboden und an den Wänden Eis entstehen. Er denkt: Vielleicht hat sie ja recht, vielleicht ist dieses ganze Weiß erdrückend, stumpf; ein Schlafzimmer sollte kein Operationssaal sein. Wenn die Sonne scheint, ist es sehr schön, die harten Winkel werden noch härter, weil das Licht hell mit seinem eigenen Schatten zusammenstößt, was einen unheimlichen Effekt hat, weiß auf weiß, wie ein Echo. Die Sonne starrt auf ihr eigenes Spiegelbild, ihren eigenen Abglanz. Jetzt nicht. Jetzt ist es einsam und kalt in der Dunkelheit, die keine richtige Dunkelheit ist, ein kaltes und dunkles Licht. Während der Schnee draußen vor dem Fenster auf sich selbst fällt, so lautlos wie hoffnungslos, noch mehr Weiß auf Weiß.

Er sieht, wie sich ihre Brust hebt und senkt. Sie bewegt sich im Schlaf, hierhin, dahin, wie sie das immer macht, sie wälzt sich, dreht sich. Er nimmt noch einmal Anlauf, »L…«, aber das »ing« bleibt ihm in der Kehle stecken, vor Scham. Ausgerechnet. Nicht vor Schmerz oder Trauer oder vor Tränen, sondern vor Scham. Er fühlt diese Scham, die sich wie Wärme in seinem Hals ausbreitet und dann weiter hinunter zu seiner Brust, seinem Bauch, bis zur Leistenbeuge, dort macht sie halt, sammelt neue Kräfte und breitet sich aus bis zu den Knien. Ausgerechnet. *Warme Knie*, während er in der Nichtdunkelheit sitzt, Lings T-Shirt an sich gedrückt, an den Mund gepresst, wie ein Taubstummer. Und warum? Warum hat er dieses wachsweiche Gefühl, das ihn so schwach macht, dass er nicht aufstehen und nicht sprechen kann, und das sich jetzt in ein Brennen verwandelt, ein grimmiges, aggressives Brennen, so ätzend, dass er sich zusammenkrümmt und »H –!« ruft?

Das T-Shirt dreht den Ruf um, die rote Baumwollkugel, an seine Lippen gedrückt, erstickt Zorn und Scham. Also geht der Ausbruch nach innen, zurück durch die Kehle in den Bauch, und landet dort mit einem einzigen atemlosen »– au«.

Wie lautet die entscheidende Frage (wie stirbt ein außergewöhnlicher Chirurg einfach so in einem Garten an Herzversagen)? *Wie*, wenn er, Olu, sich schon sein ganzes Leben lang bemüht, so zu sein wie er, und ihm alle Sünden vergeben hat, im Namen der Begabung? Immer schon bewundert er seine Genialität und redet von seinen Fähigkeiten – ein Chirurg, der seinesgleichen sucht, an den man sich bis heute erinnert. »Sai, sagten Sie? Ich kannte mal einen Sai, einen Ghanaer. Ein Künstler am Skalpell. Kennen Sie ihn vielleicht?« »Ja, er ist mein Vater.« »Ihr Vater! Wie geht es ihm? Meine Güte, es ist schon so lange her …« »Ja, sechzehn Jahre.«

Er ist tot.

Tot in einem Garten, Herzstillstand, typische Koronarthrombose, null Problem, schnell handeln, Kweku Sai, verlorener Sohn, verlorenes Genie, ein Phänomen, ein Versager.

Ein Arzt, der versagt hat, als es darum ging, seinen eigenen Tod abzuwenden.

Wie, das ist die Scham, die Olu im Bauch spürt, nach vorn gekrümmt, während Ling sich im Schlaf wegdreht. *Wie* kann er diese Frau aufwecken und ihr sagen, dass der Vater, von dem er ihr erzählt hat, so einen Tod gestorben ist? *Wie*, wenn er ihr doch seit Jahren verspricht, seit vierzehn Jahren jetzt schon, dass er eines Tages mit ihr zusammen seinen Vater besuchen wird, damit sie ihn endlich kennenlernt, sie wird ihn sehr gern haben, das weiß er, ein Arzt, wie sie beide, mit der gleichen Einstellung wie sie, und überhaupt. Ling, die er liebt, seit sie sich berührt haben, als sie sich bei einem Tag der offenen Tür im Asian American Cultural Center in Yale Punsch eingeschenkt haben. (»Ich muss mich entschuldigen«, sagte der Typ, der die Gäste begrüßte, verlegen zu Olu. »Wir dachten, ›Sai‹ ist asiatisch. Aber Sie können gern bleiben.«) Ling griff, ohne hinzusehen, genau im selben Moment nach der Schöpfkelle wie er. Weiche Haut berührte Haut. Ling, die er seither liebt, errötete und runzelte die Stirn und, ohne die Berührung zu unterbrechen: »Du bist nicht asiatisch. Warte. Warum bist du hier? Spielst du Geige? Bist du ein erstklassiger Mathematiker? Oder vielleicht Mitglied einer koreanisch-amerikanischen Sekte?«

Er lachte, berührte sie immer noch. »Klavier. Und Naturwissenschaften. Katholische Kirche, aber der Priester ist aus Laos.«

»Was rede ich nur für einen Quatsch? Ich bin ja bescheuert. *Natürlich* bist du asiatisch.«

»Ich heiße Olu.«

»Ich heiße Ling.«

Und so ging es weiter. Sie machten sich gemeinsam Lernkarten, küssten sich in ihren Schreibtischzellen, aßen Ramen-Nudeln, während sie für den Chemiekurs lernten, dann Harvard, vier Jahre, gemeinsam in Boston (er Orthopädie, sie Geburtshilfe), das »goldene Paar«, überall, wo sie auftauchten. Ling-und-Olu, groß, winzig, typische Gegensätze, ihre Fotos wie Zeitschriften-Werbung für Benetton-Klamotten: Ling-und-Olu in Guam, wo sie Häuser für die Obdachlosen bauen. Ling-und-Olu in Kenia, wo sie Brunnen für die Wasserlosen bauen, Ling-und-Olu in Rio, wo sie Nichtsesshafte impfen, Ling-und-Olu im Pepe's, vergrößert, schwarz-weiß. »Die Liebe seines Lebens«, obwohl er den Ausdruck kitschig findet, »die unabhängige Variable«, schon zutreffender, quer durch Zeit und Raum, immer konstant, seine Vertraute, die Einzige, der er alles sagt.

Aber das nicht.

Wie, als er dasaß und ihren Vater anschaute und aus Verzweiflung und zur Verteidigung seines eigenen Vaters sagte: »Er ist Chirurg, genau wie ich, und der Beste auf seinem Gebiet«, während Ling vom Bad aus zuhörte, an dem Tag, als er um ihre Hand anhielt?

Oktober. Eine kleine Versammlung, schlichtes Glaskasten-Apartment, Dr. Wei auf dem niedrigen Sessel, Ling auf dem Sofa, hielt Olu am Ellbogen fest, Klammergriff, eine Bekanntmachung, die Hand mit dem Ring auf ihrem mechanisch wippenden Knie. Dr. Wei trank mit kleinen Schlucken seinen Tee und musterte Olu ruhig, und Olu erwiderte seinen Blick, so wie er es im Beth Israel gelernt hat (»Sie müssen dem Patienten immer in die Augen sehen«, sagte Dr. Soto. »Gleichgültig, was Sie ihm zu sagen haben. Blicken Sie dem Patienten in die Augen.«). Was Olu zu sagen hatte, war, dass er Ling heiraten wolle, aber der Patient Dr. Wei antwortete nur: »Ah. Verstehe.«

Sie waren sich schon einmal begegnet, bei der Abschlussfeier für die Medizinstudenten, beide hatten sich höflich angelächelt, als würden sie ein Kind anlächeln. Mrs Wei war ebenfalls dabei, gesund, mit Lings älterer Schwester, die sich Lee-Ann nennt, geboren als Lihúa, und deren Mann. Olu brachte Fola mit, um sie endlich mit ihnen bekannt zu machen (die Feier in Yale hatte er verpasst). »Fola Savage. Meine Mutter«, sagte er.

»Mrs Savage. Freut mich, Sie kennenzulernen.« Mrs Wei nickte lächelnd.

»Ganz meinerseits«, sagte Fola. »*Ms* Savage ist korrekt.«

»Ms *Savage*?«, fragte Dr. Wei. »Habe ich Sie richtig verstanden?«

»Ja, leider.« Fola lachte. »Aber was kann man machen?«

Der Ehemann von Lings Schwester – dessen Vornamen Olu sich einfach nicht merken kann, ein typischer englischer Name, Brian oder Tim, Kalifornier, hellbeige Haare, hellbeige Haut, hellbeige Hose – prustete laut los. »Welches Herkunftsland?«, fragte er.

»Das Empire«, antwortete Fola, immer noch schmunzelnd. »Das britische Empire.«

Brian / Tim lachte wieder, Ling und ihre Schwester Lee-Ann lachten ebenfalls. Dr. und Mrs Wei verkrampften sich, Olu ebenfalls. Er schaute hinauf zum Himmel. Anfang Juni. »Ganz schön heiß heute.«

Er hatte Lings Eltern im Lauf der Jahre zweimal getroffen, obwohl sie ihre Tochter in Newton großgezogen hatten, nur ein paar U-Bahn-Stationen entfernt. Dr. Wei wohnte nun in Cambridge, mit Blick auf den Fluss, in einem Wohnhaus, das der Universität gehörte (Ingenieurwissenschaften, MIT). Er war schlank, wie Ling, die gleiche schmale Knochenstruktur, aber weniger fragil, eher stromlinienförmig. Konzentrat. Kompakt. Sechzig Jahre alt, die gleichen glatten schwarzen Haare, mit Silberfäden durchzogen, ziemlich lang, bis zu den Ohren. Randlose Brille. In regelmäßigen Abständen strich er sich mit der Hand über die Haare, auch wenn es gar nicht nötig war, auf der rechten Seite, am Nacken. Eine unaufgeregte Bewegung, so langsam, dass der beiläufige Beobachter gar nicht merkte, dass es eine nervöse Angewohnheit war. In der Freizeit trug er lange Hosen, ein Button-down-Hemd und einen blauen Pullover mit V-Ausschnitt. Und Hausschuhe, registrierte Olu. Olu selbst trug Socken, weil es kaum Hausschuhe gab, weil es kaum Gäste gab seit dem »Verlust«, erklärte Ling. Ein Foto der Verlorenen hing hinter dem schmalen Witwer, das einzige Bild an der einzigen nicht-gläsernen Wand – die anderen drei Wände machten das Wohnzimmer zu einem Aquarium, und der Fluss verstärkte diesen Effekt.

In einer Ecke stand eine riesige chinesische Porzellanvase Wache, in der anderen ein Klavier, genauso aufrecht und streng, zu seinen Füßen gelbe Bände, die Olu sofort erkannte, es waren Noten, *Schirmer's Library of Musical Classics*, gestapelt.

Jingdezhen-Teeservice.

Mozart, leise. *Lacrimosa* aus dem Requiem.

Ling, die seinen Arm umklammerte.

»你要发言«, sagte sie schließlich auf Mandarin.

»Sprich bitte Englisch, meine Liebe. Wir haben einen Gast bei uns.«

»Bei *uns*«, entgegnete Ling, »das heißt für mich Huntington Avenue.«

»Nun ja«, sagte ihr Vater. Mehr nicht.

Olu setzte sich anders hin, wünschte sich, Ling würde ihn loslassen, fühlte sich plötzlich gefangen in ihrem Griff, nicht nur beansprucht. »Ling war dagegen«, bemerkte er höflich. »Aber ich dachte, es ist richtig, dass wir fragen – dass ich frage.«

»Dass Sie ›um die Hand meiner Tochter anhalten‹«, sagte Dr. Wei in Gedanken versunken. »Welche?«

»Welche Tochter?« Olu runzelte die Stirn.

»Welche Hand. Die mit dem Ring sieht aus, als wäre sie schon vergeben …«

»Ich habe gewusst, dass du das sagst. Ich hab's gewusst!« Ling kochte innerlich. »Es ist nicht deine Entscheidung! Ich habe schon ja gesagt. Das habe ich dir erzählt.« Sie drehte sich zu Olu. Ließ ihn los.

Olu, nun nicht mehr in ihrem Klammergriff, spürte, wie sich sein Magen umdrehte. Dr. Wei strich sich über die Haare und sagte: »Nun ja, ich verstehe.« Ling erhob sich abrupt und ging weinend aus dem Zimmer. Ihre schmalen Schultern bebten. Irgendwo knallte eine Tür.

Dann lachte Dr. Wei – ziemlich schockierend, warm, ein kräftiger, tiefer Ton füllte die Leerstelle, die Ling hinterlassen hatte. Er nahm die Brille ab und putzte sie, weil ihm die Tränen kamen. Noch mehr polterndes Gelächter, dann begann er lächelnd zu sprechen. »Ich lache über mich selbst. Ich hab's ja gewusst, dass das kommt. Lings Mutter hat immer gesagt, ihr zwei seid nur Freunde. ›Sie sind nur gute Freunde.‹ Fünfzehn Jahre lang Freunde? Nein, ich habe das nie geglaubt.« Noch ein rumpelndes Lachen. »Man weiß so oft die Wahrheit, ohne sie zu sehen.« Er setzte die Brille wieder auf, musterte Olu ausführlich. Strich sich wieder über die Haare. »Olu – stimmt's?«

»Ja, stimmt.«

»Ich habe mal einen Olu gekannt. Oluwalekun Abayomi.« Er sprach den Namen fehlerfrei aus. »Nigerianer. Wie Sie wahrscheinlich wissen. Der Beste unseres Jahrgangs an der University of Pittsburgh. Mit Abstand. Ich bin kein Rassist. Ganz im Gegenteil.«

»Sir …«

»Bitte.« Er nickte, als würde er sich selbst bestätigen, dass er weiterreden sollte, und schlug die Beine übereinander, legte die Hände übereinander auf die Knie. »Es stimmt – *meinen* Segen haben Sie nicht. Und Sie werden ihn auch nie bekommen. Aber nicht aus den Gründen, die Sie vielleicht vermuten. Bestimmt nicht aus den Gründen, die *sie* vermutet. Ich meine Ling.« Er blickte zum Flur, den sie hinuntergerannt war. Olu setzte sich wieder anders hin, aber um es sich bequemer zu machen, um zuzuhören, eingelullt von dem Rhythmus, dem professoralen Tonfall. Seltsam, wie das funktionierte, selbst jetzt noch, obwohl er bereits Mitte dreißig war. Dieser Automatismus, dass er sich sofort als Student fühlte, sobald irgendwo Lehrkörper-Signale auftauchten. »Als ich in Pittsburgh studiert habe – großartige Stadt –, war ich mit ziemlich vielen Afrikanern befreundet. Mit Männern. Ausschließlich mit Männern, was ja nicht weiter verwunderlich ist. Ingenieurwissenschaften. Kleine Jungs mit ihren Spielsachen.« Trank einen Schluck Tee. »Sie kamen von überall her, manche wohlhabend, manche bitterarm, aber alle hochbegabt, schlicht genial, alle fünf. Die Fleißigsten in unserer Gruppe, das muss ich sagen, und alle verblüffend gut in Mathematik.« Strich sich über die Haare. »Amerikaner bezeichnen Asiaten gern als die ›beispielhafte Minderheit‹. Das war sicher einmal richtig. In der jüngeren Vergangenheit. Aber heute sind es die Afrikaner. Ich sehe das in den Hörsälen. Die Asiaten sind erledigt. Wir sind fett geworden. Nein – lachen Sie nicht. Früher hat man nie übergewichtige Asiaten gesehen, jedenfalls keine jungen. Als wir hierher gekommen sind, als die Mädchen noch klein waren, da gab's das nicht. Aber jetzt sehe ich sie überall, Koreaner, Chinesen, in der Bahn, auf dem Campus. Das ist der Anfang des Endes. Ein fettes asiatisches Kind kann vielleicht beim Rechtschreibwettbewerb gewinnen, aber bei einem Physikwettbewerb? Niemals. Jetzt sind die Afrikaner an der Reihe. Das meine ich ernst. Und Sie lachen.«

Aber Olu konnte nicht anders.

Dr. Wei fing auch wieder an zu lachen, dröhnende Salven, »ich sage das, um zu betonen, dass ich die Kultur bewundere, Ihre Kultur. Vor allem den Respekt vor Bildung. Alle Afrikaner, denen ich im akademischen Kontext begegnet bin, haben Hervorragendes geleistet, ausnahmslos. Ich kenne keinen einzigen faulen afrikanischen Studenten. Auch keinen fetten, nebenbei bemerkt. Und ich bin jetzt vierzig Jahre hier. Ich weiß, es klingt verrückt, und wir lachen beide, aber Sie können mir glauben. Ich unterrichte Studienanfänger. Ich sehe es jeden Tag: Die afrikanischen Immigranten sind die Zukunft der Wissenschaft. Und die Inder.« Er schwieg, um seinen Tee auszutrinken.

Während Olu grinsend auf seinem Stuhl saß. Komisch, ihm gefiel Dr. Weis Art zu reden. Ling hatte ihn immer als arrogant, unnachgiebig und stur verunglimpft, als charmant bis zu einem bestimmten Punkt, aber danach nur noch abweisend. Sie war während des ganzen Studiums in den Ferien nie zu Hause, sondern hatte lieber im Ausland gemeinnützige Arbeit geleistet. Nicht einmal zur Hochzeit ihrer Schwester ging sie, um nur ja nicht ihren Vater sehen zu müssen, und sie ignorierte seine Anrufe, die zweimal im Jahr kamen: einmal am zweiten September, mit einem falsch gesungenen »Happy Birthday«, und dann noch am chinesischen Neujahr mit »Kung Hei

Fat Choy«. Olu wusste, dass es besser war, sie nicht zu bedrängen, und er bedrängte sie nie, fast fünfzehn Jahre lang fragte er sie kein einziges Mal: *Liebling, wollen wir nicht mal nach Newton fahren und sie besuchen? Oder Was hat er dir denn angetan?* Kein einziges Mal machte er diesen Vorschlag. Und Ling ihrerseits fragte nicht, was mit seinem Vater los sei, warum sie nie nach Ghana reisten (sonst waren sie überall), warum er sich erst neulich so gesperrt hatte, als Fola ihnen eine E-Mail geschickt und sie beide für Weihnachten zum Essen eingeladen hatte? Stattdessen hatten sie allein zu Hause herumgesessen, in Allston, New Haven, nur zehn Minuten zu Fuß von der Adresse entfernt, wo Olu früher gewohnt hatte. So viele Fragen und Wunden, unbeantwortet, unbehandelt, einfach nicht angerührt, damit sie austrockneten, in aller Stille und in der Sonne.

Deshalb war Olu jetzt schockiert, dass er hier saß und grinste und sich mit dem Mann, den Ling so hasste, ganz wohl fühlte. Dr. Weis Umgangsformen hatten etwas Nettes, ein pedantischer Mathematiker, der sich bemühte, Freundschaft zu schließen. Er mochte noch so arrogant wirken – dass er sich immer über die Haare strich, verriet ihn: Dr. Wei war gehemmt, unsicher. Warum, blieb unklar. Vielleicht wegen des Akzents, der seine Konsonanten einhüllte und die mühelose Vortragsweise bedrohte, beim »R«. Vielleicht weil er eher fragil gebaut war, was durch Olus breite Brust noch unterstrichen wurde? Vielleicht wegen der tiefen Traurigkeit in seinen Pupillen, die genauso präsent war wie die Lachfältchen um seine glänzenden Augen? Oder aus irgendeinem anderen dunklen Grund. Olu konnte nicht sehen, was es war, aber er spürte, dass dieser Mann durchaus wusste, was Scham bedeutete. Und Olu sagte: »Interessant« oder etwas Ähnliches, als Dr. Wei sich wieder über die Haare strich und weiterredete.

»Wissen Sie, ich habe die Fehlfunktionen in Afrika nie verstanden: die Gier der Herrschenden, Krankheiten, Bürgerkriege. Dass die Leute im einundzwanzigsten Jahrhundert immer noch an Malaria sterben, dass sie sich immer noch zerstückeln und vergewaltigen, Genitalien abschneiden, dass sie kleinen Kindern und Nonnen mit Macheten die Kehle durchschneiden, diese Mädchen im Kongo, die Probleme im Sudan. Als junger Mann in China habe ich angenommen, dass es Unwissenheit ist. Intellektuelle Unfähigkeit, vielleicht auch Minderwertigkeit. Ich brauche nicht zu erwähnen, dass ich mich geirrt habe. Das ist mir ziemlich schnell klar geworden. Kann passieren. Doch die Rückständigkeit hört nicht auf, bis heute nicht, und warum ist das so? Wenn doch afrikanische Männer so gescheit sind, wie wir eben festgestellt haben? Und die Frauen sind genauso gescheit, nicht dass Sie mich falsch verstehen. Ich bin kein Sexist. Aber warum ist dieser

Kontinent immer noch so rückständig, frage ich? Soll ich Ihnen sagen, was ich denke? Es gibt keinen Respekt vor der Familie. Die Väter ehren ihre Kinder und Frauen nicht. Der Olu, den ich kannte, Oluwalekin Abayomi – er hatte zwei uneheliche Kinder und dazu noch drei mit seiner Frau. Ein hochintelligenter Mensch, dem keiner das Wasser reichen konnte, aber ohne moralisches Rückgrat. Deshalb habt ihr Kindersoldaten und Vergewaltigungen. Wie könnt ihr die Tochter oder den Sohn eines anderen Mannes achten, wenn ihr nicht einmal eure eigenen Kinder achtet?«

Olu schwieg, zu bestürzt, um etwas zu sagen.

»Ihr könnt es nicht.« Dr. Wei breitete die Hände aus: QED. »Ihre Mutter zum Beispiel, *Ms* Savage. Nicht ›Mrs‹. Mit einem anderen Nachnamen als Sie. Sai. Stimmt's? Ich nehme an – und es ist nur eine Annahme, das gebe ich zu –, dass Ihr Vater Ihre Mutter verlassen hat und sie die Kinder allein großziehen musste?«

Olu saß wie erstarrt da, zu wütend, um sich zu rühren.

»Genau. Und da haben wir Ihr Vorbild. Ihr Vater. Der Vater ist immer das Vorbild.« Er schwieg. »Jetzt sagen Sie vielleicht: ›Nein, nein, ich bin nicht wie mein Vater …‹«

»Nein«, murmelte Olu.

»Und das ist es, was Sie *denken*, aber …«

»Ich bin genau wie mein Vater. Ich bin *stolz* darauf, dass ich so bin wie er.« Fast nur ein Flüstern war es, was da durch Olus zusammengebissene Zähne drang. Dr. Wei, den das unvorbereitet traf, legte den Kopf schräg, musterte Olu – der seinen Blick unbeirrt erwiderte, mit zitternden Händen, mit zitternder Brust. Olu sagte: »Er ist Chirurg, genau wie ich, und der Beste auf seinem Gebiet«, und dann der Rest als leiser, brodelnder Wolkenbruch: »Das Problem ist nicht, dass Ling einen Afrikaner heiraten will. Es ist nicht, dass sie *mich* heiratet. Das wird sie sowieso tun. Nein, das Problem sind *Sie*, Dr. Wei. *Ihr* Vorbild. Sie sind das Vorbild für das, was sie nicht wollen, was sie beide nicht wollen, Ling und Lee-Ann. Und warum ist das so? Warum gibt es keine Fotos von den beiden in Ihrer Wohnung? Wie war das gleich – ›der Vater ist immer das Vorbild‹? Ihre Töchter wollen beide etwas anderes.«

Ling kam herein, im Mantel, Olus Mantel über dem Arm.

»Aaaaaaa-men.« *Lacrimosa*, der Höhepunkt.

Dr. Wei räusperte sich, doch bevor er etwas sagen konnte, packte Ling Olu und ging. Zur Tür hinaus, einfach so.

Dann gemeinsames Gelächter, eine Flöte und ein Cello, die Autofenster offen für Vogelgezwitscher und eine frische Brise.

»Du hast alles mitgekriegt?«

»Ich habe vom Badezimmer aus zugehört. Ich habe die Ohren gespitzt. Ich liebe dich so.« Sie weinte. »Komm – wir heiraten. Heute Abend noch. In Las Vegas.«

»Jetzt gleich?«

»Es sind vierzehn Jahre, verdammt nochmal – warum nicht? Waren wir schon mal in Nevada? Moment – wo ist noch mal der Grand Canyon?«

»In Arizona.«

»Fahr zum Logan Airport«, sagte sie, und er tat es.

Dann die Little White Wedding Chapel, sechs Stunden später.

Ling-und-Olu in Vegas.

Ausgerechnet.

Jetzt wacht sie auf von ihrem Herumwälzen. »Hey«, murmelt sie schläfrig und reibt sich die Augen. Sie sieht ihn in seinem OP-Kittel auf dem Stuhl sitzen und nimmt an, dass er sich die Schuhe auszieht. Oder anzieht. »Kommst du oder gehst du?«

Ertappt. »Ich gehe«, lügt er. Verschämt legt er das T-Shirt weg und steht auf. Er geht zum Bett und küsst sie sanft. Sagt: »Schlaf weiter«, und das tut sie.

Er geht ins Bad und schließt die Tür. Setzt sich auf den Klositz, angespannt, weil er gelogen hat. Der Spiegel zeigt ihm ein schutzloses, aschfahles Gesicht, die Augen gerötet, und aus der kleinen Tasche in seinem Kittel schaut ein Telefon heraus. Er nimmt es und wählt eine Nummer.

Drei

Und was trieb sie diesmal aus dem Bett zum Schrank, zum Mantel und zu dem kurzen Kleid, hinaus auf die Straße, ins Grau des bald kommenden Schnees, zum Taxi, zum Village und (zurück) in sein Bett?

Was war es diesmal? Schlaflosigkeit? Ein Albtraum?

Es war schon Mitternacht, als sie von uptown aufbrach. Nur der Mann und sein Mops, die eilig nach Hause strebten, sahen sie und drehten sich nach ihr um, als sie in ihrem kurzen Pelzmantel vorbeilief. (Sie tut das, was sie immer tut, seit *alles anders* ist, sie sieht diese kleinen Szenen, es ist ein Film, den sie im Kopf dreht: Hauptperson kommt ins Bild, nervös, blickt nach rechts, blickt nach links, sieht das Taxi, springt hinein und rast davon in die Nacht.) Nur dass das Taxi nicht raste. Es fuhr langsam durch den Samstagsverkehr, die Straßen New Yorks verstopft mit Leuten, die nach Liebe suchten, fuhr zu dem alten, vornehmen Haus ihres alten, vornehmen Liebhabers. Dort stieg sie aus, blieb stehen und schaute in den Schnee. Abwärts tanzten die Flocken durch Dunkelheit und Stille, durch das goldgelbe Licht der Straßenlaternen, hinunter auf den Boden, wo manche Flocken liegenblieben und manche schmolzen, eigentlich komisch, dass etwas so Weiches bleiben konnte, dauern konnte. Und, während sie da stand, schaute sie die kurze Straße hinunter zu den Fenstern – manche schwarz und manche golden, nach Mitternacht, downtown –, so wie sie das als Kind immer getan hatte, die Hände ans kalte Glas hinten gedrückt, wenn sie mit dem Volvo nach Hause fuhren. Diese Häuser hatten so grandios, so imposant gewirkt, sie lagen ein Stück von der Straße zurück, auf einem kleinen Anstieg oder mit einem großen Tor, Brookline-Backstein mit schwarzen Fensterläden oder im Tudor-Stil mit Türmchen, mindestens zehn Schlafzimmer, während sie nur fünf hatten. Aber es lag nicht an der Größe, dass sie stumm wurde vor Staunen. Was sie verzauberte, waren die vielen warmen Fenster. Das Leuchten. Die vielen warmen, wohlhabenden Menschen da drinnen, deren Esszimmer mit Kronleuchtern golden erhellt waren und deren Schlafzimmer sich bernsteinfarben vom Dunkel absetzten, vom Draußen. Denn obwohl sie ja auch dort wohnten – *ihre* Familie, in Brookline, keine fünf oder zehn Minuten entfernt von dem Viertel, durch das sie jetzt fuhr –, hatte sie selbst kein einziges Mal das empfunden, was sie in diesen Fenstern sah: dieses warm leuchtende Gefühl von Zuhause.

Selbst am Anfang, bevor alles aus den Fugen geriet (als Kehinde vom Auto ins Haus kam, ohne einen Ton von sich zu geben, die Treppe hinauf, den Gang entlang, in ihr Zimmer, von dem aus sie alles beobachtet hatte, wo sie am Fenster auf ihn wartete, und er setzte sich hin und weinte), selbst da herrschte zu Hause eine Atmosphäre permanenter Anstrengung, es war ein energischer Aufwärtstrend, es wurde etwas gebaut: *Eine erfolgreiche Familie.* An diesem Projekt waren sie alle sechs beteiligt, sie strebten ein gemeinsames Ziel an, das sie allerdings noch nicht erreicht hatten. Sie waren noch nicht fertig, waren noch bei der Probe, eine Produktion im Entstehen, jeder spielte seine Rolle mit demonstrativer Souveränität, und der Stress war für alle immer gegenwärtig, als eine Art leiser Dauerton im Hintergrund. Ein Summen.

Da war »er«, der sich Tag für Tag größte Mühe gab, den Ernährer darzustellen. Und Folas Starrolle als die Vorstadt-Ehefrau, und Olu als der perfektpenible Lieblingssohn, der Erstgeborene, und dann der Künstler (begabt, ungeschickt) sowie das Baby. Und sie selbst. Fest entschlossen, eine makellose Darstellung abzuliefern und unter donnerndem Applaus von der Bühne zu schweben. Bezaubernde

Tochter von Siegern, Beste in der Grundschule, die strahlendste Schülerin auf dem Klassenfoto mit lauter strahlenden Augen. Niemand zwang sie dazu. Er nicht und Fola erst recht nicht. Niemand gab für dieses gemeinsame Streben nach dem einen Ziel die Route vor – waren sie etwa schon angekommen? Hatten sie es geschafft? Waren sie bereits eine erfolgreiche Familie –, aber Taiwo wusste, dass sie weitermachen, sich weiterhin anstrengen musste, sie merkte es an dem Summen.

Die Familien in den Fenstern aber waren längst erfolgreiche Familien, den Hauptteil hatten sie schon vor Generationen erledigt, sie bauten nichts auf, bemühten sich nicht, mussten sich nicht anstrengen: Das Ziel war erreicht. Sie konnten sich entspannen, sich ausruhen. Abends sah Taiwo diese Leute in ihren Fenstern, fertig, bei ihnen herrschte Stille, es gab kein Summen, nur friedliches Familienleben, in Ölfarbe über den Kaminen festgehalten, die Füße auf einem Kissen, zur Ruhe gekommen und zu Hause.

Aber was konnte sie antworten, wenn Fola sie fragte, Fola, die immer gleich loslachte, immer belustigt: »Warum starrst du immer so nach hinten, mein Schatz?«

»Die Häuser.«

»Die Häuser? Aber du hast doch ein eigenes Haus.«

Aber kein Zuhause, das war der Unterschied, den

213

sie schon damals sah, der ins Auto hineinlugte, von draußen, während sie vorbeifuhren – und den sie jetzt wieder sah, während sie auf dem Gehweg stand. Und sich eine Zigarette anzündete. Das Klischee. *Aber kein Zuhause.*

»Bist du das?«

Er hatte die Tür oben an der Treppe einen Spaltbreit geöffnet, um auf den Gehweg hinuntersehen zu können. Zuerst drehte sie sich nicht um, sondern schaute seine Straße hinunter, zu den erhellten Fenstern seiner Nachbarn, und dachte gleichzeitig daran, wie sie für ihn aussah. Kurzer weißer Pelzmantel. »Um Himmels willen, es ist eiskalt da draußen. Wohin schaust du?« Er folgte ihrem Blick die Straße entlang. Jetzt erst drehte sie sich um.

Und da stand er, liebenswert und zuverlässig und etwas zerzaust, in Jogginghosen und Pullover, dazu ein unpassender Schal.

»Ich bin's«, sagte sie und blies einen Rauchschnörkel in die Luft. »Hast du mich vermisst?«

Mit einem Stöhnen: »Komm her.«

Und sie ging zu ihm.

Was war es diesmal, was sie, um Mitternacht, kurz vor dem Einschlafen, antrieb, aufzustehen, sich anzuziehen und zu gehen? Wenn sie doch genau *weiß* – das denkt sie jetzt –, dass das bedeutet, wieder da anzufangen, wo sie aufgehört haben?

Sie sitzt im Taxi, den Kopf ans Fenster gelehnt, (ihr Mantel ist ziemlich plattgedrückt, weil er stundenlang auf dem Fußboden lag) sie schaut hinaus auf den Hudson, New Jersey, hell erleuchtet. Sie fühlt sich benommen, leer, eine komische Art von Ruhe. Und erinnert sich jetzt: Mitternacht, allein in ihrem Zimmer, nachdem sie früh schlafen gegangen ist, das seltene freie Wochenende, und sie schreckt hoch im Bett, in der Dunkelheit, bekommt kaum Luft und weint los, ohne jeden Grund.

Sie hat es vergessen.

Es ging so schnell – der Moment des Erwachens, die Tränen, die ohne Grund kamen und dann wieder aufhörten –, dass sie sich nicht daran erinnern konnte, was sie aufgeweckt hat, schon zwei Minuten später wusste sie es nicht mehr und jetzt immer noch nicht. Es war nicht die Schlaflosigkeit, ihre lebenslange Begleiterin, nicht diese »Leeregefühle«, wie Dr. Hass es ausdrückt (falsche Bezeichnung, sagt Taiwo: Es gibt nur *ein* Gefühl, nur eine Art, leer zu *sein*, nur eine Art, es zu fühlen). Es war etwas komplett anderes, was sie gefühlt hat, bevor sie gegangen ist, und sie erinnert sich (zu spät), als sie sich auf den Heimweg macht, an diese vergessenen paar Sekunden mit dem bizarren Schmerz, unvorstellbar heftig, ein Kraftfeld der Qual. Ja. Das hat sie aufgeweckt. Ein Kraftfeld des Leids. Aber was kann sie zu Dr. Hass sagen, die bestimmt seufzen wird: »Dann haben wir ihn also wiedergesehen …« Montagmorgen, Central Park West, die Bäume draußen vor dem Fenster schneebedeckt, kahle braune Zweige wie Beine mit einem kurzen weißen Pelzmantel, dazu die zeremonielle Geste, welche den Seufzer begleitet: die Brille hochschieben (die vielleicht gar keine echte Brille ist, denkt Taiwo, eine Designerbrille, ein Therapeutenrequisit), von der Nase auf den Kopf. »Hat er Sie angerufen?«

»Nein.«

»Aber Sie waren bei ihm.«

»Ja.«

»Sie haben ihn angerufen.«

»Ich habe ihn nicht angerufen. Ich bin einfach hingefahren.«

Wieder ein Seufzer. Wildes Gekritzel. »Und die Nacht mit ihm verbracht.«

»Den frühen Morgen.«

»Fangen wir mit unserer Entscheidung an. Wissen wir, warum wir hingefahren sind?«

Was kann sie darauf antworten? Warum waren »wir« bei ihm? *Wir hatten das Gefühl, dass unser ganzes Wesen aus uns herausströmt wie Atemluft, und uns überkam das Verlangen, zu berühren und berührt zu werden, irgendwie Kontakt herzustellen.*

Wir haben unseren Vater vermisst.

»Was haben Sie gesagt?«

Der Taxifahrer mustert Taiwo im Rückspiegel, sie fühlt sich ertappt, setzt sich anders hin, nimmt den Kopf von der Fensterscheibe. »Wie bitte?«

»Sie haben etwas gesagt.« Der Fahrer ist Ghanaer. Das hört sie an seinem Akzent. »›Ich habe meinen Vater vermisst‹, haben Sie gesagt.«

»Echt wahr?« Taiwo wird verlegen. Der Fahrer nickt, lächelt. Ihre Blicke begegnen sich im Spiegel, und sie sieht, wie er reagiert. Er schaut schnell weg, dann schaut er ihr wieder in die Augen, wie jemand, der dabei erwischt wird, dass er etwas macht, was er nicht machen dürfte was er aber auch nicht sein lassen kann.

»W-wo kommen Sie her?«, stammelt er peinlich berührt. »Was sind Sie?« Aber er meint, was sie alle meinen: Was hast du für Augen?

»Ich weiß es nicht.«

»Sie klingen britisch.«

»Ich habe in England studiert.«

»Ich – ich bin aus …«

»Aus Ghana. Ich weiß. Ich habe es gemerkt.«

»*Ey!* Woran haben Sie es gemerkt?«

»Meine Mutter ist Nigerianerin.«

»*Bella naija!*« Er strahlt. »Und diesen Vater haben Sie vermisst?«

»Habe ich das wirklich gesagt?«

»Sie müssen laut gedacht haben.«

»Habe ich das gedacht?« Sie lächelt. Ihr Black-Berry klingelt.

»Das ist Ihr Vater!« Jetzt lacht er und schaut wieder über den Spiegel nach hinten.

Sie tastet nach dem Telefon in der Tasche bei ihren Füßen. Findet es. »Das ist mein Bruder.« Sie runzelt die Stirn, legt das Telefon weg, lehnt sich zurück und schweigt. Das Radio spielt leise Wagadu-Gu, »Sweet Mother«, den munteren Afro-Pop-Hit aus Sierra Leone. Der Fahrer grinst nicht mehr, konzentriert sich wieder ganz auf die Straße. Wie das bei Taxifahrern üblich ist, weiß er genau, wann er aufhören muss, wann der Moment vorbei ist, wie man eine Szene beendet: den Blick stur auf die Straße richten, das Radio lauter stellen.

Taiwo lehnt den Kopf wieder an die Scheibe, aus alter Gewohnheit, das Telefon zwischen den Fingern, »O. Sai« auf dem Display. Sie ist froh, dass sie ihn verpasst hat, sie denkt (den Panzer anlegend), dass sie um diese Nachtzeit keine Moralpredigt brauchen kann. Olus fünfminütige Vorträge über die Familienehre der Sais, über »Was andere von ihnen denken« müssen, *oh, die Scham.*

Nein.

Was weiß er schon von Scham, Olu, der Perfekte, genauso adrett und angespannt wie der andere früher, mit seinem feinen kleinen Leben im kalten Boston, mit seiner Freundin und ihrem kalt weißen

Apartment, weißes Lächeln an der Wand, *Ling-und-Olu tun Gutes bei warmem Wetter*, zwei Roboter, Titel hamsternde, Stipendien gewinnende, Gutes tuende Androide, ein Beispiel an Perfektion, Neue-Immigranten-Perfektion, belohnte Feigheit, denkt sie (den Bogen gespannt, eine alte Angewohnheit ist das, eine schlechte. Sie greift ihre Angreifer an sowie jeden, bei dem sie vermutet, dass er einen Angriff plant, richtig oder falsch, sie registriert sämtliche Schwächen ihrer Gegner und bringt sie so in Misskredit). *Er* hat doch keine Ahnung!

Ja.

Wenn jemand auf diesem Karussell geblieben ist, Goldringe gesammelt hat, im Sitzen, lächelnd und in Sicherheit, dauernd nur im Kreis, wenn jemand die gleichen vier Jahre immer wieder lebt, Milton, Yale, Medizin, ein Leben auf Programmwiederholung – 1) bewirb dich dafür, bei einer Elite-Einrichtung angenommen zu werden 2) werde angenommen 3) arbeite hart 4) mach deine Sache gut und fang dann wieder bei 1) an, vier Jahre später – dann, *ja*, dann kann derjenige vielleicht einen Vortrag über »Scham« halten. Kann sie vielleicht als »Versagerin« bezeichnen, weil sie das Jurastudium geschmissen hat, kann sie als »rücksichtslos« beschimpfen, eine »Enttäuschung für Mom«, das endgültige Aus der Produktion, *Erfolgreiche Familie* in Trümmern, Vorhang zu, das Theater für immer geschlossen. Aber wie? Wie kann *er* wissen, was das ist, wenn man angestarrt wird und über einen geredet wird, oder schlimmer: was das ist, wenn das alles einem eigentlich egal ist und man sich ergibt? Er, der keine Ahnung hat von hitzigen Dingen, von falschen Dingen, keine Ahnung von Verlust, Versagen, Leidenschaft, Begehren, Schmerz und Liebe? Wenn sie es nicht weiß, es keinem erklären kann, Dr. Hass nicht und auch nicht sich selbst, wenn doch sie selbst nicht weiß, wo er herkommt, dieser unbändig gefräßige Wunsch, verschluckt zu werden, verdaut zu werden, durch einen Körper hindurch zu gehen, nur um sich dann wieder zum Mund des Biests zu schleppen?

Olu kann es nicht wissen.

Also liegt er da, stumm, von Pfeilspitzen durchbohrt, der perfekt-penible Lieblingssohn, der Erstgeborene, niedergestreckt, während sie den Kopf an die Rückenlehne legt, gerettet und erschöpft, weil es so anstrengend ist, den Bruder abzuwehren.

Es bringt ihr keinen Trost, dass sie Olu erledigt hat. Im Gegenteil – als sie näher hinschaut, sieht sie ihr eigenes Gesicht, nicht Olus Gesicht, ihren Körper, nicht seinen, wie er durchbohrt von spitzen Pfeilen im Schnee verblutet.

»Nein?«, sagt der Fahrer.

»Wie bitte?«, sagt Taiwo.

Der Fahrer macht ein besorgtes Gesicht. »Sie haben gerade ›Nein‹ gesagt.«

»Ich meinte, nein, nehmen Sie nicht die 96th Street«, lügt Taiwo schnell, verärgert über ihre neue Angewohnheit, laut zu denken. »Wenn Sie bei der 125th Street rausfahren, geht es schneller. Einfach nur hoch bis Amsterdam Avenue, dann rechts, und wir sind da.«

»Wird gemacht«, sagt der Fahrer. Er wirft einen Blick auf Taiwo.

Sie starrt aus dem Fenster, auf das Blut im Schnee.

Und wie war *das* passiert?

Der Tod der beliebten Tochter. Die klügste Schülerin, die sich nie umschaute, sondern die Hälfte ihres Lebens mit der Nase in einem Buch verbrachte, die lateinische Stammformen lernte und die richtigen Antworten ausspuckte. Allein. Sie hat sich nie einem Mann nahe gefühlt, nicht mehr seit Kehinde. Ihre Bemühungen, Freundschaften zu schließen und zu pflegen, führen zu nichts. Immer steht das Thema Schönheit im Weg, als Neid bei den Frauen, als Begehren bei den Männern (letzten Endes kein Unterschied, Begehren und Neid, gemeinsamer Ursprung, Blüte und Blatt derselben verdrehten Wurzel). Trotzdem, als die Presse davon erfuhr, klang alles ganz natürlich, eine Geschichte so alt wie die Menschheit: Schönheit, Macht und Sex, der Dekan der juristischen Fakultät bei einem Liebes-Stelldichein mit einer Redakteurin der *Law Review*. DIE SCHÖNE

UND DER DEKAN! auf *Seite sechs* und so weiter. Und so war es ja auch, in gewisser Weise. Es *war* natürlich, dass es passierte: Ein Mädchen in einer Stadt, die alle Blonden anbetet, findet einen Jungen (zweiundfünfzig, früher blond, jetzt silber-und-gold) in einer Stadt, die die Jugend anbetet. Das sagten die Medien nicht. Sie sagten, dass Dekan Rudd, geboren Rudinsky, genialer Beschaffer von Finanzmitteln, ein charmanter Anwalt, der Wissenschaftler wurde, mit einer Frau aus altem Geldadel (die bekannte *New York Times*-Gastrokritikerin Lexi Choate-Rudd), ehemaliger Marshall-Stipendiat, White House Fellow, Assistent bei Carter, Spezialassistent bei Clinton, der Kronprinz der Begabten – dass dieser Dekan Rudd endgültig seinen Heiligenschein als Golden Boy verloren habe und augenblicklich zurückgetreten sei, in die Innenstadt gezogen.

Vorhang zu.

Dr. Hass, die Psychotherapeutin, die von der Universität angestellt war, um überehrgeizige Exjugendliche am Abend vor der Prüfung zu beruhigen, fand es ebenfalls natürlich und gleichzeitig wesentlich spannender als die üblichen Ess- und Angststörungen. Das ist der Grund, oder jedenfalls vermutet Taiwo dies schon seit einiger Zeit, weshalb Dr. Hass darauf bestand, kostenlos weiterzumachen, als der Skandal bekannt geworden war und Taiwo die Uni verließ und ihre Krankenversicherung als Columbia-

Studentin abrupt aufgelöst wurde. Und sie macht immer noch weiter, obwohl es inzwischen schon anderthalb Jahre sind, sie beharrt darauf, dass sie die Therapie sinnvoll abschließen sollten, »die Arbeit zu Ende bringen«. Mit nur dürftig verschleierten Anspielungen auf die Problematik »Hinschmeißen und Aufgeben«. Ein tapferes Exemplar dafür, wie man beides nicht tut, ist sie selbst, diese Clara Hass, mit extremem Kurzhaarschnitt und Schildpattbrille und mit der Stimme eines DJs in einer Softrock Show im Nachtprogramm. Sonstige Themen: »Verlangen nach dem Vater«, »Elektra-Komplex«, absolut natürlich.

Aber kein Wort über die Natur.

Als könnte man, in Anbetracht der Alters- und ethnischen Unterschiede, alles mit Soziologie und Psychologie erklären, aber nicht durch Biologie. Nicht durch die Natur. Die Grundelemente der Natur, die sinnlose Niedertracht der Natur, die sogenannte unmittelbare Anziehung, Begehren, instinktive Reaktion, etwas, was einfach manchmal zwischen Menschen passiert, wie zwischen Tieren, die sich über den Weg laufen, im Wald (oder im Dschungel): Das eine Tier sieht das andere oder nimmt seinen Geruch auf und fühlt sich angezogen wie ein Magnet, will es bespringen, sich paaren. Die Medien gingen darauf nicht ein. Dr. Hass glaubt nicht daran. Dass Taiwo, die sonst nie etwas mit älteren Männern hatte, einfach einen Raum betrat und diesen älteren Mann sah, diesen Dekan Rudd, und dass er sie sah und es einfach begann.

»Dekan Rudd, hier ist Taiwo.«

Die Assistentin, Marissa.

Das Vorstellungsgespräch. März. Der Winter geht zu Ende, die Bäume draußen auf dem zentralen Innenhof treiben kleine rosarote Knospen, obwohl der schneidende, heulende Wind laut protestiert. Weibliche Hauptperson kommt ins Bild, bleibt an der Tür abrupt stehen, am Rand eines Teppichs, senffarben mit Ranken – so völlig anders damals, jünger, entschlossen, gläubig, wieder in New York nach drei Jahren Oxford, der Gott der Bestätigung immer noch ihr ständiger Begleiter – und da steht sie auf der Schwelle, blickt in den Raum.

So etwa.

In einem blauen Samt-Blazer und Kleid beziehungsweise Dashiki, die ironische Wirkung, halb Mir-doch-egal, ein Viertel Yoruba-Priesterin, ein Viertel braves britisches Schulmädchen, ihre hochgekämmten Locken, die in kleinen Kringeln heruntertropfen, Highheels. Dieses Gefühl von Eroberungslust, das sie immer noch manchmal überkommt, wenn sie Räume betritt, in denen sie punkten muss, in denen Männer angelächelt und Frauen beeindruckt werden müssen, Beute und Jäger zugleich,

Vorderbeine und Unterkiefer vorgestreckt. Bleibt also abrupt stehen, genau wie Marissa, beide gepackt von der plötzlichen Spannung, vom Gesichtsausdruck der männlichen Hauptperson, von der Art, wie er sie einfach nur anstarrt.

Er hörte nicht auf zu starren. Marissa wurde rot, sie verstand genau, was diese Reaktion bedeutete. »Tja, dann lasse ich Sie beide mal allein«, sagte sie ohne jede Ironie.

Jemand dabei ertappt, wie er etwas macht, was er sein lassen sollte. Was er aber nicht schafft. »M-Miss Sai«, sagte er mit einem Hüsteln. »Kommen Sie rein, bitte, entschuldigen Sie.« Er räusperte sich zweimal, »Marissa, danke schön.«

Marissa ging.

Taiwo trat ein.

Überquerte langsam den Teppich zwischen der Tür und dem roten Ledersessel gegenüber von seinem Schreibtisch. Abgestoßen und angezogen, beide, wie von einem Sog mitgerissen, sich dem Sog widersetzend, aufgelöst durch seinen Blick, azurblau im Schatten tintenschwarzer Wimpern, ein durchsichtiges Starren, das durchschaut. Durchschaut nimmt sie Platz.

»Freut mich, Sie kennenzulernen«, sagte er und setzte sich ebenfalls hin. Sie gaben sich nicht die Hand, als wüssten sie: *noch nicht.* »Ich hatte gehofft, Sie persönlich zu treffen. Nachdem ich Ihren Essay

225

gelesen habe.« Er hielt ihre Akte hoch. »Ich kann mich nicht erinnern, wann ich das letzte Mal so etwas gelesen habe.« Er schüttelte den Kopf, lachte. »Sie schreiben viel zu gut für eine Juristin.«

Sie wusste nicht, wohin sie schauen sollte – seine Augen, sein Lächeln, seine Finger auf den Unterlagen, das Licht in seinen Haaren, wodurch das Silbergold zu glitzern begann –, also schaute sie auf ihre Hände. Und sagte: »Ich danke Ihnen.«

»Aber ich bitte Sie: Ich danke *Ihnen*.« Wie er lachte. »Das Einzige, was ich Sie fragen will, ist, ob Sie sich sicher sind, dass Sie Jura studieren möchten. Ich meine nicht das Studium an der Columbia – wir würden uns geehrt fühlen, wenn Sie zu uns kommen. Ich meine Jura im Allgemeinen. Ich weiß, was Sie geschrieben haben. Über die Entscheidung Ihrer Mutter, das Jurastudium aufzugeben, alles für ihre Kinder zu opfern.«

»So schlimm war es nicht. Habe ich das geschrieben?«

»In phantastischer Prosa, ja, das haben Sie geschrieben, Taiwo Sai.« Das Licht vom Fenster hinter ihm zwischen ihnen. »Darf ich fragen, woher er kommt, Ihr Nachname?«

»Dürfen Sie.« Das Licht in ihren Augen, in seinem Lachen. »Aus Ghana.«

»Ihre Eltern sind aus Ghana?«

»Mein Vater war aus Ghana, ja.«

»Das tut mir leid«, sagte er, weil er das »war« als »tot« deutete. »Und Ihre Mutter?«

»Ihr tut es weniger leid als Ihnen, glaube ich.«

Und da begann es. Aus dem Nichts: diese Leichtigkeit und dieses Geplänkel, als wären sie gleichaltrig, Freunde seit Jahren, und jetzt mehr – wie sie lachten und dann aufhörten, noch ein halbes Lächeln auf den Lippen vom Lachen, wie sie dann beide rot wurden und es wussten. Sie unterhielten sich höflich eine Stunde lang, pro forma (das Übliche, ihre unübliche Vergangenheit, der Zwillingsbruder, Maler in London, wie spannend, das Rhodes-Stipendium, wie großartig, Lateinisch und Griechisch), sie spann ihre Geschichte leicht und locker, wie immer, eine gut erzählte Geschichte über eine andere Person, ohne Einzelheiten, ohne Leidenschaft, »Ich habe dies gemacht«, »Ich habe jenes gemacht«, mit viel Flair, aber ohne Gefühl, keine Wahrheit jenseits der Fakten – und er hörte konzentriert zu, die azurblauen Augen brennend von dem Wissen, dass hier nichts enthüllt wurde, dass die Fakten eine Schicht waren, unter der sich die Wahrheit versteckte, die bloße Haut, welche zu einem anderen Zeitpunkt das Thema sein würde.

Zu einem anderen Zeitpunkt.

Regen. November. In der Barrow Street.

Beide verlegen, was ziemlich verblüffend war,

wenn man bedachte, dass der Dekan und die Studentin bisher nichts getan hatten, außer dass sie rot geworden waren und wussten, dass es passieren würde.

Sie kamen von einer Veranstaltung in seinem Townhouse in der Park Avenue, zu der er sie und drei andere Studenten eingeladen hatte, Studenten, die sich schon Anfang November im ersten Jahr ihres Jurastudiums besonders hervorgetan hatten, sie sollten den Alumni erklären, warum sie sich für diese Universität entschieden hatten. Danach lud er die Gruppe zum Essen ins Indochine ein, alle fünf in eine Nische gequetscht, und die drei anderen plapperten eifrig und hochbegabt. Sehr zufrieden mit ihren Frühlingsrollen und ihren Litschi-Martinis. Taiwo saß dicht neben ihm, beobachtete, wie er seinen Charme spielen ließ, mit seinem Arm auf der Lehne hinter ihr. Eau de Cologne. Es war nicht so, dass sie ihn körperlich besonders anziehend fand – obwohl er das durchaus war, für seine Gewichtsklasse, um es einmal so auszudrücken. Die schlanke Erscheinung eines Läufers in den mittleren Jahren, die ganze Spannung im Rhythmus seiner Arme und Beine, weniger im Brustkorb, nicht besonders groß, einsachtzig ungefähr, eine sehr gute Figur für einen sehr guten Anzug. Eine Nase, die sich leicht hinunterneigte zum Mund, eine Hakennase, spitzes Kinn, herzförmiger Mund, schmale Wangenknochen. Sie fand ihn eher magnetisch. Ein Mann mit Präsenz.

Wenn er in der Greene Hall vorbeikam, spürte sie seine Gegenwart durch die Bewegung in der Luft. Ein ziehendes Gefühl. In den Augen. Und schon drehte sie sich um. »Miss Sai«, sagte er dann und lächelte.

Nach dem Essen wollten die anderen noch durch die Clubs ziehen, aber weil gerade der kalte Regen einsetzte, entschuldigte sich Taiwo: »Ich bin zu müde, vielleicht nächstes Mal.« Und er sagte leise: »Erlauben Sie mir wenigstens, Ihnen ein Taxi zu rufen.« Aber kein Taxi weit und breit. Sie gingen ein Stück zu Fuß, kamen sich immer näher, wie zwei Menschen dies tun, wenn es anfängt zu regnen und sie teils nach einem Taxi Ausschau halten, teils nach Ausreden suchen. Lafayette Street entlang, zum Washington Square Park.

»Hier habe ich gewohnt«, sagte sie, als sie an Hayden Hall vorbeigingen.

»Ich auch.«

Taiwo protestierte. »Sie waren doch nie auf der NYU. Erst Yale, dann Yale Law School, dann das Marshall-Stipendium, dann das Weiße Haus.«

»Alles aus Wikipedia?«

»Von Ihrer Einführung heute Abend.«

»Stimmt.« Er wurde verlegen. »Ich bin im Village aufgewachsen. Als es noch wirklich das Village war, jüdisch und schwarz.« Er griff nach ihrer Hand, weniger ein Annäherungsversuch als ein Zeichen. Ohne hinzuschauen.

»Die Band ist wieder vereint«, lachte sie. Sie hielt ihre ineinander verschränkten Hände hoch, und ließ ihn dann los. Der Regen wurde stärker. »Vom Village zur Upper East Side, *non è male.*«

»Meine Schwiegereltern haben uns nach der Uni das Haus geschenkt. Zur Hochzeit.« Er lachte leise. »Ich hasse es.«

»Ihr Haus?«

»Na ja, eigentlich ist es ja das Haus meiner Frau. Mein Haus ist immer noch hier. Eine kleine Wohnung, zwei Schlafzimmer, in der Barrow Street. Meine Mutter hat es nie verkauft. Die totale Kifferin, die keinen Job länger als drei oder vier Monate hat, sie hat in Diners bedient, aber irgendwie konnte sie die Wohnung kaufen, Gott segne sie. Hat ihr eigenes Gras angebaut, das sie dann dreimal am Tag geraucht hat. Es war ruhig in dem Haus. Da drüben habe ich zum ersten Mal ein Mädchen geküsst.« Er deutete auf eine Bank. »Lena Freeman.«

»Ein nettes jüdisches Mädchen?«

»Sie war in der Black Panther Party. Wir haben uns bei einer Demonstration getroffen, da drüben beim Brunnen.«

»Das erste Mädchen, das Sie geküsst haben, war schwarz?«

»Eine Frau. Achtundzwanzig.«

»Und wie alt waren Sie?«

»Sechzehn.«

»Gelogen.«

»Doch, ich war sechzehn und habe so getan, als würde ich an der Columbia Jura studieren.«

»Inzwischen hat sich einiges verändert.« Sie schlug spielerisch mit der Hand auf seinen Arm. »Sie müssten längst im Bett sein, stimmt's – da wir gerade von Zuhause sprechen.«

Er lachte wieder. »Ja, stimmt. Lexi ist in Napa. Ich rufe Ihnen am besten ein Telefontaxi. Gehen wir rein.«

Woraufhin sie die kurze Strecke zur Barrow Street rannten, drei Stockwerke hoch, hinauf in die Stille und die Dunkelheit, wo sie, beim Tasten nach dem Lichtschalter und dem Abschütteln des Jacketts, gegeneinander stießen, Brust an Brust.

Und schon küssten sie sich, wie man das tut im Dunkeln, wenn man tropfnass ist, weil man gerade durch den Regen gerannt ist. Mit den eigenen Händen und denen des anderen zieht man die durchnässten Klamotten aus, eine ungeduldige Choreographie, die man ohne Worte kennt. Dann lagen sie im ehemaligen Schlafzimmer seiner Mutter, der Regen die Geräuschkulisse, beide nackt, auf dem Rücken, und er nahm ihren Arm, stahl-braun im Mondlicht, und küsste ihn. »Du riechst wunderbar.«

»Wie Lena Freeman?« Und lachte.

Er stopfte sich das Kissen unter den Kopf. »Ich weiß, was du denkst.«

»Also – *damit* würdest du mich wirklich beeindrucken.«

»Das erste Mal heute Abend?« Gespielter Schock. »Du willst demnach behaupten, dass meine Ansprache dich nicht beeindruckt hat? ›Begabung heißt Geben‹? Meine Kleidung? Okay. Die Fliege sieht wohlhabend aus. Auch ein Geschenk von meinen Schwiegereltern.«

»Eine Fliege, passend zum Haus?«

Er lachte lauter. »Touché.« Er stützte sich auf, um sie besser anschauen zu können. Traurig. »Du denkst, ich habe mich irgendwo verloren. Du denkst, ich hatte einmal eine Freiheit, eine Vision, ich hatte Lena, eine Freundin bei den Black Panther, jüdischer Lockenkopf, leidenschaftlich. Du denkst, ich habe die Welt und mich selbst so gesehen und habe gebrannt, ich hatte das brennende Verlangen, die Welt zu verändern – und dann bin ich nach Yale gegangen und habe Lexi getroffen, habe geheiratet, bin reich geworden, habe die Leidenschaft, das Feuer verloren, und jetzt suche ich etwas, einen Funken, eine Inspiration, und du bist sozusagen die Reinkarnation von Lena. Denkst du. Aber du irrst dich. Ich habe noch nie jemanden wie dich gekannt. Lena nicht. Niemanden, nirgends.«

»Beeindruckend.«

»Außerdem – deine Haare. Ihre waren« – eine Geste – »größer. Eine Wolke. Ein ganzes Sternbild.«

»Ein Afro.«

»Eine Welt. Deine Haare sind nicht …« Er berührte ihre Dreadlocks. »Nicht horizontal.«

»Dir gefällt meine Weiße-Mädchen-Frisur nicht?«

»Mir gefällt deine *was* nicht?«

»Meine Dreadlocks. Meine Weiße-Mädchen-Frisur.«

Gelächter, immer Gelächter. »Gehören Dreadlocks nicht nach Jamaika? Oder sind sie nicht mindestens afrozentrisch? Sagt ihr das eigentlich immer noch? ›Afrozentrisch‹?«

»Ja, Die Weißen.«

»Du bist wunderbar.«

»Du kennst mich nicht.«

»Dann musst du mir helfen«, sagte er. »Ich möchte dich gern kennenlernen.«

»Geht nicht. Ich bin Studentin. Du bist verheiratet.«

Er schwieg. Dann, nach einer Weile: »Ich weiß.« Er legte sich wieder neben sie, um sie weniger direkt anzusehen. Ein paar Minuten lang sagten sie beide kein Wort. »Was denkst du?«, fragte er dann.

Taiwo dachte – zum ersten Mal seit Stunden reagierte sie nicht nur, sondern *dachte* –, dass hier ein Irrtum vorlag. Wenn eine junge Frau gesucht wurde, welche die Geliebte/die Studentin spielen sollte für einen Professor, dessen Frau auf einer Weinprobenreise war, sollte man eine Studentin nehmen, die sich besser für einen Skandal eignete (und auch für das Village oder Napa oder die Upper East Side), eine dieser extrem hübschen Pillenfresserinnen, mit denen sie aufs College gegangen war (staksige Knochen, verwuschelte Haare, verschmierter schwarzer Lidstrich) und nicht sie, die Überfliegerin, die nur so tat, als wäre sie eine Verführerin, die Ex-Streberin in den Schuhen eines Luders. Es war alles Show, die Vintage-Mode und die American Spirit-Zigaretten, die geistreichen Schnellfeuerbemerkungen und der implizierte Sexappeal, mit auswendig gelernten Sätzen und scharfen Kostümen und langweiligen Nebendarstellern; sie spielte nur mit Sex, hatte aber keine Ahnung von Liebe. Da war *Das, was in Lagos passiert ist*, und danach die unzähligen Begegnungen mit gierigen männlichen Freunden, aber so wie jetzt war es noch nie gewesen, nie Leidenschaft (und sogar noch Bewunderung), die Show, die plötzlich lebendig wird, greifbar, Fleisch geworden. Aber was konnte sie sagen? *Ich weiß nicht, was ich mache*? Und was konnte sie Dekan Rudd antworten, als er sich umdrehte, ihre Wange berührte, merkte, dass sie nass war, und flüsterte: »Nicht weinen, Taiwo« und ähnlich süße Worte?

Sie stand unvermittelt auf und ging ins Bad.

Machte das Licht nicht an. Stellte sich vor den Spiegel. Da stand sie, nackt und Bestätigung suchend, eine Hausaufgaben-Macherin und Lob-Verdienerin, die unbedingt ihre frühere Rolle als allgemeiner Liebling wieder haben wollte, wodurch sie die Richter, die Jurymitglieder verwirrte, wer immer sie sein mochten. Ihr Körper war wie immer nach dem Sex ein Fremder, ihre langen, schlaksigen Gliedmaßen mit der idealen Muskelspannung, angeboren, *ein guter Körper*, hatte man ihr schon öfter versichert, aber sie glaubte es nicht, sie konnte es auch nicht richtig sehen, schon gar nicht nach dem Sex. Jetzt wirkte ihr Körper nur funktional, ein guter Gebrauchsgegenstand. Ein Mittel zum Zweck, auch wenn sie nicht wusste, zu welchem Zweck. Sie dachte an ihre Schwester, die sich nach so einem Körper sehnte. Eigentlich war es zum Lachen, wie diese Dinge liefen, eine Ironie des Schicksals: dass sie, Taiwo, die Modefigur geerbt hatte (und ohne jede Anstrengung behielt), die Sadie unbedingt haben wollte – und dass sie diese Figur von Fola hatte, die aus Angst wegen des geringen Geburtsgewichts ihr Baby verhätschelt und überfüttert hatte, bis Sadie krank wurde. (Die Störung. Nie ein Thema. Obwohl es alle wussten. Wenn sie könnte, würde sie sagen: »Hier, Sadie, nimm meinen Körper. Ich will ihn nicht. Ich habe ihn noch nie gemocht. Ich wollte ihn gar nicht haben.«) Reine Glückssache. Eine Kuh, die in Indien oder in Gary, Indiana, geboren wurde. Wem konnte man da Vorwürfe machen? Der vergötterten Kuh? Und doch erlebte sie genau das. Bekam Vorwürfe. Wurde begehrt und bekam Vorwürfe, oder jedenfalls fühlte es sich für sie so an, und sie suchte weiter nach dem, was fehlte. Sie dachte an Dr. Hass mit dem Hanffaserschal, grob, türkis. »Sie müssen mich nicht beeindrucken«, hatte sie neulich gesagt, sich in ihrem Stuhl zurückgelehnt und die Brille hochgeschoben, um ihre Klientin anzustarren, ein seltsames, freundliches Starren.

»Das ist mir schon klar«, hatte Taiwo gewitzelt und dazu heiser gelacht, ein Lachen, das selbst in ihren Ohren falsch klang, während sie sich, genervt von der Bemerkung, anders hinsetzte und aus dem Fenster blickte. »Ich hab Sie ja schon beeindruckt. Immerhin behandeln Sie mich kostenlos, stimmt's?«

»Ja, das stimmt«, sagte Dr. Hass. »Und warum mache ich das wohl? Was denken wir? Wegen Ihres ungewöhnlichen Hintergrunds? Wegen Ihrer großartigen Leistungen? Ihrer phantastischen Intelligenz? Oder wegen Ihres sagenhaft hübschen Äußeren?«

Wieder lachte Taiwo, aber diesmal tat es weh. Sie zuckte die Achseln, rieb sich den Ellbogen. »Sie haben mich erwischt«, sagte sie. Sie schaute auf die Uhr, zu den eingebauten Bücherregalen, dem O'Keefe-Druck, »Cup of Silver Ginger«. Dann wieder zum Fenster. Ein Wort bildete sich auf ihrer Zunge, aber vorher kamen ihr die Tränen. Sie schluckte beides hinunter. »Die fünfzig Minuten sind um.« Stand auf.

»Mir ist es *wichtig*.« Blieb sitzen.

»Ich weiß«, sagte Taiwo und ging. Sie meinte es ernst.

Eine Betrügerin.

Das Wort kam, verspätet, und schwebte vor ihr, Konturen im Spiegel, eine Tönung des Lichts. Sie streckte den Finger aus und berührte ihr Spiegelbild, ihre Augen leuchteten ihr entgegen, eigenartig in der Dunkelheit (die Farbe ein Erbe der schottischen Urgroßmutter), sie zeichnete auf dem Spiegelglas ihre Lippen nach, Muschelschalen-Pink. »Nicht weinen, Taiwo«, sagte sie sanft, ihn nachäffend. Darüber musste sie lachen und ließ die Hand sinken. Was gab es da zu weinen? Es war genauso wie immer. Der erdrückende Zweifel an der Wahrheit ihrer Liebe.

Sie ging wieder ins Schlafzimmer, blieb im Türrahmen stehen (gepanzert) und schaute ihn an, registrierte seine Mängel. Der Oberkörper weniger straff als Arme und Beine, das Haar oben auf dem Kopf schütter. Eine für die Rolle besser passende Frau hätte an diesem entscheidenden Punkt den Mann gefragt, ob er es nicht komisch fand, hier in diesem Haus zu sein, im ehemaligen Schlafzimmer seiner Mutter (auch wenn alles komplett renoviert war, eine Kindheitswohnung umgestaltet zu einem Junggesellen-Apartment)? Aber auf den Gedanken kam sie gar nicht, die Situation erschien ihr vage vertraut, ein Sohn im Bett seiner Mutter. Stattdessen holte sie ihre feuchte Handtasche, die beim Bett lag, wo sie sie hingelegt hatte, ging zum Fensterbrett, stahl-braun, und setzte sich hin. »Stört es dich, wenn ich rauche?«

»Stört es dich, wenn ich zuschaue?«

Jetzt lachte sie, wechselte das Thema, blies Kringel in die Luft. »Überleg mal. Außer Rastafariern, den echten, religiösen – welches schwarze Mädchen lässt sich Locken wachsen? Schwarze Mädchen, die auf mehrheitlich weiße Universitäten gehen. Dreadlocks sind eine schwarze Weiße-Mädchen-Frisur. Die Black-Power-Lösung eines Blauäugigen-Problems. Die Sehnsucht, wehende Pferdeschwanz-Haare zu haben. Zöpfe dauern zu lang nach einer Weile, genau wie die Extensions. Aber man braucht trotzdem eine Frisur, mit der man durch den Regen gehen kann. Vergiss die geheimen Vorteile von Fördermaßnahmen für Minderheiten. Das ist das Privileg der weißen Frauen – nasse Haare. Sich einen Dreck um die Fönfrisur zu scheren, wenn es regnet.«

»Du bist genial. Du bist wunderbar.«

»Findest du?«

»Komm her.«

»Ihr Baby schreit«, sagt der Fahrer zu Taiwo. Die ghanaische Art zu sagen: »Das Handy klingelt.« Sie bogen vom Highway ab, zur normalen Straße. Schnee nicht geräumt. Sie sagt: »Danke« und meldet sich mit einem Seufzer. »Wie habe ich diese Anomalie verdient?«

»Ich bin's. Olu.«

»Ja, Olu, ich weiß. Ich seh's auf dem Display.«

Er ignoriert diese Bemerkung und sagt sanft: »Du klingst, als würdest du weinen.«

Sie bemerkt ihre Tränen und seine Stimme. »Du auch.«

»Was ist los?«, fragen sie beide gleichzeitig, und dann lachen sie, so wie Geschwister lachen, wenn sie sich nach einem Streit plötzlich an ihr Geschwistersein erinnern. »Fang du an«, sagt sie und fügt den alten Satz hinzu: »Du bist der Älteste.« Sie hört, dass er lauter lacht, ein würgendes Geräusch.

Er sagt: »Weißt du noch, wenn wir ihm etwas sagen mussten, dann standen wir immer vor seinem Arbeitszimmer rum und haben uns nicht getraut reinzugehen, und wir haben uns gestritten, wer vorausgeht. Ich habe immer gesagt, du sollst es machen, weil du das Mädchen bist, und du hast gesagt, ich, weil ich der Älteste bin, und Kehinde hat sich sowieso immer einfach verdrückt, während wir uns gestritten haben?«

Einen Augenblick lang verschlägt es ihr den Atem.

»W-was willst du damit sagen?« Aber es geht nicht um ihren Bruder. Sie weiß, dass sie das wüsste. »Olu, was ist passiert?«

»Er ist heute gestorben, Taiwo.«

»Wer ist gestorben?«

Der Trommelwirbel.

Ein Kraftfeld aus Schmerz. »Woher weißt du das?«

»Mom hat mich angerufen.«

Unerklärlicherweise: Wut. »Und mich konnte sie nicht anrufen?«

»Taiwo.«

Sie antwortet nicht. Schaut aus dem Fenster. Denkt an das nächtliche Schlittenfahren. Lars Andersen Park. Sterne. »Wie?«

»Herzinfarkt.« Olus Stimme überschlägt sich. »Ich habe Kehindes Londoner Nummer nicht. Hast du sie?«

»Nein.«

»Taiwo?«

»Was?«

»Ihr redet nicht miteinander?«

»Nein.«

»Seit zwei Jahren?«

»Seit anderhalb.«

»Er ist dein Zwilling …«

»Das ist mir klar. Hast *du* seine Nummer? Er ist auch dein Bruder. Nicht nur meiner.«

»Taiwo.«

»*Was denn?* Sag nicht dauernd meinen Namen.« Jetzt weint sie richtig.

»Nicht weinen«, sagt Olu.

»Warum sagen das alle Leute? ›Nicht weinen‹?« Sie zittert. »Entschuldige.«

»Ich finde seine Nummer schon raus. Mach dir keine Sorgen. Es ist okay.«

»Hast du Sadie schon angerufen?«

»Ich rufe sie als Nächste an.«

»Ich sollte das übernehmen.« Sie trocknet ihre Tränen. »Ich bin das Mädchen.«

Olu lacht zärtlich, schnieft leise. Sie schweigen beide. Nach einer sehr langen Pause fragt er: »Ist alles okay?«

»Weiß ich noch nicht. Was ist mit dir?«

»Ja, alles okay.«

Sie schaut aus dem Fenster. »Ich bin in meiner Wohnung.«

»Das will ich doch hoffen«, sagt er. »Es ist zwei Uhr morgens.«

Sie geht nicht darauf ein, zählt ihr Bargeld. »Ich ruf dich noch mal an, wenn ich mit Sadie geredet habe.«

»Okay.«

Der Fahrer schaut wieder in den Spiegel, den Motor im Leerlauf. Sie reicht ihm das Geld, die Schulter am Ohr, um das Telefon einzuklemmen.

»Bist du noch da?«, fragt Olu.

»Ja. Entschuldige.«

»Okay. Hör zu. Sie muss nach New York fahren, wegen des Flugs. Ich versuche, was zu bekommen, ab JFK, für morgen Nacht.«

»Für morgen?«

»Wegen der Beerdigung. Wir sollten am besten sofort fliegen.«

Er fährt fort, mit seiner Olu-Stimme, Planung, Organisation, ihre Pflicht, für die Mutter da zu sein, das Wetter. Schließlich eine Pause. Er sagt noch: »Wir reden später.«

»Tschüs«, beide gleichzeitig, und Taiwo legt auf.

Sie bleibt noch einen Moment sitzen, schaut auf ihr Gebäude. Die Weihnachtsgirlanden bluten rote Lichttropfen. Der Fahrer weiß, dass er jetzt keine Fragen stellen darf, und tut es auch nicht. Er sitzt stumm da, bis sie aussteigt. Sie überlegt, ob sie ihn bitten soll, einfach mit ihr weiterzufahren, immer weiter, irgendwohin, alles, nur nicht dieses Haus hier, dieses Haus-ohne-Zuhause. Aber wohin? Es gibt nichts: Da ist der Liebhaber, der verheiratet ist, da ist der Job als Bedienung im Indochine, ein Witz, ein Insiderwitz, den sie mit sich selbst macht, sie zeigt dem Wunsch nach Anerkennung den Mittelfinger; da ist ihre Familie, über und über, ein Trümmerhaufen, einer weniger. Wohin soll sie gehen? Es gibt nur das

Nirgendwo. Sie lacht. Kein Mann und kein Hund sehen, wie sie aus dem Taxi steigt, wie ihre Absätze an der Bordsteinkante im Schnee versinken, beharrlich und weich, während ihre nackten Beine vor Kälte zittern. Plötzlich merkt sie, wie albern sie auf diesen Fahrer aus Ghana wirken muss, auf diesen Mann mit seinem vernünftigen Mantel, der ihr nachblickt und wartet, bis sie das Gebäude erreicht hat und es unbeschadet betritt. Mit ihren Plateau-Stilettos stolpert sie die Stufen hinauf und blickt dann zurück zum Fahrer, zum Schnee.

Abwärts tanzen die Flocken, landen auf ihren Schultern und auf ihrer Nase und auf seiner Windschutzscheibe, ein lautloses Unwetter, die Straße ist leergefegt von allen, die Wärme suchen, und es weht ein sanfter Wind. Taiwo hebt die Hand.

Sie sind Engel in einer Schneekugel, beide schweigen, beide lächeln, zwei afrikanische Fremde allein im Schnee: ein Mann in einem Taxi, mit einem dicken beigefarbenen Mantel, er winkt ihr, als er losfährt, hupt einmal kurz – und ein Mädchen auf den Stufen, in einem kurzen weißen Pelzmantel, und sie weint, während sie ihm nachschaut.

Vier

Jemand hämmert an die Badezimmertür. »SADIE!«
Sie kniet vor der Kloschüssel, den Finger im Hals.
Heraus kommt der Alkohol, gefolgt von dem Geburtstagskuchen, gefolgt von dünner, brennender
Gallenflüssigkeit. Sadie wickelt ein paar Blatt Klopa-
pier ab, wischt sich damit den Mund. Horcht einen
Augenblick. Der Klopfer geht wieder. Woanders im
Wohnheim dröhnt Partylärm, Jungen lachen, Mädchen kreischen in der Ferne. Sie hört die Geräusche
wie ein Kind ganz unten im Swimmingpool, das sich
dort hingelegt hat, nach oben schaut und so tut, als
wäre es ertrunken. Sadie schaut ins Klo, das macht sie
immer in dieser Situation: die Patientin, die sich in
eine Ärztin verwandelt und das Ergebnis inspiziert.
Sie findet es interessant, dass die Kotze, die da heraus-
kommt, egal wie eklig, sich ganz logisch an die Reihenfolge hält, in der die Dinge eingenommen wurden.
Im gesamten Ablauf liegt eine Spur von Zeremonie,
denkt sie, das Niederknien und die Durchführung des
immer gleichen schaurigen Rituals, die Wiederholung
und dann die Stille, immer dieser Moment der Stille
gleich anschließend. Ein Opfer. Bänder aus Blut. Sie
überprüft ihre Fingernägel, gewissenhaft kurz geschnitten und immer noch nach Kotze stinkend – der
Geruch stört.

Ein Stich. Das Ende der Stille, Rückkehr ins Bewusstsein. Sie kniet auf einem kalten Fußboden. Und nicht wegen einer erleuchteten Reinigungshandlung, sondern weil sie Geburtstagskuchen erbrochen hat (ihren eigenen). Sie steht auf. Die Ärztin wird zur Verbrecherin. Vernichtet das Beweismaterial. Sie wühlt ihre Handtasche durch nach dem üblichen Werkzeug. Mundwasser, Erfrischungstücher, Desinfektionsmittel, Reisezahnbürste. Sie wischt die Fliesen mit den Tüchern ab, so wie sie es gelernt hat. (Manchmal merkt es die Person, die nach ihr das Bad benutzt, wenn sie sich nicht um den Fußboden kümmert.) Sie wäscht sich Hände und Gesicht, spült die Toilette zweimal, putzt sich die Zähne. Und noch einmal. Gurgelt mit dem Mundwasser. Sie öffnet den Badezimmerschrank, ohne hineinzusehen, aus reiner Gewohnheit. Sie kennt das Badezimmer und seinen Inhalt in- und auswendig. Unten: Aderall und Zoloft und Ativan. Mitte: Kiehls Gesichtsreiniger, Molton Brown Lotionen. Oben: grüne Parfums und Trish McEvoy Make-up und ein Vera Bradley-Beutel mit Papier und Gras. Sie nimmt eine Ativan aus der Packung und schluckt sie ohne Wasser. Wieder das Telefon. »SADIE!«

»Ich komme!«

Aber sie kommt nicht.

Das hat sie an der Milton Academy gelernt, sich im Badezimmer zu verkriechen, ein perfekter Ort, wirklich, ein Kokon, weit weg von allem. Das spezielle Inseldasein einer Toilette, ein Trost. Die Gleichheit aller Badezimmer, blasse Gelbtöne, blasse Blautöne. Und die *Dinge* in einem Bad, zumal die von Frauen. Nicht die Augen, sondern die Toilettenartikel sind das Fenster zur Seele. Sadie ging zu den anderen nach Hause, nach der Schule, oder in den Ferien in ihre Sommerhäuser – immer eingeladen, jedes Jahr, extrem beliebt bei den Müttern, ein guter Einfluss auf die Töchter, gute Noten und perfekte Umgangsformen, ein Juwel, höflich, *so höflich!* – und an irgendeinem Punkt verschwand sie dann nach oben, ins Bad, das Bad der Freundin, das der Mutter, noch spannender.

Das Badezimmer einer Mutter.

Eine Welt der Verschleierungstaktik.

Eine Kammer der Geheimnisse, Unsicherheiten, Gerüche, Kristallflaschen mit Sprayballons und babyblaue Döschen, eine unglaubliche Anzahl von Etiketten auf Französisch. Sie drehte dann immer die Deckel ab, roch hieran, roch daran, cremige Lotionen, Parfums und die kleinen, muschelförmigen Seifen. Sie wusch sich die Finger mit Handseife (eine Offenbarung: zu Hause verwendeten sie schwarze Seife für alle Körperteile) und trocknete sie dann an einem kleinen Handtuch mit gesticktem Monogramm ab oder, noch besser, an dem Handtuch hinten an der Tür.

Sie benutzte immer das Handtuch an der Tür, wenn eins da war, es roch nach Wehrlosigkeit, nach Haut, nach einer Person in einem verletzlichen, wohlduftenden Zustand, nach einem Mädchen am Morgen, nach falschen tropischen Früchten. Manchmal drückte sie das Gesicht in diese Handtücher, und überwältigt von dem Geruch, hätte sie oft am liebsten losgeheult. Immer spähte sie in die Abfallbehälter, die Schränke, die Make-up-Beutel, so viel Krimskrams, und nahm dann irgendetwas mit: eine Art ungeschickte Kleptomanie, nicht so professionell wie die Bulimie, nicht so klinisch ausgeführt und nie etwas Besonderes. Ein Haarband oder Augentropfen oder zusammengedrückte Tuben oder Lipgloss oder kleine Döschen mit Handcreme, mitgebracht aus einem Spa, oder, aber nur einmal, einen Ohrring, ganz untypisch, ein Diamant. Bis jemand »Sadie!« rief oder jemand an die Tür klopfte.

»Hast du dich im Badezimmer verlaufen?«, fragten die anderen sie dann, ein Lächeln in den Augen, und alle erwarteten, dass sie etwas Kluges sagen würde. Die intelligente Sadie, so nett, so höflich, so niedlich. Wie ein Mitglied der Familie. »Ich hab mich aus Versehen eingeschlossen.« Immer diese Lüge. Unfassbar, dass irgendjemand das glaubte, wirklich, aber alle glaubten ihr.

247

An anderen Tagen saß sie einfach nur stumm da oder legte sich in die Badewanne, einfach so, angekleidet, und schaute hinauf zur Decke oder zu den Enten auf den Kacheln, erschöpft von der Anstrengung.

So wie jetzt.

Sie sitzt auf dem Toilettendeckel, die Füße angezogen, die Schienbeine umschlungen und das Kinn auf den Knien. Wieder klingelt das Telefon, dann das schrille »SADIE! TELEFON!« aus der Ferne, aber niemand kommt und klopft. Sie zählt.

1, 2, 3, 4, 5, 6, 7, 8.

Ein Spiel, das sie mit sich selbst spielt. Oder gegen sich. Das Ziel: Schätze, wie viele Sekunden es dauert, bis sie merken, dass jemand verschwunden ist, dass Sadie nicht da ist. Das hat sie sich damals angewöhnt, in dem ersten Haus, in Brookline, mit den komischen kleinen Treppen und den geheimen Falltüren. Sie versteckte sich im Schlafzimmer neben dem Elternschlafzimmer (als ihre Eltern noch als solche existierten, im Plural) und hörte alle anderen in der Küche unter ihr reden, ihre Stimmen ein Gemurmel, ein Summen, das durch den Fußboden drang: ihr Vater und ihr Bruder, dessen Stimme neuerdings tief war, die Zwillinge in der achten Klasse, mit ihrer heiseren Stimme, und ihre Mutter, die immer lachte, ein ständiger Regen aus Gelächter, tropftropf, wie Weinen, ein Lachen voller Tränen.

1, 2, 3, 4, 5, 6, 7, 8.

Wer von ihnen würde zuerst feststellen, dass Sadie weg war? Olu, meistens war es Olu, ein Bass in der Ferne, »Wo ist Sadie?«, drang nach oben durch die Dielen, ein Aufflackern, aber sie hoffte immer irgendwie, dass ihre Schwester es merken würde, dass *sie* nach oben kommen und nach ihr suchen würde. Taiwo kam nie.

9, 10, 11, 12, 13, 14, 15, 16.

Während sie jetzt in dem Badezimmer sitzt, das sie mit ihrer Zimmerkollegin teilt und darauf wartet, bis Philae merkt, dass sie weg ist.

Philae.

Wie eine Schwester für Sadie. So hübsch.

Das Licht ihres Lebens und der Stachel im Fleisch, Philae Frick Negroponte, früher Liebling in Milton, im zehnten Schuljahr von Spence in New York gekommen, jetzt der Liebling in Yale, mit ihrem griechischen Unternehmer-Vater und der amerikanischen Mutter, einer bekannten Vertreterin der Schickeria. Philae. Ihr Lächeln und die grauen Augen und die blonden Haare und die sonnengebräunte Haut und dann die langen Beine, die Sadie liebt wie ihre eigenen. Philae an einem Tag im September in der ersten Stunde, kannte niemanden in Milton und setzte sich neben Sadie. Ausgerechnet. Wunder über Wunder.

»Hast du was dagegen, wenn ich mich zu dir setze?«

»Nein, überhaupt nicht.«

»Danke.« In einer schwarzen Lederhose. Die erste Lederhose, die Sadie je gesehen hat. »Geht es hier um mich – oder sehen die andern alle *dich* an?«

»Nein, dich. Und ich würde nicht sagen, sie sehen dich an. Sie starren dich an. Sie glotzen.«

Sie war amüsiert. »Ich heiße Philae.«

Sie war hin und weg. »Ich heiße Sadie.«

»Philae und Sadie«, verkündete Philae mit strahlender Miene. »Das gefällt mir. Du gefällst mir.« Und so ging es immer weiter: Filme, Pyjama-Partys, Ferien, zusammenpassende »BFF«-Kettchen, *Best Friend Forever,* mit »BFF« auf Arabisch (ein Geschenk von Philae aus Dubai, frühe Bewerbungen in Yale, wo schon Philaes Mutter und ihre Onkel, ihr Großvater und ihr Urgroßvater studiert hatten sowie Sadies Bruder. Philae und Sadie: die Unzertrennlichen, die Unbesiegbaren, *Miss Beliebtheit* als Partnerin von *Miss Erfolgreich,* eine Highschool-Freundschaft, die im Himmel geschlossen worden war, umgesiedelt nach New Haven, als *Campus Celebrity* und *Beste Freundin.* Die treue Freundin, die Unersetzliche, der tragende Flügel usw. Eine Rolle, die Sadie spielte, als wäre sie dafür geschaffen. Der Nick zu Philaes Gatsby, der Charles zu ihrem Sebastian, der Gene zu ihrem Finny. Es gibt überall den Freund, das weiß

Sadie, jede Studentin im ersten Studienjahr, die ihre Pflichtlektüre liest, weiß das: Der Erzähler einer Geschichte ist immer der Freund.

Trotzdem hat Taiwo nicht recht, wenn sie sich über sie lustig macht, weil Sadie angeblich redet wie Philae – dass sie dauernd »irgendwie« oder »keine Ahnung« sagt – oder weil sie sich anzieht wie Philae, soweit ihr monatliches Stipendium das erlaubt. Und Taiwo hat auch nicht recht, wenn sie denkt, dass Sadie, »insgeheim weiß sein möchte«. Es geht nicht um »weiß«, obwohl es natürlich stimmt, dass sie noch nie viele afroamerikanischen Freunde und Freundinnen hatte, weder in Milton noch in Yale, wo alle sie immer übertrieben vorstädtisch zu finden scheinen, eigentlich ohne »Geheimnis«. Obwohl so viel Trara um Authentizität, um authentisches Schwarzsein gemacht wird (wobei man, ihrer Meinung nach, Identität und musikalische Vorlieben verwechselt), ist es für Sadie sonnenklar, dass sie *alle* diese Patina des Weißseins haben oder besser: die des WASP-Seins; auch wenn sie schwarz, lateinamerikanisch, asiatisch sind – sie sind zuerst und vor allem Ivy League-Streberinnen, sie beginnen ihre Bemerkungen mit einem langgezogenen »*aahm*«, und letzten Endes werden sie alle in Anwaltskanzleien oder Krankenhäusern oder Beratungsfirmen oder Banken arbeiten, nachdem sie einen Master in Kunst gemacht haben. Sie sind ethnisch heterogen und kulturell homogen, durch Kontakt, Osmose, Adoleszenz. Sie akzeptiert das ohne Angst; es ist der Eintrittspreis. Sie will nicht weiß sein.

Sie will Philae sein.

Oder genauer gesagt, sie möchte zu Philaes Familie gehören, zu den Frick Negropontes, zu den Bildern an der Wand im Treppenhaus auf Cape Cod (Mutter Sibby, Schwester Calli, Philae, Vater Andreas), zu ihren Fotos im Internet, den Fashion Weeks, den Galas. Sie sind überlebensgroß – auf jeden Fall größer als ihre eigene Familie, die so zerrissen ist, so leicht, so diffus. Philaes Familie ist *schwer*, eine kompakte Angelegenheit, gewichtig. Vielleicht wegen des Geldes. Ist das Geld eine Art Anker? Der Reichtum hält sie zusammen, das sieht Sadie. Er bewirkt, dass sie ein greifbares gemeinsames Interesse haben, und das *verbindet* sie, zuerst Andreas und Sibby, dann die Fricks und die Negropontes, nach dem Gesetz der Schwerkraft. Der Grund, weshalb Sadie sich so an die Negropontes klammert, ist nicht (nur), dass ihre Familie im Vergleich viel ärmer ist. Nein, es liegt daran, dass sie alle gewichtslos sind, die Sais, eine versprengte Fünfergruppe, eine Familie ohne Schwerkraft, komplett ungebunden. Sie haben kein Fundament, das so schwer wiegt wie der Reichtum und sie alle auf dasselbe Stück Erde hinunterzieht, als eine Art vertikale Achse, und unter ihnen breiten sich auch keine Wurzeln aus, es gibt keine lebenden

Großeltern, keine Geschichte als Horizontale – sie sind davongeschwommen, verstreut, treiben nach außen oder nach innen, und sie merken es kaum, wenn jemand wegrutscht.

17, 18, 19, 20, 21, 22, 23, 24.

Es war Philaes Idee, für sie eine Geburtstagsparty zu machen. Sadie hat einen Horror vor Geburtstagspartys – ihr wird immer übel, dieser unerträgliche Druck, *happy* zu sein, einen *happy birthday* zu haben, etwas, was sie, soweit sie sich erinnern kann, noch kein einziges Mal in ihrem Leben hatte. Aber Philae bestand darauf, und Sadie hat nachgegeben, und jetzt ist ihr Stockwerk im Wohnheim total chaotisch und voll mit betrunkenen Freundinnen. Sie hatten sich um Mitternacht getroffen, um »Happy Birthday!« zu schreien und um eine riesige Schokoladentorte anzuschneiden, geliefert von der Payard Patisserie, sehr festlich und dramatisch, typisch Philae, die sie umarmte und sie dann auf den Mund küsste, zum Entzücken der anderen. In gewisser Weise hat Sadie seit fünf Jahren auf diesen Augenblick gewartet: dass Philae sie in den Arm nimmt und sie richtig küsst (vielleicht nicht unbedingt vor acht johlenden Zuschauern, vor Lacrosse-Spielerinnen, die begeistert schreien: »Mädchen mit Mädchen!«), aber gleich danach, als Philae rief: »Bist du eins?! Bist du zwei??! Bist du drei?!«, hätte Sadie am liebsten geweint.

253

Sie schaute ihre Freundinnen an (Philaes Freundinnen, genauer gesagt), die jetzt riefen: »Bist du siebzehn?!«, in orange-gelbem Licht, während die flackernden Geburtstagskerzen sich in der Fensterscheibe spiegelten. Sie schaute aus dem Fenster. Es fing an zu schneien.

»Bist du achtzehn?!«

»Es schneit«, sagte sie, aber zu leise. Die Freundinnen schrien weiter.

»Bist du neunzehn?!«

»Ich bin zwanzig.«

Sie sitzt im Badezimmer und denkt darüber nach. Zwanzig. Sie *fühlt* sich nicht wie zwanzig. Sie fühlt sich immer noch wie vier. Während die Tränen aus ihrem Bauch aufsteigen und jemand an die Tür hämmert. »Ich komme«, murmelt sie und stellt die Füße auf den Boden.

Und da ist sie, die wunderbare, die beschwipste Philae, ihr Gesicht von einem leichten Pink überzogen, dazu dieses Lächeln, sie steckt den Kopf zur Tür herein, ohne abzuwarten, sie ist dazu befugt und riecht nach Flowers von Kenzo und nach Bier. »Deine Schwester ruft die ganze Zeit an.«

»Meine Schwester?«

»Ja. Taiwo. Sie hat schon, keine Ahnung, viermal das Festnetz angerufen. Du verpasst deine ganze Party. Moment mal – warum weinst du?«

»Ich weiß auch nicht«, sagt Sadie.

»Du *weißt* es nicht?« Pilae strahlt. »Wird mein kleines Mädchen etwa eine Frau? Hast du was *genommen*?« Sie klatscht begeistert in die Hände. »Wird ja auch langsam Zeit! Zeit für Drogen, Sadie Sai! Zeit für Drogen!« Sie packt Sadie an den Schultern und wirbelt sie irgendwie herum. Dann umarmt sie ihre Freundin, abrupt und eng. Sie flüstert: »Ich liebe dich, S. Vergiss das nie.« Und geht.

Im Flur klingelt wieder das Stockwerktelefon. Sadie drängt sich durch das Gewühle und nimmt ab. »Taiwo?«

»Wo bist du?«

»Du hast mich hier zu Hause angerufen.«

»Ich versuche es seit Stunden. Was ist das?«

»Was ist was?«

»Die Musik.«

»Es ist eine Party. Die Prüfungen sind vorbei.« Sie erinnert Taiwo nicht daran, dass heute ihr Geburtstag ist.

»... schlechte Nachrichten.«

Taiwo redet weiter, aber Sadie kann sie nicht hören. »Ich versteh dich nicht! Kannst du mich vielleicht auf dem Handy anrufen? Ich gehe in mein Zimmer.« Sie denkt, dass sie ein »Ja, klar« gehört hat, und geht in ihr Zimmer, macht aber nicht das Licht an. Später wird sie die Stunden rückwärts zählen, bis Mitternacht. Als es anfing zu schneien in New Haven, der Kuss, Philaes Lippen auf ihren Lippen und die

Tränen in ihrem Bauch, fünf Stunden vor ihr: Sonnenaufgang in Ghana. Hat sie es gewusst? Hat sie es gespürt? Den Verlust ihres Vaters, den Tod eines Mannes, den sie fast nicht gekannt hat, der weg war, bevor sie in die Grundschule kam? Wie soll sie das gespürt haben? Was hat sie überhaupt verloren?

Eine Erinnerung.

Es ist die Erinnerung der anderen.

Der Mann auf dem Foto, auf diesem einen verschwommenen Foto von ihr und ihrem Dad in trüben Gelb-, Braun- und Ocker-Orange-Tönen, wie anscheinend alle ihre Fotos aus den achtziger Jahren. Er sitzt in dem Schaukelstuhl im Kinderzimmer des Krankenhauses, gesehen aus der Perspektive der Krankenschwester, die in der Tür steht, und sie, Sadie, ist ein winziges Bündel, neugeboren, ihre Hand um seinen Finger gekrallt. Er trägt einen blauen OP-Kittel und ist unrasiert. Der Mann-aus-der-Geschichte. Der kaum Ähnlichkeit hat mit dem Mann, an den sie sich erinnert: aufrecht, angespannt, immer im Aufbruch begriffen, frisch rasiert, ordentlich, morgens, wenn er in einem frisch gebügelten weißen Arztmantel zur Haustür hinausgeht. Aber der Mann, den sie sich vorstellt, wenn sie an »ihren Vater« denkt, ist diese zerbrechliche, gutaussehende Gestalt mit Olus dunkler Haut und mit den gleichen Augen wie sie selbst, schmal und schräg, vom Schnitt her fast asiatisch, sanft wie Kuhaugen, ein weiches

Dunkelbraun (aber nicht die Augen, die sie gern hätte: nicht die Augen der Zwillinge, exotisch bernsteingelb), nicht besonders groß, vielleicht einsachtzig, gleich groß wie Fola, aber imposant wie alle Helden, achtunddreißig Jahre alt.

Der Mann-aus-der-Geschichte.

Der sie heldenhaft gerettet hat.

Eine Erinnerung, die Fola gehört und Olu, nicht ihr – und doch sitzt sie hier, weinend um Mitternacht, überwältigt von einer seltsamen Trauer, einem grundlosen Schmerz, bis Taiwo wieder anruft. »Unser Vater ist tot.« Aber nicht jetzt. Jetzt ist da gar nichts, als sie die Nachricht hört. Nicht einmal Überraschung. Sie schaut aus dem Fenster, hinaus auf den Davenport-Hof, und sie muss an ein Gedicht denken, das sie früher einmal auswendig gelernt hat. *Wes' Wald es ist, weiß ich genau, Er wohnt im Dorf, dort steht sein Haus.* »Er wird mich hier nicht sitzen sehen«, murmelt sie. Taiwo hört das nicht. Redet weiter. »Ich weiß, dass du ihn eigentlich gar nicht richtig gekannt hast …«, während Sadies Gedanken zu kleineren Dingen wandern, zu den allerältesten, den trivialsten: das Gefühl, dass ihre Schwester sie nicht mag.

Sie noch nie mochte.

Das fing an in dem Sommer, als die Zwillinge aus Lagos zurückkamen. Sadie war damals fünf, fast sechs, die beiden waren vierzehn. Olu war schon seit einem Jahr auf dem College, so dass Fola und sie mit den Zwillingen in diesem Haus wohnten, dem »kleinen Haus am Highway«, wie Kehinde es nannte, dahinter ein Supermarkt, nur ein Stockwerk, kein Garten. Sadie sollte sich eigentlich ein Zimmer mit Taiwo teilen, aber Taiwo schlich meistens nachts den Flur hinunter zum Jungenzimmer (also zu Kehindes, wo noch eine Luftmatratze für Olu lag), und sie redete kaum mit Sadie, redete überhaupt kaum. Kehinde verbrachte den größten Teil der Zeit in seinem Zimmer und malte, mit dem Discman und mit alten Laken als Leinwand. Fola war bis spätabends im Laden, und Sadie ging nach der Schule zu Freundinnen zum Spielen – aber was Taiwo tagsüber die ganze Zeit machte, am Wochenende, mit wem, das wusste sie nie genau. Taiwo hatte keinen Freund, oder jedenfalls keinen, von dem sie erzählte. Ein paar Freundinnen hatte sie immerhin, aber die schienen sie zu langweilen. Sie war hochbegabt am Klavier, übte aber so gut wie nie und hörte mit sechzehn ganz auf zu spielen. Einmal fand Fola Gras im Badezimmer, und Taiwo gestand alles, sehr dramatisch und defensiv. Aber kurz nach dieser Szene hörte Sadie, die sich in ihrem Zimmer verkrochen hatte, das Fenster über den Stufen darunter stand halb offen, wie Kehinde sagte: »Vielen Dank – es tut mir leid.« Und Taiwo erwiderte: »Sag das nicht die ganze Zeit. Sag nicht die ganze Zeit ›es tut mir leid‹.« Sadie spähte aus dem

Fenster und sah die beiden von hinten, goldbraun im Licht der Straßenlaterne. »Sie hätte sowieso nicht geglaubt, dass es dir gehört.«

Taiwo kiffte also nicht einmal.

Was machte sie dann? Sie heimste erstklassige Noten ein, wurde größer, bekam viel Aufmerksamkeit, wurde wütend, fing Streit mit ihrer Mutter an oder hackte auf Sadie herum oder sagte einfach tagelang kein einziges Wort. Kehinde versicherte ihr, Sadie, dass ihre Schwester sie nicht hasste, dass Taiwo »einfach so ist«, allen Leuten gegenüber, aber so redete Kehinde immer, er spielte permanent den Friedensstifter, und Sadie glaubte eher, dass Olu die Wahrheit sagte. »Sie ist sauer, weil du hier geblieben bist«, erklärte er ganz direkt. »Die beiden sind nach Nigeria geschickt worden. Du durftest hier bleiben.« Vielleicht. Aber vielleicht ist es wie mit Olu und Kehinde, die auch nicht gerade die besten Freunde sind. Sie passen einfach nicht zusammen, eine pflichtbewusst, unrebellisch, gut-bis-mittelmäßig, umgänglich. Der Wind unter den Flügeln. Die andere der Vogel.

Ein Vogel, der kreischt. »Hörst du mir überhaupt zu?«

»Ja, ich höre dir zu.«

»Dann gib doch mal einen Mucks von dir. Ich dachte schon, du hast aufgelegt.«

»Nein, ich bin da. Ich bin immer noch da. Ich bin nur … ich bin nur still, wenn ich zuhöre.«

»Ich weiß, es ist schwer …«

»Es ist nicht schwer. Es ist überraschend. Ich höre zu. Was hast du gesagt?«

Taiwo sagt: »Ich habe gesagt – und wenn du zugehört hättest, dann wüsstest du es –, dass wir unsere Visa um zehn beim Konsulat abholen müssen, das heißt, du solltest so schnell wie möglich mit dem Zug hierherkommen.« Da denkt Sadie plötzlich an Kehinde, an die Karte. »Hast du schon mit Kehinde gesprochen?«

»W-was? Nein, noch nicht.« Taiwos Stimme kippt. »Hast du gehört, was ich gesagt habe? Du musst nach New York kommen.«

»Ich kann nicht. Ich muss eine Seminararbeit abgeben.«

»Wie bitte?«

»Ich muss sie persönlich abgeben.«

»Warum?«

»Sie muss unterschrieben werden. Damit das Datum stimmt, keine Ahnung.«

»Unser Vater ist tot.«

»Das macht die Hälfte unserer Note aus.« (Was einen Nerv trifft.)

»Soll das ein *Witz* sein?«

Taiwo redet weiter, das übliche Gelaber über soziale Werte, mit rauer Stimme, während Sadie in stummer Panik ihren Papierkorb durchwühlt, bis sie den FedEx-Umschlag findet, in dem die Karte gekommen ist. Sie hört eine kurze Pause, dann: »Wieder nichts als Schweigen.« Sie hält das Telefon an den Mund. »Nein, ich bin da. Ich bin immer noch da. Und du hast recht. Mir ist gerade was eingefallen. Ich kann die Arbeit zu ihr nach Hause bringen.«

»Zu wem nach Hause?«

»Zu meiner Professorin.«

»Okay. Wo?«

»In New York.«

»Okay, *wo* in New York?«

»Irgendwo in Brooklyn, glaube ich.« (Auf den Umschlag gekritzelt, eine Greenpoint-Adresse.)

»Gut, Sadie.« Taiwo seufzt. »Komm her. Ich bringe dich nach Brooklyn. Wie schnell kannst du hier sein?«

»Ich nehme die MetroNorth. Wenn ich so um sieben losfahre, bin ich gegen neun da.«

Sie tauschen noch ein paar Abschiedsfloskeln aus.

Sadie legt auf.

Ruhe. Sie sitzt im Dunkeln, wiederholt den Satz: »Unser Vater ist tot.« Nicht einmal ein Gefühl der Überraschung. Gekreische, schallendes Gelächter draußen auf dem Flur, dann singen ein paar Stimmen: »*Under the bridge down-tooown!*«. Der Schnee.

»*Dein* Vater ist tot«, sagt sie und wartet auf die Trauer (ruft sie). Immer noch nichts. Sie schließt die Augen. Sie will etwas fühlen, eine normale Reaktion, irgendein Zeichen, dass es etwas bedeutet, wenn jemand geht, zumal wenn es der Vater ist, der schon vor so langer Zeit gegangen ist, dass sein Gegangen-Sein seine Existenz vollkommen ersetzt hat. Sie kneift die Augen zu, ruft sich das Foto ins Gedächtnis, wie er dasitzt, nachdem er ihr gerade das Leben gerettet hat, aber sie spürt nur die Entfernung, die angehäufte Abwesenheit, wie weiche Schneehügel zwischen damals und jetzt. Sie versucht es anders: »Dein Vater ist nicht mehr da.« Dann hört sie es. »Euer Vater ist fort.« Eine Erinnerung, die nur selten hochkommt, die Erinnerung an einen Nachmittag im Winter, als sie noch im Kindergarten war. Ihre Mutter in der Küche, Augen und Stimme matt.

»Euer Vater ist fort«, erklärte Fola damals, leise. Ein Wochenende muss es gewesen sein. Olu war zu Hause. Sie saßen am Tisch und frühstückten, alle vier, Fola stand an der Arbeitsplatte und schnippelte Ingwer. Schnee. Niemand stellte eine Frage, jedenfalls nicht in ihrer Erinnerung; sie selbst bestaunte die Farbe ihrer Milch mit Lucky Charms und schaute dann ihre Geschwister an, die Gesichter ihrer Brüder, das Gesicht ihrer Schwester, eine ernste Olu-Maske und die vier Bernsteinfunken. Taiwo stand vom Tisch auf, ohne etwas zu sagen. Fola nickte.

Kehinde stand auch vom Tisch auf, rief: »Taiwo!« und lief hinter ihr her. Olu ging zu Fola und nahm sie in die Arme. Sie sagte: »Ich hab dich lieb«, und Olu sagte: »Ich weiß.« Olu ging aus der Küche, küsste Sadie auf die Stirn. Fola schaute Sadie an. »Nur noch wir zwei, Schätzchen.«

Jetzt kommt die Trauer, ein Aufwallen in der Stille. Sie öffnet die Augen, und der Schmerz quillt heraus, nicht der Schmerz, den sie herbeirufen wollte, weil sie ihren Vater verloren hat, sondern die Sehnsucht nach Fola. Sie vermisst ihre Mutter. Das elementarste aller Gefühle, eine tiefe, pulsierende Sehnsucht, obwohl ein paar Minuten vergehen, bis sie begreift, was es ist, und noch ein paar Minuten, bis sie tief Atem holt und sich, immer noch weinend, müde auf ihre alte Kente-Decke zurücklehnt. (Eigentlich Folas alte Decke – verschlissen, verblasst und weich, was schwarz war, ist grau, was rot war, ist pink, aber die Decke ist ihr, Sadies, Lieblingsobjekt, ausgegraben im Keller in Brookline, als sie sich mit Folas alten Sachen verkleidete. Sie hüllte sich in die Kente und marschierte begeistert in die Küche. »Ich bin eine Yoruba-Königin!« Als Fola sie sah, stöhnte sie, als hätte sie einen Schlag in die Magengrube bekommen, mit Tränen in den Augen. »Du bist eine Prinzessin«, flüsterte sie und schloss sie in die Arme, »eine kleine Prinzessin«. Aber mehr sagte sie nie, sie spricht nie über ihre Vergangenheit.) Sadie liegt da, die Knie bis an die Brust gezogen, und die Tränen rollen auf beiden Seiten zu ihren Ohren, auf das Kissen. Und sie denkt:

An Fola, Jahre später.

Das Gesicht, wie nach einem Fausthieb.

Es hätte nicht gesagt werden dürfen.

Ein anderes Haus, eine andere Küche, vor zwei Monaten (knapp, nur sieben Wochen, aber es fühlt sich an wie zwei Jahre, denkt Sadie). Sie war das Wochenende zu Hause, Halloween, und höhlte Kürbisse aus. Folas neueste Erfindung, ein Knüller im Laden: ausgehöhlte Kürbisse voller Blüten und Blätter, aprikosengelbe Chrysanthemen, Tagetes, Hortensien, Heidekraut, Cranberry-Zweige, groß in Mode bei den Hausfrauen von Chestnut Hill in dem Jahr, seit dem Artikel im *Boston Globe's Sunday Magazine*. Mini-Kürbisse als Blumentöpfe. Typisch Fola: Etwas-aus-Nichts, das Beste daraus machen, eine Ode an Halloween, ihr Lieblingsfest, kostümierte Geister, und man macht Geschenke. »Wie eine Yoruba-Fetischzeremonie, aber mit Süßigkeiten«, schwärmte sie immer, hatte ihnen von Hand ihre Kostüme genäht, jedes Jahr eine *orisha*, immer mit einem leisen Lachen, weil sie nie etwas ganz ernst nahm. Nichts, außer der Schönheit. Und manchmal sie, Sadie.

Das Baby. »Baby Sadie« sagt Fola zu ihr (oder hat sie zu ihr gesagt), ihrer Mutter am ähnlichsten und ihr in gewisser Weise auch am nächsten, weil sie noch zehn Jahre ohne ihre Geschwister zu Hause war, nur sie beide, Einzelkind und alleinerziehende Mutter, BFF. Sie haben jeden Tag mindestens einmal miteinander telefoniert, haben zweimal im Monat das Wochenende gemeinsam verbracht, Eintopf gekocht, Fruchtpastete gebacken, ihre Zöpfe entflochten, Filme über Naturkatastrophen angeschaut, in der Innenstadt Schnäppchen gejagt. Taiwo sagt, Fola behandelt Sadie wie ihr Lieblingskind (darauf Fola: »Sie ist meine liebste zweite Tochter, du bist meine liebste erste Tochter«), aber Sadie sagt, dass Taiwo ihre Mutter einfach nicht *versteht*, während Sadie sie versteht und sie so akzeptiert, wie sie ist. Die Art, wie Fola denkt, die komische Art, wie Fola sich verhält, mit ihren vagen, neutralen Antworten und ihrem fernen Lachen, der äußere Anschein der Gleichgültigkeit und das undurchdringliche Schweigen – Sadie findet das alles entspannend, erleichternd. Und außerdem sagt Philae, sie ist neidisch, weil Sadies Mutter so cool ist, und Sadie platzt fast vor Stolz, weil Philae sie beneidet. Es ist das Einzige, was Sadie hat und Philae nicht (denkt sie). Ihre Mutter. Ihre treue, unersetzliche, Geheimnisse bewahrende, verschwiegene, unerschütterliche, wunderschöne Mutter.

Aber dann, als sie vor nicht ganz zwei Monaten in der Küche standen und Kürbisse aushöhlten – der

Nachmittag ging gemächlich in den Abend über, das Laub im Garten draußen bot eine spektakuläre Show von Edelsteinfarben, und es entstand diese seltsame Schicht der Ruhe, die sich immer zwischen ihnen und um sie herum bildet und die so stark ist wie das Licht –, da nahm Sadie plötzlich und unerwartet ihrer Mutter dieses undurchdringliche Schweigen übel. Knoten im Magen. Sie legte ihr Messer weg. »Mom«, begann sie.

»Mmm?«, machte Fola gedankenabwesend, ohne sie anzusehen. Feuchte Samen an den Händen.

Die Erkennungsmelodie der Radio-Nachrichten *All Things Considered* setzte ein und verlieh der Stille eine Struktur.

Sadie schaute hinaus, auf das Laub im Sonnenuntergang, dieses neuenglische Spektakel, der kleine Garten, Teil eines Gittermusters aus kleinen Gärten für die Townhouse-Wohnungen (die dritte und letzte Wohnung, in die Fola zog, als Sadie in Yale anfing, innerhalb von einer Woche – die Sachen aus den Zimmern ihrer Kinder packte sie in Kartons, und die Kartons lagerte sie ein), immer noch fremd, dieser Blick, nach drei Wochenend-Jahren – dann schaute sie wieder zu ihrer Mutter und versuchte, den Gedanken zu fassen zu bekommen. Was war das, fragt sie sich jetzt, in dieser Situation, draußen vor dem Fenster, in diesem Feuersturm aus Gelb und Umbrabraun und Rot im Sonnenlicht, wie eine Ansichtskarte, der idyllische Indian Summer in Coolidge Corner dauerte dieses Jahr ungewöhnlich lang, *Wäre schön, wenn du auch hier wärst!* – was machte sie hier so einsam, so unendlich einsam? Was gab ihr das Gefühl, dass ihr Leben, ihres und Folas, ein einziger Schwindel war – dass sie beide gar nicht in dieses Bild, auf diese Postkarte gehörten – dass sie beide Hochstaplerinnen waren? Sie weiß es immer noch nicht. »Ich habe gelesen, was du wegen der Weihnachtsferien geschrieben hast, aber Boston war ja letztes Jahr. Dieses Jahr ist St. Barth's dran.«

»Ich weiß, Schätzchen«, sagte Fola, wieder ohne aufzusehen. »Aber du kannst ja nächstes Jahr die Doppelnummer machen.«

Sadie sackte in sich zusammen. Was jetzt? Sie ging jedes zweite Jahr an Weihnachten mit den Negropontes nach St. Barth's, flog am dreiundzwanzigsten Dezember mit Philae von JFK los und kam dann am dreißigsten nach Boston, um mit Fola Silvester zu feiern, ihre einzige Familientradition. Am ersten Abend das Essen bei Uno's, Pizza Spinoccoli, dann der Hafen, um zu zählen. Die Zwillinge kamen nie nach Hause, und Olu feierte immer mit Ling. Also nur sie beide, dicht aneinandergeschmiegt, untergehakt. Dieses Jahr bestand ihre Mutter jedoch darauf, warum auch immer, dass Sadie zwei Jahre nacheinander in Boston Weihnachten feierte und dass *alle* Kinder heimkamen, Olu, Taiwo und Kehinde, wenigstens für den Weihnachtstag. Mit völlig untypischen Gefühlsäußerungen und, noch untypischer, unter Verwendung elektronischer Kommunikationsmittel hatte sie letzte Woche eine drei Sätze lange Nachricht zu diesem Thema verschickt, eine Gruppen-Mail. Da stand: »Ihr Süßen, ich möchte, dass wir an Weihnachten zusammen sind, alle miteinander. Bitte gebt mir Bescheid. Alles Liebe, Eure Mutter.« Komische Wortwahl, »Eure Mutter«, sie nannte sich selbst nie Mutter. Sibby, ja, klar: mit rotem Gesicht unten an der Treppe, schluchzend und kochend vor Wut und die Faust schüttelnd: »Ich bin deine Mu-tter, junge Da-me«, jede Silbe einzeln. »Du wirst tun, was ich dir sage!« Fola schluchzt nicht und kocht auch nicht vor Wut. Sie schreit ihre Kinder nie an. Wenn eins ihrer Kinder *sie* anbrüllt, dann legt sie nur den Kopf schräg und wartet. Es ist nicht eigentlich Geduld, auch nicht Zurückweisung, irgendetwas dazwischen, ein Interesse an den Qualen des Schimpfenden, Empathie, aber mit Distanz.

»Das ist nicht der Punkt«, sagte Sadie schließlich, woraufhin Fola hochblickte und Sadie den Blick senkte. Die Arbeitsplatte zwischen ihnen (und noch härtere Dinge). »Ich möchte Weihnachten mit einer *Familie* feiern.«

Fola lachte. »Du hast deine eigene Familie.«

»Wir sind keine Familie«, murmelte Sadie. Sehr schnell, sehr leise.

Das Gesicht, wie nach einem Fausthieb.

»Wie meinst du das?« Fola lachte immer noch. »Ich kann dir versichern, ihr seid alle von mir.«

»Das meine ich nicht.«

»Was meinst du *dann*, Baby?«

Daraufhin Sadie: »ICH BIN KEIN BABY MEHR, VERDAMMTE SCHEISSE!«

Fola ließ vor Schreck den Löffel fallen. Sadie brach in Tränen aus, vor Schreck. Sie hatte in ihrem ganzen Leben Fola noch nie angeschrien oder beschimpft, und jetzt konnte sie sich nicht mehr bremsen. »Mein Baby, Baby Sadie, Baby, Baby. Ich bin neunzehn, Herrgottnochmal! Ich bin kein Baby! Ich bin kein Kind! Ich bin nicht dein Ersatz-Ehemann! Es sind jetzt, keine Ahnung, fünfzehn Jahre, seit du Dad verlassen hast, Mom, oder seit Dad uns verlassen hat? Ich finde – meinst du nicht, du könntest dir allmählich jemanden suchen und ein eigenes Leben haben? Ich bin neunzehn – im Grunde schon zwanzig –, ich habe keine Lust mehr, dauernd hier bei dir zu sein. Am Wochenende. An Weihnachten. Am Telefon. Das ist zu viel. Ich will mein eigenes Leben leben!«

Fola legte den Kopf schräg, die Stirn gerunzelt, den Mund nach unten gezogen. Sagte aber nichts. Sie lachte, das Lachen klang wie ein Schluchzen. Dann drehte sie sich weg und ging aus der Küche.

Sadie wartete einen Moment zu lange, dann folgte

sie dem Klang der Schritte auf Holz, den Flur entlang, an dem Zimmer für die Kinder vorbei (ein einziges Schlafzimmer) bis zum Elternschlafzimmer, aber sie kam zu spät. Die Badezimmertür fiel ins Schloss. Das Klicken eines kleinen Riegels. »Mom«, sagte sie. Sie klopfte an die Tür.

»Geh«, sage Fola. »Geh und leb dein Leben.«

Sie klopfte wieder. »Bitte, Mom. Es tut mir leid.«

Aber Fola sagte nichts und kam auch nicht heraus. Sadie saß vor der verriegelten Tür zum Badezimmer ihrer Mutter, dieser Kammer der Geheimnisse, eine Stunde, vielleicht länger, während draußen die Sonne unterging, tropfendes Orange, und es im Schlafzimmer dunkel wurde und dann mondhell, blassgrau. Schließlich stand sie auf, klopfte noch einmal, verkündete: »Ich gehe jetzt« und wartete darauf, dass Fola die Tür öffnete. Sie tat es nicht. »Ich hab dich lieb.« Keine Antwort. Knoten im Magen. Sie ging in ihr eigenes Zimmer, gab ein spätes Lunch von sich. Dann wieder zurück in die Küche, zurück zum Tatort, wo sie das Chaos beseitigte, dann rief sie ein rotes Taxi, packte ihre Sachen, fuhr mit dem Taxi zum Bahnhof, mit dem Zug zurück zur Uni, und ihr war immer noch nicht klar, was sie eigentlich gemeint hatte mit all den Sachen, die sie gesagt hatte.

Fola rief am Abend nicht an. Fola hat sich seither nicht mehr gemeldet. Ein paar Tage später rief Olu an, um ihr zu sagen, dass sie umziehe. »Was heißt das, sie zieht um?«

»Sie zieht nach Ghana.«

»Wann?«

»Am Freitag.«

»*Wie bitte?*«

»Mehr hat sie nicht gesagt. Und ihr habt immer noch nicht wieder miteinander geredet. Du musst sie anrufen, Say.«

»Ich weiß.«

Aber sie ruft Fola nicht an.

Sie möchte ihr sagen, dass sie sie liebt, dass es ihr leidtut, dass sie keine Sekunde lang vorhatte, so schreckliche Sachen zu sagen, und dass Fola nicht allein ist, auch wenn es in der Wohnung in Coolidge Corner vielleicht so aussieht und sie das vielleicht denkt – aber sie schafft es nicht: denn zwei der vier Dinge sind nicht wahr, und sie hat Folas neue Nummer nicht.

Deine Mutter ist fort, denkt sie, in Kleidern auf dem Bett zusammengerollt, auf dieser Decke, die nach Vergangenheit riecht, nach einer Zeit, die sehr kurz war, als sie noch in einem Haus wohnten mit dem Mann-aus-der-Geschichte und sie noch ein Ganzes waren. Sadie weint sehr leise, sie weint um alles, was *wahr ist*, um den Verlust dieses Mannes und weil sie ihre Mutter vermisst, weil alles so leicht geworden ist und weil sie sich so verloren fühlt, weil sie alle so allein sind, so weit weg voneinander entfernt, so diffus. Was sie Fola nicht sagen kann, ist, warum sie Weihnachten hasst, warum sie sich danach sehnt, während dieser Woche in St. Barth's zu verschwinden: damit sie die Distanz nicht spüren muss, den herzzerbrechenden Unterschied zwischen dem, was aus ihnen geworden ist, und dem, was eine Familie sein sollte. In St. Barth's und bei den sonnengebräunten Negropontes bleibt sie wenigstens von der Ikonographie verschont: die Werbung im Fernsehen und die Schaufenster in der Einkaufsstraße und die Lieder und die Versicherungen, dies sei doch die schönste Zeit des Jahres. In St. Barth's kann sie von außen beobachten, wie alle streiten und lachen, die Familie beim Spielen, und zwar eine echte, eine echte Familie, bei der nicht alle so tun, als wären sie glücklich, weil Weihnachten ist, sondern bei der alle wegen St. Barth's glücklich sind. Der Strand und die Sonne und die Boote – alles riecht verlogen, die Wahrheit ist für jeden sichtbar: dass die ganze Angelegenheit nichts als Heuchelei ist, geröstete Kastanien und Schlittenglöckchen, und ihre größte Angst ist die Realität: Sie gehört nicht dazu. Aber sie *soll* ja auch gar nicht dazu gehören. Hier nicht.

Was sie Fola nicht sagen könnte: dass es viel weniger weh tut, bei einer Familie, die nicht ihre eigene ist, nicht dazuzugehören, als in Boston herumzusitzen, nur sie beide, zu lächeln und sich gegenseitig die Gründe aufzuzählen, warum sonst keiner heimkommt. Selbst wenn sie kommen – Ling und Olu und Taiwo, Kehinde aus London –, ist es nicht das Gleiche. Fola denkt, sie kann die Dinge ändern, aber Sadie weiß es besser, sie weiß, dass alle nur eines tun werden, nur eines tun *können*, nämlich lügen. Und sie will es nicht an irgendeinem Esstisch verkünden, in der Wohnung, in die Fola aus einer Laune heraus an einem Wochenende gezogen ist, sie will nicht dasitzen mit ihrem Bruder und den Zwillingen und ihrer Mutter, und alle lügen mit ihrem Lächeln, jeder von ihnen fühlt sich absolut allein, und sie essen entweder etwas Nigerianisches, von Fola gekocht, was lecker schmeckt, aber angesichts von Baum und Schnee irgendwie unpassend wirkt, oder sie essen ein traditionelles Weihnachtsgericht, das *noch unpassender* wirkt und nicht lecker schmeckt, weil es von der Restaurant-Kette *Boston Market* stammt. Beim Gedanken daran kommen ihr die Tränen. Die ganze Bagage, die versprengte Fünfergruppe (einer weniger), und alle essen gebackene Bohnen. Und so weint sie sich in den Schlaf, angekleidet, und weil keiner kommt, um nach ihr zu sehen, schläft sie stundenlang, ungestört.

* * *

273

Jemand klopft an die Tür.

Sie schläft auf der Kente-Decke, immer noch in Kleidern. Öffnet die Augen, blickt sich in dem leuchtend grauen Wohnheimzimmer um und späht dann aus dem Fenster: eine dicke Schneedecke. Sonnenaufgang, blasses Rosarot, das große Finale des Schneesturms, absolute Stille, die ganze Welt weiß gewaschen. Sie schaut auf die Uhr ihres iPhones, reibt sich die Augen, die brennen und verquollen sind vom Weinen. Und denkt, es war ein Traum – der Anruf, der Kuss –, da klopft es wieder leise, und die Tür öffnet sich einen Spaltbreit.

Da ist sie. Die wunderschöne, unpassend gekleidete Taiwo, ihr Gesicht von der Kälte rötlich braun. Sie steckt den Kopf zur Tür herein, noch Schnee in ihren Dreadlocks, und ihr weißer Pelzmantel riecht penetrant nach Parfum. »Du bist noch da«, ruft sie atemlos. »Gottseidank, dass du noch nicht weg bist.« Und dann sagt sie noch, dass sie sich geirrt hat, dass sie nach ihrem Telefongespräch zur Grand Central Station gerannt ist und dort einen Zug nach New Haven gesucht hat, weil sie ihren Irrtum bemerkt hat – es stimmt nicht, dass es nichts gibt, wo sie hingehen kann, niemanden, keinen Zufluchtsort. Sadie wird zwanzig, Baby Sadie, am College, und die hat Geburtstag ... und Sadie kann ihr nicht folgen, weil sie vor Verwunderung ganz taub ist, in ihrem Kopf blinken nur immer wieder dieselben drei Wörter, an, aus, an, aus. Wenn sie viele Jahre später an diesen Moment denkt – wie ihre Schwester auf der Schwelle ihres Wohnheimzimmers in Yale steht, voller Schneeflocken, in Highheels, wie sie die Tür schließt und verstummt, wie sie sich zu ihr legt, auf das extra lange Doppelbett, wie sie die Arme um Sadie schlingt, Flügel aus weißem Pelz, Flügel, die seltsamerweise nach Vater riechen, nach jemandem, den Sadie nicht kennt –, wenn sie daran denkt, wird sie nur ihre Stimme im Kopf hören, in der Stille: *Sie ist gekommen sie ist gekommen sie ist gekommen sie ist gekommen sie ist gekommen.*

Fünf

Sie fahren in die Stadt, Sadies Kopf auf Taiwos Schulter, Taiwos Kopf am Fenster, und sie tun beide so, als würden sie schlafen. Am Bahnhof angekommen, überlegt Taiwo, ob Sadie nicht die Professorin kontaktieren sollte und ihre Arbeit jetzt vorbeibringen? Sie sind näher bei Brooklyn, erklärt sie in der Grand Central Station, sie können ein Taxi nehmen und dann die U-Bahn uptown. Sadie sagt, es ist doch irgendwie peinlich, eine Professorin anzurufen, sie will den Essay einfach nur in den Briefkasten stecken, mit einem Zettel. Sie holt einen braunen Umschlag hervor, auf dem hinten von Hand geschrieben steht: »N° 79 Huron Street, Brooklyn, New York«. Ein mürrischer russischer Taxifahrer erklärt sich nach einigem Brummen bereit, sie hinzubringen, aber nur gegen Bargeld, über die Queensboro Bridge, und er will wissen, was man an einem Sonntagmorgen um zehn in Greenpoint wollen kann, außer vielleicht Krakauer Wurst? Taiwo schaut hinaus, sieht die Ladenschilder auf Polnisch, die weißen Zäune, den sauberen roten Backstein. Hier war sie noch nie. Als sie am Ziel sind, runzelt sie fragend die Stirn. Der Fahrer, ebenfalls skeptisch, sagt: »Nummer siebenundneunzig. Wir sind da.« Nummer siebenundneunzig Huron Street sieht eher aus wie ein Bunker, ein kleines Lagerhaus oder eine Garage, jedenfalls nicht wie ein Wohnhaus, mit seinem riesigen Gittermuster aus Fenstern mit Industrierahmen, die aber zu hoch sind, um hineinzusehen, eine rostige Haustür. Taiwo fragt Sadie, ob sie sicher ist, dass die Adresse stimmt – was für eine Professorin wohnt denn in einer Doppelgarage? Sadie sagt, eine Professorin für feministische Theorie in Yale, und öffnet die Wagentür auf ihrer Seite, während Taiwo, die neue Beschützergefühle für ihre Schwester empfindet, zum Fahrer sagt: »Lassen Sie die Uhr weiterlaufen« und dann auf ihrer Seite aussteigt. Sadie, plötzlich mutlos, reicht Taiwo den Umschlag. Taiwo, plötzlich galant, sagt: »Bleib im Wagen« und turnte dann irgendwie über die Schneeberge, die den Gehweg bedeckten, bis zu der Tür des eigenartigen Warenlager-Hauses. Dort sucht sie mit zusammengekniffenen Augen nach einem Briefschlitz oder einem Briefkasten, und dann sieht sie es.

Sie sieht den Namen an der Klingel.

Sechs

Kehinde hört »Danse Macabre« von Saint-Saëns, außerdem das Pfeifen eines Wasserkessels und das regelmäßige Surren der Heizung. Zwar wird er sich später daran erinnern, dass er ein Rascheln gehört hat und nachsehen wollte, aber eigentlich spürt er nur (hört nicht), dass jemand an der Tür ist. In seiner Brust, auf der linken Seite, ein leichtes Ziehen. Er lässt das Bild, den Kessel, die Heizung im Stich und geht ruhig zum Eingang, den Flur entlang zur Tür. Am Sonntag kann es nicht der Postbote sein, denkt er, aber wer dann? Die einzigen Menschen, die wissen, dass er in Brooklyn ist, sind seine Assistentin in London und sein Händler in Bern (der ganze Rest scheint zu denken, dass er sich in Mali verkrochen hat oder dass er, nach den Auktionsergebnissen zu urteilen, tot sein muss). Er hält einen Pinsel in der Hand, von dem blaue Farbe auf den Boden tropft, leuchtendes Aquamarin, mit Weiß vermischt, wie die Farben in Fez. Er trägt, was er immer bei der

Arbeit trägt: eine Jogginghose mit Farbspritzern, ein NYU-T-Shirt, marokkanische Babouches. Vielleicht hätte er den Wasserkessel ausmachen sollen oder den Pinsel weglegen, bevor er an die Tür geht, denkt er, und dass das Blau noch mehr Weiß braucht, dass es im Flur kalt ist, ein Sammelsurium aus Gedanken und *ein* klarer Gedanke, der Gedanke an sie, als er zerstreut die Tür öffnet – er schaut nicht hin, so dass er sie nur hört (nicht sieht): seine Schwester.

»Bist du das?«

Sie steht in seiner Tür, hinter ihr ein Taxi, die Beifahrertür offen, und Sadie steigt aus. Ihre Augen, die seine Augen sind, füllen sich mit Tränen, genau wie seine. Sie berührt seine Wange, seinen Unterkiefer, sein Kinn, den dünnen Bart, den er seit dem Sommer trägt (etwas Neues, das Eine, wodurch sein schmales Gesicht nicht *ihr* Gesicht ist, das Einzige, was sie beide sehen können, von all den Dingen, die in den vielen Monaten ohne Kontakt zwischen sie getreten sind), tastend berührt sie den Bart, nur mit den Fingerspitzen, eine Pianistin, eine Blinde, die diesen neuen Unterschied zwischen ihnen, die neue Distanz zwischen ihnen in sich aufnimmt, die Augen weit aufgerissen, während sie ihn nur ganz vorsichtig berührt, als könnte er verschwinden, wenn sie zu fest drückt, als könnte sie dadurch die Illusion zerstören, dass sie beide hier sind, jetzt, nach allem, was gesagt und nicht gesagt wurde und was zwischen sie getreten ist, die Illusion, dass alles, was von dieser Ferne noch übrigbleibt, der Pelz ist. Da beginnen ihre Hände zu zittern, *vor Kälte,* könnte er denken, wäre da nicht die Hitze in seinen eigenen Fingerspitzen.

Scham.

Ihre. Die anderswoher kommt, jetzt vertraut, unverkennbar. Ihre Scham, die er spürt, als wäre es *seine* Scham, was sie aber nicht ist, auch wenn die Scham für beide zur selben Zeit und am selben Ort geboren wurde, ganz ähnlich wie sie selbst, es sind getrennte Schamgefühle beim selben Gedanken. *Wir dürfen einander nicht berühren.* Sie denkt es, er fühlt es, sie lässt die Hand sinken, er senkt den Blick, sagt erst: »Ja«, dann: »Ich bin's«, sagt es zu seinen mit Farbe verschmierten Fingern, und sie, ungläubig: »Hier *lebst* du also?«

Hier heißt: über dem Atelier, ein zweistöckiger Arbeitsplatz mit dicken, weiß gestrichenen Backsteinwänden und Oberlichtern und neun halbfertigen Porträts, die an der hinteren Wand lehnen. Er hofft, dass seine Schwestern diese Bilder von ihren Sesseln bei der blau gestrichenen Tür nicht sehen. Die Tür ist noch das Original, er hat die massive Garagentür behalten, als er das Gebäude letztes Jahr von dem älteren Jugoslawen gekauft hat, der an der Ecke wohnt und Autos repariert hat, bevor er krank wurde. Ein kleiner Vorraum beim Eingang, ein

279

»Empfangsraum« für Gäste, falls welche kommen, ein Teppich, ein grober Holztisch mit drei Stühlen, Frank Lloyd Wright Stühlen, das Geschenk eines inzwischen verstorbenen Bewunderers, eines Kunstkritikers, der sie gegen ein Porträt getauscht hat. Sonst nichts. Nur die Farben und das eine Projekt, an dem er gerade arbeitet, auf dem Beton ausgebreitet, gut zwei Meter lang, sogenanntes »Schlammtuch«, die neue Entdeckung, eine andere Richtung nach den Porträts aus Perlarbeit, die er gemacht hat, seit er ins Ausland gegangen ist.

Oben an der Treppe, mit Blick auf das Atelier, ist ein Zwischengeschoss, mit einer Küche, einem Badezimmer und einem Bett, mit zwei weißen Backsteinwänden und einem Fenster, vom Boden bis zur Decke, durch das man auf eine Art Dachterrasse kommt. Hier wohnt er. Seit einem Jahr, ein bisschen länger sogar, nachdem die Ärzte zu dem Schluss gekommen waren, dass er es wagen konnte – nach sechs Monaten Gespräche, Entspannungsmitteln und ständigem Wiederholen der Gründe, weshalb er sterben wollte (es gab nur einen). Stationär in einem Zimmer mit Blick auf einen Garten, sehr nieselig und englisch und irgendwie beruhigend, wie unter Wasser, lauter Grün- und Grautöne, Porzellankrankenschwestern und Porzellangeschirr für Schmerztabletten und Tee. Ein halbes Jahr schaute er diesen Garten an und malte, während die Narben langsam braungrau wurden und die grauen Zweige grün, bis dann Dr. Shipman eines Tages im August sagte: »Sie sind bereit«, die buschigen weißen Augenbrauen hochgezogen, »zu leben.«

Hierher ist er gekommen. Ist im August von London weggegangen, als die Blumen in den Parks vor Hitze verrückt wurden. Er bat Sangna, seine Wohnung zusammenzupacken und alles zu verschicken. Er selbst war unfähig, den Ort der Handlung zu sehen. Und sie tat es. Die heilige Sangna, seine Assistentin und Steuerberaterin, ohne die er nicht mehr ein Teil der Welt wäre. In seinem Kopf, in seiner Haut, klar, da könnte er ohne sie weitermachen, ein Geist, der nur zu Gast ist, ein Traum, auf der Durchreise – aber die Außenwelt? Die Welt der Objekte? Die Kunstwelt? Die Körperwelt? Nicht ohne Sangna. Nein. Nicht mal einen Tag. Er würde davonfliegen, wie ein roter Ballon, aus seinem Körper und durch seine Kunst hinauf zu den Wolken, wo er platzen würde, wenn Sangna nicht wäre, die Schnur, die unter ihm zur Erde hinunter wirbelt, sich in der Luft ausbreitet wie ein entflochtener Zopf. Sangna wurde von ihrer Familie aus der Rhode Island School of Design herausgerissen und zur Besserung auf die London School of Economics geschickt. Bei einer Vernissage kam sie auf ihn zu: »Mr Sai, ich bin Sangna. Ich habe einen Abschluss in Betriebswirtschaft, und ich kann Farbe mischen.« Er war sechsundzwanzig, jung, das Geld neu, das Geld fremd, genau wie der Ruhm und die Welt. Sie war dreißig, sah aus wie zwanzig, der lange Zopf und die Brille, so dünn und braun wie er als Kind war, geerdet, Bodenhaftung gebend, knappe Sprechweise, Gujarati, nüchtern; die Händler hatten allesamt Angst vor ihr, worüber sie beide lachen mussten, während sie in seiner Wohnung auf dem Fußboden saßen, wo sie oft ihr Essen zu sich nahmen, *Aloo gobi* und Chapati, von Sangnas Tanten gebacken. Sangna, die eine Woche nach New York geflogen war, auf den Hinweis eines Käufers hin, »dort steht ein Lagerhaus zum Verkauf«: Sie fuhr nach Greenpoint mit Bargeld, verbrachte eine Stunde mit Hristo, handelte den Preis um ein paar tausend Dollar herunter und kaufte ihm ein Zuhause – und an einem frühen Oktobermorgen rief sie ihn dann von London an, »Ich hab sie gefunden«, ihre Stimme so ruhig wie immer, »New York«, eine Adresse in der Lafayette Street in Soho, wo er seither hingeht, pünktlich um neun, jeden Abend.

Nur um sie zu sehen.

Sechzig Sekunden, nie länger, oft kürzer, nur um vom Gehweg aus alles zu beobachten, um sie zu sehen, wenn sie vorbeieilt, gefärbte bronzene Dreadlocks, schwungvoll wippend, wippend, am Fenster vorbei. Nur um zu wissen, dass sie in seiner Nähe ist. Hineinspähen und dann nach Hause gehen. Komisch, dass ihn noch nie jemand bemerkt oder angemeckert hat: ein schwarzer Mann mit Dreadlocks, am Fenster, ohne Mantel. Aber das ist ja schon immer sein Zaubertrick, da zu sein, ohne da zu sein, seine Gestalt zu verwischen, nicht gesehen zu werden. Davon lebt er. Von der Kunst, nicht da zu sein. Mit Sangna, die dableibt, die Geld nach Yale schickt und zu Vernissagen geht und Interviews verweigert und überhaupt am Steuer des Mutterschiffs in Shoreditch sitzt (in ihrem Loft, früher seinem) und die Gemälde für astronomische Summen verkauft, weil sich das Gerücht verbreitet, er sei in der Badewanne verblutet, das tragische Ende des *It-Boys* der Kunstwelt, eine Art düster komischer Kommentar zum Wesen dieser Szene, wo nichts so spannend ist wie der frühe Tod eines Künstlers.

Aber wie kann er es ihr sagen – jetzt, da sie vor ihm steht, die verschwommene Erscheinung am Fenster nun aus Fleisch und Blut –, wenn sie sagt: *Du bist hier, so nah, ohne anzurufen, schon die ganze Zeit, in* Brooklyn, *gleich auf der anderen Seite der Brücke?* Er kann nur sagen, dass das so nicht stimmt, dass er eigentlich gar nicht hier »lebt« oder dass er hier lebt, ohne zu leben, womit er meint, ohne zu leiden und ohne Leid zuzufügen. Das ist alles, was er will, und alles, was er zu erreichen versuchte, als er sich in beide Handgelenke ein feines T geritzt hat. Er suchte einen Ausweg aus dem Leid – für sie, die so voller Leben ist, die schon immer ganz auf der Erde lebt, in der Welt, in ihr und von ihr, weder geerdet noch Bodenhaftung gebend, sondern selbst der Boden, die Leinwand selbst.

»Hier lebst du also?«, sagt sie, späht hinter ihn, dann schaut sie ihn an.

Er schüttelt den Kopf. »…«, dann: »Kommt rein.«

Später, im Haus, wieder drei versammelt, und alle pusten auf den Blättertee (und auf andere Dinge, heiße Dinge, um die Qual abzukühlen, so wie man ein Baby beruhigt, *schschsch*), – da beginnt Sadie zu erklären. »Ich wollte dich anrufen«, sagt sie verlegen zu Kehinde. »Aber ich hatte keine Nummer. Ich habe nur das da.« Sie hält die Karte hoch, die er ihr zum Geburtstag gemacht hat, auf der einen Seite eine Zeichnung mit schlichten Pastellfarben, braun und lila und orange, ihr Gesicht, angedeutet, Nahaufnahme, auf der anderen Seite in seiner Handschrift: *happy birthday, baby s. D*ie Karte hat er ihr per Express und in Plastik gehüllt geschickt, und auf das Etikett hat er, wie verlangt, die Adresse des Absenders gekritzelt. »Also habe ich die Geschichte mit der Seminararbeit erfunden, keine Ahnung, aber irgendwie stimmt das ja, wir müssen ja welche schreiben, statt einer Prüfung, und die Professorin hat gesagt, wenn wir nach Freitag noch mehr Zeit brauchen, dann können wir die Unterlagen beim Portier in ihrem Gebäude in New York abgeben, aber klar, ich habe gelogen« – mit einem kurzen Blick auf Taiwo – »weil ich gedacht habe, du kommst nicht mit, wenn ich die Wahrheit sage« – mit einem kurzen Blick auf Kehinde – »du versteckst dich ja irgendwie hier, und kein Mensch kann dich anrufen …« In der Art redet sie weiter, aber Kehinde hört kein Wort, wegen der Stille, wegen des Schweigens, das sich manchmal auf seine Zunge und seine Ohren legt. Wie eine Mutter, die schützend die Ohren ihres kleinen Kindes bedeckt, wenn etwas in seiner Nähe zu viel Krach macht, oder die seine Augen gegen das Sonnenlicht abschirmt. Zwei sanfte stille Hände, die auf seinem Mund und seinen Ohren ruhen. »… Seid ihr sauer?« Sadie runzelt die Stirn und schaut erst Kehinde an, dann Taiwo. »Was ist mit dem los?«

»Gar nichts«, sagt Taiwo und trinkt einen Schluck Tee.

»Ich bin nicht sauer auf dich«, sagt er in seinem Kopf.

»Warum sagst du nichts?«

»Ich weiß nicht, warum«, sagt er in seinem Kopf.

»Er weiß es nicht.« Taiwo nickt Sadie zu, mit einer auffordernden Handbewegung: »Red weiter.«

»Wir sind ja noch gar nicht bis zum schlimmen Teil gekommen«, seufzt Sadie. Sie schaut Kehinde mitfühlend an. Sie sieht aus wie ihr Vater. Die schrägen Augen in Tälern aus Knochen. Kehinde hat sie

285

immer irgendwie deswegen beneidet, Sadie und seinen Bruder, dass sie den Menschen ähnlich sehen, von denen sie kommen: Olu eine dunklere Fola, klassisch Yoruba, Sadie ein hellerer Kweku, klassisch Ga. »Ursprungs-kompromisslos«, nennt er diese Art von Gesichtszügen, Kennzeichen eines Volkes mit zähen Genen oder sonst das Ergebnis eines Prozesses der Verfeinerung und Verstärkung durch Jahrhunderte der Fortpflanzung. Äthiopische Augen, indianische Wangenknochen, die schwarzen Haare / die blauen Augen der Waliser, nordisch blasser Teint – all das ist eine Dokumentation, denkt er, die visuelle Aufzeichnung der Geschichte eines Volkes, groß geschrieben, in der Welt. Dass er bei seiner Mutter und bei seinem Bruder die gleiche irgendwie quadratische Mundform, die hoch gewölbten Brauenknochen und die majestätische Hakennase vorfindet, die er auch bei rituellen Masken sieht, welche im 16. Jahrhundert von Kunsthandwerkern aus Elfenbein geschnitzt wurden – dass das Gesicht sich wiederholt, das immer wieder gleiche Gesicht, über Generationen und Ozeane und Liebende und Kriege hinweg, wie die Matrix eines Graphikers, eine gute Matrix, eine, die man immer wieder verwenden kann – für Kehinde ist das ein Wunder. Er beneidet sie alle darum. Seine Geschwister und seine Eltern gehören zu einem Volk, sie tragen den Stempel der Zugehörigkeit.

Er und Taiwo nicht. Ihre Gesichtszüge sind auch ein Kennzeichen, ja, aber nicht für ein Volk, nicht für die Kunstgeschichte des Volk-Seins, konstant und stark, sondern für eine kurze, chaotische, weniger wichtige Geschichte von Menschen, klein geschrieben, von zweien jedenfalls, die sich irgendwann geliebt haben. Als Kinder haben sie beschlossen, dass sie Aliens sein müssen oder adoptiert wurden, trotz des lustigen Fotos von ihrer Mutter, das im Flur hing (Fola wahnsinnig schwanger, neben einem grinsenden Mr Charlie mit der rosaroten Doppeltomate, die sie in seinem Garten angepflanzt hatte). Erst später, mit dreizehn, in Lagos, als sie gerade bei Onkel Femi angekommen waren und in den Salon geführt wurden, da sahen sie, auf der Schwelle und starr vor Staunen, das Gesicht, von dem ihres kam, weiß, an der Wand.

Die Frau hinter ihnen, Tante Niké, schob sie weiter, die rubinroten Krallenfingernägel gruben sich in ihre Haut. »Was ist denn los?«, fragte sie – oder besser spuckte sie aus: feindselige Zischlaute, ein starker Lagos-Akzent, dazu passend das böse Gesicht. Niké drängelte und schubste ohne Pause, seit sie am Flughafen gelandet waren, und sie waren beide stumm vor Staunen, was die Tante für Ehrfurcht hielt, während sie ihre Koffer zog. »Hier entlang, Kinder«, rief sie und stieß sie in den Mercedes. »Fasst das Leder ja nicht an, *ehn*, eure Finger sind schmierig.«

Lagos hinter dem Fenster war nicht so, wie Kehinde es sich vorgestellt hatte, nicht üppig, nicht wie die Tropen, knallig gelb und grün. Lagos war grau, städisch-grau, die Luft versmogt und der Himmel bedeckt und durch hohe Gebäude verbaut, ein schmutziges Hongkong. Der Highway vom Flughafen war verstopft von riesigen Lastern und rostigen Okadas und zwischendurch immer wieder ein glänzender Mercedes, alle hupten, ein ununterbrochenes Gejaule der Empörung, die ganze Stadt sang eine Arie der Qual. Die Palmen wirkten erschöpft. Der Hafen war grau, die gleiche Farbe wie der Himmel, voller Lastkähne und Yachten. Als sie über die Brücke fuhren und die Insel Ikeja verließen, um aufs Festland zu gelangen, sah Kehinde ein riesiges Schild: THIS IS LAGOS. Nicht *Willkommen in Lagos,* nicht *Lagos heißt Sie willkommen,* sondern einfach nur THIS IS LAGOS.

»Das ist Lagos«, zischte Niké.

Er fand sie grotesk, diese Tante Niké, von der er noch nie gehört hatte und die ihre Haut mit chemischen Mitteln zu einem blassen Grau-Beige gebleicht hatte und deren gelbbraune Perückenhaare glatt auf die Schultern fielen. Roter Lippenstift und Rougepuder ließen ihren Mund und ihre Wangen blutig erscheinen, aber die schwarzen Augen verrieten sie – zeigten den angehäuften, abgestandenen Kummer, wie ranzige Pfützen. Grinsend kniff sie ihn in die

Wange und zog. »Hübscher Junge, was?« Er hatte keine Angst vor ihr, da nicht, noch nicht.

Sie fuhren durch das Tor zum Apartment ihres Onkels, das von außen nicht nach viel aussah, vier oder fünf Stockwerke. Erst als sie die Vorhalle durchquerten und dann den Aufzug betraten, begriffen sie, um welche Ausmaße es hier ging. Das gesamte Gebäude gehörte dem Onkel. Alles, die ganzen vier Stockwerke gehörten ihm. Er warte oben im Penthouse, wurde ihnen auf dem Weg nach oben mitgeteilt. Niké schubste sie aus dem Aufzug. »Lasst euer Gepäck stehen – für die Houseboys«, mit der unbeherrschten Ungeduld eines Kindes an Weihnachten, »nach links, *ehn,* er wartet schon«, den extrem breiten Flur entlang zu einer großen Flügeltür, die weit offen stand und aus der laute Opernmusik schallte.

Ja, tatsächlich, er wartete. Dieser Onkel Femi, von dem sie gehört hatten und der erst spät aus dem Nichts auf dem Plan erschienen war, vor ein paar Monaten: die ideale Lösung für das Problem »Auf welche Highschool können die Zwillinge gehen?«, nachdem ihr Vater abgehauen und die Gebühren für die Prepschool unbezahlbar waren. Zu den Alternativen gehörte die angesehene öffentliche Highschool, die ihre Mutter an einem unseligen Nachmittag aufgesucht hatte: Sie bog gerade auf den Parkplatz ein, als ein Bus mit Metco-Schülern zwei Jungen ablud, die sich sofort prügelten und beschimpften. Die unangenehmste Lösung war Olus Schule, die Milton Academy. Dort musste man darum bitten (in Folas Worten, »betteln«), dass noch einmal geprüft wurde, ob sie vielleicht einen Anspruch auf finanzielle Unterstützung hatten. Erschwerend kam nämlich hinzu, dass sie drei Jahre lang, als Olu auf die Schule ging, die volle Gebühr bezahlt hatten und in der Zwischenzeit niemand gestorben war. Dann tauchte plötzlich aus heiterem Himmel dieser nigerianische Onkel auf, bei dem sie wohnen konnten, während sie die internationale Schule in Lagos besuchten, wo sie der potentiellen Indoktrinierung durch eine »pathologisch kriminalisierte Kultur« entkommen konnten. Während ihre Mutter als alleinerziehende, arbeitende Mutter sich wieder zurechtzufinden versuchte.

Fola, die ihren Bruder bis dahin kein einziges Mal erwähnt hatte – so wenig wie irgendwelche anderen Familienmitglieder oder sonst etwas aus ihrer Vergangenheit –, setzte ihn und Taiwo einfach an den Tisch in der Küche. »Ich schaffe das nicht im Moment …«, begann sie. Dann schüttelte sie den Kopf, schloss die Augen, schlug die Hand vor den Mund, als wollte sie den Schmerz zwingen, in ihrer Kehle zu bleiben. Kehinde spürte, wie ihr die Tränen hochstiegen, in der Mitte, starrte sie aber nur an, reglos, unfähig zu sprechen. Er wollte sagen: »Mach dir keine Sorgen, er kommt zurück, Mom.« Er wollte sagen:

»Dr. Yuki hat ihn zur Vordertür hinausgeworfen.« Aber im Volvo hatte er ein Versprechen gegeben. *Könntest du vielleicht lieber nicht erwähnen, dass – Keine Sorge. Versprochen. Ich sage nichts.* Also sagte er kein Wort.

Fola wischte sich die Augen, holte tief Luft, schüttelte wieder den Kopf. »Entschuldigung«, sagte sie.

Kehinde sagte: »Ist okay.«

Taiwo sagte: »Was schaffst du nicht?«

»Mit euch vieren.« Ihre Augen und ihre Stimme matt. »Jedenfalls jetzt im Moment. Mein B-Bruder in Lagos, euer Onkel Femi, hat es angeboten.«

»Was hat er angeboten?«, wollte Taiwo wissen.

»Euch zu nehmen. Jetzt erst mal.«

»Uns zu nehmen? Wo?« Taiwos Stimme wurde lauter. »In Lagos? Du hast noch nie von einem Bruder erzählt.« Dann: »Du schickst uns weg, damit wir bei fremden Leuten wohnen.« Sie lachte. »Kommt Olu auch mit? Und Say? Oder geht es nur um uns?«

Fola schüttelte den Kopf. »Olu ist im letzten Highschool-Jahr.«

»Und Sadie?!«, schrie Taiwo. »Sie ist dein Lieblingskind, stimmt's?«

Sadie war im Pyjama in der Küchentür erschienen, fast unhörbar. Nur Kehinde blickte auf. »Niemand hat mich geholt«, murmelte sie leise, niedlich.

»Ist schon okay«, flüsterte Kehinde. »Komm her. Wir sind alle hier.«

»Wir sind *nicht* alle hier!«, rief Taiwo mit beben-der Stimme und stand auf. »Er hat uns mit ihr allein gelassen, und jetzt schmeißt sie uns raus!« Sie schau-te ihre Mutter an, die aus dem Fenster schaute. Kehinde folgte ihrem Blick, zum Rand der Route 9.

»Er hat sie mitgenommen. Er hat die Statue mit-genommen«, murmelte Fola abgelenkt.

»Er hätte dir das nie erlaubt!«, tobte Taiwo und stürmte aus der Küche.

Kehinde schaute Sadie an, lächelte warm. »Mach dir keine Sorgen.«

Fola schaute Kehinde an, zuckte die Achseln. »Was soll ich tun?«

»Mach dir keine Sorgen«, wiederholte er. »Es ist okay, Mom. Das ist sehr nett von deinem Bruder. Dass er das Angebot gemacht hat, meine ich.«

Er stellte sich diesen Bruder als eine männliche Version von Fola vor, also als eine ältere Version von Olu. Eine Art Yoruba-Version von Daddy Warbucks. Aber was er nun im vierten Stock von der Schwelle aus sah, war eine Gestalt mit erstarrten Augen und erstarrten Füßen, die sich nicht bewegen wollten, er war weder kahl noch kräftig wie Daddy Warbucks, sondern schlank und ruhte lässig auf einem Leopar-den-Wasserbett. Die Absurdität des Bildes – Femi, der sie erwartete, wie ein Schah seine Hofdamen er-wartet, mit reifen Trauben und in einem Outfit, das zu Fela Kuti auf dem Höhepunkt der siebziger Jahren gepasst hätte (es war 1993), in diesem Raum mit seinem Dschungel aus Palmen in Kübeln und Zebrafell-Teppichen auf dem weißen Marmorfußboden – diese Absurdität fiel Kehinde gar nicht auf. Weil er so schockiert war von dem Porträt, das düster und bedrohlich über dem Kamin hing und auf das Leoparden-Bett hinunterblickte.

Er hatte sie noch nie gesehen – eine Frau, eine junge Frau, eine atemberaubend schöne Frau –, noch nie in seinem Leben, und er konnte buchstäblich seine Augen nicht von ihren Augen nehmen, die seine Augen waren und Taiwos Augen. »Wer …? W-wer ist das?« Taiwo zitterte, griff instinktiv nach Kehinde. Er drückte ihre Hand, spürte ihr Erschrecken und ihre Angst. Sie kam näher und drückte sich an ihn. Unverwandt starrten sie beide auf das Bild und gingen keinen Schritt weiter.

Die Gestalt bewegte sich, richtete sich auf, drehte den Oberkörper so, dass auch er das Bild betrachtete. Man hörte ein lautes, schrilles Lachen, ohne Fröhlichkeit, ohne Wärme. Entzückt klatschte er in die Hände. »Ihr *wisst* das nicht?« Er sprach mit einem Akzent, der ähnlich war wie wie der ihrer Mutter (eine starke Prise »England«, eine Spur »Äquator«), und er sprach leise, fast zärtlich, wie jemand, der gelernt hat, dass in einem Land der Schreihälse ein Mann der leisen Töne König ist. »Niké, wer ist das?« Er wandte sich zu seiner Frau, die immer noch die Schultern der Zwillinge wie Lenkstangen umklammerte. »Mmm?« Sein Blick fiel auf Kehinde, der den Schatten spürte, sich von dem Porträt löste und den Blick erwiderte.

Der Onkel musterte ihn, erhob sich lächelnd, doch seine Augen wurden hart, dunkel, was gar nicht zu seinem Lächeln passte, feindselig, lauernd, wie jemand, der ein Kind anlockt, das in einem Einkaufszentrum allein gelassen wurde, hart, ein schwarzes Funkeln. Im Stehen wirkte er imposant, nicht attraktiv, sondern wie jemand, der auffällt, geschmeidig wie eine Frau, mit langen, schmalen Gliedmaßen, ganz gerade, mit sehnigen Muskeln, entspannt, wie ein Tänzer, aber alles andere als schön, nicht im Gesicht. Das Gesicht bestand nur aus Ecken und Kanten, die Augen mit den dicken Lidern zu weit offen und rot umrandet, ein stumpfer, trüber Braunton, eine nach oben zeigende Nase, ein zu tief sitzender Mund, die Proportionen waren das Problem, schmale Wangen, viel zu eng für die breiten Gesichtszüge. *Fast hässlich*, dachte Kehinde, obwohl er das Wort sparsam und mit Respekt verwendete, ähnlich wie »schön«, genauso ehrfurchtsvoll. Sie war etwas Kostbares, die Hässlichkeit, beim Menschen, in der Natur. Er registrierte das immer auf Flughäfen, in Zügen: dass die meisten Leute ganz okay aussahen (wenn auch unscheinbar), mit harmlosen Gesichtszügen, die gut komponiert waren oder jedenfalls ziemlich gut. Er merkte, dass man nach Hässlichkeit suchen musste, nach natürlicher Hässlichkeit, so wie nach natürlicher Schönheit, und was noch vertrackter war: Kaum hatte er sie gefunden und still für sich ein Ding als hässlich bezeichnet, da entdeckte er auch schon in der Hässlichkeit eine Art von Schönheit. Er starrte auf ein Gesicht, wie auf diese *Magic Eye*-Stereogramme, bei denen dreidimensionale Bilder aus zweidimensionalen auftauchen, und schon tauchte aus dem Nichts die Schönheit auf, eine Verzerrung, und danach konnte er die Hässlichkeit nicht mehr erkennen. Er starrte auf seinen Onkel, kniff die Augen zusammen, versuchte, das Bild einzufrieren, die Unausgewogenheit der Züge und die Bleiche der Haut, aber es passierte die Schönheit, wie immer. Die optische Täuschung. James Baldwin verwandelte sich in Miles Davis.

»Und du? Was glotzt du so? Gefällt es dir? Mein Outfit?«

Kehinde merkte jetzt erst, wie gebannt er starrte, und blinzelte.

»Kannst du nicht sprechen?« Tante Niké rüttelte ihn an der Schulter, aber Femi lachte. »*Ehn* lass den Jungen in Ruhe.« Er ging auf Taiwo zu, ignorierte Kehinde erst einmal. »Und die hier, und die hier«, sagte er. »Das ist *sie*.« Er blieb vor Taiwo stehen und fasste sanft ihr Kinn, die Berührung viel weniger aggressiv als der Ausdruck in seinen Augen, die Finger kalt, fast eisig, das spürte Kehinde. Taiwo fröstelte. Femi lachte. »Seht nur – sie hat Angst.«

»Fass sie nicht an«, sagte Kehinde.

Ein sehr leiser Satz, für alle gleichermaßen überraschend.

Niké grub ihre Nägel tiefer ein und saugte an den Zähnen. »*Heh!* Was fällt dir ein, so mit einem Erwachsenen zu reden?! *Ki lo de ke...*« Aber Femi unterbrach sie wieder, mit höhnischem Jubel.

»Omokehindegbegbon redet! So heißt du. Omokehindegbegbon. Abgekürzt Kehinde. Weißt du, was das heißt? ›Das Kind, das zuletzt gekommen ist, wird das Ältere.‹« An Niké gewandt: »Mein Gott, schau dir die beiden an. Sie sind perfekt. Das Mädchen ist perfekt. Sie ist *sie*.«

Woraufhin alle vier wie abgesprochen auf das Bild über dem Kamin schauten, aus dem die Frau missmutig herausblickte.

Ja, es stimmte. Sie war's. Taiwo. Eine hellerhäutige Taiwo in zehn, fünfzehn Jahren, schmalere Lippen, glattere Haare. Femi zielte mit einer silbernen Fernbedienung wie mit einer Pistole auf das Gesicht, flüsterte »Peng!«, und die Musik verstummte. Kehinde erwartete so halb, dass die Frau herunterfallen würde, dass sie tödlich verletzt aus ihrem Rahmen auf den Fußboden sinken würde. Halb wünschte er es sich. Und während er sie anstarrte, geschah etwas anderes: die umgekehrte Sinnestäuschung. Er fand die Frau hässlich, erdrückend hässlich, wusste, dass auf Grund ihres Gesichts hässliche Dinge geschehen waren, und er hasste sie, ihr Äußeres, ihre milchig-weiße Blässe, er hasste diese Frau, die weder afrika-nisch noch weiß war, die zu keinem Volk gehörte, zu keiner Vergangenheit, die er kannte, die an der Wand hing, kalt wie der Tod, aus Eis geschnitten, das einzi-ge Familienmitglied, dem er und Taiwo wenigstens vage ähnelten, diese bleiche, hassenswerte Schön-heit, fest verankert in gehämmertem Messing.

Femi sagte jetzt: »Diese Frau ist eure Großmut-ter«, wobei er die Wörter »diese Frau« mit unüber-hörbarer Abneigung aussprach. »Die Ehefrau meines Vaters Kayo Savage, eures Großvaters. Die Mutter von Fola, von *eurer* Mutter. Sie ist ihr Kind.« Er deu-tete auf das Bild, seine Stimme wurde leiser und gepresster, ein kratzendes Geräusch, zwischen den Zähnen hervorgestoßen. »Das Bild hing immer im Schlafzimmer über seinem Bett und schaute zu, wie er *meine* Mutter vögelte, seine Hure. Somayina seine Ehefrau. Folasadé seine Tochter. Babafemi sein Bas-tard. Olabimbo seine Hure.« Grinsend breitete er die Arme aus, die blutunterlaufenen Augen funkelten. Er lachte. »Da habt ihr's. Der Stammbaum der Familie Savage.«

Niké saugte an den Zähnen. »Femi, *bitte* –«

»Sei still. Ich erzähle ihnen eine Geschichte; sie haben doch offensichtlich keine Ahnung. Man sollte wissen, woher man kommt, findest du nicht? Es ist wichtig. Sie müssen über unsere Familie Bescheid wissen, wie wir alle entstanden sind.« Er lachte wieder laut, und mit scharfem Blick musterte er Taiwo. »Und jetzt seid ihr hier.« Dann Kehinde. »Meine Zwillinge. Ihr wisst, was wir Yoruba über *ibeji* sagen. Ihr bringt uns Glück und Wohlstand, ihr Zwillinge. Und ihr wisst, was mein Name bedeutet, ja? Femi bedeutet ›liebe mich‹. Ich möchte, dass ihr mich liebt, *ibeji*, hört ihr?« Er beugte sich hinunter und küsste sie beide auf die Stirn, seine Hände und seine Lippen eisig. »Ich liebe euch sehr.« Dann, mit einem Blick auf seine Frau: »Frau, was guckst du so?« Niké saugte an den Zähnen. »Zeig unseren Zwillingen ihre Zimmer.«

Er würde gern aussehen wie sein Vater, denkt er, während Sadie mitfühlend die Stirn runzelt. Das Schweigen in ihm lässt nach. Seine Ohren machen irgendwie *plopp*, und er hört sich selbst sagen: »Ich liebe dein Gesicht, Sadie.«

»Du kannst es haben«, sagt sie.

»Hat sie dir gefallen, die Karte?« Er wird rot, vor Verlegenheit, und ihm ist bewusst, dass sie, Sadie, ihn für verrückt halten muss.

Aber sie kichert und wird dunkelrot. »Ich finde sie toll, richtig toll. Du hast mich so … so hübsch gemacht.« Sie lächelt auf ihre Hände hinunter.

»Entschuldige – du hast gesagt: Wir sind noch gar nicht bis zum schlimmen Teil gekommen. Was ist die schlechte Nachricht? Ihr seid hier, meine beiden Schwestern. Ich meine, das ist eine phantastische Nachricht.« Er rückt eifrig seinen Stuhl nach links, damit er Sadie gegenübersitzt, so wie man das macht, wenn man zeigen will *Ich bin ganz Ohr, schieß los.* Er spürt seine Schwester, Taiwo, neben sich, rechts von ihm, aber er kann sie nicht ansehen, nicht richtig, noch nicht. Sadie fängt an zu reden, mit einem Blick auf Taiwo. Kehinde schaut nur Sadie an, blickt nicht nach rechts. Aber er folgt Sadies Augen, die Taiwo folgen, die stumm von ihrem Stuhl aufgestanden ist und zum hinteren Teil des Raumes geht.

»Nein!«, stöhnt er und steht auf, um sie zu bremsen. »Warte. Taiwo.« Zu spät. Und zu leise. Sie ist schon an der Wand. Sie starrt auf die Bilder, mit dem Rücken zu ihm, schweigend, ihre Fragen ein Hohlraum, ein Loch in seiner Lunge. Atemnot. »Sie sind noch nicht fertig …« Ein schwaches Ausatmen. Sie hört nicht auf zu starren, und Sadie steht jetzt ebenfalls auf.

»Was ist denn los?«, ruft sie in Taiwos Richtung. Taiwo ignoriert sie. Nun ist ihr Interesse geweckt. Sadie geht zu ihr.

Er sieht sich selbst, wie er zu gebieterischen Maßnahmen greift, wie er Wörter sagt und Gesten macht, mit denen er die beiden dazu bringt, Abstand zu nehmen, und wie er dann die Bilder umdreht, so dass man die Gesichter nicht mehr sehen kann. Aber stattdessen steht er reglos da, unfähig, sich zu bewegen. Er sagt zu ihnen: »Nein! Sie sind noch nicht fertig! Sie sind nichts!« Aber er schaut sie nur stumm an, unfähig zu sprechen. Das, was er immer tut und wofür er sich hasst, dieses Stumm-und-reglos-Sein, eingeschlossen in einem Hohlraum. Warum passiert das?, hat er Dr. Shipman gefragt. Können Sie machen, dass es aufhört? Können Sie mich reparieren? Ich bin ein Feigling. Ich bin zu nichts gut. Ich stehe in dieser Kammer, hinter Glaswänden. Ich kann die Menschen auf der anderen Seite der Wand hören und sie vorbeigehen sehen, aber ich kann nicht zu ihnen, kann nicht mit ihnen reden, kann ihnen nicht sagen, dass ich *hier drin* bin, ich kann das Glas nicht zertrümmern, und sie können nicht hören, wie ich rufe.

»Schutz«, sagte der Arzt.

»Schutz wovor?«

»Vor Ihrer Angst, vor Ihrem Schmerz, vor Ihrer Qual, Ihrer Wut.«

»Ich bin nicht wütend«, sagte Kehinde.

»Doch, Sie sind wütend, und Sie haben auch allen Grund dazu. Lassen Sie sie zu, Ihre Wut. Erlauben Sie ihr, da zu sein.«

»Aber sie ist nicht da. Ich bin nicht wütend.«

»Sie sind nicht wütend? Auf Ihre Mutter? Ihren Vater? Ihren Onkel? Ihre Schwester? Auf sich selbst?«

»*Nicht auf meine Schwester*«, sagte er da, aber zu schroff, zu schnell.

Die buschigen weißen Augenbrauen gingen nach oben. »Nein?« Und nach einer kurzen Pause: »Warum haben Sie es dann gesagt?« Die gleiche gemeine Frage, immer wieder. Ein halbes Jahr in einen Garten blicken und ihn malen – und er kann die Frage immer noch nicht beantworten. Warum das Wort »Hure«?

Er war nicht wütend gewesen. Er hatte keine Qualen empfunden. Sie lagen ganz bequem im Bowery Hotel, er war in New York wegen seiner Vernissage in der Sperone Gallery, Taiwo verbrachte das Wochenende in seinem Zimmer, auf der Flucht. Jemand hatte sie und den Dekan der juristischen Fakultät eng umschlugen erwischt und mit dem Handy ein Foto gemacht, um es der Presse zu schicken, vor allem der Zeitung, bei der seine Frau arbeitete. Und jetzt, sagte Taiwo, wurde sie auf dem Campus angestarrt; sie ging nicht mehr in ihre Kurse und hatte vor, überhaupt auszusteigen. Konnte sie vielleicht das Wochenende bei ihm verbringen, in Jogginghosen Popcorn essen, ohne auf Schritt und Tritt irgendwelchen Reportern zu begegnen? Ja, natürlich, ruhig auch länger, er würde ihr ein Hotelzimmer bezahlen, oder noch besser, sie konnte mit ihm nach London gehen. *Nein, nur das Wochenende,* sagte sie. Wie üblich. Sie lehnte immer sein Geld ab, seine Hilfe. In letzter Zeit hatte er aufgehört, ihr etwas anzubieten, weil er Angst hatte, wenn er sie bedrängte, könnte es so aussehen, als wollte er sie irgendwie bestechen oder sich loskaufen. *Nur das eine Wochenende.* Allein mit ihrem Bruder. Das sei alles, was sie brauche, sagte sie.

Da waren sie nun.

In ihren Schlafsachen. Schon halb eingedöst. New York draußen vor dem Fenster ein leise trällernder Chor aus Gelächter und Autohupen, die Suite unpassenderweise (aber irgendwie tröstlich) ausgestattet wie ein Gästezimmer in einem Sommerhaus auf Nantucket: beige, Blumendesign und alles. Freitagabend. Friedlich. Dann:

»K…«, sagte sie zaghaft.

»Ja?«, sagte er und drehte sein Gesicht zu ihr. Sie rührte sich nicht, lag auf dem Rücken mit ihren Füßen neben seinem Kissen, seine Füße neben ihrem Kopf (so wie sie schon immer die Betten geteilt hatten). Sie blickte zur Decke, drehte sich nicht um, schaute ihn nicht an. Er wackelte mit den Zehen neben ihrer Stirn. Sie musste lachen.

»Ich meine es ernst«, sagte sie.

»Was?« Er lachte auch. Sie schaute ihn immer noch nicht an. »Bis jetzt hast du nur ›K‹ gesagt.«

»Aber das sage ich doch immer, wenn ich ernst werde. Du weißt, was ich will. Du hast noch nichts gesagt.« Jetzt schwieg er, den Blick zur Decke gerichtet. Er spürte, dass sie zu ihm hinunterblickte, über ihre Zehen weg. Nach einer Weile legte sie den Kopf zurück, und sie schwiegen beide. »Sag mir's doch«, sagte sie dann.

»Was soll ich sagen?«, murmelte er leise, aber er wusste, was sie meinte, und wusste, dass sie wusste, dass er es wusste. Sie wollte wissen, was er von den Fotos hielt und dass ihr Name in den Zeitungen stand, die unter der Tür durchgeschoben wurden, seine Zwillingsschwester, seine Taiwo, in einen »Skandal« verwickelt, in die Welt verwickelt, aber nicht in die Welt in ihren Köpfen, sondern in die echte Welt, die WELT in Großbuchstaben, wo die Menschen rücksichtslos waren, wo Geschichten *über* sie geschrieben wurden und nicht *von* ihnen, wo reale Männer und reale Frauen Motive und Körper hatten (und Sex – etwas, was in der Welt, die sie miteinander teilten, nicht mehr existierte). Er verstand die Frage, aber er hatte keine Antwort. Das Mädchen auf den Fotos war nicht das Mädchen, das er kannte, nicht seine Schwester, nicht Taiwo, sie war jemand anderes, älter und härter als das Mädchen, das er in New York zurückgelassen hatte. Um ihre Frage zu beantworten, musste er sich *damit* auseinandersetzen, mit der Frage, warum er nach der Schule weggegangen war, warum er sich für das Fulbright-Stipendium in Mali beworben und dann später in Paris als Bedienung gearbeitet hatte, warum er in London mit

Ausstellungen begonnen hatte und nie nach Hause gekommen war. Sie hatte auch ein Stipendium gehabt, um in England zu studieren, zwei Jahre hatte sie dort gelebt, in Oxford, nicht weit von ihm. Aber er schlug nie vor, sie könnte ihn in Mali besuchen oder in Paris im folgenden Jahr, er sagte ihr nicht einmal, dass er dort war. Sie ging wieder weg von England, begann, Jura zu studieren, er besuchte sie nie. Zwei Jahre in East London, und er flog so gut wie nie nach Hause. »Du bist damit beschäftigt, ein weltberühmter Künstler zu werden«, sagte sie zu ihm, »mach dir keine Sorgen.«

Das war *sein* Satz, nicht ihrer.

Kehinde machte sich Sorgen.

Darüber, warum sie sich überhaupt dafür entschieden hatte, Jura zu studieren, sie hatte sich doch nie für solche Themen interessiert oder für diese Art von Leben (das war für Olu und Sadie, gute Noten und schicke Colleges und Superjobs und der ganze Kram), und jetzt das, mit diesem Mann, der ziemlich gut aussah, aber er war – was war das Wort, das er suchte? – er war nicht *er*. Wenn Taiwo Gesellschaft brauchte oder jemanden zum Reden oder jemanden, an den sie sich anlehnen konnte, dann hätte *er* das sein müssen, dachte Kehinde, obwohl er geflohen war, obwohl er weggelaufen war und immer noch weglief. Er hätte sie nicht verlassen dürfen. *Er* hätte es sein müssen.

»Ich möchte, dass du sagst, was du denkst«, sagte sie, matt.

»*Ich* hätte es sein müssen«, sagte Kehinde in seinem Kopf. »Was ich worüber denke?«, hörte er, zur Decke starrend.

»Was du *darüber denkst*, K, wie du das findest, was passiert ist. Und mich.« Sie setzte sich auf an ihrem Ende des Bettes, um zu ihm hinunterzublicken. Weil er sich im Liegen komisch vorkam, setzte er sich ebenfalls auf und erhob sich dann. Weil er sich im Stehen komisch vorkam, setzte er sich in den Sessel, schlug die Beine übereinander, schlug mit dem Fuß in die Luft. Taiwo – die dem Schweigen immer misstraute, es bedrohlich fand – verschränkte die Arme, legte die Stirn in Falten, wollte ihn zum Sprechen bringen. »Zum Beispiel«, sagte sie schließlich. »Du könntest sagen: Ich finde es unmoralisch. Mit einem Mann zu schlafen, der verheiratet ist. Das zu tun, was du getan hast. Du hättest ihn zurückweisen müssen. Ich finde es traurig, dass du dich so allein gefühlt hast. Zum Beispiel. Ich finde, du hast dich verhalten wie …« eine Geste, »… ich finde, du hast dich verhalten wie … Bimbo … wie eine …«

»Hure.«

Das Wort rutschte so schnell von seinem Gehirn zu seinem Mund, kam heraus mit dem Ausatmen, wie Abfall auf einer Welle, so schnell, dass er selbst gar nicht richtig wusste, ob er etwas gesagt hatte, bis das Schweigen verebbte und das Wort immer noch da war.

»Eine *Hure* …?«, flüsterte Taiwo. »Hast du das gerade gesagt?« Er wusste nicht, was er gesagt hatte, warum er es gesagt hatte, noch nicht. Und war dankbar für die Dunkelheit, für diesen Sessel in der Ecke, wo der Schatten seine Gestalt und sein Gesicht verbarg. Aber nicht ihr Gesicht. Er konnte sie sehen, elektrisch im Mondlicht, der Schmerz in ihren Augen wie ein Licht von innen. »Eine Hure«, wiederholte sie. Sie war aufgestanden, ihre Stimme brüchig, voller Angst vor dem Schweigen. »D-du hast mich *Hure* genannt?«

»Nein«, sagte er, nicht wirklich. »Bitte, Taiwo…«

»Wie kannst du das wagen?«

Er stand auf, ging einen Schritt auf sie zu, »Bitte …«

»*Das* denkst du?« Sie weinte, lautlos, Tränen ohne Pause, ein dichter, gleichmäßiger Regen. »Ist es *das*, was du denkst?«

»Es ist nicht deine Schuld, Taiwo. Es ist meine Schuld. Das weißt du doch …«

»Das ist es, was du denkst? Es ist deine Schuld, dass ich eine Hure bin?«

»Nein. Das habe ich nicht gesagt.«

»Doch.«

»Ich habe es nicht so gemeint …« Er streckte die Hand aus, um sie zu berühren.

306

»FASS MICH NICHT AN!«, schrie sie.

Kein menschliches Geräusch. Ein Tier. Ein Grollen, von ganz unten, ein Knurren in der Dunkelheit. Sie streckte die Hände aus. »Fass mich nicht an, fass mich nicht an, fass mich nicht an, fass mich nicht an.« Sie wich vor ihm zurück, die Arme vorgestreckt. »Ich hasse dich, fass mich nicht an.« Sie schluchzte, bekam keine Luft mehr.

Er machte wieder einen Schritt auf sie zu. »Sag das nicht«, flehte er sie an.

»Fass mich nicht an, verdammt nochmal. Ich schwöre bei Gott, Kehinde, ich bring dich um, fass mich nicht an, diesmal nicht«, stieß sie hervor. Sie machte noch einen Schritt rückwärts und stieß gegen den Nachttisch. Verlor das Gleichgewicht, taumelte. Er griff nach ihr, packte sie, um sie aufzufangen, weil er Angst hatte, sie könnte sich den Kopf anschlagen, aber sie wehrte sich gegen die Berührung, schlug um sich, panisch, grub die Fingernägel in seine Haut. »LASS MICH LOS!«

Er ließ sie nicht los. Er konnte es nicht. Er konnte sie nicht loslassen. Er hielt sie fest, fester als er gedacht hatte, dass er es je könnte. Er wusste, dass er stark war (jeden Morgen Yoga, die großen Kunstwerke, die damit verbundene körperliche Arbeit), aber er hatte diese Stärke noch nie als ein Mittel zum Zweck eingesetzt, nie gegen einen anderen Menschen, der das entgegengesetzte Ziel verfolgte. Er spürte, dass seine Kraft sie überraschte, und spürte ihre Wut, eine körperliche, gleichwertige und gegen ihn gerichtete Kraft. Sie schlug ihn und kratzte ihn und biss ihn und trat ihn, damit er sie losließ (und da war das andere, das wussten sie beide, deshalb ihre Wut über seine Berührung, die Raserei, verspätet, nach vierzehn Jahren). So kämpften sie, warfen die Lampen vom Nachttisch, Jakob ringt mit dem Engel, was immer sie war.

Sie schrie, bis ihr die Stimme versagte und sie nur noch schluchzen konnte. »Fass mich nicht an.« Er hielt sie fest, bis jemand an die Tür klopfte, ein Mal. »Gehst du jetzt ins Gefängnis?«, zischte sie, ein heiseres Fauchen. »Willst du das? Noch ein Sai in den Schlagzeilen?« Er drückte ihre Arme gegen die Wand und presste sich an sie. Zum ersten Mal seit Stunden (oder seit Jahren) begegneten sich ihre Blicke. Sie schaute ihn an, mit zusammengekniffenen Augen, die Tränen strömten stumm. »Ich bin deine *Schwester*«, sagte sie.

Er ließ los.

Sie floh ins Badezimmer und knallte die Tür zu.

Wieder ein Klopfen.

Er machte die Tür auf, verschwitzt und blutig.

»Guten Abend, Mr Sai«, sagte der Dienstmann mit unverwandtem Blick. »Ist alles in Ordnung?«

»Ja, alles bestens.«

»Ihre Zimmernachbarn haben Geräusche gehört.«

»Ich habe mir einen Film angeschaut.«

»Dürfte ich Sie dann bitten, die Lautstärke zu reduzieren?«

»Der Apparat ist aus.« Er deutete zum Fernseher. »Entschuldigen Sie bitte.«

»Ist schon gut. Verbandszeug ist in der Minibar.«

»Vielen Dank.«

»Gute Nacht.«

Kehinde setzte sich aufs Bett, fassungslos, erschöpft. Seine Finger zitterten. Das Licht war immer noch aus. Im Badezimmer rauschte die Dusche. Er wartete. Dreißig Minuten, vielleicht eine Stunde, saß er in der Dunkelheit. Irgendwann legte er sich aufs Bett, die Füße auf dem Teppich. Das Blut an seinem Kinn trocknete. Als er die Augen aufschlug, war es hell hinter dem Fenster. Die Dusche lief noch immer. Taiwo war weg.

Jetzt steht sie da und betrachtet seine Porträts, mit dem Rücken zu ihm, sie ist da, am anderen Ende des Raums, nachdem sie alle seine Anrufe abgewiesen und dann ihre Nummer geändert hat und ihm durch ihre Mutter mitteilen ließ, er solle sie in Ruhe lassen, was er auf irreversible Art versuchte, dabei aber sein Ziel um sechs Liter Blut verfehlte, *grâce à* Sangna (die dachte, er sei in Urlaub gefahren, und vorbeikam, um nachzusehen, ob er alle Türen verschlossen hatte). Neun lebensgroße Ganzporträts, die Körper unfertig, aber eindeutig ihr Gesicht, leicht verändert bei jedem Bild, mit irgendeinem Gegenstand, einer Leier oder einer Pergamentrolle oder einem Stift, um Leuten, die sich in der griechischen Mythologie nicht auskennen, den Zusammenhang zu erklären. Bei jeder Leinwand liegt eine Karteikarte. Sadie geht an den Bildern entlang und liest die Karten laut vor: »Euterpe, Polyhymnia, Terpsichore, Clio, Thalie, Erato Uranie, Melpomene, Kalliope!« Sie quietscht entzückt: »Omeingott! Calliope! So heißt Philaes kleine Schwester.«

»Du erinnerst dich«, sagt Taiwo. »Achte Klasse. Die Musen.«

»Hey!« Sadie dreht sich zu Kehinde. »Sie kriegt neun Gemälde, und ich bekomme eine *Postkarte*!«

»Sie sind noch nicht fertig«, murmelt er und läuft zu den Bildern, dreht sie um, angefangen mit Erato.

»Halt! Was machst du?«, fragt Taiwo.

»Sie sind nicht fertig.«

»*Halt*«, sagt sie leise, fasst ihn am Arm.

Und lässt ihre Hand da, auf seinem nach oben gedrehten Unterarm. Er sieht sie an, zu erschrocken, um zu sprechen, verkrampft sich. »Er ist tot, K. Er ist gestorben. Das ist der schlimme Teil. In Ghana. Ein Herzinfarkt. Gestern Morgen, glaube ich.« Er denkt die Frage, als sie antwortet. »Wir fliegen hin. Olu hat die Tickets gekauft. Morgen um sechs.« Er blickt auf ihre Hand auf seinem Arm. Sie drückt fester. Sein

Hemd ist hochgerutscht, weg von den Narben an seinen Handgelenken. Er will sich ihr entziehen, aber sie hält ihn fest, schaut ihn noch fester an, verlangt mit ihrem Blick, dass er ihn erwidert. Er schaut seine Schwester an. Sie schaut auf seinen Unterarm. Lässt ihre Hand blitzschnell sinken, als sie die Narben sieht. »Tut mir leid«, sagen sie beide mit so ähnlichen Stimmen, dass sie nicht sicher sind, ob der andere etwas gesagt hat.

Sieben

Ling klopft leise an die Badezimmertür. »Olu?«

Er ist eingeschlafen, mit dem Kopf auf den Knien. Er schlägt die Augen auf und hustet verwirrt. »Ja?«

»Bist du da drin? Kann ich reinkommen?«

»Ja.«

Sie öffnet die Tür und späht hinein. »Hallo, du Schlafmütze. Ich dachte, du bist schon weg.«

»Nein.«

»Du warst die ganze Zeit hier?«

»Ja.«

»Alles okay?«

»Ja.« Mit leerem Blick schaut er sie an.

»Du riechst nach Rauch?«

»Ich rauche nicht.«

»Ja, ich weiß, Schatz.«

»Eine Frau im Krankenhaus hatte gerade ihren Mann verloren«, sagt er und dann, genauso ausdruckslos: »Mein Vater ist tot.«

»Baby.« Sie schlägt die Hand vor den Mund. »Das tut mir so leid!« Sie kommt ins Bad rein und kniet sich auf den Boden, legt die Hände auf seine Kniescheiben und reibt. Dann umschlingt sie seine Beine, legt den Kopf in seinen Schoß. »Ach, das tut mir so leid. Was ist passiert?« Sie sieht ihn an. »Sag's mir.«

»Herzinfarkt.«

»Wann?«

»Nach der Zeit dort am Morgen, glaube ich.«

Er spricht monoton, völlig ohne Gefühl. Er schüttelt den Kopf, kneift die Augen zusammen, ein Versuch, dem Nebel zu entkommen. Trotzdem ist da nichts als dumpf lastende Benommenheit. Er schaut starr auf Ling hinunter, will sie sehen, sie spüren. »Wir fliegen nach Ghana. Morgen. Meine Familie.«

»Ich komme mit.«

Zu schnell. »Das geht nicht.«

Beide zucken sie zusammen, wegen der Schärfe im Tonfall. Ling steht auf, verkrampft. Er richtet sich auf. Wie bei *Feuer frei*. »Was heißt das?«, schießt sie los. Er schüttelt den Kopf, presst die Handflächen gegen die Augen. »Weiß ich nicht.«

»Ich habe die ganze Woche frei. Ich komme mit.«

»Ich weiß, dass du frei hast. Und danke, dass du anbietest, mitzukommen.«

»Dass ich anbiete, mitzukommen? Du bist mein Ehemann – schon vergessen? Das gehört zu den Sachen, die eine Ehefrau *anbietet*.«

»Bitte nicht, Ling. Tu das nicht.«

»Tu was nicht, bitte?« Lädt nach.

»Wir haben gesagt, es ändert sich nichts. Keine anderen Namen, keine Ringe.« Er reibt sich die Stirn. Wollte das alles gar nicht sagen und versucht jetzt, es zu erklären. »Wir sind immer noch dieselben Menschen wie vorher. Du hast gerade gesagt, ›du bist mein Ehemann‹ …«

»Bist du ja auch.«

»Weiß ich doch. Aber wir haben gesagt, es ist nicht wichtig, es ändert nichts zwischen uns. Diese Bezeichnungen, Ehemann, Ehefrau, das sind doch nur Wörter, kein Auftrag …« Er unterbricht sich, fasst sich an den Kopf. »Ich weiß auch nicht, was ich sagen will.«

»Ich glaube, du weißt es ganz genau, Olu.« Sie schüttelt schnell den Kopf. »Ich werde nicht mitkommen nach Ghana.«

Gequält schaut er sie an. »Ich möchte mit meiner Familie gehen.«

»Ich dachte, *ich* bin deine Familie.«

»Nein«, erwidert er verzweifelt. »Du bist etwas Besseres.« Er schließt die Augen ganz fest, um den Strom der Tränen wegzudrücken. Er spürt Lings kleine Hände seitlich auf seinen Wangen. Ihre Lip-

313

pen auf seinen, dann der Geschmack ihrer Zahncreme. Dann ihr Geruch, Jergens, Chanel N° 5. »Ling«, sagt er, mit brüchiger Stimme. Er will sie immer noch nicht berühren. Sie umfasst sanft seinen Kopf, und er lässt sie gewähren. »Ich will keine Familie sein«, ein mutloses Flüstern, wie ein Kind, erschöpft: *Ich will nicht ins Bett.* »Ich will keine Familie. Ich habe mir noch nie eine gewünscht. Ich will, dass wir etwas Besseres sind als eine Familie.«

Das Telefon in der Tasche seines OP-Kittels fängt plötzlich an zu klingeln. Erst ignoriert er es, weil er sich nicht bewegen will. Am liebsten würde er immer so sitzen bleiben, in dieser Haltung, sein Kopf an ihrem Brustbein, ihre Hände auf seinen Wangen, in einem engen, kleinen Raum, zum Beispiel in einem Badezimmer.

»Willst nicht rangehen«, sagt sie sanft, ohne Fragezeichen.

Er holt das Telefon aus der Tasche und meldet sich, ohne auf das Display zu schauen. »Hallo, hier ist Olu.«

»Ich bin's. Kehinde.«

»…«, schockiert.

»Kehinde. Dein Bruder.«

»Ich weiß, wer du bist.« Olu grinst. Das ist gelogen. Er weiß es nicht, hat es noch nie gewusst. Er kennt Kehinde nicht richtig, hat nie kapiert, wie er es schafft, sich so locker zwischen allem zu bewegen, als würde ihn nichts wirklich tangieren. Dass er auf diese Weise irgendwie ein erstaunlich erfolgreicher Künstler werden konnte, verwirrt Olu nur noch mehr. Aber er lächelt. »Da bist du also.« Die weiche Stimme seines Bruders, sein weiches Lachen, ganz ähnlich wie das seiner Mutter, wirkt irgendwie tröstlich und besänftigend. »Wo bist du?«

»In Brooklyn. Sadie und Taiwo sind auch hier.«

»…« Noch schockierter.

»Hörst du mich?«

»Klar höre ich dich«, sagt Olu. Er blinzelt, versucht zu begreifen. »Soll das heißen, ihr seid alle zusammen?«

Woraufhin Kehinde erst einmal schweigt. Dann antwortet er: »Ja, wir sind alle hier.«

»Also, wegen morgen«, sagt Olu. »Wir treffen euch am Konsulat, holen unsere Eil-Visa ab, essen was zu Mittag und gehen dann direkt zum Flughafen.«

»Wer ist ›wir‹?«

»Ling und ich. Wir kommen beide«, sagt er.

Ling küsst ihn auf die Stirn, ihre Tränen auf seinem Gesicht.

»Ich bin froh.«

»Ich rufe jetzt Mom an und sage ihr, dass wir alle kommen.«

»Gut. Danke.«

315

»Kein Problem.«

»Bis morgen.«

»Bis dann.«

Acht

Fola sitzt rauchend am Rand des Rasens in einem
Liegestuhl, den sie unter einer Palmyrapalme in den
Schatten gestellt hat. Sie weiß, dass sie nicht rauchen
sollte – immerhin war sie mit einem Arzt verheiratet
und hat einen Arzt großgezogen, sie weiß, dass es,
bestenfalls, *dumm* ist –, aber sie pafft mit Genuss, es
ist ein Akt des Widerstands oder der Akzeptanz, passend zum Rätsel des Todes. Dinge zu tun oder nicht
zu tun, nur um länger zu leben, als könnte man
Langlebigkeit durch vorbildliche Gesundheit erkau-
fen – *das* ist dumm, denkt sie. Veganische Nichtrau-
cher können genauso gut von Irrläufern oder von
Autos erwischt werden, oder?

Das Hauspersonal arbeitet, und alle ignorieren sie
scheinbar. Mr Ghartey ist an seinem Platz bei dem
großen Eisentor, und das Housegirl Amina wäscht in
einem Bottich die Wäsche, der Houseboy, der kleine
Mustafah, wäscht das Auto in der Einfahrt. Als sie
hierher gekommen ist, gab es einen Fahrer, Bruder
Joshua, sehr ungeschickt, ein christlicher Fanatiker
mit einer Vorliebe für die Bremse, und dieser Bruder

hat sie herumkutschiert, mit schroffen Bremsmanövern und begleitet von gnadenlos lauter ghanaischer Gospel-Musik. Er ist weg. Als Fola letzten Donnerstag im MaxMart zufällig auf Benson gestoßen ist, hat sie erwähnt, dass sie jemanden braucht, und er sagte, er könne behilflich sein, aber eigentlich gefällt es ihr, sich zu verfahren, wenn sie ziellos durch die Gegend brettert, die Fenster offen, allein am Meer entlang. Sie saust zum Beispiel die La-Teshie Road hinunter, vorbei an den schwarzen Zielscheiben, dem Übungsgelände, Galgen von Ghanas letztem Coup, während der larmoyante Ozean träge auf den Seetang und auf den Plastikmüll an dem schlecht gepflegten Strand schwappt. Es könnte hier sehr schön sein, landschaftlich, wenn sich jemand darum kümmern würde, wenn es jemanden interessieren würde, dass es hier einen Ozean gibt. Es könnte großartig wie Togo sein, Cap Skirring. Doch nein, es ist Ghana, gleichgültig und reich gesegnet.

Von ihrem Liegestuhl aus betrachtet, hat das Haus echt Potential: ein Bungalow auf einem halben Acre gebaut, was man hier sehr selten findet, hat sie gehört, ein gutes Angebot; heutzutage bauen sie nur noch absolute Durchschnittshäuser auf solche Grundstücke. Das Problem ist die Helligkeit: Es sind nicht genug Fenster, und die Fenster sind nicht groß genug und gehen in die falsche Richtung. Und zum Beispiel ist der vordere Eingang eine Doppeltür aus

Holz mit dünnen Glaspaneelen, statt auf den Garten hinaus zu führen. Die Fenster im Schlafzimmer sind lange, schmale Rechtecke, mit Blick auf die Büsche neben dem Haus. Das ganze Ding sieht aus, als würde es sich an seine Umgebung kuscheln, zusammengekauert, anspruchslos, die Augen fest zugedrückt, um ungestört von seinem angemesseneren Standort zu träumen (Aspen), von irgendeinem Wald in den Bergen und nicht vom üppigen Accra.

Aber trotzdem ist die Struktur nicht übel, denkt sie, zieht träge an ihrer Zigarette und atmet blinzelnd den Rauch aus. Wenn sie ein paar Wände durchbricht und ein paar Fenster einsetzt, große Schiebefenster, vom Boden bis zur Decke, dann fängt das Haus vielleicht an zu singen. *Kweku wäre begeistert*, denkt sie, ohne Vorwarnung, und richtet sich erschrocken auf, weil ihr Bauch weh tut. *Er ist fort*, kommt als Nächstes, mit einem erneuten Tsunami, der sie packt, über sie hinwegrauscht, in ihr aufsteigt. Ein bisschen wie Wehen. Etwas, das kommt und wieder vergeht. Sie krümmt sich nach vorn, wartet, schließt die Augen.

»Madame, ist alles in Ordnung?«, ruft Mr Ghartey.

Amina kommt angelaufen, die Hände noch voller Schaum. »Madame, können wir etwas für Sie tun?«

Fola schaut die Frau an, die aus der Nähe viel hübscher ist, als sie bisher gemerkt hat. Amina blickt auf sie herunter, ehrlich besorgt. Fola spürt die Sorge und nickt lächelnd. »Ja. Würden Sie mir bitte in der Küche einen Drink mixen, Amina? Ein Viertel Wodka, aus der Gefriertruhe, nicht aus der Bar. Drei Viertel Tonic, vier große Eiswürfel. Eine Zitronenscheibe, ohne Kerne. In Ordnung?«

Amina nickt. »Ja, Madame.«

»*Vielen* Dank, Amina.«

Amina runzelt die Stirn. »Ja, Madame.« Eilt ins Haus.

Fola lehnt sich zurück, die Hand auf dem Becken. Ein neu entdeckter »Quadrant«, das untere Fünftel. Ein seltsames, tiefes Verlangen, pulsierend, fast sexuell – ja, im Grunde *nur* sexuell, registriert sie einigermaßen verdutzt. Aber warum eigentlich nicht, denkt sie, erst lachend, dann weinend, wenn er doch ihr Liebhaber war all die Jahre, und ein verdammt guter, wenn sie ehrlich ist. Das war es, was sie überzeugt hat, die pure Verzweiflung, mit der er sie geliebt hat, als wäre es sein einziger Wunsch in diesen Stunden (und Stunden: Er war achtsam und gründlich und langsam), den Dingen auf den Grund zu gehen, *allem* auf den Grund zu gehen, dem Verlangen und Begehren und dem Streben, durch das sie gelebt haben; als wollte er in die tiefsten Tiefen vordringen, ins Innerste, nackt und schwitzend, im leeren Raum schwebend.

Sie könnte nicht sagen, ob er den Grund je erreicht hat, ob er je gespürt hat, wie seine große Zehe gegen den Boden des Pools stößt, aber er tauchte die ganze Nacht, und sie hielt ihn fest, ging mit ihm, ging ihn suchen, wenn er je zu lange unten blieb. Wie in der Nacht in Boston, in dem kleinen Haus, in Mr Charlies Haus, als sie ihn beim Klappsofa fand, wo er schlafend bei Taiwo saß. Sie berührte ihn ganz vorsichtig und erschreckte ihn trotzdem furchtbar. Er atmete immer noch schwer, als sie zurück ins Bett gingen. Als er sie an sich zog, nicht grob, von hinten, und er mit einer fließenden Bewegung ihr Nachthemd hob und dann in sie eindrang, mit hämmerndem Herzen, ihr Rücken an seinem Bauch, seine Hand auf ihrem Gesicht, dann auf ihrer Brust, dann auf ihren Schenkeln. Seine Brust drückte sich keuchend gegen sie, eine Stunde, zwei Stunden. Langsame Bewegungen, tief, ein Eintauchen. Immer tiefer hinunter, bis es sie schmerzte. »Genug«, sagte sie leise. Er kam, dann weinte er.

Dies war ein Mann, hatte sie gespürt, mit dem man leben, ein Leben aufbauen konnte, was immer »ein Leben«, bedeuten mochte: ein Mann, der alles den Lebenden gab, mit tiefen, bebenden Atemzügen, der sein Leben gab, um die Lebenden vor dem Tod zu schützen. Obwohl er wusste, dass es vergeblich war. Die Art, wie er liebte, als wäre das Jetzt für immer, taub gegenüber allem anderen, als wäre der Atem Musik und als wären Hütten Ballsäle und als müssten sie einfach nur tanzen. Das war es, was sie überzeugte, obwohl er fast zwei Jahrzehnte lang so wenig verdiente und trotz allem anderen: dass ihr Ehemann liebte wie ein Mann, der das Leben liebte. Dass er sich zur Wehr setzte, wo sie sich geschlagen gab.

Jetzt lacht und weint sie in ihrem Liegestuhl. Mr Ghartey beobachtet sie beunruhigt von seinem Sitzplatz. Mustafah lässt den Wagen im Stich und glotzt mit offenem Mund, der Schlauch bleibt einfach liegen. Amina kommt zurück, trägt ein Steinguttablett mit einem Glas und dem Drink in einem Messbecher. Fola lacht lauter, sagt: »*Vielen* Dank, Amina«, und trinkt einen kräftigen Schluck aus dem Becher.

Amina beobachtet sie konsterniert. »Madame – aber – das Glas.«

»So ist es genau richtig«, entgegnet Fola. Sie nimmt die Sonnenbrille ab, um ihre Tränen zu trocknen. »*Vielen* Dank, Amina.« Das Telefon klingelt. Amina geht hinein, meldet sich, kommt zurück, immer noch entgeistert.

»Das Telefon, Madame.«

»Wer ist es, Amina?« Fola trinkt noch einen Schluck aus dem Messbecher.

»Ein Herr, Madame.«

»Ach, ja? Hat er einen Namen?«

»Nein, Madame.«

»Na gut. Auf zu dem Herrn ohne Namen.« Immer noch lachend steht sie auf und durchquert den Garten. Durch die Tür, in den Vorraum. Sie nimmt den Hörer. »Benson«, sagt sie.

»Mom, ich bin's. Olu.«

Sie richtet sich auf. »Oh, Schätzchen, wie *geht* es dir?«

»Uns geht es gut. Wir kommen morgen. Alle fünf.«

»Wunderbar.« Zuerst fällt es ihr gar nicht auf, dass die Zahl nicht stimmt. Alle fünf. Olu und Taiwo und Kehinde und Sadie und Kweku. Sie krümmt sich nach vorn. Wieder schwappt eine Woge über sie hinweg. Sie flüstert: »*Vier*, Schätzchen. Alle vier.«

»Ling kommt auch mit.«

»Wie schön.« Sie wischt sich schnell die Augen. »Ich werde die Gästezimmer vorbereiten. Meinem Fahrer habe ich gekündigt, deshalb hole ich euch selbst ab.«

»Ja, natürlich.« Olu lacht. »Es ist Delta.«

»Ich weiß.« Wieder lachen sie, beide gemeinsam, und dann legen sie auf.

Sie steht an dem Tisch im Berg-Foyer, die Hand auf dem Telefon, und ringt nach Luft. Olu und Taiwo und Kehinde und Sadie. Alle vier, ihr ganzes Oeuvre, ihr Gesamtwerk. Alle hier, in diesem Haus mit den retro Holzmöbeln. Und Ling, denkt sie und lächelt. Endlich bringt er Ling mit. Ihr großer, zurückhaltender Sohn, der so große Angst davor hat zu lieben – größere Angst als die anderen. Der Liebe nie sicher.

Und ihr Baby, Sadie, mit der sie nicht mehr telefoniert hat, kein einziges Mal seit Oktober, seit diesem Tag in der Küche, diesem fürchterlichen Gespräch. Sie hatte gehört, dass Sadie direkt vor der Badezimmertür saß, hatte ihr »Ich gehe jetzt« gehört, es aber nicht geschafft zu antworten. Sie saß nur da und starrte mit leeren Augen auf die Bäume vor dem Fenster. Das Licht auf den Blättern war zu dieser Tageszeit wie Öl, genau wie das Licht an jenem Herbstabend in Brookline, als Kehinde hereinkam und sie wusste, dass er weg war. Und sie, ihre *ibeji*, die sie seit Ewigkeiten nicht mehr gesehen hat, seit sie in ihren Mänteln zum Gate gingen, in Begleitung der Airline-Dame. Kehinde drehte sich zu ihr um, winkte und lächelte, Taiwo marschierte einfach immer weiter. Die Kinder, die Monate später zum Logan Airport zurückkamen, inzwischen vierzehn Jahre alt und ihre Haut zu Lehm gebräunt, und ihre Augen – die Augen ihrer Mutter, was sie immer so beunruhigend gefunden hatte – es waren nicht dieselben Kinder. Überhaupt keine Kinder mehr. Sie kommen alle. Miteinander. Morgen. Sie möchte es jemandem erzählen, möchte ihre Freude hinausschreien. Aber sie schaut auf ihre Hand auf dem alten Slimline-Telefon und denkt, als sie es loslässt: *Es gibt keinen mehr, der angerufen werden muss.* »Amina!«, ruft sie. »Kommen Sie. Wir bereiten die Zimmer vor.«

Amina kommt angelaufen. »Jawohl, Madame.«

III
AUFBRUCH

Eins

Mr Lamptey schläft ausbalanciert am Rand des Ozeans, keinen halben Meter vom Wasserrand entfernt, Beine überkreuzt und Augen geschlossen, die Handflächen auf den Kniescheiben, Rücken gerade. Der Streuner wartet geduldig, den Blick aufs Wasser gerichtet, das Kinn auf den Pfoten. Der Ozean bewegt sich träge vor und zurück, schwappt fast bis zu den Pfoten, aber nicht ganz, ein paar Handbreit netto Raumgewinn, nicht mehr. Unentschlossen entwirft er seine Grenzen neu und nimmt sie dann wieder zurück. Will das Wasser nicht weiter vordringen, als Landnahme, um einen größeren Strandbereich einzunehmen, um zusätzlichen feuchten Sand zu unterwerfen? Offenbar nicht. Vor, zurück, Veränderung minimal, und die Wolken, die dieser Prozess langweilt, fangen beim Zusehen an zu gähnen.

Herein sickert Licht, schwach, matt, ohne Farbe, sein einziges Merkmal: dass es nicht die Dunkelheit ist. Ein langsam blinkender Stern wirkt als Kontrast fast lebhaft und macht den Hund auf sich aufmerksam, der wartet und denkt, es ist die Dämmerung. Er springt auf, die Beine ausgestreckt in *adho mukha svanasana*, dann leckt er mit dem Befehl »Aufwachen« die Fußsohlen des schlafenden Mannes.

Der Garten ist leer, bis auf die Schatten. Er hört es, kann es aber nicht sehen, weil die Augen immer schlechter werden. Das Problem ist der grüne Star, das weiß er, ohne sich weiter Gedanken zu machen. Der Chirurg macht sich große Gedanken und bietet seine Hilfe an. (Ein Freund, eine Operation, keine Kosten für Mr Lamptey. Der Chirurg ist dumm, aber entschlossen und freundlich. Eine ungewöhnliche Kombination, Entschlossenheit und Freundlichkeit. Ein ungewöhnlicher Zeitgenosse, der Chirurg.)

Die Vögel.

Sie drängen sich im Brunnen und verdecken fast die Statue. Sie gurren leise und schlagen mit den Flügeln. Zehn Vögel, zwanzig. Oder dreißig. Eine Versammlung. Er betritt den Garten, hört zuerst, bevor er sieht.

»Guten Morgen«, sagt er zu den Vögeln, verbeugt sich höflich. Sie gurren dezent und schlagen mit den Flügeln. »Tatsächlich?«, sagt er, ein wenig erschrocken und sehr betroffen.

Der Hund jault traurig und lässt sich zu seinen Füßen nieder.

In dem Haus-mit-Loch geht flackernd ein Licht an. Eine Gestalt am Fenster, langsame Bewegungen, rund. Die Frau, jung, eher mollig, ihr Gesicht wie ein Kissen mit Knöpfen als Gesichtszüge, genauso angenehm und weich. Sie gefällt ihm, diese Frau. Sie hat nichts, was einem nicht gefällt. Meistens mag er es, wenn es etwas gibt, was er nicht mag, er findet alles Gefällige langweilig, aber er ist nicht im richtigen Alter dafür, zu alt, um sich zu bemühen, zu jung für den Überdruss. Mit neunzig wird sie ihm nicht mehr gefallen. Er wird sich über ihr schlechtes Englisch lustig machen und über ihr halbautonomes Hinterteil, bei dem sich jede Hälfte einzeln bewegt; er wird sagen, dass das Land nie vorankommen kann, solange der normale Mensch sich so bewegt. Ohne Konzept. Unehrgeizige Schenkel und Schultern, die abrollen, lauter abgerundete Linien, wie eine Amöbe, eine frühe Lebensform. Wie der Ozean. Er beobachtet, wie sie sich durch den Schatten bewegt, und empfindet etwas für sie, das so weich ist wie ihre Gestalt.

Sie geht in die Küche und macht noch ein Licht an. Einen Moment lang bleibt sie stehen, eine verschwommene Gestalt hinter dem Glas. Sie kommt zur Tür der Glasveranda und zögert kurz, dann öffnet sie die Tür und tritt heraus, in der Hand ein Getränk, Milch und Milo. Sie weint, das kann er im Mondlicht sehen, ihre Brüste beben leicht unter dem rosaroten Satin, aber sie scheint die vielen Vögel im Brunnen nicht zu bemerken, auch nicht den Mann beim Mango, mit bloßen Füßen, in safrangelbem Gewand. Sie geht wieder hinein, macht die Lichter aus, in der Küche, im Badezimmer, ein Schatten des Lichts.

Er rollt seine Matte am Fuß des Mango aus und setzt sich dort hin. *Padma asana*.

Fünf nach vier.

2

Sie fliegen nach Ghana, Taiwos Kopf auf Kehindes Schulter, Kehindes Kopf auf Taiwos Kopf, bevor sie aufwachen und sich voneinander lösen. Olu sitzt kerzengerade, die Arme auf den Lehnen, seine Beine wippen leicht, Lings Hand liegt auf seinem Oberschenkel. Sadie sitzt hinter ihnen, keiner neben ihr, die Beine untergeschlagen, schaut teilnahmslos hinaus auf die ebenfalls teilnahmslosen Wolken, der Sonnenaufgang eine Nulllinie, grellrot im Schwarz.

3

Fola schleppt ihre Beute ins Haus, vom Garten in die Küche, noch dunkel, sie konnte nicht schlafen, ist hinausgegangen, um das und jenes zu schneiden, schwammige Erde, feucht von der Dämmerung, tropfende Blüten und Erde, legt die Zweige auf die Arbeitsplatte und wischt sich die Hände ab. Sie füllt viel kleine Vasen mit gerade genug Wasser, stellt sechs Zweige in jede und platziert je zwei Vasen in ein Zimmer. Eine auf jeden Nachttisch, so soll es sein. Und wendet sich gerade zum Gehen, als ihr schlagartig klar wird: *Es sind nicht genug Zimmer.*

Es gibt außer dem großen Schlafzimmer nur diese beiden kleinen Räume, eine Unterversorgung, die ihr bis jetzt gar nicht aufgefallen ist, weil sie immer gedacht (oder eher geträumt) hat, wenn sie alle kommen, dann nehmen die Mädchen das schmale Doppelbett und die Jungen die zwei Einzelbetten. Aber mit Ling stellt sich die Frage der Etikette. Fola weiß, dass die Kinder erwachsen sind, und eigentlich ist es ihr auch völlig egal, es würde ihr gut gefallen, wenn sie eine kleine Atempause von dem Schmerz finden würden, indem sie gemeinsam zum Atemrhythmus tanzen, nach Feierabend, aber er ist immer so *pedantisch*, Olu, so korrekt, spricht ein Tischgebet vor dem Essen, geht sonntags in die Kirche und alles (nicht dass sie selbst eine Heidin ist, Jesus ist ein guter Freund von ihr, aber einer, mit dem sie einfach so redet, eben wie mit einem Freund, einem weisen, lieben Freund mit einer gewissen Abgeklärtheit – das ist nicht Olus strenger Jesus mit dem langen Gesicht und den langen Haaren), und sie will auf keinen Fall, dass er sich unwohl fühlt und befangen, schon gar nicht, weil er ja Ling vorher noch nie mitgebracht hat. Olu wäre besser bedient mit einem Zimmer mit Kehinde, dann wäre er, wenn es Zeit wird, schlafen zu gehen, weniger verlegen, würde weniger leiden, aber es bleibt die Frage, wohin mit Ling, denn einen Gast kann Fola ja schlecht aufs Sofa legen. Mit Taiwo in ein Zimmer? Das würde an Herzlosigkeit grenzen, denn Taiwo ist tendenziell nicht besonders nett zu anderen weiblichen Wesen (wobei es ihr selbst mit ihren Geschlechtsgenossinnen auch nicht viel besser ergeht: Alle finden sie anscheinend unnahbar oder zu stolz, nicht mitteilsam genug; sie hat immer sehr schnell genug von ihren Tragödien, von Kosmetik, Romantik, langen Gesichtern, langen Haaren), und Fola möchte gern, dass Ling sich als Teil der Familie fühlt – egal, was »Familie« bedeutet. Lieber ins Zimmer mit dem Doppelbett, zu Sadie – Sadie liebt dünne, hübsche Mädchen wie Ling, ebenso den ganzen Mädchenkram, gemeinsam benutzte Seife und ausgetauschte Geheimnisse – aber dann wäre Taiwo ohne Bett und würde sich ausgeschlossen fühlen. Und wahrscheinlich würde Sadie sich unwohl und befangen fühlen, wenn sie das Bett mit einer Frau teilen soll, denn sie führt sich ja ähnlich nervös und puritanisch auf wie Olu und weigert sich bisher, das Unübersehbare auszusprechen. Fola ist es völlig egal, wen ihre Kinder lieben – und *wo* sie lieben, nebenbei bemerkt, ob im Gästebett oder auf dem Sofa –, solange sie glücklich sind oder jedenfalls nicht allzu unglücklich, also in dem Zustand, in dem sie die vier geboren hat, usw., nur nicht schlechter. Wenn das Baby Mädchen mag oder speziell dieses eine Mädchen, diese Philae (die so fröhlich und ahnungslos wirkt, dass sie ihr Herz nicht allzu grausam brechen wird), dann soll es ruhig so sein, alles okay, aber was bedeutet das für die Zimmeraufteilung? Kann das Baby mit einem Mädchen friedlich in dem Doppelbett schlafen? Oder sieht sie darin eventuell eine Andeutung, dass Fola Bescheid weiß – oder eher, dass sie etwas annimmt. Vielleicht »kennt« sie Sadie nicht, nicht richtig – und ja nicht Baby sagen, sie darf ihre Tochter nicht »Baby« nennen. Sadie ist zwanzig, wie sie an dem Nachmittag betont hat, und zwar seit –

»gestern«. Sie flüstert das laut, mit einem Stechen, oben links.

Gestern war ihr Geburtstag.

Sie hat Sadies Geburtstag vergessen.

Sie schlägt die Hand vor den Mund, schüttelt den Kopf. Ausgerechnet. Sie lacht, weil sie nicht weiß, was sie sonst tun soll, und geht aus dem Zimmer, zurück in die Küche.

Na, egal. Sadie kann in dem großen Bett in ihrem Schlafzimmer übernachten. Soll Olu seine Sex-Probleme irgendwie überwinden. Sie will Amina rufen, dann fällt ihr ein: *Zu früh.* Sie holt das Mehl für einen Kuchen.

»Warum ist eure Mutter nach Ghana gegangen?«, fragt ihn Ling. »Ich dachte, sie stammt aus Nigeria.«

Olu hat gedacht, sie schläft. Er lächelt ihr zu, setzt sich anders hin. »Mal was anderes.«

Hinter ihnen, Sadie, die zugehört hat, *sotto voce*: »*Meinet*wegen.«

Taiwo, auf dem Gangplatz, schaut zum Fenster hinaus. »Du warst nie mehr dort«, sagt Kehinde und schaut ebenfalls hinaus.

»Habe ich das laut gesagt?«, fragt sie schnell und zuckt zurück. Er wollte sie nicht ärgern. Er schüttelt den Kopf, nein. »Ich mache das jetzt manchmal«, murmelt sie, mit finsterer Miene, reibt sich die Stirn.

»Ich kann hören, was du denkst«, sagt er in seinem Kopf.

»Nein, du kannst meine Gedanken nicht lesen«, sagt sie, beugt sich vor, um das Rollo herunterzuziehen, schließt die Augen.

5

Ein Flugzeug über ihr.

Zwei

Fola macht beim MaxMart halt, um Kerzen zu kaufen. Die Frau an der Kasse lächelt müde. »Ja, Ma. Da drüben.« Fola schaut die Kerzen an und lacht. »Nein, nicht solche. Die kleinen, für einen Geburtstagskuchen.«

»Wir haben nur die.«

Sie fährt zum Flughafen, genervt von der Stille. Sie macht das Radio an. Es funktioniert nicht. Schließlich dringt durch das Geknister der Gospelsong von Joshua, falsch und hoffnungslos, wie ein schriller Hilferuf. Sie stellt einen anderen Sender ein. Evangelikale Mormonen. Wieder weiter. BBC, nur schlechte Nachrichten. Sie macht das Radio aus und konzentriert sich auf den Verkehr. Das übliche Gedränge auf der neuen Spintex Road. Sie rollt das Fenster herunter und späht auf die Kreuzung, wo ein Polizist alles nur noch zu verschlimmern scheint. Er ruft: »*Bra, bra, bra,* stop«, mit widersprüchlichen Gesten. Die kürzlich installierte Ampel funktioniert nicht (kein Strom). Fola rollt das Fenster wieder hoch und summt, ohne nachzudenken, »Great is Thy Faithfulness«, zwei Takte, dann unterbricht sie sich. *Woher kommt das jetzt?,* fragt sie sich, runzelt die Stirn, hupt. Dieser Choral, den er immer gesungen hat, bevor er zur Arbeit ging, lupenrein, aber wenn sie etwas sagte über seine Singstimme, dann schüttelte er immer lachend den Kopf: »Nur Schallwellen«, und hörte auf.

Bei der Ankunft wimmelt es von Weihnachtsrückkehrern, die in Mänteln aus den Flugzeugen steigen, mit tonnenweise Gepäck. Fola drängelt sich in die vorderste Reihe der Wartenden, nicht grob, aber nachdrücklich, in der nigerianischen Tradition. Und da steht sie dann. Sie ist zu früh dran, das weiß sie, eine halbe Stunde, aber sie konnte es nicht mehr aushalten, allein im Haus zu warten, der Kuchen fertig auf der Arbeitsplatte, der auch aussieht wie jemand, der auf etwas wartet. Hier ist es besser: Nähe, das Gewühle, Menschen, Tanten, die klagen, wenn die verlorenen Söhne erscheinen, im Halbschlaf, und die Tanten lösen sich aus der Menge, um sie zu packen, zu umarmen, zu schluchzen, sie willkommen zu heißen, die tränenreich theatralischen Manifestationen der Glücksmomente alter Frauen. Hier ist es besser, schwitzend, umgeben von Gemurmel, vom leisen, gleichmäßigen Pulsieren des Herzschlags der Wartenden, Hunderte, alle warten in kollektiver Vorfreude auf die Heimkehr eines geliebten Jemand. Körper. Vertraut. Sie hat ihm nie gesagt, *wie* vertraut, denkt sie jetzt, ihre Gedanken schweifen ab, so wie Gedanken das tun in der Hitze, während man wartet und still dasteht und noch ganz viel Zeit hat, eine Art

Hohlraum, in den die Vergangenheit eindringt, weil sie sieht, da ist Platz. Eine Bewegung, eine kleine Verschiebung, weg von der Gegenwart, und schon hebt man ab und schwebt von diesem Tag zu jenem:

zu dem Flughafen, demselben Flughafen:

»Sei vorsichtig, wir sind in Ghana!«

»Ich komme aus Lagos, mein Lieber.«

Ich war schon mal hier.

Warum hat sie es ihm nicht gesagt? Es war kein Geheimnis. Er wusste, dass sie am Anfang des Krieges geflohen war, dass sie irgendwie aus Lagos weggegangen war und die Schule abgeschlossen hatte und dann in Schlaghosen an der Lincoln University erschienen war, aber er fragte sie nie, wie, wie sie nach Pennsylvania gekommen war, als hätte ihr Leben erst begonnen, als ihr gemeinsames Leben begann, und sie bot nie Antworten an, nachts im Dunkeln, nachdem er getaucht hatte und sich an ihr festklammerte, nass. Damals erschien es ihr normal, neben ihm zu liegen, lebendig in der Gegenwart und tot für die Vergangenheit, mit dem Mann in ihrem Bett, in ihrem Herzen, in ihrem Körper, aber nicht in ihrer Erinnerung und sie nicht in seiner. Es war fast so, als hätten sie einen Schwur geleistet – nicht nur sie beide, sondern ihr ganzer Lincoln-Umkreis in diesen Jahren, kluge Enkelsöhne von Sklaven, begabte Immigranten und Flüchtlinge –, einen Schwur, ihr Schweigerecht gemeinsam hochzuhalten (und auf

337

diese Weise *nicht* ihr früheres Selbst zu bleiben, das zerbrochene, geschlagene, beschämte Selbst, das in Geschichten lebte und schweigend starb). Ein Schwur unter Leidenden. *Aber auch unter Liebenden?*

Sie weiß es nicht. Vielleicht. So vieles, was sie ihn nie gefragt hat. So vieles, was sie ihm nie gesagt hat. Zum Beispiel dieses Sehnen, diese Schmerzen. Sie hat nie darüber gesprochen. »Genug«, seufzte sie immer nur, was er als »Aufhören« deutete, und das tat er dann auch. Er schwamm sanft wieder an die Oberfläche, tauchte auf, weil er dachte, sie sei erschöpft, während in Wirklichkeit genau das Gegenteil der Fall war. Sie hatte Angst vor seiner Erschöpfung. Sie sehnte sich schmerzlich nach mehr. Nach mehr, nach immer mehr, mehr von ihm, nachdem sie sich geöffnet hatte, nachdem sie geöffnet worden war und sich nur noch eines wünschte, nämlich gefüllt zu werden, aber sie hat es nie gesagt, sie hielt ihn nur fest, während sie schweigend dalag und er neben ihr schlief, er erfüllt, sie nicht gefüllt. *Warum hat sie es ihm nie gesagt?* Und andere Dinge auch nicht. Warum hat sie nie ja gesagt, wenn er sie gebeten hat, mit ihm auf diese Partys in Cambridge zu gehen, bei Kollegen in Khaki-Hosen und mit Käsewürfeln auf Zahnstochern und mit Immigranten-Dienstmädchen und dem unvermeidlichen Kind, das nach den Drinks vorgeführt wurde und brav »Für Elise« spielen musste, bevor es ins Bett geschickt wurde. Klar, die Partys fand sie langweilig. Was aber noch schlimmer war – es brach ihr das Herz zu sehen, wie er Bestätigung suchte bei diesen Männern, die viel weniger zu bieten hatten als er, selbst in frisch gebügelten Khaki-Hosen, die kleinen Augen groß vor Hoffnung, dass auch er sich in dieser Welt bald so zu Hause fühlen würde wie sie. *Warum hat sie es ihm nie gesagt?* »Du brauchst sie nicht zu beeindrucken«, hätte sie sagen können, »deine Qualität spricht für sich.« Statt zu sagen, »das Geschirr« oder »Taiwo hat einen Soloauftritt« oder »Olu braucht Unterstützung bei seinem Physik-Projekt«. Statt zu schweigen, protektiv, destruktiv, wie Grasmilben an einer Taglilie, die jahrzehntelang alles wegfressen, ohne dass es einer merkt. Und das Allerwichtigste. Der Präzedenzfall. Wie sie nach Pennsylvania gekommen ist.

Wie sie ihre Sachen gepackt hat und weggegangen ist.

Wie: Sie blieb in dem Schlafzimmer in Lagos bis zum Abend, sie konnte sich nicht bewegen, nicht denken, nicht atmen. Den Kopf unter der Decke, die Hände auf der Brust, leer, bis es dunkel wurde. Das Housegirl kam zurück, wie jeden Sonntag, durch die Hintertür. Sie hatte schon das ganze Abendessen zubereitet und den Tisch gedeckt, als ihr auffiel, dass es im Haus so seltsam ruhig war. »Master!«, rief sie die

Treppe hinauf und den Flur entlang. »Master, sind Sie zu Hause? Miss Folasadé? Ah-*ah*.« Erst da stand Fola aus dem Bett auf, schweißbedeckt, um zitternd mit dem Fahrstuhl in die Küche im zweiten Stockwerk zu fahren. »Ich bin hier.«

Das Housegirl Mariama fühlte sofort ihre Stirn, als sie vor ihr stand. »Fieber – du hast Fieber, wo ist dein Vater?«, rief sie.

Fola zuckte hilflos die Achseln. »Er ist nach Kaduna gefahren.«

»Nein!«, rief Mariama und sackte sofort in sich zusammen und landete auf dem Fußboden.

Wie: Sie saßen einfach nur da, zu zweit und stumm, an einem Esstisch, der für zwei Personen gedeckt war und groß genug für vierzehn. Die Nwaneris auf dem Porträt betrachteten sie, wie sie da hockten. Der schwarze John, ebenfalls sitzend, die weiße Maud neben ihm stehend, die Hand auf der Schulterklappe seiner Uniform. Das Essen stand auf dem Tisch, Folas Lieblingsgericht, *egusi*, aber sie rührten beide nichts an. Nach einer Stunde war alles kalt. Nach zwei Stunden lehnte sich Sena Wosornu, der Partner ihres Vaters in der Anwaltskanzlei, verzweifelt auf die Türklingel. Fola schaute Mariama an. Das Housegirl zitterte, schaukelte vor und zurück, umklammerte ihre Ellbogen und schüttelte den Kopf und sprach stumm mit den Lippen irgendein Gebet. Fola deutete ihr Kopfschütteln als »Geh nicht an die

Tür«. Also ging sie nicht. Nach ein paar Minuten verlor Mariama die Nerven. Sie taumelte zum Eingang, und Fola hörte erst Geflüster, dann lautes Schluchzen, dann Senas Bassstimme. »Das Baby hört dich!«, schimpfte er. »Das Baby.« So nannte ihr Vater sie immer, sogar damals noch, und seine Freunde sagten es auch.

Später am Abend kam Sena zu ihr ins Zimmer. Er klopfte, setzte sich auf ihr Bett. Sie lag auf dem Rücken, die Füße an der Wand, auf einem Poster von Lennon, ihr Kopf hing nach unten.

»Fola«, sagte er. »Ich muss dir etwas sagen.«

Sie schaute nicht hoch. »Ich weiß, ich weiß, ich weiß.« Sena stand auf dem Kopf, beugte sich zu ihr.

»Dein Vater …«

»Sag es nicht!«, rief sie und setzte sich auf.

Er sagte, sie müsse ihre Sachen packen; gleich morgen früh würden sie aufbrechen. Seine Eltern lebten in Ghana, bei ihnen sei sie in Sicherheit. *Wenn etwas passiert, bring das Baby nach Ghana. Lass sie nicht hier in Nigeria*, hatte ihr Vater gesagt. Sie packte ein goldenes *aso-oke*, ein Geburtstagsgeschenk von ihm, Schallplatten, seine dicke Kente-Decke und Schlaghosen. Keine Fotos, keine Kleider, keine Teddybären. Die Einzelheiten kamen später. Sie verließen das Haus vor Anbruch der Dämmerung.

Wie: Auf diesem Flughafen, viel kleiner, genauso voll, landeten sie, mitten im Sommer, Juli 1966, alle

341

Farben so ganz anders als in Lagos, mehr Gelbtöne, ein Geruch wie der eines zerbrochenen Tongefäßes. Ein Mann mit einem ergrauten Afro begrüßte sie: buschiger weißer Bart, lachende Augen, Lachfältchen wie Flügel. »Und du musst Fola sein.« Er schüttelte ihr die Hand. Sie schüttelte den Kopf. Hatte keine Ahnung mehr, wer sie sein sollte. »Die Leute hier nennen mich ›Reverend‹. Ich bin Pastor Mawuli Wosornu, Senas Vater«, sagte er, aber eigentlich sah er viel zu jung aus.

Das Haus lag in einer von Bäumen gesäumten Straße, die sehr breit war und überall weiße Häuser für die Freunde der Briten, die seltenen Libanesen. Man führte sie in ein rosarot gestrichenes Zimmer, ein sehr komisches Pink, das sie Jahrzehnte später wieder entdeckte, als sie Mulch kaufte. (Bei Home Depot. Sie ging den Gang mit der Farbe entlang, als sie es aus der Ferne sah, nur das Muster, sofort vertraut. Sie las den Namen. *Innocence*. Unschuld. Musste laut lachen, kaufte einen Eimer. Fünfzehn Liter für das Zimmer des Kindes, das Zwillingen folgt.) Sie blieb in der Tür stehen und schaute in den Raum. Reverend Wosornu, hinter ihr: »Und das ist dein Zimmer.« Sie ging hinein und setzte sich auf das schmale Bett, die harte Matratze, starrte auf die bonbonrosa Wände. Schaute dann zu dem Mann in der Tür. Sagte: »Vielen Dank«, legte sich hin und schlief, ohne etwas zu essen, drei Tage lang. Am vierten Tag kam die Ehefrau, Vera Wosornu, um nach ihr zu sehen. Mrs Wosornu sah älter aus, sie sah *alt* aus (vierundfünfzig). Eine fette Frau, abgespannt, kein Glanz in den Pupillen. Sie trug eine schwarze Perücke, die zurückgerutscht war, wodurch der graue Haaransatz sichtbar wurde. »Zeit zum Aufstehen«, sagte sie. »Komm zum Frühstück.« Als Fola sich umdrehte, war die Frau schon wieder weg.

Das Frühstück bestand aus Kakaobrot, Papaya, Eiern, Kaffee. Mrs Wosornu aß geräuschvoll. Dicke, gebutterte Lippen. Reverend Wosornu trank Kaffee und hörte aufmerksam Radio. *Pogrome in Nigeria gehen weiter.* Da stellte er ab. »Sir Charles Arden Clarke ist ein Freund der Kirchengemeinde. Weißt du, wer das ist?«

Fola schüttelte den Kopf.

»Iss«, sagte Mrs Wosornu.

»Der ehemalige Gouverneur der Goldküste. Und der Begründer der Gold Coast International School.«

»Heute heißt das *Ghana International School*«, blaffte Mrs Wosornu. »Iss«, blaffte sie Fola an.

Fola nahm ihre Gabel. Die Befehle dieser Frau waren unfreundlich und energisch; es war fast eine Erleichterung, gesagt zu bekommen, was man tun soll. Sie schob ein Stück Papaya in den Mund, konnte es aber nicht kauen. Also schob sie es hin und her, bis es sich auf ihrer Zunge auflöste.

»Sie haben gesagt, dass du dort aufgenommen

wirst«, sagte Reverend Wosornu begeistert. »Innerhalb von zehn Jahren haben sie eine schöne Schule aufgebaut.«

»Du machst dort deinen Abschluss und gehst dann in Amerika aufs College.«

»Jawohl, Ma'am.«

»Sag Mutter zu mir.«

»Jawohl, Mutter«, erwiderte Fola. Das Wort klang merkwürdig in ihren Ohren. Leer.

»Schon besser.«

»Zu mir sagst du am besten einfach ›Reverend‹, nicht Vater. Noch nicht.«

»Apropos Väter – deiner war sehr freundlich zu unserem Sena.«

»*Vera*«, seufzte der Reverend, aber seine Frau war nicht zu bremsen.

»Er kann keine Kinder kriegen, unser Sena. Wirklich schade. Der einzige Sohn. Und du weißt ja, was die Leute auf dem Land sagen.« Fola wusste nicht, was die Leute auf dem Land sagten. Die ländliche Redensart wurde vorgetragen mit dem Mund voll Ei. »Die Frau, die nur ein Kind hat, hat kein Kind.«

Der Reverend lächelte unbeirrt weiter. »Kindersterblichkeit«, erklärte er.

Wie: Sie schloss die Highschool ab, sagte selten etwas, aß wenig. Als im folgenden Sommer der Krieg kam, interessierte sie das nicht besonders. Sie überflog die Lokalzeitungen, sah die Fotos, hörte die Gerüchte (abgeschlachtete Zivilisten, verhungerte Kinder, deutsche Fremdenlegionäre, walisisch). Aber das »Nigeria«, von dem sie redeten, war nicht das Land, das sie kannte, nicht ihr Zuhause, kein Ort, den sie vor sich *sehen* konnte, also nicht real. Sie nahm sehr stark ab und bekam erstklassige Noten, weil sie ja alles in Lagos bei ihrem Privatlehrer schon durchgenommen hatte. Ihre Klassenkameraden fingen an, sie »Biafranerin« zu nennen, aus reinem Neid. Die Mitschüler beneideten sie um ihre Haare, um ihre guten Noten, um den tragischen Glanz. Aus Langeweile gestattete sie einem von ihnen, mit ihr zu knutschen. Er wohnte am anderen Ende der Straße in East Cantoments. Yaw. Sah ziemlich gut aus, Sportler, später Soldat, aber bescheiden in seinen Absichten (*wie*: Kweku war der Erste). Sie machte ihre Prüfungen und war die Beste ihres Jahrgangs. Sie schnitt sich die Haare ab, weil sie keine Lust mehr hatte, sie ständig zu bürsten. Ein Stipendium wurde von anderen Freunden der Kirchengemeinde besorgt, für die Lincoln University, an der schon Nkrumah studiert hatte. Eigentlich wäre sie lieber auf das Kings College in London gegangen, wie ihr Vater, aber sie widersprach nicht.

Zurück zum Flughafen.

Wie: Sie überquerte das asphaltierte Rollfeld zum Flugzeug. Es roch nach Regen. Bald würde es losgehen. Sie drehte sich nicht um, um zu lächeln oder zu winken oder um einen letzten Blick auf das Flughafengebäude zu werfen. Sie schaute nicht zum Reverend, den sie eigentlich gern hatte, oder zu Vera, die sie hasste. Deshalb hätte sie ihn fast nicht gesehen, wie er in seinem Dreiteiler angerannt kam. Der Passagier hinter ihr musste ihr auf die Schulter tippen. »Miss?«

Es war der rundliche Sena, sein Jackett flatterte hinter ihm wie ein kaputter Zaubermantel. »Fola, warte!« Fola blieb stehen. Er keuchte, als er sie erreichte. »Gott sei Dank habe ich dich noch erwischt. Wie geht es dir?«

Sie zuckte die Achseln.

»Ich wollte schon die ganze Zeit vorbeikommen. Die Firma läuft noch, ob du es glaubst oder nicht, in Lagos.«

Sie zuckte die Achseln.

»Aber ich hätte früher nach dir schauen sollen. Ich weiß.« Jetzt umarmte er sie und steckte ihr etwas zu. Einen Umschlag. »Den hat er hinterlegt. Mach ihn noch nicht auf. Ich hatte Angst, dass meine Mutter ihn stehlen würde, deshalb habe ich gewartet.« Er hielt sie an sich gedrückt, bis sie den Umschlag eingesteckt hatte, dann erst trat er einen Schritt zurück. »*Geh.*«

Wie: Als sie ankam, öffnete sie den Umschlag. Amerikanische Dollar, makellos gebündelt. Genug für einen Neuanfang und um in Amerika zu bleiben,

346

sie musste nicht fetten Frauen beim Essen zuschauen, sie musste keine Almosen annehmen oder um welche bitten, sie musste nicht hungern oder wieder zu diesem Flughafen in Ghana zurückkehren.

Einer der Passagiere hinter ihr tippt ihr auf die Schulter. »Miss?«

Sie dreht sich erschrocken um. Der Mann deutet mit dem Finger.

Und da sind alle miteinander, sehen sie an, warten, hier, auf diesem Flughafen in Ghana.

2

»Sie sieht nicht so aus, als würde sie sich freuen, dass wir kommen«, sagt Sadie.

»Sie steht bestimmt noch unter Schock«, sagt Kehinde zu ihr. »Mach dir keine Sorgen.« Aber er zieht die Ärmel seines Sweatshirts nach unten, um seine Handgelenke zu bedecken, weil er sich Sorgen macht, Fola könnte die Narben sehen.

»Du erinnerst dich an meine Mutter«, flüstert Olu Ling zu und denkt, wie sehr sich der Flughafen verändert hat, seit er hier war.

Ling flüstert andächtig: »Sie ist *so schön*, mein Gott!«

Taiwo wird aus unerklärlichen Gründen wütend.

Alle bleiben unentschlossen stehen. *Einer muss die Initiative ergreifen*, denkt jeder. Kehinde geht vor, um Fola zu umarmen, aber vor Schreck nimmt sie sein Gesicht gleich zwischen die Hände und verhindert so mehr oder weniger die Umarmung. »Ein Bart«, sagt sie lachend.

»Nicht weinen«, sagt er zärtlich.

»Oh, weine ich?« Immer noch lachend, wischt sie sich die Tränen von den Wangen.

Die anderen kommen jetzt auch, drängen sich, umarmen sie nacheinander. »Ling«, flüstert Fola, »wie schön, dass du es geschafft hast«, während Sadie wartet und die beiden beobachtet. Und sich bemüht, kein böses Gesicht zu machen.

Sie kennt diese Momente. Dieses Begrüßungslächeln. Diese schwerelose Demonstration echter Wärme, wie es sie nur für ein Fast-Mitglied der Familie gibt. *Reale* Mitglieder bekommen eine schwerer wiegende Begrüßung. »Und Sadie«, sagt Fola, beide Hände ausgestreckt, ihr Mund umgefaltet, den Kopf schräg gelegt. Sadie geht zu ihr. Sie ist plötzlich ganz nervös, weil so viele Leute zuschauen, und will Fola ganz lässig und erwachsen umarmen, ein cooles »Mom, wie schön, dich zu sehen«, aber der Geruch ist überwältigend, und sie merkt, wie sie zerbröckelt, und fängt hemmungslos an zu schluchzen.

Der Geruch ihrer Mutter, sofort vertraut – der Geruch von frischem Gebäck und Dax Indian Hemp, seit zwanzig Jahren Folas Haarmittel, grün mit braunen Flecken, wie etwas, das sie auch für die Gartenarbeit verwenden könnte – und wie sich ihre Mutter *anfühlt*, so unglaublich nachgiebig, ihre Haut an Armen und Händen, wie die eines Kindes, das ist eine so warme Begrüßung, ungetrübt, viel zu weit geöffnet für Sadie, mehr, als sie aushalten kann, zu viel, um zu glauben, dass sie das verdient. Sie vergräbt ihr Gesicht an der weichen Schulter ihrer Mutter und umschlingt ihre Taille. »Es tut mir so leid«, murmelt sie.

Fola lacht leise und streichelt Sadies Zöpfe. Olu beobachtet die beiden und wünscht sich, sie würden das zu Hause machen. Damit Ling nicht verlegen auf ihre Sandalen schauen muss, während der Rest ihres »Wie schön, dass du es geschafft hast«-Lächelns starr wird vor Staunen. Fola hebt das Kinn, um über Sadie wegzublicken, und gibt den anderen mit einer Geste zu verstehen, sie sollen sich der Umarmung anschließen. Olu schaut zu Taiwo, die unerklärlicherweise ein richtig wütendes Gesicht macht, und befürchtet, sie könnte Folas leises »Kommt her« nicht akzeptieren. Um ein gutes Beispiel zu geben, macht er einen Schritt nach vorn und legt seine langen Arme um Folas hochgewachsene Gestalt. Kehinde macht einen Schritt, so dass er hinter Sadie steht, und drückt die Hand zwischen ihre Schulterblätter, um sie zu beru-

higen. Ling berührt Olu, hält aber Distanz, fasst nur
kurz nach seinem Ellbogen, drückt ihn einmal, lässt
wieder los. Taiwo schaut zu, denkt, dass sie gern
näher hingehen will, um sich ein einziges Mal in
ihrem Leben dazugehörig zu fühlen, egal wie lose
und unförmig die Gruppe ist, sie will irgendwie mitten drin sein. Aber sie kann es nicht.

3

Im Mercedes ist nicht genug Platz für alle. Taiwo und
Kehinde fahren in einem Taxi hinterher.

4

Sie sitzt mit dem Gesicht zum Fenster, Kehinde den
Rücken zugewandt, und erinnert sich daran, wie sie
Lagos das erste Mal gesehen hat: das Grau, die die-
sige Luft und das Chaos, die Straße von Ikeja, die
Straßenhändler mit Krimskrams und lebendigen
Schlachthühnern, die Art, wie Femi in die Hände
klatschte, als sie in die Wohnung kamen, seine
Kokain-kalten Lippen auf ihrer Stirn, sein Lachen,
und wie ihr Bruder aussah, als er dastand, kälter und
härter, als sie ihn je gesehen hatte, außer wenn er
schlief –
    da macht die Erinnerung einen Jumpcut – ab-
rupter Szenenwechsel zur Barrow Street, Novem-

ber, nackt, sie sitzt auf dem Fensterbrett, raucht Kringel –

und dann weiter, zum Ende der Geschichte: Sonnenaufgang, Spätsommer, die Ehefrau in Apulien, auf der Suche nach Käse, ein kleiner Gasthof am Meer, ideal fürs Beenden, die Zeitung zwischen ihnen, das Schweigen ein Totengeläut.

Am Wochenende fuhren sie immer ans Meer. Er nannte sie »mein Wassermädchen«, was auch passte: Sie war am glücklichsten, wenn sie nah am Wasser war, vor allem am Ozean, obwohl auch der Hudson diesen Zweck erfüllen konnte. (Das hat mit Astrologie zu tun, sagt er, sie ist ein Wasserzeichen. Quatsch, sagt sie, das ist doch total unlogisch. Der Skorpion lebt auf sandigem oder steinigem Boden, und als Sternzeichen soll er ein Wasserzeichen sein? Und Wassermann ein Luftzeichen? Sehr fragwürdig.) Ein Windstoß vom Meer wehte über ihre Veranda, und sie atmete den Salzgeruch ein.

»Ich höre auf«, sagte sie beim Ausatmen.

»Nein. Das kann ich nicht zulassen.«

»Ich will nicht Anwältin werden«, sagte sie bissig. Mit dem Mittelfinger fuhr sie über die belastende Schlagzeile: *Vorwurf der Untreue bringt Jura-Dekan der Elite-Universität in Schwierigkeiten.* »Deiner Meinung nach hätte ich doch gar nicht Jura studieren sollen.«

»Vor zwei Jahren, Taiwo. Du bist die Beste in deinem Jahrgang.«

»Ich bin immer die Beste in meinem Jahrgang«, erwiderte sie schnell. »Bist du schon mal auf die Idee gekommen, dass dieser ganze ›Jahrgangs‹-Kram kompletter Mist ist? Was heißt das denn, ›Jahrgang‹? Immer die gleiche Gruppe von Feiglingen, die Trost darin suchen, dass sie brav ihre Aufgaben machen. Wie klug können wir denn sein?«

Hilfloses Gelächter. »Du bist gnadenlos.«

»Ich bin ehrlich.«

»Kein Unterschied. Ich erlaube nicht, dass du aufhörst.«

»Na ja, du kannst mich nicht zwingen.« Sie erhob sich demonstrativ und ging die Verandastufen hinunter. »Taiwo!«, rief er, folgte ihr aber nicht. Sie ging, lief, rannte zum Strand, saß dann alleine da und blickte auf den Atlantik hinaus. Wie wunderbar es wäre, einfach ins Wasser zu gehen, dachte sie, dem Pfad des Sonnenaufgangs auf den Wellen zu folgen, rosarot und golden, in ihren Flipflops und dem Wollpullover des Liebhabers, loslaufen und immer weiter laufen, hinunter, weg. Stattdessen saß sie nur da, eine Stunde, vielleicht länger, gerade lang genug, um ihn leiden zu lassen, um dafür zu sorgen, dass es ihm weh tat. Sie war nicht besonders wütend (jedenfalls nicht auf ihren Liebhaber; sie war seit über fünfzehn Jahren wütend auf ihr Schicksal), aber sie wollte, dass er litt, und nicht unter der Schande, nein, er sollte das Gefühl haben, sie im Stich gelassen zu haben, bewirkt zu haben, dass sie scheiterte.

Warum wollte sie das?

Er betrog sie nie. Sie hatten einander nie verfolgt, hatten nie geklammert oder etwas verlangt; sie waren beide einfach hineingestolpert, im Bruchteil einer Sekunde, hatten sich dem Sog ergeben und waren ertrunken. Jetzt gab es Gerede und Fotos und Gerüchte, eine Art von Debatte, die sie so noch nicht kannte, wie wenn ein gut geschulter Roboter Geschichten ausspucken würde, die verschiedene Fakten aus ihrem Leben enthielten, aber nichts mit *ihr* zu tun hatten. Dafür konnte *er* nichts. Er war ungeschickt und verliebt, besaß aber nur ein beschränktes Maß echter Macht. Er hätte sich mit ihr treffen können, wo niemand sie sah, konnte aber dem inneren Wunsch, gesehen zu werden, nicht widerstehen. Zwei Jahre Sex in einem Zimmer im Village und in hübschen Gasthäusern am Strand, die Ostküste hinauf und hinunter – und dann fing er an, sich nach einem Publikum zu sehnen, das ihm applaudierte, das seine großartige Eroberung zu *sehen* bekam und etwas erfuhr von seinem großen Glück. Ein Abendessen hatte sie zur Strecke gebracht. Es waren Freunde seiner Frau da und Freunde seiner Feinde aus Regierungszeiten. Keinen Monat später kündigte sich der Skandal an. Der Präsident der Universität und die entsprechenden Gremien wurden in Kenntnis gesetzt. Mitte August begaben sie sich nach Cape May, um die Kapitulationsbedingungen auszuhandeln. Ende der Szene.

Sie waren immer noch Alliierte, ein Liebespaar. Es gab keinen Grund zur Wut. Sie hatte ihn nie gebeten, seiner Frau alles zu gestehen oder sie zu verlassen. Aus offensichtlichen Gründen hatte sie kein besonderes Interesse daran, Ehefrau zu werden, und keinerlei Interesse daran, *seine* zu werden. Aber sie wollte, dass er litt. Er sollte wissen, dass er sie im Stich gelassen hatte. Sie war entschlossen, das Studium aufzugeben, damit er wusste, dass sie versagt hatte. Alle sollten ihr Scheitern sehen, sich den Kopf zerbrechen und einander im Flüsterton fragen, wie dieses Mädchen diesen Erfolg (summa cum laude, New York University!, PPE am Magdalen College in Oxford!, *Summer Associate* bei der Kanzlei Wachtell!) aufs Spiel setzen konnte. Und als Antwort würde kommen, wenn auch nicht für diejenigen, die diese Frage stellten, aber doch für ihn:

weil er es zugelassen hat.

Und nicht nur er allein.

Da war der andere, das erste Mal, der, den sie gelöscht hatte, derjenige, der im Licht des Sonnenuntergangs aus einer Einfahrt herausgefahren war, während sie ihn vom Fenster aus beobachtete, unsichtbar im Dunkeln, nachdem sie mit dem Licht gespielt hatte, um Kehinde hereinzurufen – an, aus, dann wieder an: gerade dunkel genug, um ins Auto hinein sehen zu können, das Gesicht des Mannes hinter der Windschutzscheibe, die schmalen Augen noch schmaler, trotzig, dann doch voller Tränen, aber entschlossen.

Er wird es auch erfahren, dachte sie, während sie still da saß, wie man am Strand sitzt – die Knie angezogen und das Kinn auf die Knie gestützt, mit der Brise in den Haaren, das Salz der Tränen vom Geschmack her nicht zu unterscheiden vom Salz der Brise. Sie würde ihn finden und es ihm sagen. Er war irgendwo in Ghana (wie Olu sagt); sie würde hingehen und warten. Sie würde auf seiner Treppe sitzen, wenn er von der Arbeit nach Hause kam, in einem Volvo, versteht sich, wenn die Sonne schon längst dabei ist unterzugehen. Er würde sie von der Einfahrt aus sehen und den Wagen zum Halten bringen, mit diesem Ausdruck auf dem Gesicht wie bei Szenen in den entsprechenden Filmen, wenn ein Mann, der auf der Flucht ist, vor Einbruch der Dunkelheit nach Hause kommt und ein Hitman ihn erwartet, ohne sich zu verstecken – der Hitman sitzt einfach da, nicht zu übersehen, und wartet, die Stiefel auf dem Geländer und eine Knarre in den Stiefeln, so dass der Mann in der Einfahrt sie sehen kann. Genau so. Er würde anhalten, den Motor abstellen und sie vom Auto aus anstarren, ihre Blicke würden sich begegnen, ihr Blick unverwandt, seine Augen feucht, denn er würde ihr ansehen, dass ein Licht erloschen war, und ohne Worte wüsste er, dass seine Tochter tot war, dass das Mädchen, das er in einer Straße in Nordamerika zurückgelassen hatte, nicht dieselbe war, die jetzt auf dieser Treppe in Westafrika saß, die Stiefel auf dem Geländer und eine Pistole in den Stiefeln; er wüsste, dass sie gestorben war, weil keiner sie gerettet hat. Ja, genau. Sie wollte das Studium abbrechen und als Bedienung die tausend-und-paar-zerquetschte Dollar verdienen, um nach Accra zu fliegen (obwohl sie eigentlich gegen die Ungerechtigkeit dieser Preise rebellierte, eine Beleidigung für alle Immigranten, die Preise für einen Flug nach Osten). Damit auch er litt, weil er zu schwach gewesen war, irgendetwas zu unternehmen, um sie zu retten.

Oder besser gesagt: So hatte sie es geplant.

Sie hätte früher kommen müssen.

Sie muss lachen, als sie nun hinausblickt auf die Straßen von Accra. Zwei Jahre lang hatte sie sich den Ausdruck auf seinem Gesicht vorgestellt. Nun ist sie hier, und ihr Vater ist weg.

5

Er sitzt mit dem Gesicht zum Fenster, Taiwo den Rücken zugewandt, schaut hinaus auf die Straße, die vom Flughafen wegführt, schaut auf Accra, irgendwie anders, als er erwartet hat, nicht wie Mali oder Lagos, weniger Glamour, mehr Ordnung. Eine Vorstadt, viel Staub. Da sind die typischen Dinge, die afrikanischen Dinge, Händler am Straßenrand, die Farbe der Gebäude das gleiche verblasste Beige wie die Luft und das Laub, die bunt gemusterten Stoffe, die nie fertigen Baustellen (Apartments, Hotels), bei denen man das Gefühl bekommt, hier würde bis in alle Ewigkeit ein Haus renoviert, die Arbeiter in der Mittagspause, die neue Farbe blättert schon ab und verblasst in der Sonne, als wäre es eigentlich nie wichtig gewesen, welche Farbe das Haus hat, gestapelte Zementblöcke, wie Soldaten, die Befehle erwarten, Stahl, schlafende Maschinen, die das Grün unterbrechen.

Das kennt er.

Was ihn verblüfft, ist die Bewegung, weder lethargisch noch hektisch, ein mittleres Tempo, nichts von der Altertümlichkeit Malis und auch nichts vom Ehrgeiz Nigerias, einfach eine ständige Bewegung, deren Ziel er nicht kennt. Da sind die gleichen riesigen grünen Highway-Schilder wie überall auf der Welt, als Beweis für »Entwicklung«. Als würde die Entwicklung eines Landes bedeuten, dass man es in Kalifornien verwandelt: Supermärkte, SUVs, Palmen, Smog und so weiter. Kinder in T-Shirts, auf denen die Gesichter von Rap-Stars abgebildet sind, kommen zum Taxi gerannt, um ihre Ware anzupreisen:

importierte Äpfel, PK-Kaugummis, Bananen, Tages-
zeitungen, Massage-Schwämme, Streichhölzer. Die
Sachen locken fröhlich mit leuchtenden Primärfarben, importiert aus China, Südafrika, alles Plastik,
sämtliche Variationen von Plastik und Zellophan
und Verpackungsmaterial, als hätten die Armen
nichts lieber als Kitsch, als Geschenk verpackt. Ein
Mann ohne Beine lässt sich von einem Jungen ohne
Schuhe durch den Verkehr in die Mitte der Straße zu
dem Taxi schieben, wo er an das Beifahrerfenster
klopft und um Münzen bettelt, indem er seine Hand
hinhält, an der ein paar Finger fehlen.

»Weg, weg, weg!«, scheucht ihn der Fahrer, plötzlich aufgeregt. Er rollt sein Fenster herunter und
schimpft in derbem *Twi*.

Kehinde schaut hinunter, sieht den Mann, ist
peinlich berührt. Er angelt aus seinem Sweatshirt
fünf einzelne Scheine. »Schreien Sie die Leute nicht
an, bitte, Sir«, sagt er zum Fahrer. Dieser Fahrer mustert ihn, verschwitzt und irritiert. Kehinde rollt sein
Fenster herunter und streckt die Scheine hinaus.
»Hier«, sagt er. »Nehmen Sie das.« Der Fahrer saugt
an seinen Zähnen. Der Junge ohne Schuhe nimmt
nur einen der Dollarscheine. Der Mann ohne Beine
lächelt, ein Lächeln ohne Zähne. »Nehmen Sie auch
den Rest«, sagt Kehinde, aber der Junge hört ihn
nicht, und das Taxi fährt weiter, weil die Ampel grün
geworden ist.

»Das sind doch Diebe«, knurrt der Fahrer. »Die kommen aus Mauretanien. Sie beklauen die Touristen.«

»Wir sind keine Touristen«, sagt Kehinde.

Der Fahrer fängt an zu lachen, mit einem blitzenden Goldzahn, als wollte er sagen *Nur Touristen geben Bettlern amerikanische Dollar*. Aber er reißt sich schnell zusammen, rollt sein Fenster hoch und erkundigt sich beiläufig: »Woher kommen Sie denn?«

Kehinde schaut zu Taiwo, die nicht aufgepasst hat, dann wieder zum Fahrer, der kaum älter ist als er. Er spürt bei dem Mann eine ganz spezielle Form von Aggression, die er aus Lagos und London und New York kennt und die etwas damit zu tun hat, dass sie beide braunhäutige Männer sind, die von den Nebenwirkungen ungleich betroffen sind. Der Typ würde in seinem Taxi lieber eine nervöse weißhäutige Frau transportieren als die Zwillinge – braunhäutig, gut gekleidet, gleiches Alter –, weil er sie für Amerikaner hält und vermutet, dass sie reich sind, jedenfalls reicher als er. Aufgrund einer grausamen Laune des Schicksals. »Waren Sie vorher schon mal in Afrika?«, fügt er hinzu, mit Besitzerstolz.

»Ja, in Nigeria und Mali.«

»Aber nicht in Ghana«, beharrt der Mann.

Kehinde schüttelt den Kopf, und der Fahrer scheint zufrieden. Kehinde fühlt sich veranlasst hinzuzufügen: »Unser Vater ist von hier.« Während er es sagt, wünscht er sich bereits, er hätte es nicht gesagt, denn jetzt kommt die Aufwallung, die er bisher in Schach halten konnte. Sie kommt in Form von Kopfschmerzen, ein plötzliches Brennen zwischen den Augenbrauen, so heftig, dass er nach Luft schnappt. »*War.*«

Aber das hört der Fahrer gar nicht. »Was heißt ›von hier‹?«, fragt er herausfordernd.

»Ghana«, murmelt Kehinde. Es klingt wie eine Lüge.

»Ach, tatsächlich? Wo in Ghana?« Der Fahrer grinst spöttisch.

»Das weiß ich nicht«, antwortet Kehinde und schließt jetzt die Augen.

»Sie wissen nicht, woher er kommt – Ihr eigener Vater«, sagt der Fahrer. Er saugt an den Zähnen und wirft Taiwo, die immer noch schweigt, einen kurzen Blick zu. »Warum fragen Sie ihn nicht?«

Weil es ihn jetzt doch trifft, antwortet Kehinde: »Er ist tot.« Und erschrickt über das Lachen.

Er kann sich nicht erklären, was seine Schwester so komisch findet, aber sie scheint zu lachen, unüberhörbar, mit dem Rücken zu ihm. »Taiwo«, flüstert er. Er denkt, sie weint vielleicht, aber als sie ihn anschaut, sind ihre Augen trocken.

»Er ist nicht mehr da.« Sie schüttelt den Kopf. Sie hört nicht auf zu lachen.

Der Fahrer schaut ungläubig. »Der Vater tot, und

sie lacht«, knurrt er. Mehr sagt er nicht, sondern stellt das Radio an (misstönendes Gospel) und schaut geradeaus.

Drei

Taxi und Mercedes biegen in die Einfahrt, wo das Hauspersonal sie in Reih und Glied erwartet. Sadie, die während der zwanzigminütigen Fahrt geschlafen hat, schlägt die Augen auf und fragt: »Wo sind wir?« Olu und Ling, nebeneinander auf dem Rücksitz, rühren sich nicht, sagen nichts, blicken auf das Haus. Fola tut das ebenfalls, die Hände am Steuer, als würde sie sich überlegen, ob das die richtige Adresse ist oder nicht. Ein Atemzug, dann bewegt sie sich, zieht den Schlüssel aus dem Zündschloss und nimmt die Sonnenbrille von der Stirn. »Wir sind zu Hause, würde ich sagen.«

Die Bediensteten treten näher, als sich die Autotüren öffnen. Alle steigen aus und betrachten das Haus (außer Kehinde, der – was Taiwo ärgert und Olu stört – nur dasteht und Ling anschaut). Es entsteht die übliche Mischung aus Unordnung und Entschlossenheit, wie immer bei der Ankunft einer Gruppe. Die eine Hälfte der Leute wird sofort aktiv, schleppt Koffer durch die Gegend, die andere Hälfte guckt hilflos zu, wirkt deplatziert, will helfen und sich nützlich machen, aber gleichzeitig auch den Leuten, die wissen, was zu tun ist, nicht im Weg stehen. Etwas nervöse Energie, während man sich gegenseitig vorstellt, und keiner weiß so recht, was er zu wem sagen soll, man lächelt vage, tritt von einem Fuß auf den anderen, macht beiläufige Bemerkungen. *Wo ist die Toilette?* Und auf einmal der Wunsch, allein zu sein.

Fola umfasst Schultern, schiebt Körper den Flur entlang. »Das ist das Zimmer, in dem ihr zwei Jungs schlaft.« Sie bugsiert Olu und Kehinde durch die Tür und redet weiter: »die Mädchen hier« und schubst Taiwo und Ling. »Das Baby …«, sie unterbricht sich. »Sadie ist bei mir. Ich würde vorschlagen, ihr ruht euch alle ein bisschen aus. Essen gibt es um halb sechs.« Irgendwelche Fragen? Keine Fragen. »Gut. Willkommen in Accra.« Sie führt Sadie zu ihrem Schlafzimmer und überlässt dann alle dem Schlaf.

2

Sadie starrt zur holzgetäfelten Decke, allein in ihrem Zimmer, ein Stück den Flur hinunter von den anderen.

»Die blöde Klimaanlage hat heute Morgen den Geist aufgegeben«, sagt Fola und krümmt sich, als wäre ihr übel. Sie redet nicht weiter.

»Ist dir schlecht, Mom?«, fragt Sadie und geht zu

ihr, aber Fola steht aufrecht, winkt mit der Hand ab, schüttelt den Kopf. »Das kommt und geht. Geht schon wieder«, lautet ihre kryptische Nicht-Antwort. Sie knipst den Ventilator an, geht aus dem Zimmer, schließt die Tür.

Sadie schaut zu den Ventilatorflügeln im Schatten, wie Fledermäuse an der Decke, aber heiß ist es trotzdem. Durch die dünnen Schlafzimmerwände hört sie Stimmen, sie kann aber kein Wort verstehen, es sind nur leise pulsierende Hintergrundgeräusche. Olu. Vielleicht auch Kehinde. Ein Telefon im Flur. Das hübsche Mädchen, Amelia oder so ähnlich: »Bitte, Madame, Telefon.« Eilige Schritte, dann Folas Stimme, rau, die Wörter unklar. Jemand lacht. Ihre Mutter, merkt sie dann. Aber höher als normal, eine Salve, unecht.

Sadie dreht sich auf die Seite, und in dem Licht, das durch die Lamellen der Fensterläden dringt, sieht sie ein Foto. Undeutlich kann sie Gesichter und Szenerie erkennen und erinnert sich plötzlich, warum ihr Greenpoint so bekannt vorkam: dieses merkwürdige Lagerhaus in der Oak Street in Newton, die berühmte Heimat von Paulettes Ballettstudio. Winter. Die ganze Familie steht, in dicke Mäntel verpackt, dicht nebeneinander auf dem Gehweg davor, der Auftritt ist gerade vorbei. Der Mann-aus-der-Geschichte trägt sie auf den Schultern, sie hat noch ihr Kostüm an, rote Lippen, ein Tutu aus rosarotem

Tüll, ihr vier Jahre altes Bäuchlein drückt hemmungslos gegen die rosarote Haut des Trikots, sie lacht. Taiwo und Kehinde tragen beide rote Ohrenschützer und blicken nicht in die Kamera. Folas Blick gilt ihr, Sadie. Olu wirkt erdrückt von einem massiven braunen Mantel. Ein Fremder, irgendein anderer Vater, muss das Bild gemacht haben.

Sadie fragt sich, warum Fola ausgerechnet dieses Foto auf ihrem Nachttisch stehen hat. Der Rahmen hat die falsche Größe, weshalb das Foto verrutscht ist, die Aufnahme ist unscharf, es war irgendeine Weihnachtsaufführung ohne größere Bedeutung. Sie hat das Ballett in der zehnten Klasse im ersten Halbjahr aufgegeben, obwohl sie sehr begabt und noch »engagierter« war. Ohne Illusionen. Sie konnte die große Zehe an die Stirn führen, hatte ihren muskulösen Beinen einen Spagat abverlangt, sich ohne Rücksicht auf ihre Senkfüße in Spitzenschuhe gezwängt, konnte sämtliche Schritte fehlerfrei im Schlaf – aber dann hatte sie im September in einer Reihe an der Stange gestanden, und ihr war die Farbpalette aufgefallen, die Rosa- und Weißtöne, hellbraune Haare, hellbraunes Holz, klare, gerade Linien im Sonnenlicht. Sie hatte sich selbst gesehen, weder lang, noch gerade oder hell, und ihr war plötzlich klar geworden, was mit Engagement gemeint war: Sie konnte sehr gut Ballett tanzen, aber sie war keine Ballerina. (Philae schlug vor, sie soll doch den Kurs in Team

Management machen, um die Anforderungen für »Sport nach der Schule« zu erfüllen, und tatsächlich zog sie ein gewisses perverses Vergnügen daraus, zuzuschauen, wie ihre Klassenkameradinnen mit den hellbraunen Haaren die Erde aufwühlten, fauchend, den gelben Mundschutz gefletscht, in Röcken und mit sonnengebräunten Beinen, und wie sie sich mit ihren Feldhockeyschlägern die nackten Schienbeine blutig schlugen, dann mit Eishockeyschlägern, mit Lacrosseschlägern, unfassbar aggressiv, »Blut lässt das Gras wachsen!«, während sie die Statistik führte.)

Sie dreht sich auf die andere Seite, aber es kommt ihr vor, als würde das Foto sie beobachten. Sie dreht den Rahmen um, mit dem Bild nach unten.

So ist es besser. Nicht gesehen werden, nichts sehen. Sie dreht sich auf den Bauch. Zuerst beruhigt sie das: verstärkte Stille, absolute Dunkelheit, passend zum Anlass. Sie weiß nicht recht, was sie eigentlich fühlen soll, aber wenigstens erscheint ihr die Pose angemessen, sozusagen niedergestreckt vom Schmerz (der nicht kommen will) wegen des Vaters und von den Schuldgefühlen wegen der Sache mit ihrer Mutter – was davon noch übrig ist. Kann sein, dass sie die anderen mit der Szene auf dem Flughafen in Verlegenheit gebracht hat, aber sie selbst ist dadurch immerhin einen Teil ihrer Qualen losgeworden. Vielleicht reden sie später ein bisschen mehr darüber. Wahrscheinlich nicht. Es ist nicht Folas Ding, Probleme »auszudiskutieren«. Eher ist anzunehmen, dass sie so tun, als wäre die Sache nie passiert, nicht zuletzt deswegen, weil es jetzt einen viel konkreteren Grund zur Trauer gibt, über den ihre Geschwister allerdings nicht sprechen wollen, nicht auf dem Flughafen, nicht im Auto, als würde es gar nicht stimmen, als wären sie rein zufällig in Ghana – wo keiner von ihnen je war, hat jemand gesagt, außer Olu, kurz nachdem er auf die Welt gekommen war. Als wären sie hier wegen Weihnachten, zum Familienurlaub, und nicht wegen ihres Vaters, unerwähnt und fort.

Aus dem Trost wird Panik, ihr Gesicht im Kissen, sie bekommt keine Luft, wegen des Stoffs und der Hitze. Sie dreht sich wieder um, und ihr wird klar, sie weint eigentlich nur, weil sie sich ausgeschlossen fühlt. Die anderen sind alle woanders, sie reden, ihre Stimmen werden ertränkt durch den Ventilator an der Decke, und sie ist hier allein, sie ist nicht wie die anderen und fühlt sich unterlegen, wie immer, wenn die anderen alle zu Hause sind. Wenn nur einer da ist (oder höchstens zwei, zum Beispiel die Zwillinge), kann sie sich im Allgemeinen darüber hinwegsetzen, aber nicht bei allen dreien. Sie sind so viel älter und größer, so unbegreiflich viel größer und selbstsicherer und attraktiver, sie *leuchten* heller als sie.

Ihre Geschwister leuchten. Olu, Taiwo und Kehinde. Sie kommen leuchtend in die Räume, mit ihren selbstbewussten Schritten, ihren grandiosen Leistungen, und Taiwo mit ihrer Schönheit, sie strahlen vor lauter Talent, die Tasche voller Tricks. Da ist Olus lässige Intelligenz, seine naturwissenschaftliche Begabung, seine tiefe, ruhige Stimme, sein Faktenwissen. Da ist Taiwos düsteres Genie, ihr heiseres, lockendes Flüstern, geschmückt mit langen Wörtern und mit der gelegentlichen französischen Redewendung; ihr ganzes Leben lang, soweit Sadie sich erinnern kann, hat sie das schon, diese Aura des Mysteriösen und der mühelosen Eleganz, eine Aura, wie sie nur Frauen haben, für die Schönheit eine Selbstverständlichkeit ist, nicht eine Frage der Interpretation durch den Betrachter, sondern eine Tatsache. Da ist Kehindes unverfälschtes Talent, die Gabe des Bildes, diese ruhige Gelassenheit, mit der er sich umschaut, als läge über der ganzen Welt ein Muster, das unbeschreiblich schön und bedeutungsvoll ist, ein Raster, und wenn man dieses nur so klar sehen könnte, wie er das kann, dann würde man sofort mit einem Pinsel eine leere Leinwand bearbeiten, genauso selbstverständlich, wie wenn man sich einen Film ansieht oder die Nachrichten: ohne Engagement, einfach nur hinsehen und das Gesehene verstehen. Und dann ist da noch sie selbst. Baby Sadie. Ein gutes Jahrzehnt verspätet, angekommen im Winter, ein fröhlicher Fehler, eine Wundertüte voller Fähigkei-

ten – fotografisches Gedächtnis, macht Schlüssel-
bänder, *battement développé* –, aber gänzlich ohne
eine Begabung.

Fola ist überzeugt, dass die latent vorhanden ist;
seit Jahren sagt sie schon: »Wart's nur ab! Das kommt
schon.« Nichts ist gekommen. Sie hat immer ihre
Hausaufgaben gemacht, hat fleißig gelernt und war
gut in der Schule, nicht wie Olu und Taiwo, eher so
im 85-Prozentbereich, sie hat es nach Yale geschafft
(über die Warteliste, aber immerhin), hat es sich bequem eingerichtet mit Zweien und mit Manage-
mentpositionen bei Teams und in Jahrgangs-Komi-
tees, hat sich gesonnt in dem Glanz, der von Philae
abstrahlt und der ihr die Aufmerksamkeit von flachs-
blonden Verbindungsstudenten einbrachte, die ihre
Zöpfe süß fanden –, aber sie muss immer noch
irgendein spezielles Talent ausgraben, das sie endlich
in dieselbe Liga wie ihre Geschwister befördert.

Panik. Sie steigt langsam hoch, diese Panik, aus
ihrem Bauch, wo diese Panik immer schlummert
und auf solche Momente wartet. Sadie läuft vom Bett
zum Bad, das zu dem großen Schlafzimmer gehört,
und kniet sich vor die Toilette, um das Ding heraus-
zulassen. Hoch kommen die Erdnüsse, die Cola und
die sechs Brötchen, die sie im Flugzeug, hinter Olu
und Ling, gegessen hat, sie hat das Brot in Stücke zerrissen, passend für eine Taube, bevor sie dann alles
verschlang, während die anderen schliefen.

Taiwo und Ling im Schlafzimmer mit dem einen Bett.

Verlegen tun sie so, als würden sie auspacken.

Ling sieht die Vase auf dem Nachttisch und ist begeistert. »Eure Mutter ist phantastisch.«

»M-hmm«, macht Taiwo. Sie kauert vor ihrem Koffer auf dem Fußboden und sucht unkonzentriert ein Hemd, passend für den allgemeinen Mittagsschlaf. Sie spürt Ling hinter sich und dass diese sich bemüht, irgendwie ein Gespräch anzuleiern, als wären sie Zimmerkolleginnen an ihrem ersten Tag im Studentenwohnheim, einerseits nervös, andererseits enthusiastisch angesichts der tollen Möglichkeit, dass diese Fremde die beste Freundin fürs Leben werden könnte. Sie sind sich schon bei anderen Anlässen begegnet – bei Olus verschiedenen Feiern, meistens bei Geburtstagen, wenn die Familie nach New Haven fuhr, in dem kleinen blauen Lieferwagen mit der Heckklappe, chaotisch wegen der Blumen, Baby Sadie noch in der Grundschule und sie und Kehinde gerade zurück –, aber das waren die Jahre, die sie, Taiwo, stumm verbrachte und immer nur schweigend im Sally's saß und aß, deshalb hat sie erst später, etwa gegen Ende des Medizinstudiums, überhaupt mit Ling ein paar Worte gewechselt und sie etwas näher kennengelernt.

Damals merkte sie, dass Ling, genau wie Olu, total versessen darauf ist, dass alles immer gut läuft, und deshalb nicht stillsitzen kann. Sie flattert und flitzt herum und lacht dabei die ganze Zeit, als wollte sie mit allen Mitteln verhindern, dass ein Beachball den Boden berührt. Das Hauptproblem ist der fehlende Filter. Ling sagt, was sie denkt, dann lacht sie über ihren Gedanken, was sehr nett wirkt (allerdings auch anstrengend, adoleszent). Wenn sie nicht hübsch wäre, fände man sie nervig. Aber stattdessen ist sie niedlich.

Das stört Taiwo am meisten: dass Ling so *niedlich* ist, nur einsfünfzig, mit einem dünnen schwarzen Pferdeschwanz, der hüpft, während sie neben Olu her hüpft, immer zwei Schritte gegen einen. Taiwo traut niedlichen Frauen nicht über den Weg, findet sie nicht erwachsen (ein niedliches Mädchen geht ja noch – aber eine niedliche Erwachsene ist nicht auszuhalten). Solche Frauen erwecken immer den Eindruck, als hätten sie etwas zu verbergen, als würden sie auf hilflos machen und irgendeinen Wunsch überspielen. Ohne Ausnahme sieht Taiwo in den süßen Augen mit den langen Wimpern ein schwelendes Verlangen, das in ihren eigenen wesentlich unverhohlener brennt, das bei den anderen aber vielleicht noch stärker ist, berechnender, zielgerichteter, allerdings durch die Mädchenhaftigkeit kaschiert und ganz und gar verlogen. Sie sind Frauen im wahrsten Sinn, erfüllt von sanfter Macht, aber gleichzeitig tun sie so, als wüssten sie nicht, was sie wollen und dass sie überhaupt etwas wollen – als wäre es ungebührlich, etwas zu wollen, ein Makel, der klug übertüncht werden muss durch den Anschein der Hilfsbedürftigkeit und der gleichzeitigen Zufriedenheit.

Und genauso ausnahmslos ist sie selbst in der Gegenwart dieser Frauen dann diejenige, die mit Makeln behaftet erscheint, die sich selbst komischerweise als zu präsent empfindet, entblößt, irgendwie penetrant, fast bedrohlich, viel zu sehr Frau, zu sichtbar für eine Frau, dunkel, der schwarze Schwan. Während also Ling lacht und von einem Gedanken zum nächsten hüpft, wie eine gebildete Tinkerbell mit ADHS (und mit Zange) erscheint sie, Taiwo, kompakt und wütend, unnachgiebig im Vergleich, ein Ding, das auf die Erde gestürzt ist. Sie will, dass Ling das gleiche Gefühl von Schwere empfindet und dass sie sich geniert, weil sie es nicht schafft, sie, Taiwo, zum Reden zu bringen. Deshalb hört sie auf, nach einem T-Shirt zu suchen, in dem sie schlafen kann, und legt sich einfach vollständig angekleidet auf ihrer Seite des Betts auf den Rücken, gähnt laut und bedeckt ihr Gesicht mit dem Arm, um zu demonstrieren, dass sie gleich einschläft.

Ling merkt es nicht, weil sie Taiwo den Rücken zudreht und ein paar kleine Kleidungsstücke am Fuß des Bettes ausbreitet. »Ich glaube, dein Bruder mag mich nicht«, sagt sie dann lachend.

»Olu ist halt so«, murmelt Taiwo. Aber sie grinst. Heißt das, Olu hat es aufgegeben, so zu tun, als würde er seine beste College-Freundin lieben? Auch gut – nur Idioten überstürzen so etwas. Aber das ist schon ein bisschen übertrieben: gut fünfzehn Jahre und keine Hochzeit in Sicht. Ihr Bruder küsst diese Frau nie in der Öffentlichkeit und berührt sie auch nie so nebenher, wenn sie die Mäntel anziehen; er hat sie quasi in der Einfahrt stehen lassen, als sie angekommen sind, keine Spur von Anschmiegsamkeit, die mit der Leidenschaft kommt. Taiwo hat schon lang den Verdacht, dass es hier um ein Verschleierungsmanöver geht (Asexualität, Abtreibung am College, etwas in der Art), und vermutet, dass die beiden sich aufgrund der Tragödie, die über sie hereingebrochen ist, eventuell veranlasst sehen, endlich Farbe zu bekennen.

Aber Ling sagt: »Kehinde. Er sieht mich komisch an.«

Beim Klang des Namens verkrampft sich Taiwo, ein uralter Reflex, als wäre ihr eigener Name ausgesprochen worden und nicht der ihres Zwillingsbruders. Sie nimmt den Arm vom Gesicht, um Ling mit finsterem Blick zu mustern. »Was meinst du mit ›komisch‹?« Ohne eine Antwort abzuwarten: »Das ist alles ziemlich schwierig für unsere Familie …«

»Ja, natürlich.«

»Und wenn Kehinde *komisch* guckt«, als wären die Wörter nicht englisch, »dann liegt das nicht daran, dass er … dich … ansieht.«

»Ich wollte auch gar nicht andeuten …«

Die Andeutung schwebt zwischen ihnen hin und her.

»Ich bin müde«, verkündet Taiwo, als wäre es Lings Schuld. Sie dreht sich zum Fenster, ihr Herz rast vom Lügen und weil die Aggression in ihr hochsteigt, die immer noch in ihrer Kehle steckt. Ein altes Gefühl taucht wieder auf, elementar, unerklärlich, *unnatürlich*: Sie ist eifersüchtig.

4

Wohingegen Olu und Kehinde einfach daliegen und zur Decke starren.

»Schon komisch«, sagt Olu. »So zu schlafen.«

»Wie früher«, sagte Kehinde, um irgendetwas zu sagen. Schweigen. Sie sind sich einig, es auf sich beruhen zu lassen, was sie durch ein leises Lachen ausdrücken.

Olu faltet die Hände auf dem Bauch, die Augen offen. Er denkt, dass der Geruch vertraut ist, wenn auch seltsam, diese zäh / süßliche Kombination von Pflanzensaft und Feuchtigkeit und Verbrennen und

Schweiß und dunklem rötlich-braunem Öl. Er wusste es sofort, als er aus dem Mercedes ausstieg und in der gekiesten Einfahrt stand und diesen Geruch einatmete und Sekunden davon entfernt war, ihn einzuordnen (1997, Accra), aber dann sah er, wie Kehinde Ling anstarrte.

Kehinde starrte sie wirklich an, das war kein normales Anschauen, und er merkte gar nicht, dass er so glotzte, mit zusammengekniffenen Augen. Und dann spitzte er die Lippen, als würde er das richtige Wort suchen, bis Olu verkündete: »Dann wollen wir mal« und einen Koffer ergriff und Ling einfach stehenließ und zur Tür stapfte. Er hatte seinen Bruder noch nie mit einer Frau interagieren sehen und im Grunde immer vage gedacht, Kehinde sei schwul, nicht, weil er sich für Männer interessierte, sondern eher, weil er kein Interesse an Frauen hatte, fast selbst weiblich, wie ein Tänzer, die Haare. Deshalb erschreckte es ihn, dass er sich bedroht fühlte und durch Kehindes Reaktion auf Ling irgendwie gekränkt. Ein merkwürdiges Gefühl, aber gleichzeitig sehr vertraut, genau wie der Geruch, ein altes Gefühl, das rostig und laut geworden ist, weil es so lang nicht genutzt wurde. Das letzte Mal, dass er es empfunden hat, war vermutlich, als sie noch Kinder waren, er vierzehn oder fünfzehn, sein Bruder noch keine zehn, als irgendein Freund ihrer Eltern, eher gedankenlos als böse gemeint, sagte: »Der eine hat die Schönheit, der andere das Gehirn.«

Es war nicht das erste Mal, dass ihm auffiel, wie verschieden die Leute auf ihn und auf Kehinde reagierten. Sie waren wirklich außergewöhnlich schön, seine beiden jüngeren Geschwister, und außerdem noch Zwillinge. Immer zu zweit, was noch außergewöhnlicher war. Deshalb schien es absolut logisch, dass die Leute gafften, sozusagen wissenschaftlich nachvollziehbar, Ursache und Wirkung. Ursachen: dass in der Natur grünlich-goldene Augen so selten vorkamen, besonders kombiniert mit tiefbrauner Haut, und dass es in Nordamerika kaum zweieiige Zwillinge gab (ganz anders beispielsweise in Nigeria, wo Zwillinge die Norm waren). Wirkung: Begeisterung und Schock, wie bei einem gelungenen Trick, die Augen zoomen heran, weil sie nicht darauf gefasst waren. Olu fühlte sich immer irgendwie verpflichtet, die Zwillinge zu beschützen, auch weil sie kleiner waren als er. Ihm erschienen sie zerbrechlich, nicht nur jünger, sondern schwächer, schmale Handgelenke und schmale Taille und umso mehr ihr Bruder. Im Vergleich zu seiner Statur, athletisch und robust, war sein Bruder fragil. Das Gegenteil einer Bedrohung.

Dann kam Sadie auf die Welt, und alles verschob sich. Ihr Vater verschwand für vier, fast fünf Tage. Olu wusste, wo er war – die Straße hinunter, im Brigham Hospital –, konnte aber trotzdem die Angst nicht abschütteln, dass sein Vater *weg war*, fort, abberufen, um weit weg eine Schlacht zu schlagen, während Mutter und Söhne sich alleine durchkämpfen mussten. Es hätte geholfen, wenn Fola präsent gewesen wäre. Olu war seiner Mutter nahe, sogar ungewöhnlich nah. Damals gingen sie freitags immer Eis essen, Carvel Ice Cream, in der Route 9, nur sie beide, und sie bestellten Rockie Road mit feinen Kekskrümeln, und auf der kurzen Heimfahrt redete er pausenlos. Am Wochenende, wenn sein Vater bei Partys von Kollegen war, ging sie abends mit ihm in der Chestnut Hill Mall essen und ließ Taiwo und Kehinde in der Obhut des freundlichen Mr Chalé, während sie zu zweit im Legal's Muschelsuppe aßen. Insgeheim war er sehr stolz darauf, dass sie sich ähnlich sahen. Fast alle Leute konstatierten das, und Fola lächelte dann. Außerdem wirkte sein Vater immer ganz ehrfürchtig, wenn er Fola anschaute, und Olu glaubte, einen glimmenden Rest dieser Ehrfurcht zu bemerken, wenn sein Vater *ihn* anschaute, jedenfalls hin und wieder, eine Spur davon, zum Beispiel im Krankenhaus, als das Baby geboren wurde.

Aber Fola war abwesend. Verstört und verwirrt. Sie zog sich fast den ganzen Tag in das Zimmer zurück, das für das Baby vorbereitet worden war, und schaute aus dem Fenster. Sie kauerte in einem alten Schaukelstuhl aus Peddigrohr, den sie von der Veranda hereingeholt hatte, als es Winter wurde. Die Heizung lief auf Hochtouren. Sie machte kein Frühstück. Sie verbot ihnen nicht, Zeichentrickfilme zu sehen. Sie machte kein Abendessen. Sie machte keine Anrufe. Sie saß nur da und schaute hinaus in den langsam fallenden Schnee.

Olu bereitete für sich und seine Geschwister das Frühstück zu. Die Zwillinge schauten ihn erwartungsvoll an, während sie ihren Toast knabberten. Vier bernsteinfarbene Augen, die Funken auf seine Stirn schleuderten. Sie kamen ihm auf einmal fremd vor, fast gefährlich.

»Was ist mit Mom los?«, fragte ihn Taiwo.

»Ich weiß es noch nicht.«

»Weißt du's bald?«

Olu runzelte die Stirn. »Keine Ahnung. Sie hat Angst um das Baby.«

»Aber Dad ist bei dem Baby.«

»Ich weiß.« Olu stand auf, wusste aber nicht, wohin er gehen sollte. Also ging er zur Spüle und wusch sich die Hände, die gar nicht schmutzig waren.

»Mach dir keine Sorgen«, sagte Kehinde. »Er rettet sie.«

»Ich *weiß*. Das ist nicht die Frage.« Sie warteten auf die Frage. Er trocknete sich die Hände ab und spürte, wie ihm Tränen in die Augen stiegen. Er benutzte das kratzige Geschirrhandtuch heimlich auch fürs Gesicht, dann rannte er aus der Küche, den Flur entlang, zur Tür hinaus.

Er stand im Garten in seiner Brookline-High-

Jacke. Hier war die Luft so kalt, dass sich keine neuen Tränen bilden konnten. Er schaute den Kombiwagen nach, die ganz langsam in Richtung Unterführung fuhren – die Straße war sehr glatt, weil sie unter dem grau-braunen Matsch vereist war –, aber sie schienen alle fest entschlossen zu sein, aus Boston heraus und nach Brookline zu kommen (wohin er auch immer vom Schulbus gebracht wurde), ein Stück die Straße hinauf. Es waren keine zwei Meilen zu dem »Welcome to Brookline«-Schild, weiß mit schwarzen Buchstaben in klarer Schrift, und trotzdem schien es wie eine »Entfernung« von einer Postleitzahl zur anderen: mehr Bäume, Carvel-Eis, Lichterketten, die von der Stadt aufgehängt wurden. Seine Ecke hier wirkte an diesem Morgen besonders hässlich, Bäume und Häuser ohne Leben, eine dünne Schmutzschicht lag auf den grauen Schneeverwehungen, ein einsamer Pitbull bellte, von irgendwo hörte man eine Bassgitarre. Hier und da ein Plastik-Santa Claus und klägliche Weihnachtslichter, über die Zweige geworfen wie Ketten aus billigen Glitzersteinen, wodurch das Elend nur noch schlimmer wurde. Alle Bemühungen waren vergeblich. Nichts half. Das Grau besiegte jeden Anflug von festlicher Stimmung.

Warum wohnen wir hier?, fragte er sich, plötzlich wütend, *in diesem Grau?* Wie Schatten, Kreaturen aus Asche, deren zerbrechliche Wohlstandsträume beherrscht wurden von der leisen Angst, dass alles eines Tages einfach in sich zusammenfallen könnte? Hatten sie etwas an sich, das sie in der Luft hängen ließ, trotz ihrer Intelligenz und obwohl sie so hart arbeiteten? Wenn das stimmte, warum konnten sie dann ihre Lage nicht einfach akzeptieren und sich bei den Armen niederlassen, die in Würde lebten? Er dachte an seine Klassenkameraden, die reichen in Brookline, die armen in Metco, und er irgendwo dazwischen, irgendwo in der Mitte steckengeblieben, ohne den Trost einer Gruppenzugehörigkeit, beschämt und verängstigt. Er wusste, dass seine Eltern, auch wenn sie das versteckten, gelitten hatten, dass sie vielleicht immer noch litten, aber unsichtbar. Und dass es ihre Last erleichterte, wenn sie denken konnten, dass ihre Kinder nicht leiden mussten – und trotzdem stand er jetzt hier. Der Beste seines Jahrgangs, in einer Highschool, die er hasste, vor allem, weil der Schulbus ihn dort hinkutschierte, als wäre er ein Immigrant, ein Ausländer, ein Einheimischer in Sachen Begabung, ein Fremder in Sachen Privilegien, der mit dem Bus abgeholt und dann wieder nach Hause geschickt wurde. Ein ausgezeichneter Sportler: der Wettbewerbe hasste, dem übel war vor Angst, bevor er aufs Feld lief, auch wenn er sie verbarg, die Panik, die blanke Verzweiflung, die ihn zum Sieg trieb, immer noch atemlos vor Angst. Weil er wusste, dass sein Vater für die Prep School sparte, hatte er sich vorgenommen, nur noch Bestleistungen abzu-

liefern (denn wenn er da wohnen würde, wo er lernte, als Untermieter, mit Dauervisum, umgeben von
Grün, dann könnte er das Grau abschütteln, das an
seiner Ecke klebte, an seinem Platz in der schattigen
Kluft zwischen den Welten).

Er dachte an diese Schatten, als er nach oben
schaute und sie am Fenster des Kinderzimmers sah,
selbst ein Schatten. Offenbar konnte sie ihn nicht
sehen. Oder sie sah ihn, blickte aber durch ihn hindurch, als wäre er ein Teil des Grau, ein Geist. Er
wollte, dass sie lächelte oder ihm vom Fenster aus
etwas zurief, ihn zurechtwies, weil er so eine dünne
Jacke anhatte, aber Fola starrte nur blicklos, schaukelte vor und zurück. Er ging zurück ins Haus, in
das Kinderzimmer (eigentlich ein begehbarer
Schrank).

»Mom?«, sagte er leise.

Sie hörte nicht auf zu schaukeln. Sie zog an ihrer
Zigarette. »Komm rein, Schatz«, sagte sie, während
sie den Rauch ausatmete. Er ging zu dem Schaukelstuhl und blieb hilflos neben ihr stehen, wusste nicht,
ob er sie berühren sollte. Sie schauten jetzt beide
hinaus in den Schnee. »Gefällt sie dir? Die Farbe,
meine ich«, fragte sie nach einer Weile.

»Das Grau?«

»Hier. Das Rosa.«

Er betrachtete die Wände. »Gut für ein Mädchen.«

»Für ein Mädchen.« Sie lachte. »Ja. Ich hatte ein Zimmer mit der gleichen Wandfarbe.« Dann abrupt, ohne Zusammenhang: »Man kann doch nicht immer nur verlieren und den Verlust akzeptieren – was soll dann das Ganze? Ich weiß es nicht. Das ist die Frage. Wenn sie immer nur sterben – mein *baba*, mein Baby –, warum dann überhaupt lieben?« Sie schaute ihn mit leeren Augen an. »Verstehst du, was ich meine?«

Er hatte keine Ahnung, was sie meinte.

»Na, so was – du zitterst ja«, sagte sie. »Ist die Heizung an?«

In dem kleinen Kabuff kam man fast um vor Hitze, die Heizung war voll aufgedreht. »Ich schau mal nach«, log er, weil er unbedingt weg wollte. »Brauchst du irgendetwas?«

»Meine Tochter. Lebendig.«

Sein Vater kam zurück, und seine Mutter erholte sich, aber irgendetwas hatte sich verändert, auch wenn man noch nicht sagen konnte, was. Fola war erfüllt von »Sadé«, der Neugeborenen, Kweku, gerade fertig mit der Facharztausbildung, jetzt mit dem Gehalt eines Chirurgen, war erfüllt davon, ein neues Haus zu kaufen, mit fünf Schlafzimmern; das neue Haus war riesig, eine Höhle, hohl. Der Schwerpunkt der Familie hatte sich verlagert, obwohl außer ihm keiner dies zu bemerken schien. Vorher: Kweku und Fola gemeinsam im Zentrum, ein Paar, das sich leise unterhielt, leise lachte, anwesend, »zu Hause«. Und jetzt war durch ihre Abwesenheit ein kleiner Hohlraum entstanden, Fola verloren an das Baby, Kweku verloren an die Arbeit. In diesen freien Raum rutschten ihre Träume von der *Zukunft*, eine Vision von einem Zuhause in gut zehn Jahren, wenn ihre beiden Projekte Wirklichkeit geworden waren (erwachsene Babys, Privatpraxis) und sie wieder auftauchen konnten. Das wurde der Zellkern, passend zur Familie, der Keimzelle – die *Zukunft* –, und von diesem Kern breiteten sich Ringe aus, eine neue Ordnung, dezentralisiert, individualisierte Bemühungen, den Berg zu besteigen, jeder für sich. Verschwunden war sein Platz zwischen Paaren, als der Älteste, der Vermittler zwischen Eltern und Kindern, er schien für Kweku und Fola nichts Besonderes mehr zu sein, ihr Erstgeborener, das Preispferd, aber auch den Zwillingen war er nicht nahe.

Seit der Auflösung des Zentrums waren die beiden enger zusammengerückt, nach innen gewandt. Als autonome Einheit wirkten sie weniger fragil. Sie flüsterten und kicherten und schmiedeten mit ihren Blicken Komplotte. Sie brauchten keinen Schutz. Sie brauchten keinen großen Bruder.

Und vielleicht weil dieser Bruder vierzehn war und gerade einen Wachstumsschub durchgemacht und seine alte Stimme verloren hatte und im Wartezimmer von »erst ungelenk, dann gutaussehend« gelandet war, mit einem gnadenlosen Schubs aus der Kindheit hinauskatapultiert, merkte er ganz plötzlich, dass er nicht schön war, jedenfalls nicht so wie die beiden, kein schöner Junge. Dieses Privileg gehörte Kehinde, Schönheit und noch ein Kind, zwei Zustände, die er selbst vorher gar nicht richtig bemerkt hatte, jetzt aber verzweifelt vermisste, weil er wusste, was er *nicht* war. Etwa um diese Zeit sagte nun jemand, der ihn und Kehinde kennenlernte, diesen Satz: »Der eine hat die Schönheit, der andere das Gehirn«, wobei in dieser Gleichung ein »>« impliziert war, kein »=«, wie man an der Reaktion merken konnte (Schulterklopfen, gezwungenes Lachen, Themenwechsel), während Olu grinsend dastand, verlegen vor Schmerz, *also stimmte es, er war weniger wert als* … Eifersüchtig auf Kehinde.

Gut zwanzig Jahre später kommt das Gefühl zurück, der gleiche schreiende Schmerz, als sie in der Einfahrt standen und er dem Gefühl, beobachtet zu werden, folgte und sah, dass sein Bruder seine Freundin anschaute und die Lippen spitzte. *Ling würde sich für Kehinde entscheiden*, war sein nächster Gedanke, und er verlor sofort den Geruch der Vergangenheit, den Geruch von Baumsaft und Feuchtigkeit und Brennen und Schweiß und dunklem, rötlich-braunem Öl, weil er selbst rot wurde. Wenn es darauf ankäme, würde sich Ling für Kehinde entscheiden; jede Frau, die einigermaßen bei Verstand war, würde sich für ihn entscheiden. Kehinde war glamourös und berühmt und reich, ein Künstler, wohingegen Olu als Assistenzarzt arbeitete. Ursache und Wirkung. Aber er könnte es nicht ertragen, *sie zu verlieren*, denkt er, die Hand auf dem Schmerz, den Blick auf den Ventilator gerichtet, und sein Bruder so still wie eine Bedrohung. Oder, genauer gesagt: *sie auch noch zu verlieren*.

5

Kehinde spürt, dass sein Bruder nicht schläft, dass seine Augen noch offen sind (und sich mit Tränen füllen), aber er liegt nur da und sagt nichts, entnervt von dem Gefühl, das ihn nicht loslässt, seit sie hier angekommen und ausgestiegen sind. »Er ist tot«, hat er gesagt, und ihm tat alles weh, und sie lachte, während der Chor ein Kirchenlied schmetterte (»no shadow of turning«) – und dann waren sie hier: vor einem Haus, das an Colorado erinnerte, und ein Houseboy kam mit Bargeld für das Taxi. Ein extrem hübsches Housegirl kümmerte sich intensiv um Fola, die anderen stiegen aus dem Mercedes, der Houseboy holte das Gepäck aus dem Kofferraum des Taxis, die rostige Tür quietschte, als Taiwo ausstieg. Er öffnete seine Tür und blinzelte, als er ins Freie trat, belästigt von dem Licht, von dem Stachel ihres Lachens und von dem Gedanken, *sie hat recht*, obwohl sie es gesagt hat, um ihn zu kränken, weil er ja früher dazu fähig war:

Er kann ihre Gedanken nicht lesen.

Jahrelang hatte er es gekonnt. Er konnte sie lesen – oder, genauer gesagt *hören*. Als wären ihre Gedanken Wörter mit ihrer Stimme in seinem Kopf, oft nur Schnipsel, aber klar, und noch klarer waren die Gefühle, die zu den Gedanken gehörten; er konnte fühlen, was sie fühlte.

Er weiß immer noch nicht, wann er den Empfang verloren hat. Es war nicht in Nigeria, trotz des ganzen Grauens dort. Nach dem College oder als er sie das letzte Mal gesehen hat oder schon vorher? Er traut seinem Gedächtnis nicht. Das Aufschlitzen der Pulsadern hat seine Erinnerungen vermischt, sie umgruppiert. Die Archive sind noch da, aber alle durcheinander. Er weiß nicht mehr, wie alt er war, als dies oder jenes passiert ist: kann nicht sagen, in welchem Land er in welchem Jahr gelebt hat. Er weiß, dass irgendwann die Leitung gestört war, und dann war sie ganz tot. Er spürt seine Schwester noch – ihre Gegenwart ist für ihn immer noch wie der Raum zwischen zwei Magneten, wenn man mit dem Finger durchfährt –, aber er hört sie jetzt nicht mehr, also kennt er sie nicht mehr.

Funkstille.

»Er ist nicht mehr da«, hat sie zum Lachen gebracht, und er konnte nicht hören, warum.

Er blinzelte traurig, als er aus dem Taxi kletterte und einen Moment stehen blieb, um sich zu fassen. Die Sonne fiel in schrägem Winkel auf ihn, alles verschwamm in dem grellen Licht, er beschattete die Augen mit der Hand, und als er sich ein bisschen drehte, fiel sein Blick auf Lings Gesicht. Nein, keine Ähnlichkeit. Es war alles nur verzerrt – der Winkel, die Sonne, die Traurigkeit, der Schatten –, aber wie sie da neben Olu stand, sah sie genauso aus wie eine gewisse Ärztin namens Dr. Yuki.

6

Kurz bleibt Fola in dem Flur zwischen den Schlafzimmern stehen, um auf Stimmen hinter den geschlossenen Türen zu horchen. Selbst in der Stille spürt sie die Körper, empfindet ihre Anwesenheit als genauso seltsam, wie sie früher ihre Abwesenheit empfunden hat. Sie erinnert sich genau daran, wann sie die Abwesenheit das erste Mal spürte: an einem Vormittag, einem völlig normalen Vormittag im Rückblick (aber so ist es anscheinend immer mit Offenbarungen, die Banalität des Kontexts ist ebenso verblüffend wie der Inhalt):

irgendein Montagmorgen in Boston, im April, diesem Monat mit dem seltsamen Namen, irgendwie irreführend, schon wie er klingt, »April«, ganz offen, Pastellfarben, keine Spur von den gnadenlosen grauen Regengüssen. Ihr Ehemann hatte spät im Oktober von einer Telefonzelle in Baltimore angerufen, um ihr zu sagen, dass er weg sei und nicht zurückkommen werde; sie hatte nachts in dem gemeinsamen Schlafzimmer gelegen und daran gedacht, wie er am Morgen aus der Küche gegangen war. Als er ging, hatte sie an der Arbeitsplatte gestanden und für die Kinder Frühstück gemacht und nur kurz gesehen, wie er aus dem Raum verschwand, aber sie hatte gehört, wie er vom Vorraum »Tschüs!« rief und dann noch »Ich liebe dich!« Sie hatte auf Yoruba geantwortet, *Ich weiß*, »Mo n mo«. Sein Anruf um Mitternacht kam so unerwartet, so absolut aus dem Nichts – sie konnte nicht denken, nicht zuhören, nicht vernünftig reagieren; sie konnte nur daliegen und weinen und an den Vormittag denken, an seine Stimme von der Tür. Als sie am nächsten Morgen aufwachte, mit verquollenen Augen, waren ihre Tränenkanäle ausgetrocknet, und ihr Schmerz war kalt geworden. Fort, er war fort, *tja, das Leben geht weiter,* man konnte im Lauf eines Lebens nur *so viel* trauern. Sie waren pleite, stellte sie fest, also verkaufte sie das Haus (Winter), quetschte die Kinder in eine Mietwohnung am Rand eines Parkplatzes mit Blick auf die Route 9, aber wenigstens im selben Schulbezirk, zwei kleine Schlafzimmer, ihr »Bett« das Sofa; sie bezahlte die Schulden, suchte sich einen Anwalt, ließ sich scheiden (Frühlingsanfang); brachte die Zwillinge auf den Flughafen und Olu nach Yale (Sommerende); ein verschleierter Herbst, ruhige Weihnachten, sie und Sadie, dann Neujahr, und der Schnee verwandelte sich langsam in Regen ...

und dann eines Tages im April, an einem normalen Vormittag, ging sie in die Küche, um sich einen Tee zu machen, nachdem sie das Baby in Gummistiefeln zur Bushaltestelle gebracht hatte. Im Radio leise Musik, noch leiser rauschte der Regen. Da blieb sie im Flur stehen, zwischen den beiden Schlafzimmern, und bemerkte die Stille. Und dass sie allein war. *Fort, sie sind fort*, die Stimmen, die Körper, ein Geliebter, vier Kinder, ihr Herzschlag, das Summen, Wärme und Bewegung und Gemurmel, die Hektik und das Geplapper, ein Fluss, der ausgetrocknet war, während sie weinte. Sie war noch da. Ein Überbleibsel, so unübersehbar allein wie ein Gegenstand, den jemand nachts am Strand zurückgelassen hat. Plötzlich war sie sich der Stille bewusst, der Neuheit und der Fremdheit, der *Klang* ihrer Einsamkeit, klar, absolut.

Seltsam war diese Stille, die Abwesenheit der anderen an diesem Morgen – und genauso seltsam ist das, was sie jetzt fühlt. Dass sie nicht allein ist. Sie steht im Flur zwischen zwei Schlafzimmern und spürt sie alle, still, vielleicht schon eingeschlafen. Sie lacht leise über das Gefühl. So ganz traut sie ihm nicht. Sie geht zurück in die Küche. Hat sie irgendetwas vergessen? Sie macht das Radio aus, um Sadie nicht aufzuwecken, die Wände des großen Schlafzimmers sind so dünn. Sonst noch etwas? Der Anruf von Benson, der zum Abendessen kommen will. Amina sollte das *egusi* um vier Uhr vorbereiten.

Es gibt nichts, was getan werden müsste.

Ihr bleibt nichts anderes übrig als zu denken.

Sie geht zurück zu ihrem Liegestuhl im Garten, um zu rauchen.

Es ist dumm, das weiß sie, es in ihrem Alter ernsthaft anzusprechen und dadurch zuzulassen, dass es sich in einen vollständig ausformulierten Gedanken verwandelt, aber andererseits nimmt es sowieso Form an. Sie denkt: *Ich bin einsam*, und lacht überrascht, weil ihr die Tränen kommen. Eigentlich sollte es ja keine so schockierende Erkenntnis sein, es ist doch offensichtlich, aber weh tut es trotzdem. Ein dumpfer Schmerz, wie Hunger, ein Hunger nach einem Geschmack, den sie fast vergessen hat.

Fast, aber nicht ganz.

Sie schließt die Augen, schlingt einen Arm um sich, während sie den Rauch in die Luft bläst, der Geschmack des Zusammenseins vermischt sich mit Nikotin, und da ist der Schmerz des Glücks, die Freude darüber, sie alle zu Hause zu haben.

Abendessen. Sie rücken Stühle um den Tisch – die Stimmung verändert sich, jeder spürt das Gewicht, weil der Grund, warum sie hier sind, jetzt für alle greifbar wird, da sie sich so förmlich versammeln, ein Kollektiv, verbunden in kollektiver Trauer, in Gedanken, die während langer Phasen des Schweigens aufblühen, gesenkte Blicke und Momente der Befangenheit, verkleidet als Höflichkeit – bis jemand kommt.

Die Klingel, aus dem Nichts, ein Geräusch, das nicht passt; selbst Fola weiß nicht mehr, dass sie einen Gast erwartet. Alle halten inne, die Hände an den Stuhlbeinen, und warten darauf, dass jemand etwas sagt.

»Madame«, sagt Amina. Sie steht auf den drei Stufen zwischen Ess- und Arbeitszimmer. »Entschuldigung, ein Gast.«

»Wer ist es?«

»Ein Herr, bitte.«

»Wo ist er?«

»Draußen, bitte.«

»Um Himmels willen, führen Sie ihn doch wenigstens herein.« Aber Fola hat nie Besuch bekommen, seit sie in Ghana ist, und weiß, dass die Bediensteten noch keine Verhaltensregeln kennen.

Sie ist immer noch verwundert, wenn sie an den Vormittag denkt, wie sie sich alle bemüht haben, wie sie eine bisher unbekannte Aktivität an den Tag legten, ohne Fragen zu stellen, sobald die Autos ankamen. Fünf Fremde und sie, Fola (immer noch die Fremdeste von allen). Vielleicht gefällt es ihnen besser, wenn das Haus voll ist, als wenn nur sie allein da ist, in Shorts und mit ihrer Heckenschere? »Kommen Sie«, sagt sie freundlich und begleitet Amina. Benson wartet draußen vor der Eingangstür.

Mit einer Flasche und mit Blumen. »Mein Beileid«, murmelt er und geht auf sie zu, um sie zu umarmen.

Schon weicht sie zurück. Die samtene Bassstimme und der Geruch von schwarzer Seife und Eau de Toilette – das ist zu viel, zu vertraut, eine Welle steigt auf, verebbt. Sie hält sich am Türrahmen fest, dann winkt sie lachend ab. »Es geht mir gut, wirklich, alles bestens. Bitte. *Vielen* Dank und herzlich willkommen.« Sie nimmt die Blumen, um einen weiteren Umarmungsversuch zu unterbinden, »Wir wollten gerade anfangen zu essen.«

»Störe ich? In Ghana gilt es als sehr unhöflich, wenn man zu früh kommt.«

»Gott sei Dank. Sechs ist eine unzivilisierte Zeit für ein Abendessen, ich weiß, aber mit …«

»Jetlag …«

»Genau«

»Ja, natürlich.« Er schluckt heftig. Nickt. »Und die Kinder?«

»Kaum noch Kinder.« Sie lacht. »Sie sind alle hier, wir sind alle hier, durch das Arbeitszimmer.« Er folgt ihr dorthin, wo sie alle stehen, die Hände jetzt auf dem Tisch, die Blicke auf seinem Gesicht. »Kinder – das ist Benson. Eine Freund eures V... ein Freund der F-familie«, stammelt sie. »Von Hopkins.«

»Hallo!«, Er hält die Flasche hoch und lächelt ihnen traurig zu. »Schön, euch alle kennenzulernen. Mein herzliches Beileid.«

Sie starren ihn mit leeren Augen an, der Gesichtsausdruck kurz vor »kalt«, selbst Ling, als wäre dieser Mann der Grund für ihr Leid, weil er es als Erster ausspricht, während sie selbst gerade kurz davor waren, der Wirklichkeit ins Auge zu sehen. Weil Benson das spürt, fügt er, an Fola gewandt, leise hinzu: »Ihr steht bestimmt alle unter Schock. Ich kann es selbst noch gar nicht fassen.«

Fola überkommt ein Gefühl das sie seit einer halben Ewigkeit nicht mehr gehabt hat, nämlich die Sorge, dass ein Fremder ihre Kinder nicht wohlerzogen genug finden könnte. Also hält sie die Blumen hoch. »Sind die nicht herrlich? Gardenien.« Sie lächelt mit so viel Nachdruck, dass alle ihr Lächeln erwidern. Den Strauß, der eigentlich für einen Kaminsims gedacht ist, stellt sie mitten auf den Tisch, wo er nicht hinpasst. Die dekorativen Farnwedel hängen im Reistopf, die Blumen verdecken den Blick. Als alle Platz nehmen – was sie jetzt tun, dazu aufgefordert –, können sie wegen der Blumen ihr Gegenüber nicht sehen.

Benson setzt sich auf den freien Platz und lächelt Olu zu. »Ich wusste doch, du kommst mir bekannt vor«, sagt er und rückt an den Tisch. Seine Stimme ist so leise, dass die anderen nicht hören können, was er sagt, und Olu ist so dunkel, dass man ihm nicht ansieht, wie ihm das Blut ins Gesicht steigt, aber er schüttelt steif den Kopf, nach links, nach rechts, nur einmal, schnell, und Benson nickt einmal – auf, ab, auf – als Antwort (er hat verstanden, dass er das Thema fallenlassen soll, etwas, was Männer manchmal schon beim kleinsten Hinweis kapieren: ein kurzes Nicken, ein kurzes Stirnrunzeln, die dunklen Künste der Augenbrauen, simsalabim, Thema wird gewechselt, ohne dass der Tonfall sich ändert). »Als ich euch zwei das letzte Mal gesehen habe, wart ihr noch in Windeln.« Er lächelt den Zwillingen zu, deren Gesichter durch die Blumen verdeckt sind. »Mein letztes Jahr als Assistenzarzt. Jetzt seid ihr – was? – dreißig?«

»Neunundzwanzig«, antworten sie gleichzeitig, mit der gleichen heiseren Stimme.

»Oktober«, fügt Kehinde noch hinzu. »Nächsten Oktober werden wir dreißig.«

»Und du.« Er schaut Sadie an, die neben Kehinde

sitzt, weniger verborgen. »*Du* … warst nur ein Flimmer in …«

»Meinem Eierstock«, sagt Fola präventiv. »Genauer gesagt.«

»Das ist ja obszön«, sagt Sadie. Das ist der Teil, vor dem ihr immer am meisten graust: Wenn fremde Leute fragen, wie alt sie alle sind, und das tun sie immer. Sie ahnt das schon voraus, wie einen Tonartwechsel in einem Popsong, sie weiß, wann die Überleitung kommt. Jetzt mustert sie den Mann am Tischende und fragt sich, warum er hier ist, aber so besonders stört er sie auch wieder nicht. Dadurch, dass ein Gast da ist, werden sie wenigstens von dem Schmerz abgelenkt, der vorhin, bei der allgemeinen Stille, über ihnen lag, doppelt schwer, da unausgesprochen, uneingestanden, der Schmerz selbst samt seinem Schatten, ein riesiger Fleck. Jetzt können sie ihn alle auf Benson abwälzen, der die Rolle übernommen hat, die kein anderer haben wollte, der gesagt hat, was kein anderer sagen wollte, und der mit seinem Blumenstrauß das traurige Bild in zwei Hälften zerteilt hat. Benson ist schuld, dass sie alle so aufrecht sitzen müssen; sie müssen höflich lächeln, leise sprechen, *weil ein Gast da ist*, der genauso wie sie selbst in das Drama verwickelt ist, das zu Familienmahlzeiten gehört (auch wenn kein Todesfall in der Familie ist), aber trotzdem ist er ein Besuch, ein Unschuldiger, der Schutz verdient. Sie müssen dafür sorgen, alle miteinander, dass der Gast sich wohl fühlt. Sadie lächelt ihm matt zu. »Stimmt. Ich bin erst später auf die Welt gekommen. Ich bin Sadie.«

Ling steuert ihr helles Glöckchenlachen bei. »Eierstöcke sind nicht *obszön*.«

Schnell mischt sich Olu ein, an Benson gewandt: »Sie ist Frauenärztin. Ich bin Orthopäde.«

»Zwei Ärzte!«, ruft Benson. »Es liegt also in der Familie. Ich habe leider deinen Vornamen nicht verstanden.« Ling sagt ihm, wie sie heißt. »Tja, Ling – Ghana braucht dringend gute Ärzte, vor allem Geburtshelfer und Pädiater. Ich habe vor sieben Jahren ein kleines Krankenhaus gegründet. Wir haben immer noch eine Warteliste für Beratungstermine.« Er lacht. »Wir können auch sehr gut Chirurgen gebrauchen«, mit einer Handbewegung in Olus Richtung, »und weil ich deinen Vater kenne, bin ich davon überzeugt, dass du gut bist.« Er schweigt. Sie schweigen alle. Sie möchten wissen, worauf der Gast hinaus will und ob er Unterstützung braucht, aber er lacht wieder leise und redet unbeirrt weiter: »Er war der Beste in unserem Jahrgang am Johns Hopkins, euer Vater. Da konnte keiner mithalten. Und ich meine nicht nur uns Afrikaner. Niemand war besser, niemand kam auch nur in seine Nähe. Ich weiß noch – als er gekommen ist, da habe ich gedacht, wer ist denn dieser Provinzler von der Lincoln University? Ich hatte noch nie von dieser Uni gehört. Dabei hätte ich den Namen kennen müssen, weiß Gott, Kwame Nkrumah. Aber ich habe den ersten Teil des Studiums in Polen gemacht, man glaubt es nicht. Das waren schon komische Zeiten damals. Stipendien für Afrikaner im Kalten Krieg. Man konnte in Warschau studieren, ohne auch nur einen Penny zu bezahlen. Als ich nach East Baltimore gekommen bin, hatte ich einen Ostblock-Akzent. Ich glaube, die anderen haben lange gedacht, ich bin taub.« Er lacht wieder. »Aber wir haben es geschafft. Wir haben uns zusammengetan. Alle wollten mit eurem Dad befreundet sein. Und Kweku war …« Er verstummt, lächelt, schaut Fola an. Als er ihr Gesicht sieht, wendet er den Blick ab. »Er war schüchtern. Ein richtiger Streber, ehrlich gesagt. Aber er sah sehr gut aus und war extrem gewissenhaft. Und die Mädchen waren in ihn verliebt, alle miteinander. Geliebt hat er aber nur eine.«

Fola sagt: »Also, ich finde …«

»Bitte weitererzählen«, sagt Sadie, nicht laut. »Er hat nur eine geliebt?«

Benson schaut wieder zu Fola, die den Kopf schief legt und seufzt. Dann wandert sein Blick zu Sadie, er erwidert ihr trauriges Lächeln. »Wir waren zu viert. Vier Afrikaner. Mit Trevor fünf, er kam aus Jamaika …«

»Trinidad«, korrigiert ihn Fola.

»Ja, stimmt – Trinidad. Fünf Brüder waren wir«, sagt Benson. »Begabt, vielversprechend, aber bitterarm. Wir bekamen Stipendien, aber wir haben das ganze Geld für Flüge ausgegeben, also blieb nichts übrig. Und was wir hatten, teilten wir. Wir haben gemeinsam gegessen, immer abwechselnd bei einem von uns, das heißt, von Montag bis Freitag kochte jemand anderes. Mittwochs war Kweku dran. Er hat immer *banku* gemacht. Wir hassten sein *banku*, es hat geschmeckt wie Kleister. Aber wir sind immer ein bisschen früher gekommen, weil wir mit eurer Mutter reden wollten. Oder sie anschauen. Keiner von uns hat sich je etwas getraut. Und dann haben wir euren Vater angesehen, diesen schüchternen Kerl aus Ghana, kein Kraftprotz wie Trevor, nicht groß, wie ich. Er hat seine Hemden immer bis zum obersten Knopf zugeknöpft, wie ein ghanaischer Lumumba, er hatte eine Brille … und sie.«

Stille hat sich über alle gesenkt, ein dichter Schleier. Sie starren auf die Blumen wie auf einen Leichenwagen. Keiner weiß so recht, was die anderen denken, sie wissen nicht, ob sie etwas sagen sollen, weil sie dadurch womöglich den falschen Gedanken aussprechen könnten.

Schließlich redet Fola. »Du meine Güte, Benson.« Sie lacht so traurig, dass die anderen auch anfangen zu lachen. »So war es doch gar nicht …«

»Doch, das stimmt alles …«

»Nein, überhaupt nicht. Er hat auch Eier mit Speck gemacht. Die waren noch schlimmer.« Sie steht auf und zupft einen Farn aus dem Reistopf. »Das Essen wird kalt«, sagt sie. »Esst.« Und das tun sie dann auch.

Joloff, egusi. Tapfer kämpfen sie sich durch und vermeiden die Gefahr der bedeutungsvollen Stille durch freundliche Bitten: *Würdest du mir bitte den Wein reichen, wie spät ist es, hast du da genug Platz, noch einen Schluck Wein, bitte, was ist da drin, sollen wir noch eine Flasche aufmachen?* Als Fola merkt, dass die Fragen seltener werden, steht sie auf, verschwindet und kommt mit dem Kuchen zurück. »Es ist unverzeihlich«, sagt sie, »dass ich nicht pünktlich geschrieben oder angerufen habe, aber vergessen habe ich es nicht.« Sie singt die ersten Noten, dann stimmen die anderen mit ein, während Sadie verlegen auf der Unterlippe kaut. Bei letzten, langgezogenen »to youuuu …« stellt Fola den Kuchen auf den Tisch und beugt sich dabei über Sadies Schulter, bleibt kurz in dieser Haltung, um Sadie zu küssen und zu sagen: »Du hattest recht.« Und das war's dann, damit ist die Sache beendet, »ausdiskutiert«. Taiwo und Kehinde rufen: »Wünsch dir was!«, wieder wie aus einem Munde, was bei beiden ein Stirnrunzeln hervorruft und bei Benson ein Lachen. »Die zwei sind also wirklich Zwillinge!« Eine Bemerkung, die alle kennen und die nun wiederum Olu veranlasst, die Stirn zu runzeln, aber er erholt sich schnell und lacht. Sadie lacht ebenfalls, und da erst bemerkt sie die Kerze: eine dicke weiße Haushaltskerze, die dicke weiße Wachstropfen produziert. Sie will schon fragen, warum so eine Kerze, schaut nach hinten zu ihrer Mutter, die, ebenfalls lachend, die Achsel zuckt, dann überlegt Sadie es sich anders. *Je kräftiger die Kerze*, denkt sie und beugt sich vor, *desto besser kann sie solche Wünsche ertragen.*

2

Taiwo zieht sich nach dem Essen ins Wohnzimmer zurück, drei flache Stufen vom Esstisch nach unten. Sie sitzt auf dem seltsam orangekarierten kleinen Sofa und blättert in einer Illustrierten, *Ghana Ovation*. Hinter ihr Fola, die mit Benson am Tisch sitzenbleibt, sie reden über die Tradition der »Phantasie-Särge«. Taiwo hört sie nur undeutlich, weil sie sich im Flüsterton unterhalten, wie Erwachsene, die nicht wollen, dass die Kinder etwas mitkriegen. So haben sie sich während der Mahlzeit gefühlt, *wie Kinder*, denkt sie, so brav und folgsam wie Schüler in einer Katholikenschule, und sie fragt sich, warum sie das alle machen, immer noch, auch jetzt noch – woher kommt diese Shownummer, diese afrikanische Hochachtung vor den Eltern? Gesenkte Blicke, gedämpfte Stimmen, vorgetäuschte Schüchternheit, hängende

Schultern, der Fluch ihrer Kultur, Erhöhung durch Unterwerfung, dieser Impuls, der ihnen eingetrichtert wurde, sich gehorsam zu zeigen, die Überzeugung, dass man Lob verdient, wenn man sich an die Ordnung hält (ganz egal, ob diese Ordnung zerbröckelt, korrumpiert ist, nicht mehr vorhanden, dysfunktional; man muss ihr Respekt zollen). Sie hasst sie alle dafür, sich selbst und ihre Geschwister, das Hauspersonal, ihre afrikanischen Studienkollegen. Sie kann einfach nicht glauben, dass »Respekt« wirklich die Grundlage ist – weder für sie, die Respektvollen, noch für die anderen, die Respektierten. Sie hat den Verdacht, dass es reine Faulheit ist, Bequemlichkeit – man hält am Vertrauten fest. Oder es ist Feigheit bei Ersteren und Machtausübung bei Letzteren. Die meisten afrikanischen Eltern sind völlig machtlos aufgewachsen und konnten niemandem ihren Willen aufzwingen, und deshalb schüchtern sie ihre Kinder ein, schlagen sie und Ähnliches, um die Last der postkolonialen Angst abzuladen ...

so denkt sie vor sich hin, bis sie umblättert und abrupt aus ihren Gedanken gerissen wird. Zuerst durch den Namen. Die Bildunterschrift, kleingedruckt zwischen lauter Gesichtern (Hochzeiten, Polo-Matches, Beerdigungen, das Hochglanz-Mischmasch der Gesellschaftsseiten): »Femi und Niké Savage bei ...« Und dann durch das Bild.

Schuhe
und Anzug
und Hemd
und Hals
und Lächeln
und Nase
und Augen.
Diese Augen.

Schwarze Augen mit dicken Lidern blicken ihr entgegen, rot umrandet, der wilde Blick eines Mannes auf Drogen, das entsprechende Grinsen (hart, unfokussiert), die Ehefrau neben ihm, aschgrau vom Alter, die neue Perücke ein blonder Pagenkopf.

Sie schleudert das Blatt durchs Zimmer, eine Impulsreaktion. Die Zeitschrift landet mit Geraschel auf dem Boden. Fola und Benson blicken vom Tisch hoch. »Schätzchen?«, sagt Fola, aber Taiwo kann nicht sprechen. »Was ist los? Was ist passiert?«

»Ein Insekt«, ächzt Taiwo. Sie zeigt auf die Zeitschrift auf dem Boden. »Ich w-wollte ein Insekt erlegen.«

»Ach, ja – willkommen in Ghana«, lacht Benson, der nicht merkt, wie Taiwos Stimme zittert. »Dabei fällt mir ein – nehmt ihr alle was gegen Malaria? Diese Moskitos können Killer sein. Ich habe Aralen im Wagen.« Taiwo schüttelt den Kopf. »Ich hole es sofort. Kein Grund zur Sorge. Ich müsste genug dabeihaben für die Anfangsdosis.« Er schaut Fola an, während er vom Tisch aufsteht.

Fola nickt gedankenabwesend. »Sehr gut, danke.« Und er geht nach draußen.

3

Fola erhebt sich ebenfalls und schaut ihre Tochter an. Sie spürt, dass ihr Herz zu schnell und zu laut schlägt, und da ist ein pulsierender Schmerz, unten rechts, wo sie eine kleine Narbe hat von damals, als sie mit dem Mädchen die Treppe hinuntergefallen ist. Kaum zu glauben, dass sie erst achtundzwanzig war, ein halbes Leben ist es her, drei Kinder (das erste Mädchen: ein absolutes Rätsel für die Mutter, etwas komplett Neues neben Olu und Kehinde, irgendwie gefährlicher). Schon mit eins war sie sehr schön, Taiwo. Sie waren *beide* sehr schön. Wo sie auch auftauchten, sie wurden bewundert. Fremde dachten immer, es seien zwei Mädchen, und fingen an, mit hohen Stimmen zu schwärmen: »Wie süüüüüüß.« Und das stimmte. Aber es machte Fola nervös. Zu kostbar, zu perfekt, vor allem das Mädchen, wie ein teures Geschenk aus zerbrechlichem Material, das man eigentlich nur anschauen darf und möglichst nicht anfassen. Kehinde war unkompliziert, wie Olu, sogar noch unkomplizierter, aber Taiwo weinte, sobald Fola sie ablegte, und hörte nicht auf zu wimmern, bis

Fola kam – nur Fola, nie Kweku – und sie wieder hochnahm. Was sie ganz durcheinanderbrachte: dass es ihr so gut *gefiel*, dass sie einen richtigen Kick empfand, wenn sie das Mädchen hochhob und es sofort aufhörte zu weinen, seine Mutter anstrahlte, sich an sie schmiegte, das Gesicht an ihren Hals drückte. Diese Bedürftigkeit rührte Fola, überwältigte sie, brachte sie aus dem Takt; sie machte sich Sorgen, sie könnte die Kleine zu sehr bevorzugen oder verwöhnen oder sie verwirren, weil sie auf die Idee kommen würde, dass die Welt viel weniger teilnahmslos war als in Wirklichkeit.

An dem Tag, an den sie jetzt dachte, passierte dies: Sie war gerade dabei, die Zwillinge in der Badewanne oben zu waschen, als es unten an der Haustür klingelte. Es war Olu. Olu war fünf, und eine Erzieherin, die am anderen Ende der Straße wohnte, hatte ihn nach Hause gefahren und hupte jetzt, weil sie weiterfuhr. Die Tür war unten an der schmalen Treppe, zu weit weg, um die Zwillinge so lange unbeaufsichtigt zu lassen. Also hob Fola sie hoch, beide tropfnass und voller Schaum, klemmte ein Kind unter jeden Arm und rannte die Treppe hinunter, um Olu hereinzulassen. Und rutschte aus. Sie kann sich noch genau an das Gefühl erinnern, an die Panik in den Lungenflügeln, als einer ihrer Pantoffeln davonflog und sie mit dem Rücken gegen die Stufen knallte. Sie polterte abwärts und hielt dabei verzweifelt die nassen, glitschigen Babys fest, die so süß nach Seifenschaum rochen. Als sie endlich bremsen konnte, klemmte nur noch Kehinde unter ihrem Arm, und sie hatte sich irgendwie den Brustkorb an einer Stufe blutig geschlagen. Taiwo war, Gott sei Dank, vollkommen unverletzt unten an der Treppe gelandet. Da saß sie und guckte nach oben, während Fola sich aufrappelte, blutverschmiert, die Arme um Kehinde geschlungen. Taiwo schrie nicht, sie schaute nur. Aber ihr Blick war durchdringender als jedes Geschrei. Die Augen schienen zu sagen: *Du hast losgelassen, du hast mich losgelassen.* Diese Augen – die sie, Fola, am Anfang so entnervend gefunden hatte, denn sie hatte sie vorher nur auf einem Gemälde gesehen, mit unverwandtem Blick – starrten sie jetzt an, untröstlich, herzzerbrechend, anklagend: die Augen einer toten Frau im Gesicht eines kleinen Mädchens.

Olu klingelte noch einmal, und Taiwo begann zu schreien. Als er den Kummer seiner Schwester registrierte, fing prompt auch Kehinde an zu schreien. Fola schrie in ihrem Kopf; leise weinend öffnete sie die Tür. Olu war völlig perplex. »Nimm mal deinen Bruder.« Olu nahm Kehinde, Fola packte Taiwo und brachte sie alle nach oben, weg von der Kälte. Aber das Mädchen weinte immer weiter, leise und unermüdlich, stundenlang, bis zum Abend, bis ihr Vater nach Hause kam.

Fola betrachtet Taiwo und spürt, dass sie keuchend atmet, sieht ihre starren, weit aufgerissenen Augen, unnachgiebig, trocken, untröstlich, kochend vor Wut. Das ist es, was zwischen ihnen steht: diese Wut, Fola weiß es, seit die Zwillinge in Lagos waren – aber keiner der beiden will ihr sagen, was bei Femi passiert ist, und Sena, der sie gefunden hat, wusste angeblich auch nicht Bescheid. Da war nur dieser eine Anruf bei Sonnenaufgang im Sommer, zehn Monate nach dem Tag, an dem sie die beiden zum Flughafen gebracht hatte. Onkel Sena, den sie das letzte Mal auf dem Rollfeld in Ghana gesehen hatte, rief aus Nigeria an, um fünf Uhr morgens. »Ich habe sofort gewusst, sie gehören dir, gleich als ich sie gesehen habe. Das sind Somayinas Enkel, habe ich zu mir gesagt«, brabbelte Sena los, während Fola verzweifelt nach dem Lichtschalter tastete, sie schlief immer noch auf dem Sofa. »Bitte noch mal von vorne. Fang noch mal an.«

Seine Geschichte war konfus und unverständlich, was durch die schlechte Verbindung noch verstärkt wurde und erst recht durch Senas Art zu sprechen, einerseits überstürzt, aber gleichzeitig stockend, er wollte helfen, aber er wollte auch etwas verbergen. Fola begriff immerhin das Wesentliche. Den ersten Teil der Geschichte kannte sie:

Nachdem ihr Vater umgebracht worden war, befand seine Geliebte, dass das Haus jetzt ihr gehörte, und zog mit ihrem Sohn ein. Die beiden lebten dort wie die Königin und der kleine Prinz. Die Geliebte führte ein Bordell für Soldaten, bis zum Ende des Biafra-Krieges. Auf diese Weise begann der kleine Femi seine Laufbahn als Dealer, Frauen, Handwaffen und Kokain, und als Bimbo am Ende des Kriegs an einer Überdosis starb, machte er sich selbständig, als Unterweltwunderkind. Das erfuhr Fola bei ihrer letzten Reise nach Lagos, 1975, als sie hinfuhr, weil sie Femis Hilfe brauchte. Zufällig hatte sie von einem Nigerianer in Baltimore gehört, dass ihr Bruder in Geld schwamm. Ein Wiedersehen. Sie hatten nie besonders viel miteinander zu tun gehabt. Femi war vier Jahre jünger als sie. Hin und wieder war er zu ihnen gekommen, zusammen mit seiner Mutter, eben dieser Bimbo, einer großen, harten, drahtigen Frau, die in einem anderen Leben sicher Model geworden wäre, nicht Hure. Folas Vater hatte nie versucht, die beiden vor ihr zu verstecken (»ihre Mutter war tot, und ein Mann hat Bedürfnisse«), und sie wusste, dass dieser Junge, der da in der Küche wartete, wenn Bimbo vorbeikam, ihr *aburo* war.

Aber das interessierte sie nicht. Sie hatte ihre Namen nie bewusst gedacht, Bimbo und Femi – die beiden waren Statisten in ihrer Kindheit, ohne Namen, ohne Text, männliche Frau und weiblicher Junge – bis zu dem Zeitpunkt, als sie von dem Geld erfuhr. Zu spät. Femi behauptete, er habe gedacht, sie sei mit ihrem Vater gestorben, in der Nacht im Feuer von Kaduna; sonst hätte er sie natürlich niemals vom Erbe ihres Vaters ausgeschlossen. Leider, leider sei es jetzt zu spät, um das Geld neu aufzuteilen, aber Fola müsse ihn nur bitten, wenn sie Hilfe brauche, schließlich seien sie Geschwister, man könne die Ähnlichkeit sehen, es mache nichts, dass ihr Vater ihn nie als Sohn anerkannt hatte. Fola verließ Lagos mit genügend Geld, um nach Accra zu kommen, zu Kwekus kranker Mutter, aber sie schwor sich, Femi nie wieder die Genugtuung zu geben, ihr Hilfe anbieten zu dürfen. Sie brach diesen Schwur wegen der Zwillinge.

Diesmal weigerte sich ihr Bruder, ihr Geld zu schicken, schlug aber als Alternativlösung einen kleinen Handel vor: Wenn Fola ihre *ibeji* zu ihm schickte, wollte er die ganzen Schulgebühren und auch die Kosten fürs College übernehmen. Irgendwann hatte er die einzige Tochter eines Generals (inzwischen Öl-Magnat) geheiratet, wurde dabei aber reingelegt – sie war unfruchtbar. Wenn *ibeji* im Haus waren, »heilte« das vielleicht seine Frau Niké, erklärte er, denn *ibeji* waren magisch. Ein Deal. Fola schickte die Zwillinge im August nach Nigeria, und vierzig Wochen später schickte Sena sie wieder nach Hause.

Nach dem, was sie sich zusammengereimt hat, hatte ihr Halbbruder irgendeine große Party veranstaltet, bei der Sena gewesen war (die Einzelheiten –

Drogen, Prostituierte, Orgie – bleiben bis heute größtenteils unklar). Aber Sena wollte zuerst seine eigene tragische Geschichte loswerden, die Vertreibung aus Lagos durch »Ghana Must Go« im Winter 1983, als die nigerianische Regierung kurzerhand zwei Millionen Ghanaer deportierte; Rückkehr nach East Cantonments, ohne Geld und gedemütigt, eine neue Praxis in Accra, noch einmal ganz von vorne anfangen, nur zwei mickrige Jahre nach einem barbarischen Putsch in seinem Heimatland, das nun nicht mehr seine Heimat war, die Eltern tot. Zehn schwierige Jahre später – seine erste Woche wieder in Lagos, Freunde nahmen ihn zu einer privaten Party mit, er hatte keine Ahnung, dass die Party in Kayo Savages Stadthaus stattfand und dass es Femis Party war – und da fand er sie. Er sah sie, aneinandergeschmiegt, Kinder unter Erwachsenen, und er wusste, wer sie waren und dass etwas nicht stimmte: Sie waren beide geschminkt und redeten, als hätte man sie unter Drogen gesetzt, völlig monoton, sie umklammerten ihre Ellbogen, mit gesenkten Blicken. Er nahm sie sofort mit, in den Klamotten, die sie gerade anhatten, brachte sie mit dem Taxi ins Sheraton in Ikeja, wo er ein Zimmer hatte, rief voller Panik um Mitternacht an, um zu sagen, dass er sie zurückschickte, mit dem ersten Flieger. Ende der Geschichte.

Fola fuhr sofort los, mit dem dreckigen blauen

Kombi, vier Stunden, kam sehr früh zu JFK, saß da und wartete, rührte sich nicht, aß nichts, hielt nur ihren Bauch umklammert und bat Jesus, ihren Freund, diesmal gnädig mit ihr zu sein. Die Zwillinge erschienen im Ankunftsbereich, in dünner Sommerkleidung, der verwischte Lippenstift sah aus wie ein Blutfleck, dunkel orange, ihre Hände ineinandergekrallt, die Augen immer noch niedergeschlagen, viel zu mager, und beide redeten nicht, Kehinde nicht, Taiwo nicht. Wie oft hat sie die beiden gebeten, ihr alles zu erzählen? »Erzählt mir einfach nur, was passiert ist«, »Bitte, sagt es mir«, »Ich flehe euch an«. Sie rief Femi an, sie schrie, weinte, drohte. »Wie kannst du es wagen, mir meine Lieblinge wegzunehmen?«, zischte er. Und legte auf. Sie waren Schatten. Sie schliefen tagsüber und flüsterten nachts in dem Schlafzimmer, das sie sich teilten, in dem Haus, das Fola hasste, weil es keinen Garten gab, in dem sie Blumen anpflanzen konnte. Eine Therapie konnte sie nicht bezahlen, aber sie bat die Schule dringend um finanzielle Unterstützung. Die Prep School war einverstanden, weil Olu vier Jahre lang so phantastische Leistungen gebracht hatte. Die beiden fingen als *Freshmen* an, wiederholten das Jahr, das sie an der internationalen Schule schon gemacht hatten, Kehinde still und verschlossen, Taiwo ruhelos und wütend, und von beiden kein Wort zum Thema *Warum*.

Sie weiß es immer noch nicht.

Sie mustert Taiwo und weiß nichts. Ach, wie sehnt sie sich danach, ihre Tochter in die Arme zu nehmen, um das *Warum* aus ihr herauszupressen – das Leid, die Wut und den Schatten gleich mit, sie so fest zu halten, dass es alles aus ihr herausprudelt und nur noch ihr Atem übrigbleibt, so wie früher, als Taiwo ein Jahr alt war und noch gehalten werden wollte, und zwar von *ihr*. Aber sie kann es nicht. Sie sieht das Baby vor sich – glitschnass und hilflos, in jeder Hinsicht, nackt und stumm, dort, wo sie es hat fallen lassen –, und sie verkrampft sich vor Schuldgefühlen, ein Gespenst, ein halbes Leben später. Sie will es, aber sie schafft es nicht, sie kann die drei Schritte, die sie trennen, nicht zurücklegen.

»Was ist passiert?«, fragt sie matt vom Esstisch, aber Taiwo hört sie nicht und geht.

4

Kehinde findet Sadie im Garten in einem Liegestuhl, die Füße auf dem Palmenstamm, die Augen geschlossen, den Kopf zurückgelehnt. Die Entfernung zwischen Haus und Gartenrand ist so groß, dass kein Licht auf diese Stelle fällt. Es gibt nur das Funkeln der Sterne, eine feine Silberschicht, die dem Schwarz einen dunkelgrauen Glanz verleiht. Kehinde zögert einen Moment im Schatten hinter ihr, weil er nicht weiß, ob sie vielleicht schläft. »Darf ich mich zu dir setzen?«, fragt er dann. Sie hat seine Schritte nicht gehört und zuckt zusammen, schnellt nach vorn.

»Hast du mich erschreckt!«, stöhnt sie, »Es ist so dunkel. Und du bist so *leise*.«

Er flüstert verlegen: »Entschuldige.«

»Schon gut.«

»Was machst du hier?«

»Ich habe gerechnet«, antwortet sie. (Sie reden beide leise, als würden sie sich verstecken oder einen Fluchtplan aushecken und weil sie, obwohl sie es eigentlich nicht wollen, überwältigt sind von der Umgebung, von der Dunkelheit im Garten, von dieser Beicht-Stimmung, die entsteht, wenn man sich im Mondlicht unterhält.)

»Setz dich hin«, sagt sie und will aufstehen.

»Nein, bleib hier«, murmelt er. Er setzt sich geschickt bei dem Baum auf den Boden. Sie schweigen beide befangen. Der Schatten ein Trost. Sadie redet als Erste, entnervt von der langen Pause.

»Findest du das nicht auch komisch? Dass sie hier *wohnt* – in Ghana?« Sie schlägt nach einer Mücke.

»Findest du es komisch? Ich weiß gar nicht – vielleicht.«

»Sie hat mir nicht mal gesagt, dass sie wegzieht.«

»Mir auch nicht.« Er zuckt die Achseln. »Aber so ist sie eben.«

»Ich weiß. Aber das hier ist *Ghana*.« Sie reibt sich

wütend den Arm, als wäre sie besonders sauer, weil sie von einer Mücke aus *Ghana* gestochen wurde. »Wenn sie das schon machen will, das ganze Afrika-ding, warum dann nicht Nigeria? Da kommt sie wenigstens her.«

»Hier ist es ruhiger«, sagt Kehinde. Er erwähnt nicht, was er sonst noch denkt, nämlich dass er selbst nie wieder nach Nigeria gehen würde, selbst wenn Fola für immer dort hinziehen würde. »Genauso wie in Mali – das Haus, in dem ich in Douentza gewohnt habe, die Ruhe. Man konnte sie regelrecht *sehen*. Man konnte denken.«

»Hat es dir in Mali gefallen? Moment – willst du darüber nachdenken? Rede ich zu viel?«

»Ich rede gern mit dir.« Er lächelt über das Lächeln, das er in der Dunkelheit spürt. »Ich habe nie die Chance, mit dir zu reden.«

»Du meinst, du rufst nie an.« Aber sie lacht. »Und vielen Dank.«

»Wofür?«

»Die Studiengebühren. Mom hat mir letztes Jahr gesagt, dass du sie unterstützt, und dass du zu ihr gesagt hast, sie soll es mir nicht sagen, aber sie sagt mir so gut wie alles. Außer dass sie nach *Ghana* zieht.«

Er lacht. »Gern geschehen.«

»Du bist jetzt also berühmt?«

Er lacht lauter. »Nicht so richtig, nein.«

»Doch, doch, Kehinde. Ich seh dich online. Meine

beste Freundin – ihre Familie ist auf diesem Kunsttrip. Die haben was gekauft, glaube ich. Eins von deinen neuen.«

»Stimmt das?«

»Ich finde sie gut. Die Matschdinger.«

»Ehrlich?«

»Aber sie sind so riesig. Wie machst du sie?«

»Mit Matsch. Und großen Stoffstücken.«

Jetzt lachen sie beide. Sadie tritt ihm gegen das Schienbein. »Lieber Gott – ich war noch nie in Afrika, ich weiß, aber – echt mal!«

»Wie kann das sein? Du warst noch nie in Afrika?«

»Schockierend, aber wahr.«

Kehinde spürt, dass sie die Stirn runzelt. »Kein Grund, sich zu schämen«, sagt er schnell. »Unsere Eltern sind nie mit uns hierher gefahren, als wir noch klein waren.«

»Warum eigentlich nicht?«

»Sie haben gelitten. In ihren Ländern.«

»Aber *ihr* wart hier. Ihr alle.«

»Na ja, Olu war noch ein Baby. Und wir waren vierzehn.« Er merkt, wie seine Stimme kippt, räuspert sich. »Das war was anderes. Es war ja nicht so, dass wir das gerne wollten …« Jetzt redet er nicht weiter. Über der Haustür ist ein Licht angegangen, ein blassgelber Lichtkegel. Benson erscheint. Er geht mit energischen Schritten zur Einfahrt, ein Mann mit einem Ziel. Kehinde und Sadie hören auf zu flüstern, beobachten ihn. Benson sieht sie nicht. Plötzlich taucht ein Fahrer seitlich vom Haus auf, wo er mit den Bediensteten gegessen hat. Benson sagt etwas, was Kehinde nicht hören kann, dann das *Piep-piep* der entriegelten Wagentüren, blinkende Lichter. Der Fahrer öffnet den Kofferraum des SUV, holt eine Kiste heraus. Die beiden Männer besprechen etwas, nicht auf Englisch. Benson nimmt die Kiste, eilt zurück ins Haus. Das Licht über der Tür geht aus. Der Fahrer verschwindet.

Kehinde nimmt einen Stock und beginnt, etwas in den Sand zu zeichnen, eine alte Angewohnheit. »Mich erinnert das an unser erstes Haus.« Ein Gesicht. »Da haben sie Drogen vertickt. Der Sohn vom Vermieter. Direkt unter dem Fenster von meinem und Olus Zimmer …«

»Moment mal. Du und Olu, ihr habt in einem Zimmer geschlafen?«

Er stellt fest, dass ausgerechnet das sie schockiert. »Bis du auf die Welt gekommen bist, ja.«

»Ja, klar«, sagt Sadie. Mit einer Spur von Aggression.

»Wieso ›ja, klar‹?« Er hat es gehört.

»Bis ich auf die Welt gekommen bin. Das sagt ihr alle dauernd. Als hättet ihr davor ein total anderes Leben gelebt, als wäre ich nur so eine Art Nachklapp. Als hätte ich alles durcheinandergebracht.«

»Sadie …«

»Sag's nicht. Sag nicht, ich bin überempfindlich. Sag nicht, dass ich einfach nur jünger bin oder irgendwas. Ich bin anders als ihr anderen, das sieht ein Blinder, verdammt, jeder Besuch sieht es, ich bilde mir das doch nicht ein. Ich weiß, was ich fühle«, flüstert sie heftig, worauf Kehinde erwidert: »Ich auch.« Sie hört, dass er lächelt, und weil sie denkt, er macht sich über sie lustig, sagt sie: »Danke, dass du lachst …«

»Nein, ich weiß, was du meinst.« Jetzt lacht er wirklich, leise, er erinnert sich ganz genau, sieht sein eigenes Gesicht in ihren Worten, dieses kleine Gesicht, ein Mädchengesicht, was ihn ewig gequält hat, denn alle haben ihn damit aufgezogen, dass er so hübsch ist. »Ich habe früher in unserer Familie auch das Gefühl gehabt. Dass ich anders bin. Dass ich nicht dazugehöre …«

»Dass du nicht *dazugehörst*? Du hattest Taiwo.« Sie flüstert das so leidenschaftlich, ohne jede Spur von Mitgefühl, erfüllt von dem Besitzanspruch, den man für den eigenen Schmerz empfindet, von dem aggressiven Beharren darauf, dass dieser Schmerz einzigartig ist, in seinem Wesen, seiner Tiefe, seiner Dauer.

»Stimmt. Ich hatte Taiwo«, sagt er und überlegt. »Damals. Damals hatte ich Taiwo. Aber sie war das Mädchen. Ich war derjenige, der das Zimmer mit

Olu geteilt hat. Ich sollte der Arzt sein, der Junge, der zweite Sohn. Das war der Traum, Sai und Söhne, ein Familienunternehmen. Aber leider habe ich sie gehasst.«

»Wen?«

»Diese Fächer – Mathe, Naturwissenschaften.« Wieder lacht er, fährt mit dem Stock die Linien seiner Skizze nach, erzählt dann murmelnd den Rest. Weniger an Sadie gerichtet als an sich selbst: »Ich weiß, dass es nicht so gemeint war, aber ich habe es gehasst, wie sie mich angeschaut haben, als wäre ich der Riss in der Kette aus Olu und ihm, als wäre ich ein Fremder, was ich für sie ja vielleicht war, vielleicht auch für mich selbst, keine Ahnung. Ich wüsste es gern. Wenn ich Olu jetzt sehe, dann frage ich mich: Wie wäre das gewesen, wenn er bei Dad im Auto gesessen hätte und nicht ich? Wäre dann alles anders gelaufen? Wenn der gute Sohn im Auto gesessen hätte, verstehst du?«

Sadie versteht nichts. »In welchem Auto? Wenn Olu in welchem Auto gesessen hätte?«

»Ach, ich rede nur so daher«, sagt Kehinde und zieht das Gesicht noch einmal nach.

»Nein, sag's mir. In welchem Auto?« Sie gibt nicht nach.

Kehinde schwankt. »Ich …«

»Mir sagt keiner was«, brummelt sie. »Ist schon gut.«

Er spürt, wie das bleierne Schweigen sich über ihn senkt, wie sie ihn umschließt, die vertraute Schicht aus Schweigen, die ihn schützt, ihn von allem abschneidet – aber seine Schwester scheint ebenfalls da zu sein, neben ihm genauso abgeschnitten, ihr Atem und ihr Herz. Er hört sie flach atmen, das Geräusch kurz vor den Tränen. Er fühlt ihr Alleinsein, ein Hohlraum in seiner Kehle. Ein Raum, der sich geöffnet hat. Durch den, ungebeten, leise und unsicher, der Klang seiner Stimme dringt. Er erzählt ihr ohne Umschweife, wie er ihren Vater abgeholt hat, wie er in die Krankenhauslobby kam, die Wachleute sah und Dr. Yuki, wie Dad und er im Volvo nach Hause fuhren, in der Einfahrt hielten und im Auto sitzen blieben, wie er sein kleines Bild signierte mit einem Stift, den er immer noch hat. Er holt den Stift aus der Tasche und gibt ihn Sadie.

»Was steht da drauf?« Im Dunkeln kann sie es nicht sehen.

»Ich glaube, Mom hat es eingravieren lassen. Es ist Yoruba. Du kannst ihn behalten.«

»Ehrlich?«

»Ja.«

»Danke. Und danke, dass du mir das alles erzählt hast.« Sie fährt vorsichtig über den Stift. Und sagt: »Ich wäre froh gewesen. Dass du es warst und nicht jemand anderes. Ich wette, er war froh.«

»Glaubst du das wirklich?«

»Ich weiß es.«

»*E se*«, sagt er, obwohl es ihm weh tut, das zu sagen. Die Musik der Sprache erinnert ihn an Nigeria. An seine Schwester. Er steht auf. »Wir sollten wieder reingehen.«

»Meinst du?«

»Die Moskitos.«

»Aber unsere *Familie* ist da drin«, sagt sie lachend.

»Ich weiß.« Er küsst ihren Kopf.

Jetzt kommen Fola und Benson aus dem Haus, hinter ihnen Amina mit Plastikdosen. »Das ist wirklich nicht nötig«, sagt Benson.

»Bitte. Nimm es mit. Es ist nur ein bisschen *egusi* und *joloff* für später.«

»Ich habe Bedienstete …«

»Aber dein Koch ist Ashanti. Die wissen nicht, wie man *egusi* macht. Jedenfalls nicht so wie ich.« Sie lachen beide und schauen nach unten, als Fola Schmetterlinge spürt (unten links, Verblüffung) und in den Garten späht. Dahinten beim Baum kann sie den Liegestuhl ausmachen, daneben eine Gestalt, großgewachsen. »K, bist du das?«

5

Taiwo kommt herein. Olu liegt da und liest, das andere Bett ist leer. »Macht es dir etwas aus, wenn wir tauschen?«

Olu blickt von seinem Buch auf, sieht, dass sie weint. »Bist du …?«, beginnt er, aber ihm ist klar, dass nicht. Er erhebt sich ein bisschen ungeschickt, weil er nicht weiß, was er mit seinem Körper anfangen soll. Sie umarmen? Er macht einen Schritt auf sie zu. Taiwo weicht zurück, eine spontane Reaktion, die ihn aber nicht kränkt.

»Die Zimmer. Können wir tauschen?«

Verunsichert durch ihre Tränen geht er ohne weitere Fragen aus dem Zimmer. Sie schließt die Tür, und er geht den Flur hinunter.

6

Das Zimmer ist größer, ein breites Bett, ein kleines Fenster, der Duft von Lings Lotion, leise Geräusche aus dem Garten. Er überlegt, ob er auch nach draußen gehen soll, hört Fola fragen: »Wo ist Olu?«, dann seinen Bruder, der sagt: »War schön, dich kennenzulernen.« Aber er geht nicht hinaus zu ihnen. Es hilft nichts, wenn er diesem Benson misstraut und sich wegduckt. Benson kommt garantiert wieder, schon morgen, so wie es klingt. Es wurde irgendwie darüber geredet, mit seinem Auto ins Dorf zu fahren, und über die Vorbereitungen, Auswahl des Sargs, Familie begrüßen, die ganze Logistik (sie ist ähnlich wie die Logistik im Krankenhaus, denkt Olu, diese Logistik bei einem Begräbnis: klinisch, verfahrenstechnisch, organisatorisch, *was soll mit dem Körper gemacht werden*, das ist die beherrschende Frage, eine Abfolge von Maßnahmen, ohne Emotionen – aber trotzdem seltsam für ihn, dass man hier Antworten suchen muss, dass man Maßnahmen ergreifen muss, wenn der Körper schon tot ist). Er hat eigentlich keine Angst, dass Benson es ihnen sagt, aber warum er selbst es ihnen nicht sagt, das weiß er nicht.

Er hätte nicht warten sollen. Er hätte es ihnen einfach erzählen sollen, oder wenigstens ihr, seiner Mutter hätte er es damals erzählen sollen, im letzten College-Jahr, als er das Ticket nach Ghana bekommen hat, das gleiche Flugticket wie jedes Frühjahr. Ans College geschickt. Falsche Adresse: Sie hatten alle beim Postamt von New Haven ein Fach für den persönlichen Gebrauch, aber mehr als die Temple Street-Adresse des Timothy Dwight College konnte sein Vater von Accra aus nicht herausfinden.

Das waren die letzten Tage, bevor sich E-Mails allgemein durchsetzten. Jedes Jahr an seinem Geburtstag, am 26. Mai, kam ein versiegelter Umschlag für Fola (den er ungeöffnet zurückschickte) sowie ein Brief für ihn mit einem Flugticket nach Ghana. Dünnes Papier, ein ausgedrucktes Ticket in blassrosa Schrift, mit drei Durchschlägen, so wie das damals üblich war, immer auf den 26. Mai datiert, jedes Jahr, vier Jahre lang, bis zum 26. Mai 1997, als er dann tatsächlich flog.

Er hat sich selbst nie wirklich gefragt, warum oder warum gerade in dem Jahr. Warum er nicht zur Abschlussfeier gegangen ist, nicht teilnehmen wollte. Er hatte schon länger irgendwie befürchtet, Kweku könnte sie alle überraschen wollen und in New Haven auftauchen, ohne Vorankündigung und uneingeladen, an einem Tag, bei dem er wusste, dass sie alle zusammen waren, aber jetzt war offensichtlich, dass sein Vater gar nicht daran dachte. Oder dass er überhaupt nicht dachte. Er kannte ja das amerikanische Bildungssystem und wusste, dass alle vier Jahre ein Abschluss war und dass im Frühjahr 1997 zwei Entlassungsfeiern stattfinden würden (die der Zwillinge von der Highschool, seine vom College), und trotzdem schickte er wie jedes Jahr die Briefe und das Flugticket und flehte ihn an, doch zu seinem Geburtstag nach Ghana zu kommen und eine Woche zu bleiben, um Kweku anzuhören. Und er erwähnte mit keinem Wort den möglichen Konflikt der Termine.

Es war reiner Zufall, dass die beiden Feiern auf denselben Tag fielen und auch noch auf seinen Geburtstag. Nun saß er da mit den Karten – Milton-

Feier, Yale-Feier, Ghana Airways – und weinte zum ersten Mal seit Jahren. Sein Vater hatte vergessen, dass für drei seiner Kinder Abschlussfeiern anstanden. Das zeigte überdeutlich, dass er nicht mehr zu ihrem Leben gehörte, zu ihren Terminen, ihrem Rhythmus, ihrer Welt; dass er ausgeschieden war. Es war nicht so, dass Olu noch nie darüber nachgedacht hatte (im Gegenteil, einmal am Tag, seit der Volvo davongefahren war), aber am Anfang wurde die Verzweiflung durch den Schock gedämpft, dann kam die Verdrängung, die sich mit der Zeit in Hoffnung verwandelte.

Erst jetzt dämmert es ihm – hier am Fenster, Folas tiefes Lachen jenseits des Fliegengitters wie ein Donnergrollen, bevor der Regen losbricht –, dass er vielleicht geflogen ist, weil er den endgültigen Verrat *suchte*? Damals fand er es ziemlich klar, weshalb er wegfuhr. Er erzählte eine Lügengeschichte von einer schlecht geplanten Reise mit der Hilfsorganisation »Ärzte ohne Grenzen«, zeigte Ling eine Broschüre, sagte zu Fola, sie solle doch zur Feier der Zwillinge gehen, das mache ihm gar nichts aus. So musste er sich nicht direkt mit dem Desinteresse seines Vaters auseinandersetzen. Seine größte Leistung, und Kweku dachte nicht daran. Er weinte in seinem Wohnheimzimmer, allein, eine halbe Stunde, dann tippte er einen Brief, in dem er ihm mitteilte, dass er kommen werde, wusch sich das Gesicht, klopfte sich auf die

Wangen und zeigte seinem Spiegelbild die Zähne, ein stummer Schwur: *Schluss mit den Tränen, Mann*, flog in der darauffolgenden Woche. MetroNorth in die Innenstadt, die überfüllte U-Bahn zum Flughafen, ein kleiner Shuttle-Bus zum Terminal, von dem Ghana Airways abflog (inzwischen nicht mehr existent) – eine kuriose Nische in der hintersten Ecke des Flughafens, wo die Zirkusnummer des Check-ins gerade losging. Passagiere mit Flugkarten wurden wahllos abgewiesen und protestierten lauthals, das Check-in-Personal schrie noch lauter: »Kein Grund, so zu schreien!«, ganze Familien flehten um Gnade mit ihrem viel zu schweren Gepäck, zerrissen Sacktuch und knirschten mit den Zähnen, auf dem Fußboden um Olu herum wurden Taschen ausgepackt und umgepackt (Geschenke, Lebensmittel, Dosen, Kleidung, Spielzeug, alles zu seinen Füßen ausgebreitet). Die Stufen hinauf zum Flugzeug, dann zehn Stunden später die Stufen hinunter in die stickige Luft.

Um den Anlass zu vergessen.

Aber da war noch etwas anderes, außer der grauenvollen Vorstellung, dass er da auf der Bühne stehen würde, in der Sonne und ohne Familie, die ihm zujubelte, weder Eltern noch Geschwister. Um alles wirklich aus dem Gedächtnis zu löschen war mehr erforderlich. Um die Hoffnung zu verbrennen – wie er es geplant, sich gewünscht haben musste, denkt er jetzt –, *brauchte* er das, was dann passierte. Etwas, das noch heißer brannte als vergessen zu werden, eine Verbrennung, die man nur erlebt, wenn man betrogen wird.

Sein Vater sah jünger aus als in seiner Erinnerung. Oder kleiner. Er war immer klein gewesen, beziehungsweise, wie Benson es ausdrückte, »nicht groß«, vielleicht einsfünfundsiebzig, genau wie Fola, mit kräftigen Armen und Schultern und den sehnigen Beinen eines Läufers. Aber er wirkte *klein* in der Menschenmenge, die dort wartete, in diesem dichten Gemisch aus Primärfarben und Klängen, aus Männern und Frauen, die Männer alle eher klein, wie Olu konstatierte, alle mit starken Armen und glatter Haut und schockierend braun.

Sein ganzes Leben hatte er, wenn er nach seinem Vater Ausschau hielt so wie jetzt, wenn er Kwekus Gesicht bei Wettkämpfen auf der Tribüne oder im Auditorium bei Konzertauftritten suchte, immer auf den Kontrast geachtet; zuerst und vor allem hatte er ein braunes Gesicht gesucht. Ein etwas bläuliches Braun, am ehesten vergleichbar mit Schokolade oder Kaffee, die gleiche Hautfarbe wie er selbst – und die sonst niemand hatte, kein anderer Vater in Boston. Auf Grund seiner Farbe konnte er Kweku immer blitzschnell ausmachen. Hier auf dem Flughafen suchte sein geübter Blick ebenfalls nach dem Kontrast, und er blinzelte verdutzt: Hier hatten *alle* diese Farbe, mehr oder weniger, alle Väter, sein eigener glich sich optisch an, war nicht zu unterscheiden, war wie die anderen. Als sein Blick schließlich auf einen Mann abseits der Menge fiel, einen Mann mit gebügelten Khaki-Hosen, einem blütenweißen Hemd, eckiger Brille, braunen Schuhen, die Hände in den Taschen, so viel kleiner als in seiner Erinnerung, breitbeinig – da stellte Olu mit einer gewissen Ehrfurcht fest, dass sein Vater auch unter den Männern hier herausstach; die anderen hatten zwar die gleiche Hautfarbe, waren gleich groß und mehr oder weniger gleich gebaut, aber sein Vater war anders.

Er blieb an der Tür zwischen der Gepäckausgabe und der Ausgangshalle stehen (dem alten Ausgang, vor dem Umbau), setzte den Rucksack anders auf, ging aber nicht nach draußen. Weil er seinen Vater nicht richtig wiedererkannte oder weil er überwältigt war von seinem Anblick. Als würde er den Mann zum ersten Mal in seinem Leben richtig sehen und plötzlich merken, dass er einmalig war, auch ohne den Kontrast, ohne den weißen Hintergrund, dass er *trotzdem* anders war, sogar vor dem braunen Hintergrund. Das ließ ihn innehalten und Kweku anstarren, einen Mann, allein für sich, klein und stark und getrennt von den anderen. Der eine, der anders war als die anderen. Die ganzen Eigenheiten, die er so gut an ihm kannte, wirkten irgendwie noch eigener: die

425

Bügelfalten der Hosen, der enge Gürtel, die Manschetten einmal umgeklappt, das schütter werdende Haar säuberlich geschnitten, die gleiche Nickelbrille, die Brille der Wissenschafts-Immigranten, wie auch sein Professor in Yale eine hatte (als hätten alle nichtweißen Studenten, die in den siebziger Jahren aus ihrer Heimat nach Amerika kamen, die gleichen Brillen bekommen). Kweku. Nicht Vater, Chirurg, Ghanaer, Held, Monster, einfach nur Kweku Sai, ein Mensch in der Masse, eine merkwürdige Erscheinung, ein Fremder in Accra genau wie in Boston. Allein. Kweku konnte ihn hinter der Tür nicht sehen und stand deshalb da wie ein Kind, dem man gesagt hat, es soll brav warten und nicht herumhampeln, die Hände in den Taschen, den Blick auf den Ausgang gerichtet, die Schultern locker, als wäre alles in bester Ordnung. Das einzige Zeichen seiner wachsenden Anspannung war das mechanische Auf- und Abwippen seines Fußes.

Jemand boxte mit seinem Gepäckwagen gegen Olus Wade. »Entschuldigung«, sagte der Mann. Klang wie Luther Vandross. Olu drehte sich um und sah Benson (einen Fremden). »Ich habe nicht gemerkt, dass Sie stehen bleiben …«

»Tut mir leid. Sie haben recht.« Olu trat einen Schritt beiseite, damit der Fremde sein Gepäck hinausschieben konnte, aber der tat es nicht, sondern lächelte und blieb ebenfalls stehen.

»Waren Sie in dem Flieger von New York?«

»Ja.«

»Hab ich mir's doch gedacht. Ich habe Sie nämlich gesehen. Du lieber Gott, das klingt jetzt sicher komisch, aber ich dachte – Sie sehen aus wie eine Frau, die ich früher gekannt habe. Die Frau eines Freundes.« Olu schüttelte den Kopf. Der Fremde wurde verlegen. »Na ja, dann – willkommen in Ghana.« Er schob nun einen Wagen weiter, verschwand in der Menge.

Olu fühlte sich irgendwie ertappt – als der Feigling an der Tür, wenn nicht sogar als der Sohn von Fola Savage – und schaute wieder zu seinem Vater. *Was ist ein Mann, der seinem Vater nicht gegenübertreten kann?*, dachte er. Egal ob er ihn als Schande oder als Bedrohung oder als Witz sieht, ob als etwas Kleines, zu klein in seiner einsamen Eigenart, oder als etwas Großes, zu groß durch die Schatten, die er wirft: Die Grundangst spielte keine Rolle, es ging darum, sich ihm zu stellen. Aber er stand hier und versteckte sich, fürchtete sich davor, hinauszutreten. »Los jetzt«, murmelte er leise und rückte seinen Rucksack zurecht (mit dem er immer reiste und über den Taiwo sich lustig machte, ein weiterer Beweise dafür, dass in Olu ein »weißer Junge« steckte, der Wasser aus Nalgene-Flaschen trank und im Winter Teva-Schuhe trug). Er trat hinaus ins Freie, hielt sich an den Gurten vor seiner Brust fest, als würde er sich auf einen Fallschirmsprung vorbereiten. Rief: »Dad.«

Sie fuhren vom Flughafen in die Stadt, ohne ein Wort zu wechseln, Kweku umklammerte das Lenkrad, Olu seinen Rucksack, die drei Jahre Schweigen ein kompakter Eisblock zwischen ihnen, unangefochten von Anwesenheit, Nähe, Haut. Olu schaute sehr konzentriert vom Beifahrerfenster raus und versuchte zu bestimmen, welche Farbe das, was er da sah, hatte. Die Straßen waren gesäumt von wilden Büschen und Palmen, aber irgendwie war der Gesamteindruck braun und nicht grün. Er musste an Delhi denken (ohne die Auto-Rickshaws), die kleinen hupenden Taxis, gute Stimmung, staubiger Dunst, gut geplante Straßen, allerdings ohne richtige Ordnung, handgemalte Ladenschilder – aber irgendetwas war neu für ihn. *Die Farbe*, dachte er, es ging wieder um die Farbe, das neue Gefühl, in der Mehrheit zu sein, mit sich selbst bekannt, und wenn er zufällig sein Spiegelbild im Fenster eines vorbeifahrenden Autos sah, dachte er manchmal einen Moment lang, dass er den Fahrer anschaute.

Als sie an der Kreuzung Liberia Road und Independence Avenue anhalten mussten, räusperte sich Kweku. »D-das ist unser N-nationaltheater«, begann er stockend. Er zeigte durch sein Fenster auf ein modernes weißes Gebäude. »Wir haben ein staatliches

Symphonie-Orchester und das Staatsschauspiel. Gebaut worden ist das vor fünf Jahren. Ein Geschenk von den Chinesen.«

»Interessant«, sagte Olu höflich. »Vor fünf Jahren.« Als sein Vater noch zu seiner Welt gehörte.

Kweku rieb sich die Stirn, bemerkte seinen Irrtum, verstummte. Die Ampel wurde grün, und er versuchte eine neue Strategie. »Sie verändert sich dauernd, diese Stadt, nicht schnell, aber ohne Pause. Ich glaube, dir würde es hier gefallen.«

»Sieht ganz schön aus«, sagte Olu.

»Du erinnerst dich ja bestimmt nicht an deine erste Ghana-Reise.«

»Nein, gar nicht.«

»Wie auch. Aber hier ist vieles anders. Und die Veränderung ist frappierend.«

Olu nickte und schwieg. Er wusste nicht, ob Kweku von dem Land redete oder von sich selbst.

Sie bogen in eine Seitenstraße der Independence Avenue und fädelten sich langsam durch ein Labyrinth aus kleinen Straßen bis zu einer Gruppe großer Häuser, die ein Stück von der Straße zurücklagen, die angeschlagenen weißen Stuckmauern von vertrockneten Blüten überwachsen. Streunende Hunde trieben sich herum und beschnüffelten ohne übertriebenen Eifer die kleinen Müllhaufen. Obstschalen, schwarze Plastiksäcke. Eine Frau am Ende der Straße, in einer *lappa* und einem etwas unpassenden roten Pop Warner Football-T-Shirt, drehte Fleisch auf einem Grill, der aussah wie der, den sie in ihrem ersten Haus in Boston gehabt hatten, einmal halb um den Globus. Hinter ihr endete die Straße in wucherndem Unkraut, ein riesiges Gelände aus trockenem Gras und mit einem einsamen Mangobaum.

Kweku hielt auf Höhe der Frau an, den Motor im Leerlauf. »Du bist bestimmt müde.« Er beugte sich vor und schaute hinaus. »Ich wollte nur, dass du das hier siehst, bevor wir nach Hause fahren – zu mir nach Hause – also dahin, wo ich wohne.«

Olu musterte die Frau. »Wer ist sie?«

»Nein, das Grundstück. Ich würde es gern kaufen. Und ein Haus für uns bauen.« Er nahm die Brille ab und putzte sie gründlich, während Olu schweigend neben ihm saß und wegen des »für uns« die Stirn in Falten legte. Sein Vater fuhr fast schüchtern fort: »Es ist nur eine Perspektive für die Zukunft. Wir fahren gleich weiter. Aber ich dachte, wir könnten kurz hier vorbeifahren. Das Haus, in dem ich jetzt wohne, ist ziemlich bescheiden. Ich habe es noch nie gut gefunden, zur Miete zu wohnen, wie du sicher schon gemerkt hast. Deshalb miete ich lieber eine einfache Wohnung – manche würden vielleicht auch hässlich sagen –, bis ich mir dann etwas kaufen kann, in der Größe, die ich möchte. Mein Vater hat nie etwas gemietet, musst du wissen, er hat sein Haus selbst entworfen. Ziemlich erstaunlich …« Er merkte, dass er abschweifte, und verstummte.

Aber Olu drehte sich zu ihm. Sein Interesse war geweckt worden. Er wunderte sich, dass Kweku seinen Vater erwähnte, über den er noch nie gesprochen hatte. Beide Elternteile waren extrem wortkarg, wenn es um ihre eigenen Eltern ging. »Ist schon lange tot«, lautete die allgemeine Auskunft, und Fola fügte noch hinzu: »Meine Mutter ist bei der Geburt gestorben.« Sie hatten keine Fotos, so wie Olu sie bei seinen Klassenkameraden zu Hause sah, im Treppenhaus, verblasst, gerahmt und wichtig, ganze Generationen, die er immer intensiv studierte, bis jemand sagte: »Du magst Familienfotos, stimmt's?« Meistens war es der Vater, der ihm auf den Rücken klopfte und eine Besichtigungstour anbot (die Väter seiner Freunde mochten ihn, sie klopften ihm gern auf den Rücken und strahlten ehrfürchtig, als gäbe es auf der ganzen Welt nichts Wundersameres als Olu, diesen vielversprechenden, hochintelligenten Sportler mit der schokoladenbraunen Haut). Er machte diese Hausbesichtigungen mit und sehnte sich dabei nach einem Stammbaum, nach dem Gefühl, von gerahmten Gesichtern abzustammen. Dass bei seiner Familie quasi niemand auf der Hinterbank saß, fand er beunruhigend; als würden sie alle nur so tun als ob, als wären sie Schwindler, verlogene Hochstapler. Eine ordentliche Familie hätte Fotos neben der Trep-

431

pe. Oder wenigstens Großeltern, deren Vornamen man kannte. »Was hat er gemacht?«, fragte Olu, plötzlich hoffnungsvoll.

Doch Kweku antwortete vage: »Das Gleiche wie ich.« Er setzte die Brille wieder auf und legte den Gang ein. »Also, dann mal los. Das reicht. Du bist müde. Und hungrig.« Er kaufte für sie vier Stücke gegrillte Kochbanane, in Zeitungspapier gewickelt und serviert mit kleinen Tüten geräucherter Nüsse, dann fuhr er zurück über die Kreuzung und parkte vor einer Reihe niedriger beiger Betonhäuser, die meisten ohne Haustür.

»Hier wohnst du?«, fragte Olu, als sie eintraten. Er konnte es nicht überspielen, dass der Gestank ihn störte: ein Drittel fritierter Fisch, zwei Drittel Urin und Mottenkugeln, die den Uringeruch neutralisieren sollten.

»Wenn man in Ghana etwas mietet, muss man gleich zwölf Monate im Voraus bezahlen«, erklärte Kweku. »Und ich spare auf ein Stück Land. Wie du gesehen hast. Es ist nichts Besonderes, aber ich zahl fast keine Miete, niemand stört mich, keiner weiß, dass ich hier bin.«

Olu fragte ihn nicht, warum es gut sei, wenn man irgendwo wohnt und keiner weiß, wo man ist. Er dachte: *Später, wir werden später zum Kern der Sache kommen*, ohne zu ahnen, dass er in zehn Minuten schon wieder gehen würde. Sie gingen die drei Stockwerke zu der Wohnung hinauf, die überraschend groß war, die gesamte oberste Etage. Und sauber, wenn auch etwas mönchisch, ohne jede Dekoration: ein Tisch, zwei Stühle, ein kleines Samtsofa, die Statue. Olu fragte nicht, wie sein Vater sie transportiert hatte, und unterdrückte ein Lachen, als er sie hier sah, diese Steinstatue, die sie alle gehasst hatten, aber nicht loswerden konnten. Wie alles, was man hasst, wollte sie einfach nicht verschwinden.

Er setzte sich an den Tisch und öffnete seinen Rucksack, wühlte nach der Zahnbürste und entdeckte dabei ganz unten das kleine Zelt, das er letzten Sommer hineingequetscht hatte, als er mit Ling in New Hampshire wandern war. »Mein Zelt.«

»Ich habe gedacht, wir schlafen beide in dem Bett im Schlafzimmer«, sagte Kweku und schaute ihn fragend an.

»Nein, nein, ich habe es aus Versehen mitgebracht.« Jetzt lachte Olu richtig, sein Vater ebenfalls, ein merkwürdiges Geräusch, viel trauriger als Schreien oder Schluchzen. Er fasste wieder in den Rucksack, fand ein graues Yale-Sweatshirt. »College-Abschluss.« Jetzt dachte er wieder daran. »Die Feier ist heute.«

Kweku ließ gerade in der Küchenzeile Wasser in den Kessel laufen. »Was sagst du?« Er stellte den Hahn ab. »Ich konnte dich nicht hören. Was ist heute?«

»Abschlussfeier in Yale. Heute ist mein College-Abschluss.«

Der Metallkessel landete scheppernd in der Spüle.

Kweku drehte sich um, ächzte. Eine Feststellung, keine Frage: »Ich habe deinen College-Abschluss vergessen.«

»Ja, allerdings«, sagte Olu.

»Warum bist du – wie hast du – wie kannst du da nicht hingehen?« Er nahm wieder seine Brille ab. »Warum – warum bist du nicht dort? Warum bist du *hier*?« Rieb sich die Augen. »Abschlussfeier.«

»Spielt keine Rolle.«

»Wie kannst du so etwas sagen?«

Olu zuckte die Achseln. »Es hat sich nicht gelohnt.«

»Wie meinst du das?« Kweku ließ nicht locker. »Du solltest in New Haven sein, nicht hier …«

»Du auch.«

Kweku schwieg. Dann nahm er ein paarmal Anlauf: »Ich …«, »Du …«, »Wir sind nicht …«, bis er sich entschloss zu sagen: »Hör zu. Das sind zwei verschiedene Dinge, und du weißt das, Olukayodé.« Olu runzelte die Stirn, zuckte zurück, als er seinen Namen hörte. Niemand nannte ihn je mit vollem Namen, außer Fola, und auch sie nur, wenn sie wütend war, also praktisch nie. »Das kannst du nicht *machen* …«, sagte sein Vater leise, stockend. »Aufgeben, wenn du gekränkt bist. Bitte. Das hast du von mir. Das ist das, was ich mache, was ich immer schon gemacht habe. Aber du bist anders. Du bist *anders* als ich …«

»Ich bin genau wie …«

»Du bist besser.«

Was war das, was da aus dem Nichts aufstieg? Mitleid? Scham? Der Wunsch, den Mann als Ganzen zu sehen, nicht hier, wie er in einer kahlen Wohnung stand, seine Hosen immer noch gebügelt, als wäre er zu Hause, aber er war hier nicht zu Hause, in diesem Dreckloch. Ein Gefängnis, das er sich selbst geschaffen hatte, im Exil, abgeschnitten von der Familie und schlimmer noch, mit dem Gesichtsausdruck eines Mannes ohne Ehre oder jedenfalls eines Mannes, der denkt: *Ist das mein Leben?* Olu konnte immer noch nicht sagen, was er gedacht hatte, in Ghana zu finden, aber das hier war es garantiert nicht, diese, heiße, halb möblierte graue Wohnung, der kleine Mann in dieser Wohnung, der jetzt zurückwich, sich hinsetzte, zu beschämt, um zu stehen. Wie war sein Vater zu diesem Gesichtsausdruck gekommen: besiegt und bereit, die Niederlage zu akzeptieren, ohne Widerstand zu leisten, ohne sich zu wehren – als würde irgendwo in ihm jemand leben, der sich hier ganz und gar zu Hause fühlte, in diesen Fluren, mit schmutzigen Fenstern, nackten Glühbirnen, dem Gestank von Urin, dem Beton, abblätterndem Verputz, egal, ob die Hosen gebügelt sind oder nicht? Es war dieser Jemand, den er hasste, dieser Mann in

Kwekus Innerem, auf den er so wütend ist und den er jetzt anbrüllte: »Du bist derjenige, der besser ist, verdammt nochmal, nicht ich. Ich bin nicht anders. *Du* bist es. Du bist besser als das hier.«

Darauf Kweku, sehr sanft: »Das hier? Hier komme ich her.«

Als wäre das alles, was gesagt werden konnte.

Als wären zweiundzwanzig Jahre, der ganze Aufwand, nur ein kurzer Zwischenaufenthalt gewesen auf dem Weg zurück hierher; als wäre das Einzige, worauf man hoffen konnte, die Möglichkeit, den Kreis zu schließen und wieder im Grau zu enden, in der Asche.

»Nicht gut genug, Olu!«, schrie Olu. »Nicht gut genug! Das hast du immer gesagt, wenn meine Antworten falsch waren: *Das ist nicht gut genug, Olu! Du bist denkfaul! Denke gründlicher, klüger!* Nicht gut genug, Kweku …«, und er hätte weiter geredet, wenn da nicht dieses Geräusch gewesen wäre: eine Tür draußen auf dem Flur, die sich quietschend öffnete. Dann Schritte, die näher kamen. Highheels. Es war schwer zu sagen, worauf diese Predigt hinausgelaufen wäre oder wo sein Vater jetzt wäre, wenn sie etwas bewirkt hätte, ob Olu ihn wirklich zum Handeln angetrieben und ihn überzeugt hätte, mit ihm zurück nach Boston zu kommen. Wer weiß? Aber da war sie plötzlich, die Gestalt im Türrahmen, irgendeine schlanke andere Frau, mit langen, feinen Zöpfen, ziemlich attraktiv in ihrem Hosenanzug – das war's, seine zweite Reise nach Ghana war beendet.

»Halloo!« Unüberhörbar ein regionaler Akzent, sorgfältig gefiltert durch das Sieb einer gekünstelten Aussprache. »Wie geht's?« Sie ging auf Olu zu. »*Akwaaba*. Herzlich willkommen.«

»J-June«, stotterte Kweku. »Ich wusste nicht, dass du da bist.«

Olu stand da, blinzelte, er konnte sie nicht sehen, konnte ihre Gesichtszüge nicht erkennen, sich nicht rühren, nicht sprechen. Die Frau sagte auf Ga etwas zu seinem Vater, warf dann ihnen beiden eine Kusshand zu und entschwebte. Kweku setzte an: »Ich …«, »Du …«, »Wir sind nicht …«, dann entschied er sich für: »Es ist nicht so, wie es aussieht. Aber ich hätte es dir sagen sollen.«

»Was hättest du mir sagen sollen? Dass du mit dieser Frau zusammen bist?«

»Das ist nur für jetzt«, entgegnete Kweku. »Nur vorläufig. Sie hilft mir, in Ghana eine Praxis aufzumachen. Es ist schwer reinzukommen. Hörst du mir überhaupt zu?«

Olu hörte ihm nicht zu. Er setzte den Rucksack auf und marschierte, die Gurte umklammernd, zur immer noch offenen Tür. Kweku wollte ihn festhalten. »Fass mich nicht an!«, schrie Olu und ging.

Die Treppe hinunter.

In die Sonne.

Dann zurück zum Flughafen. Zu Fuß bis zur Kreuzung. Mit seinem Rucksack sah er aus, als würde er per Anhalter fahren. Ein alter Jeep mit Studenten, die meisten Deutsche, hielt an, um ihn mitzunehmen, sie setzten ihn freundlich an der Flughafenstraße ab, staubbedeckt. Dann zum Check-in, wo er die Leute anflehte, seinen Rückflug auf ein Stand-by noch heute Abend umzubuchen. Wieder in Yale. Am Tag nach der Feier, der Campus noch halb geschmückt, wie eine Debütantin, die von einem Ball nach Hause stolpert.

Der Gedanke an den Geruch (Jean Naté; nicht ganz, eher: Mottenkugeln) löst bei Olu immer noch den Wunsch nach frischer Luft aus. Er versucht, das Fenster hochzuschieben, als jemand ihm zärtlich über den Rücken streicht. Woraufhin sofort ein »Fass mich nicht an!« aus ihm herausbricht.

»Entschuldigung«, stammelt Ling und weicht erschrocken einen Schritt zurück. Verlegen dreht er sich zu ihr um, fährt sich mit der Hand übers Gesicht. Sie mustert ihn besorgt, will ihn umarmen, und er spürt, wie er, wenn auch nur minimal, wieder ausweicht. »Warum tust du das?«, fragte sie ihn. »Wenn ich dich berühre – du zuckst zusammen, sobald ich dich anfasse.« Sie verschränkt die Arme. »Es ist okay, wenn du weinst …«

»Tu ich nicht. Ich weine nicht.«

»Ja, klar. Du weinst nie.« Sie setzt sich aufs Bett.

Er seufzt. Er merkt, dass er etwas sagen muss, um die von ihm geschaffene Entfernung zwischen ihnen zu überbrücken. »Ich habe mit meiner Schwester getauscht«, erklärt er ihr. »Mit Taiwo. Sie teilt sich jetzt das Zimmer mit Kehinde, und ich bin hier bei dir.« Er setzt sich neben sie und legt die Hand auf ihre Schulter. Sie lehnt sich an ihn, die Arme um seine Taille geschlungen. Er küsst sie auf den Kopf, aber weil seine Arme bleischwer und ganz schlaff sind, kann er sie nicht so umarmen, wie sie es gern hätte.

7

Kehinde kommt ins Zimmer und sieht, dass Olu schläft, dann merkt er, dass die Gestalt zu klein ist für Olu. Er legt sich ins Bett und wartet auf etwas, einen Riss in der Stille.

»Ich habe ihn gesehen«, sagen sie beide.

Kehinde dreht sich um. Er wollte Taiwo erzählen, was er gerade Sadie erzählt hat. Stattdessen sagt er: »Wen?«

»Onkel Femi«, flüstert sie, ohne sich zu ihm zu drehen. »In so einer Zeitschrift. *Ovation*. Lag im Wohnzimmer rum.«

Der Name geht ihm durch und durch, mitten ins Zentrum. Seine Lunge spuckt Luft aus, zerspringt in zwei Teile. »In diesem Haus?«

»Auf einem Foto, mit Niké«, beginnt sie. Dann: »Ach, vergiss es einfach.«

»Ich kann es nicht ›einfach vergessen‹«, erwidert er.

»Na ja – versuch's.«

»Ich versuche es schon die ganze Zeit«, sagt er.

»Na ja – dann versuch's eben noch ein bisschen mehr.«

»Taiwo«, sagt er.

»Was willst du – was soll ich sagen?«

Kehinde weiß nicht, was sie sagen soll. Er hat es noch nie gewusst.

»Vergiss es«, sagte sie. »Wir sollten schlafen«.

Er hört, wie sie ihre Position verändert, und muss an das andere kleine Zimmer denken, das sie miteinander geteilt haben, er denkt an ihre erste Nacht in Lagos, kann sie beide dort sehen, wie betäubt; kann ihren widerlichen Onkel hören: »Bring unsere Zwillinge in ihre Zimmer.« Kann Auntie Niké sehen, wie sie sagt »Das Zimmer hier ist für Taiwo«, und wie sie seine Schwester hineinschubst, und wie sich Taiwo zu ihm umdreht, ein wildes Flehen in den Augen, ein Blick, der sagt *Lass mich nicht allein hier*. Aber Auntie Niké drängte ihn weiter, den Flur entlang, zum nächsten Zimmer, das noch viel kleiner war, mit zwei schmalen Betten. »Das ist dein Zimmer«, sagte sie eisig. In der Ecke stand ein Gitterbett. Auntie Niké bemerkte seinen Blick. »Das wird noch rausgeräumt.«

Er betrat das Zimmer, während sie ihn von der Schwelle aus beobachtete. »Jemand bringt gleich eure Sachen hoch, *ehn*? Wartet hier. Ihr könnt schlafen, wenn ihr wollt. Wir rufen euch dann zum Abendessen.«

»Danke«, murmelte er.

»Danke, *Auntie*.« Sie ging.

Eine Weile saß er nur da und schaute sich um in dem kleinen Zimmer, geäderter Marmorfußboden, vergitterte Fenster, das große Gitterbett. Er schaute aus dem Fenster und sah die Rückfront des Gebäudes, einen großen, gepflegten Garten und einen riesigen Swimmingpool. Ein Gärtner war gerade dabei, die Hecken zu stutzen. Das erinnerte ihn an Fola, und er drehte sich weg. In der Tür stand ein Houseboy mit seinem Koffer.

»Guten Abend, *Sa*«, sagte der Junge.

»Ich bin Kehinde«, entgegnete er

»Kehinde, *Sa*«, sagte der Junge. Verbeugte sich leicht. »Der Koffer.« Ehe Kehinde etwas sagen konnte, war er schon wieder weg. So war das hier: Leute erschienen in der Tür, verbeugten sich leicht mit gesenktem Blick, dann huschten sie davon. Sehr viele Bedienstete, mindestens zwanzig, für sie vier: Köche, Gärtner, Houseboys, Wachleute, alle männlich. Alle in weißen Hosen und weißem Hemd, ohne Schuhe, schlanke Jungen, ohne Namen, alle unter zwanzig Jahre alt, einer wie der andere, kaum zu unterschei-

441

den, sie kamen leise durch die Tür, brachten Essen und Getränke oder sonst irgendetwas und verschwanden blitzschnell wieder.

Er liegt da, wie erstarrt, und denkt an seine Schwester, eine Gestalt im Türrahmen, in dieser endlosen ersten Nacht, wie sie plötzlich im Mondlicht erschien, ihre Stimme ein Rettungsboot. »Kann ich hier schlafen, Kehinde?« Er hätte nein sagen sollen. »Es ist zu kalt in meinem Zimmer«, fügte sie hinzu. »Ich kann nicht schlafen.« »Ja, ich auch nicht«, sagte er, und sie kletterte in das Bett. In das andere, das bei der Tür, zu weit weg vom Fenster, zu heiß in dieser Nacht, mit der kaputten Klimaanlage. Eine Woche später wachte er auf, und da war sie zu ihm ins Bett gekrochen, ihre Füße bei seinem Kopfkissen: ein Junge und ein Mädchen, in dünnen Disney-Schlafsachen, zwei Kinder, die er seither nie mehr gesehen hat.

8

Fola liegt da und schaut im Dunkeln zu Sadie, die ganz leise schnarcht, als würde sie seufzen, auf der anderen Seite des riesigen Bettes, die Hände zu kleinen Fäusten geballt, wie immer, wenn sie schläft, eine lustige Gewohnheit, die sie seit dem Tag ihrer Geburt hat. *Lebendig, wenn auch nicht unbedingt in bester Verfassung*, denkt Fola mit gerunzelter Stirn, und plötzlich fragt sie sich, ob das eigentlich genügt?

Einer von sechsen lebt nicht mehr, und die vier Lebendigen sind wirklich nicht in bester Verfassung. Denn sie spürt es ja, sie *sieht* es, sie weiß es, es geht ihnen nicht gut.

Ein einzelnes Gefühl packte sie, ein neues, nicht viel anders als Panik oder das Gefühl zu ertrinken, es ist, als würde sie auf lauwarmem, flachem Wasser treiben – das Gesicht dem Himmel zugewandt, Arme und Beine ausgebreitet –, und plötzlich beginnt sie zu sinken, unerwartet, unwiderruflich, zu müde, um etwas dagegen zu tun, immer weiter abwärts, abwärts.

Sie richtet sich erschrocken auf, versucht, gleichmäßig zu atmen, damit sie Sadie nicht aufweckt, aber sie bekommt nicht richtig Luft. Also schlüpft sie aus dem Bett und huscht ins Bad, macht aber nicht das Licht an. Steht nur da, bis sie sich beruhigt hat. Sie dreht den Wasserhahn auf, ein kleines Stück nur, um sich das Gesicht zu befeuchten, tupft sich die Wangen mit einem Handtuch trocken. Als sie das Handtuch sinken lässt, sieht sie ihr Spiegelbild im Mondlicht und hält inne, beugt sich vor, um sich zu betrachten.

Ihr Gesicht.

Ziemlich schockiert von den großen, kantigen Zügen, irgendwie fremd, nach so vielen Jahren, die sie nicht in den Spiegel geschaut hat – sie trägt immer nur schnell rosafarbenen Lippenstift auf, wenn sie morgens losgeht, und ihre Haare andrückt, oben, hinten. Wie lang ist es her, seit sie dieses Gesicht genauer angesehen hat, die schroffe Form von Mund und Nase, die helle Haut, immer noch ohne Falten. Die großen Augen sind ihr vertraut – und doch anders. Sie beugt sich noch weiter vor und studiert ihre Augen.

Farbe und Form sind wie bei ihrem Vater (und bei Olu), aber etwas hat sich im Lauf der Jahre verändert. Sie ähneln den Augen ihres Vater mehr, als sie das früher bemerkt hat, oder mehr, als sie ihnen früher geähnelt haben. An ihren Vater denkt Fola immer seltener, wenn sie in den Spiegel schaut, hat deshalb kaum je die Gelegenheit, sich an sein Gesicht zu erinnern, es mit ihrem zu vergleichen, wie jetzt gerade. Seine Augen in ihrem Gesicht, wo sonst ihre eigenen waren. *Seine* Augen, mit dem leidvollen Schimmer und mit den Lachfalten, das sanfte Braun, noch sanfter geworden durch Trauer und Schmerz; das sind die Augen, die Fola im Spiegel sieht. Sie kann es kaum glauben, berührt das Glas. Ihres Vaters Augen glitzern in dem Licht, das vom Fenster hinter ihr kommt, funkeln von den aufsteigenden Tränen. Eine Träne läuft über ihre Wange, und Fola berührt sie, so wie man den Finger ausstreckt, wenn es anfängt zu regnen.

Auf Zehenspitzen geht sie vom Bad zurück ins Bett. Sie schlüpft wieder unter die Decke, liegt auf dem Rücken und legt die Hand auf den Bauch, spürt aber keine Bewegung. Sie weint, lautlos, bis der Tag anbricht.

Fünf

Nach dem Frühstück quetschen sie sich alle in Bensons SUV, jeder im Glaskasten seiner stummen Gedanken eingeschlossen, sieben Kästen, verriegelt, schalldicht und bruchsicher. Der achte Mann, der Fahrer, summt, anwesend, allein. Der Tag hat kühl begonnen, trügerisch mild, die Sonne ist noch von Wolken verhüllt, eine dicke blassgraue Schicht, dahinter grelles Licht, eine Bedrohung oder ein Versprechen. Eine leichte Brise raschelt in den Blättern, es ist noch nicht Mittagszeit. In dreißig Minuten etwa werden sich die Wolken teilen, die Blätter werden aufhören zu rascheln, die Luft wird stillstehen; die Sonne wird sich nicht mehr zurückhalten, sondern wird hervorkommen, und es wird schwül und drückend werden, unerträglich heiß. So ist das Wetter in Ghana im Dezember. Den Atem anhalten, bis die Welt ins Trudeln gerät, ein Pfad der Tränen bis Neujahr durch triefende Luftfeuchtigkeit, die schlimmste Hitze, dann die Erholung durch den Regen.

2

Eine Stunde außerhalb der Stadt: der Ozean.

Ohne Vorankündigung, ohne Ambition.

Einfach plötzlich *da*.

Sie sind die frisch geteerte Straße entlangge-
brettert bis zur Kreuzung, wo sie dann einen Hügel
hinauffahren, eine Straße, die auf beiden Seiten von
Wohnhäusern gesäumt ist. Die Hauptstraße vibriert
vom Mittagsverkehr, runde Frauen tragen Wasser
und Waren auf dem Kopf, dünne Kinder in dunkel-
brauner und helloranger Uniform traben zielstrebig
die Straße hinunter, um ein *tro-tro,* einen Kleinbus,
zu erwischen, der sie zum Mittagessen bringt. Die
Männer sind weniger sichtbar. Einige stehen an den
Türen, in locker sitzenden, verwaschenen Hosen
und Unterhemd, spähen nach draußen, mit zusammengekniffenen Augen, unentschlossen, während
Bensons Benz vorbeirauscht und Staub aufwirbelt.

Benson hat vorne neben dem Chauffeur Platz genommen, mit Strohhut und Ray-Ban-Sonnenbrille,
ein Safari-Reiseleiter. Ling, zwischen Fola und Olu,
wirkt angespannt. Sadie sitzt zwischen Taiwo und
Kehinde dahinter.

»Ich erinnere mich an diese Straße«, murmelt
Fola.

»Du warst hier?« Benson dreht sich zu Fola um,
und Olu weicht zurück.

446

»Nur einmal. Und zu spät.« Sie legt die Hand auf Olus Rücken. »Du warst auch dabei, Schatz.« Ein Zucken, oben rechts.

Der Wagen ist oben auf dem Hügel angekommen und fährt dann zum Wasser hinunter. Die Straße ist vom Ufer durch eine Wiese getrennt. Sie drehen alle die Köpfe und starren hinaus, so wie man das immer macht, wenn man den Ozean monatelang nicht gesehen hat und wieder schockiert ist von seiner unendlichen Weite. Selbst Sadie tut nicht mehr so, als schliefe sie gegen ihren Bruder gelehnt, richtet sich auf und schaut durch die Scheibe.

Es beginnt eine halbherzige Mauer aus Mörtel und Betonblöcken und hört immer wieder auf, mit riesigen Lücken zwischen den einzelnen Teilen, wie das Lächeln eines Sechsjährigen. Durch die Lücken kann man Ziegen sehen, die gemächlich Gras fressen, ohne jede Hektik, eine riesige Herde. Rechts von der Straße der steile Hügel, rote Erde, dicht bewachsen mit hohem grünem Gras und niedrigen Bäumen, links die flache Wiese, eine Meile breit, blühende Büsche, knorrige Kriechpflanzen, wildes Gras, das allmählich ausdünnt und in Sand übergeht. Dann der Strand. Er ist weiter weg, als man vom Auto aus denkt – man glaubt, man könnte einfach aus dem Wagen springen und in einer direkten Linie zum

Wasser rennen, wie ein kleines Kind die Klamotten ausziehen, die Schuhe wegkicken und im Laufen mit Freudenschreien die Freiheit begrüßen. In Wirklichkeit wäre es aber gar nicht so einfach, man müsste sich hier durch das Gestrüpp kämpfen; aber wenn man den Dorfrand erreicht, ist es leichter, weil da die Fischer einen Pfad durch das Gras getreten haben.

Aber trotzdem lockt das Wasser, das sich flach und endlos bis zum Horizont erstreckt, die gleiche düstere Farbe wie die Wolken am Himmel. Es ist nicht gerade der schönste Strand der Welt, aber trotzdem hat er etwas, eine Art Ruhe, die den Betrachter besänftigt. Palmen, die sich in einem Winkel von fünfundvierzig Grad nach vorne neigen, als würden sie ihre Haare über dem Sand ausschütteln. Lange Holzboote in spektakulären Farben, geschmückt mit Girlanden aus schwarzem Seegras sowie mit weißen, blauen und grünen Netzen. In der Ferne kann man drei Frauen erkennen, die immer weiter gehen, Babys in ihren *lappas*, barfuß, alle drei nebeneinander, mit einem Hauch von Patriotismus in ihren Gewändern, eines golddurchsetzt, eines rot, eines leuchtend smaragdgrün.

Benson spricht niemanden direkt an, als er mit betont munterer Stimme eine kleine Rede hält: »Als Kweku nach Ghana gezogen ist, bin ich mit ihm hierhergekommen, um einen kleinen Neffen zu behandeln, der sich das Bein gebrochen hatte. Damals habe ich den Sargschreiner dort kennengelernt, der offenbar auch der Dorfarzt ist. Die Ga glauben, dass ein Sarg das Leben der Person, die darin liegt, widerspiegeln soll. Das heißt, der Sarg eines Fischers kann zum Beispiel aussehen wie ein Fisch und bei einem Zimmermann wie ein Hammer, vermute ich, oder bei einer Frau mit Schuhtick kann er aussehen wie ein Schuh. Die Särge sind manchmal regelrechte Kunstwerke.«

Fola bestätigt, was er sagt: »Das stimmt.«

»Wie heißt die Stadt?«, erkundigt sich Olu. (Benson antwortet.) »Kokrobité«, wiederholt Olu. »Klingt japanisch.« Enttäuscht.

»Mich erinnert es an Jamaika«, murmelt Ling. »Ochos Rios.«

Andere Palette, denkt Kehinde. *Weniger Azurblau, mehr Rot.*

»Ein Dorf«, sagt Fola. »Es ist eigentlich keine Stadt, sondern ein Dorf.«

»Ich habe gar nicht gewusst, dass er am Meer aufgewachsen ist«, sagt Taiwo.

»Deshalb hatten wir immer ein Haus in der Nähe des Wassers. Der Hafen, der Fluss, in Brookline der See …« Fola verstummt, weil sie in der Ferne Bäume sieht. Die Boote gestrandet im Sand.

Alle schweigen wieder.

Die Straße führt mit Blick aufs Meer ins Dorf, wo man diesen Blick dann verliert – und mit ihm auch der Teer und die gerade Linie. Stattdessen wird aus der Straße ein unbefestigter, sich windender Weg, steinig und rau. Zwischen den Häusern hindurch. Die Häuser bestehen aus einem Raum, sind aus Holz, Backstein oder Beton, manche auch aus Lehm, meist mit Blechdächern, andere aus Stroh, Fenster ohne Glasscheiben, die Fensterläden aus Holz – zu einer Siedlung gruppiert, mit Wäscheleinen und einem Herd im Freien und Badekübeln und dazwischen Bäume. Über die Kübel gebeugt waschen Frauen Kleidung und kleine Kinder, die ihnen zuwinken, als sie vorbeifahren. Die Älteren sitzen im Schatten der Bäume vor uralten Fernsehern, im Halbkreis unter dem Blätterdach. Es gibt Friseure und Buden, wo man sich Zöpfe flechten lassen kann, gekennzeichnet mit großen Schildern, »Blood on the Cross Cut & Shave«, »Crown of Thorn Braids«, Hütten, in denen man Telefonkarten und Handyaufladekarten und Lebensmittel kaufen kann, die Ware gestapelt bis zur Decke, verschiedenfarbige Blöcke: gelb (Lipton, Maggi), grün (Milo, Wrigley), rot (Tomatenpaste, Corned Beef, Pulverkaffee).

Die Löcher in der Straße erschweren das Vorwärtskommen, wobei zwangsläufig der Eindruck entsteht, dass es am Fahrer liegt. Als der schließlich abrupt neben einem von einer Mauer umgebenen

Grundstück anhält, ein Rad in einer Vertiefung, also in Schieflage, da funkeln alle ihn böse an, ihnen ist übel, und sie kapieren nicht, dass er hier parkt und keineswegs aus Versehen im Graben gelandet ist. Benson dreht sich um, weil er etwas sagen will, verstummt jedoch, als er ihre Gesichter sieht. Was er über die Lippen bringt, ist nur ein stockendes: »Ja. Gut. Okay. Also dann.«

Die Luft wird stickig, weil das Fahrzeug hält. Offenbar ist der Augenblick gekommen, auf den sie gewartet haben. Fola legt die Hand auf Olus Knie, das aufhört zu wippen. Ling registriert diese Geste und registriert auch, dass Olu nicht zurückzuckt. Kehinde fragt Sadie mit stummen Lippenbewegungen: *Alles okay?* Sie nickt. Dann schaut er zu Taiwo hinüber, die aus dem Heckfenster starrt. Benson nimmt noch einmal Anlauf, setzt Sonnenbrille und Sonnenhut ab, und nun kommt aus seinem Mund ein nicht besonders munteres »Wir sind da.«

3

»Da« ist eine kleine Siedlung am Dorfrand, ein staubiges Grundstück mit neun Hütten und einem Baum in der Mitte, der genau zur Umgebung passt, dieselbe Art von Baum, wie man sie auf all diesen Plätzen vorfindet, massiv, uralt, grau, verdreht, der dicke Stamm eine kleine Festung, erhabene Wurzeln, die durch die harte rote Erde dringen, knorrige Äste, die sich gebieterisch horizontal ausbreiten und unterwegs Blätter auf die Dächer fallen lassen. Ein Koloss. Darunter stehen fünf niedrige Holzbänke, im Kreis, eine Art Treffpunkt. Um ihn herum bilden sechs Hütten drei Seiten eines Quadrats, ihre Eingangstüren offen, so dass man in dunkle, kahle Räume blicken kann; hinter diesen Hütten zwei weitere und noch weiter hinten die größte oder höchste, eine Lehmhütte mit einem riesigen Strohdach.

Der Fahrer hat in dem Graben beim Eingang gehalten, der markiert ist durch eine Öffnung in der Mauer aus zerbröckelndem rotem Backstein. Stumm steigen alle aus, zuerst Benson, dann Olu, dann die anderen. Sie beschatten die Augen mit den Händen. Eine korpulente Frau in einem traditionellen Gewand aus einfachem schwarzem Stoff erwartet sie. Ein Tuch aus dem gleichen Stoff hat sie um den Kopf geschlungen, mit einer Schleife vorne, die kurzen grauen Haare sind darunter verborgen. Ihre Haut ist so glatt, dass sie viel jünger sein könnte, aber ihre Haltung ist die einer Frau, die siebzig harte Jahre hinter sich hat, den Ellbogen auf der Mauer, den Kopf auf die Faust gestützt, die Hüfte vorgeschoben, die andere Hand auf der Hüfte, als würde sie versuchen, das ganze Gewicht ihrer Vergangenheit auf dieser müden Mauer abzuladen, wenigstens für ein paar Atemzüge.

Fola geht auf sie zu, mit ausgebreiteten Armen, liebenswürdig wie immer. »Shormeh«, ruft sie.

»Ich bin Naa.« Die Frau seufzt.

»Naa, entschuldige, ja, natürlich.« Fola lacht. »Es ist so lange her, lieber Gott.«

Naa lacht nicht. »Seid willkommen in Ghana.« Sie richtet sich langsam auf, indem sie den Kopf von der Faust nimmt und ihren Ellbogen von der Mauer und ihren Blick von Fola. Durch diese Veränderung ihrer Haltung wird sie auf Sadie aufmerksam, die am Rand der Gruppe steht.

4

Sadie spürt den Blick auf ihrem Gesicht, zusammen mit der Luftfeuchtigkeit. Ein Druck oder ein Magnet. Es zieht an ihren Augen, aber das Kinn will aus Gewohnheit nicht nach oben, sondern sinkt auf die Brust, während ihre Augen aufwärts wandern. Sie schaut den Leuten selten in die Augen, wenn sie ihnen gegenübersteht, Mund oder Hände sind ihr als Blickpunkt lieber – alles, nur um den potentiellen Beobachter abzulenken, um zu verhindern, dass sie selbst zu intensiv oder zu lang gemustert wird. Das tut sie jetzt auch. Sie steht ein kleines Stück hinter Taiwo, in der Haltung einer kaputten Puppe. Diese Haltung hat sie in der Highschool bis zur Perfektion eingeübt: Schultern nach vorn gebeugt und die Flipflops nach innen gedreht, ein Arrangement der Gliedmaßen, welches ein so enormes Unbehagen ausdrückt, dass sich ihr Gegenüber unweigerlich ebenfalls unwohl fühlt und nach ein, zwei Sekunden wegschaut. Gleichmütig oder an Unbehagen gewöhnt, schaut Naa sie unbeeindruckt an und zieht dadurch ihre Augen noch weiter nach oben – und fixiert sie: Und Sadie kann nicht wieder nach unten schauen, weil sie so erschrickt über die verblüffende Ähnlichkeit.

Sie könnte ihre Mutter sein, diese korpulente Naa, sie hat die gleichen schrägen Augen (»halb-chinesisch«, sagt Philae), die gleiche Statur, klein, robust, die gleichen mickrigen Augenbrauen, rundes Gesicht, abgerundete Nase. Die Launen der Gene. Dass von all seinen Kindern ausgerechnet sie diese Merkmale geerbt hat, sie, die am wenigsten Zeit mit ihrem Vater verbringen sollte und die seine charakteristischen Gesichtszüge so hasste. In *sein* Gesicht passten sie. Er sah gut aus, was ja bei einem Mann möglich war, ohne dass er hübsch sein musste. Mit einer Haut wie diese Naa oder wie Olu, so makellos. Ein klares Gesicht. Elegant.

Was bei ihr nicht der Fall war.

Philae bezeichnet sie gern als »natürliche Schönheit«, während Fola Formulierungen verwendet wie »Du wirst schon noch zur Geltung kommen« (in einem Tonfall, der sie an »Wir werden dein verborgenes Talent schon noch entdecken« erinnert). Aber Sadie weiß Bescheid. Sie ist nicht hübsch. Schluss, aus, Ende. Ihre Augen sind zu klein, und ihre Nase ist zu rund, und sie hat keine hohen Wangenknochen wie Taiwo oder Philae, auch keine langen, schlanken Gliedmaßen, kein fein geschnittenes Kinn, keine schmale Taille und kein vorstehendes Schlüsselbein. Sie ist einssechzig, robust, nicht dick, aber gedrungen, blasses Braun, weder groß noch klein, ohne Ecken und Kanten, sie sieht aus wie eine Puppe, aber wie eine Puppe, die sie als Kind nicht hätte haben wollen. Es lohnt sich nicht, Philae das alles zu erklären. Fola übrigens auch nicht. Die beiden würden sie sowieso nicht verstehen. Sie sind *hübsch*, ein Daseinszustand, den sie als selbstverständlich betrachten, weil sie ja nichts dafür können (Laune der Gene). Ihre Empathie ist begrenzt durch die Parameter ihrer Lebenswirklichkeit, das weiß Sadie. Sie können es sich gar nicht vorstellen, *nicht* hübsch zu sein. Ein bisschen ähnlich wie wenn eine Frau sich vorstellt, ein Mann zu sein – sie kann die Augen schließen und sich alles ausmalen – was immer »ein Mann sein« für sie bedeuten mag –, aber eigentlich kann sie sich gar nicht vorstellen, *keine Frau* zu sein, da kann sie auf nichts zurückgreifen, selbst wenn sie sich noch so bemüht. Genauso ist das Bewusstsein, die Vorstellungskraft der hübschen Frau beschränkt, weil sie keine Erfahrung damit hat, wie es ist, nicht gesehen zu werden. Meistens hat Sadie keine große Lust, die Gründe durchzugehen, weshalb die Welt sie nicht wahrnimmt. Das ist ihr alles zu klischiert, zu melodramatisch für ein Mädchen mit ihrem Sarkasmus und ihrem Bildungsniveau. Sie nimmt es hin, dass die Medien an ihrer Bulimie schuld sind und an ihrer stillen, anhaltenden Sehnsucht, als blondes Waisenkind wiedergeboren zu werden; sie kritisiert Photoshop leidenschaftlich als eine Bedrohung der öffentlichen Gesundheit; sie hat ihre Kindheitsvorliebe für weiße Barbiepuppen analysiert und abgelegt – und so weiter. Sie ist nicht dumm. Sie sieht alles ganz klar. Aber die Tatsache bleibt bestehen: Sie ist unsichtbar. Unhübsch.

Das Gefühl, angeschaut zu werden, ist neu und beunruhigend. »H-h-hallo«, stammelt Sadie verlegen, streckt die Hand aus.

Naa nimmt ihre Hand, runzelt die Stirn, drückt die Hand fest. »Ekua«, sagt sie.

»Ahm – ich bin Sadie.« Sadie lächelt, »Ich heiße Sadie. Schön, dass wir uns endlich kennenlernen.«

Aber Naa gibt nicht nach. »Ekua«, wiederholt sie. »Schwester Ekua. Das bist du.«

Sadie lacht jetzt nervös, kommt nicht mit. »Ich bin Sadie. Ekua – das ist mein zweiter Vorname. Ekua.«

Naa nickt. »Willkommen zurück!«

Sadie will erklären, dass sie noch nie in Ghana war, aber Naa wendet sich Olu zu und dann einem nach dem anderen. Eine zweite korpulente Frau in einem Kleid aus dem gleichen schlichten schwarzen Stoff und mit der entsprechenden Kopfbedeckung erscheint, sie bringt ein großes Plastiktablett mit lauter Flaschen: Cola, Fanta, Malta, Bitter Lemon.

Fola versucht es noch einmal: »Guten Tag, Shormeh.«

Diesmal stimmt es.

Die Erfrischungsgetränke werden verteilt, mit verschlossenem Blick und den passenden Höflichkeitsfloskeln. Man stellt sich gegenseitig vor, drückt sein Beileid aus. »Wir haben ein kleines Willkommensmahl vorbereitet«, sagt Shormeh. »Bitte, nehmt doch alle Platz.« Sie zeigt auf die im Kreis stehenden Bänke im Schatten.

Die Sonne hält sich nicht mehr zurück, sie ist hinter den Wolken hervorgekommen, und die Luft drückt die Arme der Gäste nach unten wie eine Hand. Sie sitzen mit ihren Getränken auf den Bänken und schwitzen leise vor sich hin. Eine kleine Versammlung hat sich um sie gebildet, alle wollen sehen, was los ist. Hauptsächlich Kinder. Sie kommen aus den bescheidenen Häusern, in verwaschenen amerikanischen Klamotten, ein wachsames Lächeln auf dem Gesicht. *Mädchen*, registriert Sadie, nachdem sie versucht hat, das Gefühl zu lokalisieren, warum ihr hier irgendetwas fehlt. Es sind lauter Mädchen.

»Wo sind die Jungen?«, fragt sie Fola, die neben ihr sitzt.

Fola antwortet mit einem trockenen Lachen: »Sie sind in der Schule.«

Wie zur Bestätigung stellen sich mehrere Mädchen, in blaue Batik gekleidet, säuberlich zwischen den Häusern und den Bänken auf. Drei Teenager mit großen Trommeln und in Tuniken gekleidet bauen sich neben den Mädchen im Schatten auf. Naa nimmt einen Plastikstuhl und nippt an einer Malta. Shormeh bleibt stehen, die Hand auf Naas Stuhl. Die Mädchen – sechs an der Zahl, die Jüngste etwa acht, die Älteste schon zwölf und mollig – schauen brav zu Shormeh, die ihnen zunickt. Ohne weitere Einleitung beginnt das Trommeln.

Ling fischt ihr Handy aus der Tasche und macht ein Foto. Sadie setzt sich ganz gerade hin, auf alles gefasst. Aber der Klang der Trommeln ist erstaunlich beruhigend, entspannt und ungezwungen, ganz im Gegensatz zu ihr. Sie hat sich noch nie besonders hingezogen gefühlt zu dieser Art von Musik, zu afrikanischen Trommeln, aber sie hat keine Ahnung, wieso eigentlich nicht: Ihre Reaktion jetzt ist sehr körperlich, sie spürt, wie ihr Herz langsamer schlägt oder jedenfalls geordneter, weil es sich dieser neuen Form von Rhythmus unterwirft. Erst da wird ihr bewusst, dass ihr Herz die ganze Zeit gehämmert hat, eigentlich seit sie von Folas Haus aufgebrochen sind, deshalb tut ihr jetzt alles weh, sie ist körperlich erschöpft, als hätte sie Sport gemacht, als wäre sie meilenweit gerannt. Mit den Trommeln wird das Hämmern stärker, aber gleichzeitig ruhiger, ihr Atem löst sich vom Tempo ihrer Gedanken und folgt stattdessen dem sich steigernden Rhythmus, der immer komplexer wird. Ein stellvertretender Herzschlag. Stärker, ruhiger und sicherer. *Warum höre ich nie solche Musik?*, fragte sie sich. *Warum genieße ich sie nie?* Die Musik ist herrlich. Sie übertönt alle Gedanken. Genauso einlullend wie Sitar und Flöte, was sie bei dem Jogakurs, zu dem sie mit Philae geht, immer im Hintergrund spielen. Man wird weggetragen. Einen Moment lang schließt Sadie die Augen, ihr ist schwindelig. Als sie die Augen wieder öffnet, sind die Mädchen näher gekommen, bewegen sich schneller.

Sie bewegen sich in einem Kreis, mit perfekter Präzision. Füße nach außen, Füße nach innen. Hüfte nach außen, Hüfte nach ihnen. Die Trommler wechseln den Takt, und die Mädchen verändern ihre Formation zu einem Halbkreis. Die Jüngste kommt nach vorn. Sie tanzt ein kleines Solo, dann geht sie wieder zurück in die Gruppe. Die Nächste kommt vor. Und so geht es weiter, eine nach der anderen. Andere Dorfbewohner sind gekommen, um die Darbietung zu sehen; sie klatschen für jedes der Mädchen. Die letzte Tänzerin, die Älteste, klein und rundlich, schiebt sich nun mit einem breiten Strahlen nach vorn, zur Freude der Zuschauer. *Sie sieht nicht aus wie eine Tänzerin*, denkt Sadie. Sie hat eine ähnliche Figur wie Sadie selbst. Oder wie Naa: Sie hat Substanz, ist kompakt, keine langen Tänzergliedmaßen, nicht geschmeidig-fließend, sondern eher massiv, dicke Arme, dicke Schenkel, ein hohes Hinterteil, breite Schultern, kleiner Busen, der gleiche robuste Körperbau wie ihrer. Den sie hasst. Es erschreckt sie, dass sie so gnadenlos über eine andere Frau, über diese Tänzerin denken kann, so grausam, aber der Gedanke kommt wieder. *Ich hasse diesen Körper*, denkt sie, während sie dem Mädchen zuschaut, *ich hasse diesen Körper, er ist hässlich. Ich hasse es, wie er aussieht.*

Da.

Ganz einfach.

Dieser Körper ist hässlich.

Schluss mit dem netten »un-hübsch«, Schluss mit ihrem Gesicht. Es ist der Körper, den sie hasst, wenn sie es sich richtig überlegt. Der Körper ist es, durch den sie sich von den anderen unterscheidet. Es ist viel leichter, dies bei dieser rundlichen Tänzerin zu sehen und es auszusprechen, denkt Sadie, als es über sich selbst zu sagen, wenn sie sich im Spiegel sieht, wenn sie sich hier neben ihren Geschwistern sieht. Ihr Körper ist der Grund, weshalb man sie nicht sehen kann. Sie mustert die Tänzerin mit einer gewissen Traurigkeit, die ihnen beiden gilt, einer Traurigkeit, die durch die Akzeptanz gemildert wird. Sadie bereitet sich auf das Solo des Mädchens vor und verschränkt die Arme vor der Brust mit einem mitleidigen Lächeln.

Komisch, wie so was läuft.

Das Mädchen beginnt sein Solo. Fast ungeschickt zuerst, irgendwie ruckartig. Steife Bewegungen. Die Zuschauer fangen an zu klatschen, und Sadie lacht leise. Verdacht bestätigt. *Ein hässlicher Körper kann nicht tanzen.* Aber das Mädchen strahlt immer noch, die schmalen Augen funkeln, vielleicht lacht sie auch über das Spiel der Gene. Sie schwenkt die Hüften nach rechts, dann nach links. Blickt direkt zu Sadie, winkt mit der Hand, dann legt sie los.

Unfassbar, unbeschreiblich, wie dieses Mädchen sich bewegt. Virtuos, ohne Mühe, ohne Brüche, sie vollführt eine Unzahl winziger Bewegungen mit Schenkeln, Füßen und Rumpf, passend zu Synkopen, die nur sie hört, passend zu den Trommeln. Ein Strom. Runder Körper, elektrisch. Die Zuschauer jubeln wie wild, während sie mit den Hüften wirbelt, bis eine der Trommeln *klack!* macht und das Mädchen vor Sadie stehen bleibt, die rechte Hand ausgestreckt, einen Fuß vom Boden gelöst.

Sadie starrt sie an, mit offenem Mund und angehaltenem Atem, und versteht nicht, was die Geste bedeutet. Die Trommler trommeln wieder weiter, das Mädchen wirbelt wieder herum, die Leute klatschen wieder – dann *klack!* Und sie bleibt erneut stehen. Die Hand nach Sadie ausgestreckt.

Sadie dreht sich zu Fola. »W-w-will sie Geld?«

»Sie will, dass du mit ihr tanzt.«

»*Bra, bra, bra*«, macht das Mädchen, die Handflächen nach oben gedreht. »Bitte, *sis-taa*, komm. Komm tanzen, ich bitte.« Sie nimmt Sadies Hand, macht einen kleinen Schritt zurück, so dass Sadie sich vorbeugt und schließlich von der Bank erhebt. Die Leute klatschen begeistert über diese neue Entwicklung. Sadie wird verlegen, schüttelt den Kopf. »Nein, das kann ich nicht.« Sie ist kurz davor, in Tränen auszubrechen, spürt, wie es immer schlimmer wird, Knoten in ihrem Magen, aufsteigende Galle. Sie geht einen Schritt zurück, aber das Mädchen zieht sie mit sich, und sich loszureißen, wagt Sadie nicht. Ihre Geschwister beobachten sie mit einer Mischung aus Sorge und Ermutigung, mit großen Augen und lächelnden Mündern, als würden sie einem Baby zuschauen, das gerade laufen lernt, bereit, sofort zu Hilfe zu eilen, wenn sie hinfällt.

Aber sie fällt nicht hin.

Wenn sie später darüber reden, werden sie sagen: Ein Mädchen ist auf Sadie zugegangen und hat sie von ihrer Bank geholt, ihr kurz die Grundschritte beigebracht, die Sadie ein paarmal wiederholte, die Trommler fühlten sich angespornt und trommelten ein bisschen schneller, Sadie machte zum Entzücken der Zuschauer den Rhythmus mit, und ehe man sich's versah, tanzte sie auf dem Platz, als wenn sie seit ihrer Geburt nichts anderes getan hätte, als traditionellen Ga-Tanz zu tanzen. Niemand wird je wissen, was Sadie in diesem Augenblick gepackt hat, nicht einmal Sadie selbst, als die hartnäckige Tänzerin sie am Ellbogen fasst und mit einem leichten Zerren wiederholt: »Bitte, *sis-taa*, bitte komm.« Sie zieht Sadie weg von den Bänken. »So geht's«, sagt sie und führt ihr die Schritte vor, eins, zwei. Sadie hat Tränen in den Augen, und die Tränen werden fallen, auch wenn sie selbst nicht fällt, also starrt sie auf den Boden, auf die kleinen nackten Füße des Mädchens, eins zwei, eins zwei, eins zwei, eins zwei. Ein Stellvertreter-Herzschlag. Ruhiger und sicherer. Sie macht ein paar Schritte. Hört den Beifall der Zuschauer. Ihr wird heiß, es ist so peinlich. Zu spät, um sich wieder hinzusetzen. Sie heftet den Blick auf den Boden, auf ihre Füße, befiehlt ihnen, sich zu bewegen. Die Füße gehorchen, verblüffend, sie bewegen sich von links nach rechts. Das Mädchen ruft: »*Ehn-hehn!*«, stolz auf ihre Schülerin. Sadie schaut jetzt hoch, während sie sich bewegt. »Ja? So?« Mehr Bewegung. Mehr Beifall. Mitreißend, der Trommelrhythmus. Spannung im Bauch. Die in die Oberschenkel übergeht. Dann in die Knie, die Waden, das Schienbein, die Füße. Sie traut sich nicht aufzuhören, also macht sie weiter. Beginnt zu tanzen. Zuerst ganz langsam, die Augen auf die Füße des Mädchens gerichtet, denen sie mühelos folgt – dann ein Funke, etwas klickt, eine innere Logik setzt ein, eine Fremde in ihr, die weiß, was zu tun ist, die diese Musik kennt, diese Schritte, diesen Rhythmus, ihr Körper lockert sich, die Augen immer noch auf die Füße gerichtet, sie bewegt sich, ohne sich umzusehen, sie hat Angst aufzuhören, Angst, die jubelnden Zuschauer anzusehen, sie bewegt sich, sie schwitzt, sie weint (*ich tanze*, denkt sie ungläubig), kann nicht aufhören, der Bauch angespannt, ihre Schenkel brennen, die Augenlider werden schlaff. Hüften kreisen, Schultern bewegen sich auf und ab, im Kreis, Fuß nach außen, Fuß nach innen, sie ist außerhalb ihres Körpers oder tief in ihm drin, sie registriert nichts, weder ihre Umgebung noch ihre Haut noch die Augen noch die Zuschauer, sie spürt nur den Rhythmus, spürt nur die Trommeln.

Klack!

Das Trommeln hört auf. Sadie hört auf. Verschwitzt, atemlos. Die kleine Versammlung hört auf zu klatschen und schaut auf sie. Einen Moment ist alles still, dann Olu: »Auf geht's, Sadie!« Mit der ganzen Wucht seines Baritons. Die Kinder klatschen und jubeln wieder auf Ga, die rundliche Tänzerin ruft: »*My siiis-ta!*« Die Leute machen Fotos mit ihren Handys. Fola springt von der Bank auf, um Sadie zu umarmen, als hätte sie gerade einen Wettlauf gewonnen. »Mein Gott!«, ruft sie lachend und nimmt Sadies Stirn zwischen beide Hände. »Meine Tochter ist eine Tänzerin, *ehn*?« Küsst ihre Zöpfchen. Sadie wird mit etwas Verspätung plötzlich ganz verlegen, nachdem sie jetzt aufgehört hat, sie spürt die warmen Blicke, erlaubt ihrer Mutter, sie zu umarmen, und ihr Herz hämmert wie verrückt, und es hämmert, unter anderem, vor Freude.

5

Aber als sie Sadie im Moment ihres Triumphs sieht und dass Fola sie umarmt, wie schon auf dem Flughafen (strahlendes-Lächeln-unter-Tränen, Gesicht an die Brust gedrückt, die ganze Nummer), überkommt Taiwo ein ganz schreckliches Gefühl. Wut. Sie bemüht sich schon den ganzen Vormittag, sich an das Drehbuch zu halten, ein ernstes Gesicht zu machen, interessiert zu klingen, sich ohne Klagen den Schweiß abzutupfen – ihr Versuch, sich zivilisiert zu verhalten, was die anderen für eingeschnappt halten, weil sie ja ihr Schweigen, ihre mürrische Stimmung gewohnt sind. Das ist die Rolle, die ihr von Anfang an zugewiesen wird in dem Stück, so wie Olu für Ordnung sorgen und Kehinde alle besänftigen muss und Sadie beim geringsten Anlass in Tränen ausbrechen und ihre Mutter über alles hinwegsehen muss:

Taiwo ist schlecht gelaunt. Davon gehen alle aus, das erwarten alle von ihr, und wenn sie damit aufhören würde, würde es ihnen fehlen. Niemand macht sich deswegen Gedanken oder fragt sie, was los ist, ob etwas nicht stimmt. *So ist sie halt*, sagen sie mit ihren Blicken, wenn sie glauben, sie merkt es nicht. Mit hochgezogenen Augenbrauen und einem Achselzucken.

Inzwischen glaubt sie ja selbst schon, dass sie immer so war, dass sie »ein schwieriges Kind« war und immer schwierig sein wird. *Und dass man sie, wenn sie nur nicht so kompliziert wäre, auch in den Arm nehmen würde,* denkt sie plötzlich, als sie Fola und Sadie beobachtet. Ihre Mutter nimmt sie nie in den Arm, und das tut weh. Wenn ihr etwas fehlt, kommt Fola nicht gleich beim ersten Anzeichen sofort zu ihr gelaufen. Dieses Privileg ist für Sadie reserviert, die viel süßer ist, weinerlich und niedlich wie eine Puppe, wie etwas, das man an sich drückt. Zum Beispiel gestern am Esstisch, als Fola sie nur angestarrt hat, als sie zu weinen anfing. Wäre sie Sadie gewesen, hätte Fola sie umarmt, so wie jetzt, das weiß Taiwo. Aber stattdessen hat sie nur zugeschaut, wie ihre Tochter wegging.

Rasende Wut, aus dem Nichts. Sie schaut ihre Mutter an und spürt, wie die Wut in ihr aufsteigt, quälend und gleichzeitig peinlich, dass das ausgerechnet jetzt passiert, während die anderen lachen und ihre Trauer einen Moment beiseiteschieben, um Sadie zu feiern, kleine Sadie, süße Sadie, saubere Sadie, reine Sadie, niedlich wie ein Baby, das man einfach nur knuddeln will. Aus dem Nichts packt sie eine Wut jenseits aller Vernunft. Ihr Körper beginnt zu zittern und sich ohne Anweisung zu bewegen. Beben, brennen, aufstehen, weggehen. Ohne zu überlegen, ohne ein Wort zu sagen, geht sie. Die anderen merken gar nicht, dass sie verschwindet, sie machen Fotos, die Kinder plappern, die älteren Frauen interessiert es sowieso nicht. Nur Kehinde steht besorgt auf. »Wo gehst du hin?«, murmelt er. Sie antwortet: »Aufs Klo«, und er fragt nicht weiter.

Sie hat nicht die geringste Ahnung, wo sie hingeht. Sie durchquert den Eingang der Siedlung, geht an der Mauer entlang, sieht den Fahrer beim Auto stehen, wechselt die Richtung, aus dem Dorf hinaus, die dunkelrote Sandstraße hinunter. Die Wut treibt sie weiter, es ist dieses Brodeln in ihrem Inneren, das ihre Schritte beschleunigen lässt und ihr Denken blockiert. Sie sieht nur noch eines vor sich, nämlich wie ihre Mutter Sadie umarmt, und sie kann nur einen Gedanken denken: *Aber nicht mich*. Raserei und Selbstmitleid und Scham wegen des Selbstmitleids. Feuer in den Beinen. Schneller, immer weiter, gehetzt – bis sie, fast schon laufend, den Dorfrand erreicht, und als sie sich umschaut, stellt sie fest, dass sie einen kleinen freien Platz erreicht hat. Hier verbauen keine Häuser mehr den Blick auf den Ozean, es winkt der Sand, offen, wie eine Antwort.

Der Strand ist fast leer, die Sonne schon beinahe im Zenith. Vier kleine Jungen spielen Fußball ohne Schuhe und grinsen Taiwo freundlich zu, als sie zwischen den Palmen auftaucht, hören aber nicht auf, den Ball zu treten und sich auf Ga zu unterhalten. Taiwo zieht ihre Flipflops aus und stapft durch den Sand, der hart ist, weißlich-grau, glühend heiß um diese Tageszeit; sie spürt, wie sich ihre Wut abkühlt durch die frische, feuchtere Luft, durch den Salzgeschmack und die Meeresbrise und das Rauschen der Wellen. Sie geht weiter, weg von den Jungen und ihrem Gelächter, ihre Gedanken setzen immer noch nicht ein, sie keucht nur und ist jetzt schweißgebadet.

Etwa eine halbe Meile vor ihr steht ein Gebäude aus der Kolonialzeit, das aussieht, als wäre es früher einmal ein grandioses Strandhaus gewesen, mit Terrassen und Säulen, nun gnadenlos der Sonne ausgeliefert. Ein paar Meilen weiter beginnt das nächste Dorf. Irgendwo in ihrem Kopf meldet sich ein Fluchtgedanke – immer weiterlaufen bis ans Ende dieses Strandes –, doch das Gebäude, das da so düster vor ihr steht, lenkt sie ab. In seinem Schatten verfärbt sich der Sand braun. Sie muss an das Haus denken, das sie gehasst hat, die gleiche mürrische

Stimmung, die Geister anderer Familien, fremder Menschen, längst toter Europäer, hier nun an einem Strand mit Booten und Palmen und ein paar strohgedeckten Hütten, die jemand im Schatten gebaut hat. Taiwo bleibt stehen und betrachtet das Gebäude. Es wirkt deplatziert in dieser Umgebung, so wie sie sich immer gefühlt haben, eine afrikanische Familie in Brookline, wie *sie* sich immer gefühlt hat in jenem Schlafzimmer, wo die Gespenster sich mehr zu Hause fühlten als sie selbst. Und dann lacht sie.

Das Sichtbare ist lächerlich: dieses Haus an einem Strand bei einem Dorf in Ghana, das Heim irgendeiner weißen Familie, die Farbe abgeblättert und die Fensterhöhlen leer, aber es ist *hier*, immer noch dominant und Achtung gebietend. Sie lacht beim Gedanken an ihren Vater. Ein kleiner Junge hier am Strand, der zu diesem Haus emporblickt und denkt, eines Tages wird er ein Haus haben, das genauso groß ist, so dominant. Der denkt, eines Tages wird er ein eigenes Stück Land erobern. *Was er ja auch getan hat*, denkt sie lachend – dieses Grundstück in Brookline, auf dem ein ebenso freudloses Haus stand, ein »Zuhause«, ausgedacht von den gleichen rosagesichtigen Briten, die auch dieses Ding hier am Strand hätten entwerfen können, schwerfällig, ein Fels, ein Manifest – *aber ohne die Unbeweglichkeit*, ohne die Aura der Dominanz, des Selbstvertrauens und der Dauerhaftigkeit. Er hat neues Land erobert, und er hat ein Heim gegründet, aber seine Scham war zu groß, und seine Eroberung wurde verkauft. Wahrscheinlich sogar *zurück*verkauft an eine nette rosagesichtige Familie, Nachkommen der Pilgerväter, die sich besser auskannten mit Dominanz. Dem neuen Jungen weggenommen, den Einheimischen zurückgegeben, den Cabots oder Gardeners oder Pallys, nicht den Sais. *Armer kleiner Junge*, der an diesem Strand herumgelaufen ist und von einer neuen Heimat und von grandiosen Häusern geträumt hat, denkt sie, mit aufgeplatzten Füßen und Fußsohlen, die sich schwarz verfärbten. Der seinen Irrtum nie erkannte (sie hätte es ihm gesagt, wenn sie die Möglichkeit dazu gehabt hätte): dass er nämlich nie ein Zuhause finden würde, jedenfalls kein Zuhause, das Bestand habe würde. Jemand, der Scham empfindet, fühlt sich nie zu Hause, wird sich nie zu Hause fühlen. Sie lacht beim Gedanken an diesen Jungen hier am Strand und lacht noch lauter beim Gedanken an das Haus, das er gekauft hat, aber am lautesten lacht sie, als sie an sich selbst in diesem Haus denkt, zwölf Jahre alt, noch ein Mädchen, noch erfüllt vom Glauben an ein Zuhause.

Das Übliche passiert:

Sie lacht, bis ihr vor Lachen die Tränen kommen, und dann weint sie, ohne zu lachen, weint nur noch und setzt sich hin. Da, wo sie gerade steht. Sie lässt ihre Tasche fallen, läuft nicht weiter, hat kein Ziel, ist ja fremd hier. Hätte sie noch einen Funken Energie, würde sie wahrscheinlich trotzdem weiterlaufen, würde anfangen zu rennen, in der Erwartung (Hoffnung), dass irgendjemand (ein Mann) ihr folgt – aber sie kann es nicht, ist zu müde, Beine, Körper. Etwas sickert heraus aus dem Zentrum, eine letzte Festung bricht zusammen in ihrem Inneren. Da sitzt sie nun. In der Sonne, auf dem Sand, schwitzend, weinend. So wie man am Strand sitzt. Aber ohne den Pullover des Liebhabers.

Sie kramt in der Tasche nach ihren American Spirits, zündet sich eine an, raucht sie schnell. Kleine, zitterige Bewegungen. Sie presst die Knie gegen die Brust, um Nähe zu spüren, überwältigt von einem Schmerz, den sie sich nicht richtig erklären kann. Das letzte Mal, dass sie sich so gefühlt hat, war in Boston um Mitternacht, ihr Vater zusammengesunken auf der Couch in seinem OP-Kittel. Das Gefühl, dass die Welt zu offen ist, weit offen, ein Ozean, und ihr Schiff sinkt langsam, nach unten gedrückt von der Scham. Nicht geahnt hat sie damals, dass Fola diejenige sein wird, die alle Stricke durchschneidet und die Rettungsboote losmacht. Oder dass es Fola sein *könnte*. Nicht ein Vater, sondern eine Mutter. Was sie nicht gewusst hat, war, dass Mütter Verrat üben können.

Und so kommt es dann.

Der Gedanke, den sie nie gedacht hat.

Der Gedanke tritt endlich ins Licht, nachdem er viele Jahre am Rand des Bewusstseins zugebracht hat, ein Schatten, der nur ab und zu aufgetaucht ist, um sich sofort wieder zu verstecken, sobald sie sich ihm zuwendet. Dr. Hass sieht es falsch, das denkt sie schon seit einer ganzen Weile: Es ist nicht der Vater. Oder jedenfalls nicht er allein. Es war Fola, die sie und Kehinde in dem Sommer zu Femi geschickt hat, wie zwei gemästete Kälber zum Altar. Nicht er. Wie konnte sie das übersehen? Der Ursprung ihrer Wut, dieser Wut ohne Namen: dass Fola sie weggeschickt hat, dass Fola sie nach Lagos transportieren ließ, obwohl sie es hätte wissen müssen, obwohl sie *garantiert* irgendwie wusste, was passieren würde, sie wusste, wer er war, ihr eigener Bruder, ihre eigene Familie. Wegen der Schulgebühren. Der Gedanke ist da. Dass Mütter Verrat üben. Und was geschieht mit Töchtern, die von ihren Müttern verraten werden? *Sie werden nicht so knuddelig wie Sadie*, denkt Taiwo. Sie werden nicht kicherig und bezaubernd wie Ling. Sie bekommen einen Panzer. Werden hart. Sie hören auf, Mädchen zu sein. Obwohl sie aussehen wie Mädchen und sich wie Mädchen benehmen und wie Mädchen flirten und wie Mädchen küssen – aber in Wirklichkeit sind sie Generäle, Befehlshaber im Krieg, die beim ersten Tageslicht aufbrechen, um weiteren Angriffen zuvorzukommen. Mit einer Armee hinter sich, ihre Talente sind ihre Reiterschwadrone, alles wird in die Schlacht geschickt, ihre Intelligenz und Schönheit und was sie sonst noch zur Verfügung haben, um die Burg einzunehmen, um die Ehre wiederherzustellen. Natürlich funktioniert das nicht. Denn auf der Suche nach der Sicherheit, die sie verloren haben, brennen sie das Dorf ab, jedes Mal, das weiß Taiwo. Am Ende sind sie einsam. Begehrt und bewundert und allein in ihrem Zelt, wo sie die ganze Nacht weinen. Am Morgen reiten sie los. Die Jungen sehen sie kommen und denken: Mann, was für ein geniales Mädchen. Herzen werden gebrochen, Blut wird vergossen. Sie reiten weiter, sinnen auf Rache. Es ist eine seltsame Verdrehung im Handlungsschema, dass die Rache, die sie suchen, die Liebe eines mutterähnlichen Geliebten ist, der sie nicht verraten wird. Bei dem Gedanken lacht sie wieder. Ihr Liebhaber, sein Schal und seine Jogginghose, sein mütterliches Lächeln. Und seine Frau und seine Kinder. Der Verrat schon mit eingeplant. Alles steht von vornherein fest. »Marissa, vielen Dank.« *Ende der Szene*.

Sie starrt auf das Wasser, ihr Blick verschwommen, weil sie alles so deutlich sieht, und sie weiß nicht, was sie jetzt tun oder denken soll. (Als sie das erste Mal etwas hört, dringt ihr Name nicht bis zu ihr durch.) Sie zündet sich noch eine Zigarette an. Sie raucht diese eine langsam. Die Sonne brennt auf Schultern und Rücken, was eine Art Trost ist, eine Erinnerung an ihre Haut, eine Erinnerung daran, dass es auch Schmerzen in einer anderen Dimension gibt, außerhalb ihres Inneren, außerhalb dieses Leids. Sie legt sich auf den Rücken, und der Sand ist feuchter, als sie gedacht hat, während sie aufrecht saß, eine angenehme Überraschung. Sie streckt die Zehen in Richtung Wasser, aber um diese Uhrzeit kommen die Wellen nicht so weit. Und da liegt sie und raucht, ihre Locken voller Sand. Wieder hört sie etwas.

Jemand ruft ihren Namen.

»Taiwo«, und noch einmal, von weit weg, aber beharrlich: »*Tai*-wo!«

Sie richtet sich auf.

Sieht ihre Mutter.

Fola, wie herbeigezaubert, ruft: »Schätzchen!« Und kommt zu ihr gelaufen. Die kleinen Jungen zeigen in Taiwos Richtung, Informanten. Aufgeregt kommt Fola aus dem Nichts auf sie zugerannt, ihre weißen Leinenhosen bauschen sich, sie gestikuliert. (Fehlen nur noch die Fackeln.) »Kehinde hat gesagt, du bist auf dem Klo, aber da habe ich dich nicht gefunden. Der Fahrer sagt, er hat gesehen, dass du zum Strand gehst. Was ist passiert, mein Schatz?«, sagt sie, kommt immer näher. »Bist du verletzt? Kannst du aufstehen?« Sie hat Taiwo erreicht und kniet neben ihr nieder.

Vielleicht ist es die Nähe, die Taiwo durchdrehen

lässt, die Tatsache, dass Fola nach all den Jahren so dicht bei ihr ist? Irgendetwas. Sie rastet aus, springt auf, Fola erschrickt und weicht zurück. »OB ICH VERLETZT BIN?«, schreit Taiwo. Es ist fast so, als wenn irgendwo ein Faden heraushängt und man daran zieht oder er sich irgendwo verheddert und alles sich aufdröselt. Sie lacht und weint und schreit. »Was passiert ist, willst du wissen? Mom, was hast du denn erwartet, dass uns passieren würde?« Und weil Fola völlig verdutzt ist, ruft Taiwo höhnisch: »Ich kann dir sagen, was passiert ist, aber klar.« Obwohl sie versprochen hat, es nie zu erzählen, und sich jahrelang an dieses Versprechen gehalten hat, obwohl sie sich den Moment nie so vorgestellt hat (leerer Strand bei Tage, kleine Jungen, die in der Ferne rumstehen und herüberglotzen), erzählt sie, ohne Pause, wie es passiert ist, wie es anfing:

dass sie beide in dem zweiten Zimmer geschlafen haben, das Kehinde zugewiesen worden war, mit zwei quietschenden Einzelbetten, weil ihr eigenes Zimmer zu groß und zu kalt war mit der Klimaanlage, die sie nicht abstellen konnte (sie war zu hoch angebracht), während bei ihm die Anlage nicht funktionierte. In der ersten Nacht kam sie im Nachthemd an seine Tür. »Kann ich hier schlafen, Kehinde?« Ihr Bruder sagte ja.

Zuerst schlief sie in dem Bett bei der Tür und

Kehinde im anderen, aber das Zimmer war zu heiß, wenn man nicht direkt beim Fenster schlief, also teilten sie sich nach einer Woche einfach das Bett am Fenster, Kopf bei den Füßen, Füße beim Kopf, wie Sardinen in der Dose, die Laken weggestrampelt. Aus Angst, Onkel Femi könnte sie ertappen und ausschimpfen, schlich sie immer vor Sonnenaufgang über den Flur zurück in ihr Zimmer, aber nach zwei Wochen nicht mehr. Sie hatten den Onkel seit ihrer Ankunft in Nigeria erst zweimal gesehen, um die Mittagszeit, bei luxuriösen Sonntagsmahlzeiten, die er für seine Freunde gab. Den Rest der Zeit war er abwesend, hielt sich immer nur im vierten Stock auf, ganz oben, in Räumen, die man nur mit dem Aufzug erreichen konnte, für den man einen Code brauchte, den die Zwillinge nicht kannten, eine unsichtbare Welt. Sie hörten die verschiedenen Gäste kommen und gehen, die Gäste fuhren hoch und wieder hinunter, Musik wurde gespielt, zu jeder Tages- und Nachtzeit, samstags immer lärmende Partys, Frauengelächter, splitterndes Glas, gedämpfte Rufe, Niké, die schrie – aber die Zwillinge gingen nie nach oben.

Sie lebten im zweiten Stock wie zwei (reiche) Waisenkinder, versorgt von Onkel Femis zahlreichen männlichen Bediensteten. Die Houseboys weckten sie morgens und legten die Schuluniformen bereit. Die Köche servierten ihnen das Essen. Die Fahrer kutschierten sie in die Schule. Dort verbrachten sie den ganzen Tag und kamen zum Abendessen wieder zurück. Sie aßen zu zweit, machten ihre Hausaufgaben, gingen ins Bett. Sardinen in einer Dose, beim Fenster wegen der Luft, und sie erzählten sich Geschichten aus Boston, meistens ging es um Schnee, als könnte die Erinnerung an die Kälte bewirken, dass sie diese tatsächlich spürten und die stickige Luft nicht mehr so auf ihre Haut presste. Tante Niké erschien immer abends nach dem Essen, um ihnen noch einmal das Fahrstuhl-Verbot einzuschärfen und um nachzusehen, ob sie nicht vielleicht tagsüber tot umgefallen waren. Oft beschwerte sie sich auch über Femi und fuhr dann nach oben. Kehinde und sie schlossen an der American International School mit niemandem Freundschaft, ihre Mitschüler fanden sie arrogant, weil sie arrogant aussahen. Also waren sie größtenteils aufeinander angewiesen, aßen, schliefen, machten Hausaufgaben, sahen fern, hörten Kassetten, gingen schwimmen, wurden mit dem Auto herumchauffiert.

Wenn sie mit Fola redeten, immer am Wochenende (*ein* Telefonanruf wurde ihnen genehmigt, fünf Minuten für jeden), sagten sie, es gehe ihnen gut, damit sie sich keine Sorgen machte. Am Anfang waren sie ja auch nicht traurig. Sie waren nur allein. Sie wussten, dass irgendetwas im Haus nicht stimmte. Dauernd kamen und gingen Leute, zu allen möglichen Tages- und Nachtzeiten, sie sprachen Yoruba und Arabisch und Englisch und Pidgin-Englisch; an den Wochenenden konnte man von ihrem Zimmerfenster aus die Besucher beim Swimmingpool sehen. Die Mädchen stolzierten in Leopardenklamotten und dicken Pelzjacken herum, in Stilettos und mit Perücken, neben ihnen lungerten fette Männer und außerdem haufenweise junge Typen, alle schlank und gutaussehend, mit dunklen, hungrigen Augen – aber die Zwillinge stellten keine Fragen. Es schien sich nicht zu lohnen. Sie machten, was man ihnen sagte, und blieben für sich. Drei Monate ging das so, sechs Monate, neun. Plötzlich kam der Sommer, mit kühlerer, trockenerer Luft, dann das Ende des Schuljahrs, ein Programmwechsel, durch den jetzt in der Tagesmitte für sie eine Leere entstand.

Wie sich alles änderte:

an einem Vormittag. Tante Niké, ohne Vorwarnung. Erschien in der Küche, als sie gerade Platz nahmen, um zu frühstücken. Es war das erste Mal, dass sie ihre Tante morgens zu Gesicht bekamen, ohne Verkleidung, ohne Schminke und Perücke, einen Seidenschal um den Kopf gewickelt. Taiwo blickte von ihren Frühstücksflocken auf und verschluckte sich fast, weil der Anblick sie so erschreckte.

Die Frau sah aus wie ein Gespenst. Mit ihrer komisch beige-grauen Haut und den kleinen leeren Augen, ein weißes Laken in der Hand. Ein Gespenst, das lachte. »Da staunt ihr, dass ihr mich hier seht, *ehn*? Ihr denkt, dass wir gar nicht hier wohnen? Ihr denkt, ihr könnt hier machen, was ihr wollt?« Sie lachte ganz leise, wie immer, wenn sie sauer war, und ihr Finger stach in die Luft wie eine Schlangenzunge. Diese Nummer hatten die Zwillinge schon öfter beobachtet, wenn Niké die Houseboys draußen ausschimpfte: die gemäßigte Einleitung (leises Lachen oder geflüsterter Spott), bei entscheidenden Punkten der stechende Finger, dann eine allmähliche Steigerung der Lautstärke, verbunden mit rhetorischen Fragen (»ihr denkt, wir wohnen nicht hier?«), die Verwendung der Formel »mein Freund«, schließlich der Höhepunkt, das Geschrei, die Beschwörung der Bibel, ein melodramatisches Finale, der Tonfall wie bei Shakespeare. Immer wirres Zeug von Ehre und Gerechtigkeit und solche Sachen, bevor Niké dann auf den entsprechenden Houseboy einschlug, eine brutale Aktion. Taiwo hatte den Eindruck, dass es Nigerianern Spaß machte, wütend zu werden, dass sie aus Konflikten ein gewisses Vergnügen zogen, eine körperliche Befriedigung. Sie beobachtete die Leute auf dem Markt, in der Schule – ihre Augen funkelten vor Vergnügen, während sie schrien und sich die Haare rauften. Es fiel schwer, so ein Verhalten ernst zu nehmen. Jetzt hörte sie, was Tante Niké sagte, aber nur mit einem halben Ohr, während sie sorgfältig ihre Weetabix in der Milch zerdrückte.

Erst als sie anfing zu schreien »Das ist widerlich!«, blickte sie von ihrer Schüssel hoch.

»Es ist widerlich, was ihr getan habt!« Mit einer dramatischen Geste schüttelte Niké das Laken aus, ein weißes Laken mit einem kleinen rötlichen Fleck. Verwirrt starrten Taiwo und Kehinde darauf. Niké zeterte weiter: »Ich weiß, was ihr getan habt! Die Houseboys haben mir gesagt, dass ihr in einem Zimmer schlaft, und jetzt können wir ja sehen, was ihr da drin anstellt, *ehn*?« Sie zeigte auf Kehinde, die Augen zusammengekniffen. »Sie ist deine *Schwester*. Deine Zwillingsschwester. Du bist ein Sünder, mein Freund.«

Kehinde blinzelte schockiert. »I-ich – Entschuldigung?«

Eine Frage, keine Entschuldigung, aber Niké tobte weiter. »Was du getan hast, ist eine Sünde, *ehn*? ›Entschuldigung‹ reicht da nicht! Du sagst mir jetzt, was los war. Und zwar sofort.«

»Wir verstehen nicht, was du meinst, Auntie«, erwiderte Taiwo ganz ruhig. Ihr dämmerte allmählich, was mit dem Laken passiert war. Vor ein paar Tagen hatte sie beim Aufwachen geblutet, nur ein kleines bisschen; ihre erste Periode, das wusste sie aus dem Sexualkunde-Unterricht. Sie sagte dem jüngsten Houseboy, Babatunde, Bescheid, der ein paar Stunden später mit Tampons und Binden zurückkam, eine riesige Tüte voll, ohne große Umstände. Sie war jetzt also »eine Frau geworden«. Diese Formulierung hatte ihre Lehrerin verwendet. »Eine Frau werden«. Taiwo fühlte sich nicht wie eine Frau. Sie fühlte sich gereizt und unwohl (vielleicht war das ein Zeichen von Frausein?). Und nun stand Niké vor ihnen mit diesem Laken und dem Blutfleck, den Taiwo nicht bemerkt hatte. Na gut, dass sie ihre Tage bekommen hatte, war leicht zu erklären. Schwerer zu erklären war schon, warum sie und Kehinde in einem Bett schliefen. Bisher war ihr das nie komisch vorgekommen und schon gar nicht »widerlich«, aber als sie jetzt zu reden anfing, kamen ihr Zweifel.

Zwei Erinnerungen tauchten auf, die erste nur undeutlich, ein bisschen wie ein Traum, der einem in der Morgendämmerung einfällt. Es war die Erinnerung an einen Morgen, einer von vielen, an denen sie neben Kehinde aufgewacht war, vor einem Monat, oder länger, vielleicht vor ein paar Monaten, sie wusste es nicht mehr. Sie wusste nur noch, dass sie sehr früh, vor Sonnenaufgang, aus einem Traum aufwachte, alles verschwommen, immer noch im Halbschlaf, und dass sie etwas Hartes hinten an ihrem Oberschenkel spürte, als sie sich vom Rücken auf die Seite drehte, weg von Kehinde. Die Augen geschlossen, kaum bei Bewusstsein, dachte sie: *Es ist sein Fuß*, griff danach, murmelte: »Mach Platz, Mann« und wollte ihn wegdrücken. Die Erektion fühlte sich so fremd an in ihrer Hand – hart und warm, gleichzeitig fleischig und weich –, dass sie nicht gleich begriff, was sie da anfasste. Ihr Bruder rührte sich mit einem leisen Schnarchen. Erschrocken ließ sie los. Lag neben ihm, mit offenen Augen, ihr Herz raste, und aus irgendeinem Grund hatte sie Angst, wovor weiß sie nicht mehr. Vielleicht glaubte sie, dass sie träumte, dass sie es nur geträumt hatte? Sie schlief wieder ein. Erst jetzt dachte sie wieder daran.

Und die zweite Sache. Eigentlich keine Erinnerung. Eine Angewohnheit. »Widerlich«. Etwas, womit sie anfing, als die Schule zu Ende war und sie die Tage in der Wohnung verbrachten, träge Stunden am Swimmingpool oder bei Zeichentricksendungen im Fernsehen. An einem Tag ging sie vom Pool zurück ins Haus, um zu duschen und sich umzuziehen, während Kehinde sich noch im Wasser treiben ließ. Sie zog ihren Badeanzug aus und suchte nach einem Handtuch, als sie das große Buch entdeckte, das sie von zu Hause mitgebracht hatte. Eine riesige Enzyklopädie der Götter- und Heldensagen, ein Weihnachtsgeschenk ihres Vaters, im Jahr vor seinem Verschwinden. Sie war in dem Winter wie besessen gewesen von den Musen; er hatte ein Lederbuchzeichen in das Kapitel über Kalliope gelegt. Ein konspirativer Houseboy hatte den Band in die unterste Kommodenschublade gepackt, wo sie auch ihre gestohlenen Snacks versteckten. Dort lag das Buch mit drei Kekspackungen und den Handtüchern. Und

Taiwo hatte schon gedacht, es sei gestohlen worden oder sie hätten es verloren. Begeistert warf sie sich auf das Bett, in dem sie mit ihrem Bruder schlief, und fing an zu lesen. Sie lag nackt da, den Bauch auf einem Kissen, als sie zu einer Illustration zum »Raub der Persephone« kam: eine Darstellung des Mädchens mit rosaroten runden Brüsten auf einer Blumenwiese. Dazu der Text:

»Persephone pflückte gemeinsam mit ihren Begleiterinnen Artemis und Athene auf einer Wiese Blumen. Da wurde sie angelockt von einer besonders schönen Narzisse mit hundert Blüten. Doch als sie die Blume pflücken wollte, öffnete sich die Erde vor ihr, und aus den Tiefen erschien Hades mit einer goldenen Kutsche, die von schwarzen Pferden gezogen wurde. Hades packte Persephone und nahm sie mit sich in die Unterwelt. Sie schrie und flehte zu Zeus, ihrem Vater, ihr zu helfen, doch er half ihr nicht.

Auch Demeter hörte Persephones Hilferufe und kam herbeigeeilt, um ihr beizustehen. Mit brennenden Fackeln suchte sie neun Tage und neun Nächte lang nach ihrer entführten Tochter, zu Land und zu Wasser. Sie aß nicht, schlief nicht und wusch sich nicht während ihrer verzweifelten Suche. Am zehnten Tag eröffnete ihr Helios, der Gott der Sonne, dass Hades Persephone geraubt habe. Und er sagte ihr auch, dass der Raub von Zeus gebilligt worden war.«

Nichts Neues. Was aber anders war als sonst: ihre Empfindung beim Lesen, während sie immer wieder auf das Bild von Hades' Hand auf der runden Brust schielte. Ein ziehendes Kribbeln zwischen den Beinen, wo das Laken zusammengeknüllt war. Dieses Kribbeln wurde immer stärker und stechender, bis sie sich bepinkelte. Erschrocken sprang sie auf und klappte das Buch zu. Sie inspizierte das Laken, erst beschämt, dann verwirrt. Da, wo sie hingepinkelt hatte, war kein nasser Fleck. Sie betastete ihre Oberschenkel – auch trocken. Sie hatte nicht gepinkelt. Als sie das Laken noch genauer untersuchte, entdeckte sie eine kleine feuchte Stelle. Die Flüssigkeit war aber eher schleimig, wie ein Tropfen Eiweiß. Das war also aus ihrem Körper gekommen, kein Urin. Mit einem Handtuch wischte sie alles weg und ging unter die Dusche.

Aber sie tat das von da an jeden Tag, nach dem Schwimmen, vor dem Duschen, eine Art Ritual: Badeanzug ausziehen, dann mit dem Buch im Bett, immer mit der Geschichte vom Raub der Persephone, das Laken zwischen die Schenkeln geknüllt, so wie beim ersten Mal, immer die Beine aneinander gedrückt, immer mit einem Ohr horchend, ob Kehinde kam, immer außer Atem, wenn das Eiweiß heraustropfte. Und nun fragte sie sich – während sie ihre Weetabix zerdrückte, während Niké wieder schrie: »Das ist widerlich!« –, warum es ihr Lust bereitete, das zu tun? Wollte sie, dass Kehinde hereinkam? Sie wusste, dass sie ihn nicht hören würde, wenn er eintrat, in seinen roten, spitz zulaufenden Ninja-Lederpantoffeln. Kehinde konnte das. Ohne Vorwarnung erscheinen. Und obwohl sie das genau wusste, lag sie da im Bett, nackt, feucht, während er draußen schwamm.

Sie legte ihren Löffel weg, spürte die Hitze in ihren Fingern. Kehinde drehte sich zu ihr, kaute auf der Unterlippe. Was sie fühlte, konnte sie an seinem Gesicht ablesen. Niké lachte höhnisch auf. »Schau ihn nur an!« Verdacht bestätigt. »Da sind übrigens noch andere Flecken«, rief sie und hielt das Laken wieder hoch. »Ihr denkt wohl, ich weiß nicht, was diese weißen Kleckse bedeuten?«

Kehinde starrte Taiwo unverwandt an. »Was ist das?« Diese Frage galt seiner Zwillingsschwester, die den Blick abwandte.

Niké dachte, er würde sich über sie lustig machen, ließ das Laken fallen und schlug ihn so hart ins Gesicht, dass er vom Stuhl kippte. Spontan sprang Taiwo auf. »Lass ihn in Ruhe!«, schrie sie und stieß Niké weg, versetzte ihr nur einen einzigen Stoß, doch Niké verlor das Gleichgewicht, taumelte in ihren Pantoffeln, in ihren plüschigen Pantoffeln mit den Puscheln, und landete rücklings auf dem Fußboden. Ihr Morgenmantel klappte auf und entblößte ihre fetten Oberschenkel, so dass der Houseboy, als er reinkam, das Glastablett fallen ließ. Taiwo packte Kehinde und zog ihn an sich. Auf einmal spürte sie, wie verletzlich und schutzlos sie hier waren. Etwas war zerbrochen. Die Hülle, die sie bisher umgeben hatte. Die Entfernung zwischen dem zweiten und dem vierten Stockwerk war weg.

Wie Niké anfing zu schreien:

Zeter und Mordio. Eine Irre. Niké schleifte sie zum Fahrstuhl und hinauf in die Lounge, wo sie gleich nach ihrer Ankunft hingebracht worden waren. Ende August hatte sie dieses Sammelsurium aus Marmor und Zebrafell und Samt das letzte Mal gesehen. Ihr Onkel ruhte auf einer Chaiselongue. In Unterwäsche mit einem Bademantel darüber. Babatunde, der kleine Houseboy, zog auf dem Tisch eine Linie. Onkel Femi kraulte ihm ganz nebenbei den Nacken, so wie man einen Hund streichelt. Zwei ältere Jungen standen an der Tür Wache, in weißen Matrosenuniformen, die aussahen wie Kostüme für ein Theaterstück. Aber mit Schusswaffen. Mit schlanken Gewehren, die sie an die Brust drückten. Als Niké hereingestürmt kam, sagten sie kein Wort und rührten sich auch nicht von der Stelle.

»Na, so was, guten Morgen«, sagte Onkel Femi leise. Immer leise.

Seine Frau schubste die Kinder zu dem Sofa, auf dem er lag. Babatunde blickte hoch, aber nur ganz kurz, dann widmete er sich wieder seiner Arbeit, er wusste genau, dass es besser war, wenn er sich nicht bemerkbar machte. Taiwo und Kehinde schauten ihren Onkel mit leeren Augen an, während ihre Tante hinter ihnen zischte: »Sagt es ihm. Sagt es ihm!«

»Was sollen sie mir sagen?«, erkundigte sich Onkel Femi lächelnd und ehrlich interessiert. Er musterte die Zwillinge, als würde er sie jeden Tag sehen, als hätten sie sich erst gestern über das Wetter in Lagos unterhalten, als wäre er nicht seit fast einem Jahr unsichtbar. Als Babatunde fertig war, entfernte er sich vom Tisch. Onkel Femi beugte sich vor und zog sich die Linie rein. »E se«, sagte er zu Babatunde schnupfend, lächelnd. Der Junge erhob sich, eine leichte Verneigung, und eilte hinaus.

»Euer Onkel hat euch eine Frage gestellt. Die beiden halten uns für blöd. Und die hier – die denkt, sie kann mich schlagen. *Odé!*« Sie boxte Taiwo unsanft zwischen die Schulterblätter. Taiwo stolperte vorwärts, fing sich aber wieder und richtete sich auf.

»Fass sie nicht an«, sagte Onkel Femi. »Der Junge mag das nicht.« Er zündete sich eine Zigarette an. »Das hast du doch gesagt, stimmt's?« Mit hochgezogenen Augenbrauen deutete er auf Kehinde und grinste breit. »Das hast du doch zu mir gesagt – fass sie nicht an? Oder irre ich mich?«

»Nein, Sir«, sagte Kehinde.

»Wie bitte? Ich habe dich nicht gehört.«

»Nein, Onkel«, wiederholte Kehinde mit einem Zittern in der Stimme.

»Sehr gut. Also, was ist passiert?« Onkel Femi schaute zu Niké und dann wieder zu den Zwillingen, in ihrem Nachtzeug und Socken.

Niké räusperte sich, als wollte sie zu einer längeren Rede ansetzen, antwortete dann aber nur kurz: »Sie sind beim Sex ertappt worden. Der Houseboy hat Blut auf dem Laken entdeckt und Flecken von … von seinem Höhepunkt. Ich kann dir das Laken zeigen.«

»Du lügst«, rief Taiwo impulsiv. »Das stimmt nicht!« Diesmal fiel sie um. Niké hatte sie von hinten halb gestoßen, halb geschlagen.

»Du nennst mich eine Lügnerin?!«, brüllte sie. »Ich habe Beweise!«

Taiwo kniete dort, wo sie hingefallen war. Ihr Gesicht brannte, und sie war zu benommen, um aufzustehen. Nikés Attacke war eher schockierend als schmerzhaft gewesen, aber sie ahnte, dass noch mehr folgen würde, und zwar bald. Ihre Eltern hatten sie nie geprügelt, ihnen nie gedroht; die Strafen wurden immer ruhig erörtert, wie vor Gericht. Taiwo empfand es als Kränkung, von einer erwachsenen Frau geschlagen zu werden, und zitterte vor Wut, die Hände zu Fäusten geballt. Kehinde, der ahnte, was sie vorhatte, kniete sich zu ihr.

»Fass sie nicht an«, sagte Onkel Femi spöttisch.

Seine Stimme war immer noch leise, aber irgendwie dunkler oder härter, und sein Lachen klang zu eisig, zu spitz. Eine Waffe.

Taiwo stiegen vor Angst und Empörung Tränen in die Augen. Sie blickte zu ihrem Onkel hoch, sah seine stumpfe Nase. Sie packte Kehinde am T-Shirt. »Komm, wir gehen«, flüsterte sie nervös und zog an seinem Hemd, während sie sich hochrappelte. Da standen sie, dicht nebeneinander, vor ihrem Onkel, viel näher bei ihm als je bisher. Der Geruch, der von ihm ausging – Schweiß, Eau de Cologne und Tabak –, war übermächtig, genau wie das kalte Feuer in seinen Augen. Instinktiv griff Kehinde nach Taiwos Hand und drückte sie. Seine Finger zitterten.

»Da – siehst du's? Wie sie dastehen! Wie er ihre Hand hält!« Niké saugte an den Zähnen und gab ein leises, lang gezogenes Zischen von sich, *tssssst*.

»Das reicht«, verkündete Onkel Femi. »Danke, dass du mich informiert hast. Es wäre gut, wenn du wieder gehst. Ich weiß jetzt Bescheid.«

Überrascht und beleidigt wandte Niké sich ab und ließ die Zwillinge einfach stehen. Die Wachen nickten steif, als sie hinausstürmte. Taiwo merkte, wie sich ihr Herz zusammenkrampfte, als die Flügeltür sich leise schloss. Sie wunderte sich, aber es wäre ihr lieber gewesen, wenn Niké nicht gegangen wäre. Die Frau war explosiv und gewalttätig und hysterisch, vermutlich sogar geisteskrank, aber sie kannten sie inzwischen. Dieser Onkel hier war unbekannt und bedrohlich, ein Fremder. Zu ruhig, zu beherrscht, die Hände zu kalt.

Wie es passierte:

»Omokehindegbegbon!«, sagte Onkel Femi zu Kehinde. »Also darfst nur du sie anfassen, *ehn*? Noch so eine kleine Prinzessin.« Er deutete mit seiner Zigarette auf das Porträt ihrer Großmutter über dem Kamin. »Eine kostbare kleine Prinzessin, *ehn*?« Er erhob sich von der Chaiselongue und trat hinter die Zwillinge, fasste Taiwo am Kinn und drehte ihren Kopf so, dass sie das Porträt anschauen musste. »Sieh sie an. Die kostbare Somayina«, flüsterte er. Er strich Taiwo über den Kopf. Sie spürte, wie Kehinde sich verkrampfte, seine Hand immer noch in ihrer, spürte, wie er den Atem anhielt. Reglos stand sie da, die Augen geschlossen. Sie konnte Femis seltsam süßliches Aroma riechen, die Seife. »Mach die Augen auf«, sagte er und packte wieder ihr Kinn, beugte sich vor, sein Mund dicht an ihrem Ohr. »Sieh sie an. *Sieh sie an*. Sie sieht aus wie du, stimmt's? Genau wie du. Eine kostbare Prinzessin, die niemand anfassen kann.« Er trat einen Schritt beiseite, so dass er nun direkt hinter Kehinde stand, und berührte Kehindes Wange, so wie er Taiwos Haare gestreichelt hatte. »Nur du, kleiner Junge. Nur du. *Du* kannst sie anfassen.« Er legte beiden eine Hand auf die Schulter. »Zeigt eurem Onkel, was ihr macht.«

Einer der jungen Wächter räusperte sich. Onkel Femi blickte auf. »Schließ bitte die Tür ab«, sagte er. Die Jungen setzten sich in Bewegung. »Von innen, ihr Idioten. Ihr zwei bleibt hier.« Sie gehorchten. Nun drehte sich Onkel Femi wieder zu Taiwo. »Meine kleine Somayina.« Mit einem warmen Lächeln klopfte er aufs Sofa. »Komm her.«

Taiwo machte noch einen Schritt auf Kehinde zu. »Onkel, bitte. Wir haben das nicht gemacht, was sie behauptet.«

»Du lügst.« Nicht laut. Er klopfte wieder lächelnd aufs Sofa. »Komm, leg dich hierher.« Sie umklammerte Kehindes Hand und schüttelte den Kopf, eine minimale Bewegung. Femi lachte, schloss die Augen, und dann brüllte er los: »LEG DICH HIERHER!« Die Lautstärke war so überraschend, so scheußlich, dass Taiwo Kehindes Hand losließ. Wie ein Roboter bewegte sie sich auf das Sofa zu und setzte sich hin. »Na, das ist doch schon besser. Und jetzt auf den Rücken.« Er legte ihr seine Hand um den Hals und drückte sie nach hinten. Verblüfft von der Unnachgiebigkeit dieser Berührung legte sie sich hin.

Kehinde kam näher. »Bitte, Onkel. Fass sie nicht an«, presste er zwischen den Zähnen hervor.

»Keine Sorge. Ich tu ihr nichts.« Er trat einen Schritt zurück, betrachtete Taiwo auf dem Sofa, wie sie dalag, die Arme seitlich, ihr Körper starr vor Angst. Sie zitterte immer noch, weil sein Griff und sein Geschrei sie so erschreckt hatten. Sie erwiderte seinen Blick, schaute in die schwarzen, rotgeränderten Augen. Er sah aus wie das Bild von Hades. Hades, der »Frauenräuber«, der Vergewaltiger, ein Wort, das sie schon gehört, aber noch nie geschrieben gesehen hatte. »Raub.« »Vergewaltigung.« Haut und Blumen, eine goldene Kutsche, schwarze Pferde, ein Mädchen, das entführt wird. »Ich bin nicht pädophil«, verkündete er mit einem höhnischen Grinsen.

Pädophil, pädophil, pädophil, dachte Taiwo und begann zu weinen. Denn sie hatte es falsch verstanden. Ein Mann, der Kinder liebte? Der seine eigenen Kinder liebte? *Falsch*. Ein Mann, der seine Kinder verlässt, der sie, seine Tochter, verlassen hat, wie Zeus. Und wo war Demeter? Auf der Suche nach ihrer Tochter? Mit brennenden Fackeln, verzweifelt rufend? Zu Hause bei Sadie.

Das Gefühl der Wehrlosigkeit überschwemmte sie wie eine Welle. Sie merkte, wie sie die Kräfte verließen, wie ihre Beine schlaff wurden. Lautlos rannen ihr die Tränen aus den Augenwinkeln und tropften auf das geblümte Polster unter ihren schön geflochtenen Zöpfen. Ihre Brust sank in sich zusammen, unter dem Nachthemd, ihrem Minnie-Mouse-Nachthemd, das sie besaß, seit der Mann sie stolz nach Disney World gebracht hatte, wovon er selbst viel begeisterter war als seine Kinder, von dieser amerikanischsten aller Familientraditionen. Sie spürte, wie ihre Fäuste schmolzen, wie ihre Finger weich wurden, sich lösten. Sie merkte, dass sie jede Hoffnung auf Flucht aufgegeben hatte. Wenn sie jetzt versuchte davonzulaufen, dann würden die Schultheater-Soldaten sie festhalten. Ihr Onkel würde sie übermannen, wenn sie Widerstand leistete. Was auch immer passierte, würde passieren, das wusste sie, es war niemand da, der es verhindern konnte. Es war niemand da, außer ihnen. Sie und ihr Bruder, allein mit diesem Onkel.

Ein Pädophiler.

»*Du* wirst sie anfassen«, sagte Femi. Er deutete zuerst auf Kehinde, der wie vor den Kopf gestoßen dastand, dann auf Taiwo, die wie ein Kuchen auf dem Sofa lag. »Für mich ist sie zu hübsch.« Er nahm einen Zug. »*Ehn*, also los – fang an.« Ungeduldig klatschte er in die Hände. »*Jo, jo, jo.*« Beeilung!

Pädophil, pädophil, pädophil, dachte Taiwo.

»Ich verstehe nicht, Onkel«, sagte Kehinde.

»Fass das Mädchen an.«

»Ich verstehe nicht«, wiederholte Kehinde, dessen Augen sich mit Tränen füllten.

Onkel Femi saugte an den Zähnen. »Dann werde ich es dir vorführen. Ihr da, kommt mal her.« Er winkte die Wachen zu sich, die gehorsam herbeieilten. »Nur einer.« Der Ältere trat näher, mit seiner Waffe. »Leg das Gewehr weg«, sagte Femi. »Sonst machst du ihr noch Angst.« Der junge Mann legte

493

die Waffe auf den Tisch. »Fass das Mädchen an.« Die Zigarette klebte an seinen Lippen, während er den Jungen wie eine Marionette ans untere Ende des Sofas schob. Dann machte Femi es sich in einem Sessel gegenüber bequem, als wollte er eine Live Show sehen, die Beine übereinander geschlagen, die Augen aufgerissen.

»Sa?«, fragte der Wächter.

»Fass das Mädchen an. Schieb ihr Nachthemd hoch. Der Junge hier will nicht. Öffne den Gürtel.«

Der Wächter schaute erst Taiwo an, dann drehte er sich zu Kehinde um, der hinter ihm stand. Taiwo presste die Lider zusammen und weinte tonlos. Mit einem Blick auf seinen Arbeitgeber öffnete der Wärter seine Hose.

»Aufhören«, sagte Kehinde. Kaum hörbar. »Bitte aufhören.«

»Wenn du nicht willst, macht er's«, erklärte Onkel Femi ruhig. An den Wächter gerichtet: »Nimm die Finger.«

»Ich mache es«, sagte Kehinde.

Onkel Femi klatschte in die Hände. »Hab ich mir's doch gedacht.« Mit einem leisen Lachen gab er dem Wächter ein Zeichen, und dieser ging wieder zurück zur Tür. Das Gewehr lag noch auf dem Tisch. Unbeachtet, als wäre es eine Kaffeetasse. Typisch für die Absurdität der Welt, in der sie sich befanden. Kehinde machte einen Schritt vorwärts, schaute auf seine Schwester hinunter, seine Knie dicht bei ihren Füßen am Ende des Sofas. Tränen in ihren Augen und in seinen Augen, den gleichen Augen. Und das dritte Augenpaar, in dem Porträt, verfolgte die Szene von der Wand aus. Taiwo schaute ihren Bruder an. Sie dachte, er würde bluffen, vielleicht hatte er ja einen schlauen Fluchtplan? Verzweifelt versuchte sie, seinen Gesichtsausdruck zu entschlüsseln. Aber sie sah nichts. Seine Augen waren leer und dunkel. Er sah wütend aus. Sie hatte ihren Bruder noch nie wütend gesehen. Er wischte sich die Augen schnell mit dem Handrücken.

»Fass sie an – so wie ihr das unten in eurem Zimmer immer macht.« Femi wirkte aufgeräumt. »Tut so, als wäre ich nicht da.« Als Kehinde zögerte, fügte er hinzu: »Macht euch keine Sorgen. Ich werde eurer Mutter nicht verraten, was eure Tante mir gesagt hat.«

Wie es passierte:

Wie ihr Onkel ihrem Bruder Anweisungen gab, von seinem Sessel aus, ein Regisseur, die Wächter schauten zu. Wie ihr Bruder, ohne ein Wort und mit ausdruckslosen Augen, ihr den Slip auszog und säuberlich auf den Fußboden legte. Und mit dem Finger in sie eindrang. Das verwirrende Gefühl, weniger schmerzlich als unangenehm. Etwas öffnete sich, riss. »Fester! Fester! Fester!«, sagte Femi. »Schneller! Schneller!« Mit höhnischem Entzücken in der Stimme. Kehindes Finger, mit Kraft.

Da merkte sie das erste Mal, dass sie ihren Körper verlassen konnte. Sie konnte ihn einfach da liegen lassen, während ihre Gedanken ganz woanders waren. Mühelos. Es geschah einfach: Sie lag da in ihrem Nachthemd auf einem Sofa in Lagos und merkte, wie sie sich entfernte. Ein müder Partygast, der sich verabschiedet. Sie schwebte über ihnen und beobachtete alles, ganz ruhig, sie sah Kehinde in seinem T-Shirt und den Mickey-Shorts, sein Finger in seiner Schwester, Onkel Femi in seinem Stuhl, die beiden Jungen an der Tür, ihre Augen groß vor Scham und Lust, das Porträt über dem Kamin, ihr Slip auf dem Fußboden – dann schwebte sie anderswohin: zu ihrem Wohnzimmer in Brookline, zum Klavier, und Shoshanna, die schimpfte: »Schneller! Schneller! Schneller!«, während sie Rachmaninoff zu spielen versuchte – und weiter: in das Klassenzimmer, zu dem nervösen Lachen der Lehrerin, während sie die Os schraffierte – in ihr Zimmer: zu dem Fenster, von dem aus sie Kehinde in der Einfahrt sehen konnte, und ihr Vater machte ein so schuldbewusstes Gesicht, und das kleine Licht im Auto brannte. Es erschien ihr fast unmöglich, dass sie, in diesem Körper, je eine so große Entfernung zurückgelegt hatte, von Brookline nach Lagos, von ihrem Klavier und dem Klassenzimmer und ihrem Zimmer und der Geborgenheit *hierher*, in diesen Albtraum: zu weit. Sie schwebte wieder über ihnen und fragte sich: Wer ist das, da, in dem Körper? Sie war's nicht. Konnte es gar nicht sein. Es war einfach nur ein Körper. Ein Körper, den sie dort hatte liegen lassen, so wie man ein Handtuch irgendwo liegen ließ.

Und in den sie jetzt zurückkehrte.

Kehinde war fertig. Zog seinen Finger aus ihr heraus. Sie öffnete die Augen. Sah den Fleck auf seiner Hose. Onkel Femi klatschte Beifall. »*E kuuse!*« Gut gemacht.

Schweiß – oder etwas Ähnliches – lief scheu ihren Schenkel hinunter.

»Du kannst gehen«, sagte Onkel Femi. Kehinde rannte hinaus, mit zuckenden Schultern. Ließ Taiwo allein zurück. Sie richtete sich auf. Sie schaute ihren Onkel an, nahm ihre Unterhose (zog sie aber nicht an, noch nicht, eine allzu demütigende Geste) und ging aus dem Zimmer, mit einem Loch in ihrem Körper, einem Hohlraum, da, wo ihre Kindheit gewesen war. Sie weinte nicht mehr. Babatunde erwartete sie, und von seinem Gesicht konnte man ablesen, dass er wusste, was passiert war. Sie fand Kehinde weder in der Küche noch in ihrem gemeinsamen Zimmer. Sie ging den Flur hinunter und in ihr eigenes Zimmer, in dem es immer noch zu kalt war. Den Rest des Tages lag sie auf dem Bett und schaute zur Decke. Niemand rief sie zum Abendessen. Am nächsten Morgen kam Babatunde, um sie abzuholen. Mit dem Aufzug nach oben. Eine Woche lang schaute der Onkel zu, während Kehinde sie anfasste. Femi sagte die Sätze, die Kinderschänder in Fernsehfilmen sagten: dass er alles ihrer Mutter sagen werde, wenn sie auch nur einer Menschenseele davon erzählten.

Dann fand eines Abends eine große Party statt, und sie wurden gezwungen, sich zu schminken und lächelnd zwischen den Gästen herumzugehen, zwischen Jungen und Männern, Nigerianern und Südafrikanern und Weißen, alle Altersgruppen. Ein schwuler Ghanaer sagte: »Ich weiß, wer ihr seid.« Sie fuhren ohne Gepäck mit diesem Ghanaer in einem Taxi weg. Er setzte sie in ein Flugzeug nach New York, und sie kamen nach Hause. *Schnitt. Ende der Szene.*

Taiwo schweigt, ihr Atem geht mühsam. Sie will sagen: »Zufrieden? Jetzt weißt du alles« oder so etwas Ähnliches, aber sie kriegt nicht genug Luft. Sie ist zu schwach, schwitzt, ist dehydriert. Eigentlich will sie davonrennen, aber stattdessen beginnt sie zu schwanken. Fola fängt sie gerade noch rechtzeitig auf, ehe sie umkippt, packt sie an den Schultern, bevor sie in den Sand sinkt. Die Bewegung ist instinktiv – weniger eine Umarmung als ein Eingreifen –, aber zum ersten Mal seit Jahren berührt sie Taiwos Haut. Taiwo zuckt erschrocken zurück, die Schwindelgefühle sind vorbei. Sie will *»Lass mich!«* rufen und bricht in Tränen aus.

Fola zieht sie an ihre Brust und drückt sie fest an sich, damit sie nicht wegläuft oder sich ihr entzieht – aber Taiwo klammert sich an sie, geschüttelt von Schluchzern, zu erschöpft, um ohne Stütze aufrecht zu stehen. Also hält sie sich an Fola fest. Sie kann kaum reden, wie ein Kind, das weint und gleichzeitig versucht, seinen Schmerz mit Worten auszudrücken: »Wie konntest du uns nur dahin schicken? Wie konntest du uns überhaupt wegschicken? Du hast doch gewusst, was passiert. Du hast es gewusst, Mom. Du hast es gewusst.«

Unter den vielen Gedanken, die Fola durch den Kopf gehen, während sie ihre Tochter an sich presst, ist auch der, dass es sinnlos ist, mit so viel Vehemenz zu lieben, denn die Kraft überträgt sich nicht, hält Taiwo nicht fest, beschützt sie nicht, geht nicht dahin, wo sie hingehen soll, dient nicht als Schutzschild – aber wie soll man sonst lieben? Was könnte sie, während sie das Mädchen festhält, anderes empfinden als diese elementare, verzweifelte Liebe, als diesen Wunsch, sie zu beschützen, ihr Schutzschild zu sein – und gleichzeitig diesen elementaren, verzweifelten Schmerz, versagt zu haben, damals? »Es tut mir so leid«, flüstert sie und streicht über Taiwos lange Dreadlocks.

Sie weiß, dass »tut mir leid« nicht genügt, aber sie

weiß nicht, wie sie sonst anfangen sollte. Was sie jetzt fühlt, hat sie vorher noch nie empfunden, es sind drei Gefühle, die um ihren Atem, um ihre Kraft kämpfen: Erstens die Wut auf Femi, purer, kristall-klarer Hass, eine Wut, die nicht durch Mitleid oder Zweifel abgemildert wird; dann der Schmerz, der Taiwos Schmerz ist, ihre Scham, ihr Leid, eine Quel-le, die unter ihrer rechten Brust sprudelt; und dann ihre eigene Scham, ihr eigenes Leid, jetzt, da sie weiß, was sie schon die ganze Zeit bei ihren Zwillingen gespürt hat – *sie wurden verletzt*, denkt sie schlicht, schlimm, *weil sie ihre Mutter nicht hatten*. Weil ihre Mutter dachte, eine Mutter wie sie könnten die beiden nicht brauchen. »Ich habe gedacht«, sagt sie zu Taiwo, während sie gequält diesen Gedanken denkt, »ich habe gedacht, dass ich euch *helfe*. Dass es euch dort bessergeht. Ich habe gedacht, dass euer Onkel …«, sie stöhnt kurz und fährt dann fort, »dass euer Onkel euch Dinge bietet, die ich mir nicht leis-ten kann. Ich wollte, dass ihr – ich weiß auch nicht – dass ihr *mehr* habt …«

»Mehr als *was*?«

»Mehr als eine alleinerziehende Mutter. Als eine Mutter wie mich. Ich habe nicht gewusst, was ich mache. Ich hatte selbst nie eine Mutter. Ich habe mir immer alles irgendwie zusammengesucht. Ich hatte Angst. Ich war allein. Ich war ein Feigling. Ich hatte Angst, euch zu enttäuschen, euch Dinge vorzuenthalten, die ihr verdient habt. Du warst so begabt, so intelligent, sogar noch klüger als Olu. Alle deine Lehrer haben gesagt: ›Sie ist etwas ganz Besonderes‹, haben sie gesagt. ›Sorgen Sie dafür, dass sie gefördert wird, dass sie genug Anregungen bekommt, dass sie unterstützt wird.‹ Ich hatte Angst, ich könnte schuld sein, dass du nicht die erstklassigen Leistungen bringst, zu denen du fähig bist. Ich hatte Angst, dass ich versage und dich nicht genug fördere. Also habe ich euch zu … zu ihm geschickt … und er hat dich verletzt. Und Kehinde. Ich habe so oder so versagt.«

Fola verstummt beschämt. Eigentlich wollte sie das alles gar nicht sagen. Taiwo schweigt, ihre Arme um Fola geschlungen, ihr Herz zittert spürbar an Folas Brust. Fola lehnt sich zurück, gerade weit genug, um Taiwo ansehen zu können und um das Gesicht des Mädchens zwischen beide Hände zu nehmen. »Es tut mir so leid.«

Ihre Tochter blickt zu ihr auf, blinzelnd, mit zusammengekniffenen roten Augen, die vom Salz ihrer Tränen und vom Schweiß brennen. *Sie sieht aus wie ein kleines Kind*, denkt Fola. Mein *Kind*. Mein Baby, meine Tochter, mein Kind. *Nicht Somayina*. Die Augen erinnern sie nicht an ihre Mutter. Vielleicht zum ersten Mal seit Taiwos Geburt. Die klaren Bernsteinaugen sehen für Fola aus wie Taiwos Augen. Die Augen eines Kindes, nicht eines Geistes, sondern eines Mädchens. Taiwo sagt nichts, sie schaut nur ihre Mutter an, die den Blick erwidert, überwältigt von ihrer Sehnsucht. Sie will heilen und trösten, sie will Antworten geben. Sie will das, was ihren Zwillingen angetan wurde, wiedergutmachen. Sie will Kehinde holen und auch ihn hier umarmen. Sie will Femi finden und ihn töten. Mit ihren eigenen Händen. Einfach so. Ihn vernichten. Sie will aufhören zu weinen. Sie will machen, dass Taiwo aufhört zu weinen. Aber sie kann es nicht. Das Einzige, was sie kann, ist: hier mit Taiwo stehen, allein an diesem Strand, in der unerträglichen Hitze, und sie weiß, dass jemand ihrem Kind Schmerzen zugefügt hat, die nicht wiedergutgemacht werden können, sie kann nichts rückgängig machen. Sie kann sie nur festhalten.

Sie küsst Taiwo auf die Stirn, immer noch ihr Gesicht zwischen den Händen, und will sie wieder in die Arme schließen, als Taiwo sagt: »Bitte nicht«, weil sie denkt, dass Fola sie geküsst hat, um die Szene zu beenden, und dass sie sich jetzt von ihr lösen will.

»Bitte, geh nicht weg«, flüstert Taiwo und erschreckt ihre Mutter, indem sie noch heftiger ihre Taille umklammert. »Lass mich noch nicht los. Bitte, lass mich nicht los.«

»Ich lass dich nicht los«, flüstert Fola, und sie lässt Taiwo nicht los.

So allmählich ärgert sich Olu. *Wo stecken sie nur alle?* Seine Mutter und seine Schwester sind einfach verschwunden und haben es dem Rest der Familie überlassen, das angebotene Essen entgegenzunehmen, ein Bohnen-und-Reis-Gericht, auf Blechtellern serviert. Sie haben höflich gegessen, gekaut, genickt, gelächelt, haben alles mit warmer Fanta hinuntergespült und ihre Teller zurückgegeben. Sadie ist dann mit ihrer neuentdeckten Tanzlehrerin weggegangen, um hinter irgendeiner Lehmhütte noch mehr Schritte zu üben, während Benson einen Anruf auf seinem Handy bekommen hat und auf dem Platz hin und her wandert, um besseren Empfang zu bekommen. »Hallo? Hallo?« Kehinde hat sich in Luft aufgelöst, wie das so seine Art ist. Das heißt, Olu und Ling sind allein mit Shormeh und Naa, den beiden schwarz gekleideten Schwestern, die sein Vater nie erwähnt hat, beide älter als er, so wie sie aussehen, sechzig oder noch mehr. Naa, die etwas Freundlichere, eine Doppelgängerin von Sadie, fragt, ob sie das alte Haus sehen wollen? »Oh, ist schon okay«, antwortet Olu, wohingegen Ling begeistert ruft: »Ja, gern!«, und schon werden sie zu der Hütte im Hintergrund geführt.

Das Dach ist ihm gleich aufgefallen, als sie das Gelände betreten haben – ein dreieckiger Dom aus

Schilf oder Stroh, mindestens anderthalb Meter höher als die Blechdächer drum herum –, aber erst jetzt denkt er an die Bemerkung seines Vaters. Kweku hat bei seinen Überlegungen zum Thema Miete versus Besitz damals etwas über seinen Vater gesagt: dass dieser »sein Haus selbst entworfen« hat. Olu fragt Naa: »Wer hat das entworfen? Wer hat es gebaut?«

»Sein Vater«, antwortet sie. »Euer Großvater. Komm.«

Sie ducken sich durch die Tür und stehen einen Augenblick reglos da, um sich an die relative Dunkelheit und die Stille zu gewöhnen. Der Raum ist viel kühler, als man nach der Hitze auf dem Platz draußen für möglich gehalten hätte. Olu blickt sich um: die abgerundeten Lehmwände, das fünf Meter hohe Dach, ein kleines Fenster, mattes Licht. *Eine intelligente Konstruktion*, denkt er. Ling fotografiert, das Blitzlicht wird immer wieder zurückgeworfen.

»Wir waren sechs, damals, mit deinem Vater«, erklärt Naa. »Und dann noch unsere Mutter. *Ehn*, sieben. Wir haben alle hier geschlafen.«

»Acht, mit eurem Vater«, sagt Olu. »Unserem Großvater.«

»Nein«, erwidert Naa schroff. »Der Mann ist verschwunden. Er war nicht unser Vater. Nur der Vater von Kweku und Ekua.«

»Ist er gestorben?«, fragt Olu.

»Nein. Er ist weggegangen.«

»Wohin?«

»Das weiß nur Gott.« Naa zuckt die Achseln. »Inzwischen ist er tot. Und seine beiden Kinder auch. Und seine Frau. Ein stolzer Mann. Die Frau, unsere Mutter, sie hat ihn zu sehr geliebt, oh. Zu sehr. Und wozu, *ehn*? Du bist gekommen, als sie gestorben ist. Die Frau war tot, aber er hat dich hierher gebracht, damit du sie siehst. Sonst ist er nie mehr gekommen, nur das eine Mal.« Sie lacht, ohne Freude. »Jetzt reicht der Platz. Dein Vater hat immer gejammert wegen Platz, jammer, jammer. ›Zu klein‹, ›zu heiß‹, immer zu heiß, wie ein weißer Mann.« Sie saugt an den Zähnen. »*Obroni.* Zu heiß im Schatten.« Sie schweigt einen Moment, die Hände an den Ellbogen. Dann, mit belegter Stimme: »So schade, ach. So jung. Mein kleiner Bruder. Dieser dumme Junge, unser Kweku.« Sie wischt sich die Augen mit der Rückseite des Arms. »Sie sagen, er hat ein großes, großes Haus gekauft. Wo es sehr, sehr kalt ist.«

Olu nickt. »Ja, das stimmt.«

»Dann hat er es wirklich getan.« Ein winziges Lächeln. »Du wartest hier. Ich komme gleich.« Sie wischt sich wieder die Augen, schlurft zum Ausgang, geht gebückt hinaus. »Ich gehe und komme.«

Ling tritt neben Olu, der vor dem einzigen Holzbett steht. »Was siehst du?«

Aber Olu weiß es nicht. Er hat gedacht, dass er etwas sieht, einen Vogel oder ein Insekt, etwas, das schnell um das Fenster herum fliegt, oben unterm Dach, aber als er jetzt darauf deutet, sieht er nichts, nur das staubige Licht, das auf die Matten scheint.

8

Kehinde schlendert zögernd zum Ausgang der Siedlung und bleibt bei der Mauer stehen, blickt nach links, blickt nach rechts. Das Klohäuschen war leer. Die Straße ist leer. Bensons Wagen steht schief und verlassen im Graben. Kehinde geht näher hin, um zu sehen, ob der Fahrer drinsitzt und schläft, aber der Fahrer ist nicht da. Er schaut die Straße hoch, wo mehrere kleine Buden stehen. Gleich dahinter eine große Einzelhütte. Sie sieht aus wie eine von diesen Blockhütten, diesen viereckigen Holzhäuschen, in denen sie bei den Pfadfindern übernachtet haben, in dem Jahr damals, als er das probiert hat, mit elf – ehe er es aufgab, so zu tun, als würden ihm diese Jungssachen gefallen, und er sich dann lieber dem Malen und dem Basteln mit Perlen gewidmet hat. Er merkt, dass sich dort drin etwas bewegt, ein Schatten. Vielleicht hat dieser Mensch Taiwo oder Fola oder Bensons Fahrer gesehen, die alle drei in den letzten zwanzig Minuten verschwunden sind. Es ist nicht weit bis dorthin. Im Eingang bleibt Kehinde kurz stehen, ehe er mit eingezogenem Kopf durch die niedrige Tür tritt. Im Dämmerlicht blinzelt er ein paarmal, dann sieht er, es ist die Werkstatt des Sargschreiners und gleichzeitig eine Art Klinik.

Den Mann sieht er nicht, nur einen Metalltisch, mit dem Grundwerkzeug für Schreinerarbeiten und für medizinische Untersuchungen. An den Wänden entlang Holzbänke, ein einziges Fenster neben der Tür, oben an der Decke ein rostiger Ventilator, der bei jeder seiner langsamen Umdrehungen quietscht. Etwas unpassend in dieser an eine Folterkammer erinnernde Umgebung: An einer Wand blinkt eine weiße Weihnachtslichterkette. Das Fenster ist geschlossen, ebenso die drei massiven Fensterläden, die den oberen Teil der hinteren Wand bilden. Die einzige Helligkeit kommt vom weißen Sonnenlicht, das durch die Tür auf den groben Lattenfußboden fällt. Aber als sich seine Augen an die matte Beleuchtung gewöhnt haben, kann Kehinde die Särge erkennen, die wie Boote an den Balken hängen: einer ein Auto, der andere ein Fisch, der dritte sieht aus wie eine Rose, einerseits absurd, andererseits wild und fantasievoll. Was für eine Idee! Särge in verschiedenen Formen, wie Kuchen für einen Kindergeburtstag, festlich, bunt, über den Tod lachend. *Sangna wäre begeistert*, denkt er – und erschrickt. Der Gedanke trifft ihn unvorbereitet, genau wie das Bild ihres Gesichts:

Sangnas schmales braunes Gesicht mit den schlecht zusammenpassenden Zügen, die von ihrer

Besitzerin immer als »zu groß« beschimpft werden. Ein Bild, das aus dem Kontext fällt. Auf der Rückseite seiner Augenlider. Ihr Gesicht auf dieser Leinwand, diesem Ort in seinem Kopf, wo sich die Bilder bemerkbar machen, wenn seine Gedanken zu wandern beginnen und Formen an die Stelle von Wörtern treten, wie bei einem belichteten Foto. (So beginnen Gemälde und Offenbarungen, eine Form kommt aus dem Dunkeln auf diese Leinwand geschwebt, zuerst verschwommen, dann detailliert, dann klar und deutlich wie eine Erinnerung, als wäre der schöpferische Prozess ein Akt des Sich-Erinnerns.) Und auf dieser Leinwand erscheint nun Sangna, die wunderbare Sangna, deren schmales braunes Gesicht immer wieder vorbeischwebt, es blitzt hier auf und da, wenn er in Brooklyn arbeitet oder ihre Texte liest und während sie miteinander telefonieren –, aber er hat noch nie über dieses Gesicht nachgedacht, nie richtig, so wie jetzt, ohne Kontext, einfach so für sich. In einem anderen Licht. Als er jetzt daran denkt, merkt er, dass sie recht hat, ihre Gesichtszüge passen nicht in den Rahmen mit den schmalen Wangen, Zähne und Augenbrauen sind irgendwie zu groß, die Augen eines Mannes, die Nase eines Mannes, der Mund eines Mannes, das Kinn eines Kindes. *Ein erlesenes Ungleichgewicht*, denkt er – aufregend, weil dadurch immer eine Spannung entsteht, wenn er sie nach Monaten wiedersieht und die ersten dreißig Sekunden ganz nervös ist, als würde er einem Jongleur zusehen, ängstlich und erstaunt, *sie sind noch da*, alles hat seine Ordnung, diese riesigen, herrlichen Gesichtszüge, die mit ihren Grenzen kämpfen, aber trotzdem nicht abtrünnig werden.

Dieses Gesicht.

Und ihr Lachen.

»Jetzt willst du also Särge machen«, hört er Sangna lachend sagen. »Du hast doch gerade erst mit den Musen angefangen. Du bist wahnsinnig. Aber mir gefällt die Idee. ›Kehinde Sai, *Särge*‹. Liste für die Materialien am Montag. Und bitte – keinen Dreck mehr.« *Eine Heimat*, würde er ihr sagen (denkt er), *für die Heimatlosen*, eine Heimat in dem Raum nach dem Ende der Körperlichkeit. Dieses Ding, das er vielleicht verfrüht angestrebt hat, eine Heimat, kein Sarg. Seine nächste große Show. Phantasiesärge. Seine nächste Installation. Sobald er die Gemälde in Brooklyn fertig hat, die Gemälde von ihr, seiner Schwester, als jede einzelne der Musen, riesengroße Porträts.

Mit dem Gedanken daran überschwemmt ihn eine warme Welle der Trauer. Das Bild geht abrupt von Sangna auf Taiwo über: ein Mädchen, auf dem Rücken liegend, in ihrem Minni-Mouse-Nachthemd, auf dem Rokoko-Sofa, ihre Stimme in seinem Kopf ein kaum hörbares Flehen: *Bitte, hilf mir*. Und danach, ihr Gesicht. Danach, nachdem er getan hat, was der Onkel befohlen hat, damit der Wächter mit den gelbsüchtigen Augen sie nicht anfasst – danach, als er auf seine Shorts blickte, genau wie Taiwo auch, und den nassen Fleck sah – der Ausdruck auf ihrem Gesicht. Er konnte diesen Ausdruck nicht ertragen, er war aus dem Raum gerannt, ein Feigling, ein Idiot, aber jetzt sieht er das Gesicht, auf das er nur diesen kurzen Blick geworfen hat, er sieht es vor sich, eingefroren, ganz ruhig steht es vor ihm, als wäre er wieder dort. Der pure Horror in ihren Augen, als sie den Beweis seiner Lust sieht, den Fleck, diese seltsame Flüssigkeit der Schande.

Da hat er das erste Mal begriffen, dass er einen Körper hat und dass er in diesen Körper eingesperrt ist, gefesselt, ein Luftwesen in einem Käfig. In seinem Denken war er woanders gewesen, weit weg, weiter weg als der Schnee, war mit Taiwo durch den Raum jenseits des Raums geschwebt, sie waren in ihren Nachthemden davongeflogen, wie Wendy und Peter, ihre Hand in seiner Hand, nicht seine Finger in ihr. Er hörte Onkel Femi und folgte den Anweisungen, er spürte die glatten Wände und die Wärme, die Feuchtigkeit, aber seine Gedanken waren nicht mit seinem Finger verbunden, sie waren bei Taiwo, vielleicht da, wo sie beide herkamen? Dann begann sein Körper. Der Beginn des Körperhabens, in diesem Moment. Die Flüssigkeit auf dem Schenkel, die sich anfühlte wie eine Schlange. Onkel Femi, der klatschte. »*E kuuse*, oh, Kehinde!« Seine Gedanken, die zurückkehrten.

Zu diesem Ausdruck auf ihrem Gesicht.

Wie konnte er ihr sagen, dass er keine Lust empfunden hatte, wenn doch hier, auf seiner Hose, der Beweis dafür zu sehen war? Wenn der Körper ihn verraten hatte, ihn und sie, unerklärlich? Wie konnte er sie überzeugen? Was konnte er sagen? Er konnte nichts sagen. Er sagte nichts. Sagt bis heute nichts. Während der ganzen Woche, in der es immer weiterging, sagte er kein Wort. Sagte nichts, als sie nach New York flogen und von Fola abgeholt wurden, als sie wieder in Boston waren. Auch nicht während der nächsten fünfzehn Jahre. Er hat nie über diesen Moment gesprochen (sie auch nicht), hat diesen Gesichtsausdruck nie mehr gesehen, bis heute, in dieser Hütte mit den Särgen und den Stethoskopen, in deren dämmriger Dunkelheit jetzt jemand sagt: »Sie da – sind Sie krank?«

Erschrocken dreht sich Kehinde zu der Bank bei der Tür und sieht dort einen Mann mit Zeitung, halb liegend, halb sitzend. Der Mann ist ziemlich alt, trägt Hosen und ein T-Shirt und alte Ledersandalen und einen schmutzigen weißen Kittel, ist klein und untersetzt, Bauch und dicke Brille. Keine Spur von der berühmten ghanaischen Herzlichkeit. Er hat die Zeitung sinken lassen, um Kehinde grimmig zu mustern, steht aber nicht auf, sondern fragt noch einmal: »Sind Sie krank?«

Kehinde schüttelt den Kopf, fühlt sich überrumpelt, tritt einen Schritt zurück. »Ich habe Sie gar nicht gesehen.«

»Klar, hier ist ja auch kein Licht. Zu heiß mit Licht. Ich, ich mag die Hitze nicht, oh. Ich sehe im Dunkeln. Sie sehen krank aus.« Er legt die Zeitung endgültig weg und erhebt sich etwas mühsam. »Sie kommen vom Hotel Big Milly? Ein Rasta-Mann, *ehn*?«

»N-nein«, stammelt Kehinde. »Wir sind wegen meines Vater hier. Er hat hier gelebt. Das heißt, er hier aufgewachsen. Jetzt ist er tot.«

»Ihr Vater.« Der Mann schlurft näher zu Kehinde. »Der Sai-Junge? Ich hab schon gehört, dass er gestorben ist.« Kehinde nickt stumm. »Also wollen Sie einen Sarg. Wie heißen Sie?«

»Kehinde.« Er streckt ihm die Hand hin.

Der Mann nimmt seine Hand und fängt an, sie zu schütteln, doch dann dreht er sie um, damit er die Handfläche sehen kann. Er beugt sich vor und inspiziert die Schwielen. »Raue Haut. Sie sind ein Arbeiter.« Kehinde schüttelt den Kopf. »Warum sind dann die Hände so, so rau wie meine? Die Sais, die ich gekannt habe, ich selbst, die waren *Denker*.« Sarkastisch. »Der eine, der erste, der konnte wenigstens ein Haus bauen. Aber der Junge? Für nichts gut, immer nur denken, denken, denken. Er hat geglaubt, er ist schlau, *ehn*, zu schlau, um mit Holz zu arbeiten. *Tsss.* Ihre Hände sind gut, rau. Wie meine eigenen. Wie bei einem Mann.«

»Ich bin Künstler«, sagt Kehinde.

Der Mann lacht los. »Küüün-stler!« Er dehnte die erste Silbe. »Also *auch* ein Sai.« Er lässt Kehindes Hand los und schlurft nun zu den Fensterläden, entriegelt sie und drückt sie nach außen ins helle Licht. Kehinde beschattet mit einer Hand die Augen und blinzelt. Jetzt erst sieht er die Werkstatt im hinteren Teil der Hütte. Halbfertige Särge liegen aufgestapelt neben Holztischen. Vier Männer malen etwas, das aussieht wie ein Laib. »Bis zum Begräbnis kriegen wir keinen neuen fertig …«

»Was wollen Sie damit sagen, Sir? Warum bin ich *auch* ein Sai?«

Der Mann mustert ihn erstaunt wegen des drängenden Tonfalls. Kehinde ist seinerseits ebenfalls überrascht und schaut auf seine Hände, drückt sie aneinander, hält die linke mit der rechten, den Daumen auf der Handfläche, und versucht, das Brennen wegzureiben. Die herablassende Art dieses Fremden hat etwas an sich, was in ihm Aggressionen auslöst, was an sich schon ungewohnt ist, er weiß ja eigentlich nicht, was es heißt, wütend zu werden, einfach nur Wut zu empfinden, dieses brodelnde Gefühl, diesen Impuls, einem nachgiebigen Ding Gewalt anzutun. Er wird so selten wütend, dass es ihn ganz nervös macht und er die wachsende Hitze in seinen Händen kaum aushält. Er ist davon überzeugt, dass der Mann seine feindselige Reaktion bemerkt, aber der redet unbeirrt weiter und lacht immer noch. »Chalé. Gehen Sie hin und sehen Sie sich das Haus in der Siedlung an. Der Erste. Der hat es gezeichnet. Ein Küüün-stler, so wie Sie. Dann kam der Junge, Ihr Vater, ein Küüün-stler. Ihre Mutter hat ihn zu mir geschickt, damit er mir zuschaut, wissen Sie. Man hat gesagt, er kommt, um zu lernen, wie man Arzt wird, aber nein, er war genau wie sein Vater. Hat nur gezeichnet. Immer nur gezeichnet, *tss*, den ganzen Tag. Hat nichts gelernt über den Körper, nichts gelernt über Holz. Sie waren eben Küüün-stler, so wie Sie.« Er mustert Kehinde durchdringend. »Und jetzt weinen Sie auch noch. Ihr Sais, ihr seid doch alle gleich.«

In der Schule haben ihn die anderen oft gefragt, ob Zwillinge telepathische Fähigkeiten hätten, ob der eine Zwilling fühlen kann, was der andere gerade fühlt? Das war in der Highschool, als sie sich Dreadlocks wachsen ließen, als Taiwo aufhörte, sich die Haare zu kämmen, und er aufhörte, sie sich zu schneiden, als sie in ihren weiten Pullovern und den Doc Martens-Stiefeln, schwarz gekleidet, auf dem Schulgelände herumliefen und von allen angeglotzt wurden. Sie wussten nicht, was sie zueinander sagen sollten, aber noch viel weniger, was sie zur Welt sagen sollten, weshalb sie in der wachsenden Stille aneinanderklebten wie schuldbewusste Diebe, die gemeinsam einen Überfall durchgezogen haben und sich nun gegenseitig bewachen, ob beim andern irgendwelche Anzeichen von Abtrünnigkeit zu erkennen sind, und deshalb nur nebeneinander sitzen und schweigend atmen. Er war der Zugänglichere von beiden gewesen, versuchte immer wieder, sich auch für Taiwo einzusetzen, weil er sah, dass ihre Klassenkameraden und Lehrer neugierig waren und ehrlich wissen wollten, woher diese Sai-Zwillinge kamen – aber den anderen fehlte das Vokabular, in den Vorstädten der neunziger Jahren verfügten sie einfach nicht über die *Sprache*, um zu verstehen, was er meinte. »Ein Jahr in Nigeria« bedeutete in ihrer Sprache eine »interessante Erfahrung«, ein Austauschjahr im Ausland, verlängerte Ferien; »mein Vater hat die Familie verlassen« war für sie ein Streit ums Sorgerecht, eine Wohnung in Back Bay, eine Stiefmutter namens Chris. Er und seine Schwester sprachen aber immer noch dieselbe Sprache, wie neugeborene Zwillinge, die sich mit Zauberwörtern verständigen, eine merkwürdige Sprache, die nur sie kannten (und vielleicht noch ihr Onkel) und die sie anwandten, indem sie *überhaupt nicht* sprachen. Auf einer ganz neuen Ebene wurden sie sich ihres Zwillingsdaseins bewusst, lebten es auf eine Weise aus, wie sie es vorher nicht getan hatten, mit ihrer Kleidung und ihren Haaren und ihrer geschlechtslosen Attitüde und indem sie permanent zusammen waren. Er wusste, warum die anderen fragten.

Aber es nervte ihn. Der Tonfall der Fragenden. Als spürten sie, was mit diesen Sais nicht stimmte, und erst recht, woher sie kamen. »Nein, wir haben keine telepathischen Fähigkeiten«, antwortete er dann mit einem Achselzucken. »Wir kennen einander nur sehr gut.« Sagte nie die Wahrheit. Dass er sich oft auf die Toilette zurückzog, nur um dort zu hocken und zu weinen, ohne jeden konkreten Anlass – um dann später von ihr zu erfahren, dass sie woanders genau im selben Moment geweint hatte, aus guten Gründen.

Und jetzt bricht er ohne Vorwarnung in Tränen aus: ein hemmungsloses, erschütterndes, abgrundtiefes Schluchzen. Ohne etwas zu sagen (unfähig), geht er zur Bank bei der Tür und lässt sich darauf fallen, wie eine sich drehende Münze. Ende der Reise. Zusammengekrümmt, die Hände vor dem Gesicht, die Beine aneinander gepresst, die Füße eingerollt. Er hat keine Ahnung von Taiwo und Fola, die eng umschlungen bei dem Haus am Strand stehen, aber er fühlt einen Schmerz, der viel größer ist als alles, was ein einziges Herz aufbringen kann, und er weiß, es hat keinen Sinn, sich gegen die hereinbrechende Flut zu stemmen. Alles kommt auf einmal, ganz ruhig: das Gesicht der Frau, die er vielleicht liebt, und das Gesicht der Schwester, die er berührte, obwohl es ihn zerstört hat, die Decke des Schweigens, der Körper, der Verlust, das Wort, das an dem Abend in New York aus ihm herauskam, das Wort, das eigentlich für Bimbo gedacht gewesen war, eine Tatsachenfeststellung, und das Gesicht seines Vaters an dem Abend im Volvo, »ein Künstler wie er«, überhaupt kein Fremder. Der Anfall ist nach drei oder vier Minuten vorbei – das Herz, das nach innen aufplatzt, zerbricht, in Splitter zerfällt –, aber es fühlt sich an, als wäre mindestens eine Stunde vergangen, als der letzte Schluchzer verebbt und Kehinde aufblickt. Der Mann ist weg.

9

Benson ruft seinen Fahrer an und fragt ihn, wo er steckt. Der Fahrer erklärt aufgeregt, dass er hier am Strand ist, bei dem Pfad der Fischer, wohin er die hübsche Frau geführt hat, die das Mädchen suchte. Dadurch löst sich das Rätsel um Fola und Taiwo. Benson bittet den Fahrer, zum Wagen zurückzukommen. Sadie, Ling, Olu stehen da und warten verwirrt. Kehinde erscheint, geht mitten auf der Straße. Der Fahrer kommt aus der anderen Richtung angelaufen. Das *Piep-piep,* als die Türen geöffnet werden, blinkende Lichter. Benson, Kehinde, Sadie, Ling und Olu steigen ein, die letzten drei setzen sich diesmal in die dritte Reihe, als spürten sie, dass Kehinde noch eine

Weile für sich bleiben muss; der Fahrer beginnt wieder zu summen. Sie fahren die kurze Strecke zum Ozean, wo Fola und Taiwo am Straßenrand warten. Fola hat den Arm um Taiwos nackte Schulter gelegt. Olu und Sadie geben beide überraschte Laute von sich. Fola setzt sich zwischen Taiwo und Kehinde und hält beide an der Hand, mit letzter Kraft.

»Sollen wir jetzt den Sarg auswählen?«, fragt Benson.

»Können wir uns für eine Feuerbestattung entscheiden? Geht das in Ghana?«, erkundigt sich Fola.

»Ja, natürlich geht das.« Benson scheint verdutzt. »Zum Beispiel gleich neben meiner Klinik.«

»Heute noch?«

»Ich rufe gleich an.« Er greift zu seinem Handy.

Der Fahrer schaut in den Rückspiegel, um von Fola Anweisungen zu bekommen. »Madame?«

Fola nickt. »Wir fahren nach Hause.«

Sechs

Später, viel später, als der Mond schon aufgegangen ist und der Tag sich spektakulär in Blutrot und Blutorange, Blau und Magenta verabschiedet hat – ein überwältigender Sonnenuntergang, den keiner von ihnen sieht –, da treffen sie sich wieder am Tisch, um zu Abend zu essen (Reis, Garden-Egg-Suppe), ohne

Taiwo, die sich ausruht. Danach wandern alle in ihre Zimmer, gefolgt von Schmerzen und leisen Hoffnungen, und die Türen schließen sich.

2

Ling liegt auf der Seite, als er aus dem Bad kommt. Er bleibt in der Tür stehen und betrachtet ihre Haare. Normalerweise tröstet es ihn, Ling beim Schlafen zuzusehen, er spürt dann, dass es auf dieser Welt wenigstens eine Spur von Hoffnung gibt, sich irgendwo auszuruhen, und er merkt gleichzeitig, wie sein Herzschlag sich verlangsamt und vom Tempo seiner Ängste in den Rhythmus ihrer Atemzüge übergeht –, aber jetzt quält es ihn nur. Die schwarzen Haare auf dem weißen Kissen erinnern ihn an den Sonntag in Boston: der Schnee, die Nacht und der Trommelschlag, das glatte Schwarz ihrer Haare das einzig Vertraute zwischen so viel Fremdem. Drei Tage sind vergangen, seit er auf dem Eames-Stuhl saß und stumm seine schlafende Frau anschaute, aber wenn er jetzt zurückdenkt, scheint es weiter weg, viel weiter weg, sowohl zeitlich als auch geographisch. Oder *sie* scheint viel weiter weg, Hüfte, Taille, Schulter, die vertrauten Rundungen sind zu weit weg, um sie zu berühren. Oder *er*. Er fühlt sich weit weg von dieser Figur, die keine drei Meter von ihm entfernt ist, weit weg von sich selbst.

Er will zurück, denkt er, zurück nach Hause, in das Schlafzimmer, in die Wohnung, die er gefunden hat, als sie das erste Mal wegen der Uni umgezogen sind, keine zehn Minuten zu Fuß von dem Haus, in dem er früher gewohnt hat (in die andere Richtung, gegenüber vom Massachusetts College of Art). Er hat diese Wohnung geliebt, von dem Moment an, als die Maklerin die Tür aufschloss: die Edelstahlküche und die leuchtend weißen Wände, der helle Parkettfußboden und die riesigen Fenster, und die Sonne spielte Narziss, blendend helles Licht. Aber er konnte sie sich nicht leisten, er hatte gerade erst nach dem College das Medizinstudium angefangen (zurück aus Accra, immer noch den Geruch dieser Frau in der Nase, den Geschmack des unausgesprochenen Verrats noch auf der Zunge). Ein Wunder, wirklich, wie es sich dann Jahre später ergab: Er kam aus der Bibliothek der *School of Public Health*, als ihm eine Anzeige am Anschlagbrett auffiel. Es war die Anzeige für eben diese Wohnung. Lings Mutter war gestorben und hatte eine kleine Summe hinterlassen. Er besorgte die ganzen Möbel bei Ikea und eBay, arrangierte alle Fotos in weißen Rahmen, lauter Schwarzweißbilder, er und Ling bei ihren verschiedenen Abenteuern. Er studierte die Zeitschrift *Dwell*, mietete Kleinbusse, um in Connecticut Antiquitäten abzuholen, strich alles selbst, baute Bücherregale ein, montierte Schreibtische – bis die Wohnung perfekt war und genau das Zuhause, das er sich immer gewünscht hatte, geimpft gegen Unordnung, unverwüstlich sauber.

Zu dieser Ordnung und Sauberkeit möchte er zurück. Er möchte zurück zu ihrem aufgeräumten Zufluchtsort, zum Joggen vor Sonnenaufgang und der To-do-Liste am Kühlschrank, zu ihren weißen, eckigen Möbeln, die sie willkommen heißen würden, zu ihrer Kleidung, in gedämpften Farbtönen, alles gefaltet oder aufgehängt, zu ihren Mahlzeiten aus fettarmem Fleisch und dunkelgrünem Gemüse und Vollkorn, zu ihren Abschiedsküssen am Morgen nach dem Joggen, zu ihren Begrüßungsküssen am Abend, im OP-Kittel, zu der klaren Art, wie sie miteinander reden, sich nie streiten, nie lügen, nie nach der Wahrheit fragen. Er will *dort* sein, nicht hier. Nicht diese Spannung, nicht Ling, die ihm den Rücken zuwendet und nicht schläft, sich aber auch nicht zu ihm dreht, als er ins Zimmer kommt, in dieses Zimmer mit den schmalen Fenstern, dem grauen Marmorfußboden, den bröckelnden gelben Wänden und den braunen Samtvorhängen (die gleiche unzusammenpassende Ausstattung, wie er sie auf seinen Reisen immer vorfindet, in Ländern, wo der Schlaf ein Geschenk ist, wo das Bett nicht aussehen muss wie ein Weihnachtspäckchen, mit Verzierungen und Rüschen, um dies zu unterstreichen). Und vor allem will er nicht dieses fordernde Schweigen statt ihres üblichen netten Geplauders, ein unendliches, unfassbares Schweigen, das sich über alles legt, wie klamme Feuchtigkeit.

Es hängt so undurchdringlich in der Luft, dass er es spüren kann. Man kann es nirgendwohin packen, und er kann nirgendwohin. Also steht er im Türrahmen und hört in diesem Schweigen laut sein Herz schlagen, zum Rhythmus ihrer Atemzüge. Er schließt die Augen, und in der Dunkelheit, dieser tiefen, funkelnden Dunkelheit, die hinter den Lidern lebt, sieht er alles wie eine Diashow: wie sie am Montag nach Ghana fliegen, Ling neben ihm, ihr Kopf an seiner Brust, dann der Flug nach Las Vegas im Oktober, um zu heiraten, dann ihre erste Nacht als Ehepaar, in pinkfarbenem Neonlicht. Er erinnert sich, wie er mit ihr geschlafen hat – schon ein Unterschied, das Wort *Ehefrau* in seinem Kopf für die Frau unter ihm, er legte die Hand auf ihre Wange und hörte sie sagen »Wir sind verheiratet«, und er flüsterte: »Ich weiß.« Es war nicht der Gedanke, dass sie jetzt verheiratet waren, wodurch sich alles änderte – er hatte sich nie besonders für Wörter interessiert, für Show –, sondern die Vorstellung von einem Anfang, in dem immer schon das Ende angelegt ist, etwas, wovor er seit über vierzehn Jahren davonlief.

Fola zog ihn immer auf, weil er zu Ling »Partnerin« und nie »meine Freundin« sagte (*deine Labor-Partnerin*, sagte sie lachend). Sie hatten keinen

Hochzeitstag. Sie hatten keinen Anfang. »Du bist nicht asiatisch«, sagte sie, und er liebte sie. Fait accompli. Er stellte philosophische Betrachtungen an über den kindlichen Charakter der Sprachregelung »mein Freund / meine Freundin«, über nichtssagende Formulierungen wie »sich verlieben«, über die physiologischen Grundlagen von Begehren und Attraktion, darüber, wie sinnlos es war, den Instinkt, sich fortzupflanzen, zu überhöhen und so weiter. In Wirklichkeit machte es ihm enorme Angst, wenn etwas zu Ende ging. Er verstand es nicht, wie Menschen lieben konnten und dann nicht mehr liebten. Sie liebten, und dann hörten sie auf zu lieben. Wie ein Herz aufhört zu schlagen. (Natürlich wusste er, dass es so war, aber er begriff nicht, *warum*.) Dr. Soto hatte ihnen einmal gesagt, der Grund für Beziehungen – der einzige Grund für Beziehungen, im Gegensatz zu einer Partnerschaft auf Lebenszeit – sei, sich intuitiv und schnell und nicht-lyrisch mit der Wirklichkeit der »eigenen Sterblichkeit« vertraut zu machen, sonst nichts. Einer der jungen Assistenzärzte hatte gerade seine Hochzeit abgeblasen und lief mit einem Gesicht im Operationssaal herum, bei dem man Angst bekam, demnächst würde er mit dem Skalpell sich selbst aufschneiden. Dr. Soto rief sie alle nach der OP zusammen, um eine Ansprache zu halten:

»Der einzige Sinn einer Beziehung ist es, in Kleinformat das ›ganze verdammte Drama‹ von Leben und Tod durchzuspielen. Die Liebe wird geboren, wie ein Kind geboren wird. Die Liebe wächst heran, wie ein Kind heranwächst. Ein Mensch weiß genau, dass er sterben muss, aber weil er nur das Leben kennt, glaubt er nicht an den Tod. Dann erkaltet die Liebe eines Tages. Das Herz der Liebe hört auf zu schlagen. Die Liebe fällt tot um. Auf diese Weise lernt der Mensch, dass der Tod Wirklichkeit ist, dass der Tod auch in seinem Dasein existieren kann, sein eigener Tod. Der Verlust eines Haustiers oder einer Rose oder eines Elternteils kann einem Menschen weh tun, aber er führt nicht zur Erkenntnis. Der Tod muss im Herzen stattfinden, damit man an ihn glaubt. Nachdem die Liebe gestorben ist, glaubt der Mensch an seinen Tod.«

Olu hörte zu und musste lachen. *Ja, aber was ist, wenn das Gegenteil der Fall ist?* Was ist, wenn die Liebe nie stirbt, was ist, wenn die Liebe nicht geboren wurde? Was ist, wenn sie schon immer existiert hat – seit sie sich berührt haben, als sie sich beim Open House des Asian American Cultural Center in Yale Punsch einschenkten? Was ist, wenn es gar keine Beziehung gibt, die zu Ende gehen kann, kein mein Freund / meine Freundin? Kein »jetzt sind wir« und deshalb auch nicht irgendwann ein »jetzt sind wir nicht«? Das ist es, was er mit Ling Wei hat, dachte er. Das dramalose Leben einer unbegonnenen Liebe.

Dann heirateten sie in Las Vegas, aus einer Laune heraus. Anschließend schliefen sie miteinander, ihr Gesicht in seiner Hand. Nachts lag er reglos da, ihre Wange an seinem Brustbein, und er dachte an das »Ende« und hätte am liebsten geweint. Viele Jahre vorher hatte er sich geschworen, das nie mehr zu tun, hatte die Zähne zusammengebissen, während er in den Spiegel schaute, allein in seinem Wohnheim. Nun starrte er bis zur Morgendämmerung auf das rosarote Neonherz, das stumm an der Decke blinkte, aus, an. Am Morgen fragte er sie, ob sie es für sich behalten könnten, keinem sagen, was sie getan hatten. Damit es »nur für sie beide« war. Eigentlich wollte er sagen: »Stirb nicht, werde nicht kalt, hör nicht auf zu schlagen.« Aber er wusste, es half alles nichts.

Jetzt steht er in der Tür, in dieser Action-Pause, und er denkt, was er schon früher im Schlafzimmer gedacht hat: dass er es nicht ertragen kann, sie zu verlieren, wenn sie sich noch weiter entfernt oder er selbst sich weiter entfernt, so wie jetzt. Seine einzigen Optionen sind »vorwärts« und »näher«, nicht »zurück«, wie er gehofft hat. Sie können den Anfang nicht in einen Nichtanfang verwandeln.

Deshalb fängt er ganz schlicht an: »Ich muss dir etwas sagen.«

Sie schaut zu ihm, sieht, dass seine Augen geschlossen sind, und will aufstehen. Er hört ihre Bewegung und schüttelt den Kopf. »Bitte. Bitte, hör mir einfach zu.« (Sie tut es, setzt sich zurück, auf ihre Füße.) »Man lebt sein ganzes Leben in dieser Welt, in diesen Welten, und man weiß, was die Leute über einen denken, man weiß, was sie sehen. Man sagt, ich bin Afrikaner, und möchte sich dafür entschuldigen, will sofort nachschieben: *Aber ich bin intelligent.* Es gibt keine Wertschätzung. Man spürt es. Sie sagen Asien, das alte China, das alte Indien, und jeder denkt, oooh, die alte Weisheit des Ostens. Man sagt, ›das alte Afrika‹, und alle denken: unwichtig. Staubig und unwichtig. Verloren. Es interessiert sie einen Scheiß. Man will, dass sie einen für wertvoll halten, nicht staubig, nicht kaputt, nicht rückständig, stimmt's? Man will, dass es einem scheißegal ist, aber es ist einem nicht scheißegal, weil man Bescheid weiß, Ling – man hat Angst vor dem, was sie denken, aber nicht sagen. Und dann, eines Tages, hört man es doch. Zum Beispiel dein Vater …«

»Mein Vater ist ein Arsch …«

»Dein Vater hatte recht. Ich bin bei der Abschlussfeier nicht wegen dieses Projekts nach Haiti geflogen. Ich bin nach Ghana gereist, um ihn zu sehen. Ich habe gelogen. Er hat immer geschrieben, ich soll ihn doch besuchen, immer an meinem Geburtstag, damit ich mir anhöre, was er zu sagen hat. Er hat … er hat in einer scheußlichen Wohnung gewohnt. Und mir erklärt, das sei nur eine Zwischenlösung, bis er sich ein Grundstück kaufen kann. Und da war eine Frau, eine andere Frau, er hat mit einer Frau zusammengelebt, keine Ahnung, wer sie war. Ich weiß, wer er war. Er war dieser Mann. Ein ganz bestimmter Typ. Der typische afrikanische Vater, der seine Kinder im Stich lässt. Und ich habe mir immer gewünscht, dass niemand uns je so sieht.« Er schließt die Augen ganz fest, schüttelt den Kopf. »Und ich *weiß Bescheid*. Ich stehe in diesem Haus, in der Hütte, in der er aufgewachsen ist. Der Mann kam aus dem Nichts; er hat gekämpft, das weiß ich. Ich möchte unbedingt stolz auf ihn sein. Auf das, was er geleistet hat. Er hat so viel erreicht. Aber ich schaffe es nicht. Ich hasse ihn dafür, dass er in dieser dreckigen Wohnung gewohnt hat. Ich hasse ihn dafür, dass er dieser afrikanische Mann war. Ich hasse ihn, weil er meiner Mutter weh getan hat, weil er weggegangen ist, weil er gestorben ist. Ich hasse ihn, weil er allein gestorben ist.«

Tränen. Aber nicht wie bei Taiwo und Kehinde, so dass alle Dämme brechen und die Fluten strömen. Die Tränen kommen lautlos, er steht da und rührt sich nicht, weil es sich so komisch anfühlt, wenn er sie nach Jahren jetzt einfach fließen lässt. Er lehnt sich an den Türrahmen, zu müde, um weiterzusprechen, und in der Stille hört er draußen die Ochsenfrösche. Er hört nicht, wie das Bett knarzt, als Ling aufsteht. Er fühlt, wie ihre kleinen Hände sein Ge-

527

sicht umschließen. »Vielleicht war es das Beste, was er tun konnte«, sagt sie leise. »Vielleicht war das, was er getan hat, das Beste, was er tun konnte.« Olu nickt, obwohl ihm das Nicken weh tut. Endlich macht er die Augen auf. Sie lächelt ihm zu, trocknet erst ihre Tränen, dann seine. Er berührt ihre Hand, die auf seiner Wange liegt. Sie glaubt, er möchte, dass sie aufhört, und will die Hand wegziehen. Doch er drückt seine Hand auf ihre, auf seinen Wangenknochen. »Ich möchte es besser machen.« Er küsst sie auf den Mund.

Er spürt ihre Überraschung, als sie ihm ihre Lippen entgegenhält, so wie sie es früher immer gemacht hat, als sie noch studiert haben, wenn er sie auf dem Old Campus nach Hause begleitet hat und im Schein der Straßenlaterne die Form ihres Mundes betrachtete. Sobald sie diesen Blick spürte, schwebten ihre rosaroten Lippen ihm entgegen, wie aus eigenem Antrieb, nicht gesteuert von der Besitzerin, auch nicht von ihm gesteuert. In der Highschool hatte er auch schon Mädchen geküsst, aber noch nie so, dass die Lippen wie Marionetten waren und seine Augen als Fäden fungierten. Und er hatte noch nie mit einer Frau geschlafen (eine Wahrheit, die er ihr nie offenbarte, halb beschämt, halb gerührt von seinem eigenen Mangel an Erfahrung. Er dachte immer, er würde bestimmt auch andere Frauen haben wollen und andere Körper begehren, als aus den

Monaten Jahre wurden, aber er wollte es nicht, will es bis heute nicht, obwohl aus den Jahren schon über ein Jahrzehnt geworden ist. Seine Erste ist auch seine Einzige.) Er berührt ihren Hals, fühlt, wie sich ihr Puls unter seinen vier Fingern beschleunigt. Er spürt, wie sein Herz im Rhythmus ihres Atems schneller schlägt. »Ich möchte es besser machen«, flüstert er zwischen Küssen – ihr Kinn, dann ihr Hals, bis hinunter zu ihrer Brust. Er legt die Hand auf ihre Lendenwirbel, drückt so stark, dass sie sich nach hinten biegen muss, küsst ihr Brustbein, dann ihre Brustwarzen unter dem Baumwollhemd, erst die eine, dann die andere, dann hebt er ihr Hemd hoch. Er presst die ganze Hand gegen ihr Brustbein, fünf Finger, und küsst die Kuhle beim Schlüsselbein, einmal. Die Geräusche, die sie macht, sind kleine Lichter entlang der Landebahn, er führt die Hand hinunter zu ihrer Hüfte, tiefer, umschließt ihre Leiste.

»Schlaf mit mir«, flüstert sie. »Schlaf mit mir, schlaf mit mir.« Sie packt den Kopf mit solcher Kraft, dass er aufstöhnt, und als er sie anschaut, ist ihr Gesicht eine bleiche Maske, Schmerz, Begehren, Hunger, sie sieht aus wie jemand anderes. Mühelos hebt er sie mit einem Arm hoch, legt sie aufs Bett und zieht sie vollends aus. Mit raschen, gierigen Bewegungen öffnet sie seine Hose und schiebt sie mit den Füßen hinunter bis zu seinen Knien. Er packt mit einer Hand ihre Handgelenke und drückt sie über ihrem Kopf nach hinten, beide Arme gestreckt. »Schlaf mit mir. Bitte.«

Gleich wird er es tun: mit dem Körper in den Körper eindringen, durch die Schamlippen stoßen, die Hand auf ihrem Mund (obwohl das Stöhnen von ihm kommt, wenn er zu ihrem Innersten vordringt), das glitschig rosarote Gewebe wird sich bereitwillig teilen. Am Anfang wird sich sein Körper fremd anfühlen, irgendwie größer, zu groß und zu stark, wie etwas, das Schmerz zufügen kann; zum ersten Mal sieht er sich in seiner Geliebten wie das Wort, das er vorhin verwendet hat, als »afrikanischen Mann«. Er wird versuchen, sich aus ihr zurückzuziehen, weil er fürchtet, er könnte ihr weh tun, und aus Angst vor den Geräuschen, die an seiner Hand vorbeischlüpfen, aber Ling wird es nicht zulassen; sie krallt sich in seine Oberschenkel, seine Hüften, seinen Hintern und drückt ihn noch tiefer in sich hinein, noch weiter, tiefer, tiefer. Doch jetzt kniet er nur da und hält inne, um alles in sich aufzunehmen: Lings Körper in diesem Schlafzimmer, das nicht ihres ist, beide Gesichter verzerrt vor Trauer und Verlangen und von der Deckenbeleuchtung und den eben erst ausgesprochenen Wahrheiten. Doch die Rundungen sind seinen Fingern bekannt, die Landschaft: Knochen, Brüste, Hüften, Rippen, Schambein, Nabel, Muttermale, Muskeln, Haare, Haut, der Frauenkörper, ein

Körper, nichts mit scharfen Kanten, nichts Steriles, alles gerundet und zerstörbar und weich und ganz und gar Heimat.

3

Taiwo liegt auf der Seite, als er aus dem Garten zurückkommt. Er glaubt, dass sie schläft, und macht kein Licht. Sein Handy legt er auf den kleinen Holznachttisch, neben die rosaroten Blumen. Er streift die Schuhe ab.

»Wer war das am Telefon?«, fragt sie, ohne sich umzudrehen. »Ich habe dich durchs Fenster gehört.«

»Meine Assistentin«, antwortet er. »Wir planen eine Ausstellung mit den Bildern, die du gesehen hast, mit den Musen, in Greenpoint. Eine Galerie-Show. Sie sind noch nicht fertig, ich weiß, aber ich glaube, dass sie mir gefallen werden. Und dir auch.« Er ist nervös. Er redet nicht weiter.

»Sie sind phantastisch, K.«

Sie dreht sich um und sieht ihn an, die Wange auf dem Kissen, die Hände darunter – aber er hört etwas anderes. Drei andere Wörter, mit ihrer Stimme, in seinem Kopf, nur ein kleiner Schnipsel, ihr Gedanke zwischen seinen. Er merkt, wie sich sein Herz ausdehnt, weil er gehört hat, was sie denkt, eine minimale Übertragung, aber etwas. Empfang. Drei Wörter in der Stille, der Raum zwischen den Betten, ihre leise Stimme in seinem Kopf, so wie früher. Er schaut seine Schwester an, versucht es jedenfalls in der Dunkelheit. Sie erwidert den Blick, ein trauriges Lächeln auf den Lippen. Sie sprechen beide nicht aus, was offensichtlich ist: dass sie geweint haben. Sie betrachten einander mit brennenden, verquollenen Augen.

»Sie ist hübsch«, sagt Taiwo. »Deine Assistentin.«

»Ich glaube, ja.« Er hört, wie sie Luft holt, der kleine Knoten in ihrer Kehle. Er erinnert sich an dieses Gefühl ganz am Anfang ihrer Pubertät, ein so spezifisches Gefühl, dass es seinen eigenen Geruch hat: Lotion für Teenager, Kiwi-Erdbeere. Eifersucht. Oder Besitzanspruch. Besitzanspruch und Verlegenheit, was sie gar nicht hätte fühlen müssen, ihm war es ja umgekehrt genauso gegangen, er hatte sich als Taiwos Besitz gefühlt. Etwas, das ihr und zu ihr gehörte. Boxset.

»Magst du sie?«, fragt Taiwo.

»Ich glaube, ja«, sagt Kehinde.

Sie reibt sich schläfrig die Augen. »Das habe ich mir irgendwie schon die ganze Zeit gedacht.«

Der Knoten löst sich. Sie legt sich anders hin, liegt jetzt auf dem Rücken, die Hände auf den Rippen. Er bleibt, wo er ist, sitzt aufrecht am Bettrand ihr gegenüber, zu erschöpft, um sich zu rühren. Einen Moment lang schließt er die Augen und hört sie wieder, die drei Wörter, ihre leise Stimme, ganz ähnlich wie seine. Fast zu ähnlich, denkt er. Hört er seine Schwester oder einfach nur sich selbst? Sein Herz will schon abstürzen, der kleine Tauchflug des Drachen. Er wartet schon so lang darauf, Taiwo wieder zu hören. Irgendetwas, irgendeinen Gedanken, aber besonders diesen Satz, den er schon seit Monaten glauben will, aber nicht zu glauben wagt. Ist es seine eigene heisere Stimme, die er gehört hat, und nicht Taiwos? Drei Wörter in der Stille. Sein Freispruch, nicht ihrer? Er öffnet die Augen, will ihr die Frage stellen, merkt dann aber, dass sich ihre Augen geschlossen haben.

Sie schläft.

Er beugt sich vor, um sie anzuschauen, die Ellbogen auf den Knien. Ihr Gesicht im Mondlicht ist unglaublich still. Als sich nach einer Stunde über ihrer Oberlippe ein leichter Schweißfilm bildet, steht er auf und wischt ihn weg. Er ist so müde. Er sitzt auf dem Bett bei seiner Schwester. Er streicht über ihre Dreadlocks, ein Wirrwarr aus Schlangen. Er küsst ihre Hände, und er flüstert: »Verzeih mir.« Sein Körper ist so erschöpft vom Tag, er legt sich hin.

4

Später, nur ein bisschen später, eine Stunde vor Sonnenaufgang, wacht Taiwo auf wie aus einem Traum, wie wenn man weinend und angekleidet ins Bett geht; findet Kehinde neben sich, sein Kopf bei ihren

Füßen. Sie setzt sich hin und schaut ihn an, er hat sich auch nicht ausgezogen, seine Hand am Mund, bei dem Bart, den er sich hat wachsen lassen. Ganz leise steht sie auf und geht zum Badezimmer, aber dann denkt sie plötzlich, er hat etwas gesagt, und dreht sich um. Er schnarcht leise, bewegt die Lippen. Drei Wörter, denkt sie, vielleicht. Sie tritt ans Fußende des Bettes und blickt auf ihn hinunter. Seine Augen sind immer noch verquollen, wie bei einem Kind, das lang geweint hat. Sie betrachtet die Hand, die mit der Handfläche nach oben bei seinem Kopf liegt. Sie berührt ganz vorsichtig die Narbe, das T, aber seine Hand schließt sich, ein Reflex, und umklammert ihren Daumen. Sie rührt sich nicht, will ihn nicht wecken. Die Vögel im Garten beginnen ihr Klagelied. Sie denkt es, obwohl der Gedanke weh tut, obwohl sie ihn noch nicht aussprechen kann. Seine Finger entspannen sich, und sie zieht ihren Daumen weg. Sie steht nur da und schaut auf sein Gesicht, bis sie es sieht – fünfzehn Sekunden, nicht länger. Sein Lächeln im Schlaf.

5

So kommt der Morgen (Tod dem fahlen Grau usw.). Mit dem Gefühl, dass etwas fehlt, schlägt Sadie die Augen auf. Fola ist nicht da, aber ihr Geruch liegt noch in der Luft. Die Schmetterlinge haben ebenfalls ihre Brust verlassen. Erstaunt und mit einem Hauch von Misstrauen spürt sie die Leere in ihrem Inneren. Ihr Hemd ist nassgeschwitzt. Sie schaut auf den Wecker neben dem kleinen gerahmten Foto und muss über das Datum auf der analogen Uhr lachen. Weihnachten. Keine Kastanien, keine gebackenen Bohnen, keine Schlittenglöckchen. Rosarote Blumen, Palmen, Bülbüls, ein Chalet wie in Aspen. Sie stellt den Rahmen aufrecht hin, versucht, das Foto gerade hinzuschieben, indem sie auf den Rahmen klopft. Hilft nichts. Ein grässliches Bild. Aber vermutlich das letzte Familienfoto, auf dem sie alle sechs zusammen sind. Das wird ihr jetzt klar. Und jeder blickt in eine andere Richtung, ihr Vater in die Kamera, sie schaut auf seinen Kopf hinunter, ihre Mutter auf ihr Tutu, ihr Bruder zu ihrer Mutter, die Zwillinge schauen auf irgendetwas, alles verschwommen, alle da.

Sieben

Mr Lamptey sitzt stumm am Rand des Gartens, seine Beine feucht vom Tau, sein Joint geht zur Neige, der safrangelbe Stoff ist ersetzt worden von schwerem schwarzem Leinen, dunkel im Schatten, also noch schwärzer. Er tut dies seit Montag, seine drei Tage der Trauer: Er sitzt am Rand des Rasens bei der

Mauer und verabschiedet sich vor Sonnenaufgang wieder, und die Frau, die um Viertel nach sechs in die Küche kommt, bemerkt ihn nicht. Sie kommt nicht heraus in den Garten, sie schaut sich nicht um, sie steht nur am Tisch und macht sich etwas zu trinken, das weiche, hübsche Gesicht erstarrt von Schmerz und Trauer; vom Schock ist es hart geworden. Der Hund ist am Dienstag mitgekommen, aber er fand es zu trist und blieb deshalb lieber am Strand, als Mr Lamptey sich in der Abenddämmerung wieder auf den Weg machte. Die Vögel, die er am Montag im Brunnen gesehen hat, sind noch nicht wieder da, also trauert er allein.

In gewisser Weise ist er gekommen, um die weiche Frau zu sehen, um ihr mit seinen bläulich getrübten Augen einen Morgengruß zu bringen, weil er das Gefühl hat, dass seine Gegenwart ihr vielleicht eine Botschaft vermitteln könnte, dass nämlich nicht alles zu Ende ist, dass sie nicht allein ist. (In Wirklichkeit ist er derjenige, der allein ist, was ganz untypisch für ihn ist. Ihm fehlt der Mann in der Glasterrasse, die er nie mochte. Ihm fehlt das Winken mit der Serviette, die Brille, der verschüttete Kaffee auf der Hose, der Tanz.) Nun sitzt er mit seinem Joint hinten im Garten und pafft betrübt, streicht langsam über das Gras. Er wüsste gern, ob der Mann sie je bemerkt hat, die üppige Marihuana-Pflanze hinter den rosaroten Blüten? Garantiert nicht. Er lacht traurig. Schließt die Augen und atmet aus. Sonnenaufgang. Zeit, nach Hause zu gehen.

Er denkt, dass er noch ein paar Minuten warten sollte, um sie noch einmal zu sehen, ehe er für immer geht. Da hört er, wie draußen in der Einfahrt ein Auto vorfährt, das Knirschen der Reifen auf dem Kies, *piep-piep*. Er öffnet die Augen, lacht wieder. Was ist das? Reglos wartet er, findet die Überraschung erheiternd. Jemand klingelt am Tor, ein nasales Surren. Er blickt zum Haus, als würde er sich einen Film ansehen. Die Tür geht nicht auf. Wieder das Surren, länger. Die Person rüttelt kurz an dem zwei Meter hohen Tor. Mr Lamptey pafft und ist hin- und hergerissen. Soll er auf die Frau warten? Soll er die Person hereinlassen? Der Mann hatte nie Gäste. Jedenfalls nicht in dem Jahr, als er im Zelt schlief. Oder nie montags. Nur Kofi. Und später die Schwester.

Da ist sie. Rosarotes Nachthemd und rosarote plüschige Pantoffeln. Sie öffnet die Haustür und tritt heraus. (Der Mann wollte eine Doppeltür – schlichter Bambus, mit einem »K« auf dem einen Griff und einem »F« auf dem anderen –, für diesen Eingang direkt auf den grauen-nicht-grünen Hof, den Haupteingang mit dem beheizbaren Verbindungsgang um den kleinen Platz herum. Mr Lamptey hätte ein »K« und ein »S« für passender gehalten, aber er schnitzte die Buchstaben, ohne Fragen zu stellen.) Die Frau tritt also im Nachthemd heraus und geht den Pfad aus flachen Steinen zum Tor hinunter, eine gerade Linie aus grauen Schieferplatten in einem Meer aus weißen Kieselsteinen, so wie es mit verblasster blauer Tinte auf einer Serviette skizziert war.

»Hallo?«, fragt sie argwöhnisch.

»Hallo.« Eine Frauenstimme.

Aber eine andere Art von Frauenstimme, eine andere Art von Frau.

Er hat sie noch nie sprechen hören, die Frau-in-Rosa, aber ihre Stimme ist genauso, wie er sie sich vorgestellt hat, sehr süß, sehr unschuldig, auf Anweisungen wartend, die Stimme einer Person, die daran gewöhnt ist, dass man ihr sagt, was sie tun soll. Das tiefere »Hallo« der Frau-am-Tor ist ein Fluss, der Grund eines Flusses, ein Echo, Ebbe und Flut. Diese Stimme wartet nicht auf Anweisungen, sondern gibt sie, aber sanft. Die Frau-in-Rosa fügt sich. Sie öffnet vertrauensselig den Riegel oben am Tor und öffnet es.

Die Fluss-Frau tritt ein, die Arme voller Blumen. Wieder lacht Mr Lamptey leise. Er ist überrascht. Es sind die gleichen Blumen wie die, die er für diesen Garten ausgesucht hat, kräftige Rosatöne, dunkles Rot. Eine faszinierende Erscheinung, in ihrer Wirkung jenseits von »attraktiv«. Sie sorgt nicht für Aufregung, erregt weder Eifersucht noch Ehrfurcht. Sie beruhigt. Die Frau-in-Rosa schaut sie schweigend an. Er hört auf zu paffen, um die Szene noch aufmerksamer zu verfolgen. Selbst von hier bei der Mauer, ein ganzes Stück entfernt und mit seinen schwachen Augen, kann er das erkennen. Die Ruhe. Die Frau lacht, verlegen. »Entschuldigen Sie, wenn ich störe. Es ist noch sehr früh, ich weiß, viel zu früh für einen Besuch, aber Benson, äh, Dr. Adoo, hat mir die Adresse gegeben, und ich wollte kurz vorbeikommen, um mein Beileid auszusprechen.«

Die Frau-in-Rosa schweigt immer noch.

»Ich bin Fola.« Sie wartet einen Moment. »Ich bin Kwekus – ich war Kweku Sais Frau.« Sie streckt ihr die Blumen hin. »Es tut mir sehr leid. Die hier sind für Sie. Ich – ich weiß nicht, wie Sie heißen.«

»Ama«, sagt die Frau-in-Rosa. Es klingt wie eine Frage. »Ich heiße Ama.« Sie wirkt verdutzt. Was hat das alles zu bedeuten? Auf der Suche nach der richtigen Antwort wiederholt sie, was Fola gesagt hat, wie ein Schulmädchen beim Diktat. »Ich war Kweku Sais Frau.« Sie schweigt, um über das, was sie gerade gesagt hat, nachzudenken, und die erstarrten Gesichtszüge beginnen zu schmelzen. »Dr. Sai ist nicht hier«, fügt sie nett und mit zitternder Stimme hinzu, ein Satz, der vom Tonfall her fürs Telefon bestimmt ist. Ihre Schultern beginnen zu zucken. »Möchten Sie eine Nachricht hinterlassen?«

»Ach, mein armes Kind«, sagt Fola, legt den Strauß beiseite und schlingt beide Arme um Amas runde Schultern. Sie ist größer, viel größer. Mr

Lamptey denkt: *ein Baum*. (»Was für Bäume sind das?«, hatte er gefragt bei der Serviette. Der Mann hatte grimmig auf den Mango geschaut. »Ist doch egal.«)

Die zwei Frauen stehen lange am Tor. Als Ama es endlich schafft, sich zu befreien, putzt sie sich die runde Nase. »Tut mir leid«, schnieft sie.

»Ist doch egal«, sagt Fola. Ein tiefes, kurzes Lachen, ein Winken mit der Hand. »Wir haben eine kleine Zeremonie geplant, sehr klein, in Kokrobité. Sie kommen doch mit, nicht wahr? Nichts Besonderes. Nur wir.«

Sie reden weiter. Ama bekommt Anweisungen. Mr Lamptey beobachtet es lächelnd: *Sie ist also nicht allein*. Fola sagt, sie wartet gern in der Einfahrt, wenn Ama sich anziehen und gleich mitkommen möchte? Ama besteht darauf, dass Fola im Haus wartet, hebt die Blumen auf und geht voran.

Fola bleibt kurz im Eingang stehen, sieht die Griffe. Sie berührt das K und das schön geschnitzte F. Erst dann wandert ihr Blick nach rechts, zu dem Brunnen. Sie lacht über die mit Unkraut verzierte Statue. Den Mann am Rand des Gartens sieht sie nicht. Sie betritt das Haus, und die Doppeltür schließt sich. Als sie wieder herauskommen, Fola und Ama gemeinsam, ist der Garten leer. Mr Lamptey ist fort.

Sie fahren wieder zum Strand, Ama mit Fola, die anderen mit Benson, eine kleine Karawane. Keiner weiß so recht, was man zu Ama sagen soll; sie lächeln alle höflich, und dabei bleibt es. Die Schwestern stehen dicht beieinander, misstrauisch. Mit Ama wechseln sie ein paar Höflichkeitsfloskeln auf Ga. Benson holt die Urne aus einem offiziell wirkenden Karton und reicht sie Fola mit einem offiziell wirkenden Nicken. Sie hatte geplant, die Asche in der Meeresbrise zu verstreuen, den Mann freizulassen, das Ende ein Anfang und so weiter. Aber als sie jetzt den Deckel abschraubt, schafft sie es nicht. Irgendwie findet sie es jetzt nicht richtig, dass er verstreut werden soll. *Sie sind genug verstreut worden*, denkt sie. Zerbrochener Topf, Fragmente. *Lass ihn da drin*, denkt sie, *damit er ganz bleibt*. Also schraubt sie den Metalldeckel wieder zu und kniet am Wasserrand nieder. Ihre Kinder schaut sie lieber nicht an, aus Angst, sie könnte anfangen zu weinen. »*Odabo.*« Leb wohl. Stellt die Urne ins Wasser. Eine Welle kommt, nimmt aber die Urne nicht mit. Die kippt nur auf die Seite, driftet ein kleines Stück ins Meer. Noch eine Welle, aber auch mit ihr will die Urne nicht mit. Fola steht wieder auf und schaut zu, einen Arm um den Bauch gelegt. Die Urne dreht sich im Schaum, treibt ein bisschen weiter hinaus, als würde sie auf etwas warten. Fola denkt es, kann es aber nicht sagen. Ich liebe dich. Eine etwas verheißungsvollere Welle kommt angerollt. Ama macht ein leises Geräusch, ähnlich wie ein Bülbül. Fola schaut zu, wie Kweku wippt und wippt, bis er außer Sichtweite ist.

3

Jetzt sitzt sie wieder in ihrem Liegestuhl bei der Palmyrapalme. Amina kümmert sich drinnen um das Essen. Olu und Ling helfen ihr pflichtbewusst; Benson ist mit dem Baby und den Zwillingen losgezogen, um einen Baum zu suchen. Es gibt Nadelbäume in Ghana, das weiß sie, aber keine Tannen. Sie wollte die Einkäufer vorwarnen, aber dann ließ sie es bleiben. Sie wollen etwas zu tun haben, das weiß sie, aber es nicht aussprechen. Sie wollen keine Stille, kein Schweigen, keine Pause. Sie wollen nicht sagen, dass es vorbei ist. Sechzehn Jahre Vorbereitung, und nun haben sie ihn verloren. Egal, was sonst noch ist – Kweku ist weg.

Die Sonne geht unter; bald kommen die Moskitos. Fola raucht einen tiefen Zug, lehnt sich in ihrem Stuhl zurück. Sie denkt an das runde Gesicht der molligen Ama und muss lachen. Mit Mühe und Not eine »Frau«, wie kann sie da eine Ehefrau sein? Dann lacht sie über ihr Lachen. Ist sie eifersüchtig? Ja, vielleicht. Oder eher beschämt, weil sie selbst sich nicht umgeschaut hat? Sie denkt daran, wie sie Benson in der Lobby vom Hopkins Hospital begegnet ist. Die umbrabraune Haut, *black soap,* eine Stimme wie Samt. Hat Benson eine Schwäche für sie, fragt sie sich? Ja, wahrscheinlich schon. Darüber muss sie ebenfalls lachen. Und nimmt noch einen tiefen Zug.

Mustafah steht auf der Leiter und hängt die Lichterketten auf. Fola ist eingefallen, dass sie die ja noch hat, und da hat sie Mustafah gebeten, es auszuprobieren. Mr Ghartey kaut Zuckerrohr und schaut ihm belustigt zu. Alle zucken zusammen, als es am Tor klingelt. Fola blickt auf. »Das ist bestimmt Benson«, verkündet sie (aber gleichzeitig fragt sie sich, warum er nicht einfach hupt). Mr Ghartey öffnet beide Tore, um den Wagen hereinzulassen. Ama steht nervös da, hinter ihr ein Taxi.

»Madame«, sagt sie scheu, als sie Fola im Liegestuhl sitzen sieht.

Fola rappelt sich hoch. »W-w-was für eine schöne Überraschung.« Sie überlegt kurz, ob sie ihre Zigarette verstecken soll, findet es dann aber überflüssig. Sie geht auf Ama zu, um sie zu begrüßen. »Ist alles okay?« Als sie von Kokrobité zurückgefahren sind, haben sie Ama nach Hause gebracht. Fola hat sie zum Essen eingeladen, aber Ama lehnte ab. Vielleicht hat sie es sich doch noch anders überlegt, denkt Fola und freut sich. Die Frau hat etwas an sich, dass man sie beschützen will. Es wäre ihr gar nicht unrecht, wenn sie sich um jemanden kümmern könnte, da ihre anderen Projekte sich offenbar alle selbständig gemacht haben.

Doch Ama schüttelt den Kopf. »Ich möchte nicht bleiben, bitte«, sagt sie, staccato, aber unaufgeregt. »Ich wollte Ihnen nur das hier bringen.« Sie streckt Fola eine Tüte hin, eine Ghana-Must-Go-Plastiktüte. Ihr Lächeln und die Augenbrauen verraten, wie stolz sie ist. Mit ihren Bewegungen scheint sie wieder Fola zu kopieren: Sie hält den karierten Beutel genauso hin wie Fola die Blumen. Die Nachahmung ist rührend, tut fast weh. Fola lächelt.

»*Vielen* Dank«, sagt sie. »Möchten Sie nicht doch bleiben?«

Ama dreht sich zu ihrem Taxi um. »Nein, ich möchte nicht bleiben, bitte.« Nachdem sie Folas bedauernden Ausdruck gespiegelt hat, lächelt sie. Dann verabschiedet sie sich. Fola ist verdutzt, dass sie so abrupt geht, und hebt die Hand, als das Taxi wegfährt. Während sie an ihrer Zigarette zieht, wiegt sie die Tüte im Arm. Mr Ghartey schließt das Tor.

Fola geht zurück zu ihrem Liegestuhl und späht in die Tüte. Sie lacht so laut, dass Mr Ghartey einen richtigen Schrecken bekommt. Die Zigarette in der einen Hand, zieht sie mit der anderen die Pantoffeln heraus: abgetragene Schlappen, dünn, bis auf die Sohlen zerschlissen. Sie drückt ihre Zigarette aus, um beide Hände frei zu haben. Jetzt erst sieht sie das Gesicht im Sand. Kweku, unverkennbar (das war bestimmt Kehinde). Sie betrachtet den Mund, die nach oben gehenden Augen. »Da bist du ja.«

Ja, da bin ich.

»Deine Frau ist ein absolutes Genie. Pantoffeln.« Sie fängt an zu lachen, nimmt die Schuhe in ihrem Schoß. »Ich muss schon sagen.«

Ein Genie. Er lacht. Sie lacht. *Warum habe ich dich je verlassen?*

»Ich habe dich auch verlassen.« Sie atmet den Geruch ein, vergessen und doch so vertraut. Sie drückt die Sohlen an ihre feucht werdenden Wangen. »Wir haben getan, was wir konnten. Was wir gelernt haben. Und das haben wir gelernt. Verlassen. Weggehen.«

Stimmt das?

»Wir waren Immigranten. Immigranten gehen weg.«

Das reicht nicht als Erklärung.

»Wir waren Feiglinge.«

Wir haben uns geliebt.

»Ja, wir haben uns auch geliebt.«

Hätten wir es nicht lernen können? Das Nicht-Weggehen?

»Keine Ahnung.« Kurz schweigt sie. Sie weiß, dass die Bediensteten sie vom Tor aus beunruhigt beobachten. Aber es ist ihr egal. Sie denkt etwas, was sie aber nicht ausspricht: Man kann in einem Leben nicht alles lernen. »Bist du noch da?«

Ja. Für immer.

Sie lacht. Stimmt höchstwahrscheinlich. »Wir haben gelernt, wie man liebt. Sie können jetzt lernen, wie man bleibt.«

Wie geht es ihnen? Den Kindern?

»Sie sind hier«, sagt sie und deutet. »Ich habe bekommen, was ich mir gewünscht habe. Sie sind alle da über Weihnachten. Es gibt Wildgeflügel. Dein Olu besteht natürlich darauf, dass er den Braten anschneidet.«

Mein Olu.

»Stimmt doch. Er war immer dein Liebling.«

Deine Sadie.

»Aber wessen Liebling sind dann …«

Sie gehören einander. Die Zwillinge.

»Die Zwillinge …« Sie verstummt. Hört ein Auto anrollen. Die Hupe. »Sie sind wieder da. Ich muss los.« Aber sie geht nicht. Sie sitzt da, schiebt die Hände in die Hausschuhe, als wären sie Fäustlinge, und hält sie wieder ans Gesicht. »Du musst jetzt gehen«, sagt sie leise. Sie kneift die Augen zu. Das Tor scheppert. Reifen knirschen im Kies. »Ich weiß, ich weiß, ich weiß.« Dann ist alles still. Wagentüren öffnen sich, werden zugeworfen. Sie nimmt die Hände aus den Pantoffeln und macht die Augen auf.

Ein Sonnenuntergang mit den Farben der Morgendämmerung.

»Wir haben einen gefunden!«, ruft Sadie.

Fola schaut zu, wie sie den Baum aus dem Kofferraum ziehen. Benson grinst, winkt ihr, sie winkt zurück. »Ich komme.« Sie stellt eine Zehe auf den Mund im Sand. Die Skizze ist sagenhaft gut, eindeutig Kweku. Fola betrachtet sie noch einen Moment und wartet, ob sie noch etwas hört. Dann lacht sie. Warum wartet sie? Es gibt nichts, worauf sie warten könnte. Sie nimmt seine Pantoffeln und bringt sie ins Haus.

Danksagung

Ich danke Gott und (in alphabetischer Reihenfolge von ganzem Herzen) Andrew Wylie, Ann Godoff, Anne Carol Edelberg, Anthony Campbell, Ashish Bhatt, Auntie Allison, Auntie Ertharin, Auntie Gail, Auntie Harriet, Auntie Joy, Auntie Judith, Auntie Renée, Auntie Simi, Avery Willis Hoffman, Carlos Watson, Catherine Coker, Charity Hobbs, Cheryl Faye, Cousin Alex, Damon Darryl Hamilton, Dan Urman, Daniele Novello, David Adjaye, David Holloway, Deborah Holloway, Dela Wosornu, Derrick Ashong, Dick Spring, Dr. Juliette Tuakli, meine geliebte Mom, Dr. Lade Wosornu, mein brillanter Vater, Dr. Wilburn Williams, mein geliebter Dad, Edem Wosornu, Edward Williams, Elaine Markson, Eliza Bentley, Elizabeth Janus, Elizabeth Shipman Lee, Ellah Allfrey, Ernest Marshall, Eyi Williams, Fabio Berardo, Fiorhina Perez-Olive, First Corinthians Baptist Church, Ford Morrison, Francesco Aureli, Francesco Clemente, Gabriele Paoletti, Gabriella De Ferrari, Garry Bromson, the Geezer Gang, Genevieve Dadson, Genevieve Helleringer, Gianna D'Amore, the Harlem Arts Alliance Creative Writing Workshop, Heather Charisse McGhee, Ileane Ellsworth, Ingrid Barnsley Juratowitch, Jamakeah Varney Barker, James Connolly, Jamin Gilbert, Jeanine Pepler, Jenny Calixte, John Earl Jelks, John Freeman, John Kuhn, John Reed, John Pepper, John Simms, Joy Hooper, Joy Sacca, Judas Hicks, Julia De Clerck-Sachsse, Kamin Mohammadi, Kate White, Kathryn Getty-Williams, Kathy Trotter, Keith Davis, Kendrick Forte, Kevin Quinn, Khadija Musa, Khameron Juttla, Kirsti Samantha Samuels, Kofi Owusu, Kristina Moore, Kurt Gutenbrunner, Kyle Juttla, Lanita Marie Tolentino, Laura Armstrong, Lauren L. Messelian, Lauren Zeifman, Lexa Marshall, Lindsay

Whalen, Lord Patten of Barnes, Lou Gutenbrunner, Mai Gianni, Margaret Yee, Maria Manuela Enwerem Bromson, Mary D'Amore, Masao Meroe, Matthew Jacobson, Maureen Brady, Melanie Harris Anderson, Michael Ryan Robinson, Michael-julius Youmanli Idani, Monte Harris, Muina Wosornu, Naima Jean Garvin, Niké Jonah, Nonking Eheh, Olukemi Morenikeji Abayomi, Omar Hakim, Pablo Mukherjee, Paola Pessot, Patricia Nelson, Patrick Marber, Paulo Perez Mouriz, Peggy Broderick, Pier Francesco Grasselli, Piero de Mattia, Pino Scarpato, Pradip Krishen, Rachel Watanabe-Batton, Raman Nanda, Rayya Elias, Rekha Thakrar, Renee Epstein, Rita Pacitti, Robin Holloway, Roszella Turner-Murray, Sadia Shepard, Saffron Juttla, Sangna Karir, Sarah Chalfant, Saskia Juratowitch, Sékou Neblett, Sergio Taranto, Sheila McKinnon, Shelby Nicole Washington, Slice( ) Mango, Sukari Helena Neblett, Suketu Mehta, Tamara Juttla, Taneisha Berg, Tawan Davis, Teju Cole, Thembi Ford, Professor Toni Morrison, Uncle Ade, Uncle Kojo, Uncle Remi, Uncle Yinka, Venetia Butterfield, Victor Magro, Vivian Kurutz, W. Watunde Omari Moore, Wilfred Finn, Yemeserach Getahun, und vor allem der Person, die ich immer lieben werde, Yetsa Kehinde Adebodundé Olubunmi Tuakli-Wosornu, meine außergewöhnliche & ewige Weggefährtin.

Aussprache, Bedeutung und Herkunft der Namen

	Aussprache	Bedeutung	Herkunft
ACCRA	a-kra	Hauptstadt von Ghana	Ghana
EKUA	e-kwi-a	Mädchen, am Mittwoch geboren	Ghana
FEMI	fe-mi	Kurzform von Babafemi »Geliebt von seinem Vater«	Nigeria
FOLA	fo-la	Kurzform von Folasadé	Nigeria
FOLASADÉ	fo-la-scha-de	»Reichtum ziert meine Krone«	Nigeria
IDOWU	i-do-wu	Geboren nach Zwillingen	Nigeria
KEHINDE	käj-in-de	Zweitgeborener Zwilling	Nigeria
KOKROBITÉ	ko-kro-bi-te	Küstenstadt bei Accra	Ghana
KWEKU	kwä-ku	Junge, am Mittwoch geboren	Ghana
LAGOS	la-gos	Größte Stadt in Nigeria	Nigeria
NIKÉ	ni-ke	Kurzform von Adeniké Omoniké	Nigeria
OLUKAYODÉ	o-lu-kä-o-de	»Gott bringt Glück«	Nigeria
PHILAE	fai-li	Südliche Grenzen Ägyptens	Griechenland
SADÉ	scha-de	Kurzform von Folasadé	Nigeria
SAI	sai	Nachname	Ghana
SENA	se-na	»Geschenk von Gott«	Ghana
SOMAYINA	so-ma-ji-na	»Möge ich nicht alleine reisen«	Nigeria
TAIWO	tai-wo	Erstgeborener Zwilling	Nigeria

Chimamanda Ngozi Adichie
Americanah
Roman
Aus dem Englischen von Anette Grube
608 Seiten. Gebunden

Die Liebe von Ifemelu und Obinze beginnt im Nigeria
der neunziger Jahre. Dann trennen sich ihre Wege: Während
die selbstbewusste Ifemelu in Princeton studiert, strandet
Obinze als illegaler Einwanderer in London. Nach Jahren
treffen sie sich in Lagos wieder. Und stehen plötzlich vor einer
Entscheidung, die ihr Leben auf den Kopf stellt.
Ein virtuoser und gegenwartsnaher Roman einer der großen
jungen Stimmen der Weltliteratur, voller literarischem Wage-
mut, Menschlichkeit und sprachlicher Schönheit.

»Adichie ist womöglich das größte neue Talent
der englischsprachigen Literatur.«
Tobias Rüther, FAS

»Eine schmerzhaft schöne
Liebesgeschichte.«
Marie-Sophie Adeoso, Frankfurter Rundschau

Das gesamte Programm gibt es unter
www.fischerverlage.de

Khaled Hosseini

Traumsammler

Roman

Aus dem Amerikanischen von Henning Ahrens

Band 52071

»Der Roman eines begnadeten Erzählers
und Seelenkenners.«
Focus

»Hosseinis persönlichster Roman.
Eine Familiengeschichte über mehrere Generationen,
noch eindringlicher als zuvor.«
Brigitte

Das gesamte Programm gibt es unter
www.fischerverlage.de

Javier Marías
Die sterblich Verliebten
Roman
Aus dem Spanischen von Susanne Lange
Band 19477

Keiner kennt so gut die verborgenen Winkel der Herzen.
Dies hat Javeir Marías berühmt gemacht. Madrid, ein Café:
Jeden Morgen beobachtet María das perfekte Paar Luisa und
Miguel. Sie ist gefangen von der zärtlichen Aufmerksamkeit
der Liebenden. Doch dann geschieht etwas Schreckliches …
María gerät in einen Irrgarten aus Ahnungen und Verdäch-
tigungen. Sie kennt die Liebe, sie kennt den Tod, aber kennt
sie auch die Wahrheit?

»Trifft ins Herz – ein Meisterwerk!«
Cosmopolitan

»Spannend wie ein Thriller.«
Brigitte

Fischer Taschenbuch Verlag